# Les Vergers d'Osiris

## Pour le trône d'Horus

*Champollion* est la première collection consacrée à l'Égypte ancienne : ouvrages d'histoire et d'archéologie, textes sacrés, biographies, romans, autant de livres – inédits ou devenus rares – qui portent à la connaissance des lecteurs les richesses culturelles et la tradition spirituelle d'une des plus grandes civilisations.

Déjà parus

*Le Livre des morts des anciens Égyptiens*, texte et vignettes du papyrus d'Ani
*Le Papyrus de la pesée de l'âme*
*Le Grand Secret de la construction de la pyramide de Khéops*, de Louis Albertelli
*La Confrérie des bâtisseurs de Pharaon*, de Morris Bierbrier
*Égypte, voyage au cœur du sacré*, de Nicole Brisson et Brigitte Ouellet
*La Momie secrète du pharaon*, de Danièle Calvo Platero
*Le Fils d'Horus*, de Danièle Calvo Platero
*Toutankhamon, le pharaon maudit*, de Danièle Calvo Platero
*Le Pharaon des sables*, par Danièle Calvo Platero
*Les Livres secrets de l'Égypte*, de Jean Doresse
*Le Roman de la momie*, de Théophile Gautier
*Message spirituel de l'Égypte ancienne*, de Max Guilmot
*Les Dieux de l'Égypte*, d'Erik Hornung
*Pouvoir et Sagesse selon l'Égypte ancienne*, de Christian Jacq
*Champollion l'Égyptien*, de Christian Jacq
*Maître Hiram et le roi Salomon*, de Christian Jacq
*Le Monde magique de l'Égypte ancienne*, de Christian Jacq
*Histoire de la civilisation égyptienne*, de Gustave Jéquier
*Ramsès II, le pharaon triomphant*, de K. A. Kitchen
*Champollion, le rêve inachevé*, d'Alain Lunel
*Philae, le domaine d'Isis*, de Madeleine Peters-Destract
*Néfertiti*, de Guy Rachet
*L'Égypte mystique et légendaire*, de Guy Rachet
*Khéops et la pyramide du Soleil* (Le Roman des pyramides *), de Guy Rachet
*Le Rêve de pierre de Khéops* (Le Roman des pyramides **), de Guy Rachet
*Khéphren et Didoufri* (Le Roman des pyramides ***), de Guy Rachet
*Les Vergers d'Osiris **, Le Prêtre d'Amon*, de Guy Rachet
*Le Manuscrit secret du Nil*, de Guy Rachet et Soliman Khattab
*Her-Bak « Pois Chiche »*, d'Isha Schwaller de Lubicz
*Her-Bak « disciple »*, d'Isha Schwaller de Lubicz
*La Jeunesse de Djoser* (La Première Pyramide *), de Bernard Simonay
*La Cité sacrée d'Imhotep* (La Première Pyramide **) de Bernard Simonay
*Le Pharaon Tout Ank Amon*, de G. Tabouis
*Hatshepsout, la femme pharaon*, de Joyce Tyldesley

Guy Rachet

# Les Vergers d'Osiris

## Pour le trône d'Horus

### Autobiographie d'un ancien Égyptien

Tome I

Cet ouvrage est déjà paru en 1981 aux éditions Olivier Orban
sous le titre *Vers le bel Occident*

Cette édition de *Les Vergers d'Osiris** / *Pour le trône d'Horus*
est publiée par les Éditions de la Seine
avec l'aimable autorisation des Éditions du Rocher

*Pour mon fils Florent,*
*né avec ce livre.*

# INTRODUCTION

Il y a quelques années, je passai un hiver entier à Assouan pour préparer un travail sur Éléphantine et son *nome* — c'est-à-dire sa région administrative — dans l'Antiquité égyptienne. Le plus clair de mon travail consistait à relever les inscriptions non encore publiées.

Je m'installai d'abord à Assouan puis décidai d'aller camper dans l'île d'Éléphantine. Celle-ci est habitée par des Berbérins, répartis dans trois villages. Les Berbérins sont des Nubiens qui parlent des dialectes apparentés au berbère; ceux d'Éléphantine parlent en général l'arabe égyptien. Comme ceux de leur race, les hommes constituent les équipages des bateaux de transport sur le Nil, entre les cataractes, à moins qu'ils ne possèdent leur propre barque. Les jardins qui couvrent une partie de l'île leur fournissent leurs légumes. Les Égyptiens autant que les Berbérins sont ouverts et hospitaliers, et rien ne leur plaît davantage que de rencontrer quelqu'un prêt à écouter leurs discours et à y répondre. Comme la passion qui me possédait pour les Égyptiens anciens ne nuisait en rien à l'intérêt que je portais à leurs modernes descendants, je prenais moi-même le plus grand plaisir à palabrer avec ces hommes simples et imaginatifs, avec lesquels les discussions pouvaient occuper de nombreuses soirées de fête.

Parmi ces gens, une famille me prit particulièrement en amitié, et je me trouvai chez eux comme dans ma propre demeure. Le maître de maison était au seuil de la vieillesse; il possédait des traits fins et le teint sombre des hommes de sa race et s'exprimait en arabe avec difficulté, usant en général du dialecte berbérin. Il avait voyagé longtemps sur le Nil et en connaissait parfaitement les rives, depuis Le Caire jusqu'à Khartoum; sa vie de batelier lui avait permis d'accumuler une quantité prodigieuse d'anecdotes qu'il ornait par la grâce d'une imagination exubérante et qui firent mes délices de plus d'une soirée. Il avait plusieurs fils; mais un seul, le plus jeune, Omar, vivait auprès de lui; il avait fait quelques études qui lui permettaient de s'exprimer médiocrement en anglais, grâce à quoi il trouvait à se faire quelques maigres revenus en se proposant comme drogman aux touristes anglo-saxons. Omar, qui avait à peu près mon âge, connaissait parfaitement toute la région et il me transportait à travers les îles avec sa barque, qui lui servait à l'occasion à pêcher.

Lorsque le printemps revint je me trouvai dans l'obligation de rentrer en France. Quelques jours avant mon départ, alors qu'Omar faisait sa sieste, j'allai faire une dernière visite aux ruines de l'antique Éléphantine. Chaque fois que j'errais dans les ruines, je ne manquais jamais de ramasser des tessons de poterie et de retourner des pierres pour voir si je ne trouverais pas quelque inscription oubliée. J'étais absorbé dans l'examen d'un fragment de céramique lorsque je vis arriver Omar.

— As-tu trouvé quelque chose d'intéressant ? me demanda-t-il en voyant que je tenais un objet qu'il n'avait pas déterminé.

— Un tesson sans intérêt, repondis-je en le rejetant.

— Si nous creusions, nous trouverions peut-être un trésor...

Les indigènes d'un pays riche en passé restent toujours convaincus que les archéologues doivent trouver des trésors. Je compris qu'Omar lançait une sonde discrète.

— Certainement pas, répondis-je. Ce qu'on peut trouver dans les ruines ne peut intéresser que la science et sache bien, Omar, qu'il est fou d'espérer trouver quoi que ce soit qui puisse avoir quelque valeur à tes yeux en creusant au hasard. Quant aux tombes, les *sebakhin* les ont toutes pillées, ce qui est bien regrettable car, pour trouver un peu d'or, ils ont détruit d'admirables œuvres d'art.

Omar sembla réfléchir un instant avant de reprendre :

— Mais s'il existait des tombes qu'aucun *sebakhin* n'ait pillées et que tu pourrais fouiller comme on doit le faire, voudrais-tu t'en charger ?

— Omar, répliquai-je, t'étonnerai-je si je te dis que cela m'intéresserait peu ? Sans doute, n'est-ce pas ? Tu vois, lorsqu'un archéologue découvre un sépulcre inviolé, ce qui est arrivé, tu le sais bien, il se trouve soudain devant une masse d'objets qu'il ne lui reste plus qu'à dégager minutieusement en dressant les plans, en faisant des photographies et en procédant à un inventaire du tout; c'est un travail fastidieux et je n'envie nullement un Carter, conclus-je en songeant à l'inventeur de la tombe de Toutankhamon, qui consacra tant d'années à une tâche si ingrate.

Omar soupira.

— C'est dommage.

— Pourquoi ? demandai-je. Connaîtrais-tu une tombe inviolée ?

— Peut-être.

— Explique-toi clairement.

— Voici : je venais vers toi parce que nous avons un hôte à la maison, Habib ibn Adb'Allah. C'est un très vieil ami de mon père mais il habite Ondourman, au Soudan, et il ne vient que rarement en Égypte. Veux-tu le voir ?

— Sans doute, assurai-je, mais quel rapport ce voyageur a-t-il avec ta mystérieuse tombe inviolée ?

— Mon père lui a parlé de toi. Habib a demandé ce que tu faisais et, lorsque mon père le lui a dit, il a voulu savoir s'il t'avait parlé du temple des montagnes de l'Occident. Mon père lui a répondu : « C'est une histoire qui t'appartient; j'en ai déjà trop avec les miennes. Raconte-la-lui, tu sauras le faire mieux que moi. » Sur ces mots, on m'a envoyé te chercher.

Je ne m'attarderai pas à donner des détails sur mon entrevue avec Habib. En résumé, il m'apprit que, dans sa jeunesse, il avait été au service du roi Fouad. Il était intégré dans les méharistes qui faisaient la police du désert. Or, un jour qu'avec ses compagnons il effectuait une tournée vers les pistes du désert à l'ouest d'Assouan, le *khamsin* les avait surpris. Il perdit ses compagnons et se retrouva seul. Il erra dans le désert en cherchant à regagner la vallée du Nil et parvint ainsi dans le lit d'un *ouadi* desséché. Il en suivit le cours, et, en un lieu où la vallée s'élargissait, il aperçut des cavernes qui s'ouvraient au flanc de la falaise et, poursuivant sa route, il découvrit un temple creusé dans le roc. Comme je lui demandais de me décrire ce temple, il me répondit que c'était un *birbeh* comme ceux d'Abou Simbel. Les Nubiens donnent le nom de *birbeh*, qui signifie « temple », aux constructions les plus diverses, et je pensais possible que mon méhariste eût découvert une niche, voire une petite chapelle, dans un ouadi dont le cours aurait pu être utilisé comme voie d'accès durant l'Antiquité. Je conclus que son imagination orientale avait ensuite élevé quelque insignifiant monument au rang de temple rupestre. Je demandai à Habib s'il y avait à l'entrée du temple des statues colossales comme à Abou Simbel; il précisa qu'il n'y avait pas de statues mais de belles colonnes, et qu'il avait aperçu de grandes peintures à l'intérieur du temple. Il n'avait fait cependant qu'y glisser un coup d'œil car il avait la certitude que des *effrits* avaient fait leur demeure de cette vallée et plus particulièrement du temple. Les *effrits* sont des démons dont les Arabes peuplent les ruines et tous les lieux un peu isolés et qu'il semblent redouter, bien qu'ils n'aient jamais fait reculer les *sebakhin*, les pilleurs de tombes. Je demandai à mon informateur s'il se rappelait où se trouvait ce temple et s'il saurait y revenir. Il m'assura qu'on devait le trouver à deux jours de marche d'Assouan, en direction du sud-ouest, mais il n'avait jamais tenté d'y retourner.

Toute cette histoire me parut être un beau conte. Lorsque je me retrouvai seul avec Omar, il me demanda ce que j'en pensais et, comme je lui donnais mon sentiment réel, il me répondit :

— Vous, Européens, vous ne croyez à rien. Moi, je retrouverai ce temple et je t'y mènerai.

Je lui donnai ma bénédiction et quittai Assouan sans que nous ayons reparlé de cette affaire.

Rentré en France, mes lectures vinrent raviver en moi le souvenir de cette conversation et je dressai une liste, sans doute très incomplète, des contes colportés sur un temple à l'occident du Nil, entre Esneh et Assouan, telle celle que rapporte l'auteur arabe des *Merveilles de l'Égypte*; sous le califat d'Abel el-Aziz, à la fin du VII<sup>e</sup> siècle, un voyageur s'égara dans le désert et découvrit les ruines d'une ville; il y avait encore là des arbres chargés de fruits, dont le voyageur rapporta une provision en Égypte. Quelques égyptologues se sont intéressés à ces contes. Dans une lettre adressée à Maspéro, l'inspecteur égyptien du service des Antiquités lui apprend qu'en 1895 il entendit un vieillard lui affirmer que, dans sa jeunesse, s'étant enfui dans le désert libyque pour ne pas être enrôlé dans l'armée, il découvrit un « palais » assez vaste en pierre de taille. La grande porte était flanquée de deux colonnes et de deux statues en forme de lion accroupi; les chambres en étaient obscures mais bien décorées de sculptures d'animaux, ainsi que d'oiseaux... Par ailleurs, de Morgan, qui fut directeur des Antiquités après Maspéro, écrit à ce dernier que, sur des témoignages semblables, il chargea en 1893 l'inspecteur des Antiquité d'Edfou d'explorer le désert à l'ouest de la ville; celui-ci le parcourut pendant quatre jours sans aucun succès. Enfin, en 1908, le grand égyptologue américain Breasted entendit raconter une histoire du même goût alors qu'il se trouvait à Abou Simbel. Il engagea guide et chameaux et s'enfonça dans le désert; le guide ne fit que le conduire vers une masse rocheuse qui, de loin, pouvait donner l'illusion d'être une construction, d'autant que les parois de la roche étaient couvertes de dessins préhistoriques.

Cela acheva de me convaincre que ce temple mystérieux n'existait que dans l'imagination des informateurs.

Trois années plus tard, je revins en Égypte avec ma femme. Nous entreprîmes une visite systématique des sites de la vallée du Nil, si bien que le printemps était installé lorsque nous parvînmes à Assóuan. Je ne manquai pas d'aller à Éléphantine, où j'avais à contrôler la lecture de certaines inscriptions. Omar était toujours là. Il nous accompagna dans nos excursions tout en nous donnant des nouvelles du pays. Nous retournâmes chez lui pour boire le thé; nous étions assis sur des coussins de paille, autour de la table basse, lorsqu'il se leva et vint déposer devant moi un objet, sans prononcer une parole; mais je vis son regard briller dans la pénombre de la salle. Je reconnus tout de suite un gros scarabée en malachite. Les scarabées qui accompagnent les momies avec des formules propitiatoires sont fort courants en Égypte et, en soi, l'objet ne me causa aucune surprise au premier abord. D'après sa ciselure, je l'attribuai à la période dite du Nouvel Empire, c'est-à-dire entre 1500 et 1100 avant notre ère. Le ventre de l'insecte, qui offre un espace poli pour recevoir les inscriptions, était couvert de hiéroglyphes, et j'allai dehors pour en prendre une vue rapide à la lumière du jour. Je fus aussitôt frappé par la présence d'un double cartouche. Je demandai alors à Omar d'où il tenait cet objet.

— Puisque tu connais les hiéroglyphes, dis-moi d'abord ce qu'il y a d'écrit, et je te répondrai ensuite.

Omar consentit à me le confier pendant une heure ou deux afin que je l'étudie de plus près. Il fut convenu que nous nous retrouverions pour le dîner; et je me retirai avec ma femme sous notre tente.

Le cartouche est une sorte d'anneau étiré en forme de rectangle aux extrémités arrondies dont les pharaons entouraient deux des cinq noms qu'ils portaient. C'étaient les deux derniers noms de la titulature, grâce à quoi il est aisé de reconnaître au premier coup d'œil une inscription royale. Ma curiosité l'emportant, je commençai par déchiffrer les signes enfermés dans les deux cartouches. La lecture en était aisée; je lus sur le premier le nom de Merirê Miamon, c'est à dire « qui aime Rê et qui aime Amon ». L'autre cartouche montrait un carré surmontant une demi-lune à côté d'une corde nouée, le signe du canal, puis, au-dessous, le dieu Seth assis, tournant le dos à deux plumes placées côte à côte, le tout surmontant une ligne ondulée. Il existait à ma connaissance deux cartouches assez semblables à celui-ci, mais dont les signes étaient disposés dans un ordre différent; l'un appartenait à Mineptah, dernier roi de la XIX^e^ dynastie et fils du célèbre Ramsès II; on s'accorde en général pour dater son règne entre les années 1232 et 1224 avant notre ère; l'autre cartouche était celui d'un Séthi auquel on donne le numèro II et dont on a quelques représentations, qui régna six ans entre 1220 et 1210. Quant au premier nom, il est inconnu dans les listes dynastiques. Je pensai un instant que ce scarabée était simplement un faux et que ces cartouches étaient des pastiches; je me dis aussi qu'il pouvait avoir été émis par un de ces princes ou gouverneurs qui, lors de certaines périodes d'anarchie, n'hésitent pas à entourer leur nom d'un cartouche et à prendre la titulature des rois de Haute et Basse-Égypte.

Tandis que je me livrais ainsi à des spéculations, ma femme suggéra que le mieux était de traduire les hiéroglyphes, qui n'étaient nullement fantaisistes. Nous nous mîmes à l'ouvrage, et quelle ne fut pas notre stupéfaction de découvrir que le texte commémorait le couronnement de ce pharaon inconnu. Cela me surprit car, selon moi, il n'existe aucun scarabée commémoratif de ce genre excepté ceux qu'Aménophis III émit au cours de son règne splendide.

Nous courûmes aussitôt chez Omar, qui nous accueillit avec un sourire où je lus son triomphe devant mon incrédulité passée. Pressé par mes questions, il nous apprit que, piqué par mon scepticisme, il avait décidé de retrouver le temple mystérieux. Il avait interrogé à ce propos un grand nombre de personnes, et, après avoir recueilli de nombreux renseignements, il avait commencé à prospecter les collines du plateau libyque. Après plusieurs tentatives infructueuses, il s'était enfin aventuré dans le cours d'un ouadi et, après deux jours de marche, il avait découvert un temple rupestre et les ruines d'une cité. Il n'avait osé pénétrer seul dans le temple, mais ce fut en remuant les pierres des ruines voisines qu'il avait trouvé le scarabée. Faute d'eau, il n'avait pas poussé plus loin ses recherches, et il était revenu vers le Nil.

Je ne pouvais plus douter de la parole d'Omar, qui s'offrit à nous conduire. Nous étions venus avec une 2 CV, et il assura qu'on pourrait y parvenir avec ce véhicule. Nous fîmes des provisions de carburant, d'eau et de vivres, et nous nous mîmes en route le surlendemain. Omar prétendit qu'il avait sélectionné des points de repère pour retrouver sa route; nous errâmes néanmoins pendant cinq jours dans le désert, et je commençais à désespérer de jamais voir ce temple — que je rejetai à nouveau dans le domaine de la légende — lorsque nous parvînmes dans le lit d'un ouadi qu'il assura être le bon. Enfin, les *effrits* nous furent favorables et en effet le sixième jour nous arrivâmes dans un lieu où la vallée se partageait en deux lits dont la fourche était dominée par un haut éperon rocheux percé de grottes à mi-hauteur.

Notre émotion reste par trop inexprimable lorsqu'au bas de la falaise, au-delà d'un coude de l'ouadi le plus septentrional, nous découvrîmes effectivement la façade d'un temple rupestre. Elle était tournée vers le soleil levant et ornée de deux colonnes taillées dans le roc. Armés de lampes électriques, nous pénétrâmes aussitôt dans le temple. Il se composait de trois salles; la première, le *pronaos*, était la plus vaste; des piliers carrés, taillés dans le roc, s'élevaient jusqu'au plafond relativement bas; la deuxième salle, aussi large que la première, mais moins longue et dépourvue de piliers, servait de vestibule qui donnait accès au saint des saints, petite pièce obscure au centre de laquelle se dressait un autel.

Il n'y a pas lieu ici de donner une description détaillée des représentations figurées qui ornaient les parois du temple. Nous avons passé là deux journées à relever les inscriptions et à prendre croquis et photographies. Nous avions perdu six journées à retrouver le temple et, comme nous n'avions pris de l'eau que pour une dizaine de jours, la prudence recommandait de ne pas s'attarder en un lieu où nous pourrions toujours revenir.

Les temples funéraires sont pour les pharaons ce que les chapelles étaient pour les tombes particulières. La tombe devait donc se trouver à peu de distance mais, malgré les recherches d'Omar, nous ne parvînmes pas à la découvrir. Je prospectai rapidement aussi les ruines de la cité. En réalité, ces ruines formaient un petit *kom*, tertre ensablé qui ne pouvait renfermer que les restes d'une vaste demeure et de ses dépendances.

Pas de tombe, pas de trésor; notre seule moisson consistait en notes, plans hâtivement levés, photographies et esquisses des représentations figurées. Omar était aussi désespéré que nous étions enchantés, encore que je regrettais de n'avoir pu prendre qu'une partie des inscriptions, car nos lampes à gaz autant que nos lampes électriques avaient été vidées par deux journées et une nuit presque entière de travail. Cependant Omar fit la plus belle découverte. Il était convaincu que le temple possédait des salles secrètes; j'eus beau lui affirmer que cela n'existait que dans les romans, qu'un *speos* n'avait jamais de cryptes, il ne s'entêta pas moins à sonder les murs et à gratter le sol avec une petite pioche. Or, à la fin du second jour, je travaillais dans la première salle du temple lorsque j'entendis un bruit de cruche cassée qui venait du saint des saints. Je m'y précipitai et je découvris Omar derrière l'autel, contemplant les fragments d'une poterie qu'il venait de briser d'un coup de pioche. Je commençai par me mettre en colère, mais il haussa les épaules.

— Tu ne vas perdre la face pour quelques morceaux d'argile brisée, me dit-il.

— Tout est précieux ! m'écriai-je. Pourquoi as-tu brisé ce vase ?

— Pour l'ouvrir plus vite, s'il avait contenu un trésor...

Le sol du *speos* étant constitué par la roche dans laquelle avait été creusé le temple, Omar n'avait pas eu trop de mal à découvrir sous la poussière une dalle qui recouvrait une cavité où avait été déposée une petite jarre, qu'il pensait pleine de bijoux. Sa déception fut immense lorsqu'il n'en tomba que des rouleaux de papyrus enfermés dans des sacs de peau. C'était à mes yeux une découverte plus précieuse que les plus fins bijoux d'or, et je m'empressai de serrer soigneusement ces rouleaux dans une sacoche de cuir.

Nous repartîmes le lendemain en compagnie d'un Omar maussade et déçu de ne pas avoir découvert un nouveau trésor de Toutankhamon. Le printemps est la saison où soufle le *khamsin*, le terrible vent du désert, semblable au sirocco. Ce que je redoutais un peu au départ se produisit : sur la route du retour, nous fûmes surpris par le *khamsin*. Bien qu'il n'y eût pas de nuages dans le ciel, le soleil fut tellement obscurci qu'on se fût cru à la tombée de la nuit; les nuages de sable soulevés par le souffle brûlant nous étouffaient et nous aveuglaient. Il n'était pas question de continuer à rouler. Nous pensions rester dans la voiture, mais la tempête était si violente qu'Omar nous assura que, si nous ne nous éloignions pas, nous serions ensevelis sous les sables. Je le crus et nous abandonnâmes le véhicule. Cependant, malgré notre précipitation, j'attrapai vivement une gourde d'eau et la sacoche contenant les rouleaux de papyrus. Nous tenant mutuellement par la main, conduits par Omar, nous nous éloignâmes à grande allure, le vent nous entraînant dans ses tourbillons, jusqu'à ce que nous trouvions un refuge derrière une butte rocheuse. La tempête dura trois ou quatre heures, ce qui est particulièrement long... Lorsque le vent fut tombé, nous cherchâmes l'automobile. Après une heure de recherches, nous en découvrîmes le toit, qui émergeait du sol; elle n'avait pas été renversée, sans doute parce qu'elle s'était remplie de sable. Nous tentâmes de la dégager en retirant le sable avec nos mains; l'entreprise me parut bien vite ridicule. Après avoir arraché la capote, nous creusâmes un puits pour tenter de retrouver les bidons d'eau, les notes et les appareils de photo; mais nos efforts restèrent infructueux. En abandonnant le véhicule, nous avions laissé les portières ouvertes, et il y avait bien des chances pour que la plupart des bagages eussent été emportés et ensevelis sous le sable. Il fallait se hâter de retourner vers le Nil avant de périr par la soif. Le soleil nous servant de guide, nous marchâmes vers l'est et, malgré la nuit, nous poursuivîmes notre route, Omar sachant se diriger d'après la position des étoiles.

Le lendemain, nous aperçûmes le long ruban clair du Nil et parvînmes à Assouan le jour suivant. Aidés par les gens du pays et la police locale, nous tentâmes de retrouver notre véhicule.

Après huit jours de vains efforts, nous dûmes nous résoudre à prendre le bateau pour revenir au Caire, nos fonds étant particulièrement en baisse : une partie de notre argent se trouvait dans le sac de ma femme, qu'elle n'avait pas pu emporter dans notre fuite. Omar me promit de retrouver l'automobile et de repartir à la recherche du temple. Il a conservé le scarabée, dont j'ai copié l'inscription, et nous sommes rentrés en France avec nos papyrus. En attendant des nouvelles d'Omar, j'ai commencé par dérouler soigneusement les précieux rouleaux. Ils sont couverts d'un texte en une élégante écriture hiératique. La transcription en hiéroglyphes et la traduction m'ont pris plusieurs années de travail, et j'attends toujours en vain des nouvelles d'Omar. Nous avons l'intention de repartir pour Assouan, mais, auparavant, il m'a paru intéressant de livrer au public les fruits de nos recherches.

En effet, les Égyptiens anciens plaçaient dans leurs chapelles funéraires, accessibles aux visiteurs, une biographie — ou plutôt une autobiographie — où le défunt parle à la première personne et relate sur une stèle ses titres, ses grandes actions, et souvent raconte sa vie dans des textes parfois assez longs. Les papyrus trouvés dans le temple funéraire de Merirê sont une véritable autobiographie. Mais, fait sans doute unique dans la littérature égyptienne, c'est Merirê qui en a rédigé le texte de son vivant, comme de véritables mémoires. Il y donne de nombreux détails qui éclairent certains points obscurs de son époque, mais partout il a su y raconter d'une manière vivante et détaillée une vie remplie d'aventures et de péripéties qui peut être lue comme un véritable roman. Sans doute, bien avant lui, des scribes égyptiens nous ont laissé des contes plus ou moins longs où le héros raconte ses propres aventures; mais Merirê nous donne un récit complet et étoffé qui est unique dans la littérature égyptienne.

Notre auteur ne donnant évidemment pas de dates, ni de numéros de règne ou de dynastie — car c'est là une invention de Manéthon, historien égyptien de l'époque grecque — je précise que notre héros vivait à la fin du XIIIe siècle avant notre ère (sa date de naissance est dans l'année 1227) et que le Ramsès dont il va être longuement question est Ramsès III, qui régna de 1198 à 1166, et peut être considéré comme le fondateur de la XXe dynastie et le dernier grand roi du Nouvel Empire.

# I

## LES ENFANCES

J'ai trempé mon roseau dans l'encrier et je commence par toi, Seigneur de la Lune, Langue de Ptah, maître de toute Science, ô Thot d'Hermopolis; reçois ces gouttes d'encre en libation et inspire mon cœur pur au seuil de cette entreprise, la dernière de ma vie et sans doute la meilleure si les dieux veulent m'assister.

L'existence fut pour moi un long labeur, et une grande lassitude s'est emparée de mon âme. Je les avais oubliées depuis bien des années, ces paroles du scribe que je traçais dans ma jeunesse :

*La mort est aujourd'hui devant moi*
*Comme la guérison pour un malade*
*Comme la promenade qui succède aux douleurs.*

*La mort est aujourd'hui devant moi*
*Comme l'odeur de la myrrhe*
*Comme si j'étais assis dans la brise sous une voile.*

*La mort est aujourd'hui devant moi*
*Comme l'odeur du lotus en fleur*
*Comme si j'étais assis à boire auprès d'une berge.*

Mais qui après moi pourra graver dans la pierre la renommée de mes actes qui sera la vie de mon âme ? Nul mieux que moi-même ne connaît mon cœur et le secret de mes actions; nul mieux que moi-même ne pourra dire mes gestes, qui me seront une justification devant le tribunal d'Osiris.

Voilà pourquoi je prends mon roseau et je me raconte moi-même, tel que ma mémoire m'a conservé l'image des choses au fil des ans.

Je naquis au temps du grand roi Baenrê Mineptah, Vie-Santé-Force, le jour même, ai-je appris plus tard, où Sa Majesté défit les vaincus de la mer, les Libyens impies. Mon plus lointain souvenir est celui d'une enfance heureuse. Mon père, Nebkahor, qui avait été premier sous les règnes du Taureau puissant Ousirmarê Miamon Ramsès et de son fils Baenrê, était un homme bon, au cœur équitable. Il considérait que les temps étaient mauvais et les hommes impies, et il vivait dans son grand domaine, près des marais de la Terre du Nord. Ma mère, Baketamon, était une femme pieuse; elle m'éleva dans le respect des dieux et l'amour du maître des Dieux et de l'Univers, le grand Amon-Rê. J'avais une sœur qui conserve encore le souffle de vie, Nekhserket, et dont j'aurai encore l'occasion de parler. Elle était frivole, et si la déesse Hathor lui avait donné la beauté, Selkis lui avait donné le venin.

Nous vivions en des temps troublés et, outre ma mère qui fut aussi ma nourrice, mon père avait placé près de moi Antanour et son fils, Kashta. Antanour était un homme puissant, un ancien garde shardane du roi Mineptah. Il étonnait les Égyptiens, car il avait des cheveux couleur d'or et la peau blanche comme celle d'une femme; mais il était grand comme un sycomore et fort comme un lion. Son fils a marché sur ses traces. Mais à cette époque il était aussi un enfant, n'ayant pas deux ans de plus que moi, et il m'était un compagnon de jeux plutôt qu'un serviteur.

Pendant toute ma première enfance, je ne connus pas la vie des villes. Mon père avait fait une brillante carrière de scribe et avait acquis sa fortune au service des rois justifiés Ousirmarê et Baenrê qui l'avaient distingué et comblé de présents. Il se chargea lui-même de mon éducation. Il me fit apprendre des éléments de l'écriture et tout ce qu'on enseigne dans les écoles de scribe des Anciens et tout ce qu'il faut savoir pour bien administrer les domaines privés autant que ceux des dieux ou du roi. J'étais cependant un élève peu attentif, et si je restais docile c'était par respect pour Nebkahor, qui mettait tous ses soins à faire de moi un homme. Je préférais à cela les leçons d'Antanour : dès que je fus en âge, il m'apprit à monter sur un char, à tenir les rênes pour maîtriser l'ardeur des chevaux et à donner à ceux-ci tous les soins qu'ils réclament. Mais auparavant il me fit nager avec Kashta dans les eaux du Nil, il nous fit lutter ensemble pour nous montrer comment on doit repousser un agresseur et, peu à peu, il nous enseigna les ruses et les arts qui font la force du guerrier.

Il arrivait aussi que Nebkahor allât à la chasse et à la pêche dans les marais. Nous l'accompagnions tous : même ma sœur et ma mère ne dédaignaient pas ces distractions. Nous prenions place sur deux radeaux de papyrus; dans l'un montaient Antanour, Kashta et un serviteur qui portait les sandales du maître, et j'allais dans l'autre avec mon père, ma mère et ma sœur. Nekhserket se contentait de se regarder dans l'eau et de tenir les bêtes prises. Nous chassions au bâton; mon père était adroit dans ce lancer; et je commençai rapidement à me montrer assez habile grâce à une pratique quotidienne, mais nul ne surpassa bientôt Kashta, qui ratait rarement sa proie, et à qui il ne manquait que la vigueur pour l'envoyer aussi loin que le faisait son père Antanour. Lorsqu'un oiseau tombait au milieu des fourrés de papyri, Kashta et moi nous précipitions à la nage, rivalisant pour atteindre le premier la bête abattue; belle occasion de rire et de se disputer sans aucune acrimonie. Nous allions aussi à la pêche; mon père, qui ne possédait plus la force de la belle jeunesse, s'installait dans un siège sur son bateau conduit par un esclave, et pêchait à la ligne; à quelque distance, Kashta et moi, sous la direction d'Antanour, nous tirions le poisson. Rien n'exerçait plus notre patience et notre adresse que ce jeu où on apprenait sans danger à manier le javelot, et Nebkahor veillait à ce que nous pratiquions couramment ces exercices.

Un autre de mes plaisirs était d'accompagner mon père lorsqu'il se rendait en inspection dans ses domaines. Il aimait à pêcher et à chasser dans les marais, plus particulièrement à l'époque de l'inondation, où la montée des eaux laisse tout le monde dans l'oisiveté; et c'était lors des moissons qu'il allait, de préférence, visiter ses domaines. Homme minutieux, il surveillait lui-même la coupe du blé et la rentrée des grains. Pendant cette période, il s'installait chaque matin dans une partie différente de son domaine. Il montait un char qu'il conduisait lui-même et je l'accompagnais, debout devant lui. Il était toujours suivi de son intendant et d'Antanour, qui dirigeait son propre char avec son fils. Nous passions nos journées dans les champs. Des servantes nous apportaient à manger, dirigées par un chef des chariots qui les conduisait; elles apportaient aussi de nombreuses cruches de vin et de bière que mon père faisait distribuer aux moissonneurs.

Nebkahor s'asseyait sur un tapis ou sur un tabouret, dans l'ombre d'un sycomore, et il regardait les paysans au travail. Son œil était partout : il remarquait ceux qui travaillaient bien, et les paresseux n'échappaient pas à son regard; ces derniers se voyaient négligés dans la distribution du vin tandis que les autres se trouvaient récompensés. Aussi, comme on connaissait l'équité de mon père, les paysans travaillaient-ils en chantant, dans une vive émulation. Il lui arrivait aussi d'avoir à juger des contestations ou des querelles qui s'élevaient entre les gens des domaines. Nebkahor ouvrait alors une enquête sérieuse, écoutait les partis et les témoins et il ne rendait jamais un jugement sans avoir longuement réfléchi à la justesse de sa sentence ni sans avoir invoqué Rê dans le ciel et la déesse Maât. Je suivais avec attention les débats et écoutais les explications qu'il voulait bien me donner par la suite pour justifier ses décisions. Il recevait aussi les rapports des scribes qui lui présentaient les comptes de la moisson après avoir noté les épis sur pied, la récolte prévue et la récolte réelle; chaque sac engrangé était soigneusement enregistré; le maître des équipes venait aussi lui montrer quelques épis et le blé décortiqué afin que le maître pût juger de sa beauté.

Pour moi, je m'asseyais aux pieds de mon père et j'obervais avec la plus grande curiosité tout ce qui venait à ma vue.

Malgré ma jeunesse, les gens du domaine me donnaient les marques du plus profond respect; devant moi il s'inclinaient en levant les bras et j'en éprouvais au fond de moi-même la plus grande joie. Mais si les enfants des paysans acceptaient que je fusse leur chef ou leur roi, il arrivait qu'au milieu d'un jeu ils oubliassent nos conditions réciproques; ils se montraient parfois insolents et querelleurs et j'appelais Kashta à mon aide pour châtier leur morgue; mais il advenait parfois que nous n'eussions pas le dessus, les petits paysans s'unissant pour nous rosser comme nous devions le mériter. En général, je ne leur gardais pas rancune et, le lendemain, nous reprenions nos jeux sans mauvaise humeur aucune. Un jour, toutefois, que la bataille avait été plus violente que d'habitude et que je reçus quelques mauvais coups, j'allai me plaindre à mon père, et les enfants redoutèrent sa colère.

— Merirê, me dit-il, pourquoi ces enfants se sont-ils unis pour te battre ?

— Parce que je voulais leur imposer ma volonté, répliquai-je en me dressant comme une oie familière.

— Et pourquoi voulais-tu leur imposer ta volonté ? poursuivit Nebkahor.

— Parce que je suis leur maître et qu'ils me doivent le respect.

— Mon enfant, sans doute tu es leur maître, dit mon père, et sans doute ils te doivent le respect. Mais ces droits que te donne ta naissance, il déplaît aux dieux qu'on en use sans discernement et il est indigne d'un homme noble de ne pas mériter le respect qu'on lui porte par ses actions et par la grandeur de son comportement. Si tu veux être le maître de ces gens et avoir leur respect, il tient à toi de le mériter et non point d'en user par le seul droit de la naissance. Nos rois si sages ont eux-mêmes voulu qu'il en soit ainsi, eux qui ont supprimé les charges héréditaires et qui ont élevé aux plus hauts rangs de leurs maisons des hommes sans naissance mais d'un grand mérite. Les dieux ont en abomination l'homme injuste et orgueilleux, et leur faveur va à ceux qui savent rester à leur rang et mériter les éloges qu'on leur décerne. Ces garçons t'ont battu, mais songe que, peut-être, tu le méritais. Tu me demandes de les punir ? Alors je te laisse juge de la punition qui doit leur être infligée; et ce que tu décideras sera exécuté.

Ces paroles dégonflèrent ma colère et me laissèrent méditatif;

je restai un instant muet, et enfin je répondis ces mots, qui sortaient de mon cœur :

— Mon père, ils ne méritent pas de punition; et si j'y songeais plus longtemps encore, peut-être mon cœur me dirait-il que c'est moi qui mériterais d'être puni.

A ces mots, mon père sourit et me pressa sur sa poitrine en disant :

— Merirê, persiste dans ces voies que te montre Amon-Rê; et tu deviendras un homme sage et comblé par les dieux.

Ces souvenirs sont encore pleins de miel sur mes lèvres. La présence du maître n'éteignait pas la joie des travailleurs qui chantaient tandis que les cruches de bière circulaient de main en main et de bouche en bouche. Et tandis qu'on poussait les ânes et les bœufs sur l'aire, pour battre et fouler le blé, les bouviers chantaient la vieille ronde :

*Foulez pour vous, les bœufs !*
*Foulez pour vous, battez pour vous*
*Ce qui sera votre fourrage...*

Et le soir, lorsque la moisson était engrangée, on se réjouissait en l'honneur de Rennoutet, maîtresse des moissons. Les hommes et les femmes dansaient et chantaient, et mon père distribuait alors du vin en abondance, afin que chacun fût satisfait. Ces soirs-là, ma mère m'autorisait à dormir tard, et je prenais du plaisir à courir et à danser autour des feux, à jouer avec les autres enfants et à déranger les amoureux qui allaient comme des chats se tapir dans les fourrés.

## II

## LE TRIOMPHE DE SETH

J'étais dans la douzième année de mon âge, et je poussais comme une plante sauvage, ignorant de ce qui se passait hors du monde que je chérissais. Cette année-là, un autre monde, qui était celui de Seth, pénétra avec violence dans mon univers.

Lorsque mon père me donnait la sagesse de Thot, nous nous installions devant la maison, dans l'ombre fraîche de la colonnade. Kashta restait avec nous, non pas qu'il apprît l'écriture; mais il nous écoutait avec attention, et, lorsque mon père parlait, il buvait la sagesse sur ses lèvres.

Un jour, alors que Nebkahor me disait les grandes actions de nos anciens rois qui se tiennent en face d'Osiris, Antanour vint se présenter devant mon père.

— Pardonne, seigneur, un message est venu du Sud. Séthi, vice-roi de Nubie, gouverneur des contrées de l'or d'Amon, s'est révolté contre le roi Mineptah Siptah, et il marche sur la ville d'Amon avec une puissante armée.

— Ce n'est pas une bonne chose, répondit Nebkahor.

— Non, seigneur. Séthi était un ennemi du dieu bon, de Mineptah notre maître. Il prétend que le sang d'Osiris anime son âme et qu'il est le véritable héritier du trône; c'est pourquoi il haïssait le roi Mineptah, mon bon maître, en osant dire qu'il était moins digne que lui du trône des deux terres.

— Cette guerre est une mauvaise chose, et il faut prier Amon-Rê, roi des dieux, pour qu'on ne voie pas le triomphe de Seth.

Dans les jours qui suivirent, je vis mon père devenir soucieux, et il se retirait souvent en compagnie d'Antanour, avec qui il restait enfermé pendant des heures dans la salle d'étude. En ce temps-là, j'appris par hasard qu'Amenmès avait été tué par son ennemi, qui s'était assis sur le siège d'Horus; mais j'ignorais ce que signifiait pour nous le triomphe d'Ouserkheperourê.

La chaleur était lourde sous le ciel de Rê; et le Nil commençait à se gonfler depuis plusieurs jours. Déjà la terre noire se recouvrait de l'eau vivifiante. Nous étions allés pêcher, Kashta et moi, accompagnés par Antanour. Pour atteindre notre barque, il avait fallu patauger dans la boue, qui aspirait nos pieds. Dans peu de jours la terre allait être complètement recouverte, et des fourrés de papyrus il ne surgirait plus que des buttes comme Iatenen, la terre primitive qui n'était pas immergée et où les dieux issus de Thot héliopolitain déposèrent l'œuf primitif, père de Rê. Depuis que mon père m'avait fait connaître les grandes créations divines, je voyais le monde sous l'aspect des dieux, et chaque fois que montaient les eaux du Nil je pensais à la création de Thot. Mais, ce jour-là, je pensais surtout à attraper notre bateau. Le flot montait avec force, et nous allions avoir une grande inondation, une de ces inondations qui emportent tout et qui changent la bénédiction d'Hapi en une catastrophe. C'était là un signe de la colère des dieux devant le triomphe de l'usurpateur qui se levait dans Thèbes. Le flot avait arraché la barque tirée à terre, et le courant essayait de l'entraîner. Mais j'avais pris soin de la lier à un piquet solide. Nous y montâmes tous les trois. Antanour avait emporté son javelot pour harponner les poissons, et nous nos couteaux et des filets, car je voulais aller prendre dans les fourrés les oiseaux qui s'y réunissaient en nombre pour fuir l'inondation.

Ce que nous fîmes ce jour avant le drame qui désola le cœur de Rê, je ne le sais. Avec Kashka, je posais un piège dans un buisson, au bord de l'eau, lorsque des cris vinrent frapper nos oreilles. « Des enfants qui jouent et qui se chamaillent », pensai-je en mon cœur. Sans nous alarmer, nous avons continué d'attacher le piège. Mais les cris se rapprochèrent, et je reconnus que c'était ma sœur, Nekhserket, qui criait ainsi.

Antanour n'était plus auprès de nous. Nous sortîmes des buissons et vîmes l'abomination d'Amon. Ma sœur, son voile en lambeaux, courait vers nous, suivie de près par un homme. Il levait dans une main une lance et de l'autre tenait un bouclier qui ralentissait sa course. Ma sœur tomba et resta la face contre terre, sans bouger; et peut-être cela lui sauva-t-il le souffle de vie. Devant son agresseur, qui était un soldat, se dressait Antanour, pareil à un lion puissant. Le soldat lança son javelot, et je sentis le froid saisir mon dos; mais Antanour bondit de côté, et le dard alla se ficher en terre, derrière lui; et, comme le vol rapide du faucon qui fond sur sa proie, le harpon jaillit des mains d'Antanour et traversa la poitrine du soldat, qui tomba sur la nuque, les bras ouverts. J'aurais voulu danser de joie comme le dieu Bès dans les fêtes, mais mon cœur trembla dans ma poitrine lorsque je vis ausssitôt deux autres soldats courir vers Antanour. Il était sans arme, mais il restait impassible, dominant ses ennemis comme Amon dans la bataille. La lance en avant, l'un des guerriers fut sur lui et poussa son arme d'un mouvement prompt; mais déjà Antanour, évitant le coup, avait saisi la lance d'une main, tandis que de l'autre bras il enserrait son ennemi. Cependant l'autre soldat était sur eux et, son arme levée, il s'apprêtait à frapper Antanour entre ses larges épaules. Kashta avait bondi vers eux, mais ce n'était qu'un enfant, et il était trop loin. Alors Amon inspira mon âme, et Sekhmet me donna sa force. Je tenais à la main son bâton de chasse : de toutes mes forces, je le lançai vers le but qu'Amon avait désigné. Le bâton frappa en plein visage le guerrier, qui chancela en poussant un hurlement de hyène et en lâchant son javelot. Avant qu'il eût retrouvé son esprit, Kashta était sur lui; il étreignait son couteau, et lorsque l'arme pénétra dans la gorge du soldat un flot de sang jaillit qui ruissela sur le bras de Kashta. Dans le même temps, Antanour avait transpercé son adversaire de son propre javelot. Nous courûmes vers Nekhserket pour la relever; elle pleurait et tremblait de peur. Nous l'interrogeâmes, et dans ses paroles incohérentes nous comprîmes que des soldats s'étaient jetés sur la maison, portant la mort sombre et le feu de Seth avec eux. Notre mère avait été tuée, ainsi que notre père; ils avaient voulu s'emparer de Nekhserket, qui s'était enfuie, poursuivie par les soldats que nous avions vus, tandis que les autres se répandaient à travers le domaine, avides de destruction.

Dans un premier élan, inconscients de notre faiblesse, Kashta et moi voulûmes nous précipiter dans le combat pour châtier les vils agresseurs. Antanour nous en empêcha. Il nous montra la folie de notre désir et nous exhorta à prendre la fuite, qui était notre seul salut. On entendait tout près les cris des soldats à leurs appels : s'ils nous avaient aperçus, nous aurions été perdus. Il y eut peu de mots échangés. A peine Antanour nous avait-il pressés de fuir qu'il prenait dans ses bras Nekhserket et nous entraînait vers notre embarcation. Nous nous éloignâmes en glissant entre les touffes de papyrus pour rester cachés aux regards des guerriers de l'impie, qui s'étaient dispersés à travers champs.

Nous trouvâmes un refuge dans un îlot du Nil couvert d'une épaisse végétation. La montée des eaux était pour nous une grâce des dieux, car une partie des terres est transformée en îlots nombreux; et il est presque impossible de les fouiller tous avec des barques pour y trouver des fugitifs. Nous portâmes l'esquif léger dans un profond fourré et allâmes nous installer dans la partie la plus haute et la plus cachée de l'îlot. Nous croyant en sécurité, nous pûmes alors mesurer l'étendue de notre misère. Kashta et moi n'avions guère de vêtements, et notre seule arme était mon couteau, car dans notre hâte nous n'avions même pas emporté les armes des soldats. Ma sœur, qui était plus crottée qu'une paysanne lors des semailles, et vêtue d'une robe transformée en un haillon plus misérable que ceux des mendiantes des grandes routes, restait accroupie comme une grenouille et ne cessait de sangloter et de gémir.

Ce fut l'occasion pour Antanour de nous révéler les ressources d'un esprit ingénieux. Mon couteau servit à tailler des bâtons de toutes formes et de toutes tailles : bâtons courbés pour la chasse, longues perches au bout appointé et durci dans le feu, servant de javelot, étançons noueux pouvant faire office de massue. Des pans de la robe de ma sœur lui furent arrachés malgré ses cris, et Antanour sut les tailler pour en façonner des filets afin de capturer des oiseaux. On laissa à ma sœur le grand collier que lui avait donné notre mère, mais on sacrifia le mien : le métal servit à faire des hameçons; les perles firent office de poids et les fils supportèrent ces hameçons alourdis par les poids; les fils étant trop courts, on préleva des cheveux à la perruque de la sœur, laquelle fut ainsi mise en pièces. Nekhserket était si coquette que le sacrifice de sa perruque fut pour elle un immense malheur. Elle avait conservé sous sa perruque ses cheveux naturels, qui restaient assez courts; et en se voyant ainsi dans l'eau du Nil, elle poussa des gémissements, si bien qu'on ne savait si elle pleurait la perte de ses parents ou celle de sa perruque. Je la raillai en lui disant qu'il importait peu qu'elle fût belle, car elle demeurait suffisamment attirante pour plaire aux crocodiles et aux hippopotames, les seuls prétendants qu'elle pût trouver sur le Nil. Kashta, plus aimable, et qui était sorti de l'enfance, essaya de la consoler en lui jurant par la Dorée qu'elle était plus belle ainsi, dans les atours naturels que lui avait donnés la déesse, qu'avec les fards et les artifices dont usent les femmes qui ne sont pas aussi aimées d'Hathor qu'elle l'était elle-même.

Nous passâmes la première nuit dans l'île couchés sur la terre, n'ayant mangé que quelques racines. Kashta avait toutefois cueilli des lotus et des papyrus pour faire à ma sœur une couche moins dure; mais la méchante ne voulut pas s'y étendre, refusant toute nourriture, repoussant toute consolation. Nous attribuâmes cette attitude au chagrin que lui causait la perte de nos parents chéris; mais je crois qu'Antanour eut tort de lui prendre sa perruque à un si tragique moment.

Le lendemain, Antanour monta dans la barque et nous laissa seuls sur l'île en nous recommandant d'être prudents et de chasser et pêcher si nous le pouvions. Nous allâmes, Kashta et moi, poser les filets dans les fourrés et jeter les lignes tandis que Nekhserket allait de son côté laver son corps et son visage encore souillés de terre.

Nous l'avions quittée depuis peu de temps lorsque ses cris nous firent accourir. Je redoutais qu'elle eût été découverte par les soldats; mais l'imprudente, qui ne savait pas nager, s'était laissé saisir par le courant du fleuve, qui l'entraînait vers le large. Kashta se jeta à l'eau et la rejoignit avant qu'Hapi l'eût engloutie dans son sein. Je descendis dans le courant avec notre plus long bâton, dont je tendis le bout à Kashta, qui ramena ma sœur sur la berge. Il s'en fut l'étendre sur la couche qu'il lui avait préparée la veille et qu'elle avait dédaignée.

— Il faut qu'un de nous reste auprès d'elle, me dit Kashta.

Je le laissai à ce que je croyais lui être une pénible corvée, pour courir retrouver les filets et mes hameçons.

Je revins, favorisé par Hapi, qui m'avait permis de rapporter quatre poissons et deux oiseaux. Je trouvai Kashta assis auprès de Nethserket. Elle s'était endormie, et je vis que mon ami était allé cherché des fleurs pour lui en faire des parures. Il la veillait comme une nourrice un enfant malade, et, à l'aide d'une touffe de fleurs, il chassait les mouches qui volaient autour d'elle. Ma sœur n'avait joué avec nous que durant notre petite enfance, et, depuis lors, Kashta ne la voyait que de loin, toujours aux côtés de ma mère, sans qu'il eût jamais l'occasion de se trouver assis auprès d'elle; et ainsi pendant bien des années. Aussi m'étonnais-je, dans ma naïveté d'enfant, des soins qu'il lui prodiguait soudain.

Je préparai un feu pour cuire les produits de ma chasse et mes lèvres demeuraient scellées comme par un cachet de cire, car j'étais blessé que Kashta eût à peine prêté attention à mes captures. Il y avait un peu de bois sur l'îlot, et Antanour nous avait appris à faire du feu en frottant des bois secs, réalisation difficile qu'on ne réussissait généralement qu'après de longs efforts.

Antanour fut de retour avant que le repas ne fût cuit. Nekhserket s'était réveillée et je vis qu'elle souriait à Kashta. Elle le laissa même prendre ses mains sans montrer nulle impatience, ce qui me surprit, car elle était toujours pleine de morgue envers les gens de moindre naissance. Bien souvent, elle m'avait reproché avec une sorte de véhémence de jouer avec les enfants des paysans; et, pis encore, elle m'avait fait entendre que, bien que j'en eusse fait mon compagnon de jeu, Kashta n'était qu'un impie, fils d'esclaves vaincus par le roi et que Nebkahor avait placé près de moi pour me servir. Je sais maintenant comment Nebkahor aurait répondu à de tels propos, mais alors je ne fis que rire en la traitant de sotte et de prétentieuse, et je lui montrai ma langue. Voilà pourquoi son attitude si nouvelle envers Kashta m'apportait un grand étonnement.

Lorsqu'apparut Antanour, Kashta lâcha les mains de Nekhserket et se leva d'un bond. Antanour nous dit qu'il s'était glissé vers la maison de nos parents. Les soldats étaient partis après avoir incendié la maison et les greniers. Ils avaient aussi massacré quelques paysans et emmené plusieurs femmes. Cependant, des paysans avaient assuré Antanour que les soldats avaient emporté les corps de nos parents, sans doute pour leur donner une sépulture. Un paysan qui était resté dissimulé sous les décombres d'un grenier avait entendu le commandant des soldats ordonner à son second de « rechercher partout les autres », et il avait ajouté que «si on ne les retrouve pas, il faudra dire à Sa Majesté qu'ils ont été noyés ». Il est certain qu'il était là question de nous.

En entendant dire que les corps de nos parents avaient été emportés, Nekhserket s'était remise à pleurer. Moi, je ressentis un grand chagrin monter dans ma poitrine, mais la colère et le désir de vengeance étaient plus puissants encore dans mon cœur. Je me levai en criant, les dents et les poings serrés :

— Je les tuerai ! Je les tuerai !

— Tu les tueras ! s'écria ma sœur. Non, tu ne feras rien, tu ne pourras rien faire.

— Ne dis pas cela. Tu verras !... m'écriai-je, la rage au cœur.

— Je ne verrai rien ! dit-elle en élevant encore la voix. Tu n'es qu'un enfant, et tu ne peux rien faire.

Et elle ajouta ces mots qui firent chanceler mon âme :

— Tout est arrivé par ta faute.

Je ne comprenais pas ce que Seth soufflait à son cœur, et me taisais. Mais je fus surpris d'entendre Antanour lui dire fortement :

— Tais-toi !

Antanour s'était toujours adressé à elle avec les plus grandes marques de respect, et la sécheresse de son ton me causa une grande stupéfaction. Mais, n'écoutant que la colère de son cœur, Nekhserket poursuivit sur un ton plus irrité :

— Oui, c'est toi que les soldats cherchaient; j'en suis sûre

— Moi ! m'exclamai-je. Pourquoi moi, qui ne suis qu'un enfant ? Pourquoi veut-tu faire tomber sur mon âme la mort de nos parents ?

— Fou ! cria-t-elle. Ce ne sont pas tes parents et tu n'es pas mon frère...

La terre aurait tremblé sur ses bases que nous n'eussions pas été plus terrifiés, plus stupéfaits, lorsque nous vîmes Antanour se jeter sur Nekhserket et lui fermer la bouche en criant :

— Tais-toi, arrête ces paroles que t'inspire la déesse-scorpion, sinon je te jette dans le Nil !

Dans l'instant, je vis Antanour serrer ma sœur si fort que je crus qu'elle allait étouffer, Kashta qui regardait son père, les poings serrés, pareil à un chat sauvage qui va bondir sur sa proie, et je songeai alors que, Nebkahor étant parti vers l'occident, je devenais le maître. Dans l'instant Amon me souffla sa sagesse.

— Arrête ! ordonnai-je.

Antanour relâcha Nekhserket, qui pleura sur sa couche.

— Pardonne-moi, seigneur, me dit-il en s'inclinant.

C'était la première fois qu'il m'obéissait avec de telles marques de respect; et je crois que ma sœur et Kashta n'en ressentirent pas moins de surprise que moi.

Je restai un instant silencieux, et Amon me souffla encore sa sagesse :

— Que chacun accomplisse sa tâche. Les dieux nous aideront à punir ceux qui leur sont en abomination.

Nous mangeâmes en silence et sans faim le repas que j'avais préparé. Atoum passait sous l'horizon occidental et nous éteignîmes le feu afin que ses lueurs ne puissent être aperçues des rives du fleuve.

Mais moi, je songeais aux paroles qu'avait prononcées ma sœur. Je disais à mon âme que la colère avait parlé par sa bouche, et que, comme elle m'aimait peu, elle avait inventé ce conte pour me blesser et pour rassasier son âme vindicative. Mais, plus j'essayais de calmer mon cœur par ces paroles, plus le doute me pénétrait comme un serpent qui se glisse dans un jardin fleuri.

## III

# PAR LES RUES DE THÈBES

Je ne pouvais oublier les paroles de Nekhserket. J'y pensais à tout moment, quand nous pêchions, quand nous mangions, quand nous dormions. Toujours exilés sur notre île, nous vivions de plantes des marais, de poissons et d'oiseaux. Nous avions aussi repris nos jeux et je me baignais avec Kashta et Nekhserket, qui ne voulait plus se séparer de nous. Kashta avait entrepris de lui apprendre à nager; ce qui lui était un prétexte pour la serrer dans ses bras, mais moi je n'y voyais que jeu d'enfants. Depuis que nous nous étions réfugiés dans l'île, la lune, œil d'Horus, était montée par deux fois dans le ciel, et le Nil commençait à retrouver son lit habituel. Antanour déclara que les soldats avaient dû abandonner leurs recherches et qu'on ne pouvait plus vivre ainsi, comme les pâtres des marais. Il fut décidé qu'il irait chercher des vêtements pour nous et s'informer des événements du pays. Il emmena avec lui Kashta pour qu'il gardât le bateau sur la berge, tandis qu'il irait seul à l'intérieur des terres. Ces paroles me réjouirent, car j'avais attendu depuis bien longtemps cette occasion de rester seul avec Nekhserket.

J'attendis que la barque se fût éloignée, puis vins vers Nekhserket.

— Et s'ils ne reviennent pas ? lui demandai-je pour l'éprouver.

— Il ne nous restera plus qu'à mourir ! soupira-t-elle.

— Tu as peu de confiance en moi.

— Tu es un enfant.

— Plus maintenant, répliquai-je avec un mouvement d'humeur. Il y a longtemps que je veux te parler, ajoutai-je aussitôt.

— Pourquoi as-tu attendu ? As-tu peur de moi ?

— Tu es aussi bête qu'une oie du Nil. Je n'ai pas peur, mais je voulais être seul avec toi.

Elle voulut s'éloigner dans les fourrés, mais je la pris par le bras, et elle s'étonna de ma force.

— Qu'y a-t-il ? demanda-t-elle.

— Pourquoi as-tu dit que je n'étais pas ton frère ?

— Crois que je n'ai rien dit. C'est la colère qui m'a fait parler ainsi.

— Vois, je sais que tu mens ! Dis-moi ce qu'il y avait dans ton cœur, sinon je t'abandonne ici et je passe à la nage sur l'autre rive du Nil.

— Fais-le, répliqua-t-elle.

Sans ouvrir mes lèvres, je pris mon couteau et mon bâton, et descendis vers le fleuve. Je commençai à nager dans le courant, prêt à relever son défi, lorsqu'elle me supplia de revenir. Je lui demandai tout d'abord :

— Me diras-tu ce qui est dans ton cœur ?

— Reviens, je te dirai tout ce que je sais.

Lorsque je fus de retour sur la rive, elle s'assit sur ses talons et me dit :

— Voici : c'est un de mes plus lointains souvenirs. J'avais à peu près six ans lorsque ma mère vint me prendre par la main et me conduisit auprès de notre père. Je vis devant lui Antanour, qui était suivi de guerriers pareils à lui. Combien il y en avait, je ne sais plus. Tu te tenais debout devant lui et Kashta s'accrochait à ses jambes. Ma mère vint te prendre par la main et tu te mis à pleurer. Tu pouvais avoir quatre ans, alors. Elle te montra à moi, et me dit : Voici Merirê. Désormais il est notre fils, et regarde-le comme ton frère. Si on te demande qui il est, jure par le roi des dieux qu'il est bien ton frère; Amon te pardonnera. Et, depuis, je t'ai regardé comme mon frère; mais comment oublier ce qu'est la vérité ?

Je ne pouvais douter de ce qu'elle venait de me révéler; et je restai silencieux, tournant ses paroles dans mon esprit.

— Mais ne t'a-t-on pas dit qui j'étais et d'où je venais ?

— Je te jure par Maât que je ne sais rien de plus, m'assura-t-elle.

— Et pourquoi as-tu dit que c'est moi que cherchaient les impies qui ont pillé notre maison ?

— Je ne sais pas... Mais pourquoi seraient-ils venus chez nous pour piller notre maison ?

Elle se mit à pleurer, et je ne cherchai pas de réponse.

Antanour rapporta des vêtements, solides pagnes de paysans pour nous, grossière robe pour ma sœur; mais ces temps passés dans les marais avaient endurci nos corps et nos âmes; et nous nous réjouîmes de tout cela. Nekhserket ne se plaignit même pas lorsqu'Antanour déclara qu'elle devait se séparer de son collier, trop riche parure. Il nous rapporta aussi des délices pour nos bouches : dattes, pain et cruche de lait. Il n'avait pas trouvé de gens dans l'ancien domaine de Nebkahor, car ils avaient fui après le pillage des demeures et n'étaient plus revenus, de crainte d'être enlevés par les soldats. C'est ailleurs qu'Antanour s'était procuré toutes ces choses, qu'il avait dû voler, car les paysans des environs le connaissaient et il ne voulait pas être vu par crainte d'une dénonciation.

Notre barque fut abandonnée au bord du Nil, après qu'elle nous eut débarqués sur les berges; et nous prîmes la route du Sud. Antanour avait parlé et dit :

— Voici : maintenant, il faut aller loin, jusqu'à la grande cité du roi des dieux, jusqu'à Thèbes la Divine où règne l'impie. Et, pour vivre, nous vendrons le collier dans un grand marché, et nous travaillerons. Et pour que nul soupçon ne tombe sur nous, on dira que vous êtes mes enfants. Je vous aurais eus, Kashta d'une femme de ma race, et vous d'une femme égyptienne. Et comme Merirê connaît notre langue, qu'il parle avec Kashta, nous parlerons dans la langue de mes pères, pour bien montrer que nous sommes des étrangers installés en Égypte.

Les paroles d'Antanour eurent notre assentiment. Moi-même j'avais été élevé en étroite amitié avec Kashta; je parlais sa langue natale aussi bien que lui-même savait s'exprimer en égyptien. Nekhserket pouvait parler égyptien sans que nul ne s'en étonne, comme nous-mêmes pouvions le parler, étant dans le pays et nés de mère égyptienne.

Nous arrivâmes à Athribis, qui était la première ville que je voyais. Ma sœur y était déjà venue dans une belle barque avec Baket Amon et un grand nombre de serviteurs, et maintenant, elle y reparaissait comme une mendiante. Cela la fit encore pleurer. Moi, je ne me souciais pas de son chagrin, tant j'avais mes regards occupés par un spectacle si nouveau pour moi. Nous allâmes aussitôt au marché. Le collier de Nekhserket était très beau, et Antanour alla le porter à un marchand d'or et de bijoux, le plus riche de la ville, qui tenait boutique au fond de la place. A la vue du collier, le bijoutier leva un regard soupçonneux vers Antanour, qui prit la parole, comprenant ce qui se passait dans l'esprit du marchand.

— Tu le vois, je suis un ancien capitaine des gardes shardanes du roi. Notre corps est dispersé, mais les Shardanes sont des soldats et non pas des voleurs. Ce collier, voici longtemps le roi Baenrê Miamon le donna en récompence à ma femme, une Égyptienne, mère de ces deux enfants (Il nous désigna, Nekhserket et moi.) Les dieux m'ont enlevé cette aimée depuis longtemps et j'ai gardé son collier. Mais le besoin est devant nous, et je dois le vendre. Ne tente pas de nous tromper. Je ne suis pas un enfant, et je connais les hommes.

Longtemps Antanour discuta avec le marchand, qui faisait des offres qu'il refusait. Il simulait un départ, et le bijoutier le rappelait car il désirait le collier. Enfin ils parvinrent à un accord, et Antanour reçut un sac dans lequel il chargea de petits bijoux, des paires de sandales, un coffret, une boîte d'argent, des anneaux d'or, trois beaux poignards de bronze et d'autres choses encore. Nekhserket reçut une paire de sandales, mais Kashta et moi continuâmes d'aller nu-pieds, car on aurait pu s'étonner de voir des enfants pauvres chaussés.

Nous errâmes ensuite sur le port. Antanour interrogeait les bateliers, et il trouva un bateau qui remontait vers Thèbes. Le patron cherchait deux rameurs, car deux de ses bateliers étaient tombés malades. Il nous accepta à son bord, et, en paiement,

Antanour et Kashta prirent la place des deux rameurs manquants.

Je passai ces longues journées de navigation à emplir mes yeux de ce qu'ils découvraient. C'était pour moi un délice que de voir les rives vertes du Nil, les mariniers qui s'affairaient dans les ports; de respirer l'odeur de la terre mouillée, une odeur que seul un Égyptien peut aimer. La nuit, l'air était parfois chargé de parfums apportés par la douce brise du nord depuis les jardins tout voisins. J'avais offert à Kashta de le remplacer, mais il avait refusé, disant que la rame serait trop lourde pour moi. Il avait sans doute raison car, avec mes douze années, j'étais encore enfant, tandis que lui, qui n'avait pas quatorze ans, avait presque la force d'un homme. Nekhserket se tenait assise près de moi, et n'osait bouger. Le premier jour, elle avait voulu se promener dans le bateau, mais un marin l'avait prise dans ses bras. Kashta avait volé à son secours et il commençait à se battre avec le marin lorsque le patron les sépara et ordonna à Nekhserket de se tenir à un poste éloigné et de n'en plus bouger.

Pendant tout le voyage, elle resta maussade, gémissant sur son malheur. J'essayai de la distraire en lui racontant des histoires que j'avais apprises auprès de notre père, mais les guerres du grand roi Menkheperrê chez les vils Asiatiques ne l'intéressaient pas plus que les combats de Seth et d'Horus ou que la légende de la déesse lointaine. Les contes inventés par les scribes l'auraient distraite davantage, mais elle les connaissait aussi bien que moi. Alors je la laissai à ses lamentations.

Je fus heureux de voyager le long du Nil, mais je le fus plus encore de voir Thèbes, la puissante cité d'Amon. Antanour, qui connaissait la ville, nous emmena dans une auberge près du port, où nous eûmes une chambre pour nous tous. Comme il craignait que nous nous égarions dans une si grande ville, Antanour ne voulut pas que nous sortions sans lui les premiers jours. Ces jours-là furent consacrés à parcourir les bas quartiers du port pour trouver une maison où nous installer. Antanour voulait une demeure dans les quartiers pauvres parce que nous n'avions que peu de moyens, et aussi parce que nous y passerions plus facilement inaperçus. Dans une rue près du port, Antanour trouva ce qu'il cherchait pour quelques anneaux d'or. Il y avait trois pièces, une où l'on pouvait vivre et faire la cuisine, une autre où nous mîmes nos paillasses pour dormir; et on donna à Nekhserket une chambre pour elle seule, celle qui se situait au fond de la maison. Elle en fut très contente, car depuis qu'on était sur le bateau elle avait dû dormir sur le bois dur, près de moi et des autres passagers, sans pouvoir jamais retirer son vêtement. Un escalier permettait de monter sur la terrasse où il est agréable de passer les soirées lorsque souffle la douce brise du nord.

Dès que nous fûmes installés, nos voisins vinrent nous voir, et à chacun Antanour fit le même conte sur notre origine et le lieu d'où nous venions; et comme devant les Égyptiens nous parlions entre nous la langue shardane, ils furent convaincus qu'Antanour disait vrai. Nos voisins étaient pauvres, mais ils avaient pitié de nos malheurs et ils nous apportaient souvent du pain, des dattes, des concombres et même des poissons du Nil.

Antanour nous conduisit d'abord dans les hauts quartiers, où les riches demeures sont cachées dans des jardins; il nous montra le palais des rois où maintenant se tenait l'impie, et aussi le magnifique temple d'Amon-Rê. Nous ne pûmes pénétrer que dans la grande cour, mais je pris pour la première fois conscience de la puissance et de la grandeur du roi des dieux.

Nekhserket fut préposée à la cuisine, mais bien vite elle se rebella et refusa de s'abaisser à ces travaux. D'ailleurs, elle se révéla si ignorante et maladroite qu'Antanour s'en fut acheter une vieille négresse. Personne n'en voulait : elle avait appartenu à un avare qui l'avait vendue parce qu'elle mangeait trop, et comme elle était vieille et difforme nul ne voulait la racheter au marchand qui s'en était embarrassé; les riches n'avaient aucun désir de posséder une telle vieille, et les pauvres renonçaient à une esclave qui avait la réputation de ne savoir que remplir sa panse. Elle s'exprimait en un très mauvais égyptien et roulait des yeux en balançant tout son corps lorsqu'elle parlait. Je la trouvai très amusante. Son nom indigène était proche, pour l'oreille, du mot égyptien *Iamet*, « la gracieuse », et c'était ainsi que tout le monde l'appelait par dérision. Mais elle était toujours de bonne humeur et riait de son nom en disant qu'il lui convenait et qu'on l'aurait ainsi appelée dans son pays, car les gens de chez elle savaient mieux que les Égyptiens apprécier la vraie beauté.

On l'installa dans la salle commune, et bientôt tout le monde fut satisfait de son arrivée parmi nous. Elle tenait notre maison et notre linge dans un état de parfaite propreté; elle se chargeait de faire le marché avec très peu de chose, mais elle savait cuisiner les mets les plus simples avec tant d'art que les plats les plus ordinaires devenaient délicieux. Elle trouvait encore le temps d'aider Nekhserket à sa toilette et de rendre des services aux voisins, qui lui donnaient en compensation du vin ou de la bière et de la nourriture.

Cependant, nous ne pouvions vivre longtemps encore sur le produit de la vente du collier de ma sœur; et Antanour alla se présenter au port, où il put gagner de quoi nous nourrir en déchargeant les bateaux de commerce. Kashta désirait accompagner son père pour l'aider dans son travail, mais Antanour ne le voulut pas; il recommanda à son fils de rester toujours avec moi et de m'accompagner dans mes promenades afin qu'il ne m'arrivât aucun mal. Moi, j'avais eu tôt fait de me lier avec tous les garnements du voisinage, et comme on me laissait être mon propre maître je passais mes journées à courir les rues, à me baigner dans le Nil, à jouer et à me battre avec les autres garçons. Je vis alors que les leçons d'Antanour étaient pour moi une bonne chose : pas un seul garçon de mon âge ne pouvait lutter avec moi; et, comme je connaissais les ruses de combat, je jetai à terre des garçons bien plus grands et plus robustes que moi. Nous nous entraînions ainsi les uns les autres; et je n'étais pas le dernier à commettre des actions qui déplaisent à Amon.

Ainsi, je n'étais pas à Thèbes depuis un an que j'en connaissais toutes les rues et que nul jeune coquin de la ville ne m'était étranger. Parmi ces enfants que Rê a en abomination se trouvait un certain Meï, « le lion ». C'était un surnom que lui avaient donné ses compagnons. Meï était le plus habile fripon que j'aie jamais rencontré. Son père, Panibi, était chef d'une équipe d'ouvriers de la nécropole royale, et il était plusieurs fois passé devant un tribunal pour vol, tentative de meurtre, coups portés à des passants, abus de confiance, surbornation de témoins et bien d'autres choses encore. Son fils semblait vouloir être plus grand que lui dans ce domaine. Il avait mon âge, mais nul mieux que lui ne savait voler les promeneurs ou pénétrer dans une maison pour la mettre au pillage. Il était querelleur, frappant de ses poings tous ceux qui lui déplaisaient. Lorsque je le vis pour la première fois, il ne voulut pas me laisser tranquille; comme mes compagnons respectaient ma vigueur, il désira m'éprouver. Ce fut une mémorable bataille. Nous échangeâmes des coups violents et, nous enlaçant avec force, nous roulâmes dans la poussière; je revins à la maison le visage ensanglanté, mais je revins seul, tandis que Meï, qui avait mangé la terre, dut être ramené par ses camarades. Meï ne parut pas me garder rancune de l'avoir vaincu, et comme je me montrais alors aussi gredin que lui nous devînmes des amis inséparables.

Je me trouvais avec lui et Kashta lorsque je vis le roi impie Ouserkheperourê. Il était assis dans un palanquin porté par des Nubiens. Il tenait dans ses mains les insignes de la royauté et regardait le peuple avec un sourire aux lèvres. Près de lui se tenait le porte-éventail de la droite du roi, et de nombreux gardes écartaient la foule. Derrière lui, sur un autre palanquin, suivait la grande épouse royale, Taousret. Le roi se rendait au temple d'Amon, à ce que disaient les gens autour de nous. Moi, je vis l'homme dont les soldats avaient tué ceux que je ne pouvais plus appeler mes parents, mais qui restaient pour moi un père et une mère; je le regardai passer, la colère dans mon cœur et les mains impuissantes. Nekhserket avait raison : que pouvais-je faire ?

Pendant presque deux années que je passai à courir les rues de Thèbes, je quittai l'enfance, mais Amon ne m'avait pas encore rendu la sagesse. Kashta était presque un homme et me suivait moins volontiers dans mes expéditions. Il était toujours plus amoureux de Nekhserket qui, après lui avoir accordé sa bouche, lui refusait toute autre chose. Elle sortait souvent et, afin de se donner plus d'importance, elle se faisait suivre par Iamet, portant un éventail. De beaux garçons s'attachèrent à ses pas, et elle méprisa Kashta, dont elle ne pouvait rien attendre de ce qui convenait à son cœur frivole. Pour Antanour, on ne le voyait à la maison que le soir, quand il revenait du travail avec les fruits de son labeur quotidien. Comme il ne rapportait pas assez pour faire vivre toute la maisonnée, il fut décidé que Kashta travaillerait. Il fut enrôlé dans l'équipage d'un bateau qui faisait du transport de marchandises sur le Nil. Ainsi partait-il parfois pendant de nombreux jours. Mais, chaque fois qu'il me retrouvait, il me disait combien son âme se remplissait de tristesse lorsque Nekhserket était loin de ses yeux. Je ne savais que lui dire, car je n'ignorais pas que cette cruelle n'avait pas une seule pensée pour lui.

Pour moi, l'absence de Kashta fit que je me liai plus encore avec Meï. Il m'emmenait chez son père, qui se vantait de ses brigandages et écoutait avec complaisance son fils raconter ses polissonneries.

Cependant, un incident éteignit mon ardeur à faire tout ce qu'abomine Rê. Avec Meï et une bande de garnements, nous allions par les rues à la recherche de quelque mauvais coup, lorsque nous arrivâmes sur une place de marché. Y pénétrait en même temps un détachement de police; mais nous n'avions alors aucune raison de fuir. Pourtant, quant leur chef passa près de nous, il arrêta la troupe et nous demanda :

— Qui parmi vous s'appelle Merirê ?

Je m'avançai, poussé par une divinité mauvaise, car la prudence eût consisté à ne rien dire.

— Moi, je m'appelle Merirê.

— Approche un peu.

Je fis encore quelques pas, et il me prit par le poignet.

— Comment s'appelle ton père ?

Je compris que j'avais trop parlé en avouant mon nom. Je ne devais pas livrer celui d'Antanour et je dis :

— C'est un ancien mercenaire shardane.

— Tu ne dis pas la vérité, répondit l'officier de police.

Et il ordonna aux soldats de m'emmener.

La peur me donna une force de taureau. Je me dégageai de l'étreinte de l'officier, qui reçut en même temps un coup de ma tête dans la poitrine, ce qui le fit tomber par terre. Je sautai ensuite par-dessus les étalages et pris la fuite. Mes compagnons, qui me respectaient, se jetèrent dans les jambes des soldats, qui tombèrent aussi. Seuls quelques-uns purent courir derrière moi, mais je les laissai tourner au loin, dans les rues et sur les terrasses, comme des poissons autour des plants de lotus.

Je racontai cet incident à Antanour le soir même. Il dit que nous avions fait une grande sottise de donner nos vrais noms, car l'officier de police ne pouvait pas ne pas me connaître. Il me commanda d'être désormais circonspect et d'éviter de me montrer.

IV

# DANS LE TEMPLE D'AMON

Quelques jours plus tard, les habitants de Thèbes purent voir le roi quitter la ville à la tête d'une armée : il se dirigeait vers Memphis et la frontière asiatique, menacée par des agresseurs.

Or voici : Antanour revint un jour, alors que le soleil était haut dans le ciel et il nous dit :

— Lorsque la nuit sera tombée, une noble dame viendra nous visiter. Toi, Iamet, tu veilleras à ce que la maison soit bien propre. Nekhserket, je sais que tu sauras te parer et tu joueras de la harpe lorsqu'elle apparaîtra. Voici une harpe, de beaux vêtements, des perruques neuves et des colliers pour toi et pour ton frère. Merirê, c'est à toi que parlera la noble dame; et tes oreilles devront être près de sa bouche. Que Nekhserket fasse en sorte que tu sois propre et bien paré !

Ces paroles nous remplirent d'étonnement; et aussitôt nous nous mîmes à l'œuvre. Antanour retira du grand sac qu'il portait une belle robe pour ma sœur et même un cône à parfum, ce qui la remplit d'aise. Moi, on me lava, on m'oignit de parfums, on me mit un pagne de lin fin et un beau collier; et pour la première fois je coiffai ma tête d'une perruque frisée. J'en fus si fier que je ne songeai pas à trouver sans agrément le port d'une chose à laquelle je n'avais pas habitué ma tête.

La nuit tombante nous trouva agités comme une panthère qu'on vient de mettre dans une cage. On entendit du bruit dans la rue et Antanour, qui guettait au-dehors, entra, suivi par une femme qui cachait son visage dans une grande étoffe.

Nekhserket jouait de la harpe en chantant une belle chanson. La noble dame laissa retomber le tissu et j'aperçus son visage dans la pénombre de notre salle. Antanour avait avancé un tabouret où l'on avait placé un coussin qu'il avait acheté le jour même. La visiteuse s'assit et je me tins devant elle. Je regardai son visage, qu'il me sembla avoir déjà vu, mais j'ignorais qui elle pouvait être. Son regard fut longtemps sur moi, et j'eus tout loisir de la contempler. A ses vêtements, aux bijoux qu'elle portait, je vis qu'elle était d'un haut rang, et cette visite m'en parut d'autant plus mystérieuse. Elle était encore jeune et je songeai qu'elle ne pouvait pas être ma mère.

— Merirê ! fit-elle enfin.

Je ne dis rien et m'étonnai de l'émotion qui étreignit sa gorge lorsqu'elle prononça mon nom. Elle dit encore :

— Merirê ! Écoute. Demain, un homme viendra ici te chercher. Suis-le; il te conduira au temple d'Amon-Rê, le roi des dieux. Tu y entreras à l'École de Vie, où tu apprendras tout ce qui concerne les dieux et où tu copieras la sagesse des anciens scribes. Tu y seras prêtre pur. Apprends docilement ce qu'on t'enseignera et fais avec zèle ce qu'on te commandera. Fais qu'on parle peu de toi. Maintenant, écoute encore : ton nom ne doit plus être Merirê. Pour tous tu seras désormais Ikerhor, « celui qui est précieux à Horus ».

Je promis de faire tout ce qu'elle disait. Elle se leva et, après un regard, elle voila son visage. Avant de sortir, elle se tourna vers Nekhserket :

— Tu chantes bien, lui dit-elle. Voudrais-tu être chanteuse d'Amon ?

— Si j'en suis digne, répondit Nekhserket.

— Tu en es digne, je le crois.

La noble dame sortit et Antanour la suivit. Lorsqu'il rentra dans la salle, je le suppliai de me dire qui était notre visiteuse, et il me répondit :

— Tu le sauras un jour, mais les dieux marqueront ce temps. Mes lèvres doivent rester closes.

Je savais que je ne pourrais obtenir d'autres paroles de lui.

Un homme vint le lendemain se présenter à notre porte. A ses vêtements, on reconnaissait un haut fonctionnaire; mais il allait à pied et sans serviteur. Il dit qu'il venait me chercher, et je le suivis après avoir embrassé ma sœur et Antanour. Kashta était sur le Nil, et je ne le revis pas. Iamet versa même des larmes.

Mon guide me conduisit jusqu'au temple d'Amon sans prononcer une parole. Il me fit entrer dans les dépendances et il parla pour me dire qu'il allait me présenter à Rouï, le premier Prophète d'Amon. Je devais le saluer avec le plus grand respect et l'écouter de toutes mes oreilles. Il me laissa entre les mains d'un prêtre et se retira. Celui-ci me fit attendre dans une salle sombre avant de m'introduire auprès du grand prêtre. Je le saluai avec le plus grand respect, et j'attendis qu'il parlât.

— Tu es Ikerhor ?

— Je suis Ikerhor, mon bon père, répondis-je.

— Une personne haut placée m'a demandé de te prendre dans le corps de mes prêtres. Désires-tu toi-même entrer dans le sacerdoce ?

— Sans doute, mon bon père.

— Sais-tu lire et écrire ?

— Je commence à pénétrer ces nobles sciences, répondis-je avec modestie.

Il se tourna vers un personnage qui se tenait debout près de lui.

— Voici Hemamon, le directeur des scribes de la Maison de Vie. Il va t'interroger pour sonder ton savoir, et il te conduira à la place qui doit être la tienne.

Hemamon s'avança et m'invita à le suivre. Je saluai Rouï et me retirai derrière le directeur des scribes. Celui-ci me fit lire des textes et écrire des mots qu'il énonçait; et il fut étonné de voir que je connaissais mieux les signes de l'écriture qu'il ne le soupçonnait. Il m'interrogea ensuite sur les choses divines, et comme il ignorait que ma mère Baketamon m'avait longuement parlé d'Amon et des autres dieux, et que mon père m'avait fait copier de nombreuses gestes divines, il fut encore une fois étonné par ce que je savais.

— Tu sais déjà beaucoup de choses, mais tu en apprendras bien plus encore dans la Maison de Vie.

Après ces paroles, il dit :

— Voici : maintenant je vais te montrer ta chambre. Tu la

partageras avec Ramsèsnakht, qui est prêtre pur, comme tu le seras bientôt.

Ramsèsnakht n'avait que peu d'années de plus que moi. Il était entré au service d'Amon depuis trois ans, et il brillait parmi ses compagnons pour son savoir. Dès que mes yeux le virent, ils furent séduits. Il aimait les dieux et la sagesse, mais les autres garçons l'aimaient peu parce qu'il ne désirait ni jouer ni parler. Jusqu'à ce jour, personne n'avait voulu partager sa chambre; et, comme je n'avais pas le choix, on pensa que j'accepterais un tel compagnon sans me plaindre; et, en vérité, je n'avais pas de raisons de me plaindre. Je crois que je ne déplus pas à Ramsèsnakht. Lorsque Hemamon me mit devant lui, il me salua et je lui rendis son salut. Le directeur des scribes lui dit que je serais son compagnon, et il le chargea de m'instruire dans mes fonctions et m'introduire dans la communauté des jeunes prêtres purs et des élèves scribes.

Le jour qui suivit, on me rasa les cheveux, puis je descendis dans le lac sacré pour me purifier comme se purifient Seth et Horus. Lorsque je fus sorti de l'eau primitive et que j'eus rejeté loin de moi ce qu'il y avait de mauvais dans mon cœur, un père divin accompagné de Hemamon et de Ramsèsnakht me présenta au dieu qui vit au fond du temple. Je pénétrai dans l'obscurité du sanctuaire, la crainte dans l'âme et l'amour du roi des dieux dans mon cœur. Je me prosternai devant sa sainte image, et revins en arrière, tourné vers le dieu, tandis que Ramsèsnakht effaçait sur le sol la trace de mes pas.

Devenu prêtre pur, je fus admis dans la Maison de Vie. Hemamon nous y enseignait les choses divines, et, par exercice, nous copiions de nombreux versets des livres de la sortie vers le jour; versets que venaient chercher les prêtres embaumeurs pour les confier à ceux qui allaient entreprendre le grand voyage vers l'occident.

Mon travail de prêtre pur, que je partageais avec d'autres compagnons, consistait à tenir propres les parties interdites du temple et à purifier les objets du culte.

Je passai dans le temple d'Amon-Rê trois années. J'y fus instruit des choses sacrées et reçus de grandes connaissances dans ce qui concerne les mystères divins. On nous y enseignait tout le savoir que les dieux ont procuré aux hommes : la géographie sacrée de la Terre Noire et celle de l'autre monde, l'histoire des dieux et des rois, la science des nombres et des figures, qui régit l'art de construire les temples, la connaissance des étoiles indestructibles et des infatigables qui règlent dans le ciel les heures du culte divin, la science des animaux et des marques qui les désignent comme objet d'adoration. On nous enseignait encore l'art de soigner les maladies et de panser les blessures, et aussi les règles pour comprendre le sens caché des songes que les dieux envoient aux hommes.

Comme mon compagnon de chambre, j'acquis très vite la réputation d'un garçon particulièrement docile et avide de savoir divin. Cette réputation, autant que mon amitié pour Ramsèsnakht, me valut de nombreuses inimitiés. Les jeunes prêtres étaient pleins de jalousie envers ceux qui les dépassaient par le savoir et par le zèle pour les dieux; et leur méchanceté était encore plus aiguë envers Ramsèsnakht, qui méprisait leurs jeux. Moi, qui étais plus joueur et dont les yeux étaient moins tournés vers l'intérieur de mon âme, j'aurais pu éviter de nombreuses haines que me suscita cette amitié.

Parmi ceux dont le cœur était le plus empli d'amertume envers Ramsèsnakht figurait Paser, le petit-fils du premier Prophète, Rouï. Sa naissance lui était un sujet d'orgueil, et il ne pouvait souffrir qu'un autre pût le surpasser en quoi que ce fût. Voilà pourquoi il haïssait Ramsèsnakht. Dans l'école de la Maison de Vie, il arrivait que des discussions dirigées par les grands scribes s'élevassent entre nous sur l'interprétation d'un geste divin ou sur la véritable nature du monde. Or, dans ces disputes, c'était toujours Ramsèsnakht qui l'emportait par son savoir et par la pénétration de son esprit, inspiré par le dieu Thot d'Hermopolis; et Paser, qui s'opposait à lui, se trouvait abattu comme un vautour par le trait d'un chasseur. Son âme tressaillait alors de dépit, et je voyais dans son regard toute la haine qu'il y enfermait, pareille à l'œil du dieu rouge. Mais Ramsèsnakht ne paraissait pas voir la méchanceté de Paser; son âme vivait dans le monde des dieux et, pleine de bonté, ne savait pas voir le mal.

Pendant tout mon séjour dans le temple d'Amon-Rê, je ne

sortis que six fois, pour les grandes fêtes d'Amon, deux fois chaque année. Lors de la fête d'Amon, dans la vallée, je suivais le cortège en chantant; mais pour la belle fête du Harem, je fus chaque fois désigné pour porter les statues divines; la première fois celle de Khonsou, la deuxième année celle de Mout et la troisième celle d'Amon. Le roi devait être à la tête du cortège des dieux; mais la première fois il n'était pas rentré des pays du nord, et ce fut le premier Prophète qui le remplaça. Les autres années, il était là, mais je demeurai impuissant, et chantai les louanges d'Amon malgré la colère de mon cœur.

Je ne revis pas Antanour ni Kashta, mais j'aperçus ma sœur, qui avait été reçue au temple comme chanteuse d'Amon. Elle-même me reconnut et m'adressa un regard; mais nous ne pouvions nous parler, car cela n'eût point été convenable, et il ne fallait pas montrer que nous nous connaissions. Pourtant, mes lèvres brûlaient de lui adresser la parole, car je voulais obtenir des nouvelles de ceux que j'aimais; mais je dus me taire et enfermer mes désirs.

Cependant, malgré le zèle que j'apportais dans le service des dieux, malgré l'ardeur avec laquelle j'étudiais pour remplir mon esprit de science, malgré le plaisir que me procurait l'amitié de Ramsèsnakht, la vie des prêtres du temple d'Amon pesait sur ma poitrine. J'aimais Amon-Rê, le roi des dieux, et mes lèvres chantaient avec sincérité des hymnes à sa gloire. Mais je n'étais pas destiné à le servir de cette manière.

Mon dégoût pour la vie dans le temple me rendait irritable; et, de plus en plus, je faisais des efforts dans mon cœur pour montrer une soumission qui m'était une grande souffrance. Or il arriva ceci.

Le soleil descendait sous l'horizon occidental et, avec les autres jeunes prêtres purs, je me rendis au lac sacré pour faire nos ablutions du soir. C'était l'époque où le Nil était le plus bas, et comme cette année-là il s'était retiré très bas nous ne prenions l'eau qu'en surface, car on trouvait tout de suite le fond plein de boue. Ramsèsnakht arriva après nous, et Paser le railla en disant qu'il devait être en conversation avec les dieux. Selon son habitude, Ramsèsnakht ne dit pas un mot, méprisant ces paroles mauvaises. Son dédain irrita Paser, qui continua de le railler, entraînant le rire méchant de ses compagnons. Ramsèsnakht était venu se placer près de moi, et il s'accroupit au bord de l'eau. Comme Paser continuait de l'insulter, je ne pus rester silencieux plus longtemps.

— Paser, lui dis-je, cesse tes coassements de crapaud, car tu déplairais même à la bonne Thoueris.

Paser arrêta aussitôt ses discours, et un silence passa sur nos têtes. Sans plus nous occuper de lui, nous nous penchâmes. Ramsèsnakht et moi, sur le bord du bassin pour recueillir l'eau dans nos mains. Aussi ne vîmes-nous pas ce petit traître de Paser qui, s'étant glissé derrière nous, nous poussa dans la mare. Nous en ressortîmes couverts de vase, sous les rires des autres prêtres. Ramsèsnakht avala l'affront et, sans prononcer une parole, entreprit de se laver. Mais mon cœur éclata dans ma poitrine. Jusqu'à ce jour, j'étais apparu à tout le monde comme un garçon doux et pacifique car je cachais la fougue qui brûlait tout mon être. Ce jour-là, je devins comme un guépard de Nubie. Les rires tombèrent soudain lorqu'ils me virent me lever, tel le serpent prêt à frapper. Je bondis sur Paser et le heurtai de mes poings durs, sans écouter ses cris. J'étais comme un taureau furieux. Un compagnon de Paser qui voulait intervenir se retrouva la tête dans la boue du lac sacré, d'où il criait comme une grenouille. Paser avait essayé de fuir, mais je le rattrapai et le fis rouler par terre; sa tête claqua contre une pierre, mais je continuai de le frapper, tant ma colère était grande. Les prêtres parvinrent à me maîtriser, mais Paser ne se relevait pas, et son sang coulait.

Hemamon arriva, et comme il voulait être agréable à Rouï, grand-père de Paser, il me fit saisir par des valets; on m'administra trente coups de bâton, qui me laissèrent tout meurtri, et on m'enferma dans la prison du temple, en attendant la décision du premier Prophète, qui était absent. La prison du temple était gardée par des Nubiens; mais il n'y avait presque jamais de prisonniers, et nul ne tentait jamais de s'enfuir, car il n'aurait su où aller, et l'incarcération n'était en fait que de courte durée. C'est pourquoi les gardiens s'endormirent sans se soucier de moi. Je ne songeais pas à m'enfuir, mais me lamentais sur mon sort et sur la volonté des dieux qui voulaient toujours m'abaisser davantage. Au milieu de la nuit, Ramsèsnakht se glissa dans ma prison.

— Ikerkor, me dit-il sans élever la voix, il faut que tu t'enfuies. Paser n'a pas encore retrouvé le souffle de vie. Demain matin, le grand Prophète viendra, et on lui dira tout. Il aime son petit-fils, et ne te porte pas beaucoup d'amour. Il entrera dans une grande fureur en apprenant ce que tu as fait, et ta punition sera terrible. Et si par malheur Paser rejoignait son âme, tu serais mis à mort comme un criminel.

— Mais où aller ? demandai-je.

— Je ne sais pas, mais il faut que tu fuies. Sans doute les dieux ont-ils voulu qu'il en soit ainsi parce que ton destin n'était pas de servir Amon.

Ces paroles éclairèrent mon âme et me décidèrent. Je me levai et Ramsèsnakht me donna deux beaux poignards en bronze.

— Prends-les, me dit-il. Il me viennent de mon père, qui était chef des chars, et je les ai toujours conservés; mais je hais tout ce qui rappelle la guerre, et ils te seront peut-être utiles.

J'embrassai mon ami en appelant sur lui la bénédiction d'Amon. Nous avons refermé la porte de la prison, et aussitôt nous nous sommes séparés. Ramsèsnakht alla vers sa chambre. Moi je sautai sans peine l'enceinte du temple. Le ciel était noir comme la terre, et dans sa course nocture la barque du Soleil allait déjouer les ruses d'Apophis. Je songeai que le seul refuge qui s'ouvrait à moi était la maison d'Antanour. Pour retrouver notre rue, il me suffisait de suivre la berge du Nil jusqu'au port. Je marchais vite le long du fleuve, lorsque je rencontrai une troupe de soldats qui faisaient une ronde de surveillance. Je fus interpellé et la peur saisit mes genoux. Je plongeai dans le fleuve et nageai vers l'autre rive. Les policiers couraient sur la berge à la recherche d'une barque. J'étais loin lorsque je vis les lueurs de leurs torches qui éclairaient l'embarcation où ils avaient pris place; mais je savais qu'ils ne pourraient plus me retrouver. Je pris pied sur la rive du couchant, et me mis à marcher vers le sud afin d'être loin de la ville lorsque Rê triompherait des ténèbres.

Quand l'œil du dieu monta sur l'horizon, je me trouvais à une grande distance de toute cité. Les moissons étaient engrangées, et on ne voyait plus dans les champs que quelques paysans qui ramassaient du chaume pour allumer le feu. La fatigue pesait dans mes pieds, mais je continuai de marcher le long du fleuve. J'espérais trouver un lieu favorable où je pourrais goûter quelque repos. Je me couchai enfin dans un buisson, et Amon envoya un lourd sommeil sur mes paupières.

Je fus réveillé par des cris. Je me redressai et vis que le bruit était causé par des hommes qui halaient le long de la rive un chaland chargé de marchandises. Debout à l'arrière du bateau, deux hommes tenaient les rames de gouverne, et, à l'avant, le patron encourageait les haleurs par ses cris. En me voyant sortir de mon buisson, les hommes me saluèrent, et je répondis à leur salut. Ils s'arrêtèrent pour souffler, et le patron, inspiré par les dieux, m'interpella.

— Holà, camarade ! Montes-tu vers le sud ?

— C'est ma direction.

Je répondis cela sans savoir pourquoi.

— Si tu veux gagner quelque chose, dit alors le patron, nous manquons de bras. Attelle-toi avec les autres. Nous allons à Edfou; et, là-bas, tu ne te plaindras pas de ma générosité.

Je ne refusai pas une offre où je voyais la main des dieux; et je m'attachai aux cordages. Il était dur de tirer le bateau entraîné par le courant du fleuve, surtout avec le ventre vide. Mais le patron vit ma faiblesse, et il comprit que j'avais faim. Il me donna à boire et à manger pendant le repos de ses hommes, et nous reprîmes la route avec une belle ardeur.

A Edfou, je reçus mon dû. Le patron me dit que, dans quelques jours, il repartait pour Thèbes après avoir vidé le bateau de sa marchandise pour le charger de produits venus de Nubie. La descente était facile, car le courant était pour nous. Il trouvait que je travaillais avec courage; et il me proposa de l'aider à charger le bateau et de retourner vers Thèbes, où je recevrais un nouveau salaire. J'acceptai ce travail, car je voulais retrouver Antanour et lui demander conseil.

V

## LA FUITE VERS LE DÉSERT

Je m'étais fait des hommes de l'équipage des compagnons. Dans la journée, nous nous occupions du chargement du bateau, et le soir nous allions dans les tavernes de la ville où l'on buvait de la bière; des jongleurs et des danseuses s'y exhibaient. A la vérité, je n'aimais pas la bière et le spectacle des baladins ne m'intéressait pas. Mais j'étais jeune et ne voulais pas que mes compagnons pussent penser que je les méprisais.

Or, ce soir-là, il y avait dans la taverne des officiers de char du gouverneur de la ville. Je ne portai pas mes yeux sur eux, car je regardais un acrobate qui jouait avec des poignards et me semblait très habile. Mais mon oreille fut attirée par leurs discussions. Ils arboraient des colliers qu'ils avaient reçus du roi ou du gouverneur, comme récompense. Et chacun racontait l'acte de bravoure qui lui avait valu cet honneur. Mais l'un d'eux portait un collier bien plus beau que les autres, et quand vint son tour il dit la vérité; et la vérité me transperça. Il ouvrit la bouche et expliqua qu'il y avait quelques années, le roi l'avait envoyé dans la basse terre avec une troupe de soldats, pour détruire des ennemis de Sa Majesté qui se cachaient dans les marais. Il avait tué le maître de maison et sa femme, et emmené des paysans et leurs épouses, tandis que les autres ennemis du roi s'étaient noyés dans le Nil en fuyant. Il avait rapporté un grand butin au roi, dont ce collier arraché au cou du maître de la maison, que Sa Majesté lui avait laissé en récompense.

Mon âme à ces mots chancela, et mes genoux tremblèrent. Je

tournai les yeux vers le soldat et reconnus sur sa poitrine le collier que j'avais toujours vu au cou de Nebkahor. Un voile rouge tomba sur mes yeux et je brûlai de bondir sur cet homme comme un taureau sauvage. Mais Amon sut m'inspirer la sagesse. Mes yeux semblaient suivre l'acrobate, mais c'était l'assassin de mes parents qu'ils voyaient en vérité, car je ne songeais plus qu'à lui faire voir la mauvaise couleur.

J'attendis qu'il sortît avec ses compagnons, et je me glissai derrière eux. Ils étaient venus avec leurs chars; et leurs chevaux les attendaient, liés à des arbres. Je crus que ma vengeance allait m'échapper ce soir-là, mais Amon le justicier avait marqué l'heure du destin de cet impie. Tandis que ses compagnons allaient vers leurs chevaux, il prit dans son char une grande outre en peau, qu'il alla remplir au puits de l'auberge. Les chars s'éloignèrent. L'officier chargea l'outre dans son véhicule. J'aurais pu le tuer alors, en plantant dans ses épaules l'un des poignards que m'avait donnés Ramsèsnakht; mais je voulais qu'il sût pourquoi il mourait.

Je me tins devant lui; il me lança un regard méprisant et dit :

— Qui es-tu et que veux-tu ?

— Je suis le fils de l'homme que tu as assassiné pour voler son collier.

— Tu es un fou ! Éloigne-toi, si tu ne veux pas que je te casse la tête avec ma hache.

— Amon m'envoie pour que tu ailles confesser ce crime au tribunal d'Osiris.

Disant ces paroles, je saisis mon poignard.

— Arrière ! cria-t-il.

Il prit sa hache; mais j'étais déjà sur lui, et le bronze aigu pénétra dans son foie. Je ne croyais pas qu'il pût être si facile de tuer un homme. Il poussa un cri sourd et je le retins dans sa chute. Je lui pris son collier, que j'attachai à mon cou, et m'emparai de ses armes, de ses sandales et de ses habits.

Des gens sortaient de l'auberge. Je sautai dans le char et pris la route du désert, vers le sud. Bien vite, on allait découvrir le corps du soldat que je venais de poignarder et l'on s'apercevrait de ma disparition. On allait se mettre à ma poursuite, et il me fallait m'éloigner au plus vite dans la direction vers laquelle on songeait le moins à me poursuivre, vers le désert occidental.

Je roulai pendant toute la nuit. Au cours de mon séjour dans le temple d'Amon, j'avais passé des nuits sur les terrasses du temple, à observer le ciel en compagnie des prêtres horaires pour noter les heures de la course nocturne de Rê. Le ciel étoilé m'était devenu familier; je connaissais les étoiles par leur nom et savais évaluer approximativement les heures de la nuit selon leur position. Je savais aussi me diriger en observant ainsi le ciel. Je laissai les chevaux aller à leur pas, afin de ne pas les fatiguer.

Lorsque le soleil monta à l'orient, je me trouvais isolé dans le désert. Mais je ne songeai pas d'abord à avoir peur. Je cherchais un amas de rochers où je pusse être abrité des ardeurs du soleil et de la vue des hommes. Sans doute Amon m'avait béni en inspirant au meurtrier de mes parents d'aller ainsi chercher de l'eau. Le tablier de cuir du soldat, dont je l'avais dépouillé, me servit à former un récipient avec lequel je donnai à boire aux chevaux. Pour moi, je ne bus qu'une gorgée d'eau, car je voulais tout réserver aux deux bêtes qui étaient mon salut. Je m'assis ensuite par terre et détachai mon collier. J'en reconnaissais chaque pierre, et ma pensée revint vers Nebkahor, que j'avais aimé et respecté comme un père, et vers la maison chérie de mon enfance, abandonnée aux corbeaux.

Je songeai ensuite à regarder les biens que ma vengeance m'avait acquis. Dans les étuis du char, il y avait six javelots et un arc, et deux carquois remplis de belles flèches; il y avait aussi le grand bouclier, et j'y avais jeté la hache et le bâton du soldat. Je mis sa perruque, car mes cheveux repoussaient à peine sur mon crâne rasé de prêtre pur. Je saisis chaque javelot, que j'essayai à tour de rôle, puis éprouvai l'arc à la corde tendue. La vue de ce char et de ces armes emplit mon cœur d'une grande joie. Comme me l'avait montré Antanour, j'enroulai les rênes autour de mon bras et m'endormis sur la roche dure.

Lorsque je me réveillai, la situation m'apparut avec tous ses dangers. J'étais seul dans le désert, sans nourriture aucune, et avec un peu d'eau pour soutenir l'ardeur de mes chevaux.

Je me remis en route en direction du sud. Je suivais une piste où les roues du char butaient contre des pierres, et j'allais lentement de crainte de les briser. La faim et la soif commençaient à se faire sentir, mais j'eus encore la force de ne faire qu'humecter mes lèvres avant de donner à boire aux chevaux. Ils avaient si soif qu'ils burent toute l'eau qui restait, et je n'eus pas le courage de la leur refuser.

Et alors, tandis que j'avançais sur la route cahotante, je me rappelai les termes de la lettre d'Hori à Amenemon, qu'on nous avait fait apprendre dans l'école de la Maison de Vie : « Quand tu fais halte le soir, tu as tout ton corps moulu, et quand tu t'éveilles c'est encore la nuit terrible et tu dois lever le camp. » Et je me mis à trembler en évoquant « les Bédouins cachés dans les buissons... Certains sont immenses et ont des faces sauvages et le cœur malveillant... Tu es tout seul, sans personne près de toi pour t'aider, sans troupe à ta suite... Alors tu es saisi par l'angoisse, tes cheveux se redressent et tu as ton âme sur ta main... » Le désert est peuplé de Bédouins et de bêtes étranges qui, soudain, me parurent plus terribles que les soldats qui s'étaient peut-être lancés à ma poursuite.

Mon âme s'affola et fut sur ma main. Pendant toute la nuit et une partie du jour suivant, je poussai mes chevaux sans chercher à savoir vers quelle contrée ils m'entraînaient.

La faim pressait mes entrailles et la soif brûlait ma gorge et mes lèvres; le soleil dans le ciel me semblait un feu qui consumait mes yeux et mon âme. Soudain les chevaux s'arrêtèrent. Je vis devant moi un trou où je tombai, profond comme le gouffre d'où surgit le Nil.

Lorsque j'ouvris à nouveau les yeux, les rayons du soleil tombaient sur mon visage. Une ombre vint s'interposer entre le soleil et moi et je vis que je me trouvais à l'entrée d'une grotte, étendu sur une couche d'herbes séchées. Devant moi se tenait un homme de haute taille, au teint sombre. Il s'appuyait sur une lance et son regard était sur moi.

Je m'assis, mais sentis que ma tête était lourde, et je m'allongeai de nouveau. Il fit un signe et une vieille femme s'accroupit près de moi et m'offrit de l'eau. Je bus à longs traits et je secouai la tête pour la remercier. Le doux liquide rafraîchit ma poitrine et me rendit le souffle de vie. Je songeai que ces gens ne pouvaient être que des Bédouins, mais je ne trouvai pas leurs visages aussi sauvages et terribles que le disait le scribe. Je pris alors la parole et dis :

— Qu'est-il arrivé ? Et toi, qui es-tu ?

— Mon nom est Abaïkour. Je suis le chef de la tribu des Keshaï. Tu es ici dans un de nos campements du désert; et sois sans crainte, tu es en sécurité.

— Pourquoi dis-tu que je suis en sécurité ?

— Parce que c'est toi qui as tué l'officier des chars du prince d'Edfou. Les soldats courent le désert pour te prendre, mais ici ils ne pourront pas te trouver. Quel est ton nom ?

— Je m'appelle Merirê. Mais comment sais-tu que j'ai tué cet homme ?

— J'ai reconnu son char et ses chevaux, et surtout cette hache... Ah ! cette hache avec laquelle il a tué mon épouse et l'un de mes fils, devant mon regard, tandis que j'étais lié comme un oryx qu'on a capturé dans le désert. J'avais juré de le tuer un jour. Tu m'as pris ma vengeance, mais je te pardonne et te rends grâce, car il aurait pu repartir loin vers le nord, et jamais je n'eusse été vengé.

— Mais comment sais-tu qu'on me recherche ?

— Des Bédouins de ma tribu ont rencontré des soldats qui leur ont demandé s'ils t'avaient vu. Ils leur ont dit pour quel crime ils te recherchaient, et ont promis une grande récompense, du bétail et des armes si nous te trouvions et te livrions.

— Pourquoi ne m'avez-vous pas livré ?

— On n'achète pas un homme à des Bédouins libres. N'aurais-je pas même une dette envers toi que tu serais parmi nous un hôte sacré.

Je levai les mains vers Abaïkour pour le remercier. Il s'accroupit et je vis son regard briller dans son visage sombre.

— Égyptien, dit-il, si tu veux m'être agréable, parle, raconte-moi pourquoi tu as tué cet homme et comment tu l'as tué.

Je me levai et vins m'asseoir, le dos au mur.

— Viens près de moi, Abaïkour, lui répondis-je. Je vais tout te raconter, car ce sera aussi un plaisir pour mon cœur.

Tandis qu'il venait s'accroupir près de moi, je vis toutes mes armes posées près de la paroi de la grotte, face à moi. Je lui désignai un des poignards.

— Vois-tu cette dague ? C'est avec elle que j'ai fait voir à cet impie la sombre couleur. Tu peux le voir, elle est encore tachée de son sang.

Abaïkour bondit vers l'arme et la porta à ses lèvres.

— Si tu me donnes ce poignard, je serai ton esclave.

— Prends-le, il est à toi, répondis-je, et sois mon ami.

Le Bédouin glissa l'arme dans son pagne et prit ma main, qu'il baisa. Alors je lui dis comment l'homme avait surpris ma maison et détruit ma famille, et comment je l'avais reconnu, et comment je l'avais puni de son crime en lui disant pourquoi il mourait et en le frappant de face.

— Tu es jeune encore, mais tu es un vrai guerrier à l'âme noble, me dit Abaïkour.

Il m'apprit ensuite qu'il m'avait trouvé dans le désert, sans connaissance, auprès du char. On m'avait ramené dans le lieu où nous nous trouvions, et j'étais resté plus d'un jour comme privé de vie. La vieille qui se trouvait près de nous m'avait soigné, posant sur mes lèvres et sur mon visage une étoffe imbibée d'eau qui avait ramené la vie dans ma poitrine desséchée.

La tribu d'Abaïkour n'était pas importante. Elle comprenait une centaine d'hommes et à peine plus de femmes, sans compter autant d'enfants. Ils nomadisaient dans le désert occidental, vivant de la chasse et de la cueillette des baies sauvages; ils avaient encore quelques moutons qu'ils amenaient du pâturage dans de petites oasis désertes. Ils capturaient aussi des bêtes sauvages qu'ils vendaient aux Égyptiens, et ils erraient parfois aux confins de la vallée du Nil, où ils trouvaient encore de bons herbages; mais en général les princes des villes les en chassaient, de crainte qu'ils ne vinssent piller les campagnes. L'oasis où nous nous trouvions s'appelait la Vallée des Abeilles; ceci parce qu'il y avait plus haut, dans le cours desséché du fleuve où nous étions établis, des essaims d'abeilles qui faisaient un miel sauvage que les Bédouins allaient récolter et qu'ils utilisaient à leur profit ou allaient vendre dans la vallée.

La falaise était percée de grottes dont ils avaient fait leurs demeures. Il y avait un puits qui donnait de l'eau en abondance et une petite mare avec quelques palmiers et un peu d'herbe où les bêtes trouvaient à boire et à manger. C'était là le principal campement des Keshaï, car son accès était difficile, et il était aisé de se retirer dans les grottes pour se défendre contre tout agresseur que des guetteurs placés au bout de la falaise pouvaient voir venir du fond du désert.

Dans la Terre chérie, j'étais doublement recherché comme un criminel. Parmi les Bédouins du désert, j'étais en sécurité; et je restai avec eux.

## VI

# CHEZ LES BÉDOUINS DU DÉSERT

Le père d'Abaïkour avait régné sur une tribu riche et puissante. Mais des guerres incessantes contre les autres tribus avaient réduit les Keshaï à l'état d'un petit peuple méprisé par ses voisins. Sous le roi Baenrê Miamon, ils avaient été acceptés aux portes de l'Égypte, et cela leur avait permis de survivre; c'est depuis ce temps qu'ils s'étaient mis à recueillir et à vendre le miel. Mais le roi, qui avait usurpé le trône des Deux Terres et qui se tenait maintenant dans Thèbes, avait ordonné qu'on pourchassât tous les Bédouins. C'est pourquoi les soldats étaient venus avec leurs chars et avaient rejeté les Keshaï dans le désert. Mais Abaïkour avait voulu se défendre, et c'est alors qu'on s'était emparé de lui et que son camp avait été mis au pillage. Sa femme et un de ses fils avaient été tués, comme il l'avait dit; et seuls ceux parmi lesquels je me trouvais maintenant avaient pu échapper aux lances des Égyptiens. Les soldats avaient voulu emmener Abaïkour en esclavage, mais il avait réussi à briser ses chaînes et à retourner parmi les siens. Les Keshaï étaient maintenant si faibles qu'ils évitaient les autres tribus bédouines, car ils ne pouvaient plus faire la guerre. C'est pourquoi ils s'étaient installés dans le désert occidental, au-delà de Syène; nulle tribu ne nomadisait dans ce désert misérable, car les Bédouins préféraient s'établir dans le désert oriental, moins désolé, et où passaient des caravanes qu'on pouvait piller, ou encore dans les déserts de la Nubie où l'accès du Nil était plus facile, car les Egyptiens n'y étaient pas aussi fortement installés qu'au nord de Syène.

Je vécus alors parmi les Keshaï, et devins comme un vrai Bédouin. Les Keshaï avaient quelques chèvres et quelques moutons, et pour transporter leurs bagages ils possédaient quelques ânes. Les seuls chevaux que nous avions étaient ceux du char qui m'avait amené parmi eux; mais les Bédouins ne savaient pas les soigner, et c'était moi qui m'en occupais. Ils ne savaient pas non plus se tenir sur un char, et c'était moi qui montais le char. Cependant, le fils d'Abaïkour, qui s'appelait Tékour, était presque de mon âge, et c'était déjà un fier guerrier. Il devint mon compagnon et je lui appris à soigner les chevaux et à conduire le char.

Ainsi, j'apparus parmi les Bédouins comme un envoyé des dieux. En effet, comme ils allaient à pied, il leur était très difficile de chasser dans le désert. Quand ils se trouvaient aux confins de l'Égypte, ils se cachaient dans les herbes hautes, à proximité des mares, et attendaient que les bêtes vinssent boire pour les assaillir à l'arc et à la lance. Mais dans le désert les bêtes les apercevaient de loin et, lorsqu'ils s'approchaient en courant, elles avaient tout loisir de s'enfuir et d'éviter la sombre mort. Ils devaient alors se contenter de chercher des terriers dans lesquels se cachaient de petits animaux, lièvres, gerboises, porcs-épics, qui leur étaient une maigre pitance.

Mais moi je partais sur le char avec Tékour, qui tenait les rênes. Nous rencontrions toujours quelque troupe d'animaux après lesquels nous nous élancions, et je perçais toujours quelques bêtes de mes flèches rapides. C'est dans ces temps que je fis ma plus grande chasse avec d'aussi faibles moyens; en une journée, j'abattis deux antilopes, un bubale, quatre gazelles, autant d'oryx, un bouquetin et quatre mouflons.

Les dieux m'avaient favorisé et pendant deux journées ce fut une grande fête pour les Keshaï, qui n'avaient pas mangé autant de viande de toute leur existence. Et voici que par la chasse je m'exerçais à la guerre, m'entraînant à maîtriser parfaitement un char et, par une pratique de chaque jour, rendant ma flèche aussi prompte et précise que l'attaque du cobra qui frappe sa victime. Parmi les Keshaï, nul ne lançait une flèche plus rapidement que moi, plus loin ni avec plus de précision; et mon javelot manquait rarement son but; et nul parmi eux n'était capable de tirer depuis un char qui roulait et de frapper de cette manière une proie. Ainsi, quoique je fusse encore bien jeune et que je n'eusse pas encore atteint la pleine vigueur de l'homme, je passais parmi les Bédouins pour un grand chasseur devant les dieux.

Et je vécus plus de deux années parmi eux. Je les suivais dans leurs errances à travers le désert, à l'occident de Syène; et il n'était pas dans cette région une piste, un puits, une oasis qui ne me devinssent familiers. Abaïkour était le seul parmi eux à parler l'égyptien; je commençai alors à m'exprimer aisément dans leur langage, et j'enseignai à Tékour ma propre langue. Lui-même et son père m'avaient appris ce que savent les gens du désert : suivre un gibier ou des hommes à la piste, reconnaître les plantes du désert, se diriger dans ces solitudes, soigner la morsure des serpents et des scorpions, et bien d'autres choses encore, comme l'art de dépecer un animal tué à la chasse et faire cuire sa chair longtemps sous la cendre pour la conserver plusieurs jours, ou celui de recueillir le miel des ruches sauvages ou la résine des plantes aromatiques qui poussent dans le désert.

Ainsi, j'étais devenu comme un Bédouin; mais souvent, le soir, lorsque j'étais étendu sur le lit d'herbes dans la grotte qui m'avait été attribuée, ou lorsque j'étais couché sur le sable, sous la tente de peau qui nous servait de demeure dans les déplacements, mon esprit revenait vers la douce terre d'Égypte, et mon cœur soupirait en songeant aux beaux vergers d'Osiris. Mais quand reverrais-je la terre chérie ?

C'est pendant mon séjour dans le désert que je connus pour la première fois le goût amer et piquant de la guerre. Elle se montra à moi comme un vin épais qui fait trembler les genoux et fait tourner l'âme, un vin à la forte saveur, auquel on aurait mêlé du miel sauvage; la guerre se tint devant moi comme la déesse à face de lionne et au regard de flammes.

Lorsque nous marchions dans le désert vers de nouveaux pâturages, Abaïkour allait devant avec la moitié de ses guerriers. Les femmes, les enfants, venaient ensuite avec les ânes chargés des bagages, et le bétail était gardé par les vieillards et les adolescents. Les autres guerriers suivaient, protégeant l'arrière de la colonne. Moi-même, je marchais parmi les guerriers de tête, avec mes chevaux et mon char, dans lequel j'avais mon bagage, c'est-à-dire mes armes, une outre d'eau, de l'herbe sèche pour les chevaux et un peü de nourriture pour moi-même. Tékour se tenait toujours près de moi; et si nous apercevions au loin quelque bête sauvage, nous montions dans le char pour nous lancer à sa poursuite.

Cette année-là, l'herbe n'avait pas repoussé dans les oasis; et Abaïkour ne savait où conduire son peuple afin de trouver à manger pour les bêtes. Cependant, il n'existait que deux routes, celle de l'Égypte et celle du sud, où l'on peut trouver où laisser paître les troupeaux. C'était là le domaine des Nubiens Meïamou, mais Abaïkour et les anciens pensèrent que ces derniers valaient mieux que les Égyptiens, qui avaient des chars et des troupes nombreuses, pourvues d'armes redoutables.

Donc, comme nous approchions des herbages du sud, une troupe de Nubiens se tint devant nous. Leur chef connaissait Abaïkour, car il le salua; puis il lui demanda pourquoi il allait vers le sud avec tout son peuple; et Abaïkour répondit :

— Les puits de nos déserts sont asséchés et nous n'avons plus d'herbe en assez grande quantité pour nos troupeaux qui s'accroissent. Nous allons vers le sud pour chercher des pâturages.

— Tu ne dois pas aller vers le sud, répondit le Nubien. Ces territoires sont les nôtres et nous autres, Meïamou, nous ne nous en laisserons pas dépouiller.

— Nous ne voulons pas dépouiller les Meïamou de leurs terres; nous demandons simplement de laisser paître nos troupeaux dans les oasis voisines pendant une saison.

— Retourne dans tes territoires et laisse en paix les Meïamou.

— Je ne veux pas la guerre; mais les territoires qu'on nous a laissés sont dépourvus de tout, et seuls les serpents et les scorpions peuvent y vivre.

— Alors va en Égypte, mais ne viens pas chez nous.

Abaïkour dit encore, pour attendrir l'âme de ces Nubiens impies :

— Tu sais bien qu'en Égypte on nous tuerait et on nous réduirait en esclavage. Laisse-nous un peu d'herbage; les territoires des Meïamou sont vastes et ils descendent loin vers le sud de la Nubie. Tu ne peux nous laisser mourir dans le désert, où nos corps serviraient de pâture aux vautours et aux hyènes.

Mais le Nubien avait l'âme endurcie par Seth, et il parla sans laisser son cœur fléchir.

— Cherche ailleurs des pâturages, car, si tu pénètres dans nos territoires, bientôt vos cadavres seront la pâture des vautours et des hyènes; et nous prendrons vos troupeaux, et vos femmes seront nos esclaves.

Il dit et planta sa lance en terre devant Abaïkour. Mon cœur sautait dans ma poitrine, et j'aurais voulu briser l'arme de l'insolent; mais je savais qu'il me fallait attendre qu'Abaïkour parlât. Cependant il ne dit rien et donna l'ordre de faire halte en ce lieu même. Alors les Nubiens se retirèrent, laissant la lance dans le sol pour marquer la limite que nous ne devions pas franchir.

Abaïkour réunit ses guerriers et leur parla ainsi :

— Longtemps nos ancêtres ont fait la guerre contre les Meïamou et d'autres tribus de la Nubie. Nous étions alors maîtres de vastes territoires dans le sud, et les Meïamou nous les ont pris; et ils nous ont rejetés vers les déserts du nord, où règne la grande sécheresse. Voici : maintenant nous venons mendier quelques pâturages, de ceux qui étaient à nous encore au temps de nos pères; et ces sauvages nous les refusent. Nous sommes venus jusqu'ici pour fuir la mort abominable qui nous attend vers l'Égypte ou vers les déserts du nord. Maintenant, que ferons-nous ?

— Abaïkour, dit un jeune guerrier en s'avançant, de quelque côté que nous tournions nos regards, tu nous montres la mort. La mort dans le désert serait bien peu glorieuse, et la mort sous les lances des Égyptiens ou la honte de l'esclavage seraient plus terribles encore. Les Meïamou, par leur dureté, nous obligent à la guerre : ils la veulent. Qu'on la leur serve donc avec de bonnes lances et avec nos flèches aiguës.

Les jeunes guerriers applaudirent ces paroles et s'encouragèrent au combat. Abaïkour se tourna alors vers moi et me parla ainsi :

— Et toi, Merirê, tu es maintenant un des nôtres, malgré ton sang égyptien. Mais si tu ne veux pas la guerre ou si tu as quelque idée derrière la tête, dis-le, nous t'écoutons.

— Tu as bien dit, Abaïkour, je suis des vôtres, et je me sens maintenant une âme de Bédouin, bien que souvent ma pensée s'envole vers le Nil. Mais ce n'est pas moi qui proposerais de revenir en Égypte, où on me tuerait comme un rat pris au piège. Tu veux savoir ce qu'un Égyptien pense d'un Meïamou ?

Je ne dis pas une autre parole; mais je saisis la lance que le Nubien avait enfoncée dans le sol et l'examinai avec attention.

— La pointe est de cuivre, et ne percerait même pas mon bouclier.

Je dis. Je tins le bois dans mes deux mains et le brisai sur ma cuisse. J'en jetai les morceaux sur le sol et m'adressai aux guerriers.

— Voilà ce que je fais des Meïamou. Prenez mon bouclier qui est dans le char, et voyez comment il est fait, avec des peaux solides et bien ajustées. Prenez des peaux et même déchirez vos tentes, et portez tous un bouclier qui vous protégera des coups des adversaires qui combattent, comme vous, le corps exposé aux flèches et aux lances.

Les guerriers s'étonnèrent de ne pas avoir encore pensé à cela; et, sur l'ordre d'Abaïkour, on alla s'installer auprès d'un point d'eau, le dernier où nous avions campé, laissant croire aux Nubiens que nous avions la crainte de leurs armes. Pendant plusieurs jours, les guerriers fabriquèrent des boucliers, et nos forgerons firent des pointes de flèches et des lances avec tout le métal dont nous disposions. Je montrai à chacun comment manier le bouclier et la lance, et notre campement fut pendant quelques jours une grande caserne.

Tandis que nos guerriers se préparaient au combat, je pris un jour le char et emmenai Tékour. Nous allâmes en reconnaissance vers la grande oasis où campaient les gens de la tribu nubienne qui nous avait interdit le passage. Comme les Keshaï, ils n'allaient qu'à pied, et un char donnait un grand avantage à celui qui le possédait; et cet avantage était encore augmenté par mon bel arc égyptien, qui lançait ses traits plus loin qu'aucun arc nubien. Ainsi, nous surprîmes une troupe d'une dizaine de guerriers qui allaient à la recherche de gibier. Voyant notre char, ils s'étaient arrêtés, et cherchaient à savoir nos intentions. Je les fixai bientôt, car j'ajustai une flèche sur mon arc et, posément, lâchai le trait. Un guerrier tomba, la poitrine percée. Alors les autres coururent vers nous en agitant leurs javelots. Dans leur course, ils ne pouvaient lancer de flèches, et de mon char je les tirai comme des hyènes qui, aveuglées par un dieu, voudraient attaquer un lion. Afin qu'ils ne parvinssent pas à s'approcher de nous à portée de leurs javelots, Tékour éloignait le char quand ils s'étaient trop avancés, et je les abattais sans courir plus de danger qu'un chasseur de gazelles.

Lorsqu'ils ne se virent plus que quatre, la peur saisit leurs genoux, et ils prirent la fuite. Tékour fit alors tourner le char, et les malheureux furent abattus à coups de javelot. Je ne pouvais me vanter de ce massacre comme d'un acte de grand courage; mais je songeai que, devant le nombre de nos ennemis, il n'y avait aucune honte à user de ruses qui seules pouvaient sauver la tribu d'Abaïkour. Nous ramassâmes mes flèches, ainsi que les armes des vaincus de Nubie, et ramenâmes au camp les fruits de leur chasse.

Depuis ce jour, je parcourus sans répit le désert dans le char conduit par Tékour, attaquant tous les guerriers nubiens qui s'éloignaient de l'oasis, si bien que plus aucun n'osa quitter la protection du gros de leur troupe. Dès qu'ils se trouvaient à découvert dans le désert, ils devenaient la proie de mes flèches, quel que fût leur nombre, car ils ne parvenaient pas à m'atteindre sur mon char — et, s'ils prenaient la fuite, leur position était encore plus périlleuse. Même dans leur oasis, les Nubiens ne connurent pas le repos, car mon audace s'accroissait avec mes victoires, et je poussais le char jusque dans leurs pâturages; je tuais tous les guerriers qui se trouvaient éloignés et m'emparais de tout ce que pouvait contenir le char, soit une ou deux têtes de petit bétail, soit une femme ou des enfants qui pourraient servir d'otages à notre tribu.

Mais nos jeunes guerriers se sentaient prêts au combat, et Abaïkour pensa que les Meïamou avaient été suffisamment affaiblis par mes expéditions, tandis que leurs âmes avaient senti l'aiguillon de la crainte, pour que nous puissions nous présenter à eux dans un combat où nous serions égaux. Il vint avec moi sur le char jusqu'au campement des Meïamou, et appela leur chef. Celui-ci marcha vers nous et m'injuria en criant que je n'avais tué ses guerriers que par la trahison et que je n'aurais pas le courage de les affronter à égalité. La colère gonfla mon cœur, et je voulus descendre pour lui faire avaler ses insultes, mais Abaïkour me retint.

— Cesse tes cris de corbeau, cria-t-il au Nubien. Nous luttons avec les armes que nous possédons et il t'était trop aisé de nous provoquer sachant que tu possédais dix guerriers quand je n'en avais qu'un. Maintenant encore vous êtes bien plus nombreux que nous. Pourtant, je viens vers toi au nom de mes guerriers et je te provoque, toi et les tiens, pour un combat rangé. Demain, à l'aurore, nous marcherons sur vous.

— Demain, à l'aurore, nous viendrons pour être devant vous, et vos ruses ne vous protégeront pas contre notre colère et contre notre vengeance.

— Tes paroles sont sur moi comme le vent du désert, reprit Abaïkour. Vois : deux hommes vaillants avec un seul char t'ont tué en quelques jours plus de guerriers que tu n'en aurais perdu dans une mauvaise bataille. Avec encore de la chance, Merirê aurait su détruire tout ton peuple sans que tu puisses lui rendre un seul coup. Voici ce que je t'offre : demain, si nous sommes vainqueurs, tu nous abandonneras ce lieu et tu partiras avec ta tribu vers le sud, où il y a beaucoup de pâturages inoccupés. Nous te rendrons alors les gens de ta tribu que Mérirê a capturés, et tu jureras par Hâ, dieu du désert, de ne pas chercher à nous nuire. Si nous sommes vaincus, nous repartirons vers le désert du nord; tu nous laisseras partir en paix et nous te rendrons les prisonniers.

Le Nubien resta un instant silencieux et dit enfin :

— J'accepte.

Les deux chefs prêtèrent serment par Hâ et par le dieu-faucon Sopdou, et chacun s'éloigna vers son peuple.

Quand le soleil se leva au-dessus de l'horizon oriental, nous nous mîmes en route. J'avais abandonné le char. car je ne voulais pas risquer la vie des chevaux dans une bataille, et je marchais auprès d'Abaïkour. Je portais sur l'épaule mon bouclier, et dans ma main mon arc. J'avais emporté deux javelots, liés dans mon dos. Je sentais une grande force dans mes membres, et une belle ardeur dans ma poitrine. Les jeunes guerriers, qui n'avaient comme moi jamais connu de bataille rangée, avançaient d'un pas joyeux, mais les anciens, qui étaient moins sûrs de la victoire, n'osaient se réjouir, dans la crainte de déplaire aux dieux.

Le soleil était haut dans le ciel quand nous vîmes la troupe ennemie. Ils étaient si nombreux qu'ils soulevaient en marchant une grande poussière; et le cœur aurait pu nous manquer si nous avions eu une plus grande expérience de la guerre. Mais la facilité avec laquelle, ces derniers jours, j'avais abattu tant d'adversaires sans recevoir la moindre blessure avait mis dans nos esprits la pensée que la guerre était un jeu aussi distrayant et facile que la chasse aux chèvres sauvages.

Nos adversaires n'avaient pas de boucliers, et quand ils virent que nous avancions le corps protégé par les peaux étendues ils en éprouvèrent un étonnement mêlé de crainte. Mais leur nombre était grand, et, entraînés par leur chef, ils s'élancèrent vers nous en poussant de grands cris. J'avais imaginé ce combat d'après les représentations de batailles que j'avais vues sur les murs du temple d'Amon, et pensais que nos guerriers allaient profiter du désordre des rangs adverses pour lâcher leurs flèches; mais, dédaignant les arcs, ils coururent de leur côté vers l'ennemi. Devant ce désordre, je compris alors pourquoi les Égyptiens étaient maîtres de la Nubie et n'avaient eu que peu de gloire à dompter les Nubiens ou à les refouler dans le désert. Je fis comme les autres, car je ne voulais pas qu'on pût dire que j'avais eu peur. Je saisis un javelot dans chaque main et, me protégeant avec mon bouclier attaché à mon bras, je me précipitai sur mes adversaires comme un guépard sur un troupeau d'antilopes. Mon regard choisit un homme dans le rang adverse; je vis son corps brun et son buste large, qu'il découvrait en brandissant son javelot. Mon trait jaillit de ma main, et je le vis pénétrer dans le flanc de l'homme, qui s'arrêta dans sa course; je le regardai tomber de tout son long dans le sable. Je sentis mon bouclier frappé par deux coups qui firent vibrer le cuir, et il s'alourdit : deux flèches s'y étaient plantées. Avec mon second javelot, que j'utilisai comme une lance, je frappai au hasard, car nous étions maintenant sur nos adversaires. Je frappais des corps que je voyais se presser contre moi, et chaque fois que ma lance pénétrait dans la chair vive le corps tournait et tombait dans le sable comme une ronde de danseurs. Et je sentais des coups qui ébranlaient mon bouclier, mais j'avançais toujours, marchant parmi les corps étendus. Et soudain ma jambe fut saisie fortement, et je sentis une morsure au mollet : je poussai un cri, et vis un Nubien blessé qui s'attachait à mon genou et trouvait dans ses dents une ultime défense. Je le frappai de mon javelot, mais ne pus le dégager, et je sautai en avant, afin de libérer ma jambe. Je saisis ma forte hache et frappai de toutes mes forces en poussant mes adversaires avec mon bouclier. Et, sous les coups de la lourde lame de bronze, les poitrines s'ouvraient et les crânes éclataient, et j'allais toujours de l'avant; et mon bras me faisait mal, et je ne le levais plus qu'avec effort, tandis que mon bouclier fatiguait mon autre bras, car il était piqué de flèches, tel un hérisson. Le nombre de nos adversaires était semblable à celui des étoiles dans le ciel de la nuit, et il me semblait que plus j'en abattais, plus il en venait, comme les troupes de rats que nous chassions dans les cours du temple d'Amon, et dont le nombre augmentait à mesure qu'on en tuait. Et mes oreilles me faisaient mal, tant elles avaient été agacées par les cris du combat, et je ne pouvais plus crier moi-même, tant j'avais poussé de rugissements pour m'encourager dans la lutte.

Je commençais à sentir mon cœur faiblir, et je disais à mon âme que jamais nous n'arriverions à abattre des adversaires plus nombreux que les grenouilles des marais de la terre du nord. Je priai Amon pour qu'il me donne une force nouvelle et nous aide à disperser nos ennemis. Le dieu m'entendit car, soudain, je vis les Nubiens qui étaient devant moi me montrer leur dos, et ils prirent la fuite.

Une force nouvelle venue d'Amon-Rê, le roi des dieux, ranima mes membres. Je me mis à courir derrière les fuyards, et chaque fois que ma hache se levait, elle tombait sur un crâne ou sur une épaule, et il me fallait sauter un nouveau corps. Et, soudain, je vis que j'étais seul à poursuivre nos adversaires, qui semblaient fuir devant moi. Leur épouvante était si grande, et je me démenais avec tant d'ardeur qu'il leur semblait que tous les démons du désert étaient à leur suite. Je m'arrêtai et regardai les Nubiens s'éloigner. Je revins alors à pas lents vers le champ de bataille. Il était couvert de corps. Jamais je n'en avais vu autant, et un grand dégoût saisit mon cœur. Lorsqu'est passée l'ardeur du combat et que l'âme n'est plus sous l'exaltation de la bataille, qui est comme l'ivresse que procure le vin, il n'est pas de spectacle plus attristant pour les yeux que celui d'un champ de bataille où les blessés achèvent de mourir loin de la consolation de ceux qu'ils aiment, et sachant que leurs corps seront la proie des hyènes et des vautours.

Je retrouvai nos guerriers. Ils dépouillaient les cadavres de leurs armes et relevaient nos morts et nos propres blessés. En m'apercevant, Abaïkour vint vers moi; il posa sa main sur mon épaule et il me dit :

— Nous savions que tu étais un grand chasseur et un habile archer; maintenant, nous savons que tu es un grand guerrier. Tu t'es battu comme un lion du désert; et c'est toi que nos guerriers ont désigné comme le meilleur de nous tous.

Le lendemain, la tribu des Keshaï se mit en marche vers les pâturages que les Meïamou avaient abandonnés. Ils avaient subi une défaite comme ils n'en avaient pas connue de mémoire d'homme, et ils tinrent la promesse de leur chef de ne pas ensuite chercher à nuire aux Keshaï. Mais eux, ils avaient chèrement payé cette victoire, car il ne leur restait plus que soixante-quatorze guerriers.

## VII

## LE RETOUR VERS L'EGYPTE

Les Keshaï disaient que grâce à moi ils avaient vaincu les Meïamou; et je crois qu'il y avait là une part de vérité. Ils déclaraient que j'étais le héros et le proctecteur de leur clan, et auraient voulu que je vécusse parmi eux le reste de mes jours, pour être leur chef après la mort d'Abaïkour; et Tékour me portait une telle admiration qu'il assurait préférer obéir à un chef tel que moi plutôt que de commander lui-même. Mais moi je pleurais en songeant à la terre chérie, et je leur répondais qu'Abaïkour n'était pas vieux; que Tékour, qui était de leur race, saurait mieux que moi les conduire.

En vérité, le désir de revoir la Terre Noire étreignait mon cœur. Depuis plus de deux ans que j'avais fui dans le désert, on avait dû arrêter les recherches et oublier mon existence. Si je revenais vers Thèbes, on penserait que je suis un voyageur, et nul ne viendrait m'interroger. Peut-être me prendrait-on pour un Nubien, car je portais mes vrais cheveux et étais vêtu d'un pagne en étoffe grossière comme les hommes de la tribu des Keshaï.

Ainsi, je décidai de revenir vers le Nil et de retourner à Thèbes pour y retrouver ceux que j'aimais. Mes amis me laissèrent partir, mais ils avaient une grande douleur dans l'âme. Je donnai à Tékour mon char et mes javelots, sauf un que j'emportai avec moi. Je lui abandonnai aussi mon bouclier et un carquois de flèches. J'emportai une grande outre remplie d'eau, que je pris sur une épaule, et un sac de cuir avec quelques provisions de bouche; et je me munis encore d'une corde, qui est une chose très utile aux gens du désert; il permet de capturer vivantes les bêtes sauvages, mais il est surtout utile lorsqu'on parvient auprès d'un puits, car l'eau se trouve à une grande profondeur, et il faut un long cordage pour descendre l'outre qu'on veut y remplir. Je possédais maintenant une telle connaissance du désert que je savais pouvoir m'y aventurer à pied sans risquer d'y perdre mon souffle de vie. Quand je laissai derrière moi ceux qui pendant tant de temps avaient été ma famille et mon asile, mes genoux tremblèrent, et mon âme fut sur ma main. J'invoquai Amon-Rê et Sopdou le faucon du désert, et me mis en route sans tourner la tête.

Deux jours avant que je ne parte, le vent du désert avait soufflé avec une grande violence. Il avait ainsi effacé les anciennes traces des animaux, et celles que je découvrais étaient toutes récentes. Je suivis les traces d'un troupeau; je le contournai pour me mettre dans le vent et m'avançai comme un chat qui rampe vers sa proie.

Lorsque je fus à portée, j'ajustai une flèche et choisis une chèvre aux mamelles lourdes de lait. Je l'abattis d'un seul trait. Les bêtes tressaillirent, et le troupeau prit la fuite dans un tourbillon de poussière. Le lait fut doux à mes lèvres, et je fis cuire la chair sur un feu de brindilles et de crottin séché. J'avais suffisamment à manger pour trois jours, et je me remis en route en direction du nord.

J'avais déjà passé des nuits dans le désert en compagnie de Tékour. Nous dormions sur la terre ou sur le sable et je n'avais pas peur, car je connaissais maintenant les habitants du désert. Sans doute des êtres étranges s'y montraient la nuit, mais jamais je ne les voyais, et avec ma lance et ma hache à portée de ma main, je ne redoutais aucune bête, et je savais que les lions n'attaquent pas les hommes endormis. C'est pourquoi je dormais sans nulle crainte dans le cœur, et sachant que mon âme veillait et me tirerait de mon sommeil si un danger venait à se poser près de moi.

Et voici : je marchais à grands pas, le regard toujours en éveil; rien ne lui échappait, ni le faucon qui passait dans le ciel et qui pouvait me révéler la présence d'un animal de petite taille, ni le vol de bandes d'oiseaux qui fuyaient le vent du désert, ni la course effrayée d'une troupe de gazelles, dont la cause pouvait être la présence d'une bête fauve ou de chasseurs. Mes yeux étaient partout; ils interrogeaient l'horizon qui tremblait dans le soleil; ils se baissaient vers le sol, où nulle trace ne pouvait leur échapper, pas même celle de la gerboise ou du serpent qui se cache sous les pierres du chemin, prêt à frapper le pied des voyageurs imprudents.

Une troupe d'oryx, qui passa au loin dans la hâte de la fuite, attira mon regard. Je me dirigeai vers le point d'où elle venait et découvris dans le sable des traces de pas. C'était un pied chaussé, et je compris que ce devait être un Égyptien. Je suivis les traces en allongeant mon pas. Les sandales laissaient de longues traînées dans le sable et s'enfonçaient peu : je me dis dans mon âme que cet homme traînait les pieds et allait lentement; sans doute s'était-il égaré, et la soif brûlait sa gorge.

En cet endroit, le désert formait des collines de sable, et l'horizon était fermé de toute part. Et mon cœur tressaillit lorsque je découvris sur le sable de nouvelles traces de pas, qui venaient rejoindre la piste que je suivais. Les pieds nus me révélaient des Nubiens, et la manière dont les talons s'enfonçaient m'apprenait qu'ils couraient. D'autres traces me permirent de voir qu'ils étaient armés d'une lance qui leur servait de canne. Je comptai huit Bédouins qui couraient après l'Égyptien égaré. Je me mis à courrir moi-même vers la crête d'une colline. Je m'allongeai sur le ventre, lorsque je parvins au sommet, et avançai comme un serpent pour ne pas me trouver soudain à découvert. Et je vis ce que je cherchais. Dans le creux d'une colline, j'aperçus un Égyptien. Il était étendu sur le sable et rampait en levant le bras, en suppliant qu'on lui donnât à boire. Les Bédouins, des Ouaouat, se tenaient debout près de lui, et ils riaient. Ils s'appuyaient sur leurs lances et se passaient de bouche en bouche une outre dont ils laissaient ruisseler l'eau sur leurs visages. Comme l'Égyptien avait touché la jambe d'un Bédouin, implorant sa pitié, il fut repoussé d' un coup de pied. Mais il demanda encore à boire, et un autre Bédouin vida son outre sur le sable, devant le malheureux. Celui-ci saisit le sable humide et le porta à sa bouche. L'un des Bédouins dit alors :

— Frappons-le et dépouillons-le. Il a un arc et des flèches à pointe de bronze et de riches bijoux d'or.

— Nous le dépouillerons, mais je veux qu'il souffre encore, dit un autre. Qu'il sache ce qu'est la soif; et, si je parlais sa langue, je lui dirais que son corps sera dévoré par les corbeaux.

Et l'Égyptien, qui ne comprenait pas le langage des Nubiens, voisin de celui des Keshaï, continuait de les supplier de lui donner à boire; et il invoquait Amon-Rê, le roi des dieux. Et Amon l'avait entendu, puisqu'il avait mis sur mon chemin le troupeau d'oryx qui m'avait placé sur cette piste.

Voyant la cruauté des Bédouins, Amon avait versé la colère dans ma poitrine. J'avais posé dans le sable mon outre et mon sac à provisions, qui pouvaient me nuire, et aussi mon carquois plein de flèches. Je plaçai une flèche sur mon arc et m'agenouillai. Posément, j'ajustai l'un des Nubiens. Je visai son cou afin qu'il vît la sombre couleur, sans que rien pût le sauver. Lorsqu'il tomba, la gorge transpercée, rendant son sang, ses compagnons le regardèrent et poussèrent des cris. Mais déjà j'avais posé sur la corde de mon arc une autre flèche, qui apporta la mort à un autre homme. Ils me virent alors, agenouillé; et l'un d'eux me lança son javelot, qui vint glisser devant moi dans le sable. Et comme un Bédouin brandissait aussi son javelot, il tomba encore, percé d'une flèche meurtrière. Ils vinrent vers moi en courant, car Amon avait aveuglé leur cœur par une sombre rage. Et, tandis qu'ils couraient ainsi, j'en abattis encore deux. Mais l'un d'entre eux bondissait comme une panthère, et je voulus diriger mon arc vers lui. Il lança alors son javelot, et je dus sauter de côté pour éviter le dard. Je perdis ainsi mon arc. Mais Sekhmet, la puissante, plaça mon javelot dans ma main. Le Nubien était sur moi; entraîné par son élan, il vint s'embrocher sur l'arme comme une aiguille au bout du harpon. Je dégageai le javelot et le lançai contre les deux derniers Nubiens, qui montaient ensemble dans le sable mou. Celui qu'Amon avait désigné tomba encore, percé de ma lance.

J'avais abattu sept adversaires; mais la crainte s'empara de mes genoux quand je vis que je n'avais plus d'arme de jet et que le Nubien se tenait devant moi, plein de colère, armé d'un redoutable javelot. J'attendais qu'il me le lançât, car je pensais bondir de côté pour éviter la mort. Mais il ne voulait pas perdre son avantage, et marcha vers moi afin de me frapper de sa lance. J'appelai à mon aide la Puissante à tête de lionne et Amon-Rê, le roi des dieux. Et voilà : ils m'inspirèrent une ruse terrible. Je bandai mes muscles et arrondis mon dos, telle la panthère qui s'apprête à bondir; et quand le Nubien fut devant moi, prêt à frapper, je saisis une poignée de sable et l'envoyai dans son visage. Il poussa sa lance en avant, mais j'évitai le coup; et, comme il était aveuglé par le sable, je saisis son arme. Mais il la serrait de toutes ses forces, et nos corps se heurtèrent sans que nous lâchions l'arme. Dans cette lutte, nous sommes tombés dans le sable et, suivant la pente de la dune, nos corps ont roulé sans que nous nous séparions. Le bois de la lance se brisa, et nous en dédaignâmes les morceaux, tombés dans le sable. J'avais saisi mon poignard, celui que Ramsèsnakht m'avait donné, et que j'avais conservé après avoir donné l'autre à Abaïkour. Et le Nubien se tenait devant moi, et lui aussi étreignait une dague. Nous nous regardions comme deux léopards qui s'affrontent pour se disputer une proie, comme deux chats sauvages qui vont se déchirer sous l'œil d'une femelle en attente. Le Bédouin se jeta sur moi avec un cri pareil au rugissement d'un lion. Amon voulut que je saisisse son bras, qui allait me frapper; mais lui-même put serrer mon poignet pour éviter le coup que je lui destinais. Nous avons encore roulé dans le sable, et nous avons lutté comme des bêtes sauvages sous l'œil de Rê, haut dans le ciel. Avec la pointe de sa longue dague, le Nubien fit une longue entaille dans mon bras, et je vis couler mon sang noir. Mais il n'avait fait qu'effleurer la peau, et je sentis seulement une faible douleur. Et Amon conduisit ma lame, qui pénétra tout entière dans le flanc du Bédouin.

Je me relevai et repris mon poignard, qui m'était un ami précieux. Je vis les corps des huit Nubiens étendus dans le sable, et courus vers l'Égyptien, toujours à la même place. Je pris une des outres d'eau qu'un des Nubiens avait posées à terre, et donnai à boire à l'Égyptien. Mais je ne lui permis pas de boire à satiété, car je savais que c'est mortel pour un homme trop altéré. Je lui ôtai sa perruque et mouillai son visage et sa tête. Il me remercia d'un regard; et, comme il réclamait encore à boire, je lui dis pourquoi il devait attendre et ne prendre que peu d'eau à la fois. Je lui donnai ensuite à manger quelques dattes et de la viande que les Nubiens avaient emportées avec eux. Lorsqu'il eut bu et mangé comme il convenait, je l'étendis dans le sable; et, avec les javelots des Nubiens et leurs vêtements, je lui fis un abri pour le protéger des durs rayons du soleil. Amon lui envoya un doux sommeil qui dura jusqu'au soir. Moi, je ne songeais pas à dormir. Je commençai par ramasser les corps des Bédouins et les cachai sous le sable; et à l'aide d'un de leurs pagnes j'effaçai dans le sable les traces de nos pas. J'enterrai aussi leurs armes et dissimulai les taches de sang qui brunissaient le sable.

Je réveillai alors l'Égyptien et je lui dis :

— Te sens-tu assez de force pour marcher encore ?

— Si tu me donnes à boire et m'aides, je crois pouvoir marcher. Mais pourquoi ne pas dormir, puisque le soleil est passé dans les demeures inférieures ?

— Je vois que tu connais mal le désert et les Bédouins. Vois ! Ceux qui étaient devant toi et que j'ai tués étaient des chasseurs de la tribu des Ouaouat. Ils devraient manifestement être rentrés à leur campement, qui n'est sans doute pas à plus d'une demi-journée de marche d'ici. Demain, une grande troupe va partir à leur recherche. Or sache encore ceci : rien n'échappe au regard des nomades du désert. C'est en suivant tes traces qu'ils t'ont retrouvé; et c'est aussi en observant tes pas que je suis venu jusqu'à toi. Les Nubiens n'auront pas de peine à suivre la route des chasseurs. J'ai profité de ton sommeil pour aller loin effacer tes traces et les leurs. J'ai tenté de brouiller la piste en laissant loin d'ici de nombreuses traces de pas, et puis je suis reparti en faisant un détour et en effaçant mes pas à mesure de mon avance. Cette ruse retardera les recherches, mais les Bédouins se répandront dans le désert pour savoir ce qui est arrivé aux leurs, et ils retrouveront enfin nos traces, car nous ne pouvons toujours marcher en les effaçant. Il faut donc partir sans plus tarder car demain, vers le milieu du jour, les Bédouins seront tout près d'ici, et nous devrons alors être le plus loin d'eux que nous le permettront les dieux.

L'Égyptien me regarda et dit :

— J'admire la sagesse que les dieux ont placée dans ta bouche, et j'admire encore le courage qu'ils ont mis dans ta poitrine et la force qu'ils ont donnée à ton bras. Et pourtant tu me parais bien jeune.

— Au premier mois de la saison des moissons, voici trois mois maintenant, il y a eu dix-neuf années que ma mère m'a engendré. Maintenant, bois.

Je laissai l'Égyptien boire autant qu'il en avait besoin. Je bus aussi moi-même.

— Quel est ton nom ? me demanda-t-il.

— Merirê.

— Merirê ? répéta-t-il. Et trois fois il dit mon nom, comme s'il eût cherché dans son âme un souvenir oublié.

Je fut pris d'une crainte, car sans doute on connaissait mon nom en Égypte comme celui d'un criminel en abomination à Amon-Rê, le roi des dieux.

— Mon nom est Sethnakht, dit-il ensuite.

J'avais placé devant lui la nourriture, et nous avons mangé sans laisser passer d'autre parole au-delà de nos dents. Je me mis ensuite sur mes pieds et me chargeai de mes armes et de mes sacs. Et j'emportai en plus une outre d'eau que j'avais prise aux Nubiens. Sethnakht voulut porter son arc et son carquois, et je lui donnai un javelot des Bédouins pour lui servir de canne.

Nous avons marché toute la nuit. La lassitude commençait à faire peser mes jambes, et je soutenais Sethnakht pour qu'il puisse encore mettre un pied devant l'autre. Mais je voulais que nous quittions le sable, où nos traces étaient trop visibles. Nous arrivâmes sur la terre dure alors que l'œil de Rê montait sur l'horizon oriental. Nous nous assîmes pour prendre un peu de repos, et pour boire et manger. Je recouvrai des forces et dis à Sethnakht qu'il fallait repartir. Et je tournai le dos au soleil et j'entraînai Sethnakht. Mais lui s'étonna et dit :

— J'ai vu que tu connais le ciel de Rê et que tu sais te diriger la nuit en observant l'âme d'Isis et celle de Horus. Tu es toujours allé dans la direction qui doit être celle de l'Égypte et du Nil. Mais voilà : maintenant je ne te comprends plus, car tu vas vers l'occident et vers le désert, et tu nous éloignes du Nil et de l'Égypte.

— Sethnakht, comment peux-tu connaître si mal le désert et les Nubiens ? Je ne comprends pas ce que tu faisais dans ce désert. Vois : ici le sol est dur et pierreux, et les Bédouins perdront nos traces. Mais ils n'abandonneront pas leur poursuite. Ils auront vu que tu es Égyptien, et ils iront nous chercher soit vers le nord et vers l'Égypte, soit vers le soleil levant et le Nil; mais nul ne songera à aller nous chercher vers le désert occidental, car seul un Égyptien égaré par les dieux pourrait aller y chercher la sombre mort.

— Et c'est ce que tu veux faire ?

— Mais je saurai éviter la sombre couleur pour nous deux.

Nous avons marché encore jusqu'à ce que je trouve un abri dans le creux de rochers. Là, nous nous sommes étendus sur la terre dure, et je me suis assoupi.

Lorsque j'ouvris les yeux, Sethnakht se tenait devant moi. J'avais dormi la moitié d'un jour et une nuit entière, et je sentais mes membres reposés et ma poitrine pleine de vigueur. Sethnakht me regarda tandis que j'étirais mes membres.

— J'envie ta jeunesse qui te rend si insouciant, me dit-il.

— Je ne suis pas insouciant mais joyeux à la pensée de revoir la terre chérie, répondis-je.

— Dis-moi comment toi, un Égyptien, tu te trouves ainsi, seul dans le désert que tu sembles si bien connaître ?

Amon m'inspira de dire la vérité à Sethnakht. Et je lui dis ma naissance, et comment on avait tué mes parents et tout ce que j'avais fait à Thèbes, et comment j'avais fui dans le désert, où je vivais depuis plus de deux ans. Sethnakht m'écouta, et prit la parole.

— Merirê, si j'avais à te juger, je t'absoudrais pour les crimes dont tu t'accuses, car ce furent des actions justes. Mais si tu reviens en Égypte, tu ne paraîtras devant aucun tribunal, car tout le monde a oublié l'officier que tu as tué, et nul n'a entendu parler du petit-fils du grand prêtre d'Amon. Et moi, je t'absous du meurtre de l'officier. Et voici : c'était moi le prince de Syène et d'Éléphantine, et j'ai su que cet officier avait été tué; je ne connaissais pas la vie de ce soldat, mais je devais faire rechercher son meurtrier. Maintenant que je sais ce qu'il en fut, je t'absous de ce crime. Écoute ceci encore : Ouserkheperourê est maintenant devant Amon-Rê, le roi des dieux, et devant Osiris; et son fils, Ramsès Siptah, est à sa place sur le trône des Deux Terres. Moi-même, j'ai été nommé prince de Coptos. Et voici encore : avant de quitter mon poste, j'ai voulu aller faire une grande chasse dans les déserts de la Nubie. Je suis parti avec une troupe nombreuse, des rabatteurs et des piqueurs, des soldats et des chars. Et, en poursuivant un troupeau d'oryx, je me suis éloigné de ma suite, car mes chevaux m'entraînaient dans le désert, et je ne voyais que les bêtes que j'abattais de mes flèches. Mais soudain, une roue du char s'est brisée sur une pierre, et nous avons été projetés hors du char, mon serviteur et moi-même. Et, lorsque je me relevai, je vis que mon serviteur était mort. Et les dieux me prirent en haine, car du fond du désert Seth fit souffler un grand vent qui m'emporta dans ses tourbillons. Et, lorsque le vent fut apaisé, je me trouvai seul dans le désert. Je marchai longtemps, pendant combien de jours, je ne le sais. Je tombai enfin et je voyais déjà la couleur de la mort, lorsque j'ai aperçu ces impies de Bédouins, et lorsque tu es venu, conduit par la main secourable d'Amon-Rê, le roi des dieux.

Et Sethnakht dit encore :

— Si tu me ramènes dans la Terre Noire et si tu veux rester près de moi, tu seras heureux. J'ai un fils qui n'a que peu d'années de plus que toi. Il s'appelle Ramsès et il est officier des chars. Et sache encore, Merirê, que j'ai connu ton père, Nebkahor. J'avais quinze ans quand je suis entré au service du grand roi Ousirmarê Miamon, et on me reçut avec joie dans le grand palais car, par mon père, je descends à la troisième génération d'une fille que Mempehtirê avait eue avant qu'il ne montât sur le trône des Deux Terres, et qui était fille de la reine Sitra, et sœur du roi Menmaré. Nebkahor, qui avait alors le double de mon âge, était officier de chars, et c'était lui qui commandait notre corps. Nebkahor devint ensuite prince, et il gouverna sa province avec équité, et Sa Majesté s'en réjouissait dans son cœur. Mais moi je ne voyais plus Nebkahor; je le rencontrai ensuite, lorsque le roi Baenrê infligea le châtiment que méritaient les vils Libyens. Nebkahor se tenait à la droite de Sa Majesté, qui l'avait comblé d'honneurs. Et moi, Sa Majesté m'éleva au rang de prince, et me donna la belle province du Sceptre. Lorsque l'impie eut tué Sa Majesté, je me levai contre lui, mais je fus vaincu et je me joignis à Mineptah Siptah. Mais le nouveau roi ne voulut pas me voir avec bienveillance. C'est pourquoi, lorsque le roi qui est devant Osiris, Ouserkheperourê, se leva depuis la Nubie contre Mineptah, je revins en Égypte et soutins son action. Pour ma récompense, il m'a donné la province d'Éléphantine. Mais, là, je suis loin des yeux du roi, et son fils redoute la puissance des princes. Le vice-roi de Nubie est faible, incapable de maîtriser les vils Nubiens; et Sa Majesté n'a pas peur de lui. Mais il me craint et il ne veut pas que je fasse comme son père et que je lève des troupes en Nubie et dans ma province, et que je marche sur Thèbes pour lui prendre son trône. Aussi me place-t-il à la tête de la province de Coptos, qui est moins riche en guerriers, et où il pourra mieux me surveiller. Et moi, j'obéis humblement et je feins de croire qu'il veut par là m'élever, car il est plus honorable d'être prince de Coptos que d'Éléphantine. Voilà, Merirê. Je t'ai ouvert mon cœur comme tu m'as ouvert le tien. Mais il y a une chose qui m'étonne. C'est que je ne savais pas que Nebkahor eût un fils.

Je le regardai et dis :

— Il m'a eu au déclin de son âge, et je n'ai pas connu d'autre maison que celle où il s'était retiré dans le bas du pays.

Je dis ensuite à Sethnakht que je le ramènerais en Égypte, et que j'acceptais de servir parmi ses officiers des chars.

Nous nous mîmes en route alors que le soleil était au milieu de sa course. Et Sethnakht put voir encore ma connaissance du désert. Nous avions retrouvé les territoires des Keshaï, que j'avais si souvent parcourus; et il admirait comment je retrouvais les pistes, comment je dégageais des pierres qui cachaient un trou d'eau où je descendais nos outres, comment je prenais le petit gibier à la sortie des terriers, comment j'approchais les troupeaux en rampant pour tuer une bête, comment je découvrais la présence d'un serpent qui était prêt à nous apporter la noire mort.

Après cinq jours de marche dans le désert, où nous avions fait une longue route pour éviter d'être rattrapés par les Bédouins, nous parvînmes à Syène.

## VIII

## LES OFFICIERS DES CHARS

Nul ne s'attendait à revoir Sethnakht. On avait retrouvé son char et ses chevaux à demi ensevelis dans le sable; et, pendant plusieurs journées, tous les chars de l'armée du prince avaient parcouru le désert à sa recherche. Mais, depuis tant de jours, nul ne doutait plus que son corps eût été la proie des bêtes sauvages. Ce fut pour ses soldats une grande joie et une grande surprise de voir leur prince sortir du désert et se tenir devant eux. On ne pouvait croire qu'il eût pu vivre tant de jours dans un désert aussi épouvantable; et on était d'autant plus inquiet que les soldats avaient rencontré de nombreuses bandes de Bédouins qui venaient les provoquer avec insolence Alors Sethnakht me désigna et prit la parole.

— Rendez grâce à Merirê, car c'est à lui que je dois de voir encore la lumière de Rê. C'est lui qui m'a conduit sur les pistes du désert et qui m'a ramené parmi vous. Merirê est le fils de Nebkahor, ancien prince du pays du nord et flabellifère à la droite de Sa Majesté Baenrê. J'en fais, de ce jour, un officier de mes chars, et je veux que vous le respectiez comme moi-même et comme mon fils Ramsès.

Ramsès ne se trouvait pas à Syène. Ne pouvant croire à la mort de son père, il continuait de le rechercher dans le désert, à la tête de sa troupe de chars. On envoya des messagers pour annoncer le retour de Sethnakht; apprenant cette nouvelle, Ramsès revint aussitôt et se présenta devant son père.

Sethnakht vanta mes actions auprès de son fils, et lui fit un récit de notre marche dans le désert. Et il lui demanda de me regarder comme son frère. Il déclara que je vivrais dans sa maison et qu'il me considérait désormais comme son second fils. Ramsès m'embrassa et dit que je lui plaisais, qu'il aimerait un frère envers qui il avait une si grande dette. C'est ainsi que j'entrai dans la maison de Sethnakht et que débuta mon amitié pour Ramsès.

Depuis ce jour, ma vie se présenta comme je n'eus pas osé l'espérer; et je rendis grâce à Amon-Rê, roi des dieux, dont les desseins sont impénétrables. Je reçus de beaux habits de lin fin et des bijoux. J'eus un char et de beaux chevaux, et on me donna un domestique pour les soigner. A Éléphantine, j'eus droit à une chambre dans le palais de Sethnakht, et tous les soldats me respectaient. Nous suivîmes Sethnakht à Coptos avec une petite troupe de guerriers. Nous parcourûmes la route à grande allure, sans nous arrêter à Thèbes, car à Coptos on attendait depuis plusieurs jours l'arrivée de Sethnakht.

Le palais du prince touchait la caserne des chars; et ce fut là que j'eus une chambre voisine de celle de Ramsès. Nous avions, au-dessus de nous, le chef des chars du prince, car nous étions trop jeunes pour avoir un haut commandement. La vie des officiers de chars était enviable. Nous faisions parfois quelques exercices pour apprendre à donner des ordres à nos soldats et diriger les formations de chars. Mais, le plus souvent, nous nous exercions au tir à l'arc et au maniement des armes, et nous accompagnions Sethnakht lorsqu'il allait chasser à la lisière du désert oriental. Dans ces moments, Ramsès et moi montions dans le même char et suivions de près le char de son père, qui ne voulait pas que je m'éloigne de lui. Sethnakht songea encore à utiliser ma connaissance du désert, qui me distinguait parmi les autres officiers des chars. Les Bédouins qui parcouraient le désert oriental parlaient une langue proche de celle des Keshaï, et j'étais le seul officier à les comprendre. C'est pourquoi on me confia les affaires qui concernaient les rapports avec les Bédouins : à la tête d'une troupe de chars, je parcourais le désert pour surveiller les nomades. Je vins ainsi parmi les tribus, et je parlai avec les chefs pour savoir leurs intentions. Ils me respectaient parce que je parlais leur langue et que j'avais acquis la réputation de bien connaître le désert et d'être un grand chasseur. Ainsi, ils firent souvent appel à moi lorsqu'une querelle s'élevait parmi eux. Et, quand j'allais dans le désert avec ma troupe, je partageais le commandement avec Ramsès, et bien souvent nous montions dans le même char.

Dans les premiers temps, nos hommes — quarante officiers montés sur vingt chars, deux cents lanciers, cent archers et trente ânes qui portaient les bagages — avaient peu de confiance en moi, car ils voyaient ma jeunesse. Ils commencèrent à me respecter quand ils virent mon adresse au tir à l'arc et au maniement du javelot, et mon habileté à conduire un char. Mais quand ils virent comment, en regardant le sol et le ciel, je savais pister les troupeaux de bêtes sauvages que nous devions chasser, ou comment je découvrais en pleine solitude des orifices de puits dérobés par des dalles de pierre, ils crurent que je possédais un pouvoir magique, et ils m'obéissaient en m'admirant. Ils ne pensaient pas que, lorsque je trouvais les restes d'un campement de Bédouins, si je voyais des traces de pas nombreuses qui allaient vers le même point où on ne voyait rien, c'était qu'en ce point était caché un puits où les femmes étaient allées souvent puiser de l'eau. J'expliquai tout cela à Ramsès, et il louait la sagesse qu'Amon m'avait donnée pendant mon séjour dans le désert.

Les Bédouins étaient aussi un grand sujet de peur pour les Égyptiens. Nos soldats ignoraient ce qu'est la guerre; et les faces sombres des Bédouins, leurs vêtements en peaux et même leurs armes leur causaient une grande frayeur. Et on avait appris que les Ouaouat avaient, en Nubie, exterminé une troupe égyptienne; et cela avait encore augmenté la crainte des soldats.

Or voici : je commandais avec Ramsès notre troupe depuis peu de temps, et nous n'avions encore jamais rencontré de nomades. Et je vis les traces d'un grand camp de Bédouins; et pendant plusieurs jours j'entraînai mes hommes loin dans le désert, à la suite des nomades, découvrant leurs puits et leurs pâturages. Mes hommes murmuraient, car ils redoutaient les Bédouins, et le désert les effrayait. Mais je les obligeai à me suivre jusqu'à ce que j'eusse trouvé le campement des bédouins. Alors je laissai notre troupe aux ordres de Ramsès et allai seul sur mon char vers le camp des nomades. Je demandai dans leur langue à voir leur chef. Et, lorsqu'il fut devant moi, je lui réclamai le tribut au nom du pharaon. Et il voulut me répondre avec insolence; et, pour lui montrer ma puissance, je lui dis où étaient ses puits et ses pâturages. Et je lui déclarai que, s'il ne se soumettait pas au roi, ses pâturages seraient détruits et les puits bouchés. Et, tandis que je parlais ainsi, je vis un corbeau qui volait au-dessus de nous. Alors je saisis mon arc et l'abattis en plein vol, d'une seule flèche. Et je dis encore :

— Vois ! J'abattrai ton peuple et tu tomberas devant l'Égypte comme vient de tomber ce corbeau abattu par ma flèche. Mais, si tu te soumets à Sa Majesté, nos troupes protégeront ton peuple, et tu auras le droit de venir vendre en Égypte les produits de tes troupeaux.

Et je ramenai la soumission de ces Bédouins, et les tributs qu'ils versèrent, en bêtes domestiques et en bêtes sauvages, en miel sauvage et en résine de térébinthe. De ce jour, nul officier, nul soldat ne contesta mon autorité; et je fus nommé par Sethnakht directeur des terres du roi dans le désert oriental.

Mais, avant que je fusse ainsi honoré, j'avais voulu me rendre à Thèbes devant ceux que j'aimais. Depuis Coptos, il faut deux heures pour aller à Thèbes avec deux bons chevaux. Lorsque je parvins dans la rue où se trouvait la maison d'Antanour, mon cœur tressaillit de joie dans ma poitrine. Les gens sortaient devant leur porte pour me regarder, car jamais dans ces rues ne venaient de si beaux chars. J'arrêtai mes chevaux près de la porte de la maison. Je vis sortir une petite fille que je ne connaissais pas, et lui demandai si c'était sa maison. Elle me répondit qu'elle était chez elle, et je crus m'être trompé. Alors je lui demandai où habitaient Antanour et ses enfants. Elle secoua la tête et alla chercher sa mère. Je l'interrogeai et elle me répondit que son mari avait acheté cette maison depuis plusieurs années et qu'elle ne connaissait pas cet Antanour. Je questionnai alors les gens de la rue. J'en reconnus certains, mais ils ne surent pas qui j'étais; et je ne le leur dis pas. Ils m'apprirent qu'Antanour avait vendu la maison il y avait plus de quatre années, et qu'il était parti avec sa famille; mais personne ne put me dire où je le trouverais.

Je confiai ma peine à Ramsès, qui me dit qu'on arriverait à retrouver Antanour, et qu'il allait parler à son père de ce qui blessait mon âme. Je retrouvai Antanour quelque temps après, mais ce ne fut pas à la suite des recherches que fit entreprendre Sethnakht.

Ramsès avait peu d'ambition. Il savait qu'il avait une carrière toute préparée, que sa naissance et l'appui de son père lui permettraient de devenir prince; et cela satisfaisait son cœur. Il savait être énergique, et il aimait la chasse, mais il goûtait peu la guerre, et il m'avoua qu'il sentait que ses genoux trembleraient devant l'ennemi. Je lui dis que même le plus courageux guerrier pouvait avoir l'âme dans la main devant un adversaire, mais qu'avec l'aide d'Amon, le roi des dieux, on devait assurer son cœur dans sa poitrine. En vérité, il était indolent et il aimait plus que tout les agréments de la société d'amis de son âge et les charmes de l'amour. Il se plaisait dans les longues soirées où l'on récitait des poèmes en écoutant la musique des harpes. Il passait son temps à se croire amoureux. La vue d'une femme qui lui semblait belle, ou seulement qui lui disait : « Regarde, je suis belle », faisait sortir son cœur sur sa bouche, et il me jurait qu'il avait trouvé là sa sœur, son épouse très aimée. Je lui disais alors croire que c'était une autre qui était déjà sa sœur, mais il déclarait que la cruelle avait trompé son amour et qu'il devait chercher une âme qui l'aimât avec plus de sincérité.

Ramsès allait souvent avec les officiers des chars courir dans les rues de Coptos ou de Thèbes. Ils visitaient les tavernes quand ils n'avaient pas autre chose à faire; mais ils étaient souvent invités chez des personnages, qui voulaient qu'on dît qu'ils recevaient des officiers des chars et le fils du prince de Coptos. Ma vie dans le temple d'Amon et l'existence que j'avais connue dans le désert m'avaient éloigné des choses dans lesquelles les autres trouvaient de l'agrément. Pendant qu'eux désiraient aller dans les lieux de plaisir, mon plaisir était de lire les livres écrits par les anciens scribes. Pendant qu'ils aimaient dormir dans l'ombre de leurs portiques ou se promener à la tombée du jour, mon désir était de pousser mon char derrière les bêtes sauvages ou parcourir le désert à la poursuite d'un lion. Je ne désirais pas connaître l'amour et méprisais les jeunes gens qui ne cherchaient que les voluptés, et amollissaient leurs cœurs dans les jardins ombragés et dans les palais aux lambris d'or : les seuls animaux qu'ils voyaient étaient les oiseaux dans les volières; et, quand ils apercevaient un lion dans une cage, leurs genoux se dérobaient et ils fuyaient en se bouchant le nez. Mais j'accompagnais parfois Ramsès parce qu'il me le demandait et parce que lui-même me suivait dans le désert et ne craignait pas les bêtes féroces. Et je venais encore avec lui quand il était invité dans les riches maisons de Thèbes parce que j'espérais avoir des nouvelles de ceux que j'aimais et parce que, dans le secret de mon cœur, je me disais que peut-être les dieux me feraient rencontrer la noble dame qui m'avait introduit dans le temple d'Amon.

Ainsi, je n'entendis plus dans la bouche de Ramsès que les louanges de Shemaït, épouse de Minhotep, directeur des troupeaux d'Amon. Elle était l'Unique, celle qui n'avait pas d'égale, la plus belle des belles; et il ne se passait pas un instant sans que Ramsès ne dît des poésies à sa gloire. Et il louait encore sa voix, car elle avait été chanteuse au temple d'Amon, et sa voix était pareille à la myrrhe dans les cheveux, elle était semblable aux parfums du Pount qui embaument l'Égypte, ou au doux miel qui fond sur la langue.

J'accompagnai Ramsès « afin que mes yeux se réjouissent d'une pareille merveille », lui dis-je avec un accent de moquerie; mais en vérité je songeais qu'une ancienne chanteuse d'Amon pourrait me donner des nouvelles de ma sœur. Ramsès mit ses plus beaux habits et ses plus riches bijoux, et je l'imitai. Le directeur des troupeaux d'Amon habitait une belle maison dans le voisinage du temple d'Amon. Des lampes éclairaient le préau où il se trouvait, lorsque je vins avec Ramsès. Il connaissait le fils du prince de Coptos, et l'accueillit avec une grande joie. Ramsès me désigna à lui comme le directeur des terres du roi dans le désert oriental. Je saluai Minhotep et il me salua. Je me rappelai l'avoir vu dans le temple d'Amon, où il remplissait déjà ses hautes fonctions, car ce n'était plus un jeune homme.

La fête était commencée, et dans le jardin parfumé nous avions rencontré des groupes d'hommes et de femmes qui se réjouissaient de cette belle fête. Nous sommes entrés dans la grande salle des banquets, où brillaient de nombreuses lampes. Il y avait un grand nombre d'invités installés sur les coussins; et je vis au fond de la salle les musiciens et les musiciennes, qui tiraient de beaux sons de leurs instruments. Et Ramsès me désigna Shemaït. Elle tenait une harpe et sa voix s'élevait, vraiment belle, car elle chantait de joyeux chants d'amour; et la musique accompagnait ses chants, et les assistants frappaient dans leurs mains pour scander le rythme du poème. Et elle chantait :

*Plus rapide est mon cœur quand je songe à mon amour.*
*Il fait que je ne suis plus un être humain et il tressaille à l'endroit où il est.*
*Il ne me permet plus de mettre mes vêtements. Je ne prends plus mes éventails.*
*Je n'entoure plus mes yeux de fard et je ne connais plus les suaves parfums.*

Mais mon cœur avait aussi tressailli dans ma poitrine, et je n'écoutais plus les paroles de la chanteuse. Amon ne pouvait me tromper, et c'était bien Nekhserket, ma sœur, qui se tenait devant moi et que tout le monde appelait Shemaït, « la chanteuse », sans doute à cause de la beauté de sa voix.

Nous avions pris place sur des coussins. Des servantes vinrent nous présenter des parfums et des coupes de vin. Ramsès prenait ce qu'on lui offrait, mais ses yeux ne se détachaient pas de Shemaït. Mes yeux restaient aussi attachés à elle, mais pour une tout autre raison. Tout d'abord, j'aurais voulu courir vers elle, l'embrasser comme ma sœur et lui demander des nouvelles d'Antanour et de Kashta; mais cela n'eût pas été convenable. Et un doute surgit dans mon cœur. Shemaït m'avait vu à côté de Ramsès; je n'en pouvais douter, car ses yeux étaient tournés vers nous. Mais je n'avais remarqué ni surprise dans son regard ni pâleur sur son visage, comme si elle ne me connaissait pas. Et je songeai que, depuis plus de cinq années que je n'avais parlé à ma sœur, mes yeux pouvaient me tromper, et une ressemblance me faire croire que je me trouvais devant une personne qu'en vérité je ne connaissais pas.

J'ordonnai alors à mon cœur de patienter, et j'écoutai le chant qui, certes, était très beau

*Voici : sept jours sont passés sans que je voie la bien-aimée.*
*Une grande langueur s'est emparée de moi.*
*Mon cœur s'alourdit dans ma poitrine,*
*Et j'ai même oublié ma propre existence.*

Et j'entendais à côté de moi la voix de Ramsès qui chantait le même chant, et je voyais sa poitrine se soulever en de grands soupirs.

Lorsque Shemaït eut terminé sa chanson, on battit des mains en poussant des cris de joie. Ramsès se leva et alla se placer devant elle. Il lui dit quelques mots, et je vis le regard de Shemaït se poser sur moi. Elle vint vers moi à la suite de Ramsès. Je me levai et je la laissai agir. Elle ne parut pas me connaître, et me souhaita la bienvenue. Et moi, j'étais assuré dans mon cœur que je me trouvais bien devant Nekhserket, mais je ne montrai pas le trouble de mon âme. La tristesse s'abattit sur moi, car je désirais parler à Shemaït, mais ne le pouvais. Il lui suffisait de simuler l'ignorance pour que je parusse stupide comme une sarcelle et que les choses tournassent à ma confusion.

Shemaït revint prendre sa harpe, et elle entonna un nouveau chant. Mais je ne l'écoutai pas, car mon âme était triste. Une servante m'offrit une coupe de vin, et Ramsès, qui était joyeux, prit une autre coupe et me dit :

— A ta santé ! Bois jusqu'à l'ivresse. Voilà une belle fête !

Et moi, je songeais aux recommandations du scribe Ani, qu'on nous avait fait copier au temple d'Amon : « Ne t'abandonne pas au goût de la bière. Car, si tu te mets à parler, c'est autre chose qui vient sur tes lèvres, et tu ne sais plus ce que tu dis. Et tu titubes, et tes jambes se dérobent sous toi. »

Mais Ramsès, qui aimait la boisson, insista, et il dit :

— Pourquoi ton regard est-il sombre ? Vide ta coupe et ne songe pas à demain. Rappelle-toi ce qu'enseigne Ptahhotep :

« Ne prends pas sur le temps du plaisir; il est abominable pour l'âme de lui prendre ce temps. »

Et, comme Shemaït avait terminé sa chanson, Ramsès éleva la voix pour lui demander de dire ce chant qu'on voit devant le harpiste et qui est dans la maison éternelle du roi Antef. Shemaït secoua la tête et promena ses doigts sur les cordes de la harpe, et elle chanta le beau chant.

Et lorsqu'elle disait : « Les corps passent et disparaissent et d'autres les remplacent depuis le temps des ancêtres... », les assistants battaient lentement des mains, et ils gémissaient à demi lorsqu'elle chantait ainsi : « Nul ne revient d'où ils sont allés pour nous révéler leur destin et pour nous dire ce qu'ils désirent et pour apaiser notre cœur avant que nous ne parvenions dans le lieu où ils sont partis. » Et la joie revint parmi les auditeurs, et ils battirent plus vite des mains tandis que la chanteuse disait : « Place de la myrrhe dans tes cheveux, et mets des habits de lin fin... Fais de ce jour une fête et ne te lasse pas. Vois, nul n'emporte ses biens avec lui, nul n'est revenu de ceux qui sont partis. »

Pendant que sa femme chantait, Minhotep était entré, et il vint prendre place près de nous.

— As-tu jamais entendu plus belle voix et chants plus beaux ? me demanda-t-il.

— Jamais, ai-je répondu d'une bouche sincère.

— N'est-ce pas une bien belle fête, Ramsès ?

— On ne voit chez toi que de belles fêtes, assura Ramsès.

Minhotep se tourna vers moi.

— J'ai déjà beaucoup entendu de louanges sur toi, Merirê. Mais je ne crois pas que, parmi les Bédouins du désert, tu aies vu de si belles fêtes.

Je lui répondis :

— Les Bédouins sont trop pauvres et la vie du désert est trop dure pour qu'ils puissent faire de si belles fêtes. Mais ils ont aussi leurs réjouissances, plus rudes et sauvages, mais qui leur plaisent.

— Ont-ils donc aussi des chanteuses et des musiciens comme nous ? demanda Minhotep avec un ton moqueur.

— Ils ont des chanteuses aux voix rauques, qui chantent plus souvent des chants de guerre que d'amour. Ils ont aussi des musiciens qui accompagnent de leurs flûtes les danses guerrières des hommes. Chez les Bédouins, les fêtes ne se font pas avec des harpes et des cithares, des parfums et des guirlandes, des vins asiatiques et des liqueurs des terres du nord, dans des jardins pleins de fleurs et de parfums. Chez eux, les fêtes se font avec des flûtes et des tambours, des lances et des dagues, du lait fermenté et de la bière amère, dans les pierres du désert, où passe le vent sauvage.

Minhotep se mit à rire et dit :

— Et je ne serais pas étonné si tu préférais les fêtes du désert à celles de chez nous.

— Les fêtes du désert, ai-je répondu, n'amollissent pas l'âme. Elles rendent le cœur robuste et fier, et elles préparent les hommes à la guerre cruelle.

— Tu parles comme un vrai guerrier; mais c'est une vie bien peu agréable que tu nous offres là.

— Il y a pourtant une certaine ivresse dans la vie du désert.

— Mais ce sont les délices des terres des dieux que nous offre la vie dans les vergers d'Osiris.

— Il faut craindre que ces beaux vergers ne deviennent la proie des barbares d'Asie et que tous ces beaux jeunes gens que je vois ici ne soient alors les esclaves des vaincus de Libye.

— Quelle crainte de cela pouvons-nous avoir, dit alors Minhotep, lorsque nous avons des guerriers comme toi ?

Je ne répondis pas, ne sachant si ces paroles étaient dites d'un cœur sincère ou avec un goût d'ironie. Shemaït vint s'agenouiller près de nous; elle prit la main de Minhotep et passa son bras autour de son cou. Je la regardai avec attention; elle soutint mon regard, puis baissa les paupières, et je vis le trouble de ses yeux. Je ne pouvais plus douter d'avoir devant moi Nekhserket. Minhotep montrait un grand sourire dans sa large face; Shemaït épongea avec un tissu délicat son crâne rasé mouillé de sueur. Minhotep était un scribe dont on lisait la réussite dans les lourds plis du ventre. « L'hypocrite », disais-je en mon âme, en regardant Shemaït. « Je connais assez ma sœur pour savoir qu'elle ne peut aimer d'un cœur sincère un tel homme, qui est près d'elle comme son ancêtre. Et voilà qu'elle simule la plus grande tendresse ! » Mais je voyais sous ses paupières son regard glisser vers Ramsès. Et j'admirai l'âme d'enfant naïf de Minhotep, qui ne se doutait de rien. Et, alors que son cœur aurait dû être plein de jalousie, il exaltait mes mérites aux yeux de Shemaït. Il lui disait qu'elle avait devant ses yeux sans doute le plus grand connaisseur du désert parmi les Égyptiens, et le plus grand chasseur après Sa Majesté, comme on le sait. Shemaït me regarda, un sourire sur les lèvres. Lorsqu'elle s'éloigna avec son époux je dis à Ramsès :

— Il faut que je puisse parler à Shemaït sans ce ventripotent mari.

— Ah non, mon frère ! s'écria Ramsès. Ne me dis pas que, toi aussi, tu es amoureux de Shemaït... Encore qu'elle ait toute une cour d'adorateurs.

— Rassure-toi, lui dis-je. Je ne grossirai pas la troupe de ces jeunes fous. Il faut que tu le saches, cette Shemaït n'est autre que ma sœur Nekhserket. Mon cœur me dit qu'elle m'a reconnu; mais, je ne sais pourquoi, elle n'a pas voulu montrer sa joie ni me parler comme à son frère.

— Peut-être un dieu t'égare-t-il, et une ressemblance étrange te fait-elle croire que tu te trouves devant ta sœur ?

— Non, Ramsès. Cinq ou six années ne sont pas suffisantes pour effacer de mon âme le souvenir d'un être avec qui j'ai passé toute mon enfance, et dont je reconnais non seulement les traits du visage et la voix, mais aussi les gestes et les attitudes, et même le caractère, pour le peu que j'ai pu en voir.

— Elle ira certainement dans le jardin; et à ce moment-là je l'entraînerai loin des autres, et tu pourras alors lui parler.

Ramsès ne dit pas de vaines paroles. Il m'avait amené dans le jardin de Minhotep pour me montrer les beaux arbres du verger et les fleurs aux parfums exquis et aux belles couleurs. Il me laissa un instant avec un groupe de jeunes gens qui me posaient des questions sur le désert. Il revint bientôt et me prit par le bras.

— Viens, Shemaït t'attend.

Je la trouvai assise dans un kiosque au toit léger. Nous étions seuls et elle ne dissimula plus. Elle se leva et vint m'embrasser.

— Merirê, mon frère cher à mon cœur ! me dit-elle.

Combien Amon-Rê remplit mon âme de joie en te conduisant auprès de moi ! Laisse-moi te regarder : comme tu es devenu grand ! Comme tu es devenu beau ! Combien les dieux t'ont rendu fort ! Qu'il est loin, le jeune garçon qui nous a quittés pour entrer dans le temple d'Amon !

— Nekhserket, ma sœur aimée, je suis empli de joie en te revoyant, mais je suis aussi plein d'étonnemnt, et je ne comprends pas pourquoi tu n'as pas voulu me reconnaître lorsque je suis venu vers toi.

— Cela m'était difficile. Écoute, Merirê. Tu le sais, je suis entrée au temple d'Amon comme chanteuse du dieu. Et moi non plus, je ne devais pas dire mon vrai nom, et c'est pourquoi on me connaît sous le nom de Shemaït. Je ne pouvais dire que j'avais un frère et qu'il était prêtre pur et qu'on l'appelait Ikerhor. C'est d'ailleurs pourquoi je n'ai pu te parler lorsque je te vis parmi les jeunes prêtres. Mais quelle crainte fut la nôtre lorsque nous avons su que tu avais battu Paser, fils du grand prêtre Rouï, et que tu t'étais enfui ! Et comment te retrouver, ne sachant où tu étais allé ?

J'interrompis ma sœur pour lui demander si Paser était mort. Elle me répondit qu'il s'était remis de ses blessures et qu'il était père divin dans le temple d'Amon. Et elle ajouta :

— Mais il n'a pas oublié les coups que tu lui as donnés, et, je ne sais à quelle occasion, Rouï a rappelé ce qu'il assure être un crime à mon époux Minhotep.

Et elle dit ensuite :

— Tu comprends donc pourquoi je ne pouvais soudain te reconnaître comme mon frère devant l'assemblée, car on se serait étonné, et on aurait voulu savoir pourquoi nous étions séparés; et Minhotep aurait peut-être ainsi découvert qui tu es. Or le grand prêtre d'Amon est tout-puissant auprès du roi, et s'il savait que Merirê n'est autre qu'Ikerhor, il saurait bien te nuire dans l'esprit de Sa Majesté.

Je compris les raisons de l'attitude de ekhserket, et ne lui en fis plus de reproche. Je lui demandai ensuite des nouvelles d'Antanour et de Kashta, et ma sœur me dit :

— Peu après t'avoir introduit dans le temple d'Amon, notre protectrice lui donna une maison avec un beau jardin, à l'est de la ville. Nous sommes allés nous y installer avec Kashta et Iamit. Antanour reçut une pension qui lui permit de ne plus travailler sur le port, et Kashta cessa son métier de marinier. Mais moi je les quittai bientôt, car Minhotep me vit chanter, et Amon jeta dans son cœur un grand amour pour moi. Il voulut m'emmener dans sa maison, et je l'ai suivi.

— Je vois que tu es ici comme une reine dans son palais.

— Je suis reine de son cœur et de ses biens, qui sont considérables. J'ai des servantes et une grande maison; des serviteurs soignent notre jardin et portent ma chaise quand je veux sortir. Je suis toujours attachée au temple d'Amon, mais je suis maintenant première chanteuse du dieu, et là je n'ai au-dessus de moi que la reine, qui est la divine épouse d'Amon.

— Dis-moi, maintenant, où je puis trouver Antanour et Kashta, si encore tu ne les as pas oubliés au milieu de tes richesses et de tes plaisirs.

— Je vois, Merirê, que tu es toujours railleur envers moi; mais je te répondrai sans me blesser. Si tu veux voir Antanour, je te conduirai à sa demeure. Mais, dans le jour, tu peux le rencontrer au palais de Sa Majesté...

— N'appelle pas devant moi « Sa Majesté » le fils de l'usurpateur qui a fait assassiner nos parents, dis-je, la colère dans le cœur.

— Tu as raison, Merirê. Cependant, il est le roi au yeux des Égyptiens. Et apprends ce que j'ai su de la bouche d'Antanour. Le roi Ouserkheperourê avait deux épouses royales : Takhat, qui était sa femme avant qu'il ne montât sur le trône des Deux Terres et qui est la mère du jeune roi actuel, Ramsès Siptah, et Taousret. Taousret est la fille du roi Baenrê. Elle avait épousé Mineptah Siptah et ce fut elle qui lui inspira de se lever dans la Nubie contre l'usurpateur Amenmès, et de la jeter au bas de son trône. Lorsque Ouserkheperourê Séthi eut fait subir le même sort à Mineptah Siptah, il épousa Taousret pour légitimer son accession au trône, comme l'avait fait son prédécesseur. Les deux reines, Takhat et Taousret, semblent vivre en bonne entente, et elles ont poussé le nouveau roi à reconstituer le corps des mercenaires des Pays de la Mer, qui furent les gardes du corps de nos grands rois. Ainsi on a réuni les Shardanes, les

Kehek et les Mashdouash dispersés à travers l'Égypte; et, je ne sais comment, Antanour a été nommé leur commandant. C'est ainsi qu'il est le chef des gardes du corps du roi, et que Kashta se tient auprès de lui.

Elle me dit encore :

— Sa joie sera grande en te revoyant, car il ne se passait pas un jour sans qu'il ne gémît en pensant à toi. Les regards d'Amon-Rê, le roi des dieux, sont tombés sur nous avec bienveillance, mais ta présence manquait encore à notre bonheur. Et voilà que tu te tiens à nouveau devant nous, et je bénis Amon, seigneur du Perséa.

J'avais hâte de parler à Antanour, mais il semblait imprudent que j'aille le voir au palais royal, car on eût pu s'étonner que nous nous connussions. Nekhserket me dit de la retrouver le surlendemain, et qu'elle me conduirait à sa maison. Notre entretien avait été long, et nous nous séparâmes, car elle ne voulait pas qu'on pût nous surprendre dans une conversation secrète.

A l'heure convenue, alors que Minhotep était au temple d'Amon, je retrouvai Nekhserket. Elle avait envoyé la veille un messager à la demeure d'Antanour pour faire savoir qu'elle viendrait le lendemain. Nous trouvâmes Antanour et Kashta dans le jardin de leur maison. Lorsque je fus devant eux, Antanour me regarda, et la surprise empêcha toute parole de passer au-delà de ses dents. Il s'inclina en levant les bras et dit enfin :

— Mon seigneur Merirê, les dieux nous l'ont rendu !

Je le serrai dans mes bras en l'appelant mon père, et j'embrassai Kashta en l'appelant mon frère. Nous sommes allés nous installer dans l'ombre d'un sycomoe, et j'ai alors dit tout ce qu'Amon m'avait envoyé depuis mon entrée dans son temple.

Lorsque je racontai comment j'avais retrouvé le meurtrier de nos parents et le sort que je lui avais infligé, tous m'applaudirent; et ce ne fut qu'alors que Nekhserket reconnut sur ma poitrine le collier de son père. Je voulus le lui donner, mais elle répondit qu'il était mieux que je le gardasse, car elle n'eût pu expliquer à son mari d'où lui venait une si belle parure. Elle nous quitta alors pour rentrer chez elle; et je continuai de parler avec Antanour et son fils.

Antanour me confirma ce que m'avait appris Nekhserket. Il entraînait ses hommes avec soin, afin d'être le maître d'une troupe puissante et prête à la guerre. Et comme je lui demandais à quelle guerre il pensait, il me répondit :

— Peut-être une guerre contre les ennemis du dehors, mais peut-être une guerre contre les princes.

Et il ajouta ces paroles :

— Car le roi Ramsès Siptah ne régnera plus longtemps.

Puis il me laissa seul avec Kashta; il voulait dire à Iamit — car il avait gardé la vieille esclave — d'envoyer chercher par les domestiques tout ce qu'il fallait pour qu'elle préparât un festin pour le soir. Pendant que j'avais raconté les événements de ma vie passée, j'avais remarqué que les yeux de Kashta n'étaient ouverts que sur Nekhserket. Lorsque son père se fut éloigné, je lui demandai :

— Kashta, dis-moi la vérité : ton cœur battrait-il toujours pour ma sœur ?

Il me répondit alors :

— Ah ! mon cœur se lamente de tristesse. Oui, elle est ma bien-aimée, et mon cœur ne battra jamais que pour elle. Mais elle, la cruelle, me méprise et feint de ne pas voir mes larmes ni entendre mes soupirs. Je ne puis aller chez elle, et d'ailleurs qu'y ferais-je ? Et elle-même ne vient presque jamais nous voir : et pourtant sa seule vue réjouit mon cœur et rend la vie à mon âme, qui est comme morte lorsqu'elle est loin de mes yeux.

Je cherchai des paroles pour consoler Kashta, mais je savais qu'il n'est nul baume aux blessures de l'amour et que les paroles parfumées comme l'encens et douces comme le miel sont, pour l'amoureux délaissé, amères comme du fiel.

Je restai ce soir-là avec Antanour, et il nous dit des choses comme jamais je n'en avais entendu dans sa bouche. Il parla du roi Baenrê Mineptah, et il raconta la grande bataille qu'il avait livrée contre les Libyens et leur roi Meriaï. Il dit comment tous les peuples coalisés, tous gens venus du nord et des Iles de la Mer, Shardanes, Toursha, Loukou, Shakalesh et Akaouash, marchèrent sur l'Égypte avec de lourds chariots où ils traînaient leurs familles. Ils vinrent dans les terres du nord jusqu'au château du roi appelé Perirt, qui se trouve au milieu de riches vignobles.

Là, Sa Majesté, dont le bras était conduit par son père Amon, vint se présenter devant les envahisseurs. Et Antanour, qui commandait les gardes shardanes, dit comment il avait combattu contre les hommes de sa race, au côté des Égyptiens, pendant neuf heures d'un combat acharné, jusqu'au moment où Amon jeta la crainte parmi les Libyens, qui furent poursuivis jusqu'à l'orée du désert, jusqu'au mont des Cornes de la Terre.

Ces souvenirs de batailles glorieuses soulevaient sa poitrine et rendaient ses yeux étincelants; et moi-même, je sentais une grande exaltation en mon cœur en entendant le récit de ses exploits. Je regardai Kashta qui écoutait son père avec respect et admiration, mais son cœur n'était plus gonflé que par les larmes de l'amour.

## IX

## PREMIÈRE ACTION D'ÉCLAT

Je revins parfois chez Shemaït, où j'accompagnais Ramsès, mais plus souvent encore j'allai chez Antanour, où je passais la nuit. Je distrayais mon cœur dans les soirées chez Shemaït, car en me voyant les jeunes gens pensaient que moi aussi j'étais amoureux d'elle et que, comme la leur, mon âme soupirait pour elle. Mais je voyais aussi que, si Kashta était dédaigné, Ramsès n'était pas plus favorisé par la Dorée. Comme les autres, il recevait parfois une fleur, mais là s'arrêtaient les dons de l'insensible.

Et voici qu'un jour Ramsès me dit :

— Puisque Shemaït est bien ta sœur et que tu la rencontres parfois chez Antanour, essaie de savoir si elle a un amant et pourquoi elle ne m'accorde aucune faveur.

Je lui promis de l'interroger, mais lui dis que, connaissant notre amitié, il y avait peu d'espoir que ma sœur m'ouvrît son cœur. Cependant, dès que je me vis seul avec elle, je lui demandai :

— Nekhserket, dis-moi sans dissimuler : tu ne peux aimer ce gros ver de Minhotep ?

Elle rit de ma comparaison et dit :

— Sans doute Amon ne lui a pas donné une grande beauté, mais il est bon et sait beaucoup de choses.

— Nekhserket, je te connais trop bien. N'essaie pas de biaiser avec moi; je sais bien que tu es peu sensible à ces qualités que tu attribues à ton époux. Dis simplement : « Il est riche », et je te croirai.

— Alors, il est riche.

Elle l'admit avec bonne grâce et se remit à rire.

— Dis-moi : quel est, parmi ces jeunes canards qui frétillent devant toi, celui à qui tu as donné ton cœur ?

— Étonne-toi, cher Merirê : nul ne peut se vanter d'avoir eu mes faveurs.

— J'ai du mal à croire à tes paroles.

— Mais pourquoi me poses-tu ces questions ? En vérité, tu sais que tu n'es pas mon frère par le sang, et peut-être veux-tu essayer de mordre à mon hameçon ?

— N'aie pas la vanité de croire cela, répondis-je avec humeur. Mais dis-moi plutôt : que penses-tu de Ramsès ?

— Il est agréable, mais il a la tête trop ronde.

Elle parla ainsi, et cela la fit rire.

— Il est très amoureux de toi, lui dis-je alors.

— Crois-tu qu'Amon m'a donné des yeux pour ne pas voir ? Tous ces jeunes gens qui viennent chez moi sont amoureux de moi, mais moi je n'en aime aucun.

— Ainsi, vivrais-tu sans nulle passion ?

Elle posa sur moi un long regard, et dit :

— Détrompe-toi, mon frère, j'ai une passion : c'est celle de la puissance. Je voudrais être reine pour être la plus riche et avoir tous les hommes à mes genoux.

Ses paroles ne provoquèrent guère d'étonnement dans mon cœur; et je lui dis :

— Je doute que le directeur des troupeaux d'Amon, ton époux, devienne roi d'Égypte. Il est vrai qu'il est au soir de sa vie, tandis que ton soleil ne fait que se lever. Je crois que le nouveau roi, le fils de celui qui a ordonné la destruction de notre maison, n'a pas encore d'épouse royale.

— Merirê, soupira Nekhserket, comme tu m'aimes peu !

— J'ai pour toi l'affection d'un frère pour sa sœur, mais ta froideur m'est en abomination.

— Tu parles de ma froideur parce que mon cœur n'a pas trouvé un être à aimer ? N'est-ce pas étrange ?

— Tu ne trouveras pas d'être à aimer à moins qu'il n'ait une couronne et qu'il ne siège sur un trône. Et que pouvons-nous savoir ? Tu méprises Kashta, qui est comme notre frère, parce qu'il est d'une autre race, et tu méprises Ramsès, mon ami, parce qu'il n'est qu'officier de char : mais il sera sans doute prince, comme son père; et depuis qu'on a vu tant de rois qui sont montés sur le trône des Deux Terres, bien qu'il n'y eût pas dans leurs veines la moindre goutte de sang de Rê, pourquoi un jour Ramsès ne serait-il pas roi ? Sais-tu qu'il descend de Mempehtirê Ramsès ?

— Tu plaides bellement pour ton ami ! Mais je doute qu'il soit roi. Et cela importe peu, puisque je ne l'aime pas.

Je vis que Ramsès, cette fois, ne trouverait pas l'entrée du cœur de celle qu'il croyait aimer. Je lui fis part des paroles de Nekhserket, mais ne lui dis pas qu'elle avait ri de son visage trop rond, et, pour lui chercher une consolation, je lui fis remarquer qu'elle n'avait pas d'amant.

En ce temps-là, on apprit que des tribus de Ouaouat s'étaient répandues dans le désert oriental et qu'elles montaient vers le nord et vers la vallée de Rohannou. Leur audace était sans limite. Le nouveau prince d'Éléphantine avait envoyé un corps de troupe pour les refouler vers les déserts de Nubie, car ils menaçaient les pistes qui conduisaient aux mines d'or de Nubie. La troupe fut massacrée. Le prince réunit alors sa petite armée et se mit en marche vers les Bédouins. Ceux-ci attirèrent les Égyptiens au fond du désert; et, lorsque ceux-ci furent affaiblis par la soif, ils les anéantirent; et peu d'hommes revinrent avec leur gouverneur. Ainsi eurent-ils des armes de bronze et des chars enlevés aux Égyptiens. Remplis d'assurance et d'orgueil- par leur victoires, ils marchèrent vers le nord, et mirent au pillage les terres aux confins de l'Égypte. Lorsque les troupes des princes égyptiens venaient vers eux, ils se retiraient dans le désert, où nul n'osait les poursuivre. On ne savait jamais où ils se trouvaient, et soudain ils assaillirent Silsilis, où le plateau désertique est si proche du Nil. La ville fut enlevée par surprise, mise au pillage, et les Bédouins disparurent dans le désert.

Sethnakht m'appela alors auprès de lui avec son fils Ramsès, et il me dit :

— Merirê, voici qu'Amon est encore avec toi et qu'il t'envoie une occasion de briller aux yeux des Égyptiens. Je vais aller voir Sa Majesté et lui demander de lever une armée et d'en donner le commandement à Ramsès et à toi.

Mais Sethnakht fut trompé dans son désir. Il alla voir le jeune roi, qui ne voulut pas nous donner une armée. Il redoutait que Sethnakht ne l'utilisât par la suite à son profit. Le prince de Nekhebt se trouvait auprès du roi; il n'aimait pas Sethnakht; et on pensa que c'était lui qui avait mis en garde le souverain. Il déclara que les nomades approchaient de sa province et qu'il allait se charger de les mettre à la raison.

Cependant Sethnakht me permit de choisir quelques centaines d'hommes parmi les soldats qu'il avait sous ses ordres. Ainsi, je me constituai une petite troupe de guerriers que j'entraînai à combattre dans le désert, où je les emmenai chaque jour.

Et voici qu'un soir, à quelque temps de là, je me rendis avec Ramsès chez le directeur des troupeaux d'Amon. On y retrouvait souvent les mêmes jeunes gens, mais on en voyait de nouveaux qui grossissaient le groupe des amoureux de Shemaït. Mais beaucoup d'assistants venaient pour entendre les chants de la jeune femme. Près de moi, Ramsès, qui avait déjà bu plusieurs cruches de vin, ne cessait de me faire l'éloge de ma sœur; et, comme je lui disais que ses paroles étaient vaines puisqu'elle ne l'aimait pas, il me répondit :

— Par Amon, ce n'est pas là une raison pour ne plus l'admirer ! Bien au contraire, car son indifférence est un nouvel aliment pour ma passion.

Minhotep se tenait devant nous, et il était accompagné par Rouï, le premier Prophète d'Amon.

— Voici, seigneur, lui dit Minhotep, Ramsès, le fils du prince de Coptos, et Merirê.

Nous nous étions levés, et mes yeux restaient attachés sur Rouï, tandis que je le saluais. Sous ses paupières épaisses, son regard glissa vers moi, et il dit :

— Merirê, ton visage ne me semble pas inconnu. Oui, tu es comme l'âme vivante d'un jeune prêtre qui était au service d'Amon.

— Il y a ainsi des ressemblances, dit Minhotep. Mais Merirê n'a jamais été prêtre. C'est un soldat.

— Sans doute, répondit Rouï. J'ai le souvenir du nom de ce garçon : Ikerhor.

Je n'ouvris pas la bouche, mais je regardais toujours Rouï, qui passa sa main sur son front et se tourna vers Ramsès.

— Tu es aussi un guerrier, un officier des chars, à ce qui m'a été dit. Ton père, Sethnakht, est aimé d'Amon.

Ramsès inclina le buste en levant les bras. Rouï s'éloigna avec Minhotep.

— Il n'y a pas de doute que ce grand ventru t'a reconnu, souffla Ramsès à mon oreille.

— Tu as raison, mais je ne le crains pas, dis-je.

Il s'installa sur son coussin et dit avec un soupir :

— Merirê, tu es trop sûr de toi, et ton cœur t'inspire trop d'orgueil. Il faut savoir être comme le renard du désert lorsqu'on veut occuper une place enviée dans notre monde.

— Sans doute la place que je désire occuper n'est, en vérité, pas enviable.

Nous parlions ainsi, lorsqu'un soldat entra. Il courut vers nous, renversant sur son passage la cruche que tenait une servante, et s'écria en s'inclinant :

— Ordre de Sa Majesté. Vous devez vous rendre à son désir et courir au palais vous présenter devant le roi, Ramsès Siptah, Vie-Santé-Force.

Ramsès s'était levé et s'était incliné. Comme je n'avais pas bougé, tous les regards se tournèrent vers moi car, dès que le soldat était entré, les musiciens s'étaient tus, et Shemaït avait cessé son chant. Je parlai ainsi :

— L'ordre du roi est-il secret et d'une telle importance pour que, ne m'ayant jamais vu, il me fasse venir ce soir ?

Je parlai ainsi pour montrer que je ne craignais personne ni même le roi. Le soldat dit alors :

— Voici. En vérité, c'est le prince Sethnakht, qui est auprès du roi, qui m'a envoyé vers vous. Car il vient d'arriver un grand malheur. Toute l'armée du prince de Nekhebt a été attirée dans le désert par le vil Nubien; et elle a été anéanie, cette belle armée, avec ses chars, ses soldats d'élite, et le prince lui-même a eu la tête tranchée. Et le chef des Ouaouat, qu'Amon a en abomination, a ordonné à ses guerriers de prendre la tête du prince, de la confier à un prisonnier égyptien et de conduire celui-ci vers Thèbes, pour qu'il annonce le désastre. Tout le monde est dans la crainte, car ces impies sont venus sur les chars qu'ils nous ont volés jusque dans la plaine; et on redoute de les voir dans les faubourgs de Thèbes.

A ces mots, tous les assistants poussèrent des cris, et leurs genoux se mirent à trembler. Amon Rê avait semé la crainte parmi ces faibles âmes.

On crut que j'avais perdu le sens lorsque je remplis ma coupe à une cruche et me mis à boire comme si le soldat n'avait pas parlé. Ramsès me regarda, et je lui dis :

— Mon ami, mon frère, tu ne vas pas te mettre à t'affoler comme un oiseau pris dans un piège parce que une bande de bédouins court la campagne.

Ramsès se mit à rire et s'assit près de moi.

— Merirê, toujours tu m'étonneras.

Il invita alors le messager à boire une coupe, mais la peur serrait les genoux du soldat. Il refusa et dit :

— Que dois-je répondre à Sa Majesté ?

— Réponds que Merirê fait ce soir une belle fête.

— C'est tout ?

— Et que veux-tu de plus ? Il y a bien d'autres princes qui sauront marcher contre les bédouins. Car c'est cela que veut le roi : lorsque Sethnakht est venu lui apporter des paroles de sagesse, le roi les a repoussées et il a préféré prêter l'oreille au prince de Nekhebt; Amon aurait dû fermer ses lèvres car maintenant son corps ne serait pas la proie des vautours et des hyènes.

Comme je parlais ainsi, Shemaït vint vers moi et elle dit :

— Merirê, ne vas-tu pas obéir aux ordres de Sa Majesté ?

— Pourquoi me demandes-tu cela, Shemaït ? Craindrais-tu de voir ta belle maison incendiée par les Nubiens ? Mais je vois autour de toi un grand nombre de défenseurs.

— Merirê, ne raille pas, l'heure est grave.

Alors je me levai et je dis à voix très haute :

— Plus grave que tu ne le penses. Nebkahor, le bon, le justifié, qui fut prince en son temps et flabellifère à la droite du grand roi Baenrê, du dernier de nos rois, issu du sang de roi,

Nebkahor, qui me fut un père et un maître, m'a enseigné que, par deux fois, les Bédouins et les vils Asiatiques ont envahi la terre sacrée d'Osiris et d'Horus. Vous qui êtes des scribes, toi Rouï, premier Prophète d'Amon, et toi Minhotep, directeur des troupeaux d'Amon, vous savez tout cela et vous savez en quelle misère fut réduit le peuple d'Égypte. Voyez : de nouveau les Bédouins sont devant nous. On vous l'a dit, ils sont aux portes de Thèbes. Et quels guerriers avons-nous pour les vaincre ? Ces jeunes gens que je vois là et qui au seul nom de Nubien ont couru en tous sens comme des gens pris d'ivresse, comme des grenouilles qui plongent dans une mare où on a jeté une pierre !

Shemaït leva les mains et me dit :

— Merirê, par l'amour que tu portes à Amon, seigneur du Perséa, et à la terre d'Osiris, va trouver Sa Majesté, car toi seul peux sauver l'Égypte. Ici, la belle fête est terminée.

Je ne répondis pas et sortis avec Ramsès. Lorsque nous fûmes près de nos chars, Ramsès parla et me dit :

— Il me semble, Merirê, que tu as gonflé l'importance du danger qui menace l'Égypte.

— Tu dois t'en douter. Je connais les Ouaouat; et ils ne sont redoutables que pour les fous et les lâches. Mais il était agréable à mon cœur de jeter la consternation parmi ces oies. Mais comme nous allons commander la guerre contre ces impies et que la gloire de la victoire nous sera profitable, il est bon que tout le monde pense, comme Shemaït, que nous seuls pouvons sauver l'Égypte.

— Merirê, dit Ramsès, tu es plus fin encore que je ne le croyais. Mais que ta langue ne soit pas trop insolente, car le roi pourrait quand même te faire arrêter.

— En oubliant les dangers que court l'Égypte ? Et par qui me ferait-il arrêter ? Par ses gardes shardanes ?

— Merirê, dit Ramsès après un silence, je crois que l'Égypte trouvera un jour son maître avec toi.

Je ne répondis pas, et je poussai mes chevaux. Mais les paroles de Ramsès avaient pénétré dans mon cœur.

Une grande fièvre s'était emparée des gens du palais. Les courtisans et les valets couraient égarés, comme des abeilles dont on a incendié la ruche. Seuls les gardes shardanes restaient calmes.

— Malheureuse Égypte ! dis-je en me tournant vers Ramsès. Les dieux ne te sont pas favorables, pour te donner de tels maîtres ! Tous les peuples asiatiques marcheraient contre la Terre Noire qu'ils ne seraient pas plus effrayés.

Un chambellan vint devant nous dans la grande cour des palais; il nous guida, à travers les vastes salles aux hauts lambris d'or et aux plafonds de cèdre. La salle du trône était remplie de courtisans; il y avait autant de bruit et de monde que sur le grand marché de Thèbes. Un autre chambellan, prince de haut rang dans la chambre du roi, vint au-devant de nous, dans la salle du trône, pour nous conduire aux pieds du roi. Ramsès Siptah était assis sur son trône; il tenait contre sa poitrine les insignes de la royauté. Il avait notre âge et je vis sa faiblesse; Amon m'inspira alors une grande pitié envers lui. Au bas du trône se tenait Sethnakht; en arrière, j'aperçus Antanour et Kashta. Ils portaient les habits des Shardanes, le casque à deux pointes et la grande épée, qui était une arme redoutable entre leurs mains. Les seuls soldats que je vis dans la salle étaient des Shardanes et des Mashaouash, tous aux ordres d'Antanour. Nous nous sommes inclinés devant le roi en levant les bras : nous attendions les mots qui allaient sortir de sa bouche. Il nous regarda : tous les courtisans se tournèrent vers le trône et laissèrent leur langue en suspens. Le jeune roi prit la parole.

— Merirê, voilà quelque temps que j'entends parler de toi, et on me vante ton courage et ta vaillance. C'est pourquoi j'ai voulu te voir.

— Mon cœur s'étonne que Ta Majesté ait attendu tant de temps et ait choisi ce soir, où je faisais une belle fête chez le directeur des troupeaux d'Amon, pour seulement me voir.

Mes paroles provoquèrent des murmures parmi les courtisans, et Ramsès Siptah reprit :

— On m'a dit que tu parlais avec hauteur, mais sauras-tu combattre avec autant de hauteur ?

— S'il n'est que de combattre, désigne-moi les ennemis de l'Égypte.

— Sethnakht, le prince de Coptos, va te dire ce que Ma Majesté attend de toi.

Sethnakht prit la parole, et il nous répéta ce qu'avait dit le messager. Il parla encore ainsi :

— Sa Majesté a décidé dans son âme de confier à vous deux, toi Ramsès et toi Merirê, le commandement de l'armée qui doit châtier l'insolence du vil Nubien. Dites maintenant ce qui est dans votre cœur.

Ramsès me regarda et m'invita à parler :

— Quelle est l'armée que Sa Majesté met à notre disposition ?

— Nous ne disposons que de petites troupes, qui dans l'immédiat pourront contenir l'agresseur. Mais avant un mois, Amenmès — c'était le vizir qui avait été nommé à ces fonctions par Ouserkheperourê, père du roi — aura levé une armée de vingt mille hommes et de mille chars.

— Voilà qui est beaucoup pour seulement châtier quelques impies, ai-je répondu.

— Leurs forces sont grandes; ils ont vaincu deux armées envoyées contre eux, repartit Amenmès, qui se tenait près de Sethnakht.

Je dis alors :

— Avant de faire comme les souris qui parleraient de chats sans jamais en avoir vu, je voudrais interroger le soldat qui a porté la triste nouvelle.

On vint le conduire devant moi, et je lui demandai :

— Combien de soldats et de chars le prince de Nekhebt a-t-il emmenés avec lui ?

— Une belle armée, seigneur. Deux cents chars et quatre mille hommes, tous bien armés et vigoureux.

— C'est une grande perte; et voilà que nos ennemis vont se montrer bien armés grâce à l'imprudence du prince de Nekhebt. Mais dis-moi encore, vous avez suivi la route qui va vers la mer et la route du sud qui a été aménagée par le roi Djeserkheperourê Horembeb et par le roi Menmarê Séthi, là où l'on touve des puits et de bonnes pistes pour les chars ?

— Seigneur, on a pris cette route au départ, mais ensuite nous sommes montés vers le nord, car nous voyions devant nous les bandes de Bédouins qui fuyaient avec leurs bagages; et c'était leur camp que voulait prendre le prince.

— Et ce campement, l'as-tu vu ?

— Non, seigneur. J'ai été pris sur le champ de bataille et reconduit aussitôt jusqu'aux pieds de Sa Majesté.

— Mais tu as vu l'armée des Bédouins. Etaient-ils beaucoup d'hommes ?

— Sans doute plusieurs milliers, dix mille peut-être. Et ils avaient quelques chars, une dizaine, volés lors de la première bataille.

— Sais-tu si certains d'entre vous connaissaient le désert au nord de la piste de la mer ?

— Je l'ignore, seigneur.

— Alors, vos officiers auraient dû savoir qu'il n'y a pas d'oasis et seulement de rares puits dans ce désert, et qu'un peuple de plusieurs millers de têtes ne pouvait vivre dans cet endroit. Vous pensiez poursuivre les Bédouins et trouver leur campement, mais le campement ne pouvait que se trouver sur la grande piste, d'où ils vous ont éloignés pour vous entraîner dans le désert afin que la soif vous brise les membres; et ils ont attendu que vos beaux chars s'engagent dans un terrain rempli de pierres, où ils ne pouvaient plus rouler, pour vous attaquer et vous détruire.

Alors le roi s'écria :

— Serais-tu aussi un magicien pour savoir comment s'est passée une action où tu n'étais pas ?

Je regardai le roi et répondis :

— Il n'y a là aucune magie, seigneur. Mais, si j'avais été le chef des vils Nubiens, je n'aurais pas agi autrement. Nous avons là un ennemi redoutable.

— Quelles troupes te faut-il ? Mon vizir va, dès demain, donner des ordres pour qu'avant un mois soit levée une armée de vingt mille homme et de mille chars.

— Que Ta Majesté sache qu'avant un mois le vil Nubien sera enchaîné à tes pieds. Et sache encore que, si tu levais une telle armée et l'envoyais dans le désert, elle serait détruite comme celle du prince de Nekhebt.

— Dis alors quelle troupe il te faut.

— Il y a à Coptos une petite troupe que Ramsès et moi avons entraînée. Il suffira de lui adjoindre d'autres chars, qui seront montés par nos soldats.

— N'es-tu pas insensé de croire pouvoir vaincre avec à peine cinq cents hommes des barbares qui ont détruit une puissante armée ?

— Moins insensé que d'entraîner une armée dans un désert qu'on ne connaît pas. Voilà maintenant ce que je dis : Ramsès va aller à Coptos et il ramènera notre troupe vers la route du Rohannou, et il ira à la jonction de la piste qu'il connaît et qui va vers le sud. De mon côté, j'irai avec mon char jusqu'à la lisière du désert, sur la route qui part de Nekhebt, et mon conducteur ramènera mon char auprès de Ramsès.

— Et toi, où iras-tu ainsi à pied ? demanda Sethnakht.

— J'irai voir où se trouvent les barbares. Il n'est pas d'un bon chef de ne pas savoir contre qui il se bat ni d'ignorer où est son ennemi.

— Mais pas à pied, au milieu des ennemis ?

— Tu sais bien, Sethnakht, que sur un char un homme est comme un aveugle, et on ne voit même plus les traces d'un lion dans le désert.

Je regardai ensuite le roi, car une pensée était venue à mon esprit et je lui dis :

— Pour cette guerre, je ne demanderai à Ta Majesté qu'un seul homme.

— Parle, tu seras satisfait.

Je désignai Kashta et je dis :

— Donne-moi cet homme. C'est un fort guerrier; et j'en ferai mon écuyer.

— Il est à toi, répondit le roi. Et que la protection d'Amon-Rê, le roi des dieux, soit sur toi.

Et je partis dans le désert avec Kashta. Nous avions l'âme remplie d'allégresse de nous trouver ensemble au milieu des dangers de la guerre. Nous avons marché pendant quatre jours sur les traces de l'armée du prince de Nekhebt, et ensuite sur les traces des nomades.

Nous avancions avec prudence, afin de ne pas être vus par leurs coureurs. Et ainsi, nous découvrîmes leur campement. Ils avaient suivi une piste transversale, et ils montaient vers le nord et la vallée de Rohannou. Leur peuple était nombreux, et j'estimai leurs guerriers à cinq mille hommes; et ils disposaient de plus de cent chars. Mais je vis qu'ils ne savaient pas les utiliser avec un avantage sérieux. Nous nous cachions dès que nous apercevions des coureurs ou des chasseurs. Et Kashta avait un grand désir dans le cœur d'en abattre avec ses flèches. Mais je retenais son bras, car il ne fallait pas qu'ils pussent savoir qu'ils avaient été espionnés.

Après huit jours passés dans le désert, nous sommes venus auprès de l'armée de Ramsès, qui nous attendait au lieu convenu. Je savais que les bédouins laisseraient encore quelque temps leur campement près du puits où nous les avions vus, car c'était le plus important de ce territoire. Et ils étaient en trop grand nombre pour aller ailleurs.

Je réunis les officiers et Ramsès, et avec mon javelot traçai sur le sable le plan que j'avais conçu dans mon âme, et je dis :

— Ramsès, avec les hommes de pied et une dizaine de chars, tu marcheras vers le sud et le campement des Bédouins. En voyant ta troupe, leurs guerriers vont tenter de t'entraîner dans le désert, et tu les y suivras. Que tes hommes aient de l'eau en abondance. Mais vous avancerez lentement, comme si vos membres étaient brisés par la soif. Leur campement ne sera jamais bien loin, car eux-mêmes ont besoin de boire. Ils t'entraîneront sans doute vers le sud, où le sol est pierreux et où il n'y a pas d'eau. Et toi, suis-les en toute confiance. Eux seront entre toi et leur campement. Moi, avec les chars, je vais suivre la piste vers la vallée du Rohannou, afin qu'ils ignorent notre présence; et nous redescendrons directement vers leur camp en ne roulant que la nuit, pour qu'ils ne puissent voir de loin la poussière soulevée par les chars et la fuite des bêtes sauvages à notre approche. Voilà. Il faudra pour nous cinq jours pour atteindre leur camp. Alors, le matin du sixième jour, tu feras un grand feu afin que j'aperçoive sa fumée dans le ciel. Si à ce moment les bédouins n'ont pas attaqué, marche vers leur camp; et ils viendront alors devant toi pour combattre. Mais laisse-les venir à toi, et se fatiguer dans leur charge. Et alors, passe à l'attaque et prie Amon-Rê, le roi des dieux, pour qu'il nous donne la victoire. Pour nous, avec les chars, nous nous jetterons sur leur campement. Et si leurs guerriers ne se tournent pas vers nous pour défendre leur biens, nos bons chars viendront dans leur dos et nous les renverserons.

Je plaçai Kashta auprès de Ramsès, car il savait quel était l'emplacement du camp des Bédouins, et nous nous séparâmes.

Les choses se passèrent comme je l'avais prévu, selon les plans qu'Amon avait inspirés à mon esprit.

Ainsi avons-nous écrasé les vils Bédouins, et je remerciai Amon de nous avoir donné une victoire si belle. Et les prisonniers égyptiens libérés de leurs chaînes venaient baiser mes mains et nous bénissaient.

## X

## LA REINE TAOUSRET

Vingt jours après avoir quitté Thèbes, j'y rentrai avec Ramsès à la tête de notre armée victorieuse. Avec les chars que nous avions repris, nous avions doublé le nombre de nos chars, et avec les prisonniers égyptiens que nous avions libérés, nous avions triplé le nombre de nos soldats. Ce n'était pas un riche butin que nous ramenions dans la ville du Sceptre, mais le peuple, qui n'avait pas encore oublié sa peur, se réjouissait de voir les Bédouins enchaînés que nous traînions derrière nous et leurs grands troupeaux de moutons et de chèvres. Et chacun s'émerveillait d'une si prompte victoire. Et on me louait, disant : « C'est un lion puissant qu'Amon-Rê, le roi des dieux, a donné à l'Égypte pour châtier ses ennemis. »

Ramsès et moi, nous vînmes devant le roi et déposâmes au pied du trône le butin que nous avions ramené. On savait que c'était moi l'artisan de la victoire, mais je voulais partager cette gloire avec Ramsès, qui avait bellement combattu, et nous avons marché côte à côte jusque devant la face du roi. Et lorsque nous nous sommes inclinés devant Sa Majesté, mes yeux se sont portés sur les deux épouses royales de son père, que j'avais en haine. Elles étaient près de lui, assises sur des sièges. Le jeune roi ne s'était pas choisi d'épouse royale; et on savait qu'en son nom c'étaient les deux reines et le vizir Aménmès qui régnaient sur l'Égypte. Takhat, la mère du roi, était la plus âgée, et Taousret, qui était assise près d'elle, était encore jeune. Mais, lorsque mon regard se fut posé sur elle, mon cœur tressaillit et je sentis mes genoux trembler sous moi : je l'avais aperçue de loin lorsqu'elle était passée dans les rues de Thèbes, avec le roi Ouserkeperourê, mais j'avais oublié son visage. Mais en la revoyant maintenant, je savais que j'étais devant la noble dame qui m'avait fait entrer dans le temple d'Amon.

Je cachai le trouble qui possédait mon âme. Cependant mon regard ne pouvait s'éloigner de son visage. Ses yeux se tournaient vers moi; et je crois que je fus seul à voir un fugitif sourire sur ses lèvres.

Le roi loua l'éclat de notre victoire, et je répondis :

— Majesté, il y a pourtant bien peu de gloire à vaincre de vils Bédouins; et c'est contre les puissants rois de l'Asie ou contre les princes de la mer que les vrais guerriers montrent leur vaillance.

— Les temps ne sont plus où le nom de l'Égypte était respecté jusqu'aux confins du monde. Sans doute avons-nous déplu aux dieux dans nos actions. Mais je rends grâce à Amon-Rê, roi des dieux, mon père, de m'avoir donné des guerriers valeureux pour défendre nos frontières toujours menacées.

Ces paroles me remplirent de colère, et je dis :

— Ta Majesté ignorerait-elle que si le nom de l'Égypte n'est plus respecté ni chez le vil Asiatique, ni chez le vaincu de Libye, ni même chez l'impie de Nubie, c'est parce que nos rois ont rendu méprisable le nom de l'Égypte ? Et Ta Majesté ne saurait-elle pas pourquoi les dieux sont en courroux ? Mais n'est-ce pas depuis qu'un impie et un traître a osé lever l'épée contre le roi glorieux Baenrê, qui est devant Osiris et son père Amon ?

Le visage du roi était devenu aussi blanc que la feuille de papyrus déroulée sur les genoux du scribe, en entendant mes paroles. Aménmès, son vizir, s'était avancé vers moi, et il dit :

— Merirê, toi, avec ton cœur audacieux, ignorerais-tu que tu parles devant Sa Majesté ? Ignorerais-tu encore que le roi Ouserkheperourê, qui est devant Osiris et Amon, son père, a châtié les usurpateurs qui étaient en abomination à Amon-Rê, le roi des dieux, et qu'il a remis sur le trône d'Horus celui en qui vivait le souffle de Rê ?

Et voilà que les paroles du vizir redoublèrent ma colère. Et je songeai à la destruction de ceux que je considérais comme mes parents, sur l'ordre du père de Ramsès Siptah. Je voulais dire tout ce qui pesait sur mon cœur, mais Taousret me regarda et dit :

— Merirê, tu as été élevé dans la fidélité envers les grands rois qui sont devant Osiris et envers mon père, Baenrê. Et c'est Amon qui dirige ton cœur lorsqu'il éclate de colère contre les impies qui ont osé se lever devant lui. Mais Aménmès a parlé avec justesse. Et n'est-ce pas moi, l'épouse du roi Ouserkheperourê Séthi, et la fille de Baenrê, qui justifie aussi la présence sur ce trône du roi Ramsès Siptah ?

Je m'inclinai devant la reine et dis :

— Ô reine, pardonne la fougue de mon cœur que dirige Amon-Rê, roi des dieux. Tes paroles sont dans ta bouche comme la sagesse qui dirige le roseau du scribe.

En l'honneur de la victoire que les dieux nous avaient accordée, le roi ordonna trois jours de fête pour la ville de Thèbes, et il conduisit un sacrifice dans le temple d'Amon. Et chaque soir il y eut une grande fête dans le palais du roi. On avait fait venir des baladins et des danseuses, des musiciens et des chanteuses, tous parmi les plus habiles qui se trouvaient dans la grande ville du sud. Et tous les plus hauts personnages du royaume étaient là : Aménmès, le vizir de Thèbes, Rouï, le grand prêtre d'Amon, Ouserkhopesh, prince de la droite du roi, qui avait le commandement des armées égyptiennes, mais n'avait jamais vu de bataille, Horemsaf, directeur de la maison du roi. Il y avait encore Sensebek, le vice-roi de Nubie, qui préférait vivre à Thèbes, car la Nubie était aux mains des bédouins. J'y vis encore Reshoutamon, et le grand trésorier de la maison du roi, un Syrien qui s'appelait Iarsou. Il y avait bien d'autres hauts personnages qui venaient, amenant leurs femmes et leurs fils et leurs filles. Sethnakht était aussi parmi nous, et aussi le directeur des troupeaux d'Amon, et Shemaït, qui chanta devant le roi. Ce fut pour Ramsès et pour moi que le roi donna ces fêtes dans son palais. On venait pour nous voir. Comme il y avait des jeunes femmes, Ramsès avait le cœur plein de miel et de myrrhe; il se plaisait à raconter nos exploits, et grandissait toute chose au point qu'on aurait pu croire que nous avions vaincu toutes les armées des vils Asiatiques. Mais moi, je restais silencieux, et je ne songeais pas à la fête.

Pendant tous ces jours, nous allions dormir dans la petite maison que Ramsès avait louée dans Thèbes, afin de nous éviter de rentrer le soir à Coptos. Il ne faisait que me parler des belles personnes qu'il avait vues et qui avaient écouté ses discours. Il cherchait laquelle parmi elles pourrait le consoler des froideurs de Shemaït. Mais je ne l'écoutais pas, car ma pensée était tournée vers la reine. Kashta restait près de moi, comme mon écuyer, et je le pris à part pour lui ouvrir mon cœur. Il m'assura qu'il ignorait pourquoi Taousret avait porté ses regards sur nous. Peut-être son père le savait-il mais il ne dirait rien s'il ne le devait pas.

Cependant, je demandai à Kashta de faire préparer mon char; et, au milieu de la nuit, je me rendis chez Antanour. Je lui dis ce qui pesait dans ma poitrine, mais je ne pus rien apprendre de lui; et je n'insistai pas, car je savais que ni les supplications ni la menace ou la colère ne pourraient lui faire révéler ce qu'il ne voulait pas dire.

Je m'étendis sur mon lit, mais le sommeil ne voulait pas appesantir mes paupières, et je ne pus dormir. Pendant la seconde journée, le roi offrit de nombreux sacrifices à tous les dieux; le peuple profita de toutes ces offrandes qui vinrent couvrir les autels, prélevés sur les domaines du dieu. Je revis Taousret, et, le soir, elle était parmi nous au cours de la fête. Mais je n'osai pas lui parler : qu'aurais-je pu lui dire ?

Et voici : dans la nuit qui suivit, Amon m'envoya une grande fatigue. Lorsque je fus endormi, il plaça devant mon âme vivante un rêve effrayant. Il y avait un enfant et il était tout petit, mais il se tenait déjà sur ses jambes solides. Je vis que cet enfant, c'était moi. J'étais dans lui et hors de lui. Je vivais le drame, et j'en étais le spectateur. Car je voyais une chose terrible. Il y avait des flammes autour de moi, car j'étais dans une maison que dévorait l'incendie. Cette maison était un palais. Et je courais en criant, me trouvant soudain dans une galerie obscure. Une porte s'ouvrit devant moi et je vis une salle qui ressemblait à la salle du trône, où j'avais vu siéger Ramsès Siptah. Là, des hommes se battaient comme des panthères qui se disputent une proie. Les uns, armés de lances et de haches comme les Égyptiens, s'élançaient contre les autres, qui portaient les casques à cornes des Shardanes et se défendaient avec leurs longues épées. Les Égyptiens étaient nombreux comme les pluies de sauterelles qui viennent du désert du sud. Et les Shardanes étaient peu nombreux, et ils protégeaient de leurs boucliers un vieil homme qui restait immobile. Et je vis un javelot qui jaillit des rangs des Égyptiens et frappa le vieillard en pleine poitrine.

L'enfant alors se mit à crier, et il fut pris dans les bras d'une femme, et son visage avait les traits de Taousret. Elle parlait mais je ne comprenais pas ce qu'elle disait. Puis, je ne sais comment, je me trouvai serré contre l'épaule d'un guerrier shardane. Quand je le regardai, je vis que c'était Antanour. D'autres guerriers shardanes étaient près de lui et, toujours me portant contre sa poitrine, il traversa une salle éclairée par les flammes de l'incendie. Je sentis une immense chaleur et me mis à crier.

Je me redressai sur ma couche. La nuit était claire; je sentis mon corps et mon visage mouillés de transpiration, malgré la fraîcheur de l'air. Kashta, qui dormait dans une chambre voisine, entra et me dit :

— Merirê, mon cher seigneur, est-ce toi qui as crié ?

— Sans doute, Kashta, répondis-je. Amon vient de m'envoyer un rêve terrible. Tu es mon ami et mon frère; il faut que je te le raconte pour soulager mon cœur, car une profonde angoisse a jeté mon âme dans ma main.

Je lui fis le récit de mon rêve, et il resta silencieux. Je lui dis alors :

— Va auprès de ton père et rapporte-lui mon rêve. Dis-lui que, par là, Amon a manifesté la volonté de me révéler quelque chose. Supplie-le alors de répondre à la question que je lui posai hier.

Aussitôt, Kashta courut chez son père, et il lui rapporta mes paroles. Il revint ensuite, porteur de la réponse, qui était celle-ci :

— Dis à Merirê de prendre encore patience. Sans doute son rêve lui est-il envoyé par Amon, qui révèle sa volonté; mais je ne puis donner ce qui ne m'appartient pas.

Je n'eus pas à patienter longtemps. Dans la journée qui suivit les trois jours de fête, un garde shardane vint devant moi, envoyé par Antanour. Il me dit que son chef me priait de me rendre à sa maison, à l'heure où le soleil descend sur l'horizon occidental.

Antanour vint m'accueillir au seuil de sa demeure. Il me salua, mais je le pressai contre ma poitrine. Nulle parole ne passa au-delà de ses dents. Il me conduisit jusqu'au fond de la maison, dans une salle qui donnait sur une petite cour pleine de fleurs, où Antanour aimait à s'isoler. Je vis alors la reine Taousret, assise sur un siège garni de coussins. Je m'inclinai devant elle. Mais elle se leva et marcha vers moi. Elle posa ses belles mains sur mes bras, et elle parla ainsi :

— Sache, Merirê, que jusqu'à ce jour je n'ai vécu que pour connaître cette heure et pour enfin saluer le fils du roi Baenrê, mon frère.

Comme je restais silencieux, sans encore bien comprendre ce que signifiaient de telles paroles, elle reprit :

— Par le fidèle Antanour, j'ai eu connaissance du rêve qu'Amon t'a envoyé. Ah ! Ce n'est pas un rêve, mais c'est la vérité qui est venue devant ton âme vivante, pour te montrer ce qui a été, et ce que tu avais oublié. Car sache que cet enfant de quatre ans, c'était toi, Merirê; et le vieillard qui a été percé d'une lance — mais mon cœur faiblit en évoquant ce souvenir — c'était le roi Baenrê Mineptah, ton père et le mien.

A ces mots, mon cœur aussi chancela dans ma poitrine. Mais Taousret continua de parler et je connus tout le secret de ma naissance. Taousret était née avant que Baenrê Mineptah ne succédât à son père; et moi, je naquis quatorze ans plus tard, le jour où notre père vainquit les peuples de la mer. Notre mère, qui était devenue épouse royale, rejoignit son âme peu après ma naissance; ce fut Taousret qui me tint dans ses bras pendant les premières années de ma vie. Après sa victoire sur les vils

Libyens, notre père partit vers l'Asie pour châtier des révoltés en Canaan. Lorsqu'il s'en revint victorieux, il alla s'établir à Memphis, d'où il pouvait surveiller les Asiatiques et les Libyens, et il nous installa dans son palais de Memphis. Il avait à Pi-Ramsès laissé Aménmès, qu'il avait élevé au rang de commandant des armées pour l'Asie. Et l'impie, qui lui devait sa puissance, prépara un complot qui fit tressaillir les dieux. Avec les soldats que lui avaient donnés Baenrê, il marcha sur Memphis et attaqua le palais. Le roi, qui ignorait les intentions du misérable, ne trouva que ses fidèles gardes pour les défendre contre les impies.

Je dormais alors dans ma chambre du palais. Sans doute éveillé par le bruit, j'avais marché jusqu'à la salle du trône, où je pénétrai pour voir mourir mon père. Taousret, qui m'avait aperçu, m'enleva dans ses bras. Et, voyant l'horreur de Seth, elle donna l'ordre à Antanour, qui commandait la garde royale, de m'emmener chez Nebkahor, dont elle était sûre de la loyauté. C'est ainsi qu'Antanour me conduisit dans la maison du serviteur du roi, qui m'accueillit comme un fils, et qui conserva auprès de lui Antanour et Kashta.

Taousret parvint alors à fuir avec quelques soldats fidèles. Elle s'embarqua pour Thèbes, où le roi avait laissé la régence à son chambellan de race syrienne, Ben Osen.

Il avait une armée pour punir le rebelle. Et Taousret serait alors venue me chercher pour me faire monter sur le trône des Deux Terres. Mais Aménmès avait conçu son projet avec soin. Et, lorsque Taousret parvint à Thèbes, Ben Ozen avait été assassiné par les partisans d'Amenmès, qui s'étaient rendus maîtres de la ville du Sceptre. Alors Taousret s'éloigna plus au sud encore, jusqu'en Nubie, où elle espérait trouver refuge auprès de Mineptah Siptah, nommé par notre père Fils royal de Koush. Le vice-roi la reçut, mais il ne semblait pas disposé à marcher contre Amenmès; elle fut saisie de crainte lorsqu'elle apprit que l'usurpateur impie proposait à Mineptah Siptah d'en faire son vizir et son premier Prophète d'Amon s'il le reconnaissait comme roi. En voyant que Mineptah Siptah était disposé à saluer Amenmès comme souverain des Deux Terres, Amon lui inspira un suprême sacrifice. Elle offrit à Mineptah

Siptah de l'épouser et de monter lui-même sur le trône d'Horus. Le prince accepta l'alliance et se décida à marcher contre l'usurpateur, qu'il tua pour prendre sa place. Mineptah Siptah savait que l'héritier légitime du trône vivait caché dans les marais du Delta. Mais Taousret ne lui avait pas révélé le lieu où je me trouvais. Et il ne se soucia pas de moi. Ma sœur, qui me savait en sécurité, me laissa grandir loin des dangers que ma naissance faisait peser sur ma tête. Ce fut alors que Séthi, dont Mineptah Siptah avait fait le vice-roi de Nubie à sa place, se leva contre son souverain. Sethi vainquit les troupes de Mineptah Siptah, et il prit Thèbes. Mais le roi s'enfuit vers Memphis, poursuivi par son ancien serviteur.

Il fut pris et tué avant d'atteindre la ville du nord. Séthi savait aussi que je vivais dans un domaine du nord. Il avait envoyé des espions à ma recherche et, en interrogeant habilement les gens, ils parvinrent à découvrir ma retraite, car ils savaient que je ne pouvais avoir été recueilli que par un serviteur fidèle du roi Baenrê. Le compte de ceux-ci était facile à faire. Je compris alors que Nekhserket avait pensé juste lorsqu'elle m'avait dit que c'était à cause de moi qu'on avait assassiné ses parents.

Taousret avait été capturée par Séthi dans le palais de Mineptah Siptah. Le nouvel usurpateur, qui prétendait légitimer son accession au trône — du fait qu'il était le fils d'une fille que Ousirmarê avait eue d'une de ses nombreuses concubines — voulut épouser Taousret pour rendre plus visible aux regards des Égyptiens son droit à s'asseoir sur le trône d'Horus. Taousret refusa ce mariage, car une grande peine noyait son cœur depuis qu'elle avait appris le pillage de la maison de Nebkahor par des soldats. Ceux-ci avaient déclaré que j'avais péri dans le Nil, mais Séthi pensa juste en déclarant que je devais savoir nager suffisamment pour ne pas me noyer aussi facilement. Et il sut par des espions qu'on avait vu Antanour et qu'il devait me cacher dans une île, au milieu des marais. Il vint alors devant Taousret et lui annonça que je vivais toujours et qu'il tenait à elle, que je vécusse ou que je mourusse : si elle acceptait de l'épouser, on cesserait de me poursuivre; mais, si elle refusait, il était prêt à retourner toute l'Égypte jusqu'à ce qu'il eût mon cadavre devant lui. Taousret céda : elle devint épouse royale, à côté de Takhat, qui fut élevée à ce rang lorsque Séthi monta sur le trône sous le nom d'Ouserkheperourê.

Ma sœur ignorait quel avait été mon sort. Mais avec le temps Séthi regretta sa promesse, car il songeait que, si moi-même je ne savais qui j'étais, Antanour était le maître de ce secret redoutable; et il pourrait par la suite me désigner comme le légitime héritier du trône des Deux Terres. Ses espions lui apprirent que vivait dans Thèbes un ancien garde shardane, qui avait un fils d'une Égyptienne et portait le nom de Merirê. Ainsi, c'était pour me conduire devant le roi que des gardes un jour avaient voulu m'arrêter. Mais toutes ces choses vinrent aux oreilles de Taousret, qui se présenta devant le roi et lui rappela sa promesse de ne pas pourchasser son frère. Il lui répondit qu'il redoutait de laisser courir dans Thèbes l'héritier légitime du trône. Elle lui jura sur Amon que je ne pourrais lui nuire et qu'on n'avait qu'à m'enfermer dans le temple d'Amon, en me laissant toujours ignorer qui j'étais. Séthi accéda à ses prières; il fit venir devant lui Rouï, le grand prêtre d'Amon, pour l'aviser qu'on allait lui confier un jeune garçon qui devait être prêtre pur, et son nom était Ikerhor; car le roi avait déclaré qu'il ne voulait pas que je continuasse de porter le nom du fils de Baenrê. C'est ainsi que Taousret vint nous voir dans notre maison de Thèbes et me fit entrer dans le temple d'Amon.

Elle me dit ensuite quelle crainte avait assailli son cœur lorsqu'elle avait appris que je m'étais enfui du temple, après avoir maltraité Paser, le petit-fils du premier Prophète. Mais, dans sa grande prudence, Séthi n'avait rien dit de tout cela à Takhat, son autre épouse. C'est pourquoi celle-ci n'avait pas contredit Taousret, lorsqu'elle avait proposé, après la mort de Séthi, de reconstituer le corps des gardes étrangers pour défendre le palais du jeune roi contre les intrigues des princes. Elle me dit encore quelle fut sa joie lorsqu'elle apprit mon retour aux côtés de Sethnakht, par la bouche d'Antanour. Elle parla encore ainsi :

— Oh Merirê ! Tu es devenu grand et vigoureux comme une panthère du midi, et courageux comme un lion du désert. Sans doute, tu es aimé d'Amon; car, s'il t'a envoyé toutes ces épreuves, c'était pour faire ton âme aussi forte que le bronze.

Elle me regardait avec une grande joie dans le cœur, et me dit qu'elle avait retrouvé en moi non seulement les traits des grands rois, mes ancêtres, mais aussi leur noblesse dans la manière dont j'avais parlé devant le roi, et leur valeur dans la guerre où je venais de m'illustrer.

Taousret était revenue s'asseoir sur le siège, et je m'agenouillai près d'elle.

— C'est un grand trouble que tes paroles ont jeté dans mon cœur, dis-je alors. Sans doute je sentais brûler en moi le sang de Rê pour éprouver une telle ardeur dans le combat, et pour porter un si grand amour à l'Égypte. Ma sœur aimée et respectée, tu sais que j'agirai comme tu l'ordonneras, mais maintenant que tu m'as révélé qui je suis, comment pourrais-je me mettre devant Ramsès Siptah et incliner la tête en signe de soumission ?

— Il faudra pourtant que tu domptes ton cœur et que tu continues d'agir comme si tu ne savais rien. Mais réjouis-toi, car il est proche le temps où tu monteras sur le trône des Deux Terres. Toi, continue d'affermir ta gloire, et forme des soldats qui te seront fidèles. Thèbes et le palais sont à nous. Sur un mot de moi, Antanour peut être maître de Thèbes avec les cinq mille soldats de la garde étrangère. Mais cela ne suffit pas. Il est bon que tu saches que le jeune roi souffre d'un mal sans remède. Les médecins qui se penchent sur lui me disent qu'il va bientôt partir pour le pays d'où l'on ne revient pas. Je l'ai en pitié : alors je supplie les médecins de lui conserver le souffle de vie; et cela je le dis d'un cœur sincère, car il serait mauvais qu'il vînt à mourir maintenant. Or les princes n'attendent que le moment où il rejoindra son âme vivante : car, ce jour, ils se lèveront et se battront pour le trône des Deux Terres, comme des hyènes qui se disputent la proie que le lion a abandonnée. Certains sont puissants, et dans leurs cœurs ils espèrent s'asseoir sur le trône d'Horus. Si tu te levais, ils diraient que tu mens et que tu n'es pas le fils de Baenrê, bien qu'au fond de leur cœur ils sauraient que ta bouche est véridique, car aucun grand du royaume n'ignore que le dernier roi légitime avait un fils appelé Merirê, qui a échappé à la haine meurtrière des usurpateurs.

Elle poursuivit :

— Ces prétendants, tu les as tous vus à la fête du palais. Il y a Sensebek, le vice-roi de Nubie, mais il est stupide comme un hippopotame, et il n'est pas à craindre. Plus redoutable est Ouserkhopesh, car il est le maître des armées royales, mais je songe à me l'attacher par de belles promesses. Horemsaf, le directeur de la maison du roi, est plein de ruses, et s'il advenait un malheur au roi je le ferais saisir par Antanour afin qu'il se range sous notre autorité. Les adversaires qu'il nous faut redouter, ce sont Rouï, Reshoutamon et Sethnakht.

Je la regardai et ne pus m'empêcher de m'écrier :

— Mais Sethnakht est un ami, presque un père pour moi; et il sait que c'est grâce à moi qu'il voit encore le jour de Rê.

— Sans doute Sethnakht t'est reconnaissant; et il l'a montré. Mais il ne m'en paraît que plus redoutable. C'est sur toi et son fils Ramsès qu'il voudra s'appuyer pour s'élever sur le trône d'Horus; s'il te trouve sur sa route, il sera ton ennemi, car le désir de la puissance est plus doux au cœur de l'homme que les dettes de l'amitié. Et sache que Rouï le soutiendra avec toute l'autorité que lui donne sa fonction à la tête du trop puissant clergé d'Amon. Il y a d'autres prétendants parmi les princes, mais un des plus puissants est Reshoutamon, qui est maître de la province du Crocodile, mais qui est soutenu par plusieurs princes, dont il a été en partie l'artisan de la puissance. Il serait utile de nous l'attacher, mais cela est entre tes mains.

— Dis-moi ce que je dois faire, ai-je répondu.

— Écoute : Reshoutamon n'a pas de fils, mais il a une fille. Elle s'appelle Reshot; elle est gracieuse, et elle ne dément pas le nom qui lui fut donné, car la joie semble toujours habiter son cœur.

Je la regardai et dis avec un soupir :

— Je sens que tu veux m'imposer une épouse.

— La fonction royale a ses servitudes, et il n'est pas bon qu'un homme n'ait pas de maison ni d'épouse.

— Tu parles avec sagesse, mais je ne veux pas que règne dans ma maison un être pour qui je n'aurais pas d'amour.

— Merirê, tu es un enfant. Tu pourras avoir une épouse aimée; cependant il est nécessaire d'utiliser nos unions comme une arme diplomatique. Certaines femmes qui peuplaient les palais des anciens rois n'avaient fait qu'entrevoir leur souverain, mais elles étaient le signe vivant d'une alliance ou d'un acte d'apaisement.

J'aurais voulu dire à Taousret que je méprisais ces nécessités de la diplomatie, mais je retins mes paroles sur ma langue et dis :

— Je ne refuse pas de voir Reshot; mais, si elle entre dans ma maison et s'y trouve comme un oiseau ou une oie familière, ou même une sœur, mais non comme une épouse aimée, que son cœur ne s'en blesse pas.

— Elle n'est pas encore dans ta maison, car tu n'as pas de maison, et son père ne te l'a pas donnée.

Cette pensée soulagea mon âme, et Taousret dit encore :

— Ainsi nous devons trouver des alliés; et il est bon que tu deviennes puissant et redoutable aux yeux de tous. Et, lorsque le petit roi aura rejoint son âme, je révélerai à l'Égypte qui tu es, et tu monteras sur le trône d'Horus, sans que nul n'ose lever la voix.

Je parlai longtemps encore avec Taousret, qui me tenait la main avec tendresse. Je ne pouvais me lasser de l'entendre parler du roi notre père; et, lorsque fut venu le moment de nous séparer, elle me dit que nous nous rencontrerions souvent dans la maison d'Antanour pour préparer la voie qui me conduirait jusqu'au trône d'Horus.

XI

## ET VINT LA BIEN-AIMÉE

Dans les jours qui suivirent, le roi me combla de présents en récompense de ma victoire, mais derrière ces faveurs je vis la main de Taousret. Je reçus une belle maison, un vrai palais aux colonnes légères, au milieu d'un jardin paré de beaux arbres et de fleurs. Je sus que Taousret faisait soigner ce palais sans que personne ne l'habitât, et que le roi avait dit devant son vizir et devant les reines :

— Que donnerons-nous comme récompense à Merirê ? Car il est brusque dans ses discours, mais c'est parce qu'il parle en guerrier, et il nous a sauvés d'un grand péril.

Alors Taousret s'était levée et avait parlé :

— O roi, Amon a parlé dans ta bouche; et au milieu de tous les grands qui envient ton trône mais ne savent tenir que des fleurs dans leurs faibles mains, Merirê est envoyé par les dieux pour être le glaive de l'Égypte et le soutien de ton trône. Un bras si précieux, il faut nous l'attacher comme nous avons consolidé notre puissance en faisant protéger le trône par les fidèles Shardanes. Or ce serviteur de ta couronne ne possède même pas une maison où abriter sa tête. Donnons-lui donc la demeure que je possède dans Thèbes, et qui reste sans maître.

Le roi, sa mère et le vizir regardèrent Taousret avec étonnement, car ils savaient avec quel soin elle conservait cette maison. Mais ce qu'ils ignoraient, c'est qu'elle l'entretenait avec tant de piété parce que c'était là qu'elle était née et que son père avait habité ce palais, alors qu'il n'était encore que Mineptah, le treizième fils du roi Ousirmarê.

Elle dit alors :

— Si son bras n'était pas venu à notre aide, ce palais aurait été détruit par les barbares comme toute la ville de Thèbes, ainsi que tout le monde le dit. Aussi, je crois plaire à Amon et à Seth en faisant don de ma maison à celui qui l'a sauvée.

Le roi parla à son tour et dit :

— Alors, Ma Majesté lui donnera des serviteurs et des bijoux d'or; et pour sa bouche elle lui donnera les revenus du domaine Shenty, qui est situé au sud de Thèbes, vers le désert oriental. Et je le nomme directeur des terres du roi du côté de l'orient; et il aura sous sa puissance le désert à l'est du Nil, jusqu'aux frontières de l'Asie.

Après un silence, le roi remarqua :

— Il est vrai que ces déserts sont aux mains des Bédouins, qui contrôlent maintenant les routes des caravanes, au point que les mines d'émeraude, à l'est de Syène, sont abandonnées, et que nous avons fermé nos mines de cuivre et de malachite au désert d'Hathor. Peut-être sera-t-il assez habile pour reprendre l'exploitation de ces mines.

Je pris possession du palais, et ce fut une grande joie pour moi lorsque je songeai que mon père Baenrê avait vécu dans ces salles et dormi dans le lit qui était maintenant le mien. Je fus satisfait d'y voir les agréments qu'on trouvait dans les autres belles maisons de Thèbes, mais qu'on y avait aménagé ce qui manquait à ces autres maisons : des écuries pour les chevaux et des abris pour les chars.

La demeure avait été pourvue, par les soins de Taousret et du roi, d'un grand nombre de serviteurs, qui étaient placés sous la direction d'un chambellan. Celui-ci s'inclina devant moi et me dit s'appeler Thouthenek. Il y avait des jardiniers dirigés par un directeur des jardins, des gens pour s'occuper de la garde-robe et de la perruque, des bijoux et des cannes, des gens pour les cuisines et pour l'entretien des pièces, d'autres pour mon propre service, un directeur de mes distractions, des musiciennes, des chanteuses et des danseuses. Je commençai par donner l'ordre à Thouthenek de chasser tout ce personnel inutile. En entendant mes paroles, il leva les bras vers les dieux en invoquant Amon, et s'écria qu'il ne pouvait mettre dans la rue tous ces gens, qui n'auraient plus de pain à manger. Je lui dis alors d'envoyer les danseuses chez le directeur des troupeaux d'Amon, car ma maison ne devait pas être une taverne. Ensuite, je demandai à Kashta, qui venait habiter avec moi, de choisir quelques hommes parmi nos meilleurs soldats pour s'occuper des chars et des armes et nous accompagner à la chasse, car le palais se trouvait dans les faubourgs, à l'est de la ville, et mon intention était d'aller souvent chasser.

Ramsès, qui avait aussi reçu une belle maison dans Thèbes, vint visiter mon palais, et il fut rempli d'admiration car il n'avait pas une telle domesticité. Je m'en réjouis, car ce fut pour moi une raison de l'inviter à me débarrasser de la moitié de ces gens inutiles, que je trouvais dans mes jambes dès que je faisais un pas hors de ma chambre. Le premier jour, les valets s'étaient présentés devant mon lit pour m'habiller et me parer, et ils amenaient les musiciennes pour qu'une douce musique m'accueillît au réveil. Mais je chassai tout ce monde avec ma canne d'ébène, et je fis venir Thouthenek et lui dis :

— Si tu ne veux pas que je casse ma canne sur tes reins, fais en sorte que mes yeux ne voient ces valets que lorsque j'en ai besoin; et, quand je suis dans mes appartements, je ne veux aucun d'eux à moins que je ne l'appelle.

J'allai aussi visiter le domaine que le roi m'avait donné; et je vis qu'il y avait de beaux champs, des têtes de bétail et un grand nombre de paysans pour exploiter la terre. Et je m'en réjouis. Le directeur du domaine me donna la liste des revenus, lesquels suffisaient pour entretenir ma maison et mes chars.

Or, en ce temps-là, j'allais avec Ramsès, mon ami, chez Shemaït. Je ne voulais pas qu'on pût croire que la faveur du roi m'avait rendu vain. Et, comme nul ne savait que j'avais retrouvé ma vraie sœur par le sang, il me déplaisait que Shemaït pût croire que je la méprisais, car elle restait ce qu'elle avait été pour moi; et elle était à mes yeux ce qui subsistait de vivant de Baketamon et de Nebkahor, qui étaient morts pour m'avoir recueilli. Je lui avais montré ma maison, et elle l'avait admirée. Et elle me dit qu'il me manquait une épouse pour être la maîtresse de mes biens. Je lui répondais que je n'en ressentais pas la nécessité. Mais il lui vint à l'esprit de me faire connaître la fille du directeur des greniers du roi, qui venait souvent chez elle en compagnie de sa mère. Shemaït ordonna tout pour qu'elle fût assise toujours près de moi; et, si Ramsès trouva du plaisir dans sa compagnie, je n'en retirai qu'un grand ennui. Et comme Shemaït voyait que mes yeux restaient insensibles devant la beauté de sa protégée, elle voulut pousser son pion, et me dit :

— Mérirê, comment un homme comme toi, à qui Amon a donné un cœur plein de fougue et d'ardeur, peut-il vivre sans amour ?

Je la regardai et répondis :

— Détrompe-toi, Shemaït. J'ai deux amours qui sont pour mon âme de terribles passions : la terre d'Égypte, et pour la défendre mes belles armes polies qui sont dans ma maison.

Ces paroles, qui étaient venues sur ma langue du plus loin de mon cœur, furent entendues par des invités assis près de nous; et on les répéta jusque chez le roi, car quelques jours après ma sœur Taousret me dit :

— J'ai organisé une belle fête dans le palais du roi. Et tu y viendras, car il y aura Reshoutamon et sa fille Reshot. Tout le monde dans Thèbes sait que tu n'as que deux amours, l'Égypte et tes armes. Mais je crois que Reshoutamon ne trouvera pas là une raison pour ne pas te donner sa fille.

Je vins au palais, où je vis Reshot. Elle était assise auprès de sa mère, sur des coussins. Elle venait de sortir de l'enfance, et ses gestes étaient pleins d'une grâce maladroite. Lorsque je la regardai, elle baissa les paupières, et respira une fleur tandis que son front prenait la rougeur de la grenade.

Je n'étais pas un inconnu pour les gens du palais; et personne ne trouva à redire en voyant que la reine Taousret semblait m'avoir pris sous sa protection. Ce fut elle qui me plaça devant Reshot et sa mère; et on se mit à dire qu'après m'avoir donné une maison, la reine voulait me donner une épouse. Et Reshoutamon se dit flatté par le choix de la reine. Mais, dans le fond de son cœur, il songeait que je n'avais pour puissance que celle que la faveur du roi m'avait donnée. En vérité, Reshoutamon pensait qu'il s'assoirait un jour sur le trône des

Deux Terres, et il voulait réserver sa fille à un prince puissant qui lui apporterait l'appui de ses armes.

Mais tout cela Reshoutamon le cachait dans son cœur, et il feignait de me regarder comme le futur époux de sa fille.

Je ne parlai pas à Reshot : je n'aurais su que lui dire. Peu de mots quittaient le seuil de mes lèvres; et c'était pour donner des ordres à mes soldats, flatter mes chevaux ou parler de choses belles et divines, dont les scribes des temps anciens ont traité dans leurs écrits. Mais j'ignorais les paroles qui touchent le cœur des femmes et qui flattent leur beauté. Je n'étais pas, comme les autres jeunes gens, un artisan en paroles; et je ne savais pas tourner ces beaux discours qui sont des armes mensongères pour conquérir des cœurs tout prêts à se laisser prendre. Le souvenir de mon enfance revenait à mon esprit, lorsque avec Nekhserket nous naviguions vers Thèbes. J'avais alors cru la distraire en lui racontant les histoires des dieux : elle ne m'avait pas écouté.

Et voilà que maintenant, même si elle ne lui donnait pas ce qu'il attendait d'elle, elle écoutait Ramsès en montrant du plaisir, car ses lèvres savaient prononcer des paroles qui coulaient de sa bouche comme le miel du désert de Ker-aha, et qui montaient dans les narines comme les parfums du Pount que les oiseaux de passage emportent dans leurs griffes et dont ils emplissent toute l'Égypte.

Ramsès se tenait près de moi, alors que j'étais assis devant Reshot, et il était joyeux. Son bonheur venait de ceci : à côté de Reshot et de sa mère, il y avait d'autres jeunes filles, toutes filles de nobles, qui étaient des compagnes dans les jeux de Reshot. Et Ramsès discourait. Et ses paroles étaient comme le chant sonore du loriot qui charme, dans le verger, les autres oiseaux dont les plumes ont de belles couleurs.

Les regards étaient tournés vers Ramsès. J'admirais qu'il fût capable de trouver sous sa langue autant de paroles inutiles, qui séduisaient par leur enchaînement comme une suite de sons tirés d'une flûte et qui forme une belle musique. Je regardai Reshot, et je vis qu'elle riait en écoutant Ramsès, car son cœur était jeune et elle ne savait pas que ces paroles flatteuses, qui coulent des lèvres des hommes, sont comme une belle corbeille de fruits où se cache un aspic.

Lorsque nous fûmes seuls, Ramsès me fit l'éloge de Reshot en me disant qu'elle était comme le lis parmi les autres fleurs d'un jardin.

— Il faut que la reine Taousret chérisse ton âme vivante pour vouloir donner à ta maison une maîtresse que les Sept Hathors ont aimée à sa naissance.

— Sans doute, Reshot est un plaisir pour les yeux. Mais je n'ai pas le désir d'amollir mon âme dans les bras d'une épouse.

— Si la Dorée a jeté l'amour entre vous, pourquoi prétends-tu que ton âme en serait amollie ? s'écria Ramsès. Suis-je donc si méprisable, moi dont la poitrine brûle sans répit de la douce flamme d'amour ?

— Tes paroles sont justes, Ramsès; car si tu était comme ces jeunes gens qui meurent de langueur, tu ne pourrais être mon ami. Mais les dieux t'ont accordé la faveur de savoir avec moi dire des choses sages et d'être devant les autres comme un homme enivré de vin doux. Moi, je ne trouve pas les mots qui conviennent pour les belles fêtes; et tu l'as bien vu : je suis là comme un ibis au milieu des oiseaux des marais lorsqu'ils saluent l'aurore de leurs chants joyeux. Que ferais-je d'une épouse à mes côtés ? Lui parlerais-je de la guerre et de mes armes, du désert et de mes chevaux ? Serait-elle intéressée par les actions glorieuses de nos rois, ou par la manière dont on dirige les hommes ? A moins que je ne lui parle des étoiles dans le ciel, des rêves des hommes, des gestes des dieux ou de ce qu'Amon nous a permis de savoir sur la création du monde et sur la forme que le dieu lui a donnée, toutes choses grandes et difficiles que j'ai apprises dans le temple d'Amon. Mais en quoi de telles choses pourraient-elles paraître agréables au cœur d'une femme ? Ce qui plaît à leur âme légère, ce sont les rêveries, une fleur près du nez, les longues promenades au bord du Nil, la main dans la main de l'aimé, les douces paroles d'amour dites sous l'ombre épaisse du jeune sycomore, les caresses échangées dans le kiosque qui est au fond du jardin, quand la fraîche brise du nord vient bruire dans les feuilles des arbres du verger. Or ce qui plaît à mon âme, ce sont les veillées sur les écrits des vieux sages, les longues marches dans le désert, mon bon arc à la main, les paroles savantes dites parmi les scribes, les caresses données à mes chevaux et à mes chiens avant de les entraîner à la chasse. Tu as vu que j'ai conservé dans ma maison des chanteuses et des musiciennes, mais elles semblent être là pour la distraction de mes valets. Et, lorsque j'en fais venir une avec la harpe, c'est pour l'entendre dire les recommandations de ces scribes dont on prononce le nom pour les livres qu'ils ont écrits pendant leur vie. Et il m'était facile de choisir parmi elles celle que chaque soir je pourrais emmener sur ma couche. Mais jamais je n'en ai conduite une jusqu'au seuil de ma chambre.

Ainsi, Ramsès et moi, nous parlions de nos amours; mais nous n'aimions pas les mêmes choses.

Je revis Reshot; je me trouvais en compagnie de Ramsès. Nous étions allés à une fête que Reshoutamon avait organisée dans sa maison. La présence de Ramsès m'était utile, car je laissais sa bouche discourir, ce qui m'évitait d'ouvrir la mienne. Et Reshoutamon était satisfait de voir Ramsès, car il avait pensé dans son cœur donner sa fille à Ramsès, qui était glorieux et dont le père était un puissant prince. Mais Ramsès ne désirait pas faire entrer Reshot dans sa maison. Certes, il la trouvait belle, mais il n'en aurait pas voulu pour ne pas me nuire, puisque la reine me la destinait — et que, si je n'avais pas dit : « Je veux qu'elle entre dans ma maison et qu'elle soit maîtresse de mes biens », je n'avais pas non plus dit que je n'en ferais jamais mon épouse bien-aimée. Enfin, l'âme de Ramsès était restée dans la maison du directeur des troupeaux d'Amon; et s'il disait parfois : « Allons, cherchons un cœur plus sensible que celui de la cruelle Shemaït », il voyait cependant qu'elle écoutait ses paroles, pareilles à un doux chant d'amour; et il conservait l'espérance qu'elle viendrait enfin devant lui, telles les oiselles qui s'abattent dans les nids, enfin charmées par le chant qui leur paraît le plus beau parmi tous les chants que les oiseaux lancent vers le ciel, par ces belles journées, à l'époque des semailles.

Ce jour-là, je regardai Reshot comme mes yeux ne l'avaient pas vue la première fois. En vérité, elle me parut charmante. Il n'y avait ce jour-là que peu d'invités : Sethnakht, qui avait pris place auprès du maître de maison, Minhotep et Shemaït, et la sœur de Reshoutamon, avec sa fille Renpetnefert. Celle-ci était du même âge que Reshot, et elle était sa compagne depuis leur petite enfance. Ramsès m'a assuré ensuite que Reshoutamon avait fait venir sa nièce dans l'espoir qu'elle me détournerait de Reshot. S'il avait pensé ainsi, son calcul avait été mauvais. Car, pour aimable que pouvait paraître Renpetnefert, sa beauté pâlissait à côté de celle de sa cousine; il semblait même qu'elle donnait plus encore de relief à celle de Reshot.

Reshoutamon avait voulu que les deux jeunes filles se chargeassent de nous servir, de verser dans nos coupes le vin doux mêlé de miel, et sur nos cheveux les parfums de Coptos. Je pensais que c'était pour nous honorer plus particulièrement, car elles ne s'occupèrent que de nous et s'assirent côte à côte sur des coussins tout près de nous. Et, comme les autres jeunes servantes qui veillaient aux soins des autres invités, les deux adolescentes ne portaient pas de robe; leur seul vêtement était l'étroite ceinture qui entourait leurs hanches. Celle de Reshot était faite de fils d'or et de perles de lapis-lazuli et de cornaline; mais de précieux bracelets ornaient ses chevilles et ses bras, et un lourd collier à plusieurs rangs de perles couvrait sa gorge, jusqu'au-dessus de ses deux seins, pareils à deux grenades tendres. Ces bijoux et sa lourde perruque aux tresses luisantes faisait paraître plus frêle et gracieux son corps, plus lumineux son visage, de sorte que je ne pouvait détacher mes regards d'une beauté qui lentement enfermait mon cœur dans le filet d'or de la déesse au doux nom.

Ramsès était comme un oiseau qu'enivre l'apparition du soleil dans sa barque de lumière. Il ne cessait de parler et de rire en buvant des liqueurs que lui servaient les jeunes filles; l'une après l'autre, elles se levaient pour veiller à ce que nos coupes fussent toujours pleines. Et, lorsque Reshot se tenait devant moi et avançait ses mains fines pour verser le nectar de la cruche légère dans le gobelet que je lui tendais, elle me souriait et ses yeux se faisaient plus brillants. Mais je vis que sa cousine aussi s'empressait auprès de moi avec des yeux pleins de langueur et je commençai à m'en étonner Or Reshoutamon se tourna vers Shemaït :

— Gracieuse chanteuse d'Amon, lui dit-il, veux-tu honorer les hôtes en leur chantant quelque beau chant ? Si tu acceptes, je vais faire venir les musiciennes afin qu'elles t'accompagnent.

Quel ne fut pas mon étonnement d'entendre Shemaït répondre d'une voix mal assurée qu'elle se sentait lasse d'avoir trop chanté dans le grand temple, et demander qu'on lui pardonne de ne pas répondre à son vœu. Alors que d'habitude rien ne la flattait plus qu'on la prie de chanter, car elle savait que la Dorée lui avait donné en sa voix une arme avec laquelle elle s'attachait le cœur des hommes plus encore qu'avec sa beauté. Reshoutamon voulut insister, mais elle ne semblait pas décidée à répondre à son désir. Ramsès intervint alors :

— Je ne saurais vous charmer, déclara-t-il, par une voix aussi belle que celle de Shemaït, mais si l'on veut bien me donner un luth et me prêter une oreille indulgente, je sens que la Dorée va m'inspirer des chants amoureux aussi doux que la datte qui fond dans la bouche.

Des cris de joie accueillirent sa proposition, et on s'empressa d'aller lui chercher un luth. Je vis alors le regard de Shemaït s'assombrir, et elle détourna la tête d'un geste impatient. Mais Ramsès n'avait rien vu, tout absorbé dans la contemplation de Renpetnefert. Il fit vibrer les cordes de l'instrument bien accordé qui lui fut apporté, puis se mit à chanter :

*Ma bien-aimée sait parfaitement lancer le lasso*
*Ses cheveux sont un filet qui me retient comme l'oiseau*
*De ses yeux elle me rend captif et ses parures me sont de fortes chaînes.*
*Que ne suis-je sa servante noire pour laver ses pieds*
*Que ne suis-je son collier pour caresser ses seins;*
*Que ne suis-je sa ceinture pour enlacer ses hanches*
*Versez des parfums sur ma tête afin que je charme ma bien-aimée*
*Remplissez ma coupe de vin épais pour qu'il me fasse oublier son mépris*

On applaudit Ramsès, et le maître du lieu s'exclama :

— Reshot, ma gazelle, vois, oins de parfums les cheveux de

notre hôte, qui a si bien chanté l'amour de la Dorée. Et toi, ma nièce, ne néglige pas non plus notre hôte très cher, Mérirê, et parfume aussi ses cheveux.

Rempetnefert se hâta de sauter sur ses pieds, et elle vint vers moi d'un pas vif, alors que Reshot n'obéit qu'avec lenteur, visiblement à contrecœur; et j'en fus satisfait, bien que j'aurais préféré que ce fût elle qu'on eût chargée de m'oindre de parfums. Et je m'étonnai alors que Rempetnefert mît tant d'empressement à s'occuper de moi; longtemps elle me parfuma mes cheveux et pour cela elle avançait sa poitrine vers mon visage, puis elle arrangea mes colliers et c'est sa joue qu'elle approcha de mes lèvres. Mais moi je pensais à Reshot, et c'est vers elle que je glissais mes regards; un instant je me suis senti rempli de colère contre Ramsès, ou plutôt de jalousie; mais s'il sourit à Reshot il ne lui parla pas, et elle-même s'empressa de s'éloigner de lui. Par la suite, Shemaït apporta la lumière dans mon esprit : « Visiblement, me dit-elle, c'est cette Rempetnefert que Reshoutamon voudrait voir entrer dans ta maison, et non sa fille Reshot; sans doute préférerait-il la donner à Ramsès plutôt qu'à toi .» « Est-ce là ce qui a assombri ton âme ? » lui ai-je alors demandé, me rappelant son dépit lorsqu'elle avait vu Ramsès, son attention tournée vers les deux jeunes filles. « Si j'avais du désir pour Ramsès, m'a-t-elle assuré, ne m'eût-il pas été aisé de l'accomplir ? » J'ai alors pensé qu'elle était jalouse de trouver en lui un rival dans les chants amoureux; mais je changeai de sujet et répliquai à sa première remarque en déclarant que je ne voulais pas faire entrer cette Rempetnefert dans ma maison, ni même Reshot.

Car je ne voulais pas admettre qu'Hathor avait déposé dans mon cœur les semences parfumées de l'amour. Je me disais que, s'il m'était agréable de me trouver près de Reshot, c'était parce que sa vue me procurait un plaisir pareil à celui que j'éprouvais dans le spectacle de mes beaux chevaux fougueux ou de mes chiens souples courant après l'adax. Et je revoyais alors ses beaux yeux allongés, ses lèvres pareilles à la grenade éclatée, et surtout son corps élancé que je rêvais de serrer dans mes bras. Je me sentis bientôt rempli de fureur contre moi-même, car je vis que je ne pensais plus qu'à Reshot et que j'en négligeais les soins de ma fonction.

Je décidai alors de profiter du prestige que m'avait acquis ma victoire sur les vils Bédouins pour ouvrir les routes de la Nubie, abandonnées depuis longtemps. Ainsi, pendant plusieurs mois, je restai éloigné de Thèbes, car je voulais faire régner dans ces déserts la crainte de mon nom. Avec les Bédouins qui se soumettaient à l'autorité du roi, j'étais généreux, et leur accordais des avantages pour venir vendre leurs produits en Égypte. Avec ceux qui refusaient ou prétendaient dépouiller les convois qui devaient rapporter vers l'Égypte les produits des mines, j'étais comme une panthère du Midi; et nul ne trouvait grâce devant ma lance. Ainsi, je plaçai de petites garnisons auprès des mines que je remis en exploitation, ayant amené avec moi les ouvriers et les outils nécessaires. Et je plaçai les garnisons et les soldats chargés de la protection des caravanes sous le commandement d'officiers que j'avais formés, et qui n'étaient plus ignorants des choses du désert.

Je fis aussi activer l'exploitation des carrières de pierre de la vallée du Rohannou; et j'entretins des postes de garde sur les grandes pistes qui partaient de Coptos et de Nekhebt en direction des mines et de la mer Rouge. Je recrutai aussi de jeunes guerriers choisis parmi les tribus de Bédouins, et qui voulaient entrer au service du roi d'Égypte. Je les dispersai dans les garnisons afin de servir de guides et de messagers; mais je veillai à les mettre dans des territoires étrangers. Je connaissais l'hostilité qui anime les Bédouins contre les gens des autres tribus, et je pensais qu'ils ne songeraient pas à trahir nos soldats au profit de leurs ennemis héréditaires.

Lorsque je revins à Thèbes, je déclarai au vizir que les mines étaient à nouveau exploitées, et, peu de temps après, les caravanes arrivaient sur les rives du Nil, chargées des richesses du désert.

Mais, pendant ces mois passés dans le désert, ma pensée était souvent allée vers Reshot; et plus violemment je chassais son image de devant mes yeux, plus vivement elle revenait s'imposer à mon regard. Mais je ne dis rien de tout cela à personne, et j'écoutai Kashta, qui soulageait mon âme en me parlant de l'amour qui le dévorait depuis le jour lointain où Nekhserket lui avait donné sa bouche, dans l'île des marais du nord. J'avais pensé que les chanteuses et les musiciennes de ma maison lui feraient oublier l'indifférente; mais elles ne faisaient, par leurs chants amoureux, qu'aviver sa douleur.

Moi, je voulais commander à mon cœur, car il m'était insupportable de penser que je pouvais, comme Kashta ou comme Ramsès, soupirer devant le seuil d'une aimée. Ainsi, je ne cherchai pas à voir Reshot lorsque je fus rentré dans la grande ville du sud. Je retrouvai Ramsès. Le premier soir, il me prit par le bras et me dit :

— Il serait abominable au regard des dieux que je te cache quelque chose, Merirê. Il faut que je te dise que, pendant ton absence, Reshoutamon m'a fait venir plusieurs fois dans sa maison, et j'y ai vu Reshot. Elle est gracieuse comme une gazelle du désert. Son père veillait à ce que ce fût toujours elle qui vînt me servir la nourriture et le vin, de ses belles mains. Il voulut que devant moi elle chantât et jouât du luth et de la harpe, pour me montrer ce qu'elle sait faire, et afin qu'elle brillât à mes yeux de tout l'éclat de ses charmes.

Et voici que les paroles de Ramsès pénétrèrent en mon cœur comme un serpent, et j'en reçus une brûlante morsure. Mais je cachai le trouble qu'elles avaient jeté en moi. Et, sans voir ce trouble, que je dérobais dans ma poitrine, Ramsès dit ensuite :

— Je restai étonné que Reshoutamon me montrât ainsi sa fille, comme s'il eût voulu que je l'emmenasse dans ma demeure. Mais je ne disais rien, et je louai Reshot avec modération, car je pensais qu'il était blâmable que je portasse mes yeux plus qu'il n'était convenable sur celle que je pensais t'être destinée. Et un jour Reshoutamon me prit à part et me parla ainsi : « Ramsès, mon ami, ouvre-moi ton cœur avec franchise; tu connais maintenant bien ma fille; et il me semble que ton esprit est éloigné d'elle. Cependant, je ne crois pas qu'elle soit sans beauté ni talent. » Je l'ai regardé, et lui ai répondu : « Reshoutamon, je te dirais des paroles mensongères si je te déclarais que la Dorée ne lui a pas fait de beaux dons. Mais je sais, d'autre part, que la reine Taousret t'a parlé et t'a dit qu'il lui plairait de voir ta fille entrer dans la maison de Mérirê.

Et Mérirê est mon ami grand devant Amon, et il n'a pas dit qu'il ne voulait pas que Reshot devînt la maîtresse de son cœur. Il a vu ta fille deux fois, je me trouvais auprès de lui; et ce fut vraiment comme son futur époux qu'il l'a rencontrée dans le palais royal, où la reine Taousret avait organisé une fête en son honneur; ce fut vraiment encore comme ton gendre qu'il vint s'asseoir dans ta maison, alors que je me tenais à ses côtés. Ainsi, j'ai des yeux pour voir que Reshot est belle; mais j'ai aussi un cœur qui me dit qu'elle est destinée à un autre, qui est l'ami le plus cher à mon cœur. » Je parlai ainsi.

Reshoutamon resta les dents closes. Et il dit ensuite : « Ramsès, j'estime les sentiments qui guident ta conduite; et cela te rend plus précieux à mes yeux. Sans doute, Merirê est un gendre honorable; sans doute, c'est un valeureux guerrier; sans doute, il accroîtra encore sa puissance; sans doute, il a la faveur du roi, ou plutôt de la reine Taousret, je ne sais d'ailleurs pourquoi; mais j'aime ma fille Reshot, et je veux qu'elle soit heureuse dans cette vie si courte que les dieux nous ont donnée sous le beau ciel de Rê. Or je ne crois pas qu'elle sera heureuse dans la maison d'un homme qui sent les bêtes du désert et qui n'aime que ses chevaux et ses armes. Merirê est dépourvu de cette délicatesse, de ce sens des belles choses que j'admire en toi. Il ne sait pas tourner ces douces paroles qui réjouissent l'âme et qui sont pour les oreilles des jeunes épouses comme un chant d'oiseau, comme la musique des harpes lors d'une fête. Et encore, il faut que je le dise : qui est-il, ce Merirê ? Ton père, Sethnakht, l'a trouvé dans le désert, vivant comme un vil Nubien : cela n'est pas le fait d'un homme de noble race. Il se prétend fils de ce Nebkahor, que ton père a connu et dont j'ai entendu faire des louanges dans ma jeunesse, mais on dit que sa postérité a été détruite par le roi Ouserkheperourê. Il est facile de prétendre avoir échappé au fer des soldats, car nul ne se lèvera pour le démentir. Ramsès, je respecte la volonté de la reine Taousret, mais c'est moi qui décide des affaires qui me concernent. Si Merirê se présente au seuil de ma demeure, je ne le chasserai pas; et il sera reçu dans ma maison comme je l'ai déjà fait. Mais il n'emmènera jamais Reshot pour en faire la maîtresse de sa maison. » Voilà, Merirê, ce que m'a dit ce crocodile de Reshoutamon. En vérité, il espérait peut-être que je te rapporterais ses paroles, ainsi que je viens de le faire.

Tandis que Ramsès parlait, je sentais dans ma poitrine la même douleur brûlante qu'avait faite sur mon bras la blessure du Nubien que j'avais tué, le jour où j'avais rencontré Sethnakht. Et pourquoi éprouvais-je une telle déchirure dans ma poitrine ? Fallait-il que Ramsès m'apprît que jamais Reshot n'entrerait dans ma maison comme la maîtresse de mes biens et de mon âme vivante, pour que je susse que j'avais mordu à l'appât qu'elle avait innocemment tendu vers ma bouche ? Je ne pouvais plus chasser de moi cette idée que j'avais voulu percer comme une antilope courante : j'aimais Reshot. Je restai les lèvres closes, et Ramsès s'étonna de mon silence. Il dit encore :

— Merirê, je comprends que le dédain de ce petit prince blesse ton cœur; et, sous leur parure, ses paroles cachent une insolence qui mériterait un châtiment. Cependant, cette Reshot est un oiseau comme il y en a beaucoup dans les vergers de l'Égypte. Et il est meilleur que tu répondes au dédain par le mépris. Pour moi, sache que je ne suis plus revenu chez Reshoutamon, et que, même serais-je aussi épris de sa fille que je le suis de Shemaït, jamais ce grand héron de Reshoutamon ne verra sa fille dans ma demeure.

Je regardai Ramsès avec tendresse et lui dis :

— Merci, Ramsès cher à mon cœur. Tu as agi comme le frère que tu es pour moi.

J'aspirai l'air tiède, embaumé des parfums des fleurs qui s'ouvraient au vent du soir. Une grande tristesse s'abattit sur mon âme. Mais la tristesse fut aussitôt chassée par une puissante colère, pareille à celle de la déesse terrible qui vida la Nubie de ses habitants. Je brisai ma canne sur mon genou, et je dis :

— Reshot sera à moi.

Je jetai les morceaux de ma canne, et, sans écouter Ramsès, qui voulait me retenir, je sautai dans mon char.

Le lendemain matin Ramsès me trouva dans les terres que m'avait données le roi. A la limite du désert, j'avais aménagé une grande piste où je faisais courir mes chevaux et où je m'exerçais au maniement des armes. La colère n'avait fait que croître dans mon cœur. Lorsque Ramsès vint vers moi, j'étais sur mon char et poussais mes chevaux aussi vite que le pouvaient leurs jarrets puissants. Les rênes nouées dans mes reins, je tirais mes flèches sur des piquets, où elles pénétraient profondément; et je lançais mes javelots aussi loin que mon bras était capable. Lorsque j'eus sauté hors du char en pleine course pour laisser mes écuyers s'en emparer et ramener les chevaux, Ramsès vint devant moi, et il dit :

— Merirê, si Reshoutamon t'avait vu lancer tes javelots si loin et avec tant d'habileté, il n'aurait plus songé à ses paroles détestables.

— Ramsès, mon frère, dis-je en l'embrassant, ne me raille pas, car ma colère est grande.

— Je t'ai parlé d'une bouche sincère. En vérité, nul homme en Égypte ne peut rivaliser avec toi dans le maniement du char et des armes.

— Ramsès, je ne sais si tu parles justement, mais je sens en moi une force divine. Et si maintenant mille chiens de Nubie surgissaient du désert, il n'en serait pas un qui pût fuir la sombre couleur.

— Mon frère aimé, apaise ta colère, car elle ne peut te conseiller que des actions regrettables. Quelles sont tes intentions ? Dis-les moi sans détour.

Je regardai Ramsès et lui dis :

— Voici ce que j'ai décidé dans mon âme. Demain, Reshoutamon recevra une lettre de moi : je lui demanderai de me donner sa fille. S'il refuse, par une autre missive je l'avertirai que j'enlèverai Reshot, et je lui conseillerai de déployer autour de son palais les troupes de sa province. Je me présenterai avec mon char et mes armes. Et Reshoutamon saura alors ce que vaut l'homme dont il méprise la naissance.

— Merirê, par Amon ! s'écria Ramsès, ton projet est merveilleux, mais digne de ces hommes ivres dont tu riais par le passé. Ta vanité aurait-elle été si vivement blessée que tu veuilles provoquer un massacre et peut-être même ta propre mort, pour te guérir cette plaie ?

Je regardai Ramsès et lui dis :

— Ce n'est pas ma vanité qui a été blessée, mais mon amour.

Ramsès leva vers moi ses yeux agrandis par la stupeur, et il répéta :

— Ton amour ?

Puis il rit et s'écria :

— Voilà le moment d'invoquer Hathor et d'apporter sur son autel des fleurs et de beaux fruits de ton verger !

— Ramsès, ne ris pas. Mon âme est sombre et une terrible colère l'enflamme.

— Mais pourquoi ne pas me réjouir en apprenant qu'enfin mon frère est amoureux ! s'écria-t-il en dansant de joie.

— Parce qu'on ne veut pas me donner celle que j'aime.

— Mais tu es plus heureux que moi, car peut-être t'aime-t-elle. Mais surtout, par Hathor, n'envoie pas à Reshoutamon les missives dont tu parles !

— Que me conseilles-tu de faire ? ai-je alors demandé.

— Oublie ce que m'a dit ce grand crocodile; et fais dans ta maison une belle fête où viendra Reshot. Abandonne ce visage qui te rend si redoutable, et dépose ces armes si terribles dans ta main, qui feront trembler de peur ta bien-aimée. Pare-toi, parfume-toi, rends tes yeux aimables avant de la recevoir. Voilà ce que, pour le moment, il serait agréable à la Dorée de te voir faire, si tu veux qu'elle favorise tes amours.

## XII

## LA BELLE FÊTE

Amon, seigneur du Perséa ! Et toi Hathor, ô Dorée, dame du sycomore, ce fut une belle fête qu'on vécut ce jour-là chez Merirê ! Et pour moi, qui offrais cette fête, ce fut le jour délicieux où la flamme d'or d'Hathor embrasa mon cœur.

J'avais laissé à Ramsès le soin d'organiser cette fête. Et il la fit se dérouler comme s'éploie un beau chant. Ma colère était apaisée, et la joie était dans mon cœur. J'avais vu ma sœur, la reine Taousret, et je lui avais rapporté les paroles de Reshoutamon. J'avais dit la colère qui s'était emparée de mon âme et qui était l'aveu de mon amour; et enfin elle avait su de ma bouche comment Ramsès m'avait apaisé et comment il avait conçu dans son cœur d'organiser en mon palais une fête en l'honneur de mon retour. Mais, en réalité, c'était en l'honneur de Reshot que tant de monde allait être réuni. Taousret loua l'action de Ramsès et déclara que, sans doute, il avait pour moi les sentiments d'un frère. Elle me dit ensuite :

— Cher Merirê, ton cœur est violent, mais tu as encore l'âme d'un enfant. Tu viens de sentir les premiers souffles de l'amour; et voici que tu voulais d'abord les ignorer, comme si on pouvait chercher à fuir la fraîcheur de la douce brise du nord; et ensuite, tu étais prêt à semer la guerre dans l'Égypte pour l'objet de ton amour. Ramsès est moins insensé. Et ses conseils sont sages. Mais comment ton cœur a-t-il pu déjà oublier qui tu es en réalité ? Sans doute Reshoutamon refusera-t-il de donner sa fille au directeur des terres du roi dans les déserts orientaux, mais crois-tu qu'il la refusera toujours au roi d'Égypte ? Vois : Reshot est encore presque une enfant; et, avant qu'elle ne soit vraiment une femme, tu porteras sur ton front la double couronne et son père se prosternera devant les marches de ton trône.

Ma maison était parée pour la fête, et il pendait partout des guirlandes de fleurs, et les domestiques entretenaient mille lampes afin que la nuit fût comme le jour. Comme cette fête était donnée en l'honneur de mes victoires, nul ne s'étonna quand la reine Taousret déclara qu'elle viendrait pour honorer ma maison. Et Ramsès avait lancé en mon nom des invitations par toute la ville. Et il avait même prié Rouï, le premier Prophète d'Amon, de venir participer à cette fête. Et comme on savait que la reine viendrait, Rouï, qui ne m'aimait pas, n'avait pu refuser de venir. Personne encore n'avait vu le palais que m'avait donné Taousret. Et tout le monde l'admira, et on disait qu'il était digne d'un roi. En vérité, c'était pour le fils aimé du grand roi Ousirmarê qu'il avait été bâti, pour celui qui était destiné à lui succéder sur le trône d'Horus. Et nul ne savait que c'était le fils de ce roi qui, maintenant, l'habitait. Devant ce luxe déployé, Rouï fronça les sourcils.

— Il faut que la reine t'aime, pour t'avoir donné un palais comme aucun noble n'en a dans Thèbes.

Il dit, et je vis que la jalousie était dans son cœur. Et je lui répondis :

— Sans doute la reine sait récompenser les serviteurs du roi selon leurs mérites.

— Tes mérites sont alors plus grands que je n'avais pu le penser.

La fête était commencée. Shemaït, qui était venue avec son époux, avait pris une harpe et chantait, accompagnée par les musiciennes attachées à ma maison. Ramsès avait amené les danseuses qui étaient à son service, et il avait loué des baladins et d'autres danseuses; et la reine avait donné deux nains de Nubie, semblables au dieu Bès. Tout cela pour réjouir nos hôtes et distraire leur âme.

Mais une grande inquiétude habitait mon cœur, car je ne voyais pas venir celle qu'il aimait. Je marchais dans le jardin, pareil à la panthère qui vient de tomber dans la fosse qu'on a creusée pour la capturer. Et Ramsès, qui était l'intendant de la fête, et qui veillait à ce que chacun fût satisfait, Ramsès venait me retrouver dans le jardin pour calmer mon inquiétude. Et il me disait :

— Merirê, cache ton impatience et maîtrise ton cœur. Il ne faut pas que les gens puissent dire : « Cet homme est amoureux. » Tous ceux qui sont ici, ce sont tes invités; et ils s'étonnent de ne pas te voir pami eux.

Je le regardai et dis :

— Quelle figure pourrais-je faire au milieu d'eux tandis que l'inquiétude ronge mon âme ?

— Quelle impatience est la tienne ! Maîtrise ton cœur comme tu es maître de tes membres, lorsque sur ton char tu poursuis les bêtes du désert. Elle viendra, j'en ai la certitude, mais ce grand héron de Reshoutamon veut te montrer qu'il met peu d'empressement à venir devant toi. Mais cela importe peu. Je suis aussi un maître de ruses; et nous saurons bien mettre à la raison cette vilaine bête.

— Ramsès, je suis tout plein de trouble, comme une enfant timide qui se serre contre sa mère parce qu'on la conduit devant son futur époux. Je ne pourrais rester assis dans l'assemblée de nos invités. Je n'en aurais pas la force. Ce palais est le tien, et je te laisse le soin de veiller sur nos hôtes, comme le maître de la maison. Moi je reste là pour accueillir les hôtes qui vont encore venir.

Dès que j'entendais les cris des porteurs des chaises et que j'apercevais, par-delà les murs du jardin, la lueur de leurs torches, je courais vers les portes grandement ouvertes où se tenaient des serviteurs, pour diriger les invités dans le jardin et mener leurs valets vers les offices où une fête était préparée à leur intention, car j'avais voulu qu'en ce jour chacun eût sa part de réjouissance. Tous pensaient que c'était la reine Taousret que j'attendais dans le jardin, afin de mieux honorer celle qui apparaissait aux yeux de tous comme la régente de l'Égypte. Et Taousret arriva la première. Une forte escorte de gardes shardanes suivait son palanquin. Et c'était Antanour qui ouvrait la route sur son beau char doré. Il aida la reine à descendre de sa chaise; et mes gens tombèrent, le ventre contre la terre.

Tous nos hôtes étaient sortis pour venir au-devant d'elle; et les valets tenaient haut leurs torches, afin que la nuit fût comme le jour.

Chacun s'inclina en levant les bras. Taousret vint vers moi, et ses lèvres souriaient. Elle ouvrit la bouche et s'adressa à moi, disant :

— Glaive d'Amon, soutien de notre trône, ô Merirê, Sa Majesté désirait dans son cœur honorer ta maison de sa royale personne; mais elle a été incommodée, et m'a demandé d'être dans ta demeure son image vivante. Vois : Sa Majesté a voulu récompenser le serviteur de l'Égypte, et elle m'a autorisée à te remettre ceci.

Elle se tourna vers un chambellan qui tenait un coffret, et en sortit un collier d'or. Elle l'attacha elle-même sur ma poitrine, et dit :

— Ce collier fut porté par le roi Ousirmarê, qui est devant son père Amon, et par le roi Baenrê, mon père vénéré. Sa Majesté et moi-même, nous avons jugé que toi seul étais digne de le porter dans toute l'Égypte.

Tout le monde inclina la tête. Et voici : sur le pendentif du collier étaient ciselées les deux déesses, maîtresses des couronnes, protectrices de la Terre du nord et du sud; et jusqu'à ce jour on n'avait vu de tels colliers que sur la poitrine de nos rois. Et chacun sut dans son cœur que, ce soir, j'avais été désigné par la reine, et avec l'accord du roi lui-même, comme l'élu d'Amon, celui qui monterait un jour sur le trône d'Égypte.

Taousret me demanda ma main pour la conduire dans la demeure qu'elle m'avait donnée. Nos hôtes nous suivirent, et les musiciens et les musiciennes accueillirent la reine par une belle musique, lorsqu'elle pénétra dans la grande salle des fêtes. Et une chanteuse à la voix claire dit en l'honneur de Taousret ce qu'on avait dit de la reine Mernémout Nefertari, qui fut l'épouse du dieu grand Ousirmarê, lors de la fête du harem d'Amon :

— Vois : la princesse qu'on loue grandement, la reine gracieuse, douce d'Amon, souveraine des Deux Terres, celle qui est belle et qui tient les sistres dans les mains, celle dont la vue réjouit Amon, son père, la bien-aimée dont le front est couronné, la chanteuse dont le visage est beau... Sa voix donne la vie lorsqu'on l'entend.

Taousret s'assit sur un trône, et je me tins près d'elle. La fête suivit son cours, pareille au beau fleuve. Mais dans mon cœur se disputaient la joie et la crainte, car je n'avais pas encore vu le visage de l'aimée. La reine demanda à Shemaït de chanter, et le silence descendit sur l'assemblée lorsque s'éleva la voix claire de la chanteuse. Et mon cœur fut charmé par le bonheur et par la tristesse, car elle disait ce que chante chaque arbre dans le beau verger de la bien-aimée.

Mon cœur cessa de battre dans ma poitrine, et je sentis mes jambes devenir faibles comme un jonc; et je serais tombé si je n'avais été assis, car la bien-aimée venait d'apparaître à mes yeux. Reshoutamon était dans l'embrasure de la porte, avec sa femme, Senimout, et Reshot se tenait près d'eux. Mon trouble fut si grand que je ne pouvais me lever, car je craignais de chanceler comme un homme pris de boisson. Et, sans doute, Hathor avait paré de charmes nouveaux la jeune fille que je voyais par les yeux de l'amour, car je disais à mon âme : « Sans doute, elle est l'unique, celle qui n'a pas d'égale, la belle entre les belles. » Et Taousret, qui avait vu quel trouble était jeté dans mon cœur, se pencha vers moi et me dit, sans que nul ne l'entende :

— Merirê, reprends tes forces, et va vers Reshoutamon. Il pourrait penser que ton immobilité est dirigée par un désir de lui faire un affront, et ce serait malheureux. Va t'incliner devant lui et dis-lui que je te parlais, et que c'est ce qui t'a empêché de courir au-devant de lui.

Mon cœur avait repris la maîtrise de mes membres; et je me levai et je vins devant Reshoutamon. Je le saluai en lui demandant de me pardonner de ne pas être venu vers lui dès qu'il était apparu au seuil de ma demeure, car la reine parlait et je ne pouvais interrompre son discours.

— Et tu aurais été d'autant plus blâmable, dit alors Reshoutamon avec un sourire, que la reine doit t'aimer pour t'avoir donné une telle maison. Car c'est un palais qui n'a pas son pareil dans Thèbes, hors celui où demeure le roi avec sa cour et sa garde.

— Certainement la reine a voulu particulièrement m'honorer.

En parlant ainsi, je regardais Reshoutamon et n'osais pas porter les yeux vers Reshot, tant je craignais qu'on pût y découvrir le trouble que sa vue provoquait en moi.

Le regard de Reshoutamon tomba sur le collier que je venais de recevoir de Taousret. Et il dit encore :

— Il m'apparaît que la faveur de la reine, et sans doute celle de Sa Majesté, dépasse pour toi toutes les espérances que tu aurais pu concevoir dans ton cœur.

Je négligeai de lui répondre et me tournai vers Senimout, et je la saluai. Enfin mon regard vint sur Reshot, qui baissa les yeux, et je dis :

— Mon cœur se réjouit de voir que celle que la reine considère comme ma future épouse est ici comme Hathor, la plus belle parmi les belles.

Je conduisis le prince et sa famille devant Taousret, qui les accueillit avec un sourire et, d'un geste, les invita à prendre place près d'elle.

Reshoutamon fit l'éloge de la fête, et je lui dis qu'il fallait en louer Ramsès, qui avait tout organisé. Il s'adressa alors à Taousret et lui dit :

— Mon admiration est sans mesure à la vue de ce palais. Chacun dans Thèbes avait pu découvrir de l'extérieur combien son jardin, que tu faisais entretenir avec tant de soin, est merveilleux, mais nul encore n'avait eu le privilège d'y pénétrer. Et il m'apparaît que tout ce qu'on avait pu imaginer était au-dessous de la vérité. Sans doute il est moins vaste, infiniment, que le palais qui abrite ton auguste tête et celle de Sa Majesté, mais il n'est pas moins riche ni moins somptueux. Certes, c'est d'un roi que te vient une telle demeure.

— Ta parole est juste, Reshoutamon, répondit Taousret. Ce palais est celui que le roi Ousirmarê avait fait bâtir pour son fils bien-aimé, Mineptah, alors qu'il était prince. C'est là que ma royale mère, souveraine des Deux Terres, m'a mise au monde, alors qu'elle n'était que princesse et régnait dans ce palais. C'est pourquoi je l'ai entretenu avec tant de piété.

Et elle regarda Reshoutamon, et ajouta ces mots, à voix haute afin que tous ceux qui étaient autour de nous pussent les entendre :

— Mais tu ne pouvais le savoir, car à cette époque-là tu étais dans l'école des scribes, dans la ville de Memphis; car ton père, qui était prêtre du temple d'Inher, à Sebennytos, voulait que tu rentrasses au service du prince de Memphis, gouverneur de la province du Mur Blanc. Et mon père, Baenrê, ne t'avait pas encore distingué parmi ses serviteurs.

Reshoutamon inclina la tête, car ces paroles étaient entrées dans son cœur comme le bronze aigu, et il dit :

— Il est vrai que j'ai une grande dette envers le roi Baenrê, le dieu grand qui est devant Amon son père, car il a reconnu mon mérite parmi ses serviteurs.

Des servantes vinrent devant nous pour offrir les vins doux, le miel fin, les dattes et les fruits du jardin, les liqueurs de Syrie. Taousret but à une coupe et dit encore :

— Ainsi, vois-tu, la reine Taousret sait aussi bien que son père reconnaître le mérite des serviteurs de l'Égypte.

— Elle y met même une magnificence encore jamais vue, dit Reshoutamon en portant son regard sur le collier qui tombait sur ma poitrine.

— Tu dois être le premier à t'en réjouir, puisque, selon ma volonté, c'est de ce palais que ta fille Reshot deviendra un jour la maîtresse.

J'admirais l'art avec lequel ma sœur Taousret dirigeait sa langue, car je voyais que toute parole était mesurée avant que d'être prononcée. Je regardai Reshot; elle baissait les yeux, et son visage restait calme et fermé. J'avais un chien familier, un haut lévrier au pelage blanc; lorsque j'allais à la chasse, il était toujours en tête de la meute, et courait avec tant d'élégance et de légèreté que je l'avais appelé Isi. C'était pour moi un fidèle compagnon; et, comme s'il avait senti où allait mon amour, il s'était couché auprès de Reshot, comme s'il eût déjà vu en elle sa maîtresse. Et elle le caressait, et elle souriait en le regardant. Et ce sourire était apparu sur ses lèvres, lorsque Taousret avait dit ces derniers mots, qui étaient pour moi comme du miel sur ma langue.

La reine se tourna vers moi et dit :

— N'ai-je pas entendu de ta bouche, ô Merirê, que tu avais préparé un cadeau pour ta fiancée ?

Car Taousret m'avait remis un collier en or fin ciselé, en lapis-lazuli et en malachite : et c'était un bijou splendide qu'avaient réalisé là les plus habiles artisans du palais. Car il avait été façonné pour la grande épouse royale Isetnefer, mère du roi Baenrê. Et Taousret l'avait reçu de notre mère, parmi d'autres bijoux en grand nombre.

— J'attendais la volonté de ma souveraine pour le présenter à Reshot, ai-je répondu en me levant.

Et, sur un signe de ma main, Thouthenek, mon chambellan, s'avança. Il me présenta un grand plateau couvert d'un tapis rouge. Je pris le collier et m'agenouillai devant Reshot. Mon cœur était si troublé qu'il n'était plus le maître de mes mains, qui tremblaient, ni de ma bouche, qui ne pouvait prononcer une parole. Je sentis son parfum et touchai sa peau lorsque je nouai le collier sur sa nuque. Et j'étais comme un homme ivre. Elle joignit les mains et dit :

— Comme il est beau ! Comme tu es bon ! Merirê, soleil de ma vie, ta servante n'est pas digne d'un tel présent.

Je trouvai des paroles comme aurait su en prononcer Ramsès, lorsque je déclarai :

— Ta grâce est celle de la Dorée, ô maîtresse de mon cœur. Et c'est ce bijou royal qui reste indigne de ta beauté.

Elle baissa les yeux et ne répondit pas. Tous nos hôtes admiraient la beauté du collier, et on répétait : « Sans doute, c'est le bijou d'une reine que Merirê a donné là à Reshot. »

Reshoutamon me regarda :

— J'avoue que ta magnificence est à la mesure de la générosité royale envers toi, remarqua-t-il.

Je perçus encore la perfidie du serpent sous ce compliment. Mais je le regardai pareillement et repartis :

— Elle est à la mesure du désir que j'ai de faire de Reshot la maîtresse de ma maison.

Reshoutamon ferma à demi les yeux, et un sourire que je ne

sus interpréter plissa ses lèvres; mais il ne répondit pas.

Des servantes vinrent présenter des cônes de parfums et des fleurs; et d'autres portèrent des boissons nouvelles, des bassins d'eau fraîche et de fins linges pour s'essuyer les mains. On avait fait venir les acrobates et les jongleurs, et nos hôtes conversaient en les regardant exécuter leurs tours habiles.

Ramsès était venu prendre place près de nous. Il éprouvait une grande joie, car il avait beaucoup bu de bons vins des terres du nord; et il voyait autour de lui un grand nombre de jeunes femmes. Il demanda ce que nous pensions des baladins, qu'il avait eu bien du mal à trouver.

— Ramsès, mon frère, lui dis-je, nul ne peut t'être comparé dans l'art de préparer de belles fêtes.

Il me regarda et rit :

— A toi la guerre et la chasse, à moi l'amour et les fêtes.

— Peut-être, lui répondis-je, mais tu es bien plus brillant dans la guerre et dans la chasse que je ne le suis dans l'amour et dans les fêtes.

Il rit encore et regarda Reshoutamon.

— Reshoutamon et toi, Senimout, vous avez dû être saisis d'admiration et d'étonnement devant le palais de mon frère Merirê. Mais en avez-vous vu le jardin ? Le roi lui-même n'en a pas de plus beau dans son palais. Et, sans doute, Merirê ne vous a pas parlé de sa ménagerie ?

— J'ai négligé d'en dire un mot, ai-je déclaré.

— La ménagerie de Merirê est pourtant la gloire de notre hôte. Vous n'y trouverez pas encore les bêtes rares de l'Asie ou du sud de la Nubie; mais on y voit toutes les bêtes du désert : la gazelle agile et l'adax à la course rapide, mais aussi la hyène et le chien sauvage; et encore le lion et le taureau sauvage. Toutes bêtes que Merirê a capturées lui-même, au lasso ou au filet. Écoute, Reshoutamon, toi qui aimes la chasse, je demande devant vous tous à Merirê d'organiser une chasse en ta compagnie.

— Ramsès, tes paroles sont inspirées par Amon, déclara Taousret. Nous nous ennuyons, dans nos demeures. Nous suivrons nous aussi.

— Ma reine ! m'écriai-je, je serais fou d'obéir. La chasse est un art d'hommes. Il faut courir sous le soleil brûlant, dans la poussière. Et on y connaît la soif, et les dangers y guettent le chasseur à tout instant.

— Par le dieu Soped ! Crois-tu que ta reine est une faible enfant ? Moi aussi, j'ai couru dans le désert et j'ai appris à me tenir sur un char. Et, si ton âme éprouve quelque crainte, nous suivrons sur des chariots, et il y aura près de nous de fidèles soldats. J'en ai décidé ainsi; et je veux avoir près de moi la gracieuse Reshot, que je prends sous ma royale protection.

Reshot se leva et s'inclina devant Taousret en la remerciant.

— Je me charge d'organiser cette chasse, dit alors Ramsès. Et, là non plus, vous n'aurez nul reproche à me faire. Et vous éprouverez alors combien est grande la puissance du bras de Merirê. Car dans sa ménagerie il y a un lion, le plus beau que j'aie vu, qui ferait reculer de crainte une troupe de chasseurs très fortement armés : or il l'a capturé et a su ensuite le dompter, en faire un chien fidèle.

Tout le monde demanda à voir le lion. Et Ramsès se leva, et il dit qu'il allait leur montrer ce monstre du désert. Les jeunes gens et les jeunes filles furent les premiers à venir à sa suite en riant. Et comme Reshot n'osait pas y aller et que moi-même je restais assis, Taousret se tourna vers moi, et dit :

— Merirê, c'est bien à toi de montrer à Reshot ce lion qui doit être une grande merveille, si mes oreilles en croient la parole de Ramsès. Nous viendrons nous-même l'admirer dans un instant.

Je n'attendais que ces mots pour faire ce que mon cœur désirait. Je me levai et je tendis ma main à Reshot. Elle la saisit et sourit à mon regard. Elle sauta sur ses pieds légers. Et une grande joie entra dans mon âme, car je sentais sa main vivre dans la mienne. Isi, mon beau chien, se leva aussitôt et marcha sur nos pas. Les allées qui conduisaient vers la ménagerie, située au fond du jardin, étaient ce soir-là comme une rue de Thèbes. Des lampes étaient suspendues aux branches des arbres pour éclairer les chemins parcourus par les hôtes qui allaient voir les bêtes et par ceux qui en revenaient. Et leurs rires et leurs cris couvraient les chants et la musique qui venaient de la maison. Nous marchions sans parler, mais je sentais que la main de

Reshot ne restait pas indifférente dans la mienne, et nos doigts se disaient des choses aussi douces que des paroles amoureuses.

Des lions et des guépards étaient enfermés dans de vastes cages aux solides barreaux de bronze, ainsi que des hyènes. Pour tenir les autres bêtes, j'avais fait clôturer le fond du grand jardin; et elles vivaient là dans un vaste terrain où elles avaient le sentiment d'être en liberté. Mais celui qui attirait tous les regards, c'était le grand lion, que j'avais appelé Sekhem. Il marchait derrière les barreaux de la cage; et il frappait ses flancs de sa queue. Le directeur de la ménagerie se tenait près de la cage, pour empêcher d'approcher les imprudents, qui auraient pu avoir un bras arraché par un coup de griffe.

Lorsque le lion poussait un rugissement, les spectateurs reculaient, la peur dans les genoux. Reshot se serra contre moi; et mon bras se referma sur ses épaules; et je la sentais palpiter contre moi, craintive comme l'oiseau qui vient de fuir l'étreinte du faucon.

Ramsès faisait l'éloge de la bête. Et il inventait encore d'autres histoires merveilleuses pour semer la terreur dans les jeunes cœurs des auditrices. Il déclara ensuite que je dressais le lion afin de le faire marcher devant mon char, comme l'avait fait le grand roi Ousirmarê. Et, lorsqu'il me vit, Ramsès saisit le verrou de la porte de la cage et me dit :

— Merirê, permets que je libère Sekhem, afin qu'on ne pense pas que mes paroles sont vaines. Ainsi, chacun pourra voir comment ce monstre obéit à tes ordres, et comment tu es capable de le caresser comme un chien fidèle.

Mais, moi, je ne me souciais pas de montrer mon autorité. Je n'avais que le désir de serrer plus fort dans mes bras Reshot, et l'emmener loin des regards de nos hôtes. Et je dis à Ramsès, qui voulait trop bien me faire briller aux yeux de Reshot :

— Non, Ramsès, il y a là trop de personnes. On ne peut jamais savoir ce qui passe dans la tête d'un lion. Quand nous sommes seuls, nous savons éviter sa griffe rapide; mais je crains qu'il ne se jette sur nos hôtes et qu'il n'arrive un grand malheur.

— Tu parles avec prudence, dit Ramsès. Allons donc montrer les bêtes gracieuses qui sont dans le parc.

Tandis qu'ils s'éloignaient, j'emmenai Reshot vers le kiosque, qui était situé auprès du petit lac creusé vers le fond du jardin. Il n'y avait plus de lampes, mais la lune montante éclairait le lac et le petit îlot qui était en son centre, et où était bâti un autre kiosque léger, perdu dans la verdure. Je fis asseoir Reshot au milieu des coussins qu'on y avait placés, auprès d'une table garnie de vins et de douceurs, de fleurs et de parfums. Je versai du parfum sur ses cheveux, et nous bûmes une coupe de vin doux. Je pris alors ses mains et lui dis :

— Reshot, réponds des paroles véridiques aux questions que je veux te poser. Dis-moi, crois-tu que tu serais malheureuse de vivre auprès de moi, dans ce beau palais ?

Elle soupira et leva vers moi son regard brillant :

— Comment peux-tu parler ainsi ? Mon plus grand bonheur serait de vivre auprès de toi, que ce soit dans ce palais ou dans le lieu où tu voudras m'emmener.

— Dis-moi encore : trouves-tu que je sens l'odeur des chevaux et du désert ?

— Je ne sais ce que sentent le désert et les chevaux, mais ton odeur est pour moi un parfum enivrant, et ta vue met la joie dans mon cœur, qui est triste et sans vie lorsque je suis loin de toi.

— Ainsi, te plaira-t-il de devenir la maîtresse de ma maison et de mon cœur ?

— Mon plus grand désir est de devenir la maîtresse de ton cœur, et d'entrer dans ta maison comme une épouse aimée.

Je portai sa main à mes lèvres, et je dis :

— Tu es l'aimée qu'a choisie mon cœur; et tu entreras dans ma maison comme la maîtresse de mes biens.

Nous avons gardé le silence, la main dans la main, écoutant les bruits de la fête au loin. J'aurais voulu qu'elle restât auprès de moi, mais je me rappelai les paroles que son père avait prononcées devant Ramsès. Je dis alors :

— Crois-tu que ton père me laissera t'emmener dans ma demeure ?

Elle baissa la tête et un grand soupir souleva sa poitrine, et elle parla ainsi :

— Lorsque mon père a reçu la lettre par laquelle tu nous invitais à venir assister à la fête de ce soir, j'étais dans une pièce voisine, où je jouais avec mon singe familier. Et j'ai entendu mon père qui disait des choses mauvaises.

— Quelles choses ? Rapporte-moi ses paroles, sans crainte de blesser mon cœur.

Elle soupira encore et reprit :

— La colère parlait par sa bouche, car il ne savait pas que je l'entendais; et il s'adressait à ma mère. Et il a dit : « Ce Merirê nous invite à fêter son retour du désert, où il a ouvert les mines de Sa Majesté. Et il a l'impudence d'écrire qu'il est désireux de voir sa future épouse. Ce jeune orgueilleux croit fermement que Reshot entrera chez lui comme son épouse ! Ses petites victoires et la faveur de la reine font de lui un homme ivre. » Il a dit cela et d'autres choses encore, mais je n'ai plus voulu les entendre, car elles entraient dans ma poitrine comme des piqûres d'aiguille, et je suis allée dans le jardin, et j'ai pleuré. Je ne sais ce qu'a répondu ma mère. Et je disais à moi-même : « Sans doute mon père ne voudra pas que nous allions chez Merirê. » Et des larmes venaient dans mes yeux. Ô mon aimé, il faut que je te dise, mais mon cœur est plein de honte, et je n'ose plus parler.

— Ma bien-aimée, tu es mon épouse, et ne crains pas de dire ce qui charme mon âme vivante.

Je parlai ainsi et je baisai encore sa belle main.

Elle dit alors :

— Lorsque ma mère m'a dit un jour : mon enfant chérie, mets tes beaux habits de fête, car nous allons au palais du roi, et tu y verras celui qui peut-être sera ton époux, car c'est le désir de la reine, j'ai senti une douce tristesse envahir mon cœur. J'étais triste à la pensée de quitter un jour la maison de mon enfance et ceux que j'aimais. Mais j'étais aussi joyeuse de songer que je n'étais plus une enfant, et que j'allais peut-être avoir une maison à moi et une âme à aimer. Mais ma mère ne te connaissait pas, et elle ne sut rien me dire sur celui à qui j'étais destinée. Elle déclara cependant que le souhait de la reine n'était pas un ordre. Que mon père n'avait pris aucun engagement, et que j'étais libre de refuser mon consentement. Ces paroles retirèrent un grand poids de ma poitrine, car je me rappelais que, lorsque avec les amis de mon âge nous parlions de ces choses, l'une d'entre nous avait déclaré qu'on avait marié sa sœur à un gros scribe pareil à un hippopotame; et cela nous avait fait rire. Mais je ne riais plus en songeant que les dieux pouvaient me réserver le même destin. Quand nous sommes arrivés dans la salle des fêtes du palais, mon regard s'arrêtait sur chaque homme, et je disais en moi-même : « Est-ce celui-ci, ou encore celui-là ? » Mais tu n'étais pas encore là; et la reine nous fit asseoir, et j'attendais, le cœur tremblant d'impatience. Et tu es entré, pareil à Amon au beau visage, si grand et si fort, et tu marchais comme un lion du désert; et mon cœur se mit à battre si vivement que je portai la main à ma poitrine pour le maîtriser. Et je soupirai en disant : « Ah ! Si ce pouvait être lui. C'est le plus beau des hommes. Mais ce ne peut être lui. » Et tu es venu devant la reine, et je crus rejoindre mon âme vivante lorsque je la vis se lever et venir vers nous. Je saisis la fleur abandonnée dans ma main, et je la respirai pour retrouver mon calme, car j'aurais voulu pleurer et crier de joie, car je vis, chose inouïe, que c'était toi, toi que j'aimais à peine t'avais-je vu, que la reine me destinait comme époux. Voilà pourquoi j'ai cru encore mourir lorsque j'ai entendu mon père déclarer qu'il ne me donnerait pas à toi. Mais ma mère est venue me chercher dans le jardin, et elle me dit que nous irions demain à la fête que tu donnais en ta demeure. Et la joie est revenue dans mon cœur. Et maintenant, elle éclate comme le fruit du grenadier, car j'ai vu que je suis aimée de celui que j'aime.

Les paroles de Reshot avaient pénétré délicieusement dans mon âme comme un vin parfumé; et je baisai sa main enfermée dans mes mains comme un oiseau dans un filet; et je lui dis :

— Tu es aimée comme nulle femme n'a jamais été aimée. Je t'appartiens comme la douceur appartient au miel, comme le parfum appartient à la myrrhe; et seule ta vue peut guérir mon âme de la fièvre qui la consume lorsqu'elle est loin de toi.

Le silence est descendu entre nous, et j'avais posé ma tête sur ses genoux et nous écoutions le chant des insectes, et la brise du nord frissonnait dans les feuillages. Un bruit près du lac fit tressaillir Reshot. Elle craignait que quelqu'un ne vînt. C'était un flamant qui rentrait dans l'eau.

— Revenons parmi les autres, dit-elle, car tu es le maître de maison, et on va remarquer notre absence. Il ne faudrait pas qu'on pût penser mal de nous.

Nous nous sommes levés, et nous avons marché, la main dans la main. Jamais la nuit ne m'avait paru si claire et si pleine de parfums. Jamais le vent du nord n'avait semblé si doux sur mon visage. J'aurais voulu que cet instant s'étirât jusqu'à devenir éternel.

Dans les allées obscures, nous avons croisé d'autres couples d'amoureux, et de tendres chansons s'élevaient des buissons. Ah, si la nuit nous avait appartenu ! Mais je devais ramener Reshot auprès de sa mère.

## XIII

## LA GRANDE CHASSE

Pendant ces trois jours qui suivirent cette belle fête, je ne vécus plus que pour la grande chasse qui me permettrait de revoir Reshot. Ramsès avait fait préparer les cages et les chariots qui devaient nous accompagner. D'autres chariots portaient en abondance de l'eau et des boissons, de la nourriture et des tentes, car il voulait que nos belles invitées n'eussent pas à souffrir de la soif et de la chaleur. Et Ramsès avait dressé la liste des invités; et il y avait Reshot, sa mère et son père, le directeur des troupeaux d'Amon et Shemaït, car je voulais qu'elle pût admirer les exploits de Kashta, plusieurs hauts personnages et leurs femmes, leurs fils et leurs filles, Sethnakht et la reine Taousret. On avait pensé que le roi viendrait, mais la dure maladie le tenait encore sur sa couche.

Et tandis qu'avec Ramsès nous organisions la chasse, il vivait dans mon palais, et il me dit :

— Merirê, notre belle fête a été une chose merveilleuse que les gens de Thèbes ne sont pas près d'oublier.

— Sans doute, elle a été très belle; et moi non plus je ne l'oublierai pas, puisque je sais maintenant que Reshot m'aime.

— Merirê, mon frère, nul ne peut plus douter que les dieux t'aiment, et qu'ils veulent te combler de leurs bienfaits. Et cette fête aura été marquée par leur sceau. Dans ce même soir, tu as conquis ta bien-aimée et tu as reçu le gage qui n'a trompé personne : tout le monde a compris la pensée du roi et de la reine Taousret lorsqu'elle t'a remis ce beau collier royal qui orne ta poitrine; et nul à Thèbes n'gnore maintenant que Merirê est le futur roi d'Égyte, car jamais Ramsès Siptah n'aura de progéniture.

— Sans doute, Ramsès, c'est moi qui semble avoir été choisi; mais lorsque je serai sur le trône des Deux Terres, en vérité, tu comprendras pourquoi j'ai été désigné par la reine Taousret. Et tu sais déjà que si Merirê est le maître de l'Égypte, son frère Ramsès sera tout aussi respecté. Et devant les dieux et Amon, qui règne sur l'univers, je déclare ceci : lorsque je serai le souverain des Deux Terres, rarement on verra Merirê sur son trône. Il sera à la tête de ses armées; et le vil Asiatique et le vaincu de Nubie devront se terrer dans les trous du désert et derrière les murs de leurs cités. Et ce sera mon frère Ramsès qui gouvernera l'Égypte, car, lorsque je rentrerai de mes campagnes, ce sera pour aller reposer mon corps entre les bras de celle qui garda mon cœur.

— Merirê, mon frère, ta générosité est grande, et tes paroles flattent mon âme. Mais sache que ce collier, que je me réjouis de voir à ton cou, t'a fait de grands ennemis. Tu les connais sans doute, et je m'attriste en songeant que parmi ces ennemis se range mon propre père, ce Sethnakht qui te doit le souffle de vie, et aux yeux de qui tu devrais être comme un père, puisque tu lui as donné la vie une seconde fois.

— Ramsès, je sais que ce collier me vaut de terribles ennemis, et il a fait de nombreux jaloux. Je n'ignore pas non plus que Sethnakht pensait un jour monter sur le trône des Deux Terres, avant que je ne vinsse, surgissant du désert. Mais quand l'Égypte saura pourquoi j'ai été choisi pour en être le maître, je doute qu'ils osent se lever contre moi.

— Ah ! si tu pouvais parler sans erreur ! soupira Ramsès. Je redoute cependant qu'ils ne se disent pas aussi facilement vaincus.

— Mets ta confiance dans ma parole.

— Merirê, sans doute j'aime l'Égypte moins que toi, mais j'ai aussi pour elle un grand amour dans le cœur et il serait dépecé comme les membres d'Osiris si nous devions voir cette belle terre trempée du sang de ses enfants qui se déchireraient entre eux comme des bêtes sauvages. C'est pourquoi je vais te dire tout ce que je devrais taire; mais si je dois choisir entre toi et la paix ou mon père et la guerre, je préférerais porter aussitôt mon père respecté dans sa demeure d'éternité. Or voici ce qui est dans le cœur de Sethnakht : il s'est d'abord étonné en voyant les faveurs dont a commencé à te combler le roi, ou, pour parler véridiquement, la reine Taousret. De vilains esprits ont insinué que tu es l'aimé de la reine et que là se trouve la raison d'une faveur aussi rapide et aussi exceptionnelle. Mais mon père est plus avisé; et il savait que tu ne pouvais pas flatter ainsi la reine pour parvenir à tes fins. Et, le lendemain de la fête, Rouï est venu le voir. Comme on me suspecte pour l'amitié que j'ai pour toi, on m'a éloigné. Mais tu sais combien je suis indiscret; et je me suis glissé sous la fenêtre de la salle où mon père s'entretenait avec le grand prêtre d'Amon. Comme je m'en doutais, c'est de toi qu'il était question. Ils cherchaient à savoir qui tu es; et Rouï disait : « Mes yeux ne peuvent me tromper; ce Merirê est le même que cet Ikerkor que le roi Ouserkheperourê m'avait ordonné de recevoir parmi les prêtres purs. Pourquoi déjà le roi s'intéressait-il au sort de cet enfant ? C'est ce que mon esprit ne peut comprendre; ni pourquoi il est revenu sous le nom de Merirê ». Mon père a alors déclaré : « Rouï, je sais que Merirê est le même qu'Ikerkor, car il me l'a avoué. Mais voici encore : il n'y a plus de doute dans mon âme; tu n'ignores pas que Merirê se dit le fils de ce Nebkahor que j'ai connu et respecté. Or, quand il me l'a déclaré, je m'en suis étonné car je savais que Nebkahor avait une fille, mais je ne lui connaissais pas de fils. Or nul parmi nous n'ignore que le roi Baenrê avait un fils qui s'appelait Merirê; et que ce fils a été emporté, lors du crime d'Amenmès, on ne sait où, chez un prince du Delta. Écoute : qui parmi les serviteurs du roi pouvait passer pour le plus fidèle et le plus aimé de Sa Majesté, qui, sinon Nebkahor ? Et pourquoi le roi Ouserkheperourê a envoyé des soldats chez Nebkahor, qui ne pouvait lui nuire, sinon pour y tuer le seul vivant qui pouvait présenter un jour un danger pour sa couronne, c'est-à-dire l'héritier légitime du trône ? Et qui protège ce Merirê ? Qui lui a donné la maison de son père le roi, alors qu'il n'était que le prince Mineptah ? Qui a posé sur sa poitrine le collier aux deux déesses ? N'est-ce pas la reine Taousret, c'est-à-dire la propre sœur de Merirê ? » A ces mots, Rouï fut plein d'admiration pour la pénétration de l'esprit de mon père, et moi-même je sentais mon cœur bouleversé par cette découverte. Mais j'étais heureux pour mon frère.

— Ainsi donc, Ramsès, ai-je dit, ce n'est plus la peine de te cacher la vérité, puisque Sethnakht a raisonné juste. Mais veux-tu me révéler ce qu'ils ont dit ensuite ?

Ramsès soupira et parla encore ainsi :

— Ce qu'ils ont convenu tient en peu de paroles. Ils ne voudront pas reconnaître ton autorité; ils savent qu'ils sont assez puissants pour te faire la guerre. S'ils ont laissé Ramsès Siptah monter sur le trône de son père, c'est parce qu'ils ne sont pas sans savoir qu'il ne vivra pas longtemps et qu'il partira vers la montagne d'Occident sans laisser d'héritier pour lui succéder. Ils disaient qu'il suffisait d'avoir un peu de patience, et alors que mon père prétendait que le roi lui avait donné la province de Coptos pour mieux le surveiller; en vérité, c'était pour être lui-même tout près de Thèbes, et s'emparer du trône dès que le roi serait allé devant Amon et Osiris. C'est ce renard de Rouï qui avait conseillé au roi de faire venir Sethnakht plus près de lui; et il laissait croire qu'il était son ennemi, alors qu'un pacte les liait, car Rouï sera alors non seulement le premier Prophète d'Amon, mais aussi le vizir de Sethnakht, si mon père monte sur le trône d'Horus. Voilà, Merirê, ce que je voulais te dire : mais moi je suis ton frère, et je m'incline devant celui qui sera un jour un souverain.

Je serrai Ramsès contre ma poitrine en lui rendant grâce, et je dis :

— Laissons faire les dieux. Ce sont eux qui décideront qui sera roi dans la terre d'Égypte.

Je parlai ainsi car j'étais certain que les intrigues de Rouï et de Sethnakht ne pourraient prévaloir contre moi. Je ne les redoutais pas en tant que prétendants qui auraient eu plus de titres que moi à monter sur le trône; et je les redoutais moins encore dans ce qui concernait la puissance des armes. Mon souci était, dans ce moment, l'organisation de cette chasse où je pourrais voir les yeux de celle que j'aimais.

Or, le jour de la chasse, nos hôtes étaient à mon palais, avant que le soleil ne sortît de l'horizon oriental. Et je vis celle qu'aimait mon âme; et elle vint devant moi, gracieuse comme la gazelle du désert, son visage rayonnant de beauté comme le soleil à son lever. Et ce fut un beau cortège qui s'avança dans le désert pour aller à cette chasse. Les rabatteurs marchaient devant, avec les bonnes meutes de chiens, les chasseurs suivant sur leurs plus beaux chars; les jeunes gens allaient en avant, ou encore ils faisaient courir leurs chevaux le long du cortège pour montrer leur habileté dans le maniement du char, sous les regards des belles spectatrices. Les autres maintenaient leurs chars près des chariots où avaient pris place leurs épouses et leurs filles. Ramsès brillait en entraînant ses chevaux en tête du cortège, pour aller reconnaître la piste; puis il revenait en poussant ses bêtes à grande allure. Et moi, je restai près du chariot où Taousret avait pris place. Et elle avait fait monter Reshot auprès d'elle; et on admirait le grand honneur qu'elle lui faisait là. Mais on disait : « En vérité, n'est-ce pas la future souveraine des Deux Terres qui se tient auprès de la reine ? »

Je retenais mes beaux chevaux fougueux, qui semblaient vouloir m'entraîner loin des yeux de l'aimée, vers qui allaient tous mes regards. Et mon chien Isi, et les plus belles bêtes de la meute suivaient mon char. Elles étaient cinq et obéissaient à ma voix. Et Reshot avait placé sur ses genoux son petit singe, qui était vêtu et paré de bijoux comme un petit enfant. Et elle lui caressait la tête, et je songeais que j'aurais voulu être à la place du singe, qui recevait ses caresses en fermant ses grosses paupières.

Ramsès vint vers nous et il arrêta son char en tirant sur les rênes avec toute sa force; et les chevaux se cabrèrent en hennissant.

— J'ai aperçu une troupe d'antilopes. Voyons les meilleurs d'entre nous.

Il dit, et il fit claquer son fouet en poussant ses chevaux. Et les autres chars partirent à sa suite, chacun excitant ses bêtes, pour arriver le premier à la hauteur du troupeau d'antilopes. Mais moi je les laissais courir, car mon plaisir était de voir

Reshot; et, si je l'avais pu, je me serais assis sur le char auprès d'elle. Et Taousret me dit :

— Comment se fait-il, Merirê, que tu restes là, avec nous, alors que tous les hommes ont poussé leurs chars à la suite du troupeau ?

— Que m'importent quelques antilopes ! répondis-je aussitôt, quand je suis près de ma reine et de ma bien-aimée, les deux plus belles entre les femmes de l'Égypte.

Taousret sourit et dit :

— Ne crains-tu pas qu'on dise : « L'amour amollit le cœur de Merirê; voilà qu'il craint les bêtes du désert, et il ne sait plus faire courir ses chevaux ni bander le bel arc » ?

— Lorsqu'il en sera temps, je saurai montrer qu'il n'en est rien, déclarai-je.

Nous étions arrivés à l'endroit où j'avais décidé qu'on établirait le camp. C'était près d'une mare, et il y avait de maigres pâturages tout autour, où se rassemblaient les bêtes du désert. C'était pourquoi Ramsès avait vu la troupe d'antilopes; et, dans les environs, il y avait d'autres bêtes et de grands lions roux et des taureaux sauvages. Kashta et Antanour étaient les seuls qui eussent un char et qui fussent restés près nous, l'un pour attendre mes ordres, l'autre pour commander la petite troupe qui escortait la reine. Kashta conduisait son char derrière le mien; et cela lui était une raison pour se tenir à la hauteur du char qui portait Shemaït et son époux, qui nous avait suivi pour distraire son cœur au spectacle d'exercices qu'il n'avait jamais été capable d'accomplir. J'appelai Kashta, et je lui ordonnai de faire arrêter notre troupe et de veiller à l'installation du camp.

Tandis qu'on dressait les tentes et les baldaquins, les femmes restaient dans les chariots, où des toiles tendues les protégeaient des ardeurs du soleil. Je descendis de mon char et le laissai entre les mains des écuyers. Je fis apporter des boissons, et je servis à boire à la reine et à Reshot; et, lorsque j'offris la coupe à la bien-aimée, ses doigts effleurèrent ma main, et je fus heureux. Moi-même, je bus de l'eau à l'outre que me tendait un serviteur; et, comme Taousret s'étonnait que je prisse pas de vin, je lui répondis :

— Le vin n'est pas bon pour celui qui veut que sa main reste prompte et sûre.

Les serviteurs avaient développé sur un large espace des tapis épais où on avait disposé de grands coussins et des tables légères. Un vaste dais étendait son ombre sur cette place, où les invités vinrent s'installer autour de la reine. Les musiciennes furent appelées pour distraire les hôtes, en attendant le retour des chasseurs. Les tentes avaient été dressées à l'entour, et on allumait de grands feux pour préparer le repas. Je m'éloignai afin de surveiller l'installation des cages. Quand je revins, je vis que Reshot s'était approchée de mes chevaux, toujours tenus par un écuyer, et elle passait sa main sur leur robe blanche. Quand les chevaux me virent, ils se mirent à piaffer d'impatience, et Reshot recula. Je lui pris la main et la ramenai vers les chevaux.

— Comme ils sont beaux et puissants ! dit-elle.

— Je les ai choisis parmi les chevaux du haras royal, et il devrait longtemps parcourir l'Égypte, celui qui voudrait trouver leur pareil.

— Quand te verrai-je les pousser en avant, du haut de ton char ? Seul d'entre les hommes, tu es resté ici.

— C'était pour être près de toi. Ils sont allés, comme des insensés, fatiguer leurs chevaux; mais ils ne ramèneront que peu de gibier, car leur nombre aura effrayé le troupeau, qui les aura entendus de loin.

Et, comme je parlais ainsi, les chars des chasseurs revinrent, les uns après les autres. Et seul parmi eux Ramsès avait tué deux antilopes, car il était le plus rapide et le meilleur tireur de tous les chasseurs. Ils avaient poursuivi le troupeau, qui s'était enfui à leur approche; mais ils avaient fatigué leurs chevaux sans pouvoir rattraper les bêtes à la course rapide.

Les jeunes gens éprouvaient du dépit en leur cœur, et ils disaient à Ramsès : « Ce n'est pas une bien belle chasse que tu nous as préparée là. » Et Ramsès répondait :

— C'est à votre maladresse qu'il faut faire des reproches. L'art du chasseur est de découvrir le gibier et ensuite de le poursuivre et de l'abattre. Pensiez-vous qu'on allait former un grand parc grillagé et y enfermer des troupeaux d'antilopes et de gazelles pour vous permettre de les massacrer en restant assis sur un siège ?

Il avait été décidé que la chasse s'étendrait sur deux jours, et qu'on passerait une nuit dans le désert. Les jeunes gens et les jeunes filles, qui n'avaient jamais dormi dans le désert, s'en réjouissaient comme d'une chose toute nouvelle. J'avais envoyé des rabatteurs, choisis parmi les guerriers et parmi les Bédouins auxilaires; ils repérèrent les troupeaux, et, avec l'aide des meutes de chiens, ils les dirigèrent dans la direction de nos chars. Ainsi, chacun put se vanter d'avoir abattu ses bêtes.

Quand le soleil descendit sur l'horizon occidental, on rentra au camp, où les valets ramenaient les bêtes qui gisaient dans le désert. De grands feux furent allumés. Mon cœur était heureux, car je voyais Reshot. Elle était agenouillée entre Taousret et sa mère; et j'avais pris place face à elle. Et les jeunes femmes chantaient en frappant dans leurs mains, tandis que les musiciennes faisaient une belle musique. Et les jeunes gens n'écoutaient pas la musique ni les chants, mais ils parlaient de leurs exploits, et ils se disputaient pour savoir quelle flèche, de la leur ou de celle d'un autre, avait abattu tel ou tel animal. Près de moi se tenaient Ramsès, son père et Reshoutamon. Et les deux aînés mettaient en avant leur expérience et leurs exploits anciens, Et moi, je me taisais, car je regardais Reshot. Et j'aurais voulu rester seul avec elle, mais je ne savais comment faire. Mais Ramsès avait eu la même pensée que moi, et son esprit était ingénieux.

Lorsque tout le monde eut bien bu et mangé, il parla ainsi :

— Une nuit dans le désert n'est pas une nuit de fête dans nos jardins parfumés. Si c'est pour écouter des musiciennes et des chanteuses, il n'est pas besoin d'aller là où nous sommes. Voici ce que je propose : lorsque la lune monte dans le ciel comme ce soir, que les bêtes vont boire dans les trous d'eau, si vous savez vous cacher en restant dans le vent, vous verrez venir toutes les bêtes du désert pour se désaltérer; et peut-être apercevrez-vous alors des lions en liberté, qui vont chasser à la faveur de la nuit. Ainsi, ceux dont le cœur est fort n'ont qu'à venir avec moi; et ils auront un spectacle comme jamais ils n'en trouveront dans nos villes.

Les jeunes gens, huit en tout, se levèrent, prêts à suivre Ramsès; et les aînés restèrent assis, disant que ces plaisirs n'étaient plus de leur âge. Et Ramsès reprit :

— Sans doute, ce sont des spectacles pour des cœurs jeunes et ardents, mais n'en privez pas vos filles ni vos épouses, et permettez-leur de nous accompagner si elles en ont le désir.

Reshoutamon le regarda, et dit :

— Ramsès, il me semble que c'est là un plaisir trop dangereux pour qu'on puisse y laisser aller des femmes.

— Reshoutamon, dit Taousret, ton âme est trop prudente; et trop de prudence rend la vie comme un plat sans sel. Si je n'étais la reine, je serais la première à vouloir assister à un spectacle qu'il ne nous est pas donné tous les jours d'admirer. Et sans doute Merirê accompagnera nos jeunes gens avec Kashta, et que pourraient-ils craindre avec de tels défenseurs ? Vois, près de moi ta fille Reshot est pleine de désir d'aller avec les jeunes gens. Et tu ne voudrais pas lui causer quelque chagrin ?

Je vis briller les yeux de Reshoutamon, mais il baissa les paupières et inclina la tête. Et il dit :

— Si telle est la volonté de ma reine.

— Telle est ma volonté, Reshoutamon.

La voix de Taousret s'était faite impérieuse; et chacun disait en son cœur : « Seul une grande reine, qui a dans ses veines le sang de Rê et d'Amon, peut s'exprimer avec tant de grâce et d'autorité. »

La reine, ma sœur, tendit vers moi sa main et dit :

— Merirê, je te confie Reshot; et je sais qu'il ne lui arrivera rien.

Je m'étais levé, et je m'inclinai pour répondre :

— Ma reine, que tous les lions du désert se lèvent et viennent vers nous, ils ne pourraient faire la moindre égratignure à celle qui est l'aimée de mon cœur.

Je vins devant Reshot, et je lui offris ma main. De jeunes femmes demandèrent à venir, et Shemaït se leva aussi. Or, pour se rendre à proximité du point d'eau choisi, nous devions prendre nos chars; et il fut décidé que chaque chasseur aurait la douce charge d'une compagne, car, en vérité, chacun des huit jeunes gens avait une aimée parmi les jeunes filles qui s'étaient levées. Et ainsi, chacun fut satisfait. Et je vis que Ramsès n'avait pas voulu emmener Shemaït, mais la fille d'un de nos hôtes. Et je dis à Kashta d'emmener Shemaït sur son char. Une dizaine de guerriers nous accompagnèrent avec leurs chars, afin de garder les chevaux assez loin des points d'eau, pour qu'ils ne puissent être entendus des bêtes qui venaient s'y désaltérer.

Reshot monta dans le char, devant moi; et je lui fis une douce prison de mes deux bras. Je poussai les chevaux à un bon pas, mais pas trop vite, pour que le char ne fût pas secoué. Et Reshot s'écria :

— Par la Dorée, qui favorise nos amours, comme je suis heureuse, ce soir !

Je sentais son parfum qui pénétrait en moi comme son âme vivante, et je lui dis :

— Comme il est doux de sentir contre moi le corps de mon aimée ! Je voudrais sur ce char t'emporter au fond du désert pour y cacher notre amour aux yeux des jaloux.

— Ah ! que vienne le jour où tu m'emmèneras dans ta demeure; alors tu me conduiras dans le désert, et nul n'y trouvera à redire. Mais réjouissons-nous, car nous sommes l'un près de l'autre, et faisons comme si cette nuit ne devait jamais avoir de fin.

Je maintenais mon char en tête des autres; et c'était une chose merveilleuse que, par cette nuit dans ce désert, ces chars de guerre fussent transformés en véhicules d'amour. Et Reshot disait encore :

— O mon aimé ! Le plus beau des hommes, comme j'ai été fière en ce jour, quand je te regardais sur ton char, pareil au dieu de la guerre. Mon cœur se réjouissait. Et j'avais le désir de dire : « Voyez ce grand chasseur, ce fort guerrier, le plus beau et le plus fort parmi les hommes, c'est celui que mon cœur aime. Il veut que j'entre dans sa maison pour devenir la maîtresse de son âme vivante et de ses biens. ». Ah ! comme je plains les autres femmes de ne pouvoir avoir un bien-aimé comme toi !

J'arrêtai le char à l'abri d'une hauteur, et les autres chars vinrent se placer près du mien. J'aidai Reshot à en descendre, et je saisis mon arc et mes flèches et un javelot.

Cette mare nous était familière. J'y étais souvent venu avec

Ramsès pour y prendre des lions, car en ces endroits on est assuré d'en rencontrer un chaque nuit, qui y vient guetter une proie. Lorsqu'il s'est emparé d'une bête et qu'il est à bout de son festin, il est aisé de l'approcher et de le saisir à la corde et au filet. Nous nous placions à l'affût derrière des rochers situés sur une hauteur d'où l'on découvrait la mare éclairée par la lune. C'est là que nous nous sommes installés. Et il y avait, au milieu des rochers, des lits de sable. Et nous nous sommes jetés là, sur le ventre. Et il avait été ordonné que toute parole fût dite à voix basse et que personne ne fît de bruit, afin de ne pas effrayer les bêtes.

Mes yeux ne songeaient pas à se tourner vers la mare, mais ils regardaient Reshot, qui s'était couchée auprès de moi. J'avais posé mes armes près de ma main, et mes bras enlacèrent mon aimée, et je baisai son visage. Ses yeux étaient brillants et je sentais me quitter mon âme vivante, tant était délicieux le contact de son corps contre ma poitrine.

Et je disais :

— Comme tu es belle, ô mon aimée ! Tu es pareille à celle qui est Unique. La grâce est dans ton visage, et ta chevelure est du sombre lapis. Tes yeux ont pris leur éclat aux rayons du soleil; et ta poitrine est lumineuse comme la lune dans le ciel.

— O toi, le plus beau des hommes, comme la caresse de ta main est douce sur ma peau. Tes baisers pénètrent ma chair comme le parfum de l'encens, comme un vin délicieux.

Et je disais encore :

— Ta peau est comme l'or de Nubie, et ton corps est élancé comme le fût lisse du palmier. Tes seins sont, sous mes lèvres, doux comme le fruit du figuier. Tes reins ont la souplesse de la tige du papyrus; et tes hanches sont minces et douces sous ma main.

— Mon cœur est à toi; et il fait ce que veut ton désir. Comme il est doux d'être couchée dans tes bras et de sentir ton souffle sur mon visage ! Mon désir sort de mon corps comme un parfum. Il est le fard de mes yeux. O toi qui es l'époux de mon cœur, serre-moi contre toi pour que je connaisse ton amour.

Nos membres s'enlaçaient comme nos âmes vivantes. Et nos corps connurent l'amour qui était dans nos cœurs.

Un rugissement fit dresser nos têtes, et nous vîmes un lion qui courait sous la lune, et, dans un bond, retombait sur les reins d'un oryx malheureux. La troupe, qui était venue boire, avait disparu dans la nuit. Le lion et l'oryx avaient roulé sur la terre dure : seul le lion se redressa et poussa un grand rugissement.

Reshot s'était serrée contre moi, et elle me dit :

— Vas-tu le tuer ?

— Je n'y trouverais aucun agrément. Laissons-le à son festin.

Je parlai ainsi, et je la serrai dans mes bras. Et je ne vivais que pour elle, comme elle ne vivait que pour moi.

Il nous fallut pourtant retourner vers le camp. Et je ne sais si aucun d'entre nous a vu beaucoup de choses de ce qui se passait auprès de la mare. Mais voici : nous étions remontés sur nos chars et nous revenions vers le campement lorsque je vis que Kashta faisait virer son char. Et il poussa ses chevaux à la plus vive allure, entraînant avec lui Shemaït au fond du désert.

Quand nous arrivâmes au camp, les feux s'éteignaient et chacun s'était retiré sous la tente qui lui était destinée. Nos cœurs soupiraient, car je devais me séparer de Reshot, qui m'était comme une épouse très aimée. Je la conduisis au seuil de la tente où dormaient ses parents. Nos mains se séparèrent et mes yeux ne la virent plus. Mais un grand bonheur était dans mon cœur quand il pensait à celle pour qui il vivait. Ma couche était dressée à côté de celle de Ramsès, dans la même tente. Il était étendu, et il dit :

— Ce fut une belle chasse qui nous a été accordée par Sekhmet.

— En vérité, ce fut une bien belle chasse; et c'est à toi que nous devons cela, mon Ramsès. Mais ton bonheur est-il complet ? N'as-tu pas vu Kashta emporter Shemaït dans le désert ?

— Heureux Kashta, dit Ramsès en riant et en frappant sur sa cuisse. Qu'Hathor, la Dorée, favorise son entreprise. Pour moi, cette belle insensible est loin de mon cœur; et c'est la gracieuse Soshen qui tient maintenant mon âme captive comme un oiseau léger dans ses mains parfumées. Tu l'as vue; c'était elle qui était dans mon char; et je n'ai pas trouvé auprès d'elle les froideurs par lesquelles Shemaït a éteint mon amour. Soshen m'aime, et elle m'a donné le gage de son amour : ainsi, vois-tu, ce soir je suis parfaitement heureux. Et si tu veux me donner mon luth, qui est déposé sur cette tablette, je te chanterai un chant qui m'est venu à l'esprit lorsque nous échangions des baisers auprès de la mare.

Je fis passer l'instrument à Ramsès, et il se mit à chanter, et son chant me parut beau, et je frappai dans mes mains en lui donnant des louanges. Ainsi, nous distrayions par des chansons nos âmes qui soupiraient après nos aimées. L'aube blanchissait le ciel vers l'horizon oriental, lorsque nous entendîmes les chevaux du char de Kashta qui rentrait du désert; et un doux sommeil envoyé par les dieux est venu fermer nos paupières.

A peine endormis, nous étions éveillés par les rumeurs du camp. Et la première pensée de Ramsès fut pour le directeur des troupeaux d'Amon. Et il dit :

— J'ai hâte de voir la figure de Minhotep, qui a dû attendre la belle Shemaït pendant toute la nuit.

Je répondis :

— Il ne l'a certes pas attendue, et il a dû s'endormir sans en avoir souci.

J'ai vu Kashta, et il semblait heureux. Et chacun vit aussi qu'il avait une large déchirure au bras. Et Ramsès dit :

— Par Sekhmet, cette Shemaït a dû se changer en lionne pour avoir fait une telle blessure à son amant.

Mais il parlait ainsi pour amuser son auditoire, car c'était bien une griffe de bête sauvage qui avait pareillement entaillé son bras. Et, comme j'interrogeais Kashta, il me répondit sans dissimuler :

— Pendant que nous regardions les bêtes à la mare, Shemaït n'avait pas voulu que je la touche; et j'étais comme un homme pris de boisson, car depuis les heureux jours où, adolescents, nous étions dans l'îlot sur le Nil, jamais elle n'avait été si près de moi. Et je l'ai alors emportée dans mon char pour lui faire ce que je désirais lui faire depuis tant d'années. Elle voulait se défendre, mais que pouvait-elle espérer seule avec moi dans cette solitude ? Elle voulait s'enfuir, et c'était pour moi comme nos jeux quand nous étions enfants. Et voici qu'une lionne à la recherche d'une proie est venue devant nous. Nekhserket avait fui devant moi, et en voyant le monstre elle cria et ses genoux se brisèrent et elle tomba sur le sol. Et la bête bondit sur elle. Mais avant qu'elle ne l'eût atteinte, j'étais là et j'abattais la bête avec mes armes. Je ne sentais pas la blessure que sa griffe avait faite à mon bras dans le combat. Je vins vers Nekhserket, et je vis qu'elle était comme la gazelle qui vient d'échapper à la griffe du lion; son cœur tremblait, et elle était faible comme l'enfant qui vient de naître; et je lui fis ce que depuis si longtemps je voulais lui faire.

— Ainsi, Kashta, lui dis-je, tu es toi aussi un homme heureux. Et c'est un combat merveilleux que tu as mené contre cette lionne. Sans doute, Shemaït a maintenant reconnu ta valeur.

— Elle a bien dû la reconnaître malgré elle, dit Kashta.

Minhotep ne montra pas un visage différent de celui qu'on lui voyait les autres jours; et on ne savait s'il dissimulait sa colère ou si nul soupçon n'était entré dans son cœur.

J'avais déclaré que, dans cette journée, on capturerait les bêtes à la corde et au filet, et qu'on chasserait des lions. Ramsès dit :

— Je propose que nous laissions nos arcs dans leurs gaines, car il est trop aisé de percer de loin des bêtes à coups de flèches. C'est à la lance et face à face qu'il faut marcher contre les lions.

Nul n'osa dire le contraire, mais les paroles de Ramsès brisèrent bien des genoux. Les femmes montèrent sur les chariots pour nous suivre sur le terrain de chasse, et nous nous mîmes en route. Lorsque nous apercevions un troupeau de gazelles ou d'adax, nous lancions nos chars à leur poursuite pour les capturer à la corde. Mais c'est là un art difficile car il faut maintenir les chevaux à la hauteur de la bête et, à cette grande allure, lancer la corde. Si on n'attrape pas l'animal au premier coup, il reste peu d'espoir de s'en emparer, car la crainte lui fait faire un bond de côté, et il change de direction. Les chevaux sont alors lancés à une telle allure qu'il faut les retenir pour les mettre sur la nouvelle piste; mais la bête a trouvé le temps de s'éloigner, et il est difficile de la rattraper. C'est pourquoi peu de nos jeunes gens purent se glorifier d'avoir pris de cette manière une bête vivante.

Nous avons arrêté notre troupe près d'une falaise rocheuse percée de grottes, où vivaient plusieurs familles de lions. Chacun prit deux javelots et les chasseurs se dispersèrent. Je restai en arrière avec Ramsès, car nous voulions honorer nos hôtes et leur laisser l'agrément d'affronter les lions. Sethnakht et Reshoutamon marchaient devant nous. D'énormes rocs tombés du haut de la falaise formaient des gorges étroites où les chasseurs entendaient mutuellement leurs cris sans pouvoir s'apercevoir. Reshoutamon et Sethnakht avaient disparu à nos yeux. Nous entendîmes des rugissements, et Ramsès dit alors :

— Allons en avant car nos chasseurs ont trouvé des lions, et ils sont si maladroits qu'ils pourraient, avec leurs lances, se blesser eux-mêmes sans toucher les bêtes.

Nous avons marché sur les traces de Sethnakht et de Reshoutamon. Or nous vîmes ceci au détour du chemin : Sethnakht avait lancé un javelot contre un lion et il l'avait touché à l'épaule. La bête, qui se trouvait sur une hauteur rocheuse, avait rugi sans bondir et Sethnakht avait lancé son second javelot contre une lionne qui suivait de près. Mais l'arme avait glissé sur son échine, sans même la blesser. Et Sethnakht s'était adossé contre la paroi d'un rocher et ses jambes pliaient sous lui. Et Reshoutamon, dont la peur avait saisi les genoux, avait lancé un javelot au hasard, vers le lion blessé. Dans sa terreur, il jeta son autre javelot à terre et s'enfuit en criant. Et la bête furieuse, en le voyant ainsi s'agiter, s'élança à sa suite.

Ramsès reçut Reshoutamon dans ses bras et lui dit avec un grand rire :

— Où cours-tu donc ainsi, prince puissant, comme si Sekhmet elle-même était sur tes talons ?

En nous voyant, le lion s'était arrêté, et il se secouait pour faire tomber le dard toujours planté dans son épaule. Et Sethnakht, qui restait comme une statue dans la cour d'un temple, s'écria :

— O Ramsès, cesse tes plaisanteries, à cette heure.

Et Ramsès se tourna vers moi :

— Merirê, c'est encore toi qui vas sauver les vies de ces deux imprudents ou préfères-tu laisser à ces bêtes le festin qu'elles espéraient ?

Je pensai en mon âme que Ramsès s'amusait avec trop d'impudence de la peur de son père et de Reshoutamon; mais je n'eus pas le temps d'ouvrir la bouche. Je m'étais avancé, et c'est vers moi que bondit le lion. J'avais saisi ma lance à deux mains, ayant laissé l'autre à terre. Je sautai de côté en poussant l'arme en avant : le lion retomba et il roula dans la poussière. Il eut encore un soupir de vie et il cessa de bouger, car ma lance avait pénétré profondément en plein cœur. A ce spectacle, la lionne s'éloigna, car elle avait des petits à défendre. Mais Ramsès bondit en criant :

— Celle-là, elle est pour moi.

Il avait aussi laissé l'une de ses deux lances, et il disparut à nos regards derrière les amas de rocs, par où s'était enfuie la lionne.

— Mon fils Ramsès est un insensé et il croit toujours que la vie est comme le jeu de dames, dit Sethnakht.

Je repris ma lance, enfoncée dans le flanc du lion.

— Tu dois l'admirer et non lui en faire un reproche, dis-je à Sethnakht.

— Mais toi, Merirê, s'écria Sethnakht, tu ne vas pas à la recherche de Ramsès : rien n'est plus terrible qu'une lionne qui défend ses petits.

— Sethnakht, Ramsès et moi nous aimons et nous estimons réciproquement. Je ne lui ferai pas l'affront de le suivre pour l'aider : ce n'est pas une lionne, serait-elle Sekhmet, qui portera la crainte dans son grand cœur.

— Merirê, mon fils et toi, vous êtes trop sûrs de votre force. C'est là le fait d'insensés; craignez de déplaire aux dieux.

— Ne prends pas tourment de nous, Sethnakht : à Amon et Sekhmet plaisent plus le courage et la force que la peur et la lâcheté.

J'avais parlé ainsi sans vouloir blesser personne. Mais Reshoutamon pensa que mes paroles s'adressaient à lui et il dit :

— Merirê, tu es trop vain de ton courage. Pourquoi insultes-tu ceux que la peur a saisis aux genoux ?

— Reshoutamon, il n'y a pas dans mon cœur le désir de

t'insulter. Je te respecte comme le père de celle qui sera mon épouse et je sais que des guerriers plus jeunes et plus robustes que toi auraient pu prendre la fuite devant ce lion furieux.

Ces paroles firent rentrer au fond de son cœur la colère de Reshoutamon. Ramsès revint, et il n'avait plus sa lance; mais il portait dans chaque main, par la peau de l'échine, deux lionceaux, un mâle et une femelle. Il me regarda joyeux, et dit :

— Merirê, je t'ai rendu ton point. Je l'ai eue aussi, au premier coup de lance, en plein cœur. Mais le bronze aigu est entré par l'épaule et non par le poitrail. Et voici leur belle progéniture. Je vais les élever avec soin dans ma maison et je les dresserai pour effrayer les petits enfants et les gros fonctionnaires.

Et Ramsès ne manqua pas de raconter, de sa voix forte, comment nous avions chacun chassé notre lion, Et je voyais que Reshoutamon était offensé, car Ramsès riait en décrivant la peur de son père et la fuite de Reshoutamon.

Ainsi se termina notre grande chasse dans le désert. Et je suivais le char de Reshot, et je la regardais, afin que mon cœur fût en joie, car sa vue m'était meilleure que le boire et le manger, quand on a soif et quand on a faim. Et mon cœur était joyeux parce qu'elle était près de moi et que j'entendais le son de sa voix, et il était triste parce que je savais qu'elle allait rentrer dans sa maison, avec ses parents, et moi j'allais me retrouver dans mon palais qui, malgré tous les gens qui y vivaient, me semblait vide et sans âme. Et je décidai d'aller prochainement demander à son père qu'il me permît d'emmener Reshot avec moi.

XIV

## LA MAITRESSE DE MES BIENS ET DE MON CŒUR

J'étais dans ma demeure et Thouthenek conduisit Shemaït devant moi. C'était la première fois qu'elle venait ainsi seule me voir dans ma maison.

— Mon coeur est honoré de la visite de ma soeur aimée, lui dis-je.

Nekhserket se mit à rire et elle dit :

— Tu deviens cérémonieux comme un gros fonctionnaire. Autrefois, tu m'aurais dit : « Te voilà donc, petit scorpion ».

— Dans un palais, on ne peut parler comme dans une misérable maison, lui répondis-je.

Je pris un visage amusé, et je demandai encore :

— Tu dois avoir quelque chose de grande importance à me dire, pour venir ainsi devant moi.

— Certes, Merirê. Je veux me plaindre de cette bête féroce de Kashta.

— Dis-moi, vraiment, ne t'aimerait-il plus après avoir comblé ton coeur ?

— Mérirê, ne te moque pas de moi. Kashta m'a humiliée, et il a abusé de sa force pour me prendre ce que je ne voulais pas lui donner.

— Kashta te paraît-il si méprisable, que tu repousses son amour ? lui demandais-je. Combien de femmes voudraient être aimées d'un homme comme lui ! Il est jeune et bien fait, il a de la force et le courage d'un lion, et sans doute il n'occupe pas une médiocre place parmi nous. Je crois ne pas être démenti si je dis qu'il est plus aimable que ton gros hippopotame de Minhotep.

— Il n'a pas de place dans mon coeur et c'est ce qui importe. je te demande de le châtier, car il est ton écuyer.

— Nekhserket, ne laisse pas parler ta langue comme une personne prise de vin. Imagines-tu que moi, qui ai été élevé avec Kashta, qui m'est comme un frère, je veuille le châtier parce qu'il a fait son plaisir auprès de toi, qui es comme ma sœur ?

Nekhserket ne montra pas de colère. Elle prit une fleur dans une coupe et la respira en marchant à pas lents dans la pièce.

— Je pensais, Merirê, que tu n'accéderais pas à ma prière et c'est parce que tu ne m'aimes pas.

— Nekhserket, je t'aime comme sœur, mais je ne trouve pas là une raison pour punir Kashta. Il t'appartient de te plaindre à un juge.

— Tu sais que je ne le ferai pas. Il faudrait que mon époux sût tout ce qui s'est passé et sa vengeance serait terrible.

Je ne pus retenir mon rire et je dis :

— Sans doute, Minhotep ira provoquer Kashta à l'arc ou à la lance.

— Ne ris pas, Merirê. Il est riche et puissant et Rouï sera tout prêt à faire agir le roi.

— Nekhserket, cesse tes enfantillages. Crois-tu que le roi enverrait les gardes shardanes, que commande Antanour, arrêter Kashta dans sa propre maison ?

Elle reprit sa place sur son coussin, et dit en soupirant :

— Merirê, tu es cruel avec moi. Certes, tu ne m'aimes pas. Veux-tu me donner à boire ?

Je remplis une coupe et la lui offrit. Elle la prit et leva vers moi son regard.

— Mon frère aimé, comme tu es devenu beau ! Il est bien loin, le méchant petit garnement qui courait par les rues de Thèbes.

Elle dit. Et un grand soupir souleva sa poitrine.

— Il est vrai, reprit-elle, qu'alors tu ne m'aimais pas plus que tu ne m'aimes maintenant.

Je m'étais assis et je repris mon jonc et mon parchemin sur mes genoux car lorsque Nekhserket était entrée je copiais une sagesse ancienne que je voulais remettre à Reshot afin qu'elle pût lire de belles choses écrites par ma main. Nekhserket me regarda et dit :

— Que vois-je, Merirê, tu écris encore comme un simple scribe ?

— Ne prends pas souci de moi, répliquai-je. J'ai dans ce palais six scribes auxquels je dicte les lettres par lesquelles j'envoie mes ordres. Mais il est des choses dont je ne laisse à personne le soin de les exprimer par des signes bien tracés.

Elle soupira encore et dit :

— Merirê, tu me méprises.

Je levai les yeux vers elle, et je les baissai aussitôt sur mon papier, sans ouvrir la bouche.

— Vois, Merirê, je suis belle cependant.

Je redressai encore la tête, et un grand étonnement était entré dans mon cœur en entendant ses paroles. Elle s'était levée et elle avait repris sa marche en secouant son éventail et elle faisait que sa robe légère, ouverte sur le devant, me laissât voir son corps.

— Kashta pense ainsi et, sans doute, tu es belle. Mais je ne sais pas pourquoi tu me tiens de tels discours.

— Merirê, tu as l'apparence d'un homme, mais ton âme vivante n'a pas grandi avec toi.

Je la regardai encore, en prenant un air étonné. Et elle reprit :

— Merirê, il serait bon que tu prisses une épouse aimante, pour régner dans ta maison.

— Tes paroles sont justes, mais cette pensée m'est aussi venue.

— Personne n'ignore que la reine Taousret veut te faire épouser la petite Reshot; et, en vérité, tu la tenais bien serrée dans tes bras, l'autre nuit, sur ton char. Mais je connais tes sentiments réels; tu les as d'ailleurs déclarés bien haut devant moi : tu n'aimes que tes armes et l'Égypte. Cette Reshot n'est qu'une enfant, et elle ne saurait pas tenir ta maison, si encore son père te la donnait. Et moi, je sais des choses par mon gros époux. Ainsi, écoute : lors de la chasse, tu lui as sauvé la vie, et tu pourrais croire que cette dette envers toi le rendra plus bienveillant; mais c'est une haine plus grande que t'a attirée ton acte et tu aurais agi plus justement en le laissant déchirer par le lion.

— Kashta t'a évité ce destin; tu es cruelle de le désirer pour un autre, ai-je remarqué.

— C'est la tendresse que j'ai pour toi qui conduit ma langue. Sache donc que Minhotep est le conseiller de Rouï, et c'est par le grand prêtre d'Amon qu'il a eu connaissance de la colère de Reshoutamon contre toi, car tu l'as humilié. Il a pardonné à Ramsès, car il s'était mis dans la tête de lui donner sa fille; mais il est ivre de colère contre toi.

— Et que t'a encore appris ta grosse oie d'époux ?

— Je l'ai dit : il veut que Reshot épouse Ramsès et il a assuré que jamais il ne te la donnera. Ainsi, la sagesse est de la laisser à Ramsès, et de te choisir une autre épouse. Ce sera la plus belle vengeance que tu pourras tirer de Reshoutamon, qui est, en secret, flatté lorsqu'il dit en son coeur : Merirê, le favori de la reine Taousret, s'humilie devant moi pour que je lui donne ma fille; mais je lui montre mon mépris en le repoussant comme s'il était un homme de rien.

— Ainsi, dis-moi, en vérité, Nekhserket, qui voudrais-tu que je choisisse pour être la maîtresse de mes biens ?

Elle me regarda et dit :

— Quelle personne parmi les gens qui sont autour de toi te connaît parfaitement ? Qui sait tout ce qu'aime ton âme et réjouit ton coeur ? Avec qui pourras-tu parler du passé avec mélancolie, et évoquer ceux qui ont été comme ton père et ta mère ? Qui saura t'aimer comme il convient que tu le sois ? Et surtout, qui est libre de ses décisions et n'a pas un père pour s'opposer à cette union ? Dis qui est cette femme, et tu auras désigné celle qui devrait devenir la maîtresse de tes biens.

Je ne pus contenir mon rire, et je dis :

— Nekhserket, est-ce bien à toi-même que songe ton coeur en parlant ainsi ?

— Vois-tu une autre personne qui puisse te donner l'amour qui convient à ton âme ?

Je ne lui dis pas qu'il y avait en vérité une autre personne et je parlai ainsi :

— Nekhserket, je te l'ai souvent dit d'une bouche véridique : tu m'es une sœur aimée, même si tu n'es pas ma sœur par le sang. Tu sais aussi, car nul ne l'ignore plus dans Thèbes, et ce collier que je ne quitte pas en est le témoignage, que c'est moi qui, un jour, me lèverai dans Thèbes comme le roi des Deux Terres. Et ceci, jamais tu n'aurais pu le penser, même il y a seulement une année.

J'évitai de la blesser en lui déclarant que c'était cette espérance qui l'avait conduite devant moi; et je parlai encore ainsi :

— Alors, je déclarerai qui tu es en vérité. Et on saluera en toi la sœur de Sa Majesté. Mais sache que c'est une autre qui entrera dans ma maison comme la maîtresse de mes biens, et, si Amon y consent, qui sera la souveraine des Deux Terres. Sans doute désireras-tu alors complaire au roi, qui te comblera de richesses et de faveurs; et pour lui complaire tu accepteras de te séparer de Minhotep et d'épouser Kashta, qui sera le commandant de mes armées, et qu'on saluera comme l'un des plus hauts personnges du royaume.

Nekhserket me regarda avec colère; elle serra sa robe autour d'elle et elle dit :

— Peut-être ne rentrerai-je pas dans ta maison comme la maîtresse de tes biens, mais sache que jamais je n'entrerai dans celle de cet esclave de Kashta.

Elle sortit et je la laissai aller car sa présence ne m'était guère agréable.

Or, ce même jour, je reçus un messager qui m'apporta une terrible nouvelle. J'avais rassemblé dans le port de Sâou quelques beaux vaisseaux que j'avais placés sous le commandement d'un habile homme. Il devait aller vers le nord jusqu'au désert d'Atika, pour rendre à l'exploitation des mines de cuivre et de malachite. Or il avait exécuté mes ordres, et il était parvenu jusqu'aux mines. Mais les Bédouins avaient harcelé la troupe, et il avait dû se replier jusqu'aux vaisseaux, après avoir perdu beaucoup d'hommes Et les bateaux rentraient vers le port de Sâou, lorsque les pirates du Tonoutir, que l'absence de flotte égyptienne sur la mer rendaient pleins d'une audace inouïe, vinrent assaillir nos vaisseaux. Ils en prirent plusieurs et nous tuèrent de nombreux soldats, parmi lesquels se trouvait le commandant de l'expédition. Seuls deux bateaux purent parvenir au port.

Ces événements remplirent mon coeur de la plus violente colère. Je fis préparer mon char, et je me rendis au palais du roi. Dès que je me présentai, je fus reçu par le vizir, qui me conduisit devant le roi. Je racontai ce que je venais d'apprendre et je dis ensuite :

— Que par ma bouche, Ta Majesté ordonne qu'une flotte soit construite à Sâou, et j'en prendrai moi-même le commandement pour aller châtier ces impies du Tonoutir. Et pendant qu'on construira cette flotte, je prendrai une troupe, et j'irai au désert d'Atika pour ouvrir les mines et semer la terreur parmi les vils bédouins, afin que soit respecté le nom de Ta Majesté.

Le roi me donna son sceau pour agir à ma guise. Sans tarder j'ordonnai la construction d'une flotte à Sâou.

Les préparatifs de cette expédition retenaient tout mon temps, et je ne trouvais plus que quelques heures nocturnes pour tracer sur le papyrus, à la lueur de la lampe, les mots par lesquels je disais mon amour à la reine de mon coeur; et au matin un messager emportait la missive pour la remettre entre ses mains. La reine Taousret vint me voir et elle me dit :

— Cette expédition va t'éloigner de la grande ville du sud, mais ce n'est pas un mal car je suis ici pour veiller à tes intérêts. J'ai obtenu du roi une nouvelle mission. Et voici : en allant vers le nord, tu t'arrêteras chez les princes dont tu traverseras les territoires. Tu es chargé par le roi de contrôler leur administration et tu as pouvoir de destituer ceux dont la fidélité peut être douteuse. Agis avec prudence; mais tu pourras discerner tes amis et tes ennemis. Mais ceci n'est rien encore. Le roi veut bien que tu ailles à Byblos et à Simyra, dont les rois sont nos vassaux. Voilà bien des années qu'ils n'envoient plus de tribut; et il serait bon que ces petits princes vissent une armée égyptienne. Et tu exigeras le tribut qui est dû à Sa Majesté et ces roitelets seront devant toi remlplis de crainte. Et ainsi, tu seras connu par les princes d'Asie et ils verront en toi leur futur suzerain. Et, pour ces expéditions, le roi ne te donnera aucun des soldats qui sont dans Thèbes, car la fidélité de ceux-ci m'est assurée. Tu prendras peu de guerriers au départ; et chaque prince devra te donner une troupe prélevée sur sa province; et, ainsi, tu te trouveras à la fin maître d'une forte armée formée au détriment des gouverneurs; et je sais que tu sauras te faire aimer et obéir par les soldats. Quand tu reviendras victorieux, tu ne rendras pas les soldats aux princes, car tu diras qu'il te les faut encore pour rétablir la crainte du roi en Nubie; ainsi, nous trouverons toujours un nouveau prétexte pour que tu conserves dans ta main cette armée qui fera que personne en Égypte ne sera plus puissant que toi.

J'admirai la ruse de la reine, et je hâtai mon départ, qui devait me tenir une bonne année loin de l'Égypte, comme je le croyais dans mon cœur. Mais il s'en attristait, mon cœur, car j'allais aussi m'éloigner de celle qu'il aimait et pour qui il vivait.

Je voulus voir Reshot, mais je ne la trouvai pas dans sa maison de Thèbes. Reshoutamon se plaisait à Thèbes, et on ne le voyait que rarement dans sa province du Crocodile. Et voici qu'il y était allé pour y lever les soldats que le roi lui avait ordonné de m'amener. Ainsi, je dus faire prendre patience à mon cœur, car je ne pouvais m'éloigner de mon palais tant que je n'étais pas prêt. Enfin, je pris mon char et j'allai vers Noubt, la ville de Seth où Reshoutamon avait sa demeure princière. J'avais amené avec moi mon chien Isi, qui courait derrière mon char sans se fatiguer. Reshoutamon m'attendait avec ses officiers pour me présenter la troupe qu'il mettait à ma disposition, selon la volonté du pharaon. Je passai la revue des soldats et je donnai aux officiers l'ordre de se mettre en marche vers Pi-Ramsès, à la frontière asiatique, car c'était dans la ville de Ramsès que j'avais voulu que fussent concentrées les troupes pour marcher vers la Syrie. Reshoutamon me conduisit ensuite dans sa maison et je vis Reshot auprès de sa mère.

Je saluai Sénimout et je me tournai ensuite vers Reshot :

— Pardonne-moi, maîtresse de mon coeur, d'avoir dû négliger les soins de mon amour, mais tu sais les devoirs de mon état, qui ne me rendent digne de toi que parce que je les remplis. Une nouvelle guerre contre le vil Bédouin, et une mission dont me charge le roi, et auprès des princes et auprès des rois asiatiques, vont me tenir malgré moi éloigné de tes yeux. En ce jour, devant Sénimout, ta mère vénérée, et devant Reshoutamon, ton père respecté, je te demande d'entrer dans ma maison comme la maîtresse de mes biens.

Reshot baissa les yeux et dit :

— Il appartient à mon père de répondre, ô Merirê.

Je regardai Reshoutamon, et il dit :

— Certes, Merirê, c'est pour ma maison un grand honneur que de s'unir à la tienne. Mais je ne pense pas que tu veuilles ce jour emmener Reshot dans ta maison, où elle se retrouvera solitaire. Et sait-on ce qui peut arriver ? Alors, je te réponds ceci : obéis aux ordres de Sa Majesté; et quand tu reviendras triomphant à Thèbes, alors tu pourras emmener Reshot dans ta maison.

A ces mots, la colère entra dans mon cœur et je dis :

— Reshoutamon, qu'y a-t-il donc au fond de ton cœur ? Cessons de dissimuler, car je commence à perdre patience. Quel espoir est encore dans ta poitrine ? Penses-tu que je peux succomber au cours de cette guerre ? C'est possible, tous nous nous trouvons dans la main d'Amon-Rê, le maître du monde. Mais alors tu auras fait un calcul malheureux, car ta fille sera libérée envers moi, mais elle restera maîtresse de mes biens, qui ne sont pas méprisables. Et si je reviens victorieux, crois-tu donc que tu pourras encore trouver un prétexte pour me refuser d'emmener Reshot ? Tu sais bien que, cette fois, tu devras t'incliner devant ma volonté. A moins que tu n'espères que, d'ici là, par un coup d'éclat, tu renverses le roi et montes sur le trône d'Horus.

— Merirê, qu'oses-tu prétendre ! s'écria Reshoutamon.

— Laisse-moi continuer de découvrir ton coeur. Reshoutamon, es-tu assez naïf pour croire que Sethnakht te laissera prendre ce trône, qu'il désire comme il désirait une coupe d'eau quand je l'ai trouvé dans le désert, mourant de soif ? Certes, tu espérais qu'un mariage entre Reshot et Ramsès permettrait de parvenir à un accord : tu serais roi et Ramsès te succéderait; mais Ramsès est mon ami, et il ne veut pas de Reshot. Que peux-tu donc espérer ?

Reshoutamon s'était soudain levé de son siège et il s'écria alors :

— Voilà des choses bien nouvelles. Et comment as-tu inventé un si beau conte dans ton cœur ?

Je le regardai et mes yeux étaient si impérieux que le prince retomba sur son siège et secoua son chasse-mouches en poussant des soupirs. Je parlai encore ainsi :

— Reshoutamon, tu sais que ma langue n'est pas mensongère. Tu conduis contre moi une partie de dames où tu es vaincu d'avance. Je vais encore te dire un beau conte que tu ne contrediras pas. Sethnakht s'est allié avec Rouï pour s'emparer du trône d'Égypte; et ils daigneront peut-être s'appuyer sur toi. Or sache-le : ils ne pourront triompher de moi. Ils ne le pourront parce que je ne les crains pas dans la guerre; mais ils ne le pourront pas non plus parce que leur acte sera un crime de lèse-majesté. Et puisque je ne puis faire autrement, je vais te dire pourquoi je porte devant toi et devant le roi ce collier que seuls les rois des Deux Terres ont le droit de porter. Et ceci, Sethnakht l'a appris par la finesse de son esprit, et il l'a fait savoir à Rouï. Reshoutamon, tu ne voulais pas me donner ta fille parce que tu disais que je n'étais pas le fils de Nebkahor et tu pensais que j'étais de trop obscur origine. Or ne t'es-tu pas étonné des faveurs dont m'a comblé la reine Taousret ? Comment croire que cette reine, dont tu as éprouvé la sagacité et la majesté, ait pu me désigner, avec l'agrément du roi, comme son successeur sur le trône d'Égypte ? Ainsi, sache donc que ton cœur t'a pour une fois conseillé judicieusement lorsqu'il a fait dire à ta bouche que je ne suis pas le fils de Nebkahor. Maât en est témoin : je ne suis pas le fils de Nebkahor; et il n'a fait que me recueillir dans sa maison, car je suis le fils du roi Baenrê et le frère de la reine Taousret. Comprends-tu maintenant pourquoi je porte sur ma poitrine les deux déesses, pourquoi la révolte de Sethnakht serait un crime, et pourquoi, enfin, ce sera moi qui monterai bientôt sur le trône d'Horus, dont je suis le seul héritier légitime depuis l'assassinat du roi Baenrê ?

A ces mots, Reshoutamon se leva et s'inclina devant moi, et sa femme et sa fille l'imitèrent. Mais je relevai Reshot et je dis :

— Reshoutamon, il faudra ainsi te contenter d'être le beau-père de Sa Majesté; et cela n'est pas méprisable. En ce jour, j'emmènerai Reshot dans ma maison, afin que chacun sache qu'elle est la maîtresse de mes biens. Et elle pourra revenir auprès de sa mère pour attendre mon retour. Si le roi meurt pendant mon absence, en vérité, je te le dis : Taousret me déclarera roi des Deux Terres, et Reshot sera conduite dans le palais pour voir Horus et Seth, et pour y être vénérée comme la souveraine de l'Égypte.

— Seigneur, soupira Reshoutamon, je m'incline devant ta volonté, et je rends grâce à Amon d'avoir distingué ma fille pour en faire ton épouse royale.

Ce jour même, j'emmenai Reshot de la maison de son père. Un bateau, m'attendait pour me faire traverser le Nil avec mon char; la nuit tombait lorsque j'arrêtai les chevaux dans la cour de mon palais. Je conduisis Reshot au fond de notre chambre aux beaux murs peints.

Le lendemain, on savait dans tout Thèbes que j'avais emmené dans mon palais celle qui allait être la maîtresse de mes biens. Je fis parvenir à Reshoutamon de somptueux cadeaux; et il vint avec Sénimout pour assister à la grande fête que je donnai en l'honneur de mon épouse aimée. Ce fut sans doute une très belle fête, où l'on vit tous les plus hauts personnages du royaume, et le roi lui-même vint m'honorer avec les deux reines; il remit à Reshot en cadeau un diadème d'or digne d'une haute princesse, une merveille de ciselage, qui sortait de l'atelier du plus habile orfèvre de Thèbes. Mais de cette fête, je ne dirai rien de plus car je n'avais d'yeux que pour mon aimée et tout ce qui était pas elle est loin de mon souvenir.

Et seule ma tristesse était aussi grande que mon bonheur, car c'était le lendemain que je devais m'éloigner d'elle en laissant mon cœur entre ses belles mains.

## XV

## LE ROI DES DEUX TERRES

Reshot m'accompagna jusqu'au seuil de la haute demeure. Kashta m'attendait avec quelques officiers de ma troupe, chacun sur son beau char. Mon cœur fut près d'éclater comme le fruit de la grenade lorsque je vis, au détour du chemin, disparaître la large porte du jardin où était celle que j'aimais.

Nos chars furent placés dans les grands bateaux qui nous attendaient à Thèbes, à l'embarcadère royal, car c'était par le Nil que je voulais me rendre à Pi-Ramsès.

Le voyage fut long, car dans chaque province je m'arrêtai plusieurs jours. J'étais reçu par le prince, qui me montrait sa ville et me présentait les grands fonctionnaires qui étaient avec lui. Ils amenaient devant moi les troupes qu'ils avaient rassemblées, et mes officiers les faisaient partir pour Pi-Ramsès. Je distinguais ceux qui m'écoutaient avec respect parce qu'il voyaient en moi le futur roi d'Égypte, et ceux qui se tenaient devant moi avec un visage soumis mais un cœur plein de perfidie. Au cours de ce voyage, je vis quelles étaient la richesse et la pauvreté de l'Égypte. Les princes et les hauts fonctionnaires vivaient dans le luxe et la noblesse; mais autour d'eux le peuple travaillait pour leur seule gloire et leur bien-être. Mais je fermais les yeux et ne fis aucun reproche. Je montrais une âme faible, et je laissais penser que j'étais satisfait. Car je ne voulais pas qu'ils pussent craindre que je fusse un roi au grand cœur qui leur eût repris leurs privilèges et qui eût puni les administrateurs indolents ou sans délicatesse. J'imposai le silence à mon cœur, et j'y enfermai la colère qui le gonflait à la vue de l'iniquité et de l'insolence des grands.

J'avais quitté Thèbes depuis plusieurs mois quand je parvins à Pi-Ramsès. J'y trouvai rassemblée une nombreuse troupe, mais je vis que les hommes étaient mal armés et ignoraient tout de l'art militaire, tandis que les officiers allaient par les rues des villes pour faire briller le luxe de leurs attelages et la beauté de leurs bijoux. Je laissai à Kashta le commandement de cette troupe, et je lui donnai une centaine de nos guerriers pour commencer à instruire ces oies indisciplinées. Je pris avec moi les soldats que j'avais formés pour la guerre du désert, et prélevai un millier d'hommes choisis parmi les meilleurs sur le reste de l'armée. Avec eux, je me mis en route vers les mines du sud, au pays d'Atika. Les Bédouins revinrent contre nous : les insensés pensaient encore pouvoir harceler et détruire ainsi notre troupe. Mais je laissai devant eux mille soldats sans expérience, et, avec mon corps de braves guerriers, je m'enfonçai dans le désert, et je surgis dans le dos des Bédouins; rares furent ceux qui échappèrent à nos lances. Mes éclaireurs ayant découvert leur campement, nous capturâmes leurs familles et leurs troupeaux. Lorsque j'eus ainsi imposé ma loi dans ce désert, je laissai les mille hommes sans expérience pour garder les mines et occuper les postes sur les pistes qui conduisaient au Nil, et je les plaçai entre les mains d'officiers de valeur. Je revins vers Pi-Ramsès, et j'envoyai des ouvriers pour exploiter les mines.

De Pi-Ramsès, je conduisis mes hommes par la route qui borde la mer, vers les villes des Syriens. Gaza était encore aux mains des Égyptiens comme un guetteur en avant d'une armée. Depuis que mon père Baenrê avait porté ses armes en Asie, il y avait vingt années de cela, les Syriens n'avaient plus vu de troupes égyptiennes. Et il n'était pas un seul prince qui se souciât d'envoyer à Thèbes le tribut. Et nul souverain puissant des pays voisins ne s'était levé pour faire craindre son nom aux gens de Syrie. Mon armée était imposante par le nombre de soldats; mais elle était faible par leur ignorance. J'avais rétabli parmi eux une sévère discipline, et les officiers soutenaient les soldats, qui gémissaient comme de petits enfants, à cause des longues marches et des exercices que je leur imposais. Mais devant moi nul n'osait élever la voix; et j'étais toujours là pour diriger les marches et commander les exercices; et je forçais les officiers à marcher à côté de leurs chars, afin de les endurcir; et moi-même je ne montais pas dans mon propre char, afin qu'ils ne disent pas que je leur infligeais de grandes fatigues tandis que je me reposais.

Les princes syriens nous ouvraient les portes de leurs villes, et ils venaient devant moi et ils frappaient leur front contre la terre en disant : « Notre tête est dans ta main; nous sommes l'escabeau sous les pieds de Ta Majesté; nous baisons la poussière sous les sandales du roi. »

Je savais que c'étaient là de viles paroles en horreur à Maât; mais je feignais d'ignorer ce qui était dans leur cœur. J'acceptais les cadeaux qu'ils me remettaient pour le roi, et je montrais une satisfaction que ne partageait pas mon âme. Car, en vérité, l'armée qui suivait mon char était redoutable à ces petits princes. Mais, moi-même, je redoutais de me trouver devant une coalition des Syriens ou devant une armée envoyée par un autre roi puissant. Je savais que les lances et les boucliers de mes oies du Nil n'étaient que des armes de parade, et que, tant que la discipline que je lui imposais n'aurait pas brisé leurs âmes, tant que des exercices quotidiens ne leur auraient pas fait une poitrine d'airain, tant qu'ils craindraient plus la lance de l'ennemi que le fouet de mes officiers et ma massue de général, jusqu'alors ils ne me seraient pas plus utiles pour la guerre qu'une troupe de chèvres ou que les chanteurs du temple d'Amon. C'était pourquoi je me contentais des présents que voulaient bien me faire les princes, et je ne cherchais pas de vaines querelles.

Les seuls ennemis que nous rencontrâmes, ce furent des bandes de pillards khabirou et de petites troupes de ces gens de la mer, qui erraient dans les campagnes syriennes et semaient la terreur de leur nom, en attendant que quelque prince les prît à son service. Contre ces gens-là, je lançai mes chars et quelques soldats que mes fidèles guerriers poussaient, dague dans le dos. C'étaient de petites escarmouches où il n'y avait aucun désastre à redouter, tandis que mes soldats y exerçaient leurs bras; et comme les chars mettaient en fuite ces pillards, et que nos flèches leur apprenaient à respecter le nom du pharaon, cela libéra les campagnes, et mon nom fut béni par les paysans de Kharou.

Ainsi, j'ai traversé toutes les villes populeuses qui sont sur la côte de Syrie, et je parvins à Simyra. C'était la dernière cité que je devais atteindre, selon le désir du roi. Il y avait encore plus au nord Arad et Ougarit, ville prospères, mais mon cœur frémissait d'impatience lorsqu'il pensait à celle qui m'attendait dans mon palais de Thèbes. Je donnai l'ordre du retour. Et mes hommes furent dans la joie, car ils rêvaient, eux aussi, de la terre d'Égypte.

Or, voici : nous étions revenus à Byblos lorsqu'un fin bateau d'Égype entra dans le port, et il était suivi de quatre autres vaisseaux. J'avais établi le camp de mes soldats hors des murs de la ville et ce fut là que courut Ebimoutef, qui commandait les vaisseaux égyptiens. Mais je me trouvais au palais du roi de Byblos, qui m'avait invité avec mes officiers pour une belle fête. On introduisit Ebimoutef en ma présence, car il déclarait qu'il avait ordre de se présenter devant moi dès qu'il m'aurait trouvé, où que je fusse et quelle que fût l'heure. Alors Ebimoutef toucha le sol de son front et s'écria :

— Ebimoutef, envoyé par la reine Taousret, salue Ta Majesté, Merirê Miamon Mineptah, taureau puissant, Horus d'or, souverain de la Haute et la Basse Terre.

A ces paroles, tout le monde se leva et se prosterna devant moi, en saluant le nouveau roi de l'Égypte.

Et je fis relever le messager, et lui donnai un collier d'or, et je lui demandai ce qu'il était advenu dans Thèbes. Et il parla ainsi :

— Le roi Ramsès Siptah est parti vers la montagne de l'occident, où il se trouve devant Osiris et Amon Rê, son père. La reine Taousret a réuni dans le palais tous les grands qui sont dans Thèbes, et, devant tous, elle a fait connaître la mort du roi, et elle a déclaré que le nouveau roi était le prince Merirê car, en vérité, il était le frère de la reine Taousret et le fils du roi Baenrê. Voici les scarabées qu'elle a fait graver pour les envoyer aux princes afin que nul n'ignore qui est le maître de l'Égype. Alors, les gardes étrangers et l'armée qui est dans Thèbes ont acclamé Ta Majesté et les princes se sont inclinés devant ton nom. Et la reine Taousret a fait venir l'épouse royale de Ta Majesté, la belle et très louée Reshot, et elle l'a installée dans la grande maison, comme la souveraine des Deux Terres.

Il poursuivit :

— Et voici encore : la reine, qui gouverne le royaume en l'absence de Ta Majesté, m'a ordonné de prendre cinq vaisseaux les plus rapides parmi les nefs de l'Égypte, et d'aller vers les ports de Syrie pour annoncer à Ta Majesté cette heureuse nouvelle qui réjouit le cœur des dieux, qui remplit d'allégresse la poitrine de tes sujets, et afin que Ta Majesté monte dans ces beaux navires, pour revenir jusqu'à Thèbes et que soit posée sur ton front la double couronne.

Je laissai le roi de Byblos à sa fête, et je retournai vers le camp avec mes officiers. Déjà la renommée, plus prompte que le faucon, avait apporté la grande nouvelle parmi les soldats. Ils étaient tous rassemblés, et lorsque je parus ils se prosternèrent et acclamèrent mon nom. Je réunis mes officiers sous ma tente afin de donner mes ordres. Je fis charger les bateaux avec une partie du tribut et désignai Kashta comme le commandant des armées égyptiennes; je le chargeai de ramener l'armée jusqu'à Thèbes. Et le soleil n'était pas couché sous l'horizon que je montais dans le bateau commandé par Ebimoutef. Le temps était au beau et j'ordonnai qu'on mît à la voile, sans attendre le prochain jour.

Ebimoutef vint vers moi pour me dire que la navigation de nuit était dangereuse le long d'une côte dont on ne connaissait pas les récifs. Je l'approuvai et déclarai que, dans ce cas, on irait vers le large, afin de naviguer directement vers l'Égypte.

On quitta le port de Byblos et la terre disparut dans l'ombre du soir qui envahissait le ciel. La nuit vint, éclairée par la lune, et une bonne brise soufflait du nord. Sur mon instruction. Ebimoutef ordonna qu'on marcherait à la voile, afin que les rameurs pussent prendre du repos, et que les vaisseaux navigueraient de conserve, sans se perdre de vue.

Ma cabine était aménagée vers l'arrière du navire, et je m'y retirai. La nuit était avancée, et je m'étais étendu sur mon lit, sans pouvoir trouver le sommeil. Je trouvai un apaisement en songeant à Reshot, dont l'image précieuse venait me visiter avant que la fatigue ne fermât mes yeux. J'entendais parfois, au-dehors, l'appel des vigies qui, d'un vaisseau à l'autre, s'appelaient dans les hunes Mais un bruit léger, à peine perceptible, effleura mon oreille attentive. Ce bruit se répéta, un froissement qui venait de la pièce voisine, où je recevais les officiers et les scribes. Une lueur pâle pénétrait dans la salle par le rideau tiré devant l'étroite fenêtre. Dans la pénombre, je vis bouger la porte, et une ombre se glissa vers mon lit. Je restai immobile et simulai le sommeil par une respiration régulière. L'ombre était près de moi, et je vis la forme d'un bras se lever et tomber avec force. J'avais bondi comme un léopard de Nubie. Ma main se referma sur un bras qui tenait un poignard. L'arme avait frappé la couche sans m'atteindre, et je roulai sur le sol avec mon agresseur. Je le sentais sans le voir, mais je serrai mes doigts sur son poignet afin d'éloigner de moi le bronze redoutable. L'homme fut sous moi et mon poing tomba sur son visage comme le marteau sur l'enclume. Lorsque je sentis qu'il ne bougeait plus, je saisis le poignard et j'appelai pour qu'on m'apportât de la lumière. Ebimoutef entra, suivi par des soldats qui tenaient des torches A la vue de l'homme étendu sur le sol, ils se prosternèrent, et leurs genoux tremblèrent, car ils redoutèrent ma colère.

— Je croyais, Ebimoutef, que tu avais placé des gardes devant ma porte, lui dis-je.

— Que Ta Majesté me pardonne, dit Ebimoutef, je veillais moi-même à ce qu'ils y soient. Or, quand Ta Majesté a appelé, ils étaient toujours devant la porte. Et maintenant ils sont là, prosternés devant toi. Ordonne leur châtiment. Ils méritent la mort.

— La chose est faite, Ebimoutef. Et je ne condamne pas à mort par plaisir. La punition de ces gardes sera d'être de garde pendant trois heures chaque nuit. Et je ne crois pas qu'ils soient une autre fois aussi peu soucieux de la vie de leur roi. Approche la torche de cet homme.

Ebimoutef éclaira le corps inanimé. C'était un Égyptien, l'un des soldats de l'équipage, à ce que m'apprit Ebimoutef. Il était entré dans la cabine par l'une des fenêtres. Elles étaient étroites, mais l'homme était maigre, et il avait pu s'y glisser comme un serpent. Il bougea, et deux soldats le relevèrent. En voyant son roi devant lui, ses genoux ployèrent et il tomba le front contre le tapis.

— Son crime est horrible et il mérite les pires châtiments, s'écria Ebimoutef.

— Sans-doute, répliquai-je, mais cet homme doit avoir des choses à me dire.

— Alors, que Ta Majesté prenne patience jusqu'à demain. Sur l'un des vaisseaux de notre suite, il y a un homme habile qui saura faire avouer à ce traître tout ce que Ta Majesté désire entendre de sa bouche.

— C'est maintenant que je veux entendre cet homme, répliquai-je. Lâchez-le et laissez-moi seul avec lui.

Ebimoutef s'écria :

— Ta Majesté ne va pas rester seule avec ce criminel !

— Que crains-tu pour moi, Ebimoutef ? Ce ver ne m'a pas fait peur alors qu'il me menaçait d'un poignard et que j'étais désarmé. Crois-tu qu'il puisse être dangereux maintenant ? Laissez-moi seul avec lui, Ma Majesté a parlé.

Les gardes se retirèrent après avoir allumé les lampes. Mon agresseur restait agenouillé sur le sol, sans oser bouger. Je ne l'avait jamais vu. Je dis, tout en marchant dans la pièce :

— Désirer assassiner son souverain, c'est le crime le plus abominable aux yeux d'Amon. Tu ne l'ignores pas !

Il baissa la tête sans répondre.

— Es-tu soldat depuis longtemps ?

Il répondit en levant les yeux vers moi :

— Je sers Ta Majesté, Vie, Santé, Force, depuis vingt ans, Majesté.

— Vingt ans, c'est honorable. Sans doute tu es parti de Thèbes avec ces vaisseaux ?

— Ta Majesté a parlé juste.

— Et pourquoi n'as-tu pas songé à assassiner les rois, mes prédécesseurs, qui, tous, depuis le dieu grand Baenrê, mon père, ont été des usurpateurs ?

Il resta silencieux.

— Que t'a-t-on promis pour m'assassiner ?

Comme il ne répondit pas, j'appelai Ebimoutef et lui dis :

— Apporte devant moi telle et telle chose qui sont dans la cale du vaisseau.

Ebimoutef fit porter par des soldats ce que j'avais demandé : de fins tissus de Tyr et de Sidon, des tapis de Simyra, des objets, des armes et des bijoux en or et en argent, en pierres fines, en ivoire et en bronze incrusté d'or. Je fis déposer cela devant le soldat impie, et je lui dis :

— T'a-t-on promis autant de trésors contre la vie de ton roi ?

Je vis ses yeux briller, mais il ne parla pas. Alors, je dis :

— Je te laisse le choix : si tu me dis qui a armé ton bras pour m'assassiner, tu pourras aller librement, possesseur de ces trésors. Si tu ne veux pas parler, ton corps ira nourrir les poissons de cette mer.

Il me regarda, et demanda :

— Ta Majesté parle-t-elle avec la langue de Maât lorsqu'elle me dit que je pourrai aller librement ?

— Oserais-tu craindre que le roi n'eût pas qu'une parole et que sa bouche pût être mensongère ?

Il tomba, le front contre terre et parla ainsi :

— A Thèbes, je m'étais souvent plaint, dans les tavernes, d'avoir servi tant d'années dans les armées de nos rois, et de me retrouver toujours aussi misérable, sans même un grade dans l'armée; et je disais souvent que j'étais las de la paix qui nous laissait sur nos grabats, rongés par la vermine, tandis qu'une bonne guerre apportait la richesse. Et je disais qu'il valait mieux risquer de perdre le souffle de vie, mais rapporter un butin qui permît de vieillir dans l'aisance que de conserver une vie qu'on traîne misérablement dans les tavernes. Et voici : un jour, un homme vint devant moi un prêtre du temple d'Amon et il me dit : « Veux-tu recevoir de l'or, de quoi vivre riche et heureux jusqu'à la fin de ta vie ? ». Je lui dis que je ne refuserais pas un tel cadeau. Et il me dit de le suivre. Nous sortîmes dans la rue; il faisait nuit. Le prêtre mit un bandeau devant mes yeux, et il me prit par la main, et je marchai longtemps derrière lui, comme un aveugle. Quand il ôta le bandeau je me trouvais dans une belle salle éclairée, et je vis un homme assis sur un siège. Je tombai devant lui, le ventre à terre; il me dit de me lever et il désigna avec sa main un tapis où étaient placés des objets précieux et beaucoup d'or. Il m'affirma que toutes ces choses pourraient m'appartenir. Je lui demandai comment; et il me répondit : « Tu t'enrichiras en faisant une œuvre agréable à Amon, car tu as vu que nous appartenons au Dieu. Voici : tu le sais, le roi vient de rejoindre son âme vivante, et la reine a nommé à sa place...

L'homme se tut soudain.

— Continue, je t'écoute, lui dis-je.

— Que Ta Majesté pardonne les paroles impies qui ont été prononcées par ce prêtre.

— Parle et dis-moi tout ce que tu as entendu.

— Ainsi, il a déclaré que la reine avait nommé un impie et un intrigant qui était parvenu à s'emparer par la magie de l'esprit de la reine, qui croyait voir en lui un frère mort depuis longtemps. Le prêtre me dit alors que je devais débarrasser l'Égypte de cet usurpateur. Je le crus et je lui demandai ce que devais faire. Il me dit que je serais pris parmi les soldats qui allaient embarquer sur des vaisseaux qui devaient aller en Syrie chercher le faux roi. « Il te suffira de te glisser par une fenêtre dans la chambre du roi, lorsque l'occasion s'en présentera, de le frapper avec ton poignard pendant son sommeil, et de repartir sans être vu. » Cela me parut terrible, mais simple. Et je pus prendre une petite partie de l'or, et il promit de me donner le reste quand je reviendrais lui annoncer la mort de Ta Majesté.

Je n'avais pas besoin d'en entendre davantage. Je lui dis :

— Tu monteras demain sur l'un des bateaux de ma suite. Tu seras débarqué avec cet or en arrivant en Égypte; et tu feras savoir à Ma Majesté où tu as installé ta maison afin que je puisse te retrouver si j'avais besoin de toi. Maintenant, retire-toi; mais dis-moi encore, quel est ton nom ?

Son nom était Hézès, et je l'enfermai dans ma poitrine. Le lendemain, on fit passer Hézès dans un autre bateau. Mais voici que la vigie annonça que des voiles venaient de surgir du côté du levant. Nous avons poursuivi notre route, mais on vit que ces vaisseaux, qui étaient sur notre gauche en avant de nous, naviguaient de manière à croiser notre route, Les voiles grandissaient, et bientôt on vit les coques sombres des navires à la haute poupe. Je me tenais à l'avant, près d'Ebimoutef, et de l'officier qui commandait la manœuvre. Il regarda longuement les bateaux; il y en avait dix, qui avançaient rapidement sur les longues vagues. L'officier se tourna vers moi et dit :

— Majesté, on n'en peut plus douter, ces vaisseaux arrivent vers nous, et il me semble que ce sont ces pirates qui viennent de la mer. Ils sont installés sur les côtes d'Alasya et ils s'abritent dans les criques de la côte de Syrie, d'où ils se jettent sur les vaisseaux marchands.

Je le regardai et je dis :

— Comment oseraient-ils nous attaquer ? Ils reconnaissent des navires de guerre égyptiens, et ils savent qu'ils vont courir de grands risques pour un maigre butin.

— Je crains que les agents qu'ils ont dans les ports syriens ne les aient avertis du départ des vaisseaux de Ta Majesté, chargés d'une partie du tribut des princes syriens. Quelle belle prise pour ces impies ! Et si, en outre, ils pouvaient capturer Ta Majesté, quelle rançon n'en pourraient-ils pas tirer !

— Alors, déclarai-je, qu'on se prépare au combat et ces vils serpents connaîtront le poids du bras du roi d'Égypte.

Les trompes sonnèrent le rassemblement des soldats sur tous les vaisseaux; et moi-même j'allai revêtir ma légère armure syrienne. Je pris mon bouclier et me plaçai sur le toit de ma cabine, avec un soldat pour me faire passer mes flèches et mes javelots.

Les vaisseaux des pirates étaient maintenant tout proches. J'avais pensé tout d'abord leur faire front, de manière à présenter notre proue et de naviguer contre eux. Mais Ebimoutef me dit en s'inclinant :

— Majesté, je crains que cette manœuvre ne nous mette en infériorité. Vois, les pirates marchent côte à côte, et leur intention est de prendre chacun de nos vaisseaux entre deux des leurs. En frôlant nos coques, ils lèveront leurs rames et briseront les nôtres, car nos marins sont peu habitués à ces manœuvres. Il n'est pas humiliant de nous éloigner et de leur montrer notre poupe. Ils resteront ainsi plus longtemps à distance, et leurs vaisseaux ne pourront pas naviguer longtemps de conserve.

Je reconnus qu'Ebimoutef avait parlé inspiré par Ptah; et je le laissai ordonner la manœuvre. Les pirates prirent notre suite, et, comme l'avait prévu Ebimoutef, ils se dispersèrent. L'un d'eux, plus rapide, parvint à notre hauteur. Alors, je tendis mon arc et mon premier trait toucha un homme posté à l'avant. Alors, des deux côtés les flèches s'envolèrent, messagères de mort entre les deux vaisseaux. Les nefs des pirates avaient l'avantage du nombre, mais nous les dominions par notre taille, car nos bateaux égyptiens étaient de longues galères de quarante rameurs sur chaque flanc; et il y avait encore vingt hommes, gabiers, timoniers, pilotes de proue, chef de nage et capitaine, et cinquante soldats bien choisis. Or les vaisseaux des pirates étaient plus petits et ne portaient qu'une trentaine de combattants.

A notre hauteur, le pirate plein d'audace jeta les ancres pour attacher son vaisseau au nôtre. Alors je devins comme le lion du désert. Les javelots jaillissaient de mes mains comme les éclairs du dieu de l'orage que j'avais vu chez les gens de Syrie. On coupa les amarres. Le vaisseau ennemi partit à la dérive, chargé de cadavres. Mais deux autres bateaux s'étaient attachés au nôtre. Et, de toutes parts, les pirates sautaient sur notre pont. Je poussai un cri et, comme le dieu de la guerre, j'entraînai mes hommes au combat. Ma hache tournoyait, et les crânes s'ouvraient, et tous ceux qui se trouvaient sous mes pas voyaient la sombre couleur.

L'un des vaisseaux fut repoussé, dépouillé de son équipage. Déjà le feu s'étendait sur l'autre, et je bondissais dans les flammes et dans la fumée; et, entraînés par mon élan, mes guerriers me suivaient comme une troupe de loups se rue sur de vils chiens sauvages.

Nous avons ainsi combattu jusqu'au milieu du jour. Et des vaisseaux des pirates il n'y avait plus que des carcasses que l'incendie achevait de détruire. Mais nous avions perdu quatre de nos vaisseaux, et seul restait mon navire. Nous avons recueilli les survivants égyptiens et ramassé les armes éparses et les pirates qui survivaient, et nous les avons tués à coups de flèches.

Mais les dieux ne voulaient pas que nous parvenions dans la terre d'Osiris : sans doute les pirates s'étaient concertés pour nous détruire, car nous vîmes vers le levant de nouvelles voiles, et d'autres apparurent dans le même temps vers le sud, nous coupant la route de l'Égypte. Nous ne pouvions songer à les combattre avec notre seul vaisseau, et il fallait prendre la fuite vers la haute mer. Notre marche était alourdie par les hommes que nous avions recueillis car il y en avait maintenant près de deux cents sur le bateau.

Il était vain d'espérer que la nuit descendît assez vite pour nous cacher dans son voile sombre. Il fallait alléger le navire, et j'ordonnai qu'on jetât à la mer tout ce qui était inutile. Or on amena tous les trésors amassés dans la cale. Je fis préparer des couffins dans lesquels on entassa ces objets, et je voulus que l'or brillant fût par-dessus; et ces embarcations légères furent descendues dans la mer et abandonnées à la dérive. Ce que j'avais prévu se réalisa : les vils serpents virent flotter les couffins, et ils virent briller l'or dans le soleil; aussitôt, ils s'arrêtèrent pour s'emparer de ces trésors. Et on continuait de retirer de nouveaux objets de la cale, et des vases remplis de vins de Syrie, d'huiles parfumées et de gommes aromatiques. Tout cela fut confié à la mer, et je fis seulement garder le vin pour qu'il fût distribué aux soldats et aux marins qui poussaient la rame. Et un vent se leva qui venait du sud, et les gabiers déployèrent la grande voile, qui soulagea l'effort des rameurs. Le vaisseau allégé bondit sur les flots comme les chevaux qui emportent le char.

Pendant toute la nuit, nous avons navigué, et lorsque revint le jour nous nous sommes retrouvés seuls sur la mer. Il semblait imprudent de reprendre la route du sud, où devaient encore croiser les vaisseaux des pirates. Une grande fatigue s'était abattue sur les épaules de mes hommes qui, depuis plus d'un jour entier, n'avaient cessé de combattre et de ramer. Ils n'étaient plus capables de tenir ni une lance ni la rame; et j'ordonnai qu'on continuât de naviguer à la voile, en direction du couchant, pendant que les guerriers prendraient du repos.

Mais je craignais que les hommes désignés pour veiller à la hune et aux rames de barre ne fussent pris par le sommeil; et je restai à la poupe, afin que nul malheur n'arrivât. Nous avons navigué tout le jour, et la nuit suivante je fis mettre en panne pour aller moi-même goûter au repos.

*Le texte de Merirê est écrit sur des rouleaux de papyrus, comme nous l'avons déjà mentionné. Ici commence un nouveau rouleau dont tout le début a été très abîmé; de manière que, si l'on peut appréhender le sens général du texte, il est impossible de le restituer. D'après ce qu'on peut comprendre, le vaisseau égyptien a été entraîné jusqu'à une île qui semble bien être la Crète, le pays des Keftiou des textes égyptiens. Là, Merirê est reçu selon les lois de l'hospitalité antique, puis il reprend la mer. Mais une violente tempête l'entraîne jusqu'aux extrémités de la Méditerranée et pendant longtemps il erre vers des rivages totalement inconnus. Il est regrettable que soit perdu le détail de ses aventures, au cours desquelles les navigateurs eurent à affronter bien des dangers, à commencer par l'attaque d'un véritable géant armé d'une puissante massue et d'une énorme armure de bronze, guerrier que notre héros ne vainquit pas sans mal et plus grâce à son adresse qu'à sa force.*

*Il semble enfin que le bateau soit revenu vers les régions de la Méditerranée centrale, en l'occurrence dans le sud de la mer Égée. Un grand vent qui se changea bientôt en une tourmente l'entraîna dans ces régions.*

XVI

# CHEZ LES AKHAOUASHA

Pendant la seconde nuit, le vent redoubla de violence, et je sortis sur le pont, pour voir avec mes yeux si nulle catastrophe n'était sur nos têtes. La nuit était sombre comme le fond d'un sanctuaire, et une pluie violente rendait les ténèbres plus opaques encore. J'avançais en titubant comme un homme ivre, quand une lame de mer vint m'envelopper dans son filet. Je fus saisi comme un poisson, je sentis l'eau pénétrer par ma bouche et mes narines, et je tournoyai comme le chaume abandonné dans les champs par un jour de grand vent. Et je sentis que je me trouvais dans la mer, et je criai de toutes les forces de ma poitrine; mais je voyais s'éloigner dans la nuit la masse noire du bateau. Je nageai en criant, mais ma voix était couverte par le bruit de la tempête. Un instant, mon cœur sembla se rompre dans ma poitrine, mais mon âme vivante ne voulait pas quitter mon corps, et elle me rendit une force nouvelle, et je vis dans le ciel obscur le visage de celle que j'aimais.

Je me laissai aller au gré des vagues, sans chercher à nager, afin de ménager mes forces. Le vent diminua de violence, et un jour gris se leva sur la mer, qui ne semblait s'être mise en colère que pour me saisir. Le soleil apparut sur ma droite, et je vis que les vents m'entraînaient vers le nord. Je restai dans la mer comme un poisson pendant tout le jour et la nuit suivante; et une fatigue immense alourdissait mes membres, comme si on avait attaché un poids de bronze à mes épaules et à mes cuisses. Je priai Amon, et je m'indignai en mon cœur que le dieu de iustice, celui vers qui se tournent les visages du pauvre et du prisonnier, le protecteur des faibles, l'époux de la veuve et le père de l'orphelin, puisse laisser périr aussi misérablement son propre fils. Et Amon entendit ma prière, car lorsque le soleil monta sur l'horizon oriental, je vis tout près de moi le rivage d'une île. Je trouvai encore la force de parvenir sur la plage, et je tombai dans le sable tiède.

Combien de temps je dormis ? Je ne sais ! Lorsque je me réveillai, le soleil était haut dans le ciel, et sans doute avais-je sommeillé un jour entier. Je me relevai et je chancelai, car mes membres étaient encore douloureux et la faim et la soif brisaient mon corps. Je vis un creux de rocher rempli d'eau par la dernière pluie, et bus cette eau comme un vin délicieux. Je retrouvai des forces pour me mettre à la recherche de quelques racines, que je dévorai sans retirer la terre qui s'y attachait, et cela me parut aussi bon qu'une oie du Nil préparée par Iamit. Lorsque la faim fut moins violente au creux de ma poitrine, je me tournai sur moi-même et je vis que, si j'avais échappé au sombre trépas, mon âme ne pouvait pas se réjouir. J'avais pour seul vêtement mon pagne de dessous et à mon cou était toujours attaché le beau collier d'or aux deux déesses, qui me révélait combien la condition de l'homme est entre les mains du dieu. Je parcourus alors le domaine qu'Amon avait donné à celui qu'il avait fait roi d'Egypte. L'île était étroite, et en une demi-journée on en avait fait le tour. Elle était couverte d'une maigre végétation, et les arbres les plus hauts atteignaient à peine le double de ma taille. Je vis cependant des lièvres, des bouquetins et des chèvres sauvages et des oiseaux de toutes sortes, et après l'avoir parcourue en tous sens je parvins à découvrir une source qui donnait un mince filet d'eau et formait une mare où venaient se désaltérer les habitants de l'île.

Mon premier soin fut de chercher de belles pierres que je fis éclater en fines lames, et qui me servirent à tailler des troncs de jeunes arbres afin d'en fabriquer des javelots dont la pointe était faite d'un éclat de pierre que je liai à la hampe. Des fibres végétales me servirent à tresser des cordons avec lesquels je fis de grossiers filets pour prendre les oiseaux et des pièges pour capturer les lapins. Avec de petits arbres et des branchages, je préparai un toit pour protéger ma tête. Comme il était long et difficile de faire jaillir du feu par le frottement de bois sec, j'eus soin de conserver des braises sous la cendre. Je m'exerçais à la course en courant après les chèvres sauvages pour les forcer et j'en capturai ainsi un grand nombre, que je plaçai dans un enclos, et dont je bus le lait. D'autres animaux je conservai la peau, que je fis macérer dans la mer, car mon intention était de fabriquer un radeau avec ces peaux cousues et de fins troncs d'arbres, afin de quitter cette île, qui m'était une prison. Je descendis aussi au fond de la mer pour en ramener des coquillages et des poulpes, et, avec mes javelots, j'exerçai mon adresse en tirant les poissons.

Après une année dans cette île oubliée des hommes, je m'étais fabriqué un grand radeau, et je le mis sur l'eau, et je vis qu'il flottait. J'y plaçai des outres que j'avais fabriquées avec des peaux de chèvre, et que j'avais remplies d'eau. J'y entassai aussi des racines et de la viande fumée et des poissons séchés. Mon radeau avait un mât et une voile en peau de bête, et j'avais fabriqué une rame pour le diriger. Je le poussai à l'eau et quittai cette île sans que mon cœur en eût du regret.

Je dus m'abandonner aux vents qui venaient du sud. Je restai cinq jours sur ce radeau, et un matin je découvris une terre toute proche. J'étais engagé dans un golfe profond; je laissais derrière moi une grande île, et une autre île fermait l'horizon sur ma gauche. Le vent de la mer poussait mon embarcation vers le rivage. Il y avait une longue plage de sable dominée par une haute colline, et, sous la colline, un promontoire rocheux s'avançait dans la mer. De longues barques aux pointes relevées étaient tirées sur le sable, d'un côté du promontoire, mais mon radeau arrivait vers l'autre côté, où je voyais de jeunes hommes s'exercer sur la plage. Ils étaient nus et s'entraînaient à lancer le javelot, ou bien ils luttaient entre eux, ou encore ils éprouvaient la rapidité de leurs pieds à la course.

Je portai mes regards vers le promontoire, et je vis que son sommet était couronné de murs puissants faits d'énormes blocs de pierres dégrossies, mais taillés sans régularité. Cette muraille me rappela le mur d'où était sorti le terrible guerrier à la cotte de bronze, à qui j'avais fait voir la sombre couleur. Cependant les jeunes gens que je voyais sur la plage ne me semblaient pas devoir être hostiles.

Quand ils aperçurent mon radeau, ils cessèrent leurs jeux et vinrent vers moi. J'avais sauté dans la mer, et l'eau montait jusqu'à ma poitrine. Lorsque j'eus pris pied sur le sable, ils me saluèrent, et l'un d'eux parla ainsi :

— Que les dieux te protègent, ô étranger. A moins que tu ne sois une divinité de la mer, car on ne voit aucun bateau, si ce n'est ces peaux de bêtes sur lesquelles nul homme n'oserait s'embarquer !

Or je compris ce qu'il disait car il s'exprimait dans une langue voisine de celle des Shardanes, et je sus que c'était celle des Akhaouasha[1], car je me trouvais dans ces Iles qui sont au Milieu de la Mer. Je lui répondis :

— Tu as devant toi un malheureux que les dieux ont pris en haine, car ils me tiennent éloigné de l'Égypte, où j'ai ma demeure.

L'un d'eux, qui avait le cœur plein d'insolence, me regarda et dit :

— Que viens-tu faire parmi nous, marchand d'Égypte ? Remonte sur ta belle nef en peaux de bêtes, et retourne vers ton pays. Ici, on n'aime pas ces vils trafiquants aux mains de femmes, qui vivent de tromperies et enlèvent nos enfants et nos femmes pour les vendre pour leur plaisir.

— Sans doute ton esprit s'égare, et tu confonds les gens d'Égypte et les marins des ports de Syrie, ai-je répondu.

— Ne cherche pas à nous en faire accroire. Vous êtes tous pareils, vous, gens du sud, des esclaves et des lâches au cœur de cerf, qui tremblez à la vue d'une épée.

Je le regardai, la colère dans le cœur, mais je lui répondis d'une bouche pacifique :

— Est-ce une chose louable que d'insulter un homme qu'a abattu le malheur ? Tu es jeune, et ton cœur est plein de fougue, mais je ne suis pas bien plus âgé que toi, et crains que les dieux ne te réservent ton jour d'épreuves.

1. Ces Akhaouasha des textes égyptiens ne sont autres que les Achéens, bien connus par les épopées d'Homère. Les Iles qui sont au Milieu de la Mer désignent pour les Égyptiens la Crète et les îles et les côtes de la mer Égée.

Alors, un des jeunes gens, qui n'avait pas encore ouvert la bouche, saisit le bras de celui qui me cherchait querelle, et il lui dit :

— Malanoupa, tes paroles violentent mon cœur. Ici, cet étranger est mon hôte, et je veux qu'il soit respecté. Pourquoi injurier un homme que les dieux envoient vers nous ? Sans doute en ont-ils le dessein dans l'esprit, et c'est une impiété que de maltraiter celui que leur main a placé parmi nous.

— Meshetour, répondit l'autre, ici tu es maître de choisir tes hôtes, mais je n'aime pas ces marchands étrangers.

Meshetour me regarda et dit :

— Approche, étranger, et que ton cœur soit sans crainte. Tu es ici mon hôte, et nul n'osera t'insulter. Mon nom est Meshetour, et mon père, Ouroupala, règne sur les Danaouna qui habitent cette ville. Elle est petite, mais son cœur est fier, et elle enferme dans ses murs de jeunes guerriers. Son nom est Assana[1]. Suis-moi, je te conduirai devant mon père.

Meshetour avait déposé son javelot, et il vint s'arrêter devant un tas d'habits placé au haut de la plage. Je me réjouissais en mon cœur d'avoir rencontré un jeune homme comme lui. Il était grand, presque autant que moi, et ses cheveux étaient non pas noirs mais clairs, semblables à l'écorce du sycomore, comme je l'avais souvent vu chez les gens de la mer établis dans la Terre Chérie. Son corps était lisse, sans guère de poils, et cela m'a étonné, car les Shardanes ont souvent une toison sur la poitrine. Un bandeau ceignait sa tête et retenait ses cheveux, qui tombaient sur sa nuque et pendaient en tresses épaisses sur ses oreilles. Il revêtit un pagne très différent de ceux que nous portons chez nous : le tissu enserrait le haut des reins puis pendait sous la rondeur de la fesse, qu'il ne dépassait que de peu; un pan étroit passait entre les jambes et remontait sur le ventre pour s'attacher à une épaisse ceinture qui enserrait étroitement la taille; ce vêtement laissait nues les hanches et les aines. Tandis qu'il revêtait ce pagne, il me demanda comment il

1. Il semble bien que cette Assana soit l'Asiné d'Homère, dont on voit les ruines près de Tolon, dans le golfe d'Argos. Les Danaouna ne sont autres que les Danéens des textes grecs, et Ouroupala semble être une transcription égyptienne d'Eurypyle.

se faisait que je parlasse leur langue aussi bien, car les quelques étrangers qu'il avait jamais vus s'exprimaient en un langage rauque comme des cris de bête.

— Viens-tu directement de l'Égypte, ou alors as-tu déjà longtemps vécu parmi les Akhaouasha ? ajouta-t-il.

— J'ai quitté les rives de la Terre Chérie voici deux longues années et depuis j'ai vu bien des mers et des rives étrangères, mais jamais encore je n'ai séjourné chez les Akhaouasha. J'ai appris votre langage avec un homme de vos pays qui est mon ami depuis ma plus tendre enfance, bien qu'il fût en ma demeure comme un serviteur.

Tout en parlant ainsi, j'avais tenu les yeux attachés à mon hôte. Or voici : j'entendis un roulement de sabots de cheval qui s'en venait au galop et qui s'arrêta près de nous en soulevant un tourbillon de poussière que le vent poussa vers nous. Et je vis, chose extraordinaire, une femme montée sur ce cheval Jamais je n'avais supposé qu'on pût monter sur le dos d'une telle bête; et la cavalière n'était pas assise comme le font les femmes de chez nous sur le dos des ânes et des mulets, mais elle avait enfourché sa bête, les jambes de part et d'autre des flancs; la cavalière se tenait sur une sorte de bât en cuir pourvu d'un épais bourrelet devant et derrière, sans doute pour qu'elle ne glisse pas sur le dos de la bête quand elle allait au galop[1]. Mais tout ceci je ne l'ai vu qu'ensuite, car je fus tout d'abord frappé par la beauté de la jeune femme, comme jamais encore je ne l'avais été depuis le jour où j'avais vu Reshot. Mais autant la chevelure de mon épouse était sombre, autant celle de cette femme était claire, de la teinte du cuivre pur du pays d'Atika ou du miel du désert occidental. Un étroit bandeau de cuir lui maintenait les cheveux sur le front et les tempes et elle était uniquement vêtue d'un pagne semblable à celui que venait de mettre Meshetour. D'une main, elle tenait fermement les rênes qu'elle tendait pour

1. Il est surprenant de voir notre auteur s'étonner devant une personne montée à cheval car il semble que cela arriva dans l'armée Égyptienne, si l'on en juge par un modèle réduit de cavalier datant d'une période un peu plus ancienne. Néanmoins, les peuples d'Orient n'utilisaient que la charrerie; la cavalerie n'apparaît qu'au millénaire suivant. D'autre part on a trouvé en Grèce des statuettes schématisées de l'époque qui nous occupe, représentant une femme nue assise sur un cheval pourvu d'une sorte de selle à hauts montants.

retenir le cheval et de l'autre elle serrait deux javelots fins et courts à la pointe aiguë en bronze.

Mais mon hôte semblait étonné par ce que je venais de lui dire.

— Serait-il possible, me demanda-t-il, que des hommes de notre race soient serviteurs dans ton pays ?

— Il y en a beaucoup qui ont été capturés au cours de raids qu'ils avaient menés contre l'Égypte, ai-je assuré en ramenant mon regard vers Meshetour.

— Ce ne peuvent être de vrais guerriers akhaouasha, car jamais ils n'auraient accepté d'être les esclaves de quelqu'un.

La cavalière avait répondu ainsi en redressant la tête et faisant caracoler son cheval qui piaffait, et talonnant ses flancs de ses pieds nus tout en tirant en même temps sur les rênes. Meshetour s'était redressé, et il tourna la tête vers elle; un sourire éclaira son visage. La jeune femme tenait son regard attaché à moi et j'en éprouvais un sentiment étrange car je me sentais comme dominé, et cela ne m'était encore jamais arrivé; elle m'apparut comme Sekhmet, la lionne guerrière.

— Qui est celui-ci ? demanda-t-elle en me désignant du menton.

Malanoupa, qui s'était approché, répondit pour mon hôte :

— Un vil marchand d'Égypte venu par la mer.

— A pied ou à la nage ? demanda-t-elle avec un ton ironique. L'Égypte est alors plus proche que je ne le croyais.

— Elle est bien loin, à des mois de navigation, ai-je assuré, et pourtant je suis bien venu par la mer.

La jeune femme passa une jambe par-dessus le col de sa monture et se laissa glisser sur le sol. Mais je m'étais à nouveau tourné vers Meshetour :

— En vérité, mon ami n'est pas un serviteur mais un soldat, un garde du corps du roi. Car la garde royale est composée de mercenaires recrutés parmi les gens de la mer.

Ce que me répondit Meshetour, je ne pourrais le dire. La jeune femme entraînait son cheval par les rênes; elle s'arrêta devant moi, si près que je sentais la chaleur de son corps, humide de la sueur de sa course et couvert d'un léger voile de poussière.

— Est-il vrai que tu es un Égyptien ? m'a-t-elle demandé.

— Aussi vrai que toi tu es sans doute une Akhaouasha.

Elle me fixa de ses yeux de la couleur du lapis-lazuli et ses lèvres esquissèrent une moue, puis elle se détourna brusquement et marcha d'un pas vif dans le sable brûlant en direction de la mer.

Je suivis Meshetour en silence en direction des hautes murailles de la ville. Avant de perdre de vue la plage au détour du chemin, je me suis retourné : la jeune femme venait d'entrer dans la mer avec son cheval. Meshetour avait sans doute compris mes sentiments.

— C'est ma sœur, Myrina, déclara-t-il.

— Toutes les femmes sont-elles comme elle dans ton pays ? lui ai-je demandé.

Il s'est mis à rire :

— Non, ma sœur est très singulière. Elle est l'aînée de nous trois et je suis le plus jeune

— Qui y a-t-il entre elle et toi ?

— J'ai un plus grand frère, de deux ans mon aîné. Il est parti au loin, par-delà la mer du levant. Il conduit nos guerriers avec bien d'autres chefs des Akhaouasha, dans une guerre contre les Ilіouna[1]. Et nous nous entraînons pour aller ensuite les rejoindre et les aider à prendre cette Ilion dans laquelle s'est enfermé un lâche qui a enlevé l'épouse de l'un de nos plus puissants rois akhaouasha.

Je ne savais encore quelle divinité avait glissé en moi le désir d'entendre parler de Myrina, et ne pus m'empêcher de le ramener à ce sujet :

— Ta sœur semble aussi une guerrière.

— Elle pourrait l'être, comme ces guerrières qui vivent dans les terres du levant, par-delà le pays des Iliouna, et qu'on appelle les Amazones. Ma sœur, elle, aime plutôt les courses dans les forêts sur son cheval; il lui plaît de forcer les bêtes, mais elle ne cherche pas à les tuer, car elle est une fidèle d'Artémis et d'Athéna. Artémis est pour les Akhaouasha une déesse des bêtes fauves et des chasseurs, et Athéna est une maîtresse de la

1. Il semble bien qu'il s'agisse ici de Troie ou Ilion, nommée ensuite.

guerre, comme notre Sekhmet; mais alors que celle-ci se manifeste sous la forme d'une lionne, ces barbares voient leur déesse dans la chouette.

Lorsque Meshetour me parla ainsi, je ne savais rien de ces divinités et je ne comprenais pas pourquoi un chasseur fidèle à cette Artémis ne tuait pas les bêtes. Il m'a alors expliqué que sa sœur se contentait d'attraper les bêtes inoffensives à la corde et en sacrifiait parfois une à sa déesse; elle ne tuait à la lance que les bêtes dangereuses qui dans ce pays sont de gros porcs sauvages couverts de poils drus, et armés de deux énormes dents, tels qu'il n'en existe pas dans la Terre Noire, et qu'on appelle sangliers. Car, s'il plaît à ces déesses qu'on leur sacrifie parfois une des bêtes de la forêt, elles n'aiment pas qu'on les tue pour le plaisir, car ce sont leurs créatures.

J'aurais désiré que Meshetour me parlât encore de sa sœur, mais je ne voulais pas le lui demander. Or il se tut, car nous étions entrés dans les murs de la ville. Les rues étaient étroites et animées, comme dans le quartier du port à Thèbes. On atteignait la haute demeure du roi par une rue roide et tortueuse, si bien qu'aucun char n'aurait pu y parvenir. J'ai alors compris pourquoi ces gens vont de préférence sur le dos des chevaux. Le palais d'Ouroupala était de petite taille, comparé à nos grandes demeures, et il y avait peu de serviteurs et moins encore de gardes. Le roi nous reçut dans une salle assez spacieuse, au centre de laquelle était aménagé un grand foyer circulaire; ce foyer était entouré par quatre épaisses colonnes en bois peint qui soutenaient le toit, ouvert en son centre afin de laisser échapper la fumée quand on fait du feu, pour faire cuire la viande ou pour se chauffer lors des jours froids; par là aussi vient la lumière du jour. Le roi était assis sur un tabouret couvert de peaux de bêtes, un meuble rustique qui ne pouvait soutenir la moindre comparaison avec les sièges en bois précieux, incrustés d'ivoire et de pierres fines, qu'on voit dans nos riches demeures.

Meshetour expliqua à son père qui j'étais et d'où je venais.

— Mon fils, dit le roi, Merirê est ton hôte. Veille à ce qu'il ait tout ce qui lui est nécessaire, car la mer est une servante cruelle. Ce soir, notre hôte nous dira peut-être comment les dieux l'ont conduit jusqu'à nos rivages.

Meshetour me plaça entre les mains de ses serviteurs, et ils me baignèrent et taillèrent mes cheveux et ma barbe, car je ne voulus pas qu'ils me rasassent, mon cœur étant triste loin de la Terre Chérie. Meshetour m'apporta ensuite une courte tunique et des sandales. Je le remerciai, tandis que les serviteurs frottaient mon corps d'huile parfumée. Meshetour vit alors mon collier d'or, qu'il admira, et il dit :

— C'est un bijoux merveilleux qui est sur ta poitrine, et on n'en voit pas d'aussi beaux chez nous. Mais que signifient ce serpent et ce vautour ?

Je ne pouvais lui dire que c'étaient les animaux des deux déesses, maîtresses des couronnes, que seul peut porter le roi de la Haute et de la Basse Égypte. J'étais chez les gens de la mer, et je n'avais pas oublié les paroles que Reoukou m'avait dites dans la vaste Kounoussou. Je voulais dissimuler qui j'étais en vérité. Et je ne pouvais pas non plus donner ce collier à Meshetour, bien que je n'eusse aucun autre cadeau à faire à un hôte aussi généreux. Je lui parlai ainsi :

— Ce sont des animaux symboliques de mon pays. De tous les biens que j'avais, il ne me reste plus que ce collier, qui est pour moi encore un peu de terre d'Égypte. Quand je le sens battre sur ma poitrine, je songe à mon pays, et mon cœur retrouve la force et l'espérance.

Meshetour m'aida à mettre mes vêtements, et il me fit servir à boire et à manger.

Lorsque les ombres du soir s'étendirent sur la ville, Meshetour me ramena devant son père. Le roi était assis au fond de la salle aux quatre colonnes. Près de lui se tenait la reine, son épouse, et je vins les saluer. Je cherchai du regard Myrina parmi les hommes et les femmes qui se trouvaient dans la salle, mais ne la vis pas; j'en ressentis une déception, mais je ne voulais pas laisser mon âme tomber dans ma main. Je pris place sur un siège auprès du roi et Meshetour s'assit à mes côtés.

Des serviteurs avaient apporté des lampes pour éclairer la salle et d'autres entretenaient sur le foyer un grand feu où rôtissaient des bêtes entières. La fumée s'élevait vers l'ouverture du toit mais le nez était incommodé par l'odeur de la graisse brûlée; et de la fumée venait désagréablement me saisir les yeux. Je songeai alors à nos banquets, où seuls les parfums réjouissaient les narines et où les yeux avaient pour spectacle les belles fleurs et les danses gracieuses. Je disais en mon cœur que les Danaouna apparaissaient comme des barbares. Une servante vint nous apporter des coupes de vin, tandis que le roi me demandait si j'étais satisfait de la manière dont son fils m'avait traité. Je lui en rendis grâce et je lui fis des compliments sur son pays et son palais; et je me reprochai au fond de mon cœur de me comporter en courtisan tout en me disant que je devais le faire pour honorer mon hôte.

Et voici qu'entra Malanoupa, et à ses côtés se tenait Myrina. La jeune fille avait revêtu une robe à la manière des femmes des Keftiou, comme en portaient sa mère et les femmes de haute naissance parmi les Akhaouasha et les Danaouna. Alors que chez nous les robes sont amples et de lin à demi transparent, celles des femmes de ce pays sont comme des pagnes superposés qui forment des volants et tombent jusque sur les chevilles, et elles sont taillées dans des étoffes aux vives couleurs; et aussi elles sont serrées sur la taille et pourvues d'une partie haute qui presse le buste et couvre les bras jusqu'au coude; mais elles sont ouvertes sur le devant et laissent la gorge et les seins découverts. Ainsi vêtue, ses cheveux brillant à la lueur des lampes, elle m'apparut plus belle que lorsque je l'avais entrevue dans la journée, mais mon cœur éclata en voyant qu'elle marchait à côté de ce Malanoupa, comme s'il lui était un frère ou un être plus cher encore. Je chassai de mon âme ces sombres pensées et je me dis que cette femme ne m'était rien, et que dans la Terre Chérie mon épouse m'attendait. Or Malanoupa alla s'asseoir parmi des compagnons de son âge et Myrina vint près de son père, et s'inclina en prenant la main qu'il lui tendait et elle la porta contre son front. Lorsqu'elle eut pareillement rendu hommage à sa mère, elle alla s'asseoir auprès de celle-ci sur un siège bas et resta silencieuse. Elle avait tourné son regard vers moi, et malgré la réserve de son attitude dans son vêtement féminin je vis dans son regard un défi qui me laissa comprendre que sa modestie n'était qu'une attitude pour cacher sa nature réelle.

Et voici que Malanoupa leva vers moi une coupe et s'écria avec insolence :

— Égyptien, vas-tu nous donner des nouvelles de ton pays, afin que l'on sache comment chez eux vivent les esclaves ?

J'enfermai dans mon cœur la colère qu'il venait d'y faire renaître, et je lui répondis :

— Je ne te donnerai pas de nouvelles de l'Égypte car il y a longtemps que je l'ai quittée.

— Alors écoute-moi; je vais t'en donner, car j'ai rencontré quelques-uns de ces vils marchands de Syrie, et ils gémissaient comme des esclaves qu'on a battus, parce qu'ils ne peuvent plus aller en Égypte, car ils disent que l'Égypte est comme un troupeau sans pasteur, elle est comme un esclave sans maître. Et les marchands n'osent plus y revenir parce que les voleurs les détroussent, et les soldats les battent. Les princes sont en guerre les uns contre les autres, et nul n'y est en sécurité.

Ces paroles jetèrent un grand trouble dans mon cœur et mon âme fut prête à défaillir comme si j'étais resté plusieurs jours à lutter contre les vagues de la mer. Mais Ouroupala dit à l'insolent :

— Pourquoi, Malanoupa, cherches-tu à blesser notre hôte ? Si ces nouvelles sont vraies, garde-les dans ton cœur, car Merirê a sans doute eu sa part de malheur, et il est cruel de vouloir augmenter sa peine. Et toi, qui ne rêves que combats et pillages, à peine viens-tu de quitter la robe de ta mère, pourquoi railles-tu les princes égyptiens qui se battent entre eux ? Nous-mêmes, ne menons-nous pas une guerre fratricide dans les terres du levant ? Les Iliouna et leurs alliés dardanoui, lukki, pidasa ou kikisha, ne sont-ils pas nos frères de race ? Ce sont bien des guerres entre des princes d'une même nation que mènent nos gens, et dans lesquelles ton cœur brûle de s'engager.

— Ouroupala, tu as parlé avec sagesse, répondit Malanoupa, mais je ne disais cela à notre hôte que pour lui donner des nouvelles de l'Égypte. Et sans doute, il est meilleur pour lui de se trouver ici, parmi nous, que d'être là-bas, au milieu des dangers de la guerre.

Je regardai ce Malanoupa et lui dis :

— Ton cœur est plein de morgue, et tu cherches encore à m'éprouver. Mais je suis ici comme un étranger et je ne répondrai pas à tes provocations.

— Cela est certes meilleur pour toi, répliqua-t-il.

Mes oreilles se fermèrent à ces propos, mais Meshetour intervint :

— Malanoupa, si tu ne fais pas taire ta langue, c'est moi qui prendrai la défense de notre hôte.

Le roi leva le bras pour imposer le silence, et il parla ainsi :

— La fougue de la jeunesse entraîne vos cœurs avec trop de violence. Nous sommes réunis ici, ce soir, pour nous réjouir et non pour nous quereller. Commençons par manger, car la faim est mauvaise conseillère; et nous écouterons ensuite notre hôte nous dire le destin que lui ont réservé les dieux, à moins que son cœur n'éprouve une trop grande douleur dans le souvenir de ses malheurs.

— Certes, seigneur, lui répondis-je, c'est un souvenir cruel à mon cœur que celui des événements qui m'ont jeté sur ce rivage. Mais je vous dirai tout car c'est un enseignement pour chacun de nous que les malheurs qu'un dieu envoie à un homme pour l'éprouver et lui montrer sa puissance et notre faiblesse entre ses mains.

Je parlai ainsi, et me tus. Meshetour se leva et alla couper un beau morceau de viande, qu'il vint placer devant le roi, son père. Mais celui-ci lui dit de me le donner, afin de m'honorer. Meshetour lui obéit d'un cœur joyeux; et il alla chercher un autre beau morceau pour son père; et les serviteurs nous présentèrent les corbeilles remplies de grandes parts de pain. Et chacun se leva pour aller choisir sa propre part de viande.

Lorsqu'on eut mangé et bien bu, le roi se tourna vers moi et dit :

— Maintenant, notre hôte, si ton cœur n'est pas las, et si tu en as le désir, chacun de nous tourne vers toi ses oreilles pour entendre le récit que te dictera ton esprit.

Et voici : comme je ne voulais pas dire qui j'étais, je déclarai que mon père était un noble Égyptien, et qu'on m'avait placé dans un temple pour en servir le dieu. Mais je ne fis pas le récit de ma fuite dans le désert, et me contentai de dire que je retournais dans ma maison, et que par la suite mon père m'avait équipé un vaisseau pour m'envoyer en Syrie, afin de chercher du bois pour construire nos demeures. Je négligeai de parler des pirates thekker, et j'imaginai simplement que la tempête nous avait entraînés vers les mers du couchant. Je fis ensuite le récit véridique de mes aventures jusqu'au moment où j'arrivai dans ce palais. J'avais parlé longtemps, et chacun avait tourné vers moi une oreille attentive. Et ce Malanoupa me chercha encore querelle, car il parla ainsi :

— C'est un bien étrange récit que tu nous as fait là. Mais tu as l'esprit trop fécond en inventions, car il est difficile de croire que ton vaisseau ait parcouru tant de mers. Et il faudrait bien de la naïveté, celle d'un petit enfant, pour accorder quelque crédit à l'histoire de ce guerrier terrible que tu as abattu d'un seul coup de lance. Je ne suis plus un enfant à qui on fait des contes de nourrice. Sais-tu au moins manier une lance ?

Je le regardai et je dis :

— Me chercheras-tu donc toujours querelle ? Tu es libre de croire ce que tu veux dans mon récit, mais peut-être pour toi vaut-il mieux que tu ne cherches pas à savoir si je sais manier une lance.

L'insolent se mit à rire et s'écria :

— Prêtre égyptien, cesse tes vantardises ! Crois-tu qu'un vaillant Akhaouasha pourrait craindre un Égyptien ?

Je bondis de mon siège comme l'aspic qu'on tire de son sommeil; mais le roi Ouroupala leva la main :

— Mon hôte, dit-il, pardonne à ce jeune insolent ses imprudentes paroles, et reprends la place. Et toi, Malanoupa, retourne chez ton père, si tu ne viens dans mon palais que pour injurier mes hôtes.

Malanoupa se leva :

— Quel est ton hôte ? Un de nos Akhaouasha à la belle armure et au cœur fier ? Je ne vois ici qu'un esclave d'Égypte qui fait le commerce du bois et qui n'est habile qu'en vantardises !

Meshetour se leva de son siège, et il regarda Malanoupa :

— Pourquoi parler avec tant de hardiesse ? Sans doute, tu es le plus fort d'entre nous aux exercices sur la plage. Mais t'es-tu mesuré avec quelque ennemi sur le champ des combats ? Et que sais-tu de l'ardeur de notre hôte ? Il n'a rien d'un lâche, et crains qu'il ne te fasse manger la poussière !

Malanoupa avait traversé la salle. Il se tourna vers nous et il dit :

— Je n'ai pas parlé en vain. Qu'il ose demain venir parmi nous, et nous verrons s'il n'est pas lâche, pareil au cerf qui ne connaît que la fuite.

Il sortit et Ouroupala se tourna vers un vieillard qui s'était tenu assis auprès d'une colonne. Il lui demanda de distraire nos cœurs par de belles paroles. Alors le vieillard saisit une cithare et il chanta les exploits des dieux et des héros. Mais, pour moi, je pensais à nouveau à cette Myrina; les paroles insultantes de ce Malanoupa avaient pénétré dans mon cœur et je m'en sentais d'autant plus blessé qu'elles avaient été prononcées devant elle. Et je m'en étonnais car en d'autres temps j'aurais méprisé l'opinion d'une femme. Ainsi avais-je dû faire le plus violent effort pour ne pas le frapper de mon poing, et ceci malgré la présence de mes hôtes, ce qui aurait été une chose en abomination aux dieux. Pendant toute la querelle, le visage de la jeune fille était resté impassible et je ne savais quels sentiments l'agitaient; mais je songeai qu'elle ne pouvait qu'être du parti de ce Malanoupa, et cette idée provoquait en moi à certains moments de la colère et d'autres fois de la tristesse. Ainsi, cette nuit-là, le sommeil mit bien du temps à venir me visiter, car Myrina occupait tout mon esprit.

## XVII

## LA FILLE DES FORÊTS

Le soleil sortait à peine de l'horizon oriental que je vis Meshetour qui passait devant ma chambre. Il me salua, et dit :

— Je me réjouis, mon hôte, de te voir ainsi paraître à mes regards. Mais tu as connu bien des fatigues, et peut-être veux-tu encore reposer sur ta couche ?

— Détrompe-toi, Meshetour, tu me trouves las d'avoir trop pris de repos dans cette île qui m'était une prison.

— Alors peut-être voudras tu rester auprès de mon père, lorsqu'il sera descendu dans la grande salle ?

— Pourquoi, Meshetour ne veux-tu pas que je vienne avec toi ? Je ne suis ton aîné que de peu d'années, quatre ou cinq peut-être : ainsi, ne pourrais-je pas t'accompagner là où tu portes tes pas, car on ne peut encore me placer parmi les vieillards ?

— Mon hôte, répondit-il, mon cœur se réjouit en voyant que de longues et nombreuses années s'écouleront avant qu'on puisse te compter parmi les vieillards. Mais je vais maintenant sur la grève, au bord de la mer, rejoindre mes compagnons pour participer à nos exercices. Sache que, l'an prochain, nous irons retrouver nos aînés qui guerroient de l'autre côté de la mer, vers les terres où se lève le soleil. Il nous faut encore endurcir nos corps, et exercer nos membres avant de goûter à la dure guerre.

— Tu parles avec sagesse, Meshetour, et il est bon de préparer tes membres aux dangers des combats. Accepte que je vienne avec toi assister à vos exercices, car la vue des jeunes gens qui s'exercent à la guerre réjouit grandement mon cœur.

Meshetour soupira, et enfin il osa me découvrir ce qui chagrinait son âme et dit :

— Il y aura parmi nous cet insolent de Malanoupa, et je crains qu'il ne veuille te chercher à nouveau querelle. Son cœur est violent et orgueilleux et sa force est supérieure à celle des garçons de son âge. Il est le meilleur parmi nous et nous nous inclinons devant lui. Il est déjà comme son frère, que tous redoutent parmi les guerriers.

Je demandai à Meshetour :

— Qui est donc ce Malanoupa, pour qu'il soit si vain de sa force ? Est-il un des jeunes guerriers qui vivent au palais de ton père ?

— Son père, Kaper, s'est distingué parmi les Akhaouasha, et il possède un puissant palais près de chez nous. Il a un autre fils, appelé Mashashor, un homme plein de morgue et qui rêve de dominer sur tous les Akhaouasha et les Danaouna. Il est l'aîné de Malanoupa de quelques années, et il doit avoir ton âge. Il est parti avec les autres princes pour aller guerroyer chez les Iliouna; et, bien qu'il n'ait amené avec lui que peu de guerriers et quelques vaisseaux, toute sa chair n'est que combat, et même nos princes les plus puissants n'osent le contredire. Avec deux ou trois autres, c'est lui, en vérité, qui dirige la guerre, et il veut se tailler un royaume dans les terres qui sont au levant. Son frère, Malanoupa, est un autre jeune loup, et il est parmi nous envoyé par son père, car il n'y a pas là-bas d'autres jeunes gens avec qui s'exercer.

Je regardai Meshetour, et je lui dis :

— Laisse-moi t'accompagner, et n'aie aucune crainte pour ton hôte.

Un serviteur vint apporter des olives, des oignons et des galettes, avec une cruche de vin. Meshetour s'était assis auprès de moi sur le lit pour partager ce léger repas. Je m'en réjouissais, car plus encore qu'hier j'avais envie qu'il me parlât de sa sœur. Afin de l'y inviter, je revins à ce qu'il me disait la veille et lui fis part de l'étonnement que j'en avais ressenti.

— Dis-moi, Meshetour, j'ai vu que vous tous, jeunes gens de

ce pays, n'avez qu'un désir, vous préparer pour aller faire la guerre à ces Iliouna. Les dieux auraient-ils inspiré un pareil désir à ta sœur pour qu'elle se comporte comme un garçon, puisque tu m'as dit que ce n'est pas particulièrement la coutume des filles de s'exercer ainsi dans vos pays, pas plus que ce n'est l'usage chez nous en Égypte ?

Meshetour me regarda et déclara :

— Myrina est sans doute protégée par quelque dieu ou plutôt par la déesse Artémis. Lorsqu'elle naquit, selon un usage courant chez nous, mon père, qui ne voulait pas avoir de fille, ou en tout cas qui désirait avant tout des garçons, décida de l'exposer. Ainsi la confia-t-il à l'un de ses écuyers, et il lui ordonna d'aller la déposer non pas dans les collines du pays environnant, où vivent de nombreux bergers qui ne pouvaient manquer de la trouver bien vite, mais dans les montagnes sauvages qui sont au couchant. Cette région s'appelle l'Arcadie; elle est remplie de vallées profondes ruisselantes d'eau, habitées par toutes sortes de bêtes sauvages et même féroces comme les sangliers et les loups. Les Arcadiens sont aussi farouches que les bêtes et la plupart d'entre eux vivent de la chasse et du pillage des villages d'agriculteurs qui environnent ces montagnes. Ainsi, se dit mon père, ni l'enfant survit, ce ne pourra être que par la plus expresse volonté des dieux. Et, toujours selon la coutume, il lui donna pour seul héritage une fine chaîne de bronze qu'il passa à son cou et qui supportait une plaque de cuivre sur laquelle était gravé son nom. Or, visiblement, les dieux l'ont protégée car on dit qu'elle a d'abord sucé le lait d'une ourse avant que des chasseurs ne la recueillent. Je ne pourrais te donner de détails car je ne fais que te rapporter ce que j'ai su de la bouche de Myrina elle-même; or elle n'aime guère parler, surtout d'elle-même. Ainsi grandit-elle parmi ces hommes sauvages. Car ces chasseurs vivent sans femmes; leur troupe se perpétue à l'aide de brigands qui se réfugient dans ces montagnes, d'enfants mâles qu'ils enlèvent dans les villages, et de tous ceux qui viennent vers eux pour mener une vie que, paraît-il, ils disent libre, bien qu'ils soient les esclaves de leurs besoins, de la température et des animaux dont ils se nourrissent. Il est aussi rapporté que ces hommes s'unissent entre eux ou encore ils prennent leur plaisir par la violence avec les femmes des villageois ou celles qu'ils peuvent capturer, de passage dans les montagnes.

— Et Myrina n'aurait pas eu à souffrir les violences de ces barbares ? ai-je alors demandé.

— Point dans son enfance, car elle a été recueillie par un chasseur d'une grande force qui imposait sa loi aux autres et l'a regardée comme sa fille. C'est en sa compagnie que Myrina a appris à chasser à l'arc et au javelot, et elle a partagé la vie de ces hommes. Pendant la saison froide ils dorment dans des grottes ou des cabanes et s'enveloppent de peaux de bêtes; car l'hiver est assez froid dans ces montagnes, contrairement à nos rivages où la température est toujours assez douce. L'été, ils vivent dehors et restent souvent sans vêtements. Il se nourrissent du produit de leur chasse et encore de glands et d'autres racines. Ils échangent aussi le produit de leur chasse contre du blé, des légumes et des fruits. Quant aux armes, ils les fabriquent eux-mêmes et remplacent le métal par des pierres qu'ils taillent, mais nombre d'entre eux sont pourvus d'armes de bronze qu'ils ont obtenues par échange ou par vol.

Il poursuivit :

— C'est donc parmi ces chasseurs qu'a vécu Myrina pendant quatorze ans. Mais entre-temps son père adoptif mourut et quelques hommes voulurent la prendre pour compagne. Mais elle les repoussait et ils la respectaient, car elle était des leurs, et ils savaient aussi qu'elle était capable de se défendre. Mais un jour un homme venu d'ailleurs a tenté de la violer. Il s'était intégré aux chasseurs, ayant fui son pays, et il était parvenu à prendre sur ses nouveaux compagnons un tel ascendant qu'ils en avaient fait leur chef, comme l'avait été le père adoptif de Myrina. Ainsi, lorsqu'il voulut prendre ma sœur, non seulement nul ne s'y opposa, mais beaucoup furent heureux de voir qu'un homme allait oser imposer son joug à une fille si fière, qui avait par ses dédains indisposé plus d'un envers elle. Mais ce sauvage ne connaissait pas Myrina; il ne savait pas qu'elle était l'une des plus rapides coureuses parmi les chasseurs et qu'entre ses mains le javelot est aussi précis que la flèche. Il avait voulu la prendre par surprise, mais elle sut se dégager et prit la fuite; il courut après elle, mais en vain; elle le tint à distance selon son plaisir et le fatigua jusqu'au moment où elle revint jusqu'à la cabane qu'elle habitait. Là elle s'empara de son javelot et lorsque l'homme vint à elle, les membres las, elle n'hésita pas à le frapper en plein cœur en invoquant Artémis, protectrice des vierges.

Pour moi, j'admirai comment Myrina avait su châtier cet homme, mais je songeais qu'il ne devait pas être facile de séduire une fille aussi farouche et vindicative, car si l'homme avait eu des désirs coupables, bien que compréhensibles, il n'avait pu réaliser son forfait. J'en fis la remarque à Meshetour qui me répondit :

— Myrina m'a assuré qu'à ses yeux il suffisait qu'il ait pensé à abuser d'elle pour mériter la mort. « Car, a-t-elle dit, si j'avais été une femme comme les autres, il se serait prévalu de sa force et m'aurait imposé son joug par la violence. » Et elle a ajouté qu'il fallait aussi qu'il fût un exemple pour tous ceux qui pourraient encore songer à la dominer. Mais depuis la mort de son père adoptif Myrina éprouvait le besoin d'aller au-delà de ces montagnes, et après qu'elle eut tué cet homme, les chasseurs l'évitaient comme si elle était entachée de cette souillure, bien qu'elle eût été dans son droit. Elle a alors pensé à aller se purifier dans le temenos d'Artémis, qui se trouve au sud de l'Arcadie, et ce lui fut une raison pour quitter ses anciens compagnons. Elle alla ainsi sacrifier à la déesse et elle est demeurée auprès du sanctuaire, avec les jeunes filles qui lui sont attachées, sous l'autorité d'une prêtresse. Elle y a vécu près d'un an et c'est là qu'elle a perdu une partie des mœurs sauvages qui étaient jusqu'alors les siennes. Elle a aussi appris à servir les dieux, et en particulier Artémis, Athéna et le dieu des extases et de l'ivresse mystique, Dionysos. Cependant elle continuait d'aller dans la montagne où elle entraînait ses compagnes, et ceci jusqu'au jour où mon père la retrouva.

— Oui, comment ton père a-t-il pu la retrouver après tant d'années et dans un pays si lointain ? ai-je demandé.

— Voici : mon père s'est un jour rendu à Sparte, où règne Menirou. Sparte est une de nos plus puissantes cité, au sud d'ici. Mon père y rendit visite au roi, qui est maintenant sous les murs de la cité des Iliouna qu'il assiège avec les autres Akhaouasha. Et c'est Menirou qui l'emmena au temenos d'Artémis, où vont sacrifier chaque année les jeunes filles de Sparte. Or mon père se trouvait là-bas au moment de cette fête sacrée et il accompagna le roi, qui dirigeait avec sa femme le cortège des vierges parmi lesquelles se trouvait sa fille. Et mon père vit Myrina, mais il ne l'aurait évidemment pas reconnue si elle n'avait porté, toujours passée à son cou, la chaîne avec la plaque à son nom. C'est ainsi qu'il la retrouva et il vit là la main de la déesse Artémis. Il avait donné sa fille première née en offrande à la Déesse-Terre et à Artémis, déesse des forêts, pour que les dieux lui donnent des fils; les dieux avaient accepté son sacrifice, puisqu'ils lui avaient accordé deux fils, et aussi conservé sa fille, qu'ils lui rendaient. Notre père a ramené ici Myrina, qui a accepté de le suivre car elle est avide de connaître le monde et elle m'a dit être lasse de sa vie parmi les servantes d'Artémis. Mais ici, elle a refusé de vivre comme les autres filles et notre père la laisse agir à sa guise, car il sait qu'il ne pourrait l'en empêcher ni la retenir dans le palais contre son gré.

— J'ai pourtant vu qu'elle montre le plus grand respect envers ses parents et sait aussi s'habiller comme les femmes.

— Elle s'habille ainsi lorsqu'elle vient le soir partager notre repas, mais elle n'aime pas ces vêtements qui entravent les mouvements, à ce qu'elle prétend. Elle dit qu'elle ne regrette pas que les dieux l'aient faite femme dans la mesure où elle peut vivre et se vêtir comme il lui plaît, et c'est ce qu'elle fait pour ne pas à avoir de regrets. D'ailleurs, elle s'absente souvent pendant plusieurs jours, n'emmenant que son cheval et ses armes. Et c'est ce qui lui plaît plus que toute autre chose.

— Lui arrive-t-il de s'exercer avec vous ?

— Parfois, mais uniquement à la lutte, car cela l'amuse et l'entraîne à se défendre lorsqu'elle n'a pas d'arme. Mais elle dédaigne nos exercices de lancer du javelot, car elle déclare que nous sommes des enfants et que nous ne savons pas manier l'arc et le javelot.

— Dit-elle vrai ? lui ai-je demandé, amusé.

— Elle ne se trompe pas, mais nous n'avons pas de maître

pour nous diriger car tous ceux qui ont quelque expérience sont partis à la guerre.

— Et pourquoi, si elle est si habile, ne vous enseigne-t-elle pas comment faire ?

— Cela l'ennuierait, car ce n'est pas son affaire. Et aucun d'entre nous n'a voulu le lui demander, car chacun se sentirait humilié de devoir tenir d'une femme la science des armes.

La remarque me fit sourire et je déclarai à Meshetour qu'il devait être temps de rejoindre ses compagnons sur la plage. Ils s'y trouvaient depuis un moment, une vingtaine en tout, et parmi eux se tenait Myrina. Je savais qu'elle y serait car Meshetour m'avait dit que sa sœur voulait participer aux exercices ce jour pour voir si j'allais relever le défi que m'avait lancé Malanoupa. Ces propos n'avaient fait qu'augmenter mon désir de me rendre sur la plage. Or, lorsque nous y parvînmes, mes regards avaient cherché aussitôt la jeune fille, et je la vis en train de lutter avec ce Malanoupa. Comme les jeunes gens, elle s'était dépouillée de tout vêtement et avait relevé sur sa tête sa longue chevelure qu'elle maintenait avec des rubans de cuir. Nous nous sommes arrêtés pour les regarder, comme le faisaient les autres garçons. D'une prise rapide, Malanoupa avait plaqué la jeune fille au sol et il s'était assis sur elle pour la maintenir; cette vue me remplit d'amertume : « Elle aime ce garçon, me disais-je, je n'en puis douter. Déjà hier soir elle est descendue avec lui dans la grande salle et maintenant c'est avec lui qu'elle prend plaisir à lutter. D'ailleurs, chez nous, jamais une jeune fille n'accepterait de jouer ainsi avec un garçon si elle ne lui avait pas donné son cœur. » Mais d'un coup de reins Myrina s'était dégagée et, plus prompte que son adversaire, à son tour elle lui fit une prise rapide qui le jeta au sol puis, lui maintenant un bras étiré, elle le plaqua sur le sable avec son pied fortement appuyé contre sa poitrine. En nous apercevant, elle relâcha son étreinte et se recula.

— J'ai apporté de nouveaux javelots, déclara alors Meshetour, car c'est surtout dans son lancement que nous devons nous perfectionner.

Malanoupa s'était relevé. Moi, je regardais Myrina, qui frottait son corps brillant d'huile : à petits coups elle en faisait tomber le sable qui adhérait à sa peau, que le soleil avait teinte de la couleur du cuivre pur. Malanoupa s'avança parmi ses compagnons, pareil à nos oies familières qui se dandinent dans la maison et crient après chacun pour se donner de l'importance.

— Mes yeux ne mentent pas ! s'exclama-t-il. Je vois l'hôte de Meshetour qui vient assister à nos jeux guerriers. Mes amis, ne brandissez pas trop haut vos javelots de crainte qu'il ne s'effarouche.

Et tous se mirent à rire et frappèrent dans leurs mains. Mais moi, j'aiguisai le dard de ma langue :

— Tes paroles sont véridiques, Malanoupa, lui ai-je répondu. Non, ne brandissez pas trop haut vos javelots car vous pourriez vous blesser. Et aussi j'ai admiré comment une fille si mince, plus légère que toi et juste de ta taille, t'a si facilement jeté au sol.

Meshetour rit à son tour, mais je vis s'assombrir le visage de Malanoupa.

— Malanoupa, voici que tu as trouvé ton maître pour ce qui est de la repartie, déclara Meshetour. Nous ne sommes pas ici pour élever parmi nous la dispute au regard sombre, mais pour exercer nos corps en vue du combat.

— La dispute donne de la chaleur au cœur et rend le bras fougueux, répliqua Malanoupa. Je ne vois pas que les railleries de ton hôte puissent le faire paraître un maître en belles paroles.

Sans ouvrir la bouche, pour ne pas poursuivre la querelle, je m'assis dans le sable, et je regardai les jeunes gens. Alors Malanoupa déclara :

— Commençons donc par le javelot. Toi, va placer la cible.

L'un des jeunes gens désigné obéit sans tarder. Il saisit la cible et la porta à quarante coudée. Elle était faite de roseaux entrelacés qui formaient un étui bourré de paille et fixé sur un solide bâti de bois. Le premier, Malanoupa saisit son javelot. Il le fit sauter dans sa main d'un air connaisseur, puis il assura son pied; il prit son élan et courut en trois bonds jusqu'à la ligne tracée dans le sable, d'où il lança son javelot. L'arme vola et vint se planter dans le bas de la cible.

— Un peu trop bas, dit Meshetour. Tu n'aurais atteint que les jambes.

Malanoupa le regarda et dit avec humeur :

— C'est le matin, et il convient de s'échauffer un peu les membres.

— Sans doute, déclarai-je, mais je pense que sur le champ du combat il faut espérer que l'ennemi, lui aussi, aura besoin de chauffer ses membres.

Malanoupa me regarda avec colère :

— Pour toi, cela n'est pas à craindre, dit-il.

— C'est juste, un prêtre n'a pas l'occasion de combattre au javelot, ai-je avoué en baissant les yeux, car je voulais réjouir mon cœur.

Malanoupa lança un second javelot, mais certainement son bras était encore raide, car l'arme passa au-dessus de la cible, et tomba à quelques coudées plus loin. Il saisit un troisième dard, et cette fois, il le planta sur le côté de la cible.

— Je ferai mieux tout à l'heure ! déclara-t-il.

Je me mis à rire et je lui dis :

— Sois assuré, Malanoupa, que tes adversaires attendront avec patience que tu fasses mieux. Et sans doute dans le combat resteront-ils aussi immobiles que la cible pour attendre que tu prennes ton élan et que tu puisses lancer ton arme. Est-ce ton frère qui t'a appris ces beaux principes ?

— Tiens ta langue, impudent étranger ! s'écria Malanoupa. Sinon, crains de me servir de cible !

Moi, je n'attendais que cette provocation. Pendant que Malanoupa faisait sa démonstration, mon regard s'était partagé entre celui-ci et Myrina. Elle s'était assise sur le sable, presque face à moi, les jeunes gens se tenant entre nous; elle avait replié les jambes contre la poitrine et, appuyant son menton sur ses genoux, elle partageait aussi son attention entre Malanoupa et moi. Ainsi, nos regards s'étaient croisés à plusieurs reprises mais pas une seule fois elle ne s'était détournée la première; cependant je ne savais discerner si elle agissait ainsi par défi, par effronterie ou conduite par un sentiment que j'ignorais; car je songeais qu'elle était à peine plus agée que Reshot, et que celle-ci aurait rougi en détournant la tête si un étranger l'avait examinée comme j'osais le faire de Myrina. Mais j'oubliais qu'elle avait été élevée parmi des hommes, qui semblaient avoir fait d'elle une lionne plutôt qu'une gazelle. Et aussi, visiblement, elle était là en spectatrice pour voir mes réactions face à Malanoupa, et certainement pour se réjouir du triomphe de son ami sur un étranger. J'étais alors d'autant plus décidé à la décevoir et à humilier cette oie agressive à laquelle elle semblait porter des sentiments qui m'irritaient.

Aussi, sans répondre à Malanoupa, je me levai et marchai vers la cible, devant laquelle je me plaçai.

— Vois, Malanoupa, lui dis-je alors, cesse tes vantardises. Je vais rester là et je te mets au défi de me faire une égratignure.

— Mon hôte ! s'écria Meshetour, reviens vers nous, car c'est un dieu qui a égaré ton esprit et qui te donne une telle audace.

Je le regardai et lui répondis :

— Meshetour, je n'ai pas parlé en vain, et ne crois pas que je mettrais mon souffle de vie en jeu pour une si médiocre partie. Malanoupa n'est qu'un petit enfant avec ses airs bravaches.

Malanoupa avait saisi un javelot d'un geste plein de colère, et il courut et le lança. Il me suffit de faire un léger écart pour l'éviter. Il en lança un second mais je ne bougeai même pas car l'arme passa loin de mes hanches.

— Mon cœur n'en peut douter, Malanoupa ! m'écriai-je, ton bras reste encore bien froid.

Je savais que mon calme et mes railleries ne pouvaient que lui faire perdre toute contenance. Il lança un nouveau javelot, mais la colère aveuglait son âme et plus il projetait de javelots, plus son tir devenait imprécis.

Et tout en surveillant d'un œil ce maladroit, je glissais des regards vers Myrina. Elle restait dans la même position, le visage tourné vers moi, mais toujours impassible. Cependant j'avais cru discerner un léger sourire sur ses lèvres lorsque j'avais raillé Malanoupa.

— En vérité, Malanoupa, déclarai-je en revenant vers lui, tu es moins redoutable que ne le laisse croire ta langue venimeuse.

Dans sa colère, il poussa vers moi le javelot qu'il venait de saisir. Chacun craignit que j'eusse dit mes dernières paroles, mais j'avais fait un écart de côté, et l'arme glissa contre ma peau sans même me blesser; et j'avais saisi le bras de Malanoupa, tandis que mon talon frappait son mollet; et je le projetai ainsi violemment à terre, et son javelot était déjà dans ma main, le bronze aigu pressé contre sa poitrine. Il restait étendu sur le dos, sans oser bouger.

— Malanoupa, lui dis-je, je ne te hais pas comme tu me hais sans que je sache pourquoi. Ainsi, je puis déjà te donner un conseil, si tu ne veux pas être tué dès ton premier combat : vide ton cœur de cette morgue, exerce-toi mieux au combat, et apprends surtout à rester le maître de ton âme et de ton corps. Maintenant, je vais te montrer comment on doit lancer le javelot.

Je me tournai alors vers l'un des jeunes gens, qui portaient vers moi leurs regards pleins d'étonnement, et je lui dis :

— Place la cible au double de la distance où tu l'as déjà posée.

Il s'éloigna en courant et emporta la cible. Et il la porta à quatre-vingts coudées; mais je lui criai de s'éloigner plus encore, jusqu'à ce qu'elle fût à cent coudées, qu'il mesura en revenant vers nous.

Alors, je saisis deux javelots dans une main et un dans l'autre, et je me tournai vers les jeunes gens.

— Il est beau de courir pour prendre l'élan, afin de lancer plus loin son arme, leur déclarai-je, mais si votre ennemi envoie sa propre arme sans courir, il aura le temps de vous atteindre deux fois avant que vous n'ayez lancé votre javelot.

Et, sans bouger, je lançai mon javelot; et, avant qu'il n'eût atteint son but, j'envoyai le second et le troisième dard. Et tous les trois vinrent se ficher en plein dans la cible.

Sans ajouter un mot, je revins m'asseoir sur le sable. Alors Meshetour s'écria :

— Qui oserait prétendre que tu te sois vanté en racontant ton combat avec le guerrier à l'armure de bronze ! Parmi nos Danaouna, je ne vois que peu de guerriers qui pourraient rivaliser avec toi.

— Tu oublies, déclara Malanoupa, le roi puissant Menirou, et Deioumiti, et, en ce qui concerne le tir à l'arc, le grand Thekker, et aussi mon frère Mashashor, sans doute le plus fort de tous. Et nous-mêmes, notre manque de force vient de notre trop grande jeunesse et de notre faible expérience.

— Certes, Malanoupa, tu parles avec sagesse, lui dis-je alors, mais tu as pu voir le chemin qu'il te reste à parcourir avant de rattraper tes aînés.

Malanoupa me regarda avec colère, mais il ne répondit rien.

Quand je me retrouvai devant le roi Ouroupala, je lui dis :

— Seigneur, je n'oublierai pas ta bonté envers moi, mais voici : depuis deux années que j'ai quitté mon pays pour aller en Syrie, mon cœur est triste et il n'aspire qu'au jour du retour. Dis-moi comment je pourrais retourner en Égypte.

Le roi soupira et gémit, et il parla ainsi :

— Ah ! mon hôte, mon âme comprend ce qui est dans ton cœur. Mais il n'est nul bateau qui partirait d'ici pour s'aventurer vers l'Égypte. Nous n'avons plus ni marin ni guerrier, et les quelques nefs creuses que tu vois sur notre plage doivent emmener nos jeunes gens vers le pays d'Iiouna. Nos Danaouna et Akhaouasha ne rêvent plus que guerres et que pillage, et un dieu égare leurs esprits et fait souffler un vent de discorde sur leurs têtes. Il fut un temps où les bateaux puissants des gens de Sidon, hauts coureurs de mers, venaient vers nos rivages échanger leurs produits. Hier, Malanoupa a prétendu avoir parlé avec certains d'entre eux. Je ne sais si sa langue était véridique, mais depuis que nous sommes en guerre ils ne viennent plus dans nos mers. Ils craignent nos guerriers, qui ne vivent que de pillage; et qu'auraient-ils à faire parmi nous ? Nul parmi les Akhaouasha ne désire leurs vins parfumés, leurs bijoux précieux ou leurs tissus aux teintes charmantes, un vrai plaisir pour les yeux. Ceci, nos guerriers vont s'en emparer dans les terres du levant. Et ici, ce que nos garçons veulent, ce sont de bonnes cottes de bronze, de solides épées et un bel attelage; et pour leurs épouses, les larmes et la solitude ! Cependant, si quelque vaisseau vient dans nos eaux, je ferai venir devant moi le chef de l'équipage, et je lui demanderai de te prendre à son bord. Sinon, dans une année, tu pourras suivre nos jeunes gens vers les terres du levant, et là-bas tu trouveras peut-être une occasion pour retourner vers l'Égypte. Mais si tu veux rester parmi nous, je te donnerai une maison, et tu trouveras dans notre ville une épouse pour réjouir ton cœur.

Je soupirai et mon cœur descendit dans ma main; et je lui répondis :

— Seigneur, je te rends grâce, et je prierai nos dieux afin qu'ils t'accordent une vieillesse longue et paisible. Cependant, j'ai déjà laissé en Égypte une épouse très aimée, et il ne se passe pas un jour sans que mon cœur ne se tourne vers elle et ne pleure de ne plus la voir. Puisqu'il le faut, j'attendrai ici une année pour suivre les jeunes gens vers les pays du levant et je verrai alors comment je pourrai rentrer dans la Terre Chérie.

Mon cœur aurait dû éclater en entendant ces paroles, car je songeais que j'étais bien obligé de rester malgré moi parmi les Akhaouasha, alors que je savais que l'Égypte avait besoin de son roi autant que Reshot de son époux. Mais s'il en était ainsi n'était-ce pas de par la volonté d'Amon le roi des dieux ? Et n'était-ce pas pour me faire rencontrer Myrina, car je sentais que les sentiments indécis que je découvrais pour elle en mon cœur étaient certainement faits d'admiration, et aussi de désir, car j'éprouvais le plus grand plaisir à regarder son beau corps souple ainsi dévoilé; mais n'était-ce pas plus encore une grande flamme d'amour que la Dorée avait fait naître en moi pour elle, bien que je ne voulusse pas alors reconnaître la vraie nature de ce sentiment ? Si bien que, tout en se lamentant, mon cœur se réjouissait de devoir séjourner auprès d'elle. Et je pensai aux paroles d'Ouroupala, qui m'avait dit que je pourrais trouver dans sa ville une épouse pour réjouir mon cœur. Qui plus que cette Myrina était une épouse digne de moi ?

Or, le soir même, je me trouvai devant elle en sortant de la chambre qui m'avait été donnée; et je vis ainsi que sa propre chambre était voisine de la mienne. Elle avait revêtu une robe aux vives couleurs, comme la veille, et avait paré sa gorge d'un collier d'or; et sa chevelure était enlacée dans une chaîne en perles. Elle s'arrêta devant moi :

— Est-il exact, me demanda-t-elle, que dans ton pays tu as été prêtre de ton dieu ?

— C'est la vérité. Pourquoi cela paraît-il t'étonner ?

— Il est vrai que moi-même j'ai été prêtresse d'Artémis,

a-t-elle remarqué. Mais je m'étonne que le marchand que tu prétends être sache si bien manier le javelot.

— C'est que les marchands qui vont dans des pays barbares où de jeunes étourdis songent parfois à leur chercher querelle doivent savoir se défendre.

Ma réponse la fit sourire, et visiblement elle n'en croyait rien. Je songeai alors à avancer mon pion et repris :

— J'espère que tu ne m'en as pas voulu d'avoir humilié ton fiancé, mais c'est lui qui me cherche querelle, je ne sais pourquoi.

Elle me regarda d'un air surpris :

— Tu parles de Malanoupa ? me demanda-t-elle.

— De qui d'autre pourrais-je parler ?

— Pourquoi penses-tu qu'il est mon fiancé ? Ce n'est qu'un enfant, tu l'as dit toi-même. Parmi tous ces garçons il est le seul qui soit assez habile à la lutte pour que je puisse m'entraîner avec lui et apprendre quelque chose de lui.

Ces paroles dilatèrent mon cœur d'aise, mais je voulus aller plus loin encore ·

— Il me semble que lui a du désir pour toi, sinon de l'amour.

Je crus voir briller une flamme ironique dans ses yeux lorsqu'elle me répondit :

— Crois-tu que je ne l'aie pas remarqué ? Vous, hommes, dès que vous êtes sortis de l'enfance, vous ne pouvez pas voir une femme qui paraît belle sans aussitôt la désirer.

Il me sembla que la remarque s'adressait aussi bien à moi; c'est pourquoi je répondis :

— Avoue que les femmes seraient bien dépitées si les hommes méprisaient leur beauté.

Elle le reconnut bien volontiers et je vis que, même si elle était encore vierge, elle n'ignorait pas son pouvoir. Mais aussi, elle était à un âge où la plupart des femmes étaient épouses et mères depuis déjà plusieurs années.

Ce soir-là, Malanoupa ne vint pas au repas; sans doute avait-il été trop profondément humilié pour oser reparaître aussitôt aux yeux de ses compagnons, et j'appris qu'il était allé voir son père dans son château de Tiroun, qui se trouve à moins d'une journée de marche d'Assana. Et pendant les jours suivants je ne revis ni ce Malanoupa, ce qui était pour réjouir mon cœur, ni Myrina, qui était partie selon son habitude de grand matin sans avertir personne. Et cette absence me fut pesante bien que je voulusse convaincre mon cœur qu'il fallait s'en réjouir, car je n'avais pas le droit d'aimer quelqu'un d'autre que mon épouse. Car c'est bien un sentiment d'amour que je me découvrais pour Myrina, un sentiment semblable à celui qu'en vain j'avais voulu combattre lorsque j'avais quitté Thèbes pour me rendre dans le désert du levant en espérant échapper à la grande flamme qu'avait allumée en mon cœur la vue de Reshot.

Afin de distraire mon ennui, j'avais décidé de diriger les jeunes gens dans leurs exercices. Je commençai à leur enseigner les prises de la lutte égyptienne, le maniement du javelot et aussi celui de la grande épée qu'ils utilisent de la même manière que les Shardanes. Nous tirions aussi à l'arc, et Meshetour admirait mon adresse et mon savoir tout en s'en étonnant, car on n'en eût pas attendu autant de la part d'un simple marchand.

Cependant, plus le temps s'écoulait, plus je ressentais le besoin de revoir Myrina. Ainsi m'arrivait-il de quitter mes compagnons et je m'engageais sur le large chemin qui conduisait vers l'intérieur des terres, où j'espérais être le premier à la voir revenir. L'amour m'avait rendu comme un enfant. Je me reprochais ma faiblesse et m'astreignais à retourner vers la plage, mais je ne me trouvais plus maître de mes pieds, et malgré moi ils me ramenaient vers la route par laquelle elle devait revenir.

Et voici : le soleil était haut dans le ciel et brûlait la route poussiéreuse. Je m'étais assis sur un talus et je restais immobile, mon esprit partagé entre l'Égypte et mon épouse toujours aimée — qui peut-être m'avait oublié depuis tant de temps que je l'avais quittée — et mon nouvel amour. « Il y a déjà longtemps, me disais-je, qu'Ebimoutef a dû rentrer dans la Terre Chérie avec son vaisseau et il a dû partout annoncer ma mort, car comment espérer que j'eusse pu avoir échappé à l'emprise de la mer très verte ? Et sans doute maintenant elle t'a oublié, elle qui t'a si peu connu, et elle a épousé un autre homme que lui a peut-être choisi ma sœur Taousret et qui en a fait le roi des

Deux Terres. » J'étais ainsi entraîné dans ces tristes pensées, que m'envoyait Thot dans sa sagesse, lorsque j'entendis un bruit de galop. Mon cœur bondit semblable à la gazelle que surprend le lion et je vis Myrina surgir au coude de la route. Et mon âme se réjouit et ce fut comme l'apparition du soleil. Elle s'arrêta devant moi dans un tourbillon de poussière. Comme la première fois que je l'avais vue, elle ne portait que le pagne étroit, mais sur ses reins était attaché un carquois et un arc aux courbes gracieuses, soutenus par une bandoulière en travers de sa poitrine et de son épaule; et un brassard d'archer en cuir enserrait son avant-bras gauche. Ainsi, les cheveux au vent qui se fondaient dans l'or du soleil, elle m'apparut plus belle encore que je ne l'avais revue dans mes rêves de ces derniers jours. Mais alors que la première fois elle m'avait paru méprisante, ce jour elle m'adressa un sourire étonné.

— Merirê ! s'exclama-t-elle, que fais-tu assis là dans la poussière comme un enfant à qui on a volé son jouet ?

J'avais envie de lui dire que j'avais perdu mon jouet, le plus beau qu'un homme puisse posséder, et que j'étais maintenant heureux car je l'avais retrouvé, mais je me trouvai pataud comme un canard qui vient de quitter sa mare. Je me levai et vins vers elle pour retrouver du calme dans la tempête soulevée dans mon âme.

— Myrina, tu es bien heureuse de pouvoir ainsi courir par les bois et les montagnes sur la piste du gibier, exalter ton âme dans ces grandes chasses qui étaient l'un de mes plaisirs lorsque je me trouvais en Égypte.

Thot m'avait soudain inspiré ces paroles, qui éveillèrent l'intérêt de la jeune fille. Elle sauta à terre auprès de moi et, tenant le cheval par la bride, elle se mit à marcher.

— Quelles bêtes chassais-tu dans ton pays ? me demanda-t-elle.

Je marchai à ses côtés, nos épaules se touchant, et je me sentis heureux.

— Bien des bêtes, répondis-je. Lorsque j'avais faim, je traquais dans le désert des animaux qui n'existent pas ici mais qui ressemblent aux daims et aux cerfs; on les appelle chez nous des gazelles et des oryx. Mais aussi je capturais des taureaux sauvages et je chassais le lion à l'arc, ou plutôt à l'épieu, car j'aime chasser pour le plaisir du jeu et le danger; or il est trop aisé d'abattre de loin des bêtes avec des flèches, à moins que ce ne soient des oiseaux ou des bêtes agiles que ne peut atteindre le javelot.

Je voyais que mes paroles entraient dans son cœur et lui plaisaient, et je lui parlai de mes chasses dans le désert à pied et en char, et aussi des chasses au canard dans les fourrés de papyrus telles que je les avais vu pratiquer dans mon enfance.

Ainsi sommes-nous arrivés jusqu'à la plage avant que je n'aie terminé de parler. Elle s'est alors débarrassée de ses armes et de son pagne puis a ôté le bât du cheval ainsi que le mors, et est entrée dans la mer avec la bête. Je la suivis et l'aidai à l'arroser, puis je nageai avec elle, et nous avons joué comme je le faisais dans mon enfance dans les eaux du Nil avec mes compagnons. Pendant ce temps, les jeunes gens étaient revenus sur la plage, qu'ils avaient quittée pour aller manger et prendre quelque repos à l'heure la plus chaude du jour, et j'en ressentis du dépit car leur présence me parut importune. Lorsque nous fûmes sortis de l'eau, je dis à Myrina :

— Si tu le désires, je peux t'enseigner des prises de lutte qu'on connaît dans mon pays. Car ce Malanoupa n'est pas un adversaire digne de toi, et je ne vois pas ce qu'il pourrait bien t'apprendre.

Elle accepta en riant, et à sa demande Meshetour nous versa de l'huile dans les mains pour que nous nous en oignions le corps. La jeune fille s'est alors tenue droite devant moi dans le soleil, et j'avais certes plus envie de la serrer dans mes bras pour une lutte amoureuse que de lui faire des prises qui pouvaient être douloureuses. Cependant je vis qu'elle était souple et rapide et qu'elle prenait au sérieux notre exercice; et ainsi elle parvint à me renverser et elle ne me ménagea pas pour me frapper de ses pieds vifs et de ses poings unis, si bien que je dus me défendre avec vigueur. Cependant j'évitai de lui porter des prises brutales et ainsi j'eus bien du mal à la vaincre et à la placer sous moi, corps contre corps.

Elle haletait doucement, vaincue mais pourtant triomphante, car dans cette lutte j'avais connu l'étreinte de son corps et je ne désirais plus qu'être dominé par ses baisers et ses caresses. Je me relevai bientôt car un grand trouble m'avait saisi, et je lui tendis la main pour l'aider à sauter sur ses pieds :

— Tu es une excellente lutteuse et tu as été près de me battre plusieurs fois, lui ai-je dit.

— Pourquoi me mens-tu ainsi ? me demanda-t-elle. J'ai bien vu ta force, et si tu l'avais voulu tu aurais eu tôt fait de me vaincre. Ne crois pas que j'en sois blessée, ce qui me déplaît au contraire, c'est que dans de semblables combats on me regarde comme une femme et on veuille alors me ménager.

— Pardonne-moi, Myrina, mais en vérité je ne t'ai pas tellement ménagée et toi-même tu m'as bien malmené. Si tu t'exerces avec moi et que je t'apprends certaines prises, je suis assuré que bien peu d'hommes seront alors capables de te vaincre, car si tu n'as pas la musculature d'un homme tu ne manques pas de vigueur, et tu as pour toi une vivacité et une souplesse qui te sont de grands avantages.

Ce jour-là, je fus très heureux. Nous nous sommes exercés au tir à l'arc et au lancer du javelot, et nous avons nagé à plusieurs reprises, puis elle est rentrée avec moi vers la demeure de son père.

Elle marchait près de moi, conduisant son cheval en silence, et moi je restais aussi muet, mais mon regard était toujours attaché à elle. Et soudain elle m'a regardé et m'a dit :

— Dis-moi, en vérité, tu n'es pas un simple marchand dans ton pays.

— Pourquoi penses-tu cela ?

— A-t-on jamais vu un marchand qui manie avec tant d'habileté l'arc et le javelot ? Et j'ai aussi vu que tu sais parfaitement te servir de la longue épée des guerriers. Car sans doute tu es un guerrier dans ton pays.

Je trouvai absurde de dissimuler sur ce point, mais il me parut aussi inutile de lui déclarer qu'en réalité j'étais le roi d'Égypte, car elle ne m'aurait pas cru non plus; et peut-être n'étais-je plus roi d'Égypte, car là-bas on devait me croire mort et ici je n'étais qu'un naufragé arrivé nu dans ce pays. Je lui ai alors avoué que j'étais en effet un guerrier dans mon pays et que je commandais une troupe de chars.

— Cependant, ai-je ajouté, je ne saurais monter sur un cheval comme tu le fais si bien, car chez nous les chevaux sont attelés aux chars et on ne les monte pas.

— Chez nous aussi, on attelle les chevaux aux chars, mais dans nos montagnes il est préférable d'aller sur leur dos. Si tu le veux, tu pourras apprendre à monter; ce sera pour toi une chose aisée.

Et après un court silence elle me demanda encore :

— Cela te plairait-il de venir chasser avec moi ?

— Rien ne me ferait plus plaisir ! m'exclamai-je.

— J'ai passé ces derniers jours dans les montagnes qui sont au couchant, vers l'Arcadie où j'ai vécu dans mon enfance. Il y a là-bas un énorme sanglier qui ravage les cultures; les gens de la région vivent dans la crainte, car le monstre a déjà blessé plusieurs hommes qui ont voulu le chasser et il a tué un jeune garçon. J'ai tenté de le poursuivre, mais cela n'est pas possible avec un cheval, d'autant qu'il pourrait éventrer ma monture, qui m'est un cher compagnon. Je ne pouvais non plus le confier à des gens d'un village, car je ne les connais que peu et je craignais qu'on me le volât. Alors je suis rentrée pour le ramener à son écurie et je repartirai à pied. Si tu veux m'accompagner, peut-être pourras-tu m'apporter une aide.

— Par Seth et tous les monstres du désert occidental ! ne suis-je exclamé. Maintenant que tu m'as dit cela, même ne me le demanderais-tu pas, même ne le voudrais-tu pas, je ne te laisserais pas aller seule affronter une bête que même un bon chasseur doit redouter ! Quand désires-tu que nous partions ?

— Dès la pointe du jour, demain.

## XVIII

## L'AMOUR DE MYRINA

Nous avions quitté Assana au lever du soleil et je marchais d'un cœur joyeux, car j'allais me trouver seul avec Myrina pendant cette journée et aussi les nuits et d'autres journées encore. Nous étions légèrement équipés, chacun de nous n'ayant que deux javelots, et avions glissé dans la ceinture du pagne étroit un fort poignard de bronze. Myrina avait aussi lié à sa ceinture une lanière de cuir qui lui servait de fronde et avec laquelle elle se révéla d'une incroyable adresse, car elle parvenait à frapper un volatile en plein vol, grâce à quoi nous eûmes toujours à manger à notre faim lors de nos chasses dans les forêts. Comme elle allait nu-pieds, j'avais voulu faire comme elle, et elle s'en était étonnée car les gens de ce pays chaussent des sandales ou de fines bottines en cuir souple; je lui appris qu'en Égypte aussi seuls les pauvres vont pieds nus dans la rue, mais moi-même j'avais vécu dans le désert parmi les Bédouins, comme elle-même l'avait fait dans les montagnes avec les chasseurs. Et j'étais heureux de voir que tout ce que je lui disais là lui plaisait et me rendait cher à son cœur. Myrina marchait d'un pas rapide et elle paraissait infatigable, si bien qu'à la fin de la matinée nous étions loin d'Assana. Nous suivions le bord de la mer en direction du couchant de manière que, lorsque nos corps étaient trop mouillés par la transpiration, il nous suffisait pour nous rafraîchir de nous jeter à l'eau après avoir déposé nos javelots. Et comme nous passions auprès de plusieurs villages de pêcheurs ou des cabanes de bergers, il était facile de se procurer de l'eau.

Nous sommes passés devant le château de Tiroun, où résidait Kaper. C'est une formidable forteresse où tout ne respire que la puissance et que la guerre, l'orgueil et la violence. Le roi n'avait aucun sujet autour de lui, seulement des guerriers dans son château et des serfs dans les champs. Mais, en ces temps, il n'avait conservé que peu de gardes, car son fils avait emmené la plupart des guerriers sous les murs d'Ilion.

— Vois, me dit Myrina, le château de Kaper. Il est à lui seul aussi vaste aves ses dépendances que la cité de mon père : une forteresse imprenable, la plus puissante du pays des Akhaouasha.

En parlant ainsi elle semblait fière et je m'en étonnais. Mais nous avons laissé derrière nous la forteresse pour marcher vers les montagnes qui se dessinaient au loin dans le ciel bleu. Avant la fin de la journée, nous avions pénétré dans ces montagnes, royaume des bêtes et de la solitude. Nous avions peu parlé pendant notre grande marche et je m'étonnais que Myrina ne parût pas épuisée par un effort si prolongé, car elle avait désigné une petite clairière pour y passer la nuit et s'était mise aussitôt à chercher des herbes et des feuillages pour préparer une couche, tandis que je m'occupais d'allumer un feu pour cuire des cailles qu'elle avait abattues à la fronde au cours de la journée.

Nous avons mangé assis face à face; et je la regardais éclairée par les lueurs dorées du soleil couchant qui filtraient à travers les grands arbres, et mon désir ne faisait que s'accroître. Et moi qui dans le passé m'étais cru incapable de dire des paroles amoureuses, elles me venaient maintenant toutes seules à l'esprit; mais je ne les prononçais pas car je craignais qu'elle ne se moque de moi, et je lui parlais de l'Égypte et de mes combats contre les Bédouins, et elle-même m'entretenait de sa vie parmi les chasseurs.

Nous nous sommes étendus côte à côte sur le lit de feuillages. La nuit tiède enveloppait nos corps et je la sentais tout près de moi, et je percevais le bruit de sa respiration malgré les rumeurs de la forêt. Je me tournai sur le côté et l'enlaçai; visiblement elle s'était enfoncée dans un profond sommeil et je m'endormis, le visage dans sa chevelure défaite. La fraîcheur du matin me réveilla; Myrina était blottie entre mes bras, légèrement frissonnante. Je la serrai plus fort pour la réchauffer et je couvris son corps de caresses et son visage de baisers. Elle se laissait faire en soupirant doucement, les yeux clos, mais je savais qu'elle ne dormait plus. Cependant, quand je voulus la dépouiller de son pagne, elle avança la main et me repoussa avec fermeté :

— Non, il ne faut pas, me dit-elle.

— Myrina, lui dis-je avec une exaltation que je n'avais encore jamais éprouvée, la Dorée a jeté dans mon cœur un violent amour pour toi. Certainement les dieux m'ont conduit malgré moi jusqu'à ce rivage pour que nous nous rencontrions, et je suis prêt à faire de toi mon épouse bien-aimée.

Elle soupira en me regardant :

— Tu ne le peux. N'as-tu pas déjà dit que tu as laissé dans ton pays une épouse bien-aimée ?

— Jamais je ne retournerai dans mon pays. Voici deux ans que je l'ai quitté et là-bas on me tient pour mort. Sans doute mon épouse a-t-elle pris un nouveau mari.

— Cela, tu ne le sais pas, répondit-elle. Mais encore, sache que je me suis promise à Mashashor.

Ces paroles pénétrèrent dans mon cœur comme un coup de lance.

— A Mashashor ? Le frère de ce Malanoupa ? Celui qui est maintenant au pays des Iliouna ?

Je ne pouvais croire avoir bien compris ce qu'elle m'annonçait là.

— Lui-même, a-t-elle assuré.

— Je croyais que tu te prétendais libre et que peu t'importait la volonté de ton père.

— C'est moi-même qui l'ai choisi.

Cette nouvelle affirmation me causa une blessure plus vive encore. Elle s'était levée et, après avoir ramassé son poignard et les javelots, elle me regarda :

— Allons !

Et elle s'éloigna rapidement. Je sautai sur mes pieds et la rattrapai.

— L'aimes-tu ? lui demandai-je au bout d'un moment.

Elle se tourna vers moi :

— Lorsqu'une femme veut prendre du plaisir avec un homme, elle doit soit le désirer, soit l'aimer. Lorsqu'elle a décidé de l'épouser, si elle n'y est pas contrainte par ses parents, ce ne peut être que par amour ou par ambition. Je n'aime pas Mashashor.

Ces paroles me laissèrent muet de stupeur. Elle m'avouait cela avec une candeur, ou alors une froideur, qui me déconcertait. Je m'apprêtais à lui demander quelle était la nature des sentiments qu'elle me portait, mais elle reprit :

— Il y a de cela un peu plus d'un an, les Danaouna et les Akhaouasha se sont rassemblés dans un port au nord d'ici pour naviguer vers Ilion. J'y ai suivi mon père qui accompagnait mon frère, car j'avais décidé de me choisir un époux; or quelle autre occasion semblable pouvais-je trouver de voir réunis tous les puissants princes de notre peuple ? Mon père avait fait savoir mon intention, et nombreux furent les prétendants. Parmi eux il y avait des rois puissants et quelques-uns étaient jeunes et d'un abord aimable. Ils ont tous fait les beaux autour de moi en espérant me séduire, soit qu'ils exaltassent leurs richesses et leur puissance, soit qu'ils fissent montre de leur force ou de leurs talents. Moi, j'ai attendu jusqu'à la veille de leur départ, car je voulais bien les connaître et je vivais parmi eux et participais à leurs exercices. Cela a duré plusieurs mois, car on attendait les retardataires, puis il a fallu que les vents acceptent de se lever et que les sorts fussent favorables. J'ai alors désigné Mashashor, qui est loin d'être le plus riche et le plus puissant de ces princes; il est aussi plein de lui-même, vaniteux et querelleur plus encore que son frère, et en vérité il a l'âme d'un petit garçon, mais aussi il est le seul qui une fois enlevée la ville des Iliouna ne veuille pas rentrer en sa demeure, il est le seul qui songe à marcher vers les pays du levant pour conquérir la terre.

— Et c'est pour cela que tu l'as choisi ? ai-je demandé à Myrina.

— C'est pour cela, mais aussi pour autre chose.

— Me le diras-tu ?

— A toi, oui, car tu es étranger et tu viens d'un pays où

l'on ne regarde pas les femmes avec mépris ou pitié.

— Il est vrai que les Egyptiens considèrent leurs femmes comme leurs égales, et même chez nous c'est par elles que se transmet la royauté. Mais comment sais-tu cela ?

— J'ai appris bien des choses lorsque j'ai séjourné parmi les servantes d'Artémis. Or j'ai su ainsi que, dans le passé, dans ces pays régnait la Grande Mère, maîtresse de la terre et des bêtes sauvages; et elle se manifeste encore dans Artémis et Athéna, et son plus fidèle serviteur était le dieu des ivresses, Dionysos, que les femmes adorent encore en des cultes secrets. Et, dans ce temps, le gouvernement du monde était entre les mains des femmes; c'était elles qui réglaient les choses du culte, qui décidaient de la paix et de la guerre, qui rendaient la justice avec équité. Depuis que le dieu du ciel a pris le pouvoir et que dominent les hommes, la violence règne sur le monde, et aussi l'iniquité. Et moi je crois que si Artémis m'a sauvée alors que j'étais tout enfant et que je devais mourir, si elle m'a donné une ourse pour m'allaiter puis m'a fait connaître la vie qui est la sienne dans la forêt, son domaine, avant de me conduire dans son sanctuaire, c'est parce qu'elle me destinait à lui rendre sa puissance parmi les hommes.

— Tu crois que ce Mashashor rétablira l'ancien ordre des choses ?

Elle hésita puis elle reprit :

— Je sais que Mashashor sera entre mes mains comme une argile molle. Je ne cherche pas l'éclat de la puissance, son apparence, qui n'est qu'un mirage. Je préfère le vrai pouvoir, qui est dans l'ombre, et même ce n'est pas tellement cela que je désire, car je peux me contenter de rien et je puis être ainsi heureuse. La déesse m'a élue et je dois me plier à sa volonté. Et c'est elle qui m'a désigné Mashahor pour qu'il soit l'instrument de sa puissance et qu'il devienne mon bras afin que soit rétabli l'empire de la Grande Mère. La déesse guerrière Athéna doit triompher du dieu guerrier Arès, car il n'est qu'un dieu stupide et sanguinaire qui n'aime que la bataille, alors qu'Athéna possède aussi la sagesse et elle guide la main habile de la fileuse ou du bronzier.

Elle parla lontemps ainsi et je voyais qu'elle méprisait ce

Mashashor et la force brute; et pourtant elle voulait s'unir à lui pour obéir non à son père mais à l'ordre d'une déesse. Et j'en ressentis une grande tristesse.

— Mais Mashashor, lui, t'aime-t-il ? lui ai-je alors demandé.

— Je ne sais s'il m'aime, et peu importe. Ce dont je suis assurée, c'est qu'il veut que j'entre dans sa couche, et avant même que je ne le choisisse parmi les prétendants il avait déclaré que, si je désignais un autre que lui-même, il lui briserait les reins.

— C'est pour cela que tu l'as choisi ?

— Par ces mots il dévoilait bien de fond de son âme et le désir qu'il a de moi.

— Et ne crains-tu pas qu'il te brise ?

Elle me regarda et répliqua avec assurance :

— Je ne le crains ni en tant que femme, car je possède là des armes qui nous appartiennent en propre, ni en tant que guerrière, car je sais que parmi les Akhaouasha nul ne tire une flèche aussi vite que moi ni avec autant de précision.

Je vis bien qu'elle était décidée à devenir l'épouse de ce Mashashor et que nulle puissance ne pourrait l'en détourner; à moins que je ne tue ce Mashashor.

Elle parla encore, mais je ne l'écoutais plus, tout entier occupé de mes sombres pensées. Ce soir-là, nous avons encore dormi sur la même couche d'herbes, mais je me suis tenu éloigné d'elle.

Le lendemain nous sommes arrivés dans un village où on nous apprit que le monstre avait été vu le matin même et qu'il avait blessé un homme qui avait voulu le chasser avec plusieurs compagnons. Le chef du village proposa d'organiser une battue, mais Myrina refusa dédaigneusement, car elle ne voulait pas leur laisser la moindre part dans la gloire de la victoire. « Où, me disais-je, pourrais-je trouver une femme plus digne de moi ? Mais elle, elle régnerait réellement non seulement sur ma demeure et mon cœur comme l'a fait Reshot, mais aussi sur mon âme, car je me sens faible comme un enfant devant elle et sa volonté devient la mienne. » Je me demandai alors si elle ne préférerait pas le roi d'Égypte à ce Mashashor, prince d'une misérable cité ? Mais je savais que jamais Myrina n'accepterait d'être autre chose que l'épouse du roi : cette place était maintenant prise; car non plus il ne me vint pas la pensée de répudier Reshot, pour qui je ressentais toujours une flamme d'amour.

Nous nous étions fait conduire par les villageois jusqu'à l'endroit où on avait vu le sanglier, et nous avons retrouvé ses traces. Nous nous sommes mis à les suivre, et j'admirai comment Myrina savait retrouver la piste comme un bon chien courant, interprétant une branche cassée, des herbes foulées, la trace à demi effacée d'un étroit sabot fendu dans la poussière. Plus nous avancions, plus les traces devenaient fraîches et visibles. Et voici : soudainement elles se perdirent dans un terrain rocailleux. C'était à peu de distance d'un immense fourré d'où surgissaient des arbres au milieu d'une végétation touffue. Myrina dilata ses narines :

— Il est peut-être là-dedans, dit-elle d'une voix couverte. Il n'est certainement pas loin. Toi, tu vas par là et moi j'irai de ce côté. Nous nous retrouverons de l'autre côté de ces fourrés et nous verrons si nous avons découvert des traces. Sinon il faudra s'engager dans ces taillis pour le débusquer.

Un instant j'ai songé au danger qu'elle allait courir, mais je ne lui dis pas que j'étais inquiet pour elle, car elle en aurait été offensée; et moi, je lui obéis sans même trouver à redire. Or nous sommes allés chacun d'un côté et nous avons contourné la végétation, et de l'autre côté reprenait la forêt. Et brusquement surgit des taillis une bête énorme, comme jamais je n'en avais vue, bien plus grosse que le plus gros des porcs, et un rude poil s'hérissait sur son échine et elle poussait de terribles grognements. D'un geste rapide, Myrina projeta son javelot, qui saisit le sanglier en plein flanc. Mais son épaisse couche de graisse et la dureté de sa peau le protégèrent. Au lieu de fuir, il chargea vers Myrina qui l'attendit, son second javelot pointé vers lui, tout le corps tendu. La charge du monstre fut terrible; le dard s'enfonça dans son échine mais la hampe se brisa et la jeune fille fut projetée au sol. Elle roula sur elle-même, échappant à ses défenses acérées. Il s'était retourné et je crus qu'il allait l'éventrer d'un formidable coup de boutoir, mais encore une fois elle l'évita, déchirant son pagne et sa peau contre les pierres et les racines. Vive comme un guépard, elle sauta sur ses pieds et s'enfuit promptement. Je vis que dans sa chute elle avait perdu son poignard, ayant rompu sa ceinture, de manière qu'elle se trouvait totalement désarmée, traquée par la bête rendue furieuse par ses blessures.

Moi-même je m'étais élancé vers eux, criant pour attirer vers moi la colère du monstre, mais il ne m'entendait pas. Comme un chien de Syrie il talonnait sa proie, qui bondissait dans les halliers, allait de droite et de gauche comme une biche légère. Jamais je n'aurais cru qu'on pût courir aussi vite car elle maintenait à distance son poursuivant à la course pesante mais cependant rapide. Elle ne parvenait pourtant pas à trouver le temps de bondir dans un arbre, et le moindre faux pas, la moindre chute pouvaient lui être fatals. Inspirée par sa déesse, elle obliqua vers moi : car si elle était partie en direction opposée, jamais je n'aurais été capable de les rattraper ! Je courus de toute la vitesse de mes jambes, me rapprochant de la bête; afin de tenter de la ralentir, je lançai l'un des javelots, mais ma cible était si mouvante et moi-même j'allais à un tel train que l'arme ne saisit que la croupe de la bête et elle fut vite arrachée par un passage dans un buisson. Je voyais que Myrina s'essoufflait rapidement après avoir fourni un si violent effort. Elle obliquait de plus en plus, si bien que, accélérant mon allure, je parvins à me rapprocher de la bête, qui elle aussi s'affaiblissait. Myrina s'affaissa brutalement, parvenue au bout de ses forces : au même moment je me jetai devant le sanglier et je frappai avec précision au défaut de l'épaule; il fut arrêté dans son élan et chancela. Mais l'arme était restée fortement plantée dans l'épaule et m'avait échappé. Et, avant que j'aie pu réagir, je me sentis violemment jeté à terre. Je roulai sur moi-même pour éviter les boutoirs avec lesquels le monstre labourait le sol; et son souffle était sur moi, et son odeur était celle de la mort.

Je parvins à saisir mon poignard, mais ce court instant fut suffisant pour que je reçusse une longue balafre à la cuisse, et si je n'avais pas eu un geste de recul j'aurais eu la jambe profondément ouverte. D'un seul élan j'enfonçai la lame dans la gorge de la bête; un sang épais ruissela sur mon bras et m'éclaboussa la poitrine et le visage; et le poignard s'échappa de ma main poisseuse. Je saisis fortement la bête par les pattes pour qu'elle ne pût se trouver face à moi et me lacérer de ses défenses; et, sans cesser de nasiller avec tant de force que ses cris dominaient tous les bruits alentour, le sanglier tournait sur lui-même, cherchant à se débarrasser de moi; mais je m'acharnais, sachant que si je le lâchais j'étais perdu. Mon espoir était que je pusse tenir jusqu'à ce que la vie qui s'échappait lentement par ses blessures le quitte définitivement : mais combien de temps cela demanderait-il ? Je voyais au-dessus de moi le ciel tourner, et la cime des arbres et le corps velu du monstre, et je sentais mon dos écorché devenir de plus en plus douloureux. J'aperçus soudain Myrina qui se dressait au-dessus de nous. Elle avait soulevé à deux mains une lourde pierre qu'elle brandit à bout de bras; puis, d'un geste précis, elle l'abattit sur la nuque de la bête. Je ressentis dans les bras le choc sourd qui ébranla le monstre; il poussa un affreux grognement et soudain il s'affaissa; j'avais roulé de côté et je me redressai péniblement. Myrina poussa un soupir et repoussa une mèche de cheveux qui tombait sur son visage. Elle hésita, voulant être certaine que la bête était morte et ne risquait plus de revenir à la charge, puis elle se précipita vers moi.

— Merirê, s'écria-t-elle en me serrant dans ses bras, vraiment tu as failli donner ta vie pour me sauver !

— Myrina, tu es si sûre de toi ! Ce monstre était bien trop fort pour toi, ou même pour moi tout seul.

— A nous deux, nous l'avons vaincu ! Es-tu très blessé ? Tu es tout ruisselant de sang !

— C'est surtout celui de la bête, je crois. Cherchons une source pour nous laver.

Je me relevai, mais sentis que ma cuisse était douloureuse, et je dus m'appuyer sur Myrina pour marcher. Elle ramassa les lambeaux de son pagne et sa ceinture, avec laquelle elle les fit tenir sur elle, et ne négligea pas de reprendre son poignard et sa fronde, alors que moi je ne m'étais plus soucié de mes armes, car ma blessure me faisait souffrir plus que je ne le prétendais. Malgré cela je me sentais heureux, car je m'appuyais sur elle, enlaçant ses épaules, et je la sentais à nouveau près de moi.

Il nous fallut marcher un long moment avant de trouver un

clair ruisseau qui jaillissait au milieu de petits arbrisseaux aux fleurs roses et parfumées qui abondent dans ce pays. Avec l'étoffe de son pagne elle me lava tout le corps avec soin, puis elle examina ma blessure, sur laquelle elle posa nos deux pagnes pour retenir le sang, et elle les maintint avec nos ceintures. Elle m'aida ensuite à me coucher sur un lit d'herbes et de feuilles qu'elle avait rapidement préparé, puis elle s'accroupit dans le ruisseau pour se laver à son tour.

— Tu ne peux marcher, me dit-elle alors. Attends-moi ici, je vais te chercher tout ce qu'il faut pour te guérir.

Je pensais qu'elle s'apprêtait à aller chercher du secours dans un village voisin. Mais elle avait appris à se passer des autres et elle revint avec une brassée de plantes et de fibres végétales. Elle prépara un emplâtre avec des mousses, des herbes, des champignons et je ne sais quoi encore, et l'appliqua sur ma blessure, puis elle le fixa avec les liens végétaux.

— Cet endroit est très beau, dit-elle alors. Nous allons y séjourner jusqu'à ce que tu puisses marcher normalement.

Je ne protestai pas, et je remerciai la Dorée de m'avoir donné cette occasion de rester seul avec Myrina. Elle repartit avec sa fronde et me laissa son poignard après avoir déclaré qu'elle allait chercher le mien. Et elle revint avec mon arme et le javelot qui n'avait pas été brisé, mais aussi avec un cuissot énorme du sanglier, qu'elle mit à cuire sur un grand feu.

Combien de jours avons-nous séjourné en ce lieu ? Je ne saurais le dire car je ne les ai pas comptés mais il furent nombreux, je crois, bien qu'ils m'aient semblé passer trop vite. Myrina était allée faire savoir aux villageois que nous avions abattu le sanglier, et ils vinrent le chercher pour le dépecer et ils nous apportèrent des présents à leur mesure : galettes, fruits, miel. Myrina construisit une cabane à l'aide de pieux et de branchages, et ainsi fûmes-nous à l'abri de la pluie et des bêtes. Mais en cette saison chaude, il ne pleuvait pas et les nuits étaient douces. Pendant tous ces jours, Myrina ne s'éloigna que rarement, pour aller chercher des ingrédients afin de renouveler les emplâtres sur ma blessure et chasser des cailles à la fronde ou relever les collets qu'elle disposait aux alentours pour capturer des lapins sauvages.

Nous laissions lentement s écouler le temps dans un calme bonheur. Nous passions la plus grande partie du jour assis côte à côte et surtout couchés, nos corps étroitement enlacés, chacun jouissant du plaisir de sentir la présence de l'autre. Et, la nuit, nous dormions pareillement enlacés. Mais pas une fois je n'ai demandé à Myrina si elle ressentait de l'amour pour moi, car de cela j'étais sûr. Et non plus je ne m'unis à elle; les premiers jours, je ne le cherchai pas, tant ma cuisse était douloureuse. Lorsque je me sentis mieux, je voulus venir en elle, mais elle me retint.

— Sans doute, lui ai-je dit, tu te réserves pour celui que tu as désigné pour devenir ton époux, et il est bien que ce soit ainsi.

Elle me regarda avec tendresse et répondit :

— Ne parle pas ainsi. Si je me réservais pour ce Mashashor, crois-tu que je te laisserais me prendre dans tes bras ? Et te laisserai-je m'embrasser comme tu le fais sans te lasser ? Et dormirons-nous sur la même couche sans que nulle étoffe ne sépare nos corps ? Tu m'as donné une trop grande preuve d'amour pour que je ne t'accorde pas tout ce que tu pourras me demander. Et toute ton attitude, autant tes caresses que ton respect pour ma virginité, m'apparaissent comme d'autres preuves de ton amour. Mais, je t'en prie, n'exige pas un don total de mon corps, car ce sont les dieux qui doivent décider de cela.

Je m'étonnais, et m'irritais en même temps, que même en cela elle prît conseil de sa déesse. Mais elle poursuivit ainsi :

— Les dieux sont maîtres de nos destins et je ne puis aller contre la volonté d'Artémis. Écoute : avant la prochaine lune nous célébrerons les fêtes de Dionysos. Au cours de ces mystères, le dieu se révèle aux femmes qui sont saisies par l'ivresse de sa beauté. Car les mystères de son culte remontent à l'origine du monde et seules les femmes ont le droit d'y participer. Ces femmes initiées à ses mystères sont appelées thyiades et elles conservent secrètement la tradition des temps où les femmes régnaient sur le monde et où elles seules pouvaient célébrer les cultes des dieux; les hommes n'étaient alors que les assesseurs du culte, comme Dionysos n'est que le serviteur de la Grande Mère et aussi son amant, car sous un autre nom il s'est uni à elle dans un sillon pour féconder la terre. Mais je ne puis t'en dire plus sans trahir le secret de nos mystères.

Ainsi Myrina m'apprit-elle qu'elle était une thyiade et l'une des prêtresses du culte de ce dieu, qui est comme chez nous le vert Osiris. Et elle ajouta :

— Lorsque nous serons parties dans les montagnes, pleines de l'ivresse de dieu, tu iras à ma recherche. Si tu ne me trouves pas, c'est que les dieux n'auront pas voulu que je sois à toi. Mais si tu me trouves au bout de ma course, tu pourras me prendre, car telle sera la volonté de Dionysos.

Et moi, je n'ai plus vécu que dans l'attente de ces fêtes de ce dieu.

A Assana, nous étions attendus avec impatience, car la renommée de notre exploit était déjà parvenue jusque là-bas. Meshetour et son père se réjouirent de nous revoir et le roi ordonna un grand banquet en notre honneur. Seul Malanoupa, qui était rentré depuis déjà quelque temps du château de son père, montrait son mécontentement et me regardait d'un air sombre. Mais il n'osait me provoquer, car il avait entendu le récit de notre chasse de la bouche de Myrina et de la mienne, et aussi il pouvait voir lors des exercices sur la plage quelle était ma force à la lutte et mon habileté dans le maniement des armes. Et alors qu'autrefois Myrina ne venait que rarement s'exercer avec les jeunes garçons sur la plage, maintenant elle s'y rendait chaque matin et nous luttions ensemble et tirions à l'arc. Elle m'apprit aussi à monter sur le dos des chevaux et à ne pas être désarçonné lorsqu'ils se mettaient à galoper. Ainsi étions-nous presque toujours ensemble, et visiblement elle ne cachait pas les sentiments qu'elle me portait. Or ce maladroit de Malanoupa vint vers Myrina et lui fit des reproches au nom de son frère; rien ne pouvait plus irriter la jeune fille, qui lui déclara que nul homme n'était son maître ni jamais ne le serait et que seule sa volonté serait le guide de ses actions; si elle avait désigné son frère comme l'époux qu'elle se choisirait, il n'en avait pas pour cela plus de droits sur elle, car elle ne considérait pas s'être engagée de quelque manière vis-à-vis de lui, et tant qu'elle ne l'avait pas épousé elle restait libre de son choix, comme lui-même restait libre de prendre une femme ou une concubine, et sans doute c'est ce qu'il faisait chez les Iliouna sans plus se soucier d'elle. Et les dieux qui m'étaient favorables incitèrent Malanoupa à répondre que Mashashor était un homme et un guerrier, et qu'il était naturel qu'il choisisse des concubines parmi les captives, alors que leurs femmes devaient se réserver pour leurs époux, leur destin étant uniquement de leur faire de beaux enfants mâles et les servir fidèlement. Car c'est ainsi que les Akhaouasha regardent les femmes, qui ne sont à leurs yeux que leurs servantes et l'unique moyen que leur accordent les dieux pour obtenir une progéniture. Et l'on prétend même que pour nombre d'entre eux ils ne voient pas d'autre utilité dans les femmes, car pour ce qui est du plaisir ils le prennent souvent entre eux. Elle a alors regardé Malanoupa avec dédain et il lui a répondu : « Malanoupa, ta sottise et ta vanité sont telles qu'un jour elles te perdront. Ne recommence jamais à tenir devant moi de tels propos, car il me suffira de mes mains pour te faire mordre la poussière et te montrer si Myrina n'est faite que pour servir fidèlement ton frère. » Tout cela ne faisait qu'affirmer la jeune fille dans les sentiments qu'elle me portait, et moi-même j'oubliai entre ses bras la Terre Chérie et l'épouse que j'y avais laissée.

J'étais presque reconnaissant à Malanoupa car, lorsque nous fûmes de retour à Assana, Myrina ne voulut pas que je vienne la retrouver dans sa chambre, conduite par une sorte de pudeur vis-à-vis de sa famille. Mais les paroles de Malanoupa allumèrent en elle une telle colère que c'est elle qui le soir même vint dormir avec moi dans ma chambre, et elle recommença chaque soir, sans se cacher, avec une sorte d'ostentation provoquante. Mais nul n'osa lui en faire le reproche. Meshetour, qui n'aimait pas Malanoupa et n'envisageait pas sans regret le mariage de sa sœur avec Mashashor, vint au-devant de moi et me dit :

— Merirê, sans doute un dieu te protège ! J'ai vu que ma sœur t'aime et je m'en réjouis, car nous ne pensions pas qu'elle pût respecter un homme. Il serait beau que tu deviennes son époux et ce serait une chose merveilleuse, car elle a refusé les plus puissants parmi les chefs akhaouasha qui étaient sur les rangs. Mais dès ce jour du dois prendre garde, car tu t'es fait en Mashashor un ennemi terrible.

Je le regardai et je lui répondis :

— Meshetour, ton amitié m'est précieuse, mais ne te fais pas de soucis pour moi. Pour l'amour de Myrina, je suis prêt à affronter tous les périls et même à mourir si telle est la volonté des dieux.

Les fêtes de Dionysos durent plusieurs jours, mais c'est le dernier jour que se célèbrent les rites secrets des femmes, qui ensuite s'en vont courir dans les collines pleines de la présence du dieu. C'est à ces cérémonies que ne doivent pas assister les hommes; mais ils participent à toutes les fêtes qui les précèdent. Pour moi, je n'y vins que comme spectateur. Quelque temps avant que ne débutent les fêtes, Myrina avait quitté la demeure de son père pour se retirer dans l'enclos sacré du dieu, et je savais que je n'allais plus pouvoir l'approcher jusqu'au dernier jour. Et vint ce dernier jour que j'espérais depuis longtemps.

Un grand trouble avait envahi mon cœur. Je m'étais assis au bord de la mer et je regardais vers le sud, vers la Terre Chérie. Car la nuit passée j'avais vu en rêve mon épouse aimée; elle était venue vers moi et m'avait dit en nouant ses bras parfumés autour de mon cou : « Oh ! mon aimé, je savais bien que tu n'étais pas mort ! Mais pourquoi as-tu tant attendu pour revenir auprès de moi ? Quel vent mauvais t'a ainsi retenu au loin ? » Et moi je ne savais que lui répondre; je la pris dans mes bras et lui couvris le visage de baisers, et je la couchai sur des coussins pour lui donner mon amour; et je pris mon plaisir avec elle mais je vis alors que j'étreignais Myrina, et je me suis éveillé, seul sur ma couche. Toute la journée ce rêve m'a obsédé, et je suis allé ainsi m'asseoir sur la plage. Quel dieu m'avait envoyé ce rêve ? Je ne savais que penser et je ne pouvais me décider à me lever pour aller assister aux dernières cérémonies.

Une main qui se posa sur mon épaule me ramena à la réalité. Meshetour se tenait près de moi; il me dit que la fête allait commencer et m'invita à l'accompagner Je me laissai entraîner par lui vers l'enclos sacré de Dionysos, au pied de la haute colline qui domine la ville dans ses murs. Une grande foule se trouvait là, gens venus de la cité et des campagnes environnantes. Tous étaient joyeux et bruyants, car le vin coulait à flots. En nombre d'endroits s'étaient installés des petits marchands qui présentaient sur des tréteaux bas ou à même le sol des fruits et des légumes, des gâteaux, des beignets au miel, des crustacés et des poissons; au-dessus de la foule s'élevait la fumée des viandes, chèvre et mouton, cuites à la broche, qui imprégnait l'air du soir. Mais la plupart des chalands se pressaient surtout autour des éventaires des marchands d'amulettes : modèles en argile de doubles haches et de cornes, statuettes de la Grande Mère, les bras levés ou arqués vers les hanches, très grossièrement modelées et peintes de traits ondulants rouges. Chacun voulait avoir son amulette, consacrée par les prêtresses de Dionysos et d'Artémis. Nous avons dû jouer des épaules et des coudes pour parvenir vers les premiers rangs, car on avait annoncé l'arrivée du cortège des thyiades, et chacun se pressait vers la route qui conduisait à l'enclos de Dionysos.

Des sons de flûte s'entremêlèrent, scandés par les bruits mats des tambourins et le tintement des crotales de bronze. Ces instruments étaient joués par des femmes qui bondissaient ou sautillaient tout en continuant de produire une musique vive et sinueuse qui accompagnait leurs pas. Et derrière elles avançaient en dansant en des gestes désordonnés d'autres femmes qui entouraient la grande prêtresse. Celle-ci était assise de côté sur un cheval et elle était entièrement nue, mais ses membres s'ornaient de bijoux précieux et sur sa tête reposait un lourd chapeau au bord duquel étaient suspendus des anneaux qui s'entrechoquaient en tintinabulant doucement. Et près du cheval se tenait Myrina. Elle était à demi vêtue d'une peau de léopard qui lui couvrait le dos, et les pattes nouées sur sa gorge et sur son ventre ne lui voilaient qu'en partie le torse; ce vêtement était celui de certaines hautes prêtresses, celle d'Artémis, celle d'Athéna et celle de Dionysos; les prêtresses de second rang portaient de la même manière une peau de faon ou de daim, ou encore de chèvre; les autres femmes qui participaient aux cérémonies avaient serré leur taille dans la longue jupe qui tombait plus ou moins bas sur les jambes, mais elles ne mettaient pas la partie haute du vêtement afin de se distinguer des autres femmes. Et presque toutes brandissaient le thyrse, un roseau orné de bandelettes et d'une pomme de pin; mais je savais que la pomme de pin du thyrse des prêtresses dissimulait une pointe de bronze avec laquelle elles mettaient à mort les hommes impies tentés de surprendre leurs cérémonies secrètes, au moment où elles s'en vont dans les montagnes.

Derrière venaient les bêtes destinées au sacrifice : un fort taureau noir et douze génisses blanches, sans tache, conduits par des hommes, fidèles de la Grande Mère, qu'on appelle corybantes. Ils avaient les reins ceints d'une épaisse peau de bête qui se fermait sur la taille mais laissait nu le bas de leur ventre; et sous ce pagne était attachée une queue de cheval qui pendait dans leur dos; plusieurs d'entre eux jouaient de la flûte, et ceux qui conduisaient les bêtes portaient un masque qui leur donnait un visage grotesque et des oreilles de cheval.

Le cortège bruyant s'arrêta près de l'enclos du dieu, sur une vaste aire au centre de laquelle était aménagée une fosse profonde, devant un poteau en bois équarri dont l'extrémité arrondie était couverte d'un masque de personnage barbu qu'on avait couronné de lierre frais. Tout alentour, on commençait à mettre le feu à de grands bûchers; et le crépitement des flammes se mêla à celui des crécelles, et leurs lueurs s'unirent à celles du soleil couchant pour jeter sur l'assemblée des lueurs pourpres comme le sang du dieu. La musique s'est faite plus lente tandis que chacun prenait sa place, sans que les femmes cessent de danser. Je vis Myrina, qui aida la grande prêtresse à descendre de sa monture, et une autre prêtresse lui remit une urne avec laquelle elle fit des libations sur la fosse et sur les feux. Et pendant ce temps les musiciennes se placèrent autour de la statue de bois du dieu sans cesser de jouer et les femmes dansèrent tout autour en s'agitant de plus en plus vivement, soit qu'elles se missent par couples, les bras enlacés, soit qu'elles restassent seules, le thyrse levé, rejetant la tête en arrière avec des cris perçants.

Pour moi, je portais sans cesse mes regards vers Myrina qui tenait d'une main son thyrse et de l'autre le bras de la grande prêtresse. J'appelle cette femme grande prêtresse, mais en réalité selon ce que m'apprit Meshetour, elle incarnait la Terre Mère, elle était identifiée à la déesse, et c'est pourquoi il n'y avait pas d'effigie de celle-ci, alors qu'on en avait dressé une du dieu qui n'était que son serviteur. Myrina avait la tête couronnée de lierre et sa chevelure défaite coulait en désordre sur ses épaules comme une crinière qui scintillait dans le soleil couchant ; et j'en oubliais mon rêve, et je ne pensais plus qu'à cette prochaine nuit qui allait peut-être me donner la jeune fille.

A la suite des libations, corybantes et thyiades simulèrent, un combat, comme chez nous les partisans d'Horus et ceux de Seth lors des mystères de Bouto. Et d'abord les hommes ont semblé dominer, mais à la fin les femmes ont visiblement remporté la victoire et elles ont dansé toutes de plus en plus vivement pour célébrer leur triomphe. Et, tandis que les thyiades et les corybantes dansaient en tournant de plus en plus vite, les prêtresses jetèrent dans le feu des plantes odoriférantes et des résines qui crépitèrent, et une fumée chargée d'odeurs agréables vint envelopper la foule des spectateurs, qui accompagnaient les danses de leurs cris et de claquements de mains. J'ai alors vu ce que jamais je n'aurais pu imaginer. D'abord une danseuse qui s'agitait, le torse luisant de sueur, la tête rejetée en arrière, s'avança vers l'un des feux et se mit à danser sur les braises rougeoyantes; et ainsi traversa-t-elle lentement le brasier sans paraître en sentir la chaleur brûlante sous ses pieds nus, et elle en ressortit tout en continuant de danser. D'autres danseuses, sans doute possédées du dieu, s'élançèrent à leur tour dans les brasiers et pas une n'en ressortit les pieds brûlés. Et Myrina elle-même, qui s'était aussi mise à tournoyer en dansant comme la ronde des étoiles dans le ciel, passa sur le brasier sans que ses pieds en souffrissent !

Les sacrificateurs avaient conduit le grand taureau près de la fosse. L'un d'eux, un homme puissant, plus grand que moi, ses longs cheveux tressés tenus par un bandeau serrant son front, la taille serrée dans une large ceinture, se plaça au-dessus du taureau maintenu par plusieurs hommes, et il éleva une lourde hache à deux tranchants et l'abattit sur le front de la victime, qui s'affaissa en beuglant. Aussitôt un autre sacrificateur ouvrit largement la gorge de la bête, d'où ruissela dans la fosse un sang épais qu'une prêtresse recueillit dans un grand vase. Et la grande prêtresse but du sang à la coupe et s'en oignit en partie le torse, puis à son tour elle se mit à danser. Et chacune des thyiades but du sang du taureau afin d'absorber la puissance de dieu, et le sacrificateur abattit ensuite les génisses, dont le sang fut recueilli pour être bu; et chacun voulu avoir sa part, même parmi les spectateurs, qui commençèrent aussi à se mettre à danser en invoquant le dieu.

Moi-même j'ai goûté à ce breuvage fade et j'ai aussi été saisi de l'ivresse du dieu. On avait mis les bêtes à rôtir sur les grands foyers et les outres de vin circulèrent parmi la foule, au point que je ne sais si je n'étais pas plutôt ivre de vin. Et tandis que les spectateurs se partageaient la viande des bêtes sacrifiées dont le sang avait en partie inondé la fosse en l'honneur des divinités souterraines, les thiyades s'enfuirent dans la nuit à la suite de la grande prêtresse, toujours dansant et frappant dans leurs mains ou sur. les tambourins.

Je ne sais quelle divinité m'a poussé à partir sur leur piste, à moins que ce n'eût été la crainte de ne plus pouvoir retrouver Myrina. J'avais profité d'un moment où Meshetour s'était éloigné pour aller chercher sa part de viande et où chacun se pressait auprès des feux. Je courus sur le chemin, anxieux de ne pas retrouver leur trace mais bientôt j'entendis au loin leurs cris et les sons assourdis des tambourins. J'étais partagé entre la crainte du dieu dont je risquais de surprendre les mystères et le mépris qu'en mon âme d'Égyptien j'éprouvais pour cette divinité barbare. Je n'allai aussi qu'avec prudence car je savais que si j'étais vu de l'une des thyiades, je perdais Myrina, car même si ces femmes ainsi possédées du dieu ne parvenaient pas à me tuer avec leurs javelots et leurs ongles — car je ne pensais pas qu'elles pussent être plus rapides que moi à la course — Myrina ne pourrait me pardonner mon sacrilège. J'en avais un sentiment si aigu qu'à plusieurs reprises je m'arrêtai, décidé à revenir sur mes pas, car Myrina m'avait dit que je ne devais aller à sa recherche que lorsque chacun serait rentré chez soi et que la nuit serait parvenue près des portes de l'aurore. Mais je redoutais plus encore de ne pouvoir la retrouver dans ces vastes solitudes, et je reprenais alors ma course en invoquant le nom d'Amon et celui d'Isis, trône du ciel.

Longtemps je marchai ainsi dans les collines remplies des odeurs de la nuit et des bruissements des insectes. Un moment je ne perçus plus les cris des thyiades, mais en parvenant au haut d'une colline, je distinguai dans le lointain des lueurs de leurs torches qui se mouvaient comme des lucioles dans les hauts buissons par les chauds soirs d'été. Alors je repartis en courant en leur direction, sûr de ne pas être surpris. Soudain je m'arrêtai, l'oreille tendue. Le son des instruments avait cédé la place à une sombre mélopée qui était parfois coupée par des cris gutturaux, et j'aperçus des lueurs de torches. Je n'allai plus qu'avec prudence, le buste courbé comme lorsque je m'approchais des troupes d'oryx dans le désert. Je discernai bientôt à travers les arbres d'une forêt les silhouettes des femmes, que dessinaient les lueurs des torches. Je m'avançai encore autant que je le pus sans risquer d'être découvert; puis, avisant un grand arbre je m'élevai le long de son tronc rugueux, jusqu'à une fourche feuillue qui me dissimulait. Un instant je pris conscience de mon audace sacrilège et aussi du danger que je courais si j'étais surpris car il m'aurait alors été impossible de m'enfuir.Mais ma curiosité était plus forte encore que mes craintes.

Dans une grande clairière étaient réunies les thyiades, autour de leur grande prêtresse. Elles ne dansaient plus et quelques-unes chantaient cette lente mélopée qui me faisait frissonner. Et voici : plusieurs d'entre elle serraient dans leurs mains des chevreaux et des faons qu'elles avaient dû attraper au cours de leur course. Elles avaient déchiré les bêtes et leur arrachaient la peau; ainsi, les mains et les bras ruisselants de sang, elles se mirent à dévorer la chair crue, la chair du dieu sacrifié et déchiré, la chair palpitante de Dionysos, qui s'incarnait ainsi en elles. Puis elles se remirent à danser en poussant des « io » « io» pareils au cri de la chouette, l'oiseau nocturne d'Athéna. Le dieu les possédait alors totalement, car je voyais qu'elles tordaient leurs corps en tous sens et sautaient en se contorsionnant. Puis certaines se mirent à arracher leur robe et d'autres s'approchèrent, qui les fustigèrent vigoureusement avec des poignées de joncs, jusqu'à ce qu'elles s'élancent hors de la clairière en hululant soit seules soit plusieurs en même temps.

Au milieu de ces femmes en délire je reconnnus Myrina et mon regard s'attacha à elle. Elle aussi était saisie des transes divines; elle avait déchiré la chair crue et dansé; puis, rejetant la peau de panthère, elle se laissa longtemps fustiger avant de disparaître dans la nuit. Alors, au risque d'être découvert, je suis descendu en hâte de mon arbre et je me suis glissé hors du cercle de lumière. Je m'élançai dans la direction où j'avais vu partir Myrina, mais la nuit était sombre encore et j'allais au hasard, l'oreille tendue, espérant entendre un cri. J'alternais la course et la marche, les yeux exorbités, pour tenter de percer les ténèbres. Lorsque l'aube blanchit l'horizon oriental, j'errais encore par les collines sans avoir pu retrouver la jeune fille. Je n'allais plus qu'au hasard, m'en remettant à Hathor pour me guider vers le but de mon amour. Et certainement c'est la Dorée qui conduisit mes pas vers une source vive dans un bois clairsemé; je me lavai le visage et le corps, tout couvert de sueur et du sang des sacrifices. Et, un peu plus loin, je découvris Myrina endormie. Elle aussi avait dû se purifier le corps, car sa peau était lisse et sans tache. Elle avait abandonnée son thyrse à quelque distance mais avait encore conservé sa couronne de lierre. Elle reposait sur le ventre, seulement vêtue de sa longue chevelure, qui tombait en désordre jusque sur ses reins.

Mon cœur, en découvrant celle que j'aimais, avait bondi comme la gazelle que surprend le lion auprès de la mare. Je me suis approché d'elle et un instant j'ai contemplé sa beauté. Alors je me suis agenouillé près d'elle et j'ai posé ma main sur son épaule douce; et ma main habituellement si ferme, ma main tremblait comme celle d'un enfant tant mon cœur était faible en sa présence. Avec précaution je la tournai sur le dos, car je ne voulais pas l'éveiller, mais je désirais voir son visage. Aussitôt elle a ouvert les yeux, et en me reconnaissant elle a souri :

— Oh, comme la déesse a eu tôt fait de te conduire jusqu'à moi ! s'est-elle exclamée.

— C'est Hathor, la Dorée, que j'ai invoqué, car sans doute avait-elle hâte de te voir entre mes bras, mais pas autant que moi.

Elle a tendu les bras vers moi, car elle savait par ma bouche qui est la Dorée chez nous. Je la sentais lasse à la suite d'une si longue course et pour avoir tant dansé, et son corps était encore tout chaud et humide, car elle venait à peine de s'assoupir. Je lui demandai si elle voulait encore se reposer, mais elle me répondit qu'elle ne voulait qu'une chose, qu'elle désirait depuis bien longtemps au fond d'elle-même. Et elle m'attira contre son sein et s'ouvrit entièrement à moi. Le sommeil et la fatigue nous avaient quittés et nous ne pouvions nous résoudre à nous désunir car inlassablement la Dorée faisait renaître en nous le désir, à peine l'avions-nous assouvi. Seule la soif nous obligea à nous séparer et seule la faim nous décida à quitter ce lieu alors que le soleil déclinait sur l'horizon occidental.

Désormais j'oubliai tout entre les bras de Myrina. Je voulais qu'elle m'épousât selon les rites de son pays et je déclarai que je resterais auprès d'elle, et si elle désirait nous irions vers les terres du levant; et je lui conquerrais un empire dont elle serait la maîtresse. Sans doute croyait-elle que l'amour me faisait parler ainsi et elle riait. Mais j'avais eu le tort de lui dire que c'était la Dorée que m'avait conduit auprès d'elle, et elle n'était pas certaine que sa propre déesse, Artémis, m'ait désigné pour être son époux. Alors elle me dit :

— Merirê, aimé de mon cœur, je voudrais devenir ton épouse mais je ne sais encore si Artémis protège cette union.

Je voulus protester j'assurai qu'il ne pouvait en être autrement puisqu'elle m'avait conduit jusqu'à elle, mais Myrina m'interrompit.

— Voici, dit-elle. Dans une dizaine de mois, un vaisseau profond doit venir ici, envoyé du pays des Iliouna par mon frère Palameta, qui commande nos guerriers. Cela est prévu depuis longtemps. Il doit emmener Meshetour et les jeunes gens de la ville, qui vont grossir les rangs de nos guerriers. Ce même bateau doit aussi me conduire auprès de Mashashor. Si d'ici là tu as engendré en mon sein un enfant que je voudrais être une fille, je deviendrai ton épouse, car Artémis aura manifesté sa volonté. Nous ferons alors ce que tu voudras, soit que nous restions ici, soit que nous allions avec le vaisseau pour rejoindre le pays des Iliouna. Là, tu pourras combattre à la tête de nos guerriers ou faire ce que tu décideras. Dans le cas contraire, je saurai que la déesse ne t'a pas agréé; alors nous partirons ensemble pour le pays des Iliouna et j'y épouserai Mashashor comme je devais le faire, et toi tu ne penseras plus à moi; et là-bas tu trouveras sans doute une occasion pour rentrer en Égypte soit par la mer, soit par les chemins de la terre.

J'ai accepté la décision de Myrina, car je voyais qu'une divinité parlait par sa bouche et je savais que rien ne pourrait lui faire changer sa décision.

## XIX

## LES ROUTES DE L'ÉGYPTE

Ces mois s'écoulèrent dans le bonheur et dans l'inquiétude. Dans le bonheur, car je ne quittais plus Myrina, pour qui mon amour ne faisait que s'accroître. Nous nous exercions ensemble, nous allions très souvent chasser, tous les deux seuls comme lors de la chasse du sanglier, nous dormions sur la même couche, dans sa chambre ou sur la terre dure. Dans l'inquiétude, car, bien que j'ensemençasse son champ sans jamais me lasser, il restait stérile. Et je me dis que sa déesse me punissait pour avoir violé le secret des mystères de Dionysos. Bien des fois j'ai sacrifié aux dieux de Myrina afin de me les rendre favorables, mais ils ont repoussé mes prières et Hathor, qui m'avait conduit dans les bras de la jeune femme, ne put m'aider en cela, sans doute parce que son pouvoir ne s'étendait pas à une étrangère. Et la grande nef des Akhaouasha vint aborder sur la plage d'Assana sans que j'eusse fécondé Myrina. Je voyais aussi qu'elle était triste, mais elle s'était engagée auprès de sa déesse et elle ne pouvait plus se dédire. Ainsi avons-nous embarqué avec les jeunes guerriers et Malanoupa nous accompagnait.

Le voyage pour parvenir jusqu'à la cité des Iliouna était long, plus d'un mois de navigation. Les barques des Akhaouasha sont étroites et dépourvues de pont. Les guerriers déposent leurs lances pour manier la rame et ils naviguent toujours très près des côtes, de manière que la nuit — et lorsque le ciel devient menaçant — on tire le vaisseau sur le sable. Aussi, si dans la journée je me trouvai éloigné de Myrina, car je tenais la rame avec les autres jeunes gens, la nuit nous réunissait car nous nous retirions à l'écart, sous une même couverture.

Un soir, alors que nous approchions du terme de ce voyage, Myrina me dit :

— Les dieux en ont décidé autrement que nous l'espérions dans le fond de nos cœurs. Lorsque nous serons arrivés dans le camp des Akhaouasha, ne cherche plus à me voir en secret. Sans doute Mashashor saura-t-il par son frère ce qui s'est passé entre nous, mais je sais qu'il ne dira rien car il serait obligé de renoncer à moi et il aurait pour lui la honte et l'humiliation. Mais il te cherchera querelle à tout propos car, tel que je le connais, seule ta mort pourra effacer dans son esprit un tel affront.

— Je n'ai qu'un désir, c'est qu'il me provoque, car c'est moi qui veux sa mort : tu es à moi et non à lui et, c'est lui qui t'enlève à moi.

— Merirê, écoute-moi. Il t'est interdit de le tuer, tu m'entends ? Évite-le et, s'il te provoque, refuse le combat quoi que cela te coûte, car si tu le tuais je devrais te poursuivre de ma colère.

Ces mots me pénétrèrent dans le cœur comme un dard aigu.

— Quoi ! m'écriai-je, m'aimes-tu si peu que tu serais capable de si vite me haïr ?

— Merirê, sache que je t'aime comme jamais je ne pensais qu'on pût aimer un autre être et je souffre tout autant que toi de la décision des dieux. Mais, tout en continuant de t'aimer, si tu tuais Mashashor je serai obligée de te combattre; je devrais le faire en tant qu'épouse de Mashashor pour ne pas me déshonorer aux yeux des Akhaouasha, et aussi en tant que prêtresse d'Artémis, car elle a trop visiblement manifesté sa volonté. Alors il ne te restera plus que l'alternative de me tuer ou de mourir de ma main.

— Que dis-tu là, m'écriai-je, scandalisé. Comment pourrais-je tuer celle que j'aime le plus au monde ? Tue-moi plutôt tout de suite avec ce poignard, la mort que tu me donneras sera plus douce que la vie et je te bénirai.

Elle posa ses doigts sur ma bouche :

— Ne parle pas ainsi ! Les dieux n'ont pas voulu que je sois à toi parce que certainement ton épouse continue de t'attendre dans ton pays, et il aurait été trop cruel que tu l'abandonnasses après lui avoir donné ton coeur. Pour le reste, nul ne sait ce que nous réserve l'avenir. Nous sommes entre les mains des dieux; laisse-les agir et ne cherche pas à t'élever contre leurs décrets. Nous sommes si peu en face d'eux, une poignée de sable qui glisse dans la main. Telle est notre vie ! Une brindille que brise un enfant en jouant, voilà ce que nous sommes, voilà ce que tu es, pour fort que tu sois ! Depuis l'origine des temps, que de rois qui se croyaient d'essence divine et dont un seul regard faisait trembler les hommes sont passés sur la terre et ne sont plus que quelques grains de poussière que balaie le moindre souffle de vent.

Et moi, j'ai alors senti ma faiblesse et j'ai admiré la sagesse que les dieux avaient mise dans le cœur d'une femme si jeune. Et je songeai que sans doute elle était digne de régner sur les hommes.

Quelques jours plus tard, nous parvenions au pays des Dardanoui où se trouve la cité des Iliouna. Le matin même, au moment où le soleil dans sa barque divine pare d'une poussière d'or l'horizon oriental, Myrina s'est levée de notre couche, s'arrachant à mes bras.

— Voilà, dit-elle, désormais nous ne nous reverrons plus guère. Dès cet instant tâche de m'oublier, comme moi-même j'essaierai de me tenir loin de toi.

— Comment peux-tu croire que je vais si vite oublier l'amour qui me brûle le cœur pour toi ? Comment pourrais-je chasser de mon esprit les jours et les nuits que nous avons passés ensemble, tes baisers et tes caresses, la douceur de ta peau, l'or de tes cheveux, la flamme claire de ton regard ?

— Moi non plus, Merirê, je ne pourrais t'oublier, et c'est toi qui sera toujours près de moi et tu me visiteras dans mes rêves et je vivrai dans le souvenir des heures de notre amour. Mais je ferai aussi comme si je ne te connaissais pas, et tout cela restera enfoui dans le secret de mon âme. Lorsque nous aurons abordé, je suivrai Malanoupa dans le camp des guerriers de Tirun et toi tu iras avec ceux d'Assana, et j'éviterai de te rencontrer. Pense à moi si tu le veux, mais fais comme si tu m'avais oubliée.

Lorsque nous sautâmes dans le sable, Myrina me lança un dernier regard et je crus voir briller une larme dans ses yeux. Moi-même il me sembla que mon cœur allait éclater et j'étais aussi tout près de pleurer comme un enfant qui a perdu sa mère, mais je chassai un si fort chagrin qui abattait mon âme. Meshetour et ses compagnons se dirigèrent vers le camp des guerriers d'Assana, où je les suivis. Et là je conus Palameta, qui m'accueillit comme un frère; et j'aurais pu être son frère en vérité si les dieux avaient voulu que Myrina devînt mon épouse. Je dis à Palameta qu'en attendant que se présentât pour moi une occasion de rentrer en Égypte, je combattrai à ses côtés, et il en fut satisfait. Et moi j'espérais trouver dans la bataille une diversion à mon chagrin. Ainsi ai-je partagé avec Meshetour la tente qui lui était destinée.

Le lendemain, dès que le soleil monta dans sa barque de pourpre, sur l'horizon oriental, les guerriers se réunirent pour se répandre dans la plaine. Avant que je ne quitte sa demeure, le roi Ouroupala m'avait fait présent d'une longue épée et d'une forte lance, et son fils me donna un bouclier.

Je montai sur le char de Meshetour, et il poussa ses chevaux. Les guerriers se déployaient dans la plaine, comme les eaux débordantes d'un fleuve. Et je vis au loin la cité des Iliouna dressée sur une hauteur et entourée de remparts pareils à ceux que j'avais vus chez mes hôtes. Les portes étaient ouvertes pour laisser sortir le flot des guerriers et des chars qui s'en venaient dans la plaine à la rencontre des Akhaouasha. Et je songeai en mon cœur qu'une armée égyptienne aurait eu peu de gloire à semer la terreur parmi ces hommes qui sortaient sans nul ordre de leur cité, et que celle-ci n'aurait pas résisté plus de trois jours aux assauts de nos bons soldats.

Les chars étaient montés par les princes, car ce qui est pour nous une arme redoutable dont nous formons des escadrons qui servent à briser les rangs ennemis était pour les Peuples de la Mer un véhicule rare que seuls pouvaient posséder les princes. Et ceux-ci ne l'utilisent que pour aller au combat; lorsqu'ils sont près de l'adversaire, ils descendent du char et combattent à pied.

Et voici : sans daigner tourner leurs regards vers les adversaires qui ne leur prêtaient pas plus d'attention, les chefs des Akhaouasha conduisirent les chars en un lieu où ils se réunirent, et descendant de leurs véhicules, qu'ils laissèrent aux mains de leurs écuyers, ils tinrent conseil pour décider si ce jour-là on se battrait, ou encore quelle ruse on utiliserait pour malmener l'adversaire. Or j'étais resté sur le char de Meshetour car je n'avais rien à faire dans cette assemblée. Lorsque les chefs se séparèrent, l'un d'eux, qui dominait les autres par sa taille vint vers moi; il était accompagné de Malanoupa. Sans doute est-ce là son illustre frère Mashashor, dis-je à mon âme.

Il s'arrêta devant moi et me regarda avec insolence, un sourire aux lèvres. Il dit alors :

— Je voulais savoir comment est fait un Égyptien.

— Tu es sans doute satisfait, maintenant, lui répondis-je.

Et voici : il leva son javelot d'un geste prompt et le lança vers moi avec force. Mais je fis un bond de côté, et l'arme alla se planter dans le bois d'un char voisin. Tous les guerriers, qui avaient tourné leurs regards vers nous, poussèrent un cri, et on blâma la perfidie de Mashashor autant qu'on admirait mon esquive. Alors l'insolent déclara en riant :

— Mon frère m'a dit comment tu as évité ses javelots. Je reconnais qu'il n'a pas menti.

— T'a-t-il dit aussi comment je lance moi-même le javelot ? lui demandais-je en imitant son rire.

Son visage devint sombre. Je vis que son cœur demandait s'il allait saisir son épée pour marcher contre moi ou prendre le javelot que tenait son frère. Je serrai ma lance dans ma main, tout mon corps tendu comme une panthère du Midi, prête à s'élancer : s'il avait fait l'un ou l'autre geste, mon javelot lui aurait fait voir la sombre couleur avant qu'il eût pu saisir l'une des armes car en cet instant ma colère était telle que j'en avais oublié la promesse que j'avais faite à Myrina. Mais le roi Menirou, l'un des principaux parmi les Akhaouasha, lui prit le bras et dit :

— Mashashor, ne cherche pas de querelle. Il y a suffisamment de gens sur qui passer ta fureur de l'autre côté de la plaine pour ne pas semer la discorde dans notre camp. Et tu n'as pas agi avec honneur en essayant de porter un mauvais coup à l'hôte de Meshetour.

Mashashor se tourna vers lui et dit :

— Menirou, il faut que tu sois avec ton frère l'un des plus puissants et des plus riches parmi nous pour que je te respecte ainsi. Nul autre que toi n'aurait pu me faire ce reproche sans connaître la couleur de la mort.

— Mashashor, ton cœur est trop violent, reprit Menirou. Apprends à le dompter, car tu trouveras un jour ton maître, qui te brisera les dents.

Mashashor se mit à rire, et il riait si fort que sa cuirasse était secouée comme le tambourin que les danseuses agitent dans leurs mains rapides. Et sans cesser de rire il s'en revint sur son char. Palameta vint prendre place sur son char rangé près de celui de son frère, et il me dit :

— Mashashor est un homme perfide, et son cœur n'est que combat et carnage. Nous avons tous admiré la promptitude de ta défense, mais il te cherchera encore des querelles, et je tremble pour l'hôte de mon frère et de mon père.

— Tu as vu, lui ai-je répondu, que je ne suis pas un petit enfant qui s'accroche en pleurant à la robe de sa mère. Et crois qu'il y a un instant ce n'est pas pour moi, mais pour ce Mashashor que tu aurais dû trembler.

Meshetour vint près de moi sur le char, et il reprit les rênes.

— J'ai eu bien peur pour toi, mon, hôte ! dit-il en poussant ses chevaux.

— Et moi, lui répondis-je, j'ai eu bien peur pour Mashashor.

Les chars s'arrêtèrent sur une longue ligne. Palameta me désigna alors les guerriers ennemis, qui étaient à portée de javelot. Et parmi ceux-ci il nous en montra un qui portait une armure étincelante, et son casque était orné de grandes plumes.

— Celui-ci, dit-il, c'est Akhtouri, le plus brave et le plus fort parmi les Iliouna; et nul d'entre nous ne se soucie de se trouver face à lui dans la bataille.

— N'est-ce pas là un adversaire pour le noble Mashashor ? ai-je demandé.

Les guerriers descendirent de leurs chars, et ils s'avancèrent vers leurs adversaires, afin de s'éprouver mutuellement. Et moi, je restai sur le char de Meshetour pour garder les chevaux, car qu'importait à mon cœur cette querelle entre ces Peuples de la Mer ? J'étais prêt à repousser tout assaillant ou à m'élancer dans la mêlée comme le lion au milieu d'un troupeau d'antilopes, si Meshetour s'était trouvé en danger; mais dans cette guerre je n'étais qu'un spectateur, et non un officiant.

J'assistai à la mêlée des guerriers, et je vis les exploits de Meshetour, dont l'âme était sans faiblesse devant l'adversaire. Il revenait parfois vers le char pour boire et reposer son bras ou pour se munir d'une nouvelle lance; et je lui donnais alors de bonnes paroles pour soutenir le courage de son cœur.

Et voici : je vis de derrière les rangs des Iliouna un homme armé d'un arc qui lançait des flèches avec adresse sans que nul puisse l'atteindre, car son arc était puissant. Et un trait perça le bras de Meshetour, qui lâcha son épée. Sans doute aurait-il reçu un mauvais coup, car il chercha à retirer la flèche de son bras, sans protéger son corps contre les lances ennemies. Mais j'avais sauté hors du char, deux javelots dans une main et un dans l'autre; et je courus vers les Iliouna, qui le serraient de près. Il était tombé à terre, et je vis un guerrier lever sa lance pour le frapper. Mais mon javelot vola de ma main, et l'armure du guerrier ne lui servit de rien. L'arme avait pénétré près du cœur, et il tomba. Les vils Iliouna pressaient de toutes parts Meshetour, et seul parmi les siens son frère Palameta se trouvait près de lui. Et sans doute aurait-il succombé sous le nombre. Mais je m'élançai dans la mêlée en poussant mon cri de guerre, et je fus comme un taureau qui dans sa fureur abat une forêt d'arbrisseaux.

Mon javelot, que j'utilisais comme une lance, frappait comme l'aiguillon du bouvier qui harcèle le troupeau; et à chaque coup un homme tombait sous mes pas. Et sans doute Amon voulut-il me donner une grande gloire aux yeux des Akhaouasha, car la peur brisa les genoux de mes adversaires, et ils me montraient leur dos, et je n'avais plus que la peine de ramasser les javelots qui jonchaient le sol comme la balle après le battage du grain sur les aires, et mon bras ne cessait de se détendre, et à chaque fois tombait un Iliouna. Et le vent de crainte que j'avais déchaîné sur la tête de mes adversaires, qui ne cherchaient plus qu'à fuir mes javelots au bronze sans faiblesse, vint frapper les rangs des Iliouna. Montant dans leurs chars, les princes s'éloignèrent vers la ville, suivis par leurs guerriers, qui couraient comme un troupeau de daims que poursuit un lion. Mais les Akhaouasha ne cherchaient pas à les suivre; et je me trouvai seul à les harceler avec mes javelots. Je ne vis plus de traits sur le sol; et devant moi courait l'homme armé de l'arc qui avait blessé Meshetour. Il essayait de se dissimuler parmi ses compagnons, mais ses jambes n'étaient pas assez rapides, et je le saisis par les épaules. Il avait tiré son long poignard pour tenter de se défendre et je n'avais que mes deux mains nues. Mais j'avais serré son bras armé si fort dans mes deux mains qu'il ouvrit les doigts en poussant un cri de douleur. Il tomba à genoux à mes pieds, et il implora le souffle de vie :

— Quelle nouvelle gloire trouveras-tu dans ma mort ? Ah ! mon père est riche, et il te donnera une belle rançon, car j'ai une épouse aimée qui m'attend au loin, dans ma demeure.

Ces mots pénétrèrent dans mon oreille et je sentis mon cœur éclater comme le fruit mûr du grenadier. Je lui dis :

— Je ne te connais pas et ne te veux pas de mal. Moi aussi, j'ai laissé une épouse aimée, qui m'attend au loin dans ma haute demeure; et je ne sais si je verrai jamais le jour du retour. Ah ! pourquoi la laisses-tu seule dans sa maison ? Ne me donne pour rançon que ton bel arc et tes flèches et ton poignard, et retourne auprès de tes parents, car la guerre n'est pas une bonne chose.

Et il me rendit grâce et il me donna ses armes, et je le laissai aller sans lui faire de mal. Je revins vers les Akhaouasha avec cette belle arme qui était agréable à mon coeur. Lorsque je fus près de Meshetour, dont on avait enveloppé le bras dans des bandages, son frère Palameta me regarda et dit :

— C'est nous qui avons maintenant une dette envers toi, car je crois que les Iliouna, qui me pressaient de toutes parts, m'auraient fait connaître le goût de la mort, alors que je défendais mon frère.

— Palameta, lui ai-je répondu, tu m'attribues trop de gloire. Sans doute aurais-tu bien su, sans mon aide, éloigner ces Iliouna, comme le berger à coups de pierres disperse une troupe de chiens sauvages qui veulent se saisir de ses brebis. Moi je ne voulais que cet arc. Et sans doute, si les Iliouna me l'avaient donné, il n'auraient pas été si nombreux à voir la sombre couleur.

Or Menirou se tenait devant nous, et il prit la parole :

— Merirê, tu es comme le dieu des batailles; et jamais je n'ai vu pareille fureur animer le cœur d'un guerrier. Ah ! si tu voulais combattre dans nos rangs, elle serait vite prise, la ville des Illiouna !

Je le regardai et lui répondis :

— Pourquoi veux-tu m'éprouver, ô Menirou ? Votre querelle n'est pas ma querelle, et je ne suis pas venu ici pour apporter la destruction dans la cité des Iliouna. J'ai voulu aider Palameta à sauver son frère et mon désir s'était attaché à la possession de ce bel arc.

Menirou dit encore :

— Mes yeux ont vu que tu as laissé aller le maître de cet arc. C'est un bon archer; le meilleur dans les rangs des Iliouna. Si tu l'avais ramené, tu aurais pu en tirer une bonne rançon.

— Sans doute, Menirou, mais qu'aurais-je fait de la rançon ? Et ce malheureux est comme moi; son épouse aimée l'attend dans sa demeure.

Le jour suivant, je n'allai pas au combat. Je restai avec Meshetour, qui ne pouvait tenir une arme à cause de la blessure qu'il avait au bras. Il gémissait d'avoir ainsi été touché dès son premier combat, et de rester maintenant dans le camp, comme les serviteurs qui préparaient le repas. Ainsi, je lui tenais compagnie, et je l'emmenais avec moi à la chasse, afin de distraire mon âme. Et pendant tous ces jours mon âme restait partagée entre Myrina et Reshot. Car les paroles de l'archer avaient rappelé soudain à mon esprit mon épouse qui m'attendait dans la Terre Chérie; et je cherchais à penser intensément à elle pour oublier Myrina; mais comment pouvais-je par un tel subterfuge éloigner de mon coeur l'image aussi chère d'une femme que j'avais tant aimée et dont le parfum était encore dans mes vêtements et sur ma peau ? Cependant, comme elle me l'avait demandé, je ne cherchai pas à la revoir et elle-même resta dans le camp de Mashashor pour ne pas paraître à mes yeux.

Plusieurs fois encore Mashashor me chercha querelle. Comme je me présentais sur le champ de bataille, il passa près de moi et dit :

— Prêtre d'Égypte, on m'a dit que ton cœur était resté dans ce pays d'esclaves, et que tu es venu parmi nous pour trouver un moyen de revenir là-bas. Or prends patience, et quand nous aurons détruit la cité des Iliouna, je descendrai avec mes guerriers à la cotte de bronze, vers le pays des Syriens et celui des Égyptiens. Si tu vois encore le soleil, tu pourras nous suivre, et tu verras comment les Akhaouasha et les Danaouana réduiront en farine ces peuples d'esclaves, comme des grains de blé dans la meule.

Ces paroles pénétrèrent dans mon cœur comme la morsure d'un serpent, mais nul ne put voir mon trouble sur mon visage. Mes lèvres restèrent closes, et je ne daignai pas répondre. Mais, par ces mots, il avait jeté un feu nouveau dans mon âme; et je lui disais : « Calme-toi, mon âme, les bravades de cet impie ne doivent pas t'émouvoir. Ce qu'il convient maintenant, c'est de rentrer dans la Terre Chérie par un moyen que je trouverai moi-même, et d'armer l'Égypte afin que ce soient ces barbares qui se trouvent dans la meule comme les grains de blé. » Et je priai Amon, et j'allai dans la forêt qui couvre les flancs d'une montagne haute, voisine de la cité des Iliouna, et j'y capturai des bouquetins que je sacrifai au roi des dieux.

Et Amon entendit ma prière, et sa main fut sur ma tête.

Lorsque je rentrai au camp des Akhaouasha, je trouvai les chefs réunis près de la tente de Palameta. J'y allai, car je désirais voir Meshetour pour lui ouvrir mon coeur. Or je vis ceci : les princes formaient un vaste cercle, et Mashashor se trouvait au milieu d'eux. Il tenait d'une main un homme que je n'avais jamais vu : il portait une robe et ce n'était pas un guerrier. Et Mashashor le frappa de son poing et il criait :

— Parle donc, face de chien ! Que faisais-tu dans notre camp ?

Et l'homme tendait ses mains vers lui et il disait :

— Seigneur, j'ai parlé sans dissimuler. J'avais faim et j'espérais qu'on me donnerait à manger.

Et Mashashor le frappa et il le dépouilla de sa robe.

— Tu mens ! cria-t-il. Tu es un espion envoyé par les Ilious. Que voulais-tu savoir, et pourquoi rôdais-tu comme un chien autour de ma tente ?

— Mon roi, gémit le malheureux qui était tombé à genoux, j'ai dit la vérité, j'en fais le serment devant tous les dieux. Je demandais à tes serviteurs de me prendre comme leur esclave.

Mashashor éclata de rire et il s'écria :

— Qui voudrait d'un pareil esclave ? Ta carcasse est juste bonne à nourrir les chiens.

Il le frappa encore avec force. L'homme était tombé sur la terre, et Mashashor le fit rouler dans la poussière à coups de pied, et il continuait de crier, disant qu'il était un espion et qu'il allait lui arracher la langue. Le malheureux se releva et il tenta de fuir, mais Malanoupa lança son javelot dans ses jambes, et il tomba de tout son long dans la poussière en poussant un grand cri. En riant Mashashor vint vers lui, et il le saisit par ses cheveux, qui étaient longs, et il le frappa du plat de la main, et le sang coulait de son nez et de sa bouche. Les chefs des Akhaouasha regardaient ce lâche combat sans qu'aucun n'intervînt, soit par crainte, soit parce qu'ils voulaient flatter Mashashor, et ils riaient alors des gémissements du malheureux. Mon âme ne put supporter plus longtemps la vue d'un tel spectacle. Je m'étais avancé, et je dis :

— Il suffit, Mashashor. Il n'est pas besoin de bons yeux pour voir que cet homme dit la vérité. Serais-tu plus stupide qu'une oie ? Si tu as au cœur le désir de la violence, va donc provoquer les Ilious, mais laisse aller ce malheureux, car c'est un crime abominable au regard des dieux que d'user de sa force contre un homme faible qu'a abattu le malheur.

Je parlai ainsi et je me tus. Les yeux des Akhaouasha se tournèrent vers Mashashor, et nul n'osait ouvrir la bouche. Je vis que la colère faisait trembler la voix de Mashashor et il dit :

— L'Égyptien, tu as été inspiré par un dieu qui ne veut pas que tu nous suives en Égypte. Cette fois, je ne puis plus maîtriser mon cœur.

Il saisit sa longue dague, et je lui dis :

— Mashashor, ton courage est une chose merveilleuse.

Aurais-tu besoin d'un poignard pour marcher contre un homme désarmé ?

Or, lorsque je m'étais avancé, l'indignation avait fait trembler mon cœur, mais aussitôt une grande force s'était emparée de mes membres, qu'avait saisis la vigueur d'Amon. Mashashor avait levé son poignard, et il s'écria :

— Il me servira à t'arracher le cœur.

Il bondit sur moi en poussant un cri pareil au hurlement d'un lion blessé. Mais par la colère Amon avait aveuglé son cœur. J'évitai le coup qu'il me porta, et je saisis son bras, que je tirai fortement, et mon pied se glissa entre ses jambes, et il tomba sur le ventre de tout son long. Et mon pied frappa sa main avec tant de force qu'il lâcha la dague en poussant un cri. Et, dans le même temps, je vis ce chien de Malanoupa qui lançait contre moi son javelot. Mais j'avais bondi sur le sol, à plat ventre, et l'arme alla percer la cuisse d'un des Akhaouasha, qui poussa un grand cri. J'avais saisi la dague, et comme Malanoupa courait vers moi en tenant son épée, la dague jaillit de ma main comme la foudre bondit de la main du dieu de l'orage, et elle se planta dans l'épaule de Malanoupa, et il tomba sur la terre, comme si un lourd sommeil l'avait abattu. Mais Mashashor s'était jeté sur moi, et ses mains puissantes se fermèrent sur ma gorge : il m'aurait rompu les os de la nuque si, aussitôt, mes jambes ne s'étaient repliées sous lui; d'un coup de reins, je me retrouvai debout devant lui. De ses lèvres coulait une écume comme un cheval qui a trop couru et il dit :

— Égyptien, je vais te briser les dents.

— Cesse de te vanter, impie à face de chien ! m'écriai-je. Tu m'as lâchement assailli avec un poignard, et regarde où est cette arme : dans l'épaule de ce frère qui est aussi vil que toi. Or j'aurais aussi bien pu le planter dans son cœur.

Et nous nous jetâmes l'un contre l'autre comme deux puissants lions. Mashashor était fort, mais il ignorait l'art de la lutte, et il ne possédait pas ce don que m'a fait Amon : la promptitude de la flèche dans tous mes actes. J'évitai ses coups qui auraient pu me casser les dents, et mes poings tombaient comme le marteau du forgeron sur son visage et dans son ventre. Il cracha une dent, et un flot de sang sortit de sa bouche.

Je le jetai à terre, et je tombai à deux genoux sur sa poitrine, d'où il sortit un vent bruyant. Il resta couché sur le dos comme le cerf forcé qui tombe sur le flanc pour attendre le coup de la mort. Je m'étais relevé, et j'avais saisi sa lance, une arme lourde et puissante qu'aucun des Akhaouasha n'avait jamais osé toucher. Je dirigeai la pointe de bronze contre sa gorge, et il ouvrit les yeux et me regarda, mais toute parole insolente avait fui loin de ses lèvres.

— Mashashor, lui dis-je, je pourrais te percer de ta propre lance, et nul d'entre les Akhaouasha n'y trouverait à redire, car tu m'as attaqué lâchement, comme un esclave tenterait d'assassiner son maître. Or écoute : un Égyptien ne frappe pas un ennemi désarmé, comme le fait ce lièvre de Mashashor. Mais sache que la prochaine fois que tu te trouveras en armes devant Merirê, tu pourras regretter le jour où ta mère t'a mis au monde. Et dis aussi à ton petit frère, bien digne de son aîné en perfidie, dis-lui qu'il évite la route où passe Merirê. Cette fois, je n'ai touché que son épaule, mais la prochaine fois ce sera le cœur.

Je regardai la lance, que je fis sauter dans ma main.

— Mashashor, tu vas sans doute faire des cadeaux à ce pauvre Merirê. Je crois que tu vas lui offrir cette lance au bois solide, dont il saura faire un meilleur usage que toi.

Or sa cotte de bronze, ses belles jambières, son casque et son manteau noir étaient posés devant l'entrée de la tente, et j'allai m'en saisir sans que personne n'osât s'interposer.

— J'avais besoin d'une armure, lui dis-je, mais je ne pensais pas que Mashashor me fournirait la sienne.

Je le regardai et lui dis encore :

— Si tu veux tes armes, tu viendras me les prendre

Et je me saisis aussi de sa hache et de son épée. J'aidai ensuite le mendiant à se relever, car il était resté assis à terre pendant tout le combat. Je dépouillai Malanoupa de son beau manteau, et je le donnai au malheureux, qui tomba le front dans la poussière. Mashashor voulut se relever, mais je le regardai et je lui dis :

— Toi, reste couché, car si je te voyais tout droit, je pourrais avoir le désir d'éprouver sur toi la solidité de ton javelot. Or n'espère pas que je te raterai; je suis moins maladroit que toi.

Je me tournai vers le mendiant et lui dis :

— Viens avec moi; certes, je ne crois pas que quelqu'un te cherchera encore querelle dans ce camp.

Et les Akhaouasha portaient vers moi des regards pleins de respect, car nul d'entre eux n'aurait pu humilier Mashashor comme je venais de le faire.

Je fis donner de la nourriture au mendiant, et je lui dis :

— Vois, je suis moi-même un étranger parmi les Akhaouasha, et je n'ai pas de biens. Je t'ai donné ce manteau qui est chaud et de belle étoffe, et qui sera mieux que ta robe déchirée. Je ne puis rien te donner d'autre. Va maitenant, et éloigne-toi de ce camp, où tu ne recevras que des coups.

Il me regarda et il dit :

— Mon aspect, seigneur, est bien misérable, et je parais sans force; et tu ne serais pas venu, inspiré par un dieu secourable, je serais maintenant sur la terre, les membre rompus. C'est pourquoi tu ne veux pas du malheureux Sharkan pour esclave.

— Que ferais-je d'un serviteur ? lui répondis-je. Je suis moi-même dans le malheur, et je ne voudrais pas obliger quelque malheureux à partager la vie qui est la mienne, étranger sur cette terre et ne pouvant rentrer dans ma demeure où j'ai laissée une épouse bien-aimée.

— Seigneur, dit alors Sharkan, prends-moi pour serviteur. Certes, quand il y a abondance, j'aime à boire et à manger, mais lorsque le logis est vide je me contente de peu, et je sais prendre où me conduit le besoin de mon ventre.

— Et sans doute, cela te vaut bien des coups de bâton ?

— Bien sûr, seigneur, mais de cela j'ai l'habitude. Cependant, je connais bien d'autres choses. Vois, mon maître : Sharkan, qui se tient devant toi, est né dans une grande cité qui, dans le langage d'Égypte — car tu es Égyptien, je l'ai entendu dire par ce grand ours — serait appelée « la porte du Dieu ». Or j'ai passé ma vie à courir les grandes routes, et je connais la langue des Syriens, qui est voisine de celle parlée dans mon pays; et je pourrais aussi parler avec toi dans la langue de l'Égypte, et je peux me faire entendre des gens du Khéta. Mais écoute, seigneur, je connais aussi la route de l'Égypte, et, d'ici, je saurais y parvenir en peu de mois.

Ces paroles pénétrèrent dans mon oreille comme une belle musique et mon cœur fut la cire qui fond sur la flamme. Je regardai Sharkan et je lui dis :

— Écoute, si tu es capable de me guider jusqu'à la terre d'Osiris, ce sera pour toi la fin de tes malheurs. Tu auras là-bas une maison, un vrai palais et de nombreux serviteurs, et rien ne manquera à ton plaisir.

— Seigneur, tu me combles en belles paroles. Je te dois la vie, et je veux être ton serviteur. Prends-moi auprès de toi et dis-moi : « Sharkan, nous partons pour l'Égypte. Connais-tu la route à suivre ? » Et je te répondrai : « Mon maître, allons vers l'Égypte, car j'en connais la route. »

Je le regardai et je lui dis :

— Alors, je te prends à mon service et je te dis : « Sharkan, nous partons pour l'Égypte. Connais-tu la route à suivre ? »

Il tomba à genoux et il répondit :

— Sans doute, mon maître, allons vers l'Égypte car j'en connais la route.

Je me rendis auprès de Meshetour, et je lui dis :

— Meshetour, mon ami, c'est un dieu qui a pris mon âme en pitié qui a envoyé ce mendiant pour que je le sauve et pour qu'il me sauve. Il connaît la route qui va vers l'Égypte, et il m'y conduira en quelques mois de marche. Le moment est venu de nous séparer afin que chacun de nous aille vers le destin que lui ont imparti les dieux.

— Merirê, mon hôte, ta présence manquera à mon cœur, mais je comprends ta hâte de retourner vers ta haute demeure. Depuis tant d'années que tu l'as quittée !

Et il prit une coupe qu'il remplit de vin. Nous y avons trempé nos lèvres chacun son tour, et lorsqu'elle fut vide il la brisa en la jetant sur le sol. Il en prit deux morceaux et m'en présenta un, et il parla aini :

— C'est une belle chose qui se fait chez nous. Lorsqu'on a un hôte et qu'il s'en retourne vers sa demeure, chacun garde l'un des morceaux d'une coupe. Conservons nos morceaux et donnons-les à nos enfants, et eux les donneront à leurs propres enfants en leur disant le nom de l'hôte. Et si un jour nous-mêmes ou nos enfants se rencontrent, sans même se connaître, et qu'ils portent avec eux ce signe d'amitié, ils verront que les deux morceaux se rejoignent, et ils seront entre eux comme de vrais frères, car les liens de l'hospitalité sont indissolubles, et ils se renouent comme se joignent ces morceaux d'une coupe où nos lèvres ont goûté au même vin.

Je serrai Meshetour contre ma poitrine, et je lui dis :

— J'emporte ce précieux symbole de notre amitié. Mais sache que celle-ci vit dans mon coeur, et serais-je un vieillard tout près de la mort, si je te revoyais je te reconnaîtrais et me souviendrais de ce que nous avons été l'un pour l'autre.

Palameta, qui était près de nous, poussa de grands soupirs et dit :

— Merirê, c'est la tristesse dans nos cœurs que nous te voyons partir, mais c'est notre lot, car pour toi j'ai l'âme en joie et je vais offrir un sacrifice aux dieux, une chèvre aux grandes cornes arquées, afin qu'ils te ramènent dans ton foyer aussi rapidement que tu lances ta flèche. Et, sans doute, il est mieux que tu partes sans t'attarder ici, car la rancune de Mashashor est terrible. Tu as eu tort de ne pas le tuer, et nul parmi nous n'aurait songé à t'en faire le reproche. Et, en plus, tu t'es emparé de ses belles armes ! Si tu restais parmi nous, son cœur n'aurait pas de repos tant qu'il ne se serait pas vengé. Et, s'il est fort, devant un plus fort que lui il n'est pas de perfidie qu'il n'utiliserait pour triompher de toi. Et même sous ta tente tu n'aurais pas de tranquillité car il irait jusqu'à soudoyer des esclaves pour qu'ils versent dans ton vin quelque poison violent. A moins qu'il ne profite de ce que tu ne le voies pas pour planter dans tes reins sa lance aiguë.

— Je crois la parole de ton cœur avisé, ai-je répondu. Mais ce n'est certes pas avec ce beau javelot qu'il pourrait me frapper.

Je levai dans ma main le javelot que j'avais pris à Mashashor. Je revêtis alors la cotte de bronze de Mashashor et ses jambières, je posai son casque sur ma tête et je jetai son manteau sur mes épaules; et nous étions d'aussi grande taille, et je souris en songeant que Mashashor était si vain de ces belles armes. Je liai à la forte ceinture de cuir aux clous de bronze la hache et l'épée, et j'y glissai le poignard que j'avais pris à l'Iliouna. J'attachai dans mes reins le bon carquois plein de flèches, et je passai mon arc en travers de mes épaules. Je m'appuyai sur la lance et dis :

— Certes, cette armure et ces armes ont été faites sans doute pour moi. Dis à Mashashor qu'il peut venir les chercher en Égypte, je l'y attends, car sans doute ce sont les plus belles parmi les armes des Akhaouasha.

Je laissai mon bouclier, qui était une charge inutile, et je donnai à porter à Sharkan deux javelots, une outre d'eau et nos vivres.

Lorsque Palameta m'avait déclaré que j'avais tort de ne pas avoir tué Mashashor, j'avais songé que je partageais son sentiment mais je n'avais pas oublié la promesse que j'avais faite à Myrina. Et un instant je fus tenté de me rendre dans le camp de Mashashor avec ses belles armes et de persuader Myrina de me suivre. Mais j'ai abandonné une si folle démarche et j'ai tourné ma pensée vers Reshot.

Ainsi ai-je quitté le camp des Akhaouasha, suivi de mon nouveau serviteur, le cœur brisé à la pensée de celle que j'y laissais. Il se mit à parler avec moi en égyptien et ces mots de ma langue natale pénétrèrent en moi comme un doux parfum. Il parlait mal la langue des Akhaouasha mais s'exprimait en égyptien comme un homme du pays, et il me dit qu'il avait parcouru la Terre Chérie jusqu'à Thèbes, en mendiant, et il avait passé plusieures années à Memphis et à Héliopolis. Ainsi parlions nous de la Terre Noire et mon cœur en éprouvait une joie profonde.

Nous avons marché pendant des jours et des jours à travers des campagnes désolées par la guerre. Puis nous avons traversé des montagnes froides où nous eûmes à nous défendre contre les loups. Et voici : un jour la grande mer s'est soudain déployée sous nos yeux comme les ailes d'un vaste oiseau bleu. J'ai su alors que l'Égypte n'était plus loin et qu'avant peu de temps mes pieds fouleraient la terre sacrée.

Ainsi avons-nous descendu les côtes de la Syrie, mais les gens avaient peur des pillards de la mer qui couraient la campagne. Ils me prenaient pour l'un d'eux et fermaient leurs portes à notre approche. Nous fîmes bientôt route avec les Égyptiens, les premiers que je rencontrais depuis tant d'années. C'était une famille de tisserands installée à Byblos. Mais le roi les avait chassés car il ne voulait plus voir d'Égyptiens dans ses états. Ils rentraient dans la Terre Chérie et ils furent heureux de voir que j'étais moi-même un Égyptien et que je pouvais les protéger contre les attaques des pillards, qui étaient une menace pour les voyageurs et les marchands.

Nous parvîmes à Gaza, mais des soldats nous en interdirent l'accès. Je leur dis alors :

— Est-il possible que des voyageurs égyptiens ne puissent entrer dans une ville égyptienne ?

— Sache, étranger, dit l'officier des gardes, que Gaza n'est plus une ville égyptienne, bien que nous-même et notre maître soyons égyptiens. Mais, chacun voulant être son propre maître en Égypte, pourquoi serions-nous les esclaves de ce vil Syrien de Kharou, de cet Iarsou qui s'est levé dans la grande ville du Sceptre ? Et notre maître ne permet à aucune caravane de pénétrer dans la ville. Qui sait si quelques brigands khabirou ou thekker ne se déguiseraient pas en voyageurs pour pénétrer dans la cité et y semer le désordre ?

Il me regarda avec attention et reprit :

— Encore, je vois que ces gens sont des Égyptiens, mais toi, avec ta barbe et tes cheveux longs, tu dois être un de ces barbares de la mer.

— Je suis le défenseur de ces gens qui rentrent en Égypte, ai-je répondu. Ils peuvent te le dire.

— Alors protège-les, mais hors de notre ville.

Nous nous sommes éloignés, et nous avons repris notre route, vers le désert et vers l'Égypte, maintenant toute proche.

## XX

## L'ÉGYPTE EST COMME LE VASE SUR LE TOUR DU POTIER

Les paroles que l'officer de la porte de Gaza m'avait dites étaient entrées en moi comme un serpent, et je demandais à mon cœur : qu'a voulu dire cet homme lorsqu'il a parlé de ce Iarsou qui s'est levé dans Thèbes ? Et il me vint à l'esprit qu'un Syrien de ce nom était trésorier de Ramsès Siptah, et je l'avais vu lors des fêtes que ce roi avait ordonnées en l'honneur de ma victoire sur les Ouaouat. J'avais demandé à mes compagnons égyptiens des nouvelles de la Terre Chérie. Ils savaient peu de choses, mais leurs paroles avaient frappé mon cœur comme le bronze d'un poignard aigu. Ils avaient vu Sa Majesté, le Dieu Grand Merirê, lors de son passage à Byblos, où elle avait appris son accession au trône, il y avait quatre années de cela. Ils avaient ensuite appris que Sa Majesté n'était jamais rentrée en Égypte, et tout le monde la croyait maintenant face à son père Amon et à son père Osiris. Et les princes s'étaient battus pour s'emparer du trône, et ils avaient dû s'incliner devant un Syrien qui tenait ses partisans et dominait toute l'Égypte. Ils ne pouvaient m'en dire plus, ni ce qu'était devenue la famille royale. Et je songeais qu'ils me voyaient chaque jour, mais ma barbe transformait tellement mon visage, ainsi que ma longue chevelure et mes vêtements étrangers, que nul n'aurait pu me reconnaître, et je préférais qu'il en fût ainsi.

Nous avons suivi la route de la mer qui borde le désert d'Ayan, cette même route que j'avais parcourue à la tête de mes oies du Nil. Les postes militaires qui défendaient le chemin étaient désertes, et même sur cette voie, qui conduit vers l'Égypte, le voyageur n'était plus en sécurité. Nous parvînmes ainsi au pont qui est sous la forteresse de Zel : c'est la porte de l'Égypte, et elle était soigneusement gardée. Les soldats nous firent arrêter devant le pont pour me demander ce que nous venions faire en ce pays et qui nous étions. Et le vieillard, le chef de cette famille, dit qui ils étaient et ce qu'ils désiraient. L'officier les laissa passer, mais il m'arrêta avec Sharkan, et me posa la même question. Je répondis que j'étais un guerrier du pays de Kardouniash, qu'on appelle aussi Babylonie, et que je venais avec mon serviteur afin de mettre mon bras au service de Sa Majesté. L'officier fit marquer par un scribe les noms que je donnais et nos déclarations, et il nous permit de passer. J'avais dans le cœur le désir de me jeter la face contre le sol, et de baiser cette terre d'Égypte pour laquelle mes yeux avaient versé tant de pleurs. Mais je maîtrisai mon désir, et m'éloignai avec les gens de la caravane.

Nous avons laissé ces bons ouvriers à Memphis, où ils pensaient trouver un emploi. Je me dirigeai alors vers le port et avisai un bateau qui devait partir pour Thèbes. Je donnai au patron les bijoux de vil prix que j'avais enlevés à des Khabirou que j'avais sacrifiés aux hyènes et aux vautours des routes de Syrie.

— Voici pour toi, lui-dis-je; tu vas me conduire à Thèbes avec mon serviteur qui se tient près de moi.

Le marinier plissa le front.

— Tout cela ne vaut rien; c'est juste bon pour des femmes du marché de Memphis.

— Tu sauras bien les échanger. Cela te suffit.

Je regardai Sharkan et lui dis :

— Suis-moi, nous embarquons.

— Par les temps qui courent ! soupira le marinier. Et il ajouta :

— Oh ! Soldat ! Tiens prêtes tes armes; tu auras à t'en servir.

J'allai m'asseoir avec Sharkan à l'avant du vaisseau. Le patron ordonna de larguer les amarres, et les rameurs plongèrent leurs longues rames dans l'eau du fleuve. Le marinier vint à l'avant pour diriger la manœuvre; et quand je vis qu'il n'avait plus d'ordres à donner, je lui dis :

— Dis-moi, marin, pourquoi m'as-tu dit que j'aurais à me servir de mes armes ?

— D'où viens-tu, étranger ?

— Du pays de Kharou.

— Et comment vont les choses là-bas ? Mieux que chez nous, sans doute ?

Je lui répondis :

— Je ne sais comment vont les choses en Égypte, mais là-bas les princes s'enferment dans leurs villes, derrière de bonnes murailles, car la campagne est la proie des pillards.

— Alors, apprends qu'en Égypte rien n'est changé, sinon que les pillards, ce sont les soldats des princes, et...

Mais il se tut. J'attendis un moment; et je le regardai et dis :

— Tu as oublié de porter sur tes lèvres ce qui était dans ton cœur.

Il tourna la tête vers moi et répondit avec brusquerie :

— Il n'y avait rien dans mon cœur. Dis-moi encore : que vas-tu faire à Thèbes, car tu n'es ni paysan ni marchand, il me semble ?

— Je visite des pays, et comme les temps sont mauvais je voyage armé. Mais tu peux voir que je ne suis au service d'aucun prince, ni de ce Iarsou.

Il me regarda, mais resta silencieux. Sans doute craignait-il de parler; et Sharkan me dit dans la langue des Akhaouasha :

— Seigneur, il me semble que les dieux ont détourné leur face de l'Égypte; et ce pays me paraît aussi peu sûr que le camp des Akhaouasha sous la ville des Iliouna.

Et, réellement, je voyais que les paroles de Sharkan étaient véridiques.

Le soir, le bateau s'arrêta près d'une ville afin que nous y passions la nuit, car le chef du navire ne voulait pas l'amarrer dans la campagne, dans la crainte des pillards. Or, en vérité, on n'était pas plus en sécurité dans les villes, car les soldats étaient d'autres brigands, et leur audace était une abomination pour les dieux.

Or voici : nous avions passé la nuit près de la ville, qui est

Het Bénou. Je dormais sur le pont, et fus réveillé avant que le soleil ne se levât sur l'horizon par une grande rumeur. J'ouvris les yeux et je vis que des soldats, cinq ou six hommes, étaient montés sur le bateau, et leur cœur était plein d'insolence. Ils réveillaient les passagers à coups de pied, et ils visitaient leurs bagages pour prendre ce qu'ils y trouvaient de précieux. Et le patron poussait de grands cris, et il invoquait Amon et Ptah, car deux soldats avaient vidé sa cabine et bu tout son vin. Et ce que je vis déplut à mon cœur. Mais un de ces insolents vint devant moi, et il dit :

— Oh ! Mercenaire ! Tu as une belle lance; tu vas la donner à un soldat de Sa Majesté.

— Elle est à toi, viens la prendre, lui dis-je en le regardant.

J'étais assis, et la lance était posée près de moi. Certes, ce soldat impie semblait étonné que je ne cherchasse pas à me défendre. Il se baissa pour saisir l'arme, mais j'avais attrapé son bras, et il tomba; et mon poing s'abattit sur sa nuque; je me levai et jetai son corps dans l'eau du Nil. Un autre soldat, qui le suivait, lança vers moi son javelot, qui s'envola vers le fleuve. Le soldat courut vers moi, sa hache dans sa main, et sans doute ne comprit-il pas comment à son tour il se retrouva dans le Nil. Et ces combats étaient sans gloire pour moi. Je me dirigeai vers un autre soldat qui voulait emmener une femme et le saisis par l'oreille. Il poussa un grand cri, et, de deux coups dans le ventre, je me débarrassai de ce chétif adversaire. Je pris alors son javelot et m'en servis comme d'un bâton pour frapper les reins du quatrième soldat, que je chassai comme un esclave. Quant à ceux qui avaient bu le vin du marinier, ils étaient sans forces et ne parvenaient pas à marcher droit; je me contentai de les jeter dans le Nil pour dissiper les fumées de l'ivresse. Je regardai alors le patron du navire, et lui dis :

— Sans doute, l'Égypte connaît la colère des dieux, et mon cœur est mécontent, car on m'a empêché de dormir ce matin, comme il convient à mon âme.

J'allai me recoucher; et le marinier vint devant moi, et il dit :

— Seigneur, je rends grâce aux dieux car tu nous as sauvés d'un grand péril. Mais redoute la vengeance de Sa Majesté, car ce sont ses soldats que tu as molestés.

— De quelle Majesté parles-tu ? m'écriai-je, le cœur lourd de colère.

— De notre maître, le roi Iarsou.

Je me levai d'un bond comme le serpent que redresse la colère, et je criai :

— Marinier, ne viens plus devant moi prononcer le nom de cet impie en abomination à Amon si tu ne veux pas aller servir de pâture aux poissons du Nil. N'oubliez pas, Égyptiens, que vous n'avez qu'un maître, choisi par Amon son père, c'est le Dieu Grand Merirê Miamon.

— Mais Seigneur, soupira le marinier, nul ne sait où se trouve Sa Majesté, et maintenant c'est... quels mots employer ?

— Ne crains pas les mots véridiques, et dis : ce traître et cet impie ! m'écriai-je.

— C'est cela, mon seigneur, car c'est lui qui est le maître dans Thèbes. Et que ferons-nous s'il envoie ses soldats vers nous ?

Je le regardai et dis :

— De quels soldats parles-tu ? De ces six grenouilles que j'ai chassées à coups de pied et de bâton ? Rassure ton âme, marinier, et remets ton bateau en route, j'ai hâte d'être à Thèbes.

Je me tournai alors vers les gens du bateau, et je m'écriai :

— En vérité, je vous le dis, cette année ne s'écoulera pas sans que vous voyiez revenir dans la Terre Noire Sa Majesté Merirê Miamon, votre seul seigneur, et chacun devra alors rendre ses comptes devant Sa Majesté.

Et pendant ce voyage les dieux m'accordèrent plusieurs fois le plaisir de rosser des soldats. Car, lorsque le bateau s'arrêtait près de la rive pour charger ou décharger des marchandises et embarquer ou débarquer des passagers, ou encore pour passer une nuit, j'allais par les rues des villages et par la campagne afin de voir le malheur des Égyptiens. Les Peuples de la Mer n'étaient pas passés par-là, mais le vil syrien de Kharou et les princes impies avaient fait de l'Égypte ce que les féroces Akhaouasha avaient fait de l'empire de Khéta. Certes, ils n'avaient pas encore détruit de cité, mais les campagnes étaient aussi pitoyables que les champs où étaient passés les Akhaouasha. Et mon cœur était lourd de colère, et aux soldats que je voyais, et qui étaient pour l'Égypte comme les pillards de la Mer, je faisais sentir le poids de mon bâton et de mon poing; et ceux qui osaient me résister avec leurs piques, je les détruisais avec ma bonne lance et avec mon épée, tels de vils serpents. Lorsque je parvins à Thèbes, mon nom était connu de tous les gens qui vivaient entre Thèbes et Memphis; car je disais partout que je m'appelais Nashatour et que je venais des pays de la mer, où j'avais laissé le roi Merirê, qui allait bientôt rentrer en Égypte pour y rétablir l'ordre et la justice et châtier l'usurpateur et ses esclaves.

Car c'était là une ruse qu'Amon avait soufflée à mon esprit. Si j'avais dit qui j'étais, on ne m'aurait pas cru, et mes ennemis auraient envoyé contre moi des soldats, de vrais soldats et non de ces pillards déguisés en soldats, et mon bras aurait failli devant tant d'ennemis. Mais en parlant comme je le faisais, je savais que ce serait pour moi un moyen d'être introduit auprès de ce Iarsou, et on éviterait avec soin de me tuer, afin que ma bouche pût dire ce qu'il en était réellement de Merirê. Et Sharkan, qui ne savait pas qui j'étais en réalité, ne comprenait pas pourquoi je parlais ainsi; mais il me respectait et ne posait aucune question.

Quand je mis le pied sur le port de Thèbes, mon cœur était prêt de s'ouvrir, comme la roche qui se fend sous l'action de l'eau et du feu; et l'eau était pour moi la tristesse et le feu était comme la joie; car la joie était dans mon cœur car il allait revoir celle pour qui il vivait; et la tristesse était dans mon cœur, car j'étais le roi de l'Égypte et j'y rentrais comme un étranger, et mon nom m'était une menace.

Je dirigeai mes pas vers le lieu qui m'était le plus cher, mon beau palais, à l'orient de Thèbes. La haute porte du jardin était close, et je heurtai fortement un battant avec la poignée de mon épée. Et comme on ne répondait pas, je heurtai le bois avec plus de violence, en appelant. Alors j'entendis une voix qui s'élevait de derrière le mur, et elle demandait :

— Qui es-tu, et pourquoi fais-tu tant de bruit ?

— Pour que l'on m'ouvre, par Soped ! m'écriai-je.

— Je n'ai le droit d'ouvrir à personne, répondit la voix.

La colère montait dans ma poitrine, et je criai :

— Esclave, hâte-toi d'ouvrir, si tu ne veux pas tâter de mon bâton !

— Seigneur, dis-moi au moins ton nom, que je le rapporte au maître.

— Au maître ? De quel maître veux-tu parler ? Ne suis-je pas ici devant la porte du palais de Merirê, maintenant roi de la Haute et de la Basse Terre ?

— C'est bien le palais de Sa Majesté, mais ignores-tu, étranger, que Sa Majesté est morte depuis quatre années ?

Je me mis à rire et m'écriai :

— Sa Majesté est morte ! Homme stupide, prétendrais-tu que je suis un insensé ? J'ai quitté Merirê, ton maître, il y a quelques mois à peine. Mais ouvre cette porte avant que je ne saute par-dessus ce mur.

J'entendis grincer les barres de fermeture de la porte, et un battant s'ouvrit. Je reconnus le portier du palais, mais lui ne reconnut pas son maître, et je lui demandai :

— Où est donc ta maîtresse, la reine Reshot ?

— Ah ! Seigneur, tu ne la trouveras pas dans cette demeure, mais dans le palais du roi.

— Quel conte fais-tu là ? m'écriai-je, car je ne comprenais pas ce qu'il voulait dire.

Une voix dure s'éleva des allées du jardin :

— Que se passe-t-il, Méhi... ?

Un officier apparut, suivi par deux soldats, et cet impudent dit au portier d'un ton sévère :

— Pourquoi as-tu ouvert à ces étrangers, Méhi ? Ne sais-tu pas que ces portes doivent rester closes ?

— Seigneur, dit Méhi en tombant le front contre terre, cet étranger déclare qu'il a vu Sa Majesté Merirê.

— Cet étranger rêve, répliqua l'officier.

— Qui est le maître du lieu ? demandai-je à l'officier en dominant la colère qui agitait mon âme.

— C'est notre roi, Sa Majesté qui est dans le grand palais.

Et l'insensé ignorait que ces paroles avaient risqué de lui coûter le souffle de vie. Mais la ruse et la prudence étaient entrées dans mon cœur, qu'Amon avait pris dans sa main. Et je dis :

— N'y a-t-il pas d'autres serviteurs du roi Merirê dans ce palais ?

Et, avant que l'officier n'ouvrît la bouche, je vis paraître mon chambellan, Thouthenek, et il dit :

— J'étais le premier serviteur de Sa Majesté. Pourquoi, étranger, es-tu devant nous ?

— J'ai un message à te remettre, à toi, et un autre à l'épouse royale Reshot, de la part de Merirê.

— Quelles paroles tes lèvres ont-elles prononcées ? s'écria Touthenek en tombant la face contre terre.

— Tu es pris de boisson, étranger ? s'écria l'officier. Merirê est mort depuis quatre ans.

— Toi, l'as-tu donc vu mort ? demandai-je. Or moi je l'ai vu vivant, il y a à peine quelque mois. Et il m'a envoyé vers l'Égypte, et il m'a dit : « Nashatour, quand tu seras à Thèbes, tu iras en mon palais qui se trouve en tel lieu. Et il me l'a si bien décrit que j'y suis parvenu sans demander mon chemin. Et il m'a dit encore : vois, tu y trouveras peut-être mon épouse royale Reshot, et tu lui diras ce que je vais te dire, et si elle n'est pas là tu parleras à Thouthenek, mon premier serviteur en ce palais.

— Et que t'a dit cet imposteur ? demanda l'officier avec insolence.

Je le regardai et dis :

— Est-ce toi, l'épouse royale ? Pourtant, tu n'es pas une femme, il me semble.

— Cesse tes insolences, étranger ! dit l'officier.

Mais je me détournai de lui et regardai mon intendant, et je lui dis :

— Sans doute es-tu Thouthenek ?

— Je suis ce serviteur, étranger.

— Alors, introduis-moi dans ce palais et je te dirai ce que j'ai à te dire.

— Suis-moi, étranger, dit Thouthenek.

— Non, qu'il parle ici, déclara l'officier.

Thouthenek le regarda et dit :

— Tu es placé ici pour garder cette maison, mais tu n'en es pas le maître.

— J'en suis le maître, au nom de Sa Majesté.

Mais j'avais saisi le poignet de l'officier, et ma colère était si grande que je le forçai à tomber à genoux, et je lui dis :

— Écoute, vil esclave : je te conserve la vie, car j'ai entendu dire que l'épouse royale est dans un autre palais, celui où réside le vil chien que tu appelles Majesté, et je veux que ce soit toi qui m'y conduises; et crois que le cœur de hyène de ton maître sera plein de joie de m'entendre, et il te fera bien des présents pour m'avoir conduit auprès de lui.

Je lâchai l'officier, qui se releva sans plus oser ouvrir la bouche, et je dis à Thouthenek :

— Va devant, car je ne connais pas le chemin.

Et Touthenek m'amena jusqu'à la grande salle où se donnaient les banquets; mais je lui dis :

— Mène-moi dans la chambre haute où ton maître se retirait pour travailler, nous y serons plus à l'aise pour parler.

Touthenek s'inclina, et je le suivis avec Sharkan. Et des larmes douces montèrent sous mes paupières, car c'était la chambre où j'avais placé mon cœur entre les mains de l'aimée. Alors, je dis au chambellan :

— J'ai quitté Sa Majesté il y a quelque temps, et elle s'apprêtait à rentrer en Égypte. Mais elle m'a envoyé en avant et m'a dit : « Nashatour, interroge mon serviteur Touthenek afin que je sache tout ce qui est dans Thèbes. » Ainsi, dis-moi donc où est l'épouse royale Reshot et la soeur de Sa Majesté, la reine Taousret ?

Touthenek poussa de grands soupirs et s'écria :

— Ah ! Malheureuse Égypte ! Tu es maintenant sous le dur joug d'un usurpateur, et tout est renversé. Le misérable vit dans le palais et celle qui travaillait dans les champs est entourée de servantes. Les nobles doivent mendier leur pain, et leurs épouses sont dans les demeures de leurs ennemis !

— Cesse tes lamentations, lui dis-je alors, et réponds à ma question.

— Voici, étranger. La reine Taousret est devant Osiris avec une voix juste...

— Tes paroles sont terribles ! m'écriai-je.

Mais je cachai la douleur qui avait jeté mon âme dans ma main, et je lui dis :

— Touthenek, dis-moi comment les choses se sont passées depuis le jour où Sa Majesté a été déclarée par son père Amon souveraine des Deux Terres. Le temps est mesuré, et parle en peu de mots.

— Voici, étranger. Dans Thèbes, nous attendions le retour du roi, mais Sa Majesté n'est pas venue. Des vaisseaux étaient partis de Thèbes pour la chercher dans les villes de Syrie, et Sa Majesté s'est embarquée dans le port de Byblos. Ainsi l'a déclaré son premier écuyer, le prince Kashta. Car c'est ce seigneur qui a ramené de Syrie les armées de Sa Majesté, et il a dit : « Mais où est Sa Majesté, car elle est partie longtemps avant nous sur les vaisseaux venus d'Égypte pour la ramener ? » Alors les princes se levèrent et ils vinrent devant la reine Taousret et devant l'épouse royale Reshot, qui se tenait dans le grand palais, et ils dirent : « Vois, Sa Majesté est allée devant son père Amon et son père Osiris, seigneur de l'Éternité. Choisis parmi nous un roi pour régner sur les Deux Pays. » Et la reine Taousret a répondu : « Savez-vous si Sa Majesté est allée rejoindre les dieux ? Attendez encore, car que diriez-vous si Sa Majesté revenait ? » Et elle parla plus encore, et elle renvoya les princes. Deux années passèrent, ou moins peut-être; et un bateau arriva dans le port de Thèbes. Et c'était le vaisseau du roi, et une grande joie fut dans tous les cœurs. Et le chef des bateaux, Ebimoutef, vint au grand palais, et il apporta la terrible nouvelle : par une violente tempête, Sa Majesté, qui avait échappé à mille périls, Sa Majesté avait été précipitée dans la mer; car c'était ainsi que le chef des vaisseaux avait pensé que s'étaient passées les choses. Il avait vu le souverain se retirer dans sa cabine et on ne le revit plus jamais, et on se dit qu'il avait dû sortir dans la nuit, et comme la tempête était violente une lame dut l'emporter dans la mer.

— Touthenek, lui dis-je alors, c'est bien ainsi que le roi a disparu, mais la main d'Amon est sur la tête de Mérirê. Dis-moi ce qui s'est encore passé.

— Alors les princes sont revenus devant la reine Taousret, et ils ont dit : « Vois, cette fois on n'en peut douter, Sa Majesté est devant son père Amon-Rê, le roi des dieux. Qui choisis-tu pour monter sur le trône des Deux Terres ? Car l'Égypte est comme un corps sans son âme vivante, comme un vaisseau sans pilote. » Et comme la reine ne répondait pas, Rouï, le grand prêtre d'Amon, s'est avancé et il a dit : « Vois, reine, c'est Amon-Rê, le roi des dieux, qui parle par ma bouche. Celui qui est le plus digne de recevoir la double couronne, c'est le prince Sethnakht; et voici ce que je propose, et ni le prince Sethnakht ni le prince Reshoutamon n'y trouveront à redire : que Sethnakht monte sur le trône des Deux Terres, et qu'il épouse la reine Taousret pour en faire la Grande Épouse Royale; et son successeur ce sera son fils Ramsès, qui épousera la reine Reshot. » Sans doute, les deux reines ne voyaient pas d'un œil favorable un tel arrangement, mais ce fut Ramsès qui poussa son pion, et il dit : « Quelles paroles sortent de ta bouche, Rouï ? Tu crois avec les autres que Sa Majesté ne voit plus le soleil, mais mon coeur ne peut le croire. Non, Amon n'aurait pas accordé à Merirê la force et le courage, et il ne l'aurait pas sauvé de tant de périls pour lui donner la gloire et l'abattre aussitôt. Et tu voudrais que moi, Ramsès, son ami, son frère, moi qui suis comme son cœur dans sa poitrine, je me prête à un si bas dessein et que, non content de lui prendre son trône, je lui enlève son épouse ? Rouï, écoute mes paroles, je le déclare devant tous les princes : tant qu'on n'a pas mis devant nous la preuve de sa mort, il n'y a qu'un maître de l'Égypte, c'est mon frère Merirê; et pendant son absence je me prosterne devant la souveraine des Deux Terres, la reine Reshot, et devant la régente de l'Égypte, la reine Taousret. » Ainsi parla-t-il; mais Rouï le regarda et il dit : « Jeune homme, ton cœur est trop fougueux, et tu es trop prompt dans tes déclarations : sans doute, la reine Taousret a reçu des dieux son titre de reine, mais même serait-il le fils du Dieu Grand Baenrê... » A ces mots, Ramsès a bondi et a crié : « Prêtre d'Amon, oserais-tu soutenir que notre reine a menti et que Merirê pourrait ne pas être le fils du Dieu Grand Baenrê ? » Mais Rouï alors a levé la main : « Je ne mets pas cette filiation en doute. Mais sache que cela ne fait pas un roi et que, tant que Merirê n'a pas été intronisé selon le rite, il n'est pas roi d'Égypte, et son épouse Reshot n'a aucun droit au titre de souveraine des Deux Terres. Et Sethnakht a regardé son fils avec un air sévère, et il a dit : « Ramsès, Rouï a parlé avec la langue de Thot. Tu ne peux rien répondre à ceci; et l'Égypte a besoin d'un roi. »

Et Thouthenek parla encore :

— Certes, Ramsès ne pouvait aller contre ceci, mais il dit : « En vérité, c'est à la reine Taousret de dire ce qui est dans son cœur. Pour moi, mon bras est ici pour défendre le nom de mon frère, Merirê. » Mais la reine espérait elle aussi en son cœur que Sa Majesté reviendrait un jour; et elle renvoya les princes en déclarant que tout cela demandait une longue réflexion. Et voici ce qu'il advint : les princes se retirèrent, et une grande fureur pesait sur leur cœur, et chacun revint dans sa province prêt à prendre les armes contre leur souveraine. Et Sethnakht fut le premier à lever son front orgueilleux. Il avait fait alliance avec Reshoutamon et, unissant leurs forces, ils marchèrent sur Thèbes. Ramsès courut au-devant de son père, et il le supplia de renter à Coptos, car c'était un crime que d'oser se lever devant la reine. Sethnakht répliqua qu'il ne ferait aucun mal à la reine, mais qu'il lui imposait par le bras ce qu'il ne pouvait obtenir par la langue. Ramsès ne put convaincre son père, et il s'éloigna, car il ne pouvait suivre son père contre la reine; mais il ne pouvait combattre contre celui qui lui avait donné le jour. La reine Taousret envoya contre les révoltés Antanour et son fils Kashta, à la tête des gardes étrangers et des soldats égyptiens qui avaient servi sous Sa Majesté. Or ils vainquirent l'armée des princes, qui s'enfuirent vers les terres du nord; et Antanour les poursuivit, car il voulait les ramener à Thèbes, et son fils Kashta, avec la moitié des troupes, alla vers la Nubie où le vice-roi, Sensebek, avait suivi le mouvement de révolte. Et Kashta vainquit les rebelles, qui se retirèrent dans les forteresses le long du Nil, et il en entreprit le siège. De son côté, Antanour se heurta à une nouvelle troupe levée en hâte par les princes, et la dispersa. Et sans doute la reine Taousret serait restée maîtresse de l'Égypte, mais ses troupes fidèles étaient dispersées vers le nord et vers le sud, et son cœur ignorait qu'elle était entourée de traîtres. Et ceux-ci étaient Horemsaf, le directeur de la Maison du roi, Ouserkhopesh, qui commandait l'armée égyptienne, et Iarsou, ce trésorier du roi, qui, avec son or, avait acheté tous les cœurs faibles.

Enfin, il dit :

— Et Ouserkhopesh s'est assuré la fidélité des soldats qui restaient dans Thèbes, et de nombreux officiers dans les villes d'Égypte, qui lui obéissaient comme le chef des armées royales. Et Horemsaf était le maître des gens du grand palais. Or ce Iarsou, qui est leur âme, a tué de sa main la reine Taourset, et il a fait enfermer la reine Reshot, tandis qu'Ouserkhopesh tuait le vizir Amenmès.

Lorsque ces mots tombèrent de la bouche de Touthenek, je sentis encore mon cœur tout près d'éclater comme la peau de la figue trop mûre. Mais je dissimulai ma douleur et laissai Touthenek parler ainsi :

— Certes, ce traître est habile, car il avait encore à redouter la colère d'Antanour et de son fils. Il envoya vers eux des messagers portant le sceau de la reine Taousret, et, au nom de la reine, il leur ordonna de rentrer à Thèbes en laissant leurs officiers poursuivre la guerre. Et, ignorants du danger, ils coururent vers Thèbes, comme ces oiseaux qui volent vers les pièges tendus par l'oiseleur. Et, dès qu'ils furent dans le grand palais, Iarsou les fit saisir avec ceux qui les accompagnaient, et à ce que je crois il les a envoyés travailler dans les mines qui sont le plus au sud de la Nubie, celles que mon maître Merirê a fait ouvrir avant qu'il ne fût roi. Alors Iarsou a déclaré que les dieux avaient appelé auprès d'eux la reine Taousret, et elle fut inhumée avec les rois et les reines, dans la montagne occidentale. Or il présenta un document marqué du sceau de la reine (une ruse facile, mais nul n'y trouva à redire) qui nommait Iarsou régent de la Double Terre, et elle y déclarait que sa volonté était que son fidèle Iarsou épousât la reine Reshot.

— Ah ! Que disait Reshot ? m'écriai-je.

Touthenek me regarda, et je vis que le ton de ma question l'avait surpris; il dit :

— La reine ne disait rien, car on ne la voit jamais paraître en public. Cependant, elle vient parfois en ce palais, et c'est par sa volonté que nous sommes ici, moi le chambellan de Sa Majesté, et quelques-uns de ses serviteurs. Mais elle est toujours accompagnée par une nombreuse escorte, trois ou quatre cents hommes, qui entourent le palais, et une dizaine de gardes sont dans ses pas comme des chiens sur la piste d'un lièvre. Elle ne peut me parler, sinon pour me donner des ordres pour l'entretien du palais et du jardin; mais ce que pense son cœur, je le vois dans ses yeux : ils sont toujours tristes, et ses paupières sont rougies par les larmes qu'elle verse chaque jour pour celui qu'aime son cœur.

Alors je m'écriai :

— Ah ! ton âme est-elle assurée de ce que dit ta bouche ?

Et Touthenek leva encore vers moi son regard et dit :

— Étranger, mon âme en est assurée.

— Et dis-moi encore, sais-tu ce que sont devenus Ramsès et les princes révoltés ?

— Nul ne sait où est Ramsès. Peut-être a-t-il rejoint son père, qui s'est établi à l'occident du Bas Pays, avec Reshoutamon. On dit qu'il rassemble une armée, mais ce sont des rumeurs, et les soldats d'Égypte sont achetés par Iarsou. Quand à Sensebek, il vit dans quelque forteresse nubienne; et il ignore Iarsou, et Iarsou l'ignore.

Je me levai du siège où je m'étais assis et dis :

— Touthenek, tu es un fidèle serviteur, et le roi Merirê ne l'oubliera pas. Maintenant, j'aimerais que tu me fasses visiter le jardin et la maison, car Merirê m'en a tant loué la beauté que je veux savoir si sa langue est véridique.

Je parcourus la maison à la suite de Touthenek. Et il me fit entrer, à ma demande, dans l'arsenal où il y avait mon bel arc. Je m'en saisis et je le serrai dans ma main, une grande joie dans le cœur.

— Voici l'arc de Merirê, dis-je. Il m'en a tant parlé ! Certes, c'est une vraie merveille !

Mais je n'emportai pas l'arc. Et nous sommes allés dans le jardin. Je vis que, dans la ménagerie, il n'y avait plus de bêtes fauves. Seul Sékhem, mon beau lion, était couché là, l'œil étincelant. Et il s'était levé et il marcha près des barreaux de sa cage. Je vins vers lui et je le regardai.

— Étranger, ne t'approche pas; ce lion est terrible !

Mais Sékhem avait reconnu son maître, et il frotta sa forte crinière contre les barreaux; et je plongeai ma main dans sa fourrure épaisse, et il se laissa ainsi caresser. Alors, Touthenek tomba la face contre terre et s'écria :

— Ah ! Seigneur, mon maître, je ne peux plus contenir mon cœur ! Je n'en puis plus douter; seul le maître de cette demeure peut toucher ce lion, qui a reconnu sa main.

Mais je relevai Touthenek, et lui dis en baissant la voix :

— Silence,Touthenek, veux-tu nous trahir ?

— Non, mon seigneur. Et c'est parce que je pensais en mon cœur que seule Sa Majesté pouvait parler comme elle a parlé à l'officier que j'ai ensuite fait le récit de ce qu'il est advenu sous le ciel de Rê, comme si je parlais devant mon maître, et non en présence d'un étranger.

— Continue de me parler comme à un étranger, et que ta langue n'ait pas de défaillance, répondis-je.

— Étranger, tu peux éprouver la fidélité de Touthenek.

Je souris et dis :

— Maintenant, retournons auprès de cet insolent officier. Mais dis-moi d'abord, combien y a-t-il de soldats ici ?

— Dix, étranger, avec l'officier. Ils sont là pour interdire à tout visiteur l'entrée de la maison. Lorsque vient ma maîtresse Reshot, les gardes s'annoncent par des sons de trompes, et on vient leur ouvrir.

— Et où sont-ils logés ?

— Dans la partie réservée aux serviteurs, car presque tous les domestiques ont été chassés, excepté ceux qui étaient nécessaires à l'entretien du jardin et de la maison.

L'officier était resté devant la porte. Sans doute craignait-il que je repartisse sans lui.

— Conduis-moi maintenant au palais, lui dis-je, car je dois transmettre mon message à la reine Reshot.

Je me tournai vers Touthenek et lui dis :

— Tu ne m'as pas encore montré les écuries. Merirê m'a parlé de son char et de ses beaux chevaux.

— Ils sont toujours là, étranger.

— Ainsi, fais préparer ce char qui servait à Merirê, avec ses bons chevaux, car je crois le palais éloigné, et je suis las d'aller a pied.

— J'ai mon propre char, et tu pourras monter avec moi, dit l'officier.

— Certainement pas ! Je dois emmener mon serviteur et je ne sais pas comment tu mènes un char.

— Ce char et ces chevaux appartiennent à notre maître Iarsou.

— Alors, je suis assuré que son cœur aura grande joie de le prêter à l'envoyé de Sa Majesté Merirê, pour que je vienne plus rapidement devant lui. Hâte-toi, Touthenek.

L'officier laissa aller Touthenek; il me regarda et dit :

— Étranger, ton insolence est sans pareille, et mon cœur attend avec joie que mon maître Iarsou me donne l'ordre de t'arrêter et de te faire donner du bâton.

— Que ton coeur prenne patience, lui dis-je en riant; mais je crains que tu ne sois déçu.

On amena mon beau char aux chevaux vigoureux. Ils n'étaient pas sortis depuis longtemps, et ils piaffaient d'impatience en secouant la tête. Je disposai dans les étuis mon arc et mes flèches; et je vis que Touthenek y avait mis de bons javelots. J'y ajoutai ceux que portait Sharkan et ma lance. L'officier était monté sur son char avec un soldat et je fis monter Sharkan près de moi. Il s'accrocha au bord du char, qui fut enlevé par les chevaux. L'officier était incapable de me suivre, et je retins mes chevaux : il était mieux qu'il ne vît pas qu'aucun char ordinaire ne pouvait rattraper mon attelage. Sharkan gémissait et me suppliait d'aller moins vite, et il attachait ses mains au bord du char, comme une pieuvre à un rocher.

J'arrêtai le char devant le grand palais et j'y déposai mon épée. Et je dis à Sharkan :

— Reste sur ce char, et si quelqu'un vient pour l'enlever, repousse-le en lui disant que tu le gardes car il appartient à notre maître Iarsou, et que celui-ci t'a fait donner l'ordre de le garder ici, et que tu n'obéiras qu'à lui seul.

Il me regarda avec des yeux pleins d'étonnement, et dit :

— Seigneur, je crois que mon âme ne comprend pas les

Égyptiens; et aujourd'hui, il me semble être pris de vin. Mais je t'obéirai.

L'officier arrêta son char et vint près de moi.

— Tu paraîs bien connaître le chemin du palais ! dit-il.

— Je suis passé devant, avant de venir à la demeure de Merirê, répondis-je. Il m'a tellement décrit ce chemin !

L'officier me regarda et ne répondit rien .

— Conduis-moi devant ton maître, lui dis-je.

Je suivis l'officier dans la grande cour du palais et il me dit d'attendre.

— Fais vite, lui répondis-je.

Je voyais tout autour de moi un grand nombre de soldats qui me regardaient, et ils éprouvaient un grand étonnement. Je portais l'armure de Mashashor et son manteau, et mon visage était caché par ma barbe épaisse et par ma moustache, et on ne voyait que mes yeux. Et, sans doute, aucun des soldats n'avait vu un homme ainsi vêtu, car même les Shardanes se rasaient la barbe, et ils ne portaient pas de manteau comme le mien.

L'officier revint et m'invita à le suivre. Il me fit entrer dans la salle du trône, et je vis ceci : il y avait des soldats et de nombreux courtisans égyptiens et de vils Syriens, et ce Syrien de Kharou, ce vil Iarsou, que j'avais vu sur le ventre devant Ramsès Siptah; il était assis orgueilleusement sur ce trône. Et il y avait à sa droite et à sa gauche ses valets, Horemsaf et Ouserkhopesh. Je marchai vers le trône, mais l'officier qui m'avait introduit me retint :

— Reste ici et prosterne-toi devant Sa Majesté, dit-il.

Mes oreilles se fermèrent à ses paroles, et je le poussai fermement. Je m'avançai jusqu'à la hauteur de deux soldats qui interdisaient l'accès au trône, et je dis :

— Où est la reine Reshot ? Car j'ai un message à lui transmettre de la part de son époux, Sa Majesté Merirê Miamon.

Le Syrien répondit :

— Soldat étranger, ton cœur est rempli d'insolence. Ne sais-tu pas que tu te trouves devant le souverain de l'Égypte ?

— Cela n'est pas possible, répliquai-je, car je viens ici envoyé par le vrai roi d'Égypte, le Dieu Grand Merirê Miamon.

— Étranger, cesse tes outrages ! s'écria Iarsou en se levant du trône.

J'avais laissé mes armes dans mon char, parce que je savais qu'on me les aurait enlevées avant de paraître devant le trône. Et on m'avait pris mon poignard et ma hache que j'avais conservés. Et je songeais en mon cœur, avec colère, que si j'avais pu être en ce lieu avec ma bonne lance, ni ce vil Syrien ni ces traîtres qui étaient près de lui n'auraient échappé à la cruelle mort. Et Iarsou s'était assis, et il dit sur un ton modéré :

— C'est sans doute toi ce Nashatour qui a humilié plusieurs de mes soldats avant d'arriver à Thèbes.

— Nashatour est mon nom, lui répondis-je et j'ai en effet rencontré quelques grenouilles qui ont su ce que valait mon bras. Mais maintenant, fais venir la reine Reshot afin que je lui parle.

— Parle devant moi, et je rapporterai tes paroles à la reine.

— Certainement pas ! Merirê m'a bien dit : Nashatour, tu diras ceci à la reine. Et il ne m'a pas dit : tu parleras à ce vaincu de Kharou, à ce vil Iarsou, si la reine est absente.

— Étranger, Ma Majesté commence à perdre patience. Dis ce que tu as dans le cœur, sinon je te fais saisir par mes gardes, qui sauront bien te faire crier ce que tu ne veux pas dire.

— Iarsou, c'est moi qui commence à perdre patience. Fais chercher sans plus différer la reine Reshot.

Certes, jamais on n'avait vu dans ce palais un homme parler avec une pareille insolence à celui qui était assis sur le trône. Et Iarsou dit :

— Emparez-vous de cet insensé.

Des soldats vinrent dans mon dos, tandis que les deux hommes qui se tenaient devant moi marchèrent vers moi. Mais je bondis de côté comme une panthère sur un oryx. J'avais saisi la pique du soldat qui était devant moi et je le projetai sur le sol; l'autre voulut me frapper, mais mon arme le transperça de part en part, et je sautai sur Ouserkhopesh, qui était le plus proche de moi, et je le tins serré dans mon bras, son dos contre ma poitrine, et sa poitrine me servant de bouclier contre ceux qui auraient voulu me lancer leur javelot; et le poignard qu'Ouserkhopesh portait à sa ceinture était passé dans ma main et la pointe était pressée contre sa gorge. Je l'avais entraîné contre le mur, afin que nul ne pût me surprendre par derrière, et je dis :

— Vil Syrien, si tu ne veux pas voir la couleur du sang du chef de tes armées, dis à tes soldats de reprendre leur rang et de jeter leurs javelots sur le sol. Quand ils auront obéi, je desserrerai mon étreinte.

— Obéissez, j'étouffe ! furent les paroles qui purent sortir des lèvres d'Ouserkhopesh, que je sentais trembler contre moi comme la feuille du sycomore dans le vent du nord.

Les soldats jetèrent leurs lances, et je serrai moins fort mon otage, qui reprit son souffle.

— Maintenant, vil Syrien, repris-je alors, ordonne qu'on aille chercher la reine Reshot. Si tu n'étais pas aussi sot qu'une oie et aussi gonflé de vanité qu'une citrouille, tu l'aurais fait chercher sans me contraindre à user de violence envers ton valet, et à vous rendre ma compagnie aussi désagréable. Mais réjouis-toi en songeant qu'il n'est pas plus délicieux de voir vos faces et de serrer sur ma poitrine cette grande sauterelle.

Sans doute cette assemblée n'était pas prête à respirer l'encens de mes paroles, car nul ne répondit. Et sur un signe de Iarsou le chambellan revint avec Reshot. Je la vis et mon cœur fut comme le cœur des grands babouins qui saluent le soleil à son lever. Elle me parut plus belle encore que je ne l'avais vue dans mes rêves d'exilé, et sa tristesse rendait ses yeux plus beaux encore. Elle me regarda : son regard exprimait la surprise de son cœur devant ce qu'elle voyait mais elle ne pouvait me reconnaître. Elle vint devant Iarsou et dit :

— Tu m'as fait appeler ? Je suis devant toi.

— Regarde cet homme, cet insensé, dit le Syrien. Il prétend avoir quelque chose à te dire.

Elle tourna la tête vers moi, et je dus lutter contre la faiblesse qui descendait dans mon bras. Je parlai ainsi :

— Pardonne-moi, ô reine, de ne pas incliner mon front à tes pieds, mais tu vois quels moyens j'ai dû employer pour pouvoir parler devant toi. Sache donc qu'il y a peu de temps je me tenais près de ton époux Merirê...

En entendant ces paroles, Reshot porta une main à son sein,

et elle s'appuya contre une colonne, car c'était une trop violente émotion qui venait saisir son coeur.

— Parle, dit-elle, je t'écoute, mais j'ai peine à te croire.

— Cependant, tu peux me croire. Sinon, comment penser que je viendrais ici, parmi ces scorpions, pour le plaisir de débiter un conte ! Et si j'ai trouvé ton palais où j'ai rencontré ton serviteur Touthenek, c'est parce que Merirê m'a tant parlé de tout ce qui était son bonheur que je l'aurais trouvé dans Thèbes les yeux fermés. Or voici : Sa Majesté est au pays des Peuples de la Mer, d'où je viens. Elle y était retenue par un dieu ennemi, et s'occupait à enlever une cité. Elle va bientôt rentrer en Égypte, et elle m'a demandé de venir en avant afin d'annoncer aux Égyptiens cette heureuse nouvelle, car Sa Majesté pense qu'on va jeter des fleurs tout le long de sa route.

— Des fleurs de pierre et de bronze ! s'écria Iarsou.

— Sans doute, Sa Majesté en sera mécontente car elle ne m'avait pas dit que les rats et les crapauds avaient envahi sa capitale. Je lui conseillerai de s'armer de bâtons et de pierres.

— Ah ! s'écria Reshot, tu viens de rendre la vie à mon cœur, mais j'ai peur pour Merirê. Vois : un imposteur s'est emparé du trône, et il a assassiné la reine Taousret. L'Égypte est comme le vase sur le tour du potier, elle tourne comme une feuille emportée dans le vent, et les hommes d'Égypte sont comme pris de boisson. Vois-les : tous ont renié leur roi, leur maître, et ils sont vendus à ces traitres...

— Femme ! Cesse ce langage injurieux ! s'écria Iarsou.

Mais je criai plus fort que lui :

— Silence, chien ! Laisse parler la reine sans l'interrompre.

Et Reshot parla encore ainsi :

— Certes, ils sont tous les esclaves de ces impies qui ignorent nos dieux et leur justice, et ils ne reconnaîtront pas leur roi.

— N'aie aucune crainte, ma reine, lui dis-je. Cependant, il est encore temps pour eux de se repentir, sinon leur châtiment sera terrible.

— Ah ! Quelle est donc la force de Merirê ! soupira Reshot.

— De sa puissance douterais-tu ? lui demandais-je. Vois : je suis entré dans ce palais sans arme et tout ce troupeau d'oies a dû obéir à mes ordres. Et sache que j'en sortirai sans que nul ne me fasse une égratignure. Je le dis bien : il suffira à Merirê d'un bon bâton pour châtier ces traîtres; mais un bâton à la pointe de bronze. Maintenant, je dois me retirer.

Alors, j'ordonnai aux soldats et aux courtisans de se ranger, leurs visages tournes vers les murs, et ils m'obéirent. Je traversai la salle en tenant toujours mon otage. Les portes de la salle étaient fermées. Lorsque je fus devant, je lâchai Ouserkhopesh, et je pressai le poignard dans ses reins.

— Ouvre toi-même les portes, lui dis-je.

Et il ouvrit les portes, et d'un geste prompt je saisis deux javelots jetés par là par les soldats. Et, lorsque la porte fut ouverte, je criai à Iarsou, car Amon était entré dans mon cœur, et il me rendait pareil au lion du désert :

— Iarsou, vil Syrien, voici le premier traître qui tombe sous le bras de Merirê.

Et je lançai l'un des javelots : l'arme bondit à travers la salle, et elle perça la poitrine de Horemsaf. Il sauta en hurlant comme un guépard blessé, et tomba sur le sol de tout son long. Certes, mon désir aurait été de percer ce Iarsou, mais il s'était caché derrière ses gardes. J'avais repoussé Ouserkhopesh entre les bras de deux gardes qui se tenaient devant la porte, et je bondis vers le fond de cette salle en tenant le javelot que j'avais conservé. Deux soldats vinrent vers moi, leurs lance en avant : deux coups de pointe, et ils tombèrent, le flanc percé. Mon javelot jaillit de ma main, et un soldat, qui dirigeait vers moi une flèche, tomba. Et j'entendais encore Iarsou qui hurlait pour qu'on me saisît. Mais moi, je m'étais armé d'un fût de bronze à trois pieds, haut et pesant, qui supportait une lampe; et j'étais ainsi comme un bélier, et je renversai un grand nombre d'hommes avec cette arme puissante; et, lorsque leurs flèches me frappaient dans le dos, le bronze s'émoussait sur l'épaisse armure. Il y avait encore des gardes devant la porte du palais. Ils étaient cinq, leurs lances pointées vers moi. Je projetai sur eux ma masse de bronze, et ils tombèrent sur les reins. Je sautai au-dessus d'eux, et je courus vers mon char. Le soldat laissé en garde par l'officier pensa qu'une chose étrange se passait lorsqu'il me vit ainsi courir. Il saisit son arc, mais sans doute il avait oublié Sharkan, qui s'était emparé d'une lance de mon char et, chose merveilleuse, il l'enfonça dans les reins du soldat. Je me retournai et vis que j'avais largement distancé mes poursuivants. Je dis à mon cœur : « Ne cours pas trop vite, car on pourrait croire que tu as peur. » Et je saisis l'arc du soldat et je commençai à lâcher mes traits. Les cinq soldats les plus rapides, qui étaient en tête, tombèrent sous mes coups. Alors les autre s'arrêtèrent, car ils n'avaient ni bouclier ni armure et ils voyaient que mes flèches étaient inévitables. Or je continuais de lâcher posément mes traits, et je dis à Sharkan :

— Empare-toi aussi des javelots qui sont sur ce char et place-les dans le nôtre; et prends aussi la hache et le poignard du soldat, ainsi que son bouclier.

Sharkan m'obéit, mais il disait :

— Seigneur, je n'aime pas me hâter, mais il me semble que nous serions mieux ailleurs.

— Sans doute, Sharkan. Mais permets à mon bras de prendre un peu d'exercice. Vois, ils sont tous rentrés dans le palais.

Mais voici : de nouveaux soldats sortirent avec des boucliers, et ils coururent vers nous. Je sautai sur le char où Sharkan m'attendait en se tordant les mains, et les chevaux bondirent comme des gazelles. Mais j'avais d'abord lancé trois javelots qui atteignirent des soldats en plein visage. Nous avons traversé les rues de Thèbes, et c'était comme le bruit du tonnerre lorsqu'il roule dans le ciel noir des pays du nord. Les gens s'enfuyaient en nous voyant arriver, dans la crainte d'être renversés. J'entraînai ainsi le char dans les rues de Thèbes, car je pensais qu'on avait dû lancer des chars à notre poursuite; et ainsi ils ne pourraient nous trouver; et comme je connaissais toutes les rues de Thèbes, je ne m'égarai pas dans des voies sans issue et je parvins à la route du sud.

## XXI

## LA VISITE A SHEMAÏT

Je ne craignais pas de poursuite, et je ralentis l'allure de nos chevaux.

— Seigneur, me dit Sharkan, je suppose que nous n'allons pas vers le palais dont tu m'as parlé lorsque tu m'as pris à ton service.

— Sharkan, tu auras ton palais. Pour l'instant, nous allons dans le désert.

— Allons donc dans le désert, car il serait étrange que le maître fût dans le désert et le serviteur dans un palais.

— C'est pourtant ce qui est, mon Sharkan.

— Sans doute, c'est une habitude que prennent les serviteurs sans qu'on les y contraigne à coups de bâton. Mais je suis donc un mauvais serviteur, qui suis le maître au désert.

— Sharkan, cesse de mêler toutes les choses, car nous allons y perdre notre esprit.

— Pour moi, c'est déjà fait, mon maître; car je n'arrive plus à savoir si tu es Nashatour, Merirê, ou finalement le roi d'Égypte.

— Je suis ces trois personnes en même temps, Sharkan; mais pour toi, je suis Merirê...

— Mon maître, précisa Sharkan.

— Si tu le désires, puisque nous en sommes ainsi convenus.

— Sans doute, et peut-être aurai-je mon palais.

— Tu l'auras, n'aie aucune crainte. Pour l'instant, allons au désert; les agréments du palais n'en seront ensuite que plus sensibles.

Ainsi, j'étais revenu à Thèbes et j'avais vu ma maison et mon épouse aimée; mais cette nuit encore, nous avons dormi enveloppés dans nos manteaux. Le lendemain, je dis à Sharkan :

— Nous sommes rentrés en Égypte. Il faut qu'au prochain village je demande un barbier pour faire raser tous ces poils qui me font ressembler à un ours des forêts du pays des Akhaouasha.

— Que mon seigneur ne se mette pas en peine, dit Sharkan. J'ai été barbier, et ma main est habile. J'ai avec moi un rasoir bien effilé, et je peux pratiquer à l'instant même.

— Où as-tu trouvé ce rasoir ? lui demandais-je.

— Sur le bateau qui nous a conduits à Thèbes, mon maître. Pendant que tu conversais avec le marinier ou que tu cherchais querelle à quelque soldat, ton serviteur jouait aux dames ou au serpent avec les passagers les moins pauvres, et c'est ainsi que j'ai gagné, entre autres choses, ce rasoir à un barbier.

Je m'assis sur une pierre, et demandai à Sharkan d'officier. Il m'ôta barbe et moustache et raccourcit mes cheveux. Je me débarrassai ensuite de ma cuirasse et de mes jambières, que je plaçai dans le char, et j'allai me baigner dans le Nil.

Lorsque nous nous mîmes en route, j'avais retrouvé mon ancien visage et l'apparence d'un Égyptien, car je ne remis pas sur mes épaules mon manteau, que je gardai dans le char. Nous arrivâmes à Nekheb, où un batelier nous fit traverser le Nil. En quatre journées, nous étions parvenus à la Vallée des Abeilles, où ma tête avait trouvé un refuge lorsque j'avais fui du temple d'Amon. Et mon cœur était plein de joie et de tristesse, car je vis la tribu des Keshaï; et il y avait bientôt sept ans que je m'étais éloigné d'eux. Mais en vérité les nomades connaissent peu de changements dans leur existence.

Abaïkour était toujours le chef, et son fils Tékour était près de lui : et leurs cœurs furent en joie lorsqu'ils me virent, et on fit une grande fête dans le désert pour m'honorer. Abaïkour me dit que, les pâturages ayant retrouvé leur verdeur, il avait ramené sa tribu vers le nord; et celle-ci s'était étendue, et de nombreux adolescents étaient devenus de robustes guerriers. Il dit encore :

— Et si Ha, dieu de nos déserts, t'a ramené parmi nous, sans doute est-ce pour nous apporter une nouvelle prospérité.

— Mon cœur le souhaite, Abaïkour, mais il convient que je te fasse le récit de tout ce qu'a connu votre ami Merirê depuis le jour où il vous a quittés.

Et mon récit fut long, car mes auditeurs ne voulaient pas que je m'exprimasse en peu de mots. Quand j'eus fini de parler et que les Bédoins eurent offert pour moi un sacrifice à Ha, je demandai à Abaïkour :

— Abaïkour, mon ami, je viens auprès de toi et des tiens pour demander votre aide dans la guerre que j'ai déclarée à cet impie de Syrie. Certes, tu connais ma prudence, et je n'entraînerai pas tes guerriers contre la ville de Thèbes. Je te demande de me confier cinquante bons guerriers, que tu placeras sous le commandement de Tékour. Car je veux aller vers les mines de Nubie, libérer mes amis.

Abaïkour me regarda et dit :

— Ils sont à toi; Tékour va les choisir. Mais le choix sera difficile, car tous désireront t'accompagner. Il prendra les plus jeunes, qui sont pleins de fougue et du désir de combattre.

Et Tékour choisit cinquante jeunes guerriers, et ceux qui n'avaient pas été nommés fronçaient les sourcils, et ils se plaignaient qu'on ne les estimât pas. J'apaisai le dépit de leur cœur en leur disant que nous n'allions faire qu'une promenade et qu'ils auraient encore bien des occasions de montrer leur valeur. Je laissai Sharkan avec le reste de la tribu, et lui confiai le soin du char et des chevaux. Nous nous mîmes en route le jour suivant, au lever du soleil.

Je retrouvai le désert que j'avais tant parcouru. Il était pour mon cœur comme une maîtresse barbare, et j'en aimais les senteurs et la beauté. Il offrait à mon âme et à mon corps tout ce qui leur convenait : la chasse et les bêtes sauvages, le danger, la grandeur. Là plus qu'ailleurs j'éprouvais la force et l'endurance de mes membres et j'avais le sentiment qu'un dieu pénétrait en moi.

Avec mes guerriers, je me présentai dans les postes du désert que j'avais établis moi-même et je ralliai les soldats qui s'y trouvaient. Ainsi me trouvai-je bientôt à la tête d'une bonne troupe de bons combattants, et je me rendis au pays des mines d'Ekayaté. Et là, je retrouvai Antanour et Kashta, qui travaillaient enchaînés comme des esclaves. Il y avait autour d'eux des gardes venus de Syrie, et nous les avons tous exterminés. Quelle joie fut la nôtre de nous retrouver après tant d'années ! Et parmi les prisonniers condamnés aux mines il y avait nombre de mes anciens fidèles. Je disposai alors de suffisamment d'hommes pour tenter un coup d'éclat, et avec eux j'enlevai par la ruse, en me faisant passer pour un officier du vaincu de Kharou, la forteresse de Béki, qui commande le Nil au-delà de la cataracte.

J'écrivis alors une lettre à Sensebek, vice-roi de Nubie, où je lui disais ceci :

*Merirê Miamon, Taureau Puissant, Horus d'Or, Roi de la Haute et de la Basse Terre, à Sensebek, Fils Royal de Koush. Je dis ceci : Tandis que Ma Majesté revenait de Syrie, un vent mauvais l'a tenue éloignée de ses sujets. Et voici : un vil Syrien de Kharou s'est alors levé dans Thèbes, et il a déclaré : je suis le souverain des Deux Terres. Mais Amon a ramené Ma Majesté en Égypte pour punir cet impie. Or je suis installé avec des troupes près de la province de Satet, et je suis maître de la forteresse de Béki, qui commande le Nil et la route des mines d'or de Nubie. Et, comme le lion furieux qui bondit sur sa proie, je vais m'élancer vers la grande ville du sud, d'où je chasserai le vaincu de Syrie. Ainsi je dis ceci à Sensebek, Fils Royal de Koush : Ma Majesté saura alors reconnaître les bons des mauvais serviteurs. Maintiens-toi en bonne santé.*

Je fis porter cette lettre par un messager rapide, et il revint porteur d'une missive courtisane, où il était écrit :

*Sensebek, Fils Royal de Koush, à Merirê, qui fut directeur des Terres du Roi à l'orient de Thèbes. J'ai reçu ta lettre alors que j'étais dans ma forteresse de Primis; et, en lisant ce que tu me dis, j'ai poussé des cris d'allégresse, et je me suis réjoui d'apprendre que mon ami Merirê est revenu dans la terre d'Égypte et que ses yeux voient toujours le soleil. Mais mon cœur s'est ensuite étonné des paroles de mon ami. Certes, la reine Taousret, qui est maintenant devant son père Amon, le roi des dieux, avait désiré que ce grand guerrier s'assoie sur le trône d'Horus, et il revenait vers l'Egypte pour savoir si Amon-Rê, le roi des dieux, l'avait choisi dans son cœur. Mais Amon l'a éloigné de l'Égypte, et le premier Prophète Rouï, qui est l'oracle d'Amon, a déclaré qu'Amon n'avait pas désigné Merirê. Ah ! combien mon âme souhaite voir cet ami cher à mon cœur, ce grand Merirê, ceindre la double couronne ! Comme mon cœur souhaite que cet impie de Kharou soit chassé des regards d'Amon, qui l'a en abomination ! Je vais offrir un beau sacrifice à Amon-Rê, le roi des dieux, et à Horus et à Khnoum, le dieu des cataractes, afin que les dieux favorisent les projets de mon ami Merirê. Vois : mon cœur est avec toi. Mais je ne puis t'envoyer de troupes ni me joindre à toi : je n'ai que peu d'hommes, et si je m'éloignais d'ici, qui défendrait ce pays contre le vil Nubien qui est au sud de Koush, et contre les Bédouins qui veillent dans le désert ? Telle est la réponse que le Fils Royal de Koush fait à Merirê, l'ami de son cœur, et que la faveur d'Amon reste sur ta tête, et que le dieu te conserve en bonne santé.*

Je vis que Sensebek préférait attendre la suite des événements pour se déclarer avec franchise. Je ne voulais pas user d'autorité, pour qu'il ne songeât pas à se joindre à Iarsou. Il me suffisait d'être assuré qu'il ne se dresserait pas contre moi dans la lutte que j'entreprenais contre l'impie de Kharou.

J'établis le peuple que je ramenai des mines autour de la forteresse de Béki. Il y avait là des pâturages, et leurs troupeaux pouvaient y prospérer.

J'allai ensuite m'établir dans la Vallée des Abeilles, où se tenaient les Bédouins d'Abaïkour. Je nommai Antanour commandant du camp, car son âge ne lui permettait plus de parcourir sans répit le désert, et je connaissais sa vaillance et sa sagesse. Et je laissai toujours avec lui la moitié de nos hommes, et la moitié de nos chars. Je donnai à Kashta deux cents hommes et quinze chars, et je lui dis :

— Va vers le Nil, mais tiens-toi à la lisière du désert, où tu établiras tes camps. Et va vers les villes et vers les campagnes, et quand tu verras un ancien garde shardane, dis-lui de venir avec toi. Proclame en tout lieu que Merirê est revenu pour châtier l'usurpateur, et ramène nos fidèles guerriers qui doivent être dispersés à travers toute l'Égypte. Et si des soldats viennent vers toi en petit nombre, par tes paroles essaie de les attacher à notre cause; et s'ils ne veulent pas t'entendre, envoie-les rejoindre leur âme, et empare-toi des armes et des chars que tu trouveras.

A Tékour je dis ensuite :

— Avec les hommes de ta tribu et une centaine de nos soldats, si tu veux les prendre avec toi, va vers le Nil, aux environs d'Éléphantine. Par la force ou par la ruse, pille les magasins royaux et ceux du gouverneur de la province, qui est un impie lié à Iarsou; et rapporte à notre camp de la nourriture et des armes, et ramène aussi des bestiaux et des chars; et, si tu le peux, rallie des soldats à notre nom. Mais prends avec toi des Égyptiens qui connaissent la région, car je ne veux pas que tu touches aux domaines d'Amon et à ceux des dieux, afin qu'on ne puisse nous accuser d'impiété.

Et je dis encore à Tékour qu'il pourrait mener quinze chars. Et, moi-même, je me mis en route avec trois cents soldats, mais je n'emmenai pas de char. Car voici quel était le désir de mon cœur : je voulais passer sur l'autre rive du Nil; et pour cela je ne pouvais emprunter de bateau car on aurait su qu'un si grand nombre d'hommes avait traversé le Nil. Ainsi ne pouvions-nous avoir de chars. Et je pris avec moi Sharkan, car il déclara que j'avais besoin d'un barbier et d'un domestique pour soigner mon linge, maintenant que j'avais pris à un officier ses deux pagnes et sa légère cotte de mailles.

Lorsque j'eus donné toutes mes instructions, nous nous mîmes en route en direction de la Terre Noire. Nous parvînmes en deux journées de marche rapide aux confins du désert; là, nous nous sommes divisés : Kashta alla vers le nord, Tékour se dirigea vers Éléphantine, et moi j'attendis que la nuit fût complètement tombée pour m'avancer vers le Nil.

Nous avons évité les villages, et nous nous sommes engagés dans l'eau, nos armes attachées à nos boucliers qui flottaient sur l'eau. Je nageais près de Sharkan, qui était accroché à mon bouclier comme une grande algue; et je devais le tirer pour qu'il pût avancer.

— Seigneur, soupira-t-il, je prie mes dieux et les tiens afin qu'il ne vienne pas à un crocodile le désir de venir vers nous. Je n'ai que deux jambes, et mon cœur serait bien en peine de devoir s'en séparer.

— N'aie aucune crainte, lui dis-je. Nous sommes nombreux, et avec nos bonnes lances nous saurons les empêcher d'approcher.

Nul crocodile ne vint contre nous, et je retrouvai tous les hommes sur la rive opposée. Nous nous sommes éloignés vers la lisière du désert oriental sans que personne ne nous eût aperçus, bien que nous eussions entendu au loin aboyer les chiens, qui sentaient notre présence. Ce désert ne m'était pas inconnu, et j'y entraînai mes hommes en direction du nord. Nous parvînmes ainsi à la hauteur de Thèbes, et je vins dans mon domaine de Shenty, qui est aux confins du désert. On n'y avait pas placé de soldats, et j'y trouvai tous mes serviteurs, qui travaillaient pour l'imposteur. Et en me voyant ils vinrent tous se prosterner devant moi, en poussant des cris d'allégresse. Je demandai à l'intendant du domaine :

— Vient-il souvent des soldats de l'usurpateur ?

— Seigneur, m'apprit-il, ce sont les scribes qui viennent tenir le registre des biens, et des âniers qui viennent prendre livraison des armes et des objets que nous fabriquons.

— Le domaine est vaste; je veux y cacher nos hommes, déclarai-je. Des veilleurs seront placés sur les toits des maisons, afin de surveiller la venue des scribes ou des soldats. Certes, je ne pense pas qu'un des ouvriers ou des paysans du domaine songe à nous trahir.

— Je ne le pense pas non plus, seigneur.

Lorsque l'ombre du soir eut envahi les rues, je me mis en route pour Thèbes. Mon intention était de me rendre dans la demeure de Nekhserket, car je croyais en mon cœur qu'elle pourrait me donner des nouvelles de Ramsès. Je voulais aussi la voir, car elle était à mes yeux ma sœur, celle que les dieux m'avaient laissée.

La nuit était sombre et favorisait mon entreprise. Les portes de sa demeure étaient fermées, et sans doute ce soir on ne donnait pas de fête dans la maison du directeur des troupeaux d'Amon. La corde que je portais toujours nouée autour de ma poitrine lorsque j'allais dans le désert me servit à saisir dans son nœud une pierre en avancée, au haut de la porte; et je me hissai ainsi par-dessus le mur. Je sautai dans le jardin et nouai de nouveau la corde sur mon épaule. Je ne vis personne dans les allées du jardin et pénétrai dans la maison par une fenêtre des salles hautes. Il y avait une lumière dans cette pièce, et je restai derrière une tenture, car je vis Nekhserket avec plusieurs servantes qui préparaient leur maîtresse pour son coucher. Une servante, assise en retrait, chantait pour la distraire, en s'accompagnant d'une cithare. J'attendis que ses servantes l'eussent laissée seule pour paraître à ses yeux. En me voyant surgir ainsi, un cri sortit de ses lèvres, et elle porta la main contre son sein.

— Nekhserket, lui dis-je, aurais-tu peur de ton frère ?

Elle me regarda en silence et dit enfin :

— Merirê ! Puis-je le croire ?

— C'est moi-même, et non mon âme vivante, assurai-je.

— Mais pourquoi viens-tu devant moi comme un voleur ?

— Je ne voulais pas qu'on me vît. Merirê est roi d'Égypte, mais il est dans la Grande Ville du Sud comme un voleur; et sans doute, si on me voyait chez toi, cet impie de Iarsou ne laisserait plus ton âme en repos.

Elle s'était levée de son siège, et elle se mit à marcher comme on voit les panthères enfermées dans une cage et impatientes d'en sortir.

— Pourquoi vas-tu ainsi, comme un poisson dans une nasse ? lui demandai-je.

Je m'étais assis sur un fauteuil, et j'avais posé ma lance et mon arc près de moi.

— L'étonnement, Merirê ! répondit-elle. On ne savait ce que tu étais devenu...

— Réjouis-toi, ma sœur bien-aimée, car me voici revenu pour châtier le vil Syrien.

— Ah ! Sans doute...

Elle était comme prise de boisson. Je lui demandai :

— Mais où est ton hippopotame de mari ?

— Il a rejoint son âme, Merirê.

— Quelle merveille ! m'exclamai-je. Te voici donc maîtresse de ses biens.

— Maîtresse de cette demeure. Mais, par sa fonction, il avait de nombreux revenus qui lui permettaient d'entretenir cette maison. Moi, je n'ai pas la direction des troupeaux d'Amon.

— Que ton cœur se réjouisse, lui dis-je. Quand j'aurai écrasé cet impie de Kharou, tu pourras épouser Kashta, et tu auras un palais plus beau que celui-ci.

— Tu parles comme un insensé, Merirê, répondit-elle. Avec quoi chasseras-tu Iarsou ? Il tient fortement l'Égypte et ses partisans. Sethnakht est dans la terre du nord comme un rat dans son trou, et tu n'as aucune armée. Non, Merirê, la sagesse est de te présenter devant Iarsou et de te montrer comme un allié plutôt que comme un ennemi.

A ces mots, je sentis une grande colère jaillir dans mon cœur, et soudain Amon fut sur mon esprit et un doute me vint, mais j'enfermai cela dans ma poitrine.

— Nekhserket, tu parles comme une femme; et tout cela dépasse la longueur de ton âme vivante, lui répondis-je. Je voulais savoir ce qu'est devenu Ramsès...

— Tu essaies de retrouver tes amis, mais ce sera une recherche vaine. Où est Taousret ? Elle a rejoint son âme. Où est Ramsès ? Qui peut le dire, sinon lui-même ? Où sont Antanour et Kashta ? Quelque part dans des mines d'or d'où l'on ne revient jamais. Où est ton épouse Reshot ? Dans le grand palais, où elle deviendra un jour l'épouse royale de Iarsou.

Ces paroles étaient comme des scorpions dans mon cœur, et je criai :

— Tais-toi ! Ce vil Syrien, je l'écraserai comme un serpent, à coups de pierres. Reshot ne sera qu'à moi et je ne serai qu'à elle !

Nekhserket me regarda, et dit :

— Merirê, sans doute la faim et la soif sont-elles dans ta poitrine. Attends là, je vais demander qu'on apporte à boire et à manger.

Elle sortit et revint peu de temps après, et elle dit :

— La servante qui apportera le repas ne te connaît pas : ainsi, ne craint pas qu'elle te trahisse.

Ces mots éveillèrent en moi un nouveau doute. Je demandai à Nekhserket des nouvelles auxquelles mon cœur ne s'intéressait pas. La servante vint déposer sur une table, devant moi, des coupes de vin et de la nourriture. Je mangeai quelques fruits, mais je ne bus pas de vin.

— Bois du vin, Merirê, me dit Nekhserket. Réjouissons nos âmes car nous nous retrouvons, et faisons une belle fête.

— Nekhserket, je ne puis faire de belle fête, car je trouve mon pays dévoré par des vautours. Celle qu'aime mon cœur est captive d'un impur, et ma maison est entre ses mains. Certes, je me réjouis de revoir ma sœur et de la trouver en si belle santé, mais je ne ferai de belle fête que dans le grand palais de Thèbes,celui où est le vaincu de Kharou.

Nekhserket but plusieurs coupes de vins, mais je ne voulus pas boire avec elle. Et, tandis que nous parlions, mon oreille était tendue. Je me levai et je dis :

— Il faut que je m'éloigne.

— Attends encore; reste près de moi, dit-elle.

— Je ne le puis. Je dois traverser le fleuve, et je vais aller vers le nord, rejoindre Sethnakht.

Et ceci, c'était une ruse que venait d'inspirer le dieu Ptah à ma langue. Nekhserket dit alors :

— Sans doute, c'est ce qui est le meilleur pour toi, puisque tu ne veux pas te soumettre à ce Iarsou. Mais demeure encore un instant avec moi. Nous sommes restés éloignés l'un de l'autre si longtemps, et ne sommes-nous pas vraiment comme un frère et une sœur ?

— Certes, Nekhserket, comme un frère et une sœur.

Et je dis ceci en la regardant. Elle baissa les yeux et remplit une coupe. Je vis que sa main tremblait en tenant la cruche.

— Vraiment, tu ne veux pas boire avec moi ? demanda-t-elle encore.

— J'ai parlé. Il faut que je parte.

— Par Soped ! s'écria-t-elle, pourquoi une telle hâte ? Ton cœur se déplaît-il en ma compagnie ?

— Et pourquoi veux-tu que je reste encore auprès de toi ? lui demandai-je.

— N'avons-nous pas bien des choses à nous dire ? Ah ! pourquoi ne pas me raconter quels malheurs t'ont si longtemps tenu éloigné de nous ? Quelle peine était dans mon cœur quand je pensais que tu avais peut-être rejoint ton âme vivante !

Parle-moi : je me sens seule, et ta présence m'est agréable.

Elle vint vers moi et versa du parfum sur mes vêtements, et elle posa les mains sur mes épaules pour me forcer à m'asseoir, car je m'étais levé. Mais je la repoussai, et je dis :

— Laisse-moi respirer l'air du jardin.

Et j'allai vers la fenêtre et je portai mes yeux vers le jardin et mon oreille perçut un léger bruit dans les allées; mais ce pouvait être un serviteur. D'un regard, je vis comment était faite la maison, et je revins dans la pièce. Nekhserket était près de moi, et elle dit :

— Merirê, tiens, prends cette figue; elle vient du jardin.

Elle tendait un fruit dans sa main, mais je ne le pris pas et je fis quelques pas dans la pièce. Elle dit alors :

— C'est toi, Merirê, qui semble être maintenant comme un poisson dans une nasse.

Le bruit que j'entendis dans une salle voisine ne trompa pas mon oreille : le frôlement du bronze contre le bouclier.

— Ta langue a dit ce qui convenait, ô ma sœur aimée : je suis bien comme un poisson pris dans une nasse, mais peut-être la nasse a-t-elle un trou.

— Que veux-tu dire, Merirê ? demanda-t-elle.

Je m'étais approché d'une lampe placée sur son support, et je l'éteignis. Je bondis vers l'autre lampe, et l'obscurité se fit tandis que la porte s'ouvrait avec violence. Un soldat entra dans la pièce, mais il s'écroula car j'étais devant lui, et ma lance l'avait saisi de sa pointe au bronze aigu. Je le tirai dans la pièce et je refermai la porte d'un coup d'épaule; et je plantai mon javelot dans le plancher, tandis que j'inclinais l'autre bout sous la penne, de façon que l'arme bloquât la porte. Je saisis le bouclier du soldat, et je l'attachai dans mon dos, et je pris aussi son carquois de flèches, bien que j'eusse déjà le mien. Je ne cherchai pas à savoir où était ce scorpion de Nekhserket. La porte était ébranlée par de violents coups, et je devais agir avec rapidité. J'avais dénoué ma corde, et je me penchai sur la fenêtre. Je lançai la corde, qui saisit une avancée du toit que je voyais, ombre noire sur le ciel plus clair. Dans le jardin, j'aperçus les lueurs des casques des soldats éclairés par les torches. Je me hissai sur le toit à l'aide de la corde, que je retirai. Mais on m'avait aperçu, et deux javelots tombèrent près de moi tandis que je sautais sur la terrasse.

De là, j'accablai mes assaillants de flèches et des javelots qu'ils m'envoyaient. Et pendant une partie de la nuit je les combattis, allant de toit en toit à la faveur de la nuit, échappant toujours à leurs recherches, car nul mieux que moi ne connaissait les rues de Thèbes.

Je parvins au domaine de Shenty au moment où le soleil se levait sur l'horizon oriental. Sharkan m'attendait, et il vint devant moi, et il se jeta le ventre à terre.

— Seigneur, tu m'as causé bien du souci : lorsque je suis venu, après un bon repos, dans la chambre qui devait être la tienne et que je ne t'ai pas vu sur ton lit, j'ai senti mes genoux se plier comme ton arc.

— Je vais encore te causer une nouvelle crainte, mon Sharkan, lui dis-je tandis qu'il se relevait

— Parle, seigneur. Depuis que je suis à ton service, mon âme est prête à connaître toutes les émotions.

— Voici : tu vas te vêtir d'un haillon, et tu iras mendier dans les rues de Thèbes. Tu iras vers la maison de la chanteuse d'Amon, Shemaït, l'épouse de l'ancien directeur des troupeaux d'Amon, Minhotep. Sans doute la trouveras-tu facilement, car il y aura du monde tout autour, et peut-être encore des cadavres de soldats. Et tu mendieras près de la maison afin de savoir si on a placé des gardes chez elle. Vois qui vient la visiter et qui sort de sa demeure. Et, si elle s'en éloigne, suis-la et dis-moi où elle va. Cours-y tout de suite, et rentre ce soir ou demain. Moi, je vais dormir jusqu'à la nuit.

## XXII

## LE MONTREUR DE LIONS

Dès que l'ombre envahit les rues, je me dirigeai vers mon palais. Quand j'y arrivai, la nuit était sombre, et je franchis le mur par le côté où il était le moins élevé. Je passai près du kiosque où j'avais tenu Reshot dans mes bras, et je m'y arrêtai, car mon cœur fut enveloppé d'un doux parfum à ce souvenir. Je m'introduisis dans la chambre de Thouthenek. Il n'y était pas encore, et je l'y attendis. Quand il me vit assis sur son lit il vint se prosterner en me saluant. Je lui dis, d'une voix pareille au bruit du vent dans le feuillage du grenadier :

— Thouthenek, tu connais sans doute cette chanteuse d'Amon, Shemaït, qui est venue souvent ici ?

— Comment mon cœur l'aurait-elle oubliée, Majesté ?

— Peux-tu me parler d'elle ?

— Certes, Majesté. Voici : cette Shemaït a été remarquée par cet impie de Iarsou. Or elle va souvent au grand palais, où elle est reçue comme une reine, car ce chien de Iarsou la regarde comme une épouse. Ceci, je le tiens des officiers qui sont ici et qui parlent entre eux. Et ils ne craignent pas de parler, car ils ignorent que je la connais : elle est si souvent venue dans le palais de Ta Majesté ! Et voici : ils ont dit aussi que Iarsou conduira un jour cette Shemaït dans le grand palais pour en faire une épouse royale. Il ne l'a pas fait encore car son époux, le directeur des troupeaux d'Amon, était dans sa demeure. Mais il est allé vers la montagne de l'occident depuis un mois, et Iarsou attend encore quelques mois avant d'emmener cette Shemaït dans son palais.

En entendant ces paroles, une grande colère entra dans mon esprit; et je compris pourquoi Nekhserket avait parlé comme elle l'avait fait et pourquoi elle avait sans doute envoyé quelqu'un aviser Iarsou que j'étais dans sa maison. Je demandai encore à Thouthenek quand Reshot pourrait venir dans mon palais. Mais il ne sut me répondre.

Je quittai Thouthenek, et je revins vers le domaine en méditant une nouvelle ruse dans mon esprit.

Sharkan vint le lendemain devant moi, et, tandis qu'il me rasait le visage, il me parla ainsi :

— J'ai trouvé la maison de cette chanteuse d'Amon, seigneur. Certes, il y avait un beau spectacle pour les promeneurs. Des soldats partout. Et ils enlevaient encore des corps : le plus grand massacre qu'on ait vu dans Thèbes, de mémoire d'homme. Et ton serviteur ouvrait les oreilles tout en courbant les épaules pour demander l'aumône. Certains disaient : une bande de brigands a attaqué la demeure de l'ancien directeur des troupeaux d'Amon, et il y a eu une grande bataille avec les soldats du roi. Et pourtant, disaient d'autres, on n'a relevé que des corps de soldats. Et on osait déclarer ailleurs : ne savez-vous pas que c'est Merirê lui-même, qui a été désigné pour monter sur le trône d'Horus, qui a fait un tel massacre ? Mais nul ne voulait le croire. Et les plus avisés disaient que c'était sans doute Merirê accompagné d'une forte troupe. Voici, seigneur, ce que disent les gens de Thèbes pour ce qui concerne ton altercation avec les soldats du crapaud syrien.

— Ceci est excellent, Sharkan, lui dis-je en riant. Et sur la chanteuse Shemaït, qu'as-tu appris ?

— Voici encore : il y avait partout un grand désordre, et je me suis glissé dans le jardin. J'y ai vu des soldats en grand nombre; mais ils nettoyaient le jardin avec les domestiques. Et ceux-ci voulaient me chasser. Mais je n'en démordais pas de réclamer mon aumône, et ils m'ont mis dehors, et j'en ai encore mal aux reins des coups de bâton qu'ils m'ont donnés, comme si une telle chose pouvait servir de nourriture à un ventre vide. Je me suis alors accroupi dans la rue. Ainsi, la porte était devant moi, et je voyais ce qu'on faisait dans le jardin. « Ah ! si j'étais le maître d'une si belle maison ! » disais-je à mon cœur; et celui-ci répondait : « Sharkan, tu n'es qu'un misérable, et ta nourriture sera le bâton, et ta demeure le sable du désert; et voici : tu t'es donné un bon maître, et avec lui tu termineras sous un toit solide, celui d'une prison du gros ver de Syrie qui est dans l'Égypte comme un ver dans un beau fruit. » Mais, comme je parlais ainsi, mon œil restait silencieux, et il glissait vers la demeure où il s'était installé avec mon âme vivante. Mon oreille fut percée par un bruit sans agrément, des sons de trompette et des cris, et je crus que toutes les armées de l'Égypte partaient en guerre contre tous les Peuples de la Mer. Ce n'était que le lion puissant, le Iarsou, qui sortait aux yeux de son peuple aimé. Les soldats chassaient tout le monde devant eux comme le porcher qui pousse avec son bâton son troupeau. Mais moi, je comptais sans doute moins qu'un porc, et on ne me vit même pas. Iarsou est entré chez la chanteuse, et il n'en est ressorti que très longtemps après, et mes jambes étaient devenues lourdes sous moi. Mais je ne bougeais pas plus que si j'avais été sculpté dans un morceau de bois. Ce Iarsou est reparti avec son armée, et j'ai vu que les soldats qui étaient dans la rue se sont aussi éloignés; mais il en est resté dans la demeure.

Sharkan me dit encore ceci :

— J'ai su aussi, par des serviteurs bavards, que cette Shemaït va donner une belle fête en sa maison dans dix jours, car elle veut montrer que l'âme vivante de son époux est satisfaite et qu'elle trouve la boisson et la nourriture qui lui conviennent lorsqu'elle revient à la lumière du jour. Ainsi pourra-t-elle entrer dans la maison de Iarsou sans que nul n'y trouve à redire. Et j'espérais que Iarsou apparaîtrait dans la fête, mais il reste dans son palais comme dans une forteresse.

Alors je conçus un plan dans mon cœur, que Ptah rendait fécond. Il y avait un char dans le domaine, dont le timon était rompu. J'avais ordonné qu'on le remît en usage et qu'on le fît bien solide. Et je choisis dans le haras du domaine deux excellents chevaux que j'attelai au char. Je pris aussi de bonnes armes : des javelots en abondance, deux carquois remplis de longues flèches pour mon bel arc, ma grande épée que j'avais rapportée du pays des Akhaouasha, ma longue dague, ma lourde hache et ma massue. Tout un arsenal, car je n'allais pas à une promenade. Et je partis seul, car Sharkan m'aurait été une gêne pour ce que j'avais décidé d'accomplir. J'avais laissé le commandement de la troupe à un officier excellent, du nom de Nedjty, qui connaissait le désert, et je lui avais donné mes instructions, en lui déclarant que je serais de retour le neuvième jour.

Je partis aussitôt vers le nord. Ainsi, j'allai dans la campagne et dans les villages, et même dans les villes, et je fis connaître mon nom. Lorsque je voyais des scribes qui venaient compter les sacs de grains, car c'était l'époque des moissons, je les chassais à coups de bâton, et je détruisais les comptes. Lorsque je voyais des soldats, je venais devant eux, et je les obligeais à m'adorer. Mais ils ne le voulaient pas, et ma lance les fauchait comme lé moissonneur coupe les têtes des épis de sa faucille courbée. Et partout je disais qui j'étais.

Ainsi, je parcourus la route du nord pendant six jours. Je parvins enfin dans la province de la montagne de la Vipère cornue, et j'allai dans la cité de Qaou. Or ce fut sans doute Amon qui conduisit mes pas en ce lieu. J'arrivai sur une grande place, au bord du Nil. C'était là que les artisans fabriquaient de longues barques pour aller sur le fleuve. Il y avait beaucoup de monde, car dans le fond de la place des paysans avaient étalé sur le sol les produits de la terre, qu'ils offraient aux passants. Les gens s'écartaient devant mon char, et ils portaient vers moi leurs regards étonnés. Moi, mes yeux étaient partout, car je cherchais si je n'apercevais pas quelque soldat qui abusât de sa force, mais je n'en vis pas. J'entendis des rugissements de lions, et je voulus savoir ce qu'il y avait. Je voyais un groupe de personnes assemblées près du fleuve, et c'était de là que provenaient les rugissements. Je m'approchai, et de mon char je regardai par-dessus les têtes des spectateurs. Et je vis ceci : il y avait d'un côté un grand chariot tiré par deux bœufs, sur lequel on avait placé deux cages, mais elles étaient vides, car les deux bêtes qui les habitaient avaient sauté sur le sol : c'étaient un fort lion à la crinière épaisse et une lionne au flanc vigoureux. Et devant les bêtes se tenait un homme qui portait une lance dans sa main gauche et un fouet de charrier dans l'autre main. Il faisait claquer son fouet, et, de la voix, il donnait des ordres aux bêtes; et celles-ci, dociles comme des chiens, obéissaient à ses commandements. Elles s'asseyaient ou se couchaient, grognaient ou se taisaient, bondissaient l'une au-dessus de l'autre, et c'était une grande merveille que de voir ces animaux redoutables respecter pareillement la parole de leur maître. Il les caressait sans nulle peur, et les assistants murmuraient, leurs cœurs remplis de crainte et d'admiration.

Mon âme, d'abord indécise, fut soulevée par une grande allégresse, car mes yeux ne pouvaient me tromper; et c'était Ramsès, mon frère et mon ami, que je voyais devant moi. « Sans doute, dis-je à mon âme, ces deux lions sont ceux qu'il avait ramenés dans ses mains lors de notre grande chasse. Ils avaient alors quelques semaines, et maintenant ils ont plus de cinq ans. » Ramsès ne m'avait pas aperçu, et je voulais attendre que les gens se fussent éloignés pour venir devant lui, malgré le désir qu'en avait mon cœur. Toujours sur son commandement, les deux animaux sautèrent dans leurs cages et Ramsès referma les portes. Près du chariot se tenait une jeune femme, et elle se mit à chanter en s'accompagnant d'une cithare, tandis que Ramsès invitait les spectateurs à déposer quelque offrande. Ramsès prit ensuite la cithare, et la jeune femme se mit à danser. « Est-il possible, disais-je encore en mon cœur, que mon ami Ramsès soit devenu baladin et montreur de fauves ?» Et je me demandai si mes yeux ne me trompaient pas. Je parlais ainsi avec mon âme, lorsque je vis une troupe de soldats, plus de vingt, qui venaient vers nous. Ils ne portèrent pas leurs regards sur moi, car sans doute c'était Ramsès qui était l'objet de leur sollicitude. Le chef de la troupe se tint devant lui et dit :

— Tes oreilles sont-elles fermées ? Le prince ne t'a-t-il pas fait dire de quitter sa province ? Tu t'es déjà battu avec un homme, et tes bêtes sont dangereuses pour les gens qui viennent les voir.

— Mes bêtes ne sont dangereuses que si je le leur ordonne, répondit Ramsès. Et pourquoi me suis-je battu avec un homme ? Ne voulait-il pas me prendre Tiy, mon épouse, qui est près de moi ?

L'officier rit et s'écria :

— Ton épouse ! Cette danseuse qui est à tout le monde pour une coupe de bière ? Éloigne-toi, si tu ne veux pas sentir mon bâton sur tes côtes.

Ramsès le regarda, la colère dans les yeux, et il répliqua :

— Cette danseuses est mon épouse, et elle n'a jamais été à nul autre que moi. Retire ton injure, ou ce sont tes côtes qui connaîtront le bois de ma lance.

Ces mots remplirent mon âme de joie, car seul Ramsès pouvait parler ainsi.

— Baladin insolent ! s'écria l'officer.

Il leva son bâton vers Ramsès, qui d'un coup du bois de sa lance repoussa l'arme, et son poing s'abattit sur l'oreille de l'officier. Celui-ci tituba comme un homme pris de vin; et, de deux coups de sa lance, Ramsès le jeta sur le sol. Mais les soldats s'avancèrent vers Ramsès, leurs piques en avant. Le premier poussa son arme pour, avec le bronze acéré, frapper Ramsès. Celui-ci avait sauté de côté, et sa lance ne manqua pas l'homme, qui s'abattit, le flanc percé. Un second soldat tomba ainsi, et encore un troisième. Les assistants s'étaient reculés, la crainte dans le cœur. Mais, au bruit de la querelle, bien d'autres passants s'étaient approchés. Les soldats avaient formé un demi-cercle autour de Ramsès, qui reculait vers le fleuve. Alors je poussai mon char en avant, fendant la foule, et je criai :

— Holà ! Soldats, esclaves du vil Iarsou ! Vous avez toujours autant de courage que votre maître. Vingt hommes avec leurs boucliers contre un homme qui n'a qu'une lance, c'est une grande merveille !

Ils se tournèrent vers moi. J'avais bondi au bas de mon char, et j'étais comme le dieu des batailles. Je criai encore :

— Préparez-vous au combat, car vous allez connaître la colère de Merirê Miamon, fils deu dieu grand Baenrê.

Trois javelots frappèrent mon bouclier, et retombèrent à terre. Mais j'avais sauté vers eux comme une panthère du midi; et ma lance frappa tandis que mon bouclier précipitait au sol ceux qu'il bousculait. Ramsès s'élança contre eux, et sans doute les soldats crurent se trouver devant Seth et devant Sekhmet, car ils jetèrent leurs armes et leurs boucliers, et coururent dans le Nil trouver leur salut. Mais ils n'étaient plus que quatre.

Ramsès et moi, nous sommes tombés dans les bras l'un de l'autre, mais nous ne trouvâmes pas le temps d'ouvrir nos bouches, car on vit déboucher dans la place cinq chars et une trentaine de soldats, et les gens présents couraient de tous côtés comme volent les abeilles que le feu chasse de la ruche. Alors Ramsès libéra ses deux lions, qui restèrent près de lui, et nous fîmes un grand massacre de ces impies.

Ramsès rappela ses lions, et son ascendant sur eux était tel qu'ils lui obéirent, bien que ce carnage eût rendu la férocité à leurs cœurs. La place était maintenant vide de peuple; mais partout on ne voyait que corps de soldats morts ou blessés, chars renversés, chevaux qui hennissaient. Et, certes, jamais on n'avait vu un tel champ de bataille dans une ville d'Égypte depuis la guerre qui avait chassé les impurs Asiatiques. Cependant, les ennemis pouvaient revenir avec de nouvelles forces, et je dis à Ramsès qu'il serait meilleur de nous éloigner. Nous avons ramassé des flèches et des javelots pour charger nos chars. Ramsès libéra les bœufs qui traînaient le chariot et il enleva le léger bagage qu'il y avait. Il prit Tiy avec lui sur son char, et nous nous sommes engagés sur la route de Thèbes. Et les deux lions nous suivaient comme les chiens courent derrière les chars des chasseurs.

Nul n'osa nous poursuivre, et nous avons dirigé nos chars vers le désert, car je ne voulais pas qu'on sût que nous revenions vers Thèbes. Lorsque le soleil descendit sur l'horizon occidental, nous avons arrêté nos chars dans le désert. Sur notre route, nous avions rencontré quelques bouquetins, et chacun des lions avait eu sa part de nourriture; et nous avons fait rôtir de la viande pour nous. Le lion s'appelait Sotpou, et la lionne Kehet; et ils répondaient à leurs noms. Ils allèrent se coucher, et Ramsès remarqua qu'avec de tels gardiens on pouvait dormir sans nulle appréhension au cœur. Je demandai alors à Ramsès de me conter ses aventures. Il me fit le récit de ce qui s'était passé, événements que je n'ignorais plus, jusqu'à la guerre qui avait éclaté entre Sethnakht et la reine Taousret. Il avait alors formé dans son cœur le dessein de partir à ma recherche. Il s'était mis en route vers le nord. Il avait emmené ses deux lions, qu'il avait élevés depuis qu'il les avait trouvés et qu'il avait dressés d'une manière merveilleuse. Il avait songé aller avec son char et ses bonnes armes. Mais il lui vint à l'esprit que chacun serait empli de défiance ou de crainte à la vue d'un guerrier pourvu de si belles armes et de bijoux. Amon inspira alors à son cœur le désir de se faire montreur de fauves. Ainsi pourrait-il se mêler au peuple et aller en tout lieu sans éveiller de méfiance dans les esprits. Et cela lui assurait une source de biens suffisante pour nourrir ses bêtes et lui-même. Il avait ainsi fait bâtir les cages, et il avait rencontré Tiy. Ses parents étaient pauvres, et comme elle était gracieuse ils l'avaient donnée à des gens qui formaient des danseuses et des chanteuses professionnelles, pour se montrer dans les banquets. Elle était ainsi devenue experte en cet art. Mais une troupe de baladins l'avait enlevée, et ils la forçaient à danser sur les places publiques; et, si elle refusait, ils la contraignaient avec leur bâtons. Or Ramsès la vit, et il la trouva belle. Comme ses maîtres la battaient, Ramsès leur fit goûter la saveur de la poussière, et il emmena Tiy avec lui. Il parcourut toutes les villes qui sont le long du Nil, jusqu'à la mer. Il parlait dans les tavernes avec les marins et les marchands, mais personne ne lui donnait de nouvelles de moi. Et voici : il était parvenu à Memphis lorsqu'il entendit deux soldats qui parlaient dans une taverne. L'un venait de Thèbes, et il prononça mon nom. Ramsès l'interrogea, et le soldat lui apprit qu'un guerrier barbu, venu des Pays de la Mer, était entré dans le grand palais, et il avait déclaré que Merirê était en vie, et qu'il allait rentrer en Égypte; en se retirant, cet étranger avait tué Horemsaf, le vizir, d'un coup de javelot, et il avait pu quitter le palais sans que personne fût capable de l'arrêter. Ramsès avait aussitôt compris, en son cœur, que l'étranger ne pouvait être que moi pour montrer une telle audace, et il s'était remis en route pour Thèbes. C'était ainsi que je l'avais rencontré sur la grande place de Qaou.

Et moi, je remis au lendemain le récit de mes voyages, car Ramsès avait longtemps parlé.

Nous sommes arrivés au domaine de Shenty le jour où je

devais rentrer. Plusieurs de mes soldats connaissaient Ramsès, et ils le saluèrent avec des cris d'allégresse, car ceux qui avaient combattu dans le désert sous nos ordres savaient que, maintenant, la chute de l'impie de Kharou avait été décidée par les dieux. Sharkan me rasa la barbe, que j'avais négligée pendant ces dix jours passés dans le désert. Ramsès connaissait par ma bouche la trahison de Shemaït, et son âme vivante en avait éprouvé un grand trouble.

Sharkan avait écouté mes ordres, et il était revenu encore la veille devant sa maison. Il y avait toujours autant de gardes, et la belle fête était préparée pour ce jour. Elle devait débuter au moment où les bergers rentrent les troupeaux du pâturage, et durer jusqu'au retour du soleil dans les demeures empourprées de l'Orient. J'assemblai mes soldats pour leur faire part de mon dessein.

Lorsque l'ombre du soir eut déployé ses ailes sur la terre, nous nous mîmes en route.

Nous avons investi la demeure de Shemaït, mes hommes ayant pris sans bruit position sur le toit et tout autour. Et moi, je me présentai à la porte. Je vis devant moi les soldats et leurs officiers, et quelques-uns portaient des torches, mais la clarté de la lune rendait vaine leur lueur. Alors je m'écriai :

— Soldats d'Égypte, prosternez-vous devant le souverain que vous a donné mon père Amon, Merirê Miamon, sinon préparez-vous à mourir.

Mais ils ne pouvaient penser qu'ils étaient entourés de tous côtés, et plusieurs d'entre eux étaient de vils Syriens. Celui qui était le plus proche de moi voulut me frapper de son javelot : ma lance perça son foie, et il tomba. Alors les insensés coururent vers moi, et ils criaient :

— C'est Merirê ! Saisissez-le ! Cette fois, il n'échappera pas !

Je soutins leur assaut, et je courus sur eux avec ma bonne lance. Mes soldats se ruèrent alors par la porte, et ceux qui étaient sur la terrasse lâchèrent leurs flèches, tandis que Ramsès arrivait dans leur dos par le fond du jardin; et pas un des soldats ne trouva de salut dans la fuite.

Je laissai mes guerriers exterminer ces impies, et je bondis sur le seuil. Il y avait encore là deux soldats, qui tombèrent sous ma lance. Et, lorsque j'apparus soudain dans la salle du festin, ma lance sanglante à la main, ce fut comme si Sekhmet avait bondi dans la pièce. Shemaït, qui tenait sa harpe, se leva et resta immobile, et elle ne trouva que la force de prononcer mon nom.

— Certes ! m'écriai-je. Je suis bien Merirê, ma chère sœur, fille de Nebkahor, qui me fut comme un père. Mais toi, tu n'as pas hésité à me trahir, à me livrer à ce traître de Iarsou, dont le nom est en abomination à Amon. Mais comment, ô ma sœur, as-tu pu si mal connaître Merirê ? A-t-on compté les impies qui sont tombés sous mes flèches et sous mes javelots ? Et voici encore : on a placé deux cents soldats pour garder ta maison, et ils ne t'ont pas protégée !

Tandis que je parlais, je vis dans la salle une dizaine d'officiers, chefs des armées de Iarsou. Et l'un, aveuglé par Amon, saisit un javelot. L'insensé ! Il pensait que je ne le voyais pas ! Et les autres prenaient leurs poignards et leurs haches. Le javelot partit vers moi, mais le bras qui l'avait lancé tremblait si fort que l'arme frappa mon bouclier; la pointe n'érafla même pas le cuir aux dents de bronze. Mais ma main, car je tenais ma lance dans ma main gauche, avait attrapé le javelot, et je le retournai et le lançai contre l'impie. Et sans doute dans cette assemblée n'avait-on jamais vu chose pareille : l'officier sauta comme une antilope, et il retomba sur les coussins, et on vit que le javelot avait transpercé sa poitrine et que la pointe sortait entre ses épaules. Je bondis dans la salle, et neuf fois ma lance frappa, et les neufs officiers tombèrent transpercés, lâchant leurs armes inutiles.

Sans me soucier des autres assistants, qui n'avaient osé bouger, je marchai vers Nekhserket, et je lui dis :

— Maintenant, monte dans ta chambre, car tu dois des comptes à ton frère et ton roi.

Elle tomba à genoux, à mes pieds; mais je la relevai et l'entraînai. Alors, j'entendis Ramsès qui venait d'apparaître, et il disait :

— Restez sages comme des élèves-scribes. Mon frère Merirê m'a ôté le plaisir d'écraser les scorpions que je vois à terre; et ma lance veut fuir de ma main comme l'aspic. Oh mais je les reconnais, ces jeunes beaux qui se trémoussaient comme des canards devant la chanteuse d'Amon ! Ne savez-vous pas qu'elle est promise au vil Syrien ? Je crois que je vais vous donner du bâton !

Je poussai Nekhserket devant moi, et nous sommes revenus dans sa chambre, où elle avait médité en son cœur sa trahison. Elle pleurait et tordait ses bras en se roulant sur le sol comme un serpent blessé.

— Nekhserket, lui dis-je, cesse de chercher à obtenir ma grâce, et prête ton oreille à ce que je vais dire.

Elle resta à genoux et attendit que je parlasse. Je dis alors :

— Nekhserket, lorsque nous étions enfants, aurais-je pu penser que tu pourrais te rendre coupable d'un tel crime ? Tu es comme un femme prise de vin !

— Merirê, s'écria-t-elle, tu m'as humiliée quand j'ai voulu t'aimer; et ceci explique cela.

— Est-ce t'humilier que de te dire que je ne te veux pas pour être la maîtresse de ma maison ? Certes, tu venais ainsi vers moi car tu savais que j'allais devenir le maître de l'Égypte ! Ne cherche pas d'excuse à ton crime. Et vois : que pèse dans ma main ce scorpion de Iarsou ? Tu me demandais avec quoi je combattrais. As-tu vu ce que peut faire mon bras ? Et encore : où sont ceux qui devaient de protéger ? Et, ce soir, tu ne pourras envoyer personne appeler les soldats de ce Iarsou. Mais que ton cœur se rassure : j'ai moi même envoyé quelqu'un pour aller chercher du secours au grand palais. Maintenant, écoute : je te pardonne ta trahison parce que j'aime et je respecte la fille de ceux qui ont été mon père et ma mère. Mais voici ce que je veux que tu fasses. Tu déclareras que je t'ai épargnée parce que tu as pleuré et supplié en disant que je ne pouvais tuer ma sœur de lait. Et si tu n'as pas encore révélé à ce vil Syrien ce que nous avons été l'un pour l'autre, ce sera pour toi une occasion de le faire. Il découvrira alors dans son cœur combien tu dois l'aimer pour avoir accepté de lui sacrifier un frère. Et on ne parlera plus de moi dans Thèbes car je serai ailleurs. Alors, dans un mois exactement, tu iras trouver Reshot. Je ne sais si tu la vois, mais c'est à ton cœur d'inventer une ruse pour pouvoir lui paler sans que nulle oreille ne vous entende. Tu lui diras qu'elle aille visiter son palais, qui est le mien, car il y a déjà longtemps qu'elle ne l'a pas visité. Dis-lui qu'il faut qu'elle s'y rende, et que c'est moi qui le lui fais dire. C'est tout ce que je t'ordonne de faire.

Je me penchai sur elle, et mon regard pénétra dans ses yeux, et je lui dis encore :

— Tu peux maintenant découvrir ma puissance; si tu me trahis, n'espère pas de pardon. Maintenant, reste dans cette chambre, car la rue va devenir un champ de bataille où ce Iarsou va encore éprouver la force de mon bras.

Je descendis dans la salle, où je trouvai les invités de Shemaït, qui étaient sous le regard de Ramsès comme une troupe de souris devant un chat. Il me vit et il demanda :

— L'as-tu étranglée avec tes mains ?

— Non, Ramsès. Tu sais que Shemaït, qui s'appelle en vérité Nekhserket, est ma sœur de lait, la fille de Nebkahor, qui m'a élevé comme un fils. Elle m'a trahi pour l'amour de ce vil Syrien, mais ses larmes ont amolli mon cœur. Elle a prononcé le nom de son père et celui de sa mère Baketamon, qui m'a été plus qu'une mère. Mon bras n'a plus alors trouvé la force de frapper, et je l'ai laissée dans la chambre haute. Sortons, Ramsès.

Or je parlai ainsi afin qu'on rapportât mes paroles à ce Iarsou et qu'il vît ainsi que Nekhserket ne lui parlait pas avec une langue mensongère. Et je dis ensuite aux invités :

— Allez vous cacher dans les chambres hautes, car le Syrien va envoyer une belle armée contre nous, et bien du sang va couler dans les rues et dans cette maison.

Alors, avec des cris ils s'enfuirent dans le couloir, pour aller se cacher, comme s'éloignent les hyènes quand viennent les lions.

En vérité j'avais envoyé un soldat, qui était allé vers le grand palais, où il avait crié :

— Merirê est dans la demeure de la chanteuse Shemaït. Il a avec lui une troupe de brigands, cinquante peut-être, mais ils se battent comme des lions. Venez, cette fois on le saisira. Mais il faut mille hommes et cinquante chars au moins.

On cria partout dans le grand palais, et on mit sur pied une forte troupe de soldats qui partirent en avant, derrière le soldat qui les entraînait, tandis que les écuyers prépararaient les chars des officiers. Or j'avais disposé mes hommes sur les toits des maisons voisines et la rue était devenue une véritable nasse dans laquelle nous prîmes nos ennemis. Nous en fîmes un grand massacre et nous nous rendîmes maîtres des chars qu'ils avaient menés contre nous.

Nous retournâmes au domaine de Shenty, où je laissai Ramsès à la tête de notre troupe car il avait de grands desseins dans son cœur. Moi-même je rentrai à la Vallée des Abeilles, où Kashta et Tekour avaient ramené de nombreux combattants ralliés à ma cause.

## XXIII

## LE COMBAT POUR RESHOT

Un mois s'était presque écoulé depuis que j'avais quitté Ramsès. Je laissai à Antanour le commandement de notre nouvelle petite armée, et je pris mon bon char, celui qui venait de mon palais, pour me mettre en route vers Thèbes; et j'emmenai Sharkan avec moi. Il gémit, mais je savais qu'il aurait gémi plus encore en son cœur si je l'avais laissé; et il déclarait qu'il était impossible qu'un grand d'Égypte, en quelque équipage qu'il se déplaçât, n'eût pas avec lui son barbier. Cependant, il est malade tant qu'il est sur un char; et il disait que, serait-il condamné à vivre sur une chose pareille, jamais son cœur ne pourrait s'y accoutumer. Je lui dis alors :

— Sharkan, je te promets que, quand je serai roi d'Égypte, si tu veux toujours être mon barbier, lorsque j'irai en guerre tu te déplaceras dans une chaise ou même dans un lit.

— Ah, seigneur ! s'écria-t-il, si mes oreilles ont bien compris tes paroles, l'intention de ton âme vivante est de faire encore la guerre ?

— Dis plutôt que je commencerai alors de faire la guerre, car ces batailles contre l'impie de Iarsou ne sont que des combats de mouches à côté de la guerre qu'il faudra mener contre les Peuples de la Mer.

Sharkan poussa un grand soupir et déclara :

— Seigneur, sans doute me ferai-je barbier ambulant.

Nous parvînmes au domaine de Shenty, et j'y trouvai Ramsès. Pendant tous ces jours, il n'était pas resté inactif. Il avait réalisé ce qu'il avait conçu dans son cœur; et il avait réussi à rallier la garnison établie à Coptos, chargée de la protection des pistes du désert. Ramsès avait pensé un instant se rendre maître de Coptos, mais il avait appris par Amenakht, qui commandait la garnison qui s'était ralliée à nous, que Iarsou disposait à Thèbes de vingt mille soldats, et qu'il en tenait plus de dix mille dans les deux provinces qui sont au nord de Thèbes. Ainsi les forces de Ramsès n'étaient pas suffisantes pour tenir la ville. Mais nous restions les maîtres des carrières de pierres et des mines d'or du désert. Ramsès avait laissé le commandement de son armée à Amenakht, et lui-même était venu vers moi avec cent cinquante chars montés par trois cents hommes commandés par Nedjty, nommé chef de ma charrerie.

Je dis alors à Sharkan :

— Je désire savoir si Shemaït a parlé à Reshot et lui a transmis les paroles que je lui ai dites. Sans doute, je pourrais y aller et me glisser dans la maison; mais, si elle est toujours gardée, ceci me paraît difficile à réaliser, et nous ne pouvons refaire ce qui a été fait une fois. Je ne veux pas non plus qu'il puisse être dit que Merirê a été vu près de Thèbes, car ce Iarsou a le cœur lourd d'appréhensions et de prudence, et il ne permettrait pas à Reshot de quitter le palais. Or, en vérité, je suis comme un captif tant que Reshot n'est pas en ma possession, car ce scorpion de Iarsou, s'il voit sa puissance le fuir, fera de Reshot son bouclier contre mes traits. Et il ne sait pas quelle est sa puissance réelle; car s'il faisait crier à travers toute l'Égypte : « D'ici à un mois, que Merirê vienne se soumettre à moi, sinon je jetterai Reshot au fond d'une prison », je viendrais pour être son prisonnier, afin qu'il ne lui fît pas de mal.

— Ah ! mon maître ! s'écria Sharkan. L'amour fait commettre bien des folies. Mais celle-là serait la plus extravagante que mes oreilles eussent jamais entendue. Je vais à l'instant saisir un canard et le sacrifier à Amon, afin que cette vipère à cornes de Iarsou ne forme jamais un tel projet dans son cœur. Et, comme Sharkan est plein de prudence, je vais aussi faire un autre sacrifice pour le Soleil, ainsi, je satisferai le dieu de ton pays et celui de Kardouniash.

— Sharkan, va sacrifier tes canards; mais dis-moi comment je pourrais voir Shemaït ?

— Tu sais bien, seigneur, que je te laisse manier la lance et que je me réserve la ruse. Il suffit que tu me trouves un luth, ou mieux encore un de ces instruments de musique de Syrie qu'on nomme le *nébel.* Sans doute s'en trouve-t-il dans ton palais.

— Tu l'auras ce soir même, lui répondis-je. Mais j'ignorais qu'un tel objet eût le pouvoir magique de t'introduire auprès de Shemaït.

— Il aura le pouvoir d'introduire Sharkan, vêtu d'une robe syrienne, auprès d'une chanteuse d'Amon.

Avant que le matin du nouveau jour fût revenu, Sharkan allait vers Thèbes, habillé d'une grande robe syrienne, son nébel sous le bras. Il revint avant que la nuit fût descendue sur la terre, et il parla ainsi devant moi :

— Seigneur, il y a certes une longue marche jusqu'à la maison de cette Shemaït, et j'ai les jambes aussi raides que les pattes du héron.

Je lui offris une coupe de vin. Il la vida dans son gosier sans baisser la tête une fois, et il dit alors :

— Ta Majesté n'ayant pas sa pesante couronne sur la tête, elle ne s'offensera peut-être pas si son serviteur s'étale devant elle comme un gros ver sur ces coussins qui seront si doux sous mes membres moulus comme la farine qui sort de la meule.

— Sharkan, assieds-toi, couche-toi, mets-toi sur les mains comme un acrobate, peu importe à Ma Majesté, mais parle, sinon je te casse ma canne sur les reins ! m'écriai-je en dissimulant mon désir de rire.

Il s'étendit dans les coussins et enfin parla ainsi :

— Donc, je suis venu devant la maison de Shemaït en chantant et en jouant de mon instrument. Car sans doute mon maître ignore que son serviteur, s'il n'a pas la voix de la chanteuse d'Amon, ce n'est pas sans art qu'il chante et qu'il fait de la musique. Ainsi, je me trouvai devant la porte de la maison de Shemaït, et je demandai au portier : « Certes, mes yeux ne peuvent me tromper, et sans doute suis-je ici devant la maison de Shemaït, la première chanteuse d'Amon. — Tes yeux ne t'ont pas trompé, homme de Syrie », répondit le domestique

Alors je dis encore : « Je viens de Byblos, où j'ai vu le jour, et je sais que l'Égypte est hospitalière pour les gens de Kharou, depuis qu'elle s'est donné un grand roi venu de mon pays. Va donc dire à ta maîtresse que Razon est au seuil de sa demeure. Sais-tu qui est Razon ? — Il me semble que c'est ton nom », a répondu cette oie épaisse. Je simulai une grande colère et m'écriai : « Certes, c'est mon nom, portier ignorant ! Sans doute tes oreilles n'ont jamais connu que le braiement des ânes et les cris des oies ! Mais ta maîtresse, qui est une grande musicienne, dont le renom est parvenu jusqu'à Byblos, ta maîtresse saura que Razon est le luthier le plus célèbre de toute la Syrie. Or dis-lui que j'ai là, sous mon bras, un luth de mon pays, sorti de mes mains, une merveille pour les yeux, un délice pour les oreilles. Le roi de Byblos m'en offrait un grand nombre de sicles, qui valent vingt débens d'or en Égypte. Mais je n'ai pas voulu le lui vendre, car j'ai songé qu'il n'était digne que de la grande Shemaït; mon cœur désire lui offrir cette merveille, afin qu'elle daigne prononcer mon nom devant Sa Majesté. » Le domestique me dit d'attendre devant la porte. Aussi ai-je vu qu'il n'y a plus de gardes dans la maison de Shemaït. Ainsi ai-je été introduit devant la maîtresse de la demeure. Elle avait auprès d'elle deux servantes, et je dus trouver dans mon esprit fécond de nombreux discours et encore je chantai et j'exerçai mes doigts sur le nébel, et j'attendis l'instant où ces servantes pareilles à des mouches s'éloigneraient de leur maîtresse. Enfin, je songeai à lui demander de me faire servir à boire et à manger, et elle envoya les deux femmes vers les offices. Je lui dis alors que je venais de la part de Ta Seigneurie, et je voulais savoir quand la dame Reshot irait en son palais. Elle m'a alors parlé ainsi : « Dis à ton maître que demain Reshot doit aller visiter son palais; et elle sera escortée par cinq cents soldats, car Iarsou commence à sentir la crainte dans son cœur. » Les servantes trop empressées sont revenues, et elle n'a pu me dire autre chose. Et elle n'avait sans doute pas mieux à me dire, car lorsque j'eus mangé et bu elle me remercia en prenant le luth, et elle déclara qu'elle parlerait avantageusement de moi à Sa Majesté, qui est la grenouille accroupie sur le trône d'Horus.

Je fis venir Ramsès et Nedjty, afin que chacun dise quel dessein était dans son cœur.

Quand la voûte céleste eut enfanté la nuit, nous montâmes sur nos chars et nous nous mîmes en route en direction de mon palais. Il n'y avait dans les alentours de la demeure que de vastes habitations entourées par de grands jardins, et au-delà s'étendait la campagne, avec quelques maisons de paysans et des bosquets de palmiers et de sycomores, qui ne pouvaient cacher nos chars. Mais hors des murs du jardin de mon palais, à une faible distance, il y avait de vastes bâtiments qui, du temps de mon père Baenrê, servaient à loger les soldats qui se tenaient auprès de lui. Nous y avons dissimulé nos cent cinquante chars, qui devaient être montés chacun par un homme; et Ramsès et moi nous confiâmes nos chars à nos écuyers. Nedjty avait le commandement des chars. A la tête des autres soldats, nous nous sommes alors glissés, pareils à des guépards, vers les murs de mon palais. Le jardin était immense et tout planté d'arbres. Nous avons sauté par-dessus la muraille sans que personne ne nous entendît.

Ramsès se dissimula avec la plupart des hommes au fond du jardin. Les dix soldats placés par Iarsou dans le palais restaient toujours dans la partie du jardin située devant la demeure, et il n'y avait pas à craindre qu'il nous découvrissent. Moi, j'emmenai trente hommes avec moi, et nous nous sommes avancés vers le palais. La nuit était sombre, et tout le monde dormait. Je savais par Thouthenek que les soldats ne veillaient pas la nuit, et ils dormaient dans les communs. Mes soldats montèrent sur la terrasse, où ils se dissimulèrent, et je n'en emmenai qu'un avec moi. On l'appelait Nekhet, car il était d'une taille et d'une force merveilleuses, et j'avais fait de lui l'un de mes écuyers. J'avais demandé à mes artisans de lui forger un arc puissant, une massue pareille à celle du guerrier que j'avais tué lors de ma navigation, et une armure et des jambières à sa taille, sur le modèle de celles que j'avais prises à Mashashor, ainsi qu'une épée presque aussi longue qu'une lance. On lui avait donné un nom égyptien, mais c'était un Shardane que j'avais ramené des mines du pays d'Ekayaté. Sans doute, ni Ptah ni Thot n'étaient dans son cœur, et il n'était que puissance et force brutale, mais il m'était fidèle jusqu'à la mort, et il savait comprendre mes gestes. Il ne connaissait pas la langue des Égyptiens, et je devais lui parler dans la sienne.

Thouthenek savait que je viendrais une nuit prochaine, car je lui avais parlé lorsque j'étais allé chercher le nébel; et il ne fut pas surpris quand je le tirai de son sommeil. Il m'assura que tout était bien, mais les soldats ignoraient sans doute encore la prochaine visite de Reshot.

Cette nuit-là, nul d'entre nous n'a trouvé le repos. Je m'étais installé avec Nékhet dans une chambre haute qui donnait sur la façade. Je voyais par la fenêtre les gardes qui, dès le lever du jour, étaient venus s'asseoir dans le jardin, à l'ombre d'un sycomore, et ils jouaient aux dames en buvant de la bière. Certes, les malheureux ignoraient que c'était la dernière fois qu'ils allaient voir Rê dans le ciel supérieur.

Et voici que mon cœur tressaillit comme le daim craintif lorsqu'il vient boire à la mare et qu'un bruit léger frappe son oreille. Les arbres m'empêchaient d'apercevoir l'entrée du jardin et la rue, mais j'entendis des cris, des hennissements et le bruit que font en roulant les roues des chars de guerre. Les bruits se rapprochèrent, et le son d'une trompette retentit derrière les arbres. Les soldats de garde s'étaient levés, et ils coururent en direction de la porte du jardin. Je descendis vers la salle d'entrée, suivi de Nékhet. J'y vis Thouthenek, qui me dit :

— Majesté, les voici.

— Va au-devant d'eux et agis comme si rien ne devait se passer.

Je courus vers une fenêtre. Thouthenek sortit dans le jardin, et je reconnus Reshot : elle surgit d'une allée comme la lune à son lever, et mon âme était comme ivre de sa beauté. Derrière elle marchaient des officiers de haut rang. L'un d'eux portait un bâton de commandement, et il allait aux côtés de Reshot. Thouthenek tomba sur la poitrine, devant elle. Il se releva et courut devant Reshot vers la porte de la maison. J'allai me cacher dans la pièce voisine, et Nékhet resta près de la porte d'entrée. Thoutenek ouvrit lui-même cette porte et poussa le large battant complètement afin de cacher Nékhet. Le chambellan continua d'avancer devant Reshot, et il l'invita à venir vers le petit jardin situé dans une cour à colonnes, où sa maîtresse avait planté de sa main des fleurs et un petit sycomore. Il lui disait combien les fleurs étaient belles. Et moi, je me tenais dans la salle vers laquelle il se dirigeait. La porte d'entrée fut fermée avec bruit. Je savais que c'était Nékhet qui l'avait fermée derrière le dernier des dix soldats, et c'était le signal dont nous étions convenus. Je bondis dans la salle et, avant que les soldats eussent compris ce qui arrivait, j'avais poussé mon bouclier devant l'officier qui était près de Reshot, et je me tenais entre elle et les soldats.

— Thouthenek, dis-je sans que mes yeux se détournassent des officiers, emmène Reshot dans la pièce voisine.

— Tu es pris de boisson ! s'écria l'officier.

— Homme stupide, répliquai-je, ton roi Merirê a-t-il jamais eu le visage d'un homme pris de boisson lorsqu'il va au combat ? Tu devrais savoir que c'est le visage de la colère d'Amon et de Sekhmet que tu vas regarder.

— Que peux-tu espérer ? Vous n'êtes que deux, même si celui que je vois derrière nous ressemble plutôt à un hippopotame qu'à un homme, et au-dehors cinq cents de mes hommes sont dans le jardin, et ils ont encerclé la maison. Tu es tombé dans nos filets, sans que nos cœurs aient songé à te prendre.

Je le regardai et lui répondis :

— Dis-moi donc, homme sans mémoire : combien d'hommes a-t-on envoyés contre moi, les deux fois où j'étais chez la chanteuse Shemaït ? Égyptien, écoute les paroles de Ma Majesté : tu sers un impie dont le nom est en abomination à Amon-Rê, le roi des dieux. Vois, Merirê est rentré en Égypte il n'y a pas quatre mois, et déjà je possède une armée puissante. Chaque fois que les esclaves du vil Syrien se lèvent contre moi, ils connaissent le bronze de ma colère et la défaite honteuse. L'Égypte se lève à mon nom, et les dieux ont décidé la perte du vaincu de Kharou. Reconnais Ma Majesté, ton souverain légitime, toi, tes officiers et tes soldats, et le sang égyptien ne coulera pas en ce jour.

Mais Seth avait aveuglé le cœur de cet insensé. Il pensait que j'étais sans puissance. Ainsi pourrait-il s'emparer de moi, et son maître lui donnerait une grande récompense. Il dit alors :

— Rends plutôt tes armes, si tu ne veux pas que ce soit ton sang qui coule aujourd'hui.

L'insolence et l'officier avait jeté en moi la colère du lion. Il n'avait pas fermé la bouche qu'il tombait sous le bronze aigu de ma lance. Nékhet bondit comme un éléphant furieux et bientôt il ne resta plus un officier en vie.

Je vis Reshot devant moi dans l'embrasure de la porte. Son beau visage avait pâli et ses joues n'avaient plus de couleur. Je la serrai dans mes bras et j'en ressentis un grand trouble :

— N'aie pas de crainte dans le cœur, mon aimée, lui ai-je dit. Tu es maintenant près de moi et nul ne pourra t'arracher à moi.

Sur le toit retentit l'appel aux armes des trompettes de nos guerriers, et un grand tumulte s'éleva dans le jardin. Je confiai Reshot à Nékhet et sortis pour participer au combat.

C'est un véritable carnage que faisait Ramsès, qui avait surpris les soldats établis dans le domaine. Un grand nombre d'entre eux demanda le souffle de vie. Je le leur accordai et leur dis que j'allais les éprouver à l'instant même, et, leur laissant leurs armes, je leur ordonnai de s'approcher des soldats des chars qui combattaient contre nous et de tourner leurs lances contre eux. Ils m'obéirent, et ils firent un grand massacre des leurs, car ceux-ci croyaient trouver en eux une aide, alors qu'ils leur apportaient la mort.

Les soldats qui tentèrent de fuir, je les fis poursuivre par les guerriers des chars, et ils les rattrapèrent, et ceux qui voulurent se défendre furent tués; ceux qui jetèrent leurs armes furent ramenés. Nous avions fait près de deux cents prisonniers et capturé une centaine de chars. J'ordonnai alors qu'on dépouillât les morts de leurs armes et qu'on les assît contre le mur extérieur du jardin.

J'avais fait venir Thouthenek devant moi et je lui dis :

— Voici : afin que toi et les domestiques ne soyez pas soupçonnés par ce Iarsou, tu vas courir au grand palais et tu te prosterneras devant ce porc impur, et tu lui diras ceci : « Merirê attaque l'escorte de la reine avec ses guerriers. Le chef des gardes laissés dans la demeure, qui est mon ami, m'a dit :

Thoutkenek, fidèle serviteur de notre maître, va, cours au palais et demande du secours contre ces terribles ennemis. » Ainsi, Iarsou va envoyer une armée, mais ce sera trop tard, et nous serons loin d'ici.

Thouthenek se prosterna et partit aussi vite que le lui permettaient ses pieds. Je vins alors devant Reshot, que j'avais reconquise. Elle resta debout et me regarda avec ses yeux pareils à ceux des gazelles pour la douceur. Et elle dit :

— Merirê, mon époux, mon bien-aimé ! Tu es pareil à Amon, dieu des combats, et tu es aussi terrible que Sekhmet dans la bataille. Ah ! Pourquoi les dieux ont-ils voulu que nous fussions si longtemps séparés, car tu es parti à peine étais-je entrée dans ta maison. Et maintenant, je te retrouve, mais tu es encore tout couvert de sang et de la poussière du carnage.

— Reshot, mon épouse, toi que mon cœur aime et pour qui il vit, les dieux ont été peu cléments pour nous, et mon âme aurait bien préféré rentrer dans ma demeure au milieu de la paix. Mais la guerre semble être la part que m'ont donnée les dieux; et c'est sans doute pourquoi ils ont rendu ma lance si redoutable à mes ennemis; et, dans les combats, c'est Amon et c'est Seth qui entrent dans mon cœur et dans mes membres. Ah ! c'est une chose terrible que d'avoir éprouvé l'ivresse de la guerre dans sa première bataille ! Et pourtant, si je me bats, c'est pour donner à l'Égypte la paix et l'opulence; et sans doute les dieux m'ont-ils choisi, et c'est pourquoi ils m'ont accordé le sceptre et le fouet, afin que je dirige le peuple d'Égypte comme un beau troupeau et que je le défende contre les lions et contre les hyènes qui sont au-dehors et au-dedans de la bergerie. Tel est mon lot. Et toi, je t'ai choisie entre toutes les femmes de la Terre Chérie pour que tu m'aides à porter les lourdes couronnes des Deux Pays. Que d'hommes désirent dans leur cœur la puissance ! Que de femmes rêvent de devenir la souveraine du Haut et du Bas Pays ! Ah ! s'ils savaient combien la puissance est difficile à supporter et peut écraser celui qui la possède ! Et combien il est ardu d'être la première femme d'Égypte ! Car elle est lourde sur le front, cette double couronne, et elle est pesante la coiffure de la déesse-vautour !

— Certes, Merirê, répondit Reshot; et un long soupir

souleva sa poitrine. Parfois, je me prenais à souhaiter que tu ne fusses qu'un simple homme parmi les hommes de la Terre Noire, et que moi je restasse ce que j'étais, et même moins encore : la fille d'un simple jardinier dans ce beau verger d'Osiris. Oh ! ce serait beau ! Nous n'aurions qu'à penser à nous; l'amour serait notre seul souci et nous éloignerions même de nous l'oiseau indiscret sur la branche du grenadier, qui nous regarderait et qui voudrait dire au ciel nos baisers. Et tu te coucherais sous le grand sycomore de notre jardin, et moi je verserais du vin dans ta coupe et, pour toi, je chanterais des chansons très belles, et la musique de mon luth serait celle de la brise du nord dans les hautes palmes et dans les feuilles du vieux figuier.

Elle leva vers moi son regard clair et sourit.

— Vois, mon bien-aimé, reprit-elle, ô toi le maître de mon cœur, je suis encore restée une petite fille bien que cinq années, cinq si longues années, aient passé depuis que tu m'as quittée. Ah ! quel beau rêve ai-je fait lorsque je ne pleurais pas en pensant à toi ! Mais voilà : tu va être le roi de ce pays, et moi je suis ton épouse, celle qui vit pour lui, et dans cet amour mon front trouvera la force de supporter le poids de la coiffure de la déesse-vautour et d'être l'épouse de ce grand guerrier qui est le bras d'Amon.

J'avais jeté ma lance et mon bouclier, car le regard de ma bien-aimée rendait mes mains faibles comme celles du petit enfant, et j'étais plus aisément désarmé que par une troupe de guerriers. Elle courut dans mes bras et elle fut contre ma poitrine comme l'oiseau qui palpite dans la main qui l'a saisi : et pour mon cœur ce seul instant que j'avais si longtemps rêvé effaçait dans mon esprit toutes ces années d'éloignement.

Ramsès vint me séparer de mon épouse aimée. Il fut devant nous et parla ainsi :

— Mon âme me dit que ce bon Iarsou sera aussi furieux qu'un serpent blessé lorsqu'il apprendra de la bouche de Thouthenek la nouvelle vilenie que nous lui avons faite. Peut-être serait-il préférable pour nous d'être alors loin d'ici. J'ai fait atteler les chars qui étaient dans ton palais : il y en a dix, qui seront plus utiles entre nos mains que dans ces remises. J'ai aussi fait vider ton arsenal, car Iarsou est convaincu dans sa mauvaise poitrine que tout ce qui est à toi est à lui, comme si vous étiez des frères ou des époux.

Je pris la main de Reshot et entraînai celle-ci vers mon char. Nékhet en maîtrisait les chevaux. Cependant une pensée vint à mon esprit. Je courus vers le jardin et délivrai mes chiens enfermés depuis si longtemps dans le chenil; ils bondirent joyeusement autour de moi, et Isi fut celui qui montra le plus d'allégresse. Je libérai aussi Sékhem, mon grand lion. Je tenais ma lance, car je ne savais ce qu'il allait faire. Or il sortit de la cage, bâilla longuement et attendit en me regardant. Je lui tournai le dos et revins vers le char. Il me suivit et, lorsque je fus monté sur le char, que je poussai à vive allure. mes chiens et le lion coururent sur ma trace.

J'avais fait remettre leurs armes aux soldats qui s'étaient rendus, tous des Égyptiens. Ces soldats unis aux nôtres, nous étions cinq cents; et nos chars ajoutés à ceux que nous avions capturés et à ceux que Ramsès avait pris dans mon palais faisaient une troupe de plus de deux cent cinquante attelages. Ramsès avait pris un de mes chars et deux chevaux de mon haras, qui étaient parmi les meilleurs, et je donnai aussi un attelage à Nékhet. Nous passâmes par mon domaine de Shenty, où nous avions laissé Tiy et Sharkan. Ramsès prit son aimée et mon barbier monta dans le char de Nékhet. Nous nous mîmes alors en route vers la Vallée des Abeilles.

Certes, ce fut un voyage merveilleux, car j'avais Reshot près de moi; elle s'attachait à moi afin de ne pas tomber et mon bras la tenait si fort contre ma poitrine que nulle puissance n'aurait pu me l'enlever. Nos lèvres ne prononçaient aucune parole. Elle gardait ses yeux levés vers moi, et lorsque mon regard quittait la route pour se porter vers elle, son visage s'éclairait et sa bouche souriait. Alors une joie très grande entrait dans mon cœur comme un vin doux, elle enveloppait mon âme comme un parfum du Pount.

Nous nous sommes arrêtés dans le désert pour prendre du repos, mais j'interdis de faire du feu, qui aurait signalé au loin notre présence. Nous avions emporté pour notre nourriture de la viande cuite la veille, du pain et des fruits, et j'avais fait prendre du fourrage pour les chevaux. Ainsi les soldats s'établirent-ils près de leurs chars pour manger et pour dormir; et Nedjty se chargea d'organiser les tours de garde.

Mon manteau allait nous servir de couche. C'était un lit sans agrément, et j'avais fait chercher des herbes séchées afin de le rendre moins rude sous le corps charmant de Reshot. Ramsès était venu avec Tiy partager notre repas, et aussi Sharkan, qui nous avait distrait par ses discours. Mais j'avais une grande hâte de me retrouver avec celle que j'aimais. Ils se retirèrent, et seuls restèrent couchés près de nous nos chiens et mon grand lion, qui étaient repus de viandes.

Je pris Reshot par la main, et nous nous sommes assis sur notre couche, étendue près de mon char. La nuit était chaude et sombre, et nous distinguions à peine nos visages. Mais je sentais contre moi la chaleur du corps de mon aimée et ses parfums m'enveloppaient tandis qu'une grande joie régnait dans mon âme. Et pourtant je me reprochais presque de ne pas pouvoir jouïr plus profondément de ces instants, et je me lamentais en disant :

— Ma bien-aimée, mon cœur aurait voulu te donner un palais, mais je suis toujours comme un exilé, pareil à un brigand, et vois : c'est le ciel du désert qui sert de toit au roi d'Égypte, et c'est un lit de feuilles et un misérable manteau que je donne comme couche à la souveraine des Deux Terres !

— Mon seigneur et mon aimé, répondit doucement Reshot, cette couche me paraît plus douce que les plus moelleux coussins, et le ciel du désert n'est-il pas un palais divin digne de notre amour ?

Nous étions l'un devant l'autre comme deux amants qui s'ignorent encore et, avec une émotion toute neuve, je redécouvrais le corps de mon aimée. Un grand désir d'amour s'était emparé de nos cœurs. Et je ne vis plus que l'éclat humide de ses yeux que voilèrent ses paupières lorsque je m'abandonnai au flot puissant qui montait en moi, comme la vague submerge les grands rochers. Et la nuit me parut avoir passé comme un souffle rapide quand l'éclat du jour révéla à mes yeux la tendre nudité du corps de mon aimée. Mais voici : le souvenir de Myrina que j'avais cherché à tenir éloigné de moi vint ternir ces instants d'un bonheur retrouvé. Bien des mois s'étaient écoulés depuis que j'avais quitté la cité des Iliouna, et depuis que j'étais rentré dans la Terre Chérie la lutte que j'y menais contre le vaincu de Kharou avait occupé mon esprit, et je n'avais pas pensé à autre chose. Mais l'amour de Reshot rappela en moi ma passion pour Myrina et je craignis de ne pas pouvoir aimer mon épouse comme je l'aurais dû, l'aimer avec cette simplicité, cette limpidité avec laquelle je l'avais fait avant que les dieux ne me fassent rencontrer Myrina. Et pourtant, en voyant avec quelle constance Reshot m'avait attendu, avec quelle force d'âme elle avait résisté à ce Iarsou et subi tant de malheurs depuis mon départ, je ne pouvais que l'en aimer plus profondément encore; je songeai aussi qu'il ne m'aurait pas été possible de venir devant elle en compagnie de Myrina et lui dire : « Vois, celle-ci est aussi mon épouse et elle sera la reine de l'Égypte. » Et, quand je pensais à l'impossibilité de mon amour pour Myrina, mon cœur était près d'éclater, car je savais que malgré toute la force des sentiments que je portais à Reshot jamais je ne pourrais oublier ma terrible chasseresse, cette Myrina qui avait gardé avec elle l'une de mes âmes vivantes.

## XXIV

## LA LEVÉE DES BOUCLIERS

Lorsque nous fûmes devant Nekheb, le prince de la ville, Sethmès, vint au-devant de nous avec une centaine de chars. Il était sorti précipitamment de sa forteresse car on était venu devant lui pour lui faire savoir que Merirê et Ramsès approchaient avec une grande troupe de chars. J'ignorais ses intentions. Je confiai Reshot à Nekhet et poussai mon attelage en avant, suivi de dix chars. Je m'arrêtai devant Sethmès, qui s'était approché avec quelques chars; et je lui dis, car il n'était pas pour moi un inconnu, ayant reçu cette province de la main de Ramsès Siptah :

— Sethmès, mon cœur te connaît et t'estime. Je ne viens pas vers toi avec Sekhmet dans la poitrine, et pourtant, vois : tu es ici avec peu de chars et tu sers le vaincu de Syrie. Je pourrais renverser tes chars et piller ta province, et tu sais que je ne me vante pas. Or laisse-moi passer le fleuve, et le sang ne coulera pas entre nous.

— Merirê, répondit Sethmès, certes, tu es ici avec une très grande force, mais bien que je dispose aussi d'une puissance non négligeable dans ma ville, mon cœur ne cherche pas les dangers d'une bataille où je ne puis espérer te vaincre. Je vais me retirer dans mon château, et tu traverseras le fleuve, mais jure par Amon-Rê, le roi des dieux, que tu ne toucheras pas aux biens du roi et du prince dans toute ma province.

Je le regardai et répondis :

— Je n'ai aucun désir de piller des biens dont je vais bientôt être le maître. Rentre dans ta demeure, et lorsque le soleil laissera la nuit dans le ciel, je serai loin de ta province avec ma troupe de bons chars.

Sethmès se retira, et nous avons pris les bateaux de la ville pour traverser le Nil. Ainsi, nous sommes parvenus à la Vallée des Abeilles sans que nul ne se soit opposé à notre marche ni que les troupes envoyées à notre poursuite aient pu nous rattraper. Et notre armée s'était encore augmentée, car tous les guerriers des Pays de la Mer, qui étaient dispersés à travers toute l'Égypte, avaient su par la renommée où nous étions établis et ils étaient venus vers nous. Mais, bien qu'il ne dût pas ignorer où se trouvait mon repaire, le vil Syrien n'osait y envoyer des troupes. Et moi j'écrivis à Sensebek, vice-roi de Nubie, pour le sommer de se rallier à moi et j'envoyai pareillement une missive à Ptahemheb, prince d'Éléphantine.

Six jours s'écoulèrent, et le messager que j'avais envoyé auprès de Ptahemheb ne revenait pas. Cependant, on conduisit devant moi un officier qui venait de Nekheb : Sethmès ne lui avait pas confié de lettre car il craignait que l'homme ne fût arrêté par les partisans de Iarsou et qu'ils découvrissent la lettre sur lui. C'était un officier en qui son cœur avait mis sa confiance. Le messager ne savait où me trouver, et il restait à la lisière du désert, en espérant qu'il serait vu par mes hommes. Et les coureurs de Tékour le virent et ils le conduisirent devant moi. Alors l'officier frappa son front contre la terre et il parla ainsi :

— Taureau Puissant que nos cœurs désirent voir se lever dans Thèbes, mon maître Sethmès, le prince de Nekheb, m'envoie auprès de Ta Majesté pour te dire ceci : lorsqu'il est venu vers Ta Majesté, il n'a pu te parler d'un cœur sincère, car il redoute la trahison de Syriens qui sont parmi ses officiers. Or il m'a envoyé vers Ta Majesté pour te révéler ce qu'il a conservé dans son cœur. Mon maître a en horreur le vaincu de Kharou qui est sur le trône d'Horus. Mais il n'est pas assez puissant pour se dresser contre lui. Il se prosterne devant Ta Majesté; et, lorsque tu voudras avec tes troupes marcher contre l'usurpateur, Sethmès se joindra à toi avec son armée, pour aller derrière toi contre l'impie qui est dans Thèbes.

Je répondis à l'officer :

— Va dire à ton maître que tes paroles ont pénétré dans mon cœur comme le miel sauvage. Lorsque je serai prêt à marcher contre le vaincu de Kharou, j'enverrai à Sethmès un messager, et il joindra ses forces aux miennes.

Le messager repartit, emportant mes paroles dans son cœur. Le lendemain, Ramsès vint devant moi et me dit :

— Merirê, mon esprit est inquiet à cause du messager que tu as envoyé auprès de Ptahemheb et qui n'est pas revenu. Or je connais ce prince pour l'avoir vu une fois dans le grand palais. Ta sœur lui a donné cette province. Moi, je vais aller à Éléphantine. Je m'introduirai dans le palais de Ptahemheb, et je saurai ce qu'il a dans son cœur, et je tournerai son cœur vers nous.

— Ramsès, mon frère aimé, lui répondis-je, je ne puis t'empêcher d'exécuter ce que tu as conçu dans ta poitrine. Mais il me paraît que c'est d'une grande témérité que d'aller dans le palais d'un de nos ennemis.

— Merirê, est-ce bien à toi de trouver téméraires les projets des autres ? Il me revient d'agir à mon tour, et accepte que d'autres puissent saisir dans leur filet l'oiseau de la gloire.

Je souris et dis à Ramsès :

— Va. Mais que ton esprit reste plein de prudence, car je ne pourrais me consoler s'il t'arrivait quelque malheur.

— Repose sans crainte, et je te confie ma Tiy, que je n'ai pas quittée depuis que je l'ai rencontrée.

Ramsès partit seul avec le bon char qu'il avait pris dans mon palais, et mon âme était remplie de crainte à son endroit. Le lendemain, j'envoyai Nedjty avec une centaine de chars dans la direction d'Éléphantine, dans le cas où Ramsès aurait besoin de leur appui. Mais ils ne le virent pas. Ils restèrent éloignés pendant quatre jours. Ils avaient marché vite, s'arrêtant quelques heures la nuit, et ils avaient attendu un jour et une nuit entre le désert et la ville. Et voici : le jour suivant, ils virent une femme qui marchait dans le désert. Nedjty poussa son char vers elle, et elle ne chercha pas à fuir. Elle lui demanda qui était son maître, et quand il eut déclaré que c'était moi, elle lui demanda de la conduire devant moi, car elle devait me parler au sujet de

Ramsès. Elle n'avait rien dit d'autre, et Nedjty l'avait prise sur son char. Je lui ordonnai de faire venir devant moi cette femme. On l'amena : en vérité, c'était une toute jeune femme, à peine sortie de l'adolescence, et elle portait de beaux vêtements et de riches bijoux. Elle tomba à genoux devant moi et elle parla ainsi :

— Seigneur, mon nom est Iset; et je suis la fille de Ptahemheb. J'étais dans le palais de mon père, dans la chambre haute. C'était la nuit, et j'étais avec mes femmes, et nous chantions et nous faisions de la musique en attendant l'heure du sommeil. Or nos cœurs éprouvèrent une grande frayeur car soudain un homme, un guerrier que Set et Amon avaient paré de force et de beauté, a bondi dans la chambre, par la fenêtre qui était ouverte. Mais il n'avait pas le visage terrible de Sekhmet, et il souriait. Il nous a dit de ne pas avoir de crainte dans l'âme, car s'il voulait du mal à ses ennemis son bras était le protecteur de la faiblesse et son cœur l'admirateur de la beauté. Sa bouche a parlé longtemps, et ses paroles étaient comme du miel sur la langue, et ses lèvres prononçaient des paroles très belles, comme mes oreilles n'en avaient encore jamais entendues. Il m'avait distinguée parmi mes servantes, et c'est à moi qu'il s'adressait. Ainsi, la peur a quitté ma poitrine, et une grande joie y est entrée. Je lui ai fait servir du vin et des douceurs et des fruits exquis, et, certes, il ne savait pas que ses paroles tissaient un filet où il prenait mon cœur comme l'oiseleur.

Elle se tut, puis :

— Sans doute une servante trop zélée est-elle allée avertir mon père, car il est apparu soudain avec une dizaine de soldats. Le guerrier s'est levé, car il s'était assis près de moi sur les coussins, et il a dit : « Ptahemheb, c'est toi que je venais voir, mais mes yeux sont tombés sur ta fille, qui est comme la plus belle fleur des jardins de l'Égypte. » Mon père avait un visage sévère, et il a dit : « Qui es-tu pour oser pénétrer ainsi dans ma demeure ? Sans doute quelque voleur de grand chemin. » Le guerrier a souri, et il a répondu : « Ptahemheb, je vois que ta mémoire est faible comme la flamme d'une lampe dont l'huile est épuisée. Tu as vite oublié que c'est la reine Taousret qui t'a placé dans cette province, sinon tu n'aurais jamais permis que son vil assassin soit monté sur le trône d'Horus. Mon cœur comprend que tu aies plus vite encore oublié Ramsès, le fils de Sethnakht, celui qui est comme le frère de Merirê, que tu verras dans peu de temps sur le trône des Deux Terres. Et c'est pour t'entretenir de ces choses que je viens dans ta demeure. » Mais mon père ne voulut pas l'entendre, et il dit : « Ce sera devant Sa Majesté, qui est dans le grand palais, que tu parleras de ces choses. » Alors il se tourna vers ses soldats et il leur ordonna de s'emparer de Ramsès. Mon cœur fut comme un malade, et je crus que mon âme vivante allait quitter mon corps. Alors mes yeux virent ce qu'ils n'avaient encore jamais vu, car ce grand guerrier tint à lui seul tête à tous ces soldats. Il les reçut avec ses mains, car il déclara qu'il ne voulait pas faire couler du sang sous mes beaux yeux. Enfin, il s'élança par la fenêtre et sauta dans le jardin. Mais mon père y avait placé des hommes, et je courus vers la fenêtre pour essayer de voir ce qui s'y passait. Je ne distinguai que des formes obscures, mais je reconnus Ramsès à sa cotte brillante, et il était beau comme un lion qui se bat contre une meute de chiens. Plus tard seulement mon père m'apprit qu'il avait réussi à capturer cet homme, qu'il continuait d'appeler un brigand. Il me demanda ce qu'il m'avait dit, et je lui répondis que ce n'étaient que des paroles aimables qui ne peuvent venir que de la bouche d'un homme bien né, et non d'un brigand. Je m'enquis auprès de mon père de ce qu'on allait faire du prisonnier. Il ne pensait pas que mon cœur était dans la prison de son captif, et me dit qu'il allait envoyer un messager à Sa Majesté pour lui faire connaître la belle capture qu'il avait faite, afin que le roi lui donne ses ordres à son propos.

Elle soupira, et poursuivit :

— Alors, j'ai formé dans mon cœur ce dessein : j'ai dit que je ne pouvais aller délivrer Ramsès, car sans doute la prison est bien gardée, mais si c'est un personnage d'importance de l'entourage de Merirê il me suffira de venir vers lui pour être sa prisonnière, et il pourra ainsi m'échanger contre Ramsès. Et, avec prudence, j'ai interrogé mon père, et j'ai ainsi appris que Merirê avait son camp dans le désert occidental. Sans doute

Amon a dirigé mon cœur, et dès que la nuit fut venue j'ai renvoyé mes servantes et je me suis enfuie vers le désert, en espérant que je rencontrerais bien quelque guerrier de Ta Majesté, qui me conduirait devant elle.

Lorsqu'Iset eut fini de parler, je lui dis qu'un dieu était entré dans son cœur et que Ramsès ne serait pas insensible à ce qu'elle avait osé entreprendre. Je demandai ensuite à Reshot de la prendre avec elle et de lui faire donner les soins qu'elle méritait.

J'appelai aussitôt mes scribes auprès de moi, et ordonnai qu'un excellent messager se tînt prêt à partir pour Éléphantine. Je dictai alors cette lettre à l'intention de Ptahemheb :

*Ma Majesté a envoyé vers toi un messager, et il n'est pas revenu. Mon frère Ramsès est allé vers toi afin de porter à ton cœur des paroles amicales, et tu l'as fait saisir pour le livrer au vil Syrien. J'ai maintenant assez de puissance pour t'écraser comme un vil serpent, mais mon cœur souffre lorsque je vois couler le sang du peuple d'Égypte. Alors j'ai trouvé ta fille Iset dans mon camp. Et voici ce que je te dis par cette lettre : dans trois jours je serai en tel lieu qui est dans la plaine, à l'orée du désert. J'y serai seul avec ta fille Iset. Toi, viens avec Ramsès et tous les hommes que tu désires, car les traîtres craignent que les autres soient aussi lâches qu'eux. Si ton cœur est complètement corrompu et que tu veuilles mourir pour le vil Syrien, approche avec quelques chars à deux cents coudées de mon char et laisse Ramsès aller vers moi, et Iset viendra vers toi. Lorsque ta fille montera sur ton char, Ramsès montera sur le mien. Et si tu veux alors lancer tes attelages contre moi, je ne puis t'en empêcher, et tu verras alors ce que vaut le bras de Merirê. Mais si tes yeux ne sont pas complètement aveuglés et si tu veux parler avec moi, approche-toi seul, et ne crains pas que je cherche à te faire du mal, car le fils du Dieu Grand Baenrê n'est pas le vil chacal de Syrie. Porte-toi bien, et qu'Amon-Rê, le roi des dieux, pénètre dans ta poitrine.*

Je donnai cette lettre au messager en lui ordonnant de ne pas s'arrêter avant de l'avoir remise entre les mains de Ptahemheb.

Le lendemain, je fis préparer un chariot pour Iset, et je me mis en route avec cinq cents chars. Nous avons marché sans nous hâter, et je fis arrêter ma troupe, placée sous le commandement de Nedjty, à la lisière du désert, loin des yeux de Ptahemheb. Ainsi, s'il avait ensuite voulu me poursuivre une fois que je lui eusse rendu Iset, il aurait trouvé une réponse à sa perfidie; et si le messager revenait sans réponse ou s'il n'apparaissait pas, j'étais disposé à lancer mon armée sur Éléphantine. Mais je vis que je n'aurais pas à utiliser la violence, car mon messager revint, accompagné du premier messager que j'avais envoyé; il me dit que Ptahemheb serait à l'endroit indiqué avec Ramsès.

Le matin du jour convenu, je pris Iset sur mon char et partis vers le lieu où je devais rencontrer Ptahemheb. Il s'y tenait, avec seulement dix chars. Il vint vers moi, et je vis que Ramsès se trouvait près de lui, sur son propre char. Je descendis de mon char avec Iset, et Ramsès et Ptahemheb vinrent vers moi, à pied. Ptahemheb se jeta à mes pieds, le front dans la poussière, et il m'adora comme son souverain. Je lui dis de se relever, et il serra sa fille dans ses bras, et celle-ci avoua alors à son père que c'était elle-même qui était venue vers mon camp pour sauver Ramsès, car son cœur avait été conduit par Hathor, la Dorée. Ramsès vint m'embrasser, et il me dit :

— Vois, mon frère et mon seigneur : sans doute Amon et Horus et son épouse Hathor, l'Unique au cheveux de myrrhe, ont conduit mes pas et ont dirigé ma langue. Ptahemheb est venu me tirer de ma prison, et il a accepté de m'écouter. Je lui ai alors parlé longtemps, et je lui ai montré quelle est ta puissance; et Ptahemheb a voulu te servir, et je lui ai assuré que Ta Majesté saurait reconnaître sa loyauté.

Je répondis en regardant Ptahemheb :

— Ce que dit Ramsès, c'est ce qui sort de ma bouche, et lorsque je serai sur le trône d'Horus l'Égypte aura en vérité deux rois. Ce sera donc toi, Ramsès, qui sauras reconnaître la loyauté de Ptahemheb.

Ramsès dit encore :

— Merirê, j'ai travaillé autour du cœur de Ptahemheb comme un habile artisan. J'ai œuvré pour qu'il se tourne vers toi, mais j'ai aussi voulu qu'il y ait une part pour moi. Et voici : j'ai demandé à Ptahemheb de me donner sa fille Iset, pour qu'elle soit la maîtresse de mon cœur et de ma maison, et

Ptahemheb permettra à sa fille d'entrer dans ma demeure, si elle-même donne son agrément pour y entrer. Or je vois que la Dorée a baissé vers nous son visage lumineux, car les paroles qu'Iset a prononcées devant son père ont pénétré dans mon cœur comme un doux chant d'amour.

Ptahemheb m'a ensuite déclaré qu'il se tenait prêt avec toutes ses forces à marcher contre Iarsou. Je lui dis qu'un messager viendrait l'avertir lorsque nous aurions décidé de mettre nos troupes en mouvement. Alors le prince s'inclina et me dit :

— Majesté, ne tarde pas à marcher contre Thèbes, car on veut te ravir la gloire de la victoire.

— Quelles paroles ont prononcées tes lèvres ? lui demandai-je avec un cœur plein d'étonnement.

— Voici, Majesté. Je me suis prosterné devant toi comme si tu étais le souverain de l'Égypte, et c'est pourquoi je te dis maintenant ce que j'ai dû taire à Ramsès. Ce matin, je me préparais à venir vers toi, lorsque j'ai reçu un messager de Iarsou. Il m'a remis une lettre où l'usurpateur me demande de réunir toutes mes forces et de venir à Thèbes, car il me fait savoir ceci : Sethnakht, le père de Ramsès, voyant que Merirê a commencé de soulever l'Égypte contre Iarsou, et que celui-ci a vu déjà sa puissance ébranlée, Sethnakht donc s'est rendu maître du delta. A Bouto, il a posé sur sa tête la double couronne, et il a pris la titulature des rois de la Haute et de la Basse-Égypte. Et maintenant, il s'apprête à marcher sur Thèbes.

Ces paroles pénétrèrent dans ma poitrine avec plus de violence qu'une pointe de bronze. Je regardai Ramsès, et il baissa la tête et dit :

— Mon père va-t-il donc me contraindre à lever ma lance contre lui ?

Je déclarai alors :

— Non, Ramsès. Il ne sera pas dit qu'à cause de moi le fils se dressera contre le père. Sethnakht n'est pas encore à Memphis, et nous ne sommes pas loin de Thèbes. Ptahemheb, rentre à Éléphantine et lève ton armée comme si tu voulais obéir à Iarsou. Sethmès est aussi avec nous, et je vais lui envoyer un messager pour qu'il se tienne prêt avec ses troupes. Moi, je retourne à notre camp, afin de préparer nos hommes, et dans quelques jours nous serons devant Éléphantine. Qu'un grand nombre de bateaux soit prêt pour nous faire traverser le fleuve.

Lorsque je fus rentré au camp, le messager que j'avais envoyé auprès de Sensebek était de retour, porteur d'une lettre. Et sans doute Ptah avait-il jeté le bon conseil dans le cœur du vice-roi de Nubie, car il m'annonçait qu'il réunissait ses troupes et s'apprêtait à se mettre en marche.

Abaïkour et Tékour vinrent aussi devant moi pour me déclarer que leurs guerriers étaient impatients de s'élancer à mes côtés contre le vaincu de Kharou.

Lorsque je donnai ainsi mes ordres, je me tenais dans l'ombre d'une grande toile tendue devant la petite maison de pierre où je logeais avec Reshot. Elle s'asseyait sur des coussins, près de moi, et moi-même je me tenais sur mon trône avec mes scribes; et Isi se couchait auprès d'elle. Elle écoutait mes paroles et elle me regardait, et lorsque mes yeux se baissaient vers elle, elle souriait et j'étais heureux. Lorsqu'Abaïkour et Tékour furent partis, son sein fut soulevé par un long soupir, et elle dit :

— Mon cœur s'attriste car mon bien-aimé va s'éloigner de moi. Ah ! Quand se terminera cette guerre, qui est sur l'Égypte comme une pluie de sauterelles dans un beau verger !

— Maîtresse de mon cœur, lui répondis-je en m'asseyant près d'elle, quelques jours encore et le nid de vipères sera détruit, et l'Égypte retrouvera la paix. Tu viendras alors près de moi pour entrer dans le grand palais et être la maîtresse de ma maison et la noble souveraine des Deux Terres.

Elle baissa les yeux et sa belle main caressa le flanc d'Isi, et elle dit :

— Ah ! ce grand palais ! Comme mon cœur le hait ! C'est là que par deux fois il a été percé par un bronze aigu, lorsqu'on m'a assuré que tu étais mort. C'est là que j'ai vu l'infâme Iarsou poignarder la reine Taousret, qui m'était tout ensemble une sœur et une mère. C'est là que j'ai vu ce vil scorpion tenter de séduire mon cœur pour mieux asseoir son trône. C'est là, enfin, que j'ai pleuré chaque jour pendant tant d'années, lorsque l'image de mon bien-aimé venait à mes yeux.

— Je te construirai un autre palais, plus beau et plus grand encore, où la reine d'Égypte aimera son époux, loin de tout douloureux souvenir.

Elle me regarda avec tristesse et dit encore :

— Certes, mon aimé, ce sera très beau. Mais elle est si belle à mes yeux, cette petite maison où nous sommes et où notre amour retrouvé s'est merveilleusement épanoui, telle la belle fleur du grenadier !

Ramsès avait rejoint notre camp, car il avait voulu seulement ramener Iset jusqu'à la demeure de son père. J'avais dit à Tiy que Ramsès était resté auprès du prince d'Éléphantine pour le conseiller dans la levée de son armée. Je ne sais ce qu'il dit à Tiy, mais il ne lui parla pas de son nouvel amour, et il la garda auprès de lui.

Nous quittâmes la vallée, et une grande solitude retomba sur ce lieu où tant d'hommes avaient vécu pendant tous ces mois. Il fallut trois jours à une si grand troupe pour parvenir devant Éléphantine. J'avais envoyé à Sensébek un messager pour lui dire que Ma Majesté était satisfaite de sa réponse et qu'il devait se rendre au plus vite à Éléphantine, dont le prince m'était acquis. Or Ptahemheb vent vers moi pour m'apprendre que l'armée de Sensébek n'était plus qu'à une journée de navigation d'Éléphantine. Et le jour suivant, avant que le soleil ne descendît derrière l'horizon occidental, l'armée du vice-roi de Nubie débarquait au-dessus de la cataracte, et Sensébek vint se prosterner devant moi.

J'avais installé mon quartier général à Syène, où j'occupais une vaste demeure, et je fis établir le camp hors de la ville. Il fallut deux jours à l'armée pour traverser le Nil, et mes officiers venaient chaque jour devant moi pour faire leur rapport. Ramsès occupait une moitié de la demeure, où il avait établi Tiy, et moi je résidais dans l'autre moitié, avec Reshot. La maîtresse de mon âme restait près de moi, car elle n'aimait pas Tiy. Elle n'aimait ni ses propos ni sa manière de se comporter. Elle me disait :

— Sans doute, Ramsès a été séduit par la beauté de Tiy et par sa grâce dans les danses, car ce ne peut être ni par la délicatesse de son âme ni par le charme de sa parole ou la bonté de son cœur.

Moi, je respectais Tiy parce que Ramsès l'aimait; mais elle était sans éducation, et lorsqu'elle cessait de danser sa présence devenait insupportable. Le soir, nous étions dans la même salle pour prendre nos repas, car j'aimais parler avec Ramsès. Mais, alors que lui ou moi nous disions des choses sensées, elle coupait nos discours par des rires ou par des cris, elle élevait la voix pour parler comme une femme prise de boisson; et Ramsès le voyait, et il tournait vers elle un regard sévère. Mais elle ne comprenait pas. Or ce fut dans cette demeure qu'elle apprit à Ramsès qu'il allait être père. Et, devant moi, elle osa déclarer :

— Si ton père était couronné dans Thèbes, j'aurais peut-être dans mon sein le futur roi d'Égypte.

Comme j'aimais Ramsès, je me suis tourné vers Reshot et lui ai parlé pour laisser croire que mes oreilles n'avaient pas entendu ce qu'elle disait. « Sans doute, disais-je à mon âme, Ramsès n'a pas encore osé lui avouer que son cœur aime Iset. »

Cependant, je devais laisser Reshot avec elle pendant notre absence. Je voulus que Sharkan restât auprès d'elle, car il était un compagnon merveilleusement distrayant, et avec lui elle retrouvait sa joie et le rire qui lui avaient valu son nom. Ainsi, je quittai Reshot, et ses beaux yeux se mouillèrent de larmes. Mon écuyer, Zateri, monta derrière moi, et je poussai mes chevaux. Ramsès me suivit, et ensuite venaient Nekhet, seul sur un char, Kashta, Ptahemheb, Sensébek, toute la charrerie, avec laquelle j'allais en avant. Les fantassins venaient enfin sous le commandement d'Antanour, qui était le chef des mercenaires, et de Nedjty, qui dirigeait les hommes d'Égypte.

A Nekheb, Sethmès se tenait prêt avec ses troupes. Il vint devant moi et parla ainsi :

— Majesté, ce vaincu de Kharou a appris par ses espions que l'armée de Ta Majesté marchait contre la Grande Ville du sud; et, certes, cela a sauvé Amenakht, car celui-ci était monté vers Thèbes et il avait établi ses hommes près de ton palais. Ce Iarsou a alors voulu envoyer Ouserkhopesh contre lui, avec une forte troupe. Amenakht l'a repoussé, mais il voulait revenir avec une armée puissante; il levait cette armée lorsque Iarsou a appris que Ta Majesté était maîtresse des provinces du sud et qu'elle marchait vers Thèbes. Ouserkhopesh s'est alors mis en route vers nous, et il a une armée très puissante de deux mille cinq cents chars et de trente mille soldats.

J'avais envoyé des éclaireurs en direction de Thèbes, et ils virent que l'armée d'Ouserkhopesh était à une forte journée de marche de Nekheb, dans la plaine qui est à l'orient du Nil. face à la ville d'Hathor. Je réunis alors avec Ramsès les princes et les grands officiers afin de tenir conseil. Les uns voulaient qu'on attendît l'ennemi sur place, d'autres qu'on reculât plus au sud, en un lieu où la falaise du désert est très proche du Nil, et où l'ennemi perdrait l'avantage du nombre; d'autres, enfin, qu'on allât de l'avant. Je parlai le dernier, et je dis :

— Certes, chaque avis que mes oreilles ont entendu est inspiré par Thot. Sans doute, si nous attendons l'ennemi en cette place, il aura contre lui la fatigue du chemin, et nous disposerons de plus de temps pour établir nos plans; et si nous reculons le terrain nous sera favorable. Mais nous ne pouvons reculer, car nous exposerions cette province à être ravagée par l'ennemi, et il croirait que nous avons peur, ce qui remplirait son cœur d'audace. Nous ne pouvons non plus rester sur place, car je veux être à Thèbes avant Sethnakht, qui a embarqué sur le Nil ses hommes de pied, et qui monte avec des chars nombreux le long des rives du fleuve. Et il est plus près de Thèbes que je ne le croyais dans mon âme. Et voici encore : Iarsou sait qu'il ne peut vaincre en même temps notre armée et celle de Sethnakht. Il sait maintenant que son trône va s'écrouler, et qu'il est perdu. Or Iarsou a envoyé des émissaires auprès de Sethnakht et il lui a fait dire : « Vois, Sethnakht, tu désires en ton cœur monter sur le trône de Thèbes. Certes, je ne suis pas encore si faible, et mon armée n'est pas méprisable. Mais, par le sud, Merirê vient contre moi, et peut-être renversera-t-il cette armée que j'ai envoyée contre lui. Or tu sais que Merirê sera à Thèbes avant toi, et il se lèvera dans le grand palais, et il sera plus puissant que toi, car il sera le maître légitime de l'Égypte, et à son armée il aura joint la mienne. Si tu te dresses contre lui, il te vaincra, et tu sais que sa colère est redoutable. Sinon, tes efforts auront été vains, et tu ne seras même plus un prince. Alors, faisons ceci : ton fils Ramsès a trahi ta cause, et il reste auprès de Merirê, et il se lèvera contre toi. Tu veux le trône d'Horus : je te le cède, et tu feras de moi le directeur de toute l'Egypte, vu que ton fils te dessert. Ainsi, fais-moi directeur de toute l'Égypte, et tu seras le roi. Et moi ou mes enfants, si j'en ai, car mon cœur et mon corps sont encore jeunes, nous te succéderons sur le trône d'Égypte; et ceci conviendra à Reshoutamon, qui est avec toi et dont tu veux faire ton vizir, car c'est sa fille Reshot que je veux épouser pour donner un héritier au trône d'Horus. Si tu me prêtes par les dieux serment d'alliance, j'ordonnerai à Ouser-khopesh, qui commande les armées de l'Égypte, de se placer devant Merirê. Il ne l'attaquera pas, afin de te laisser le temps d'arriver à Thèbes; et, s'il est attaqué, il saura bien se défendre avec tous ses soldats. Et ton armée étant unie à la mienne, nous pourrons alors écraser ces révoltés. » Or voici : Sethnakht a donné à Iarsou l'accord de son cœur, car il ne vit que pour ceindre la double couronne. Ainsi, si nous n'attaquons pas, Sethnakht parviendra à Thèbes, et la force de nos adversaires sera trop grande pour que nous puissions espérer les vaincre.

Je parlai ainsi, et chacun me regarda avec étonnement. Or je n'avais rien inventé dans toutes ces paroles, car Nekhserket avait envoyé vers moi, en secret, un serviteur pour me faire part de ce que Iarsou lui avait dit. Jalouse de Reshot, elle ne voulait pas partager la domination du cœur de ce Iarsou qui, au reste, ne serait plus le roi du pays. Sans doute pensait-elle aussi ceci : « Si Merirê est victorieux, par cet acte je retrouverai mon prestige auprès de lui; s'il est vaincu, qui pourra savoir que je lui ai envoyé ce messager ? » Et c'est pourquoi je ne dis pas à mes officiers que c'était d'elle que je tenais ces renseignements.

Je donnai aussitôt l'ordre qu'on se mît en route, car je voulais que le lendemain se livrât la bataille qui allait décider du destin de l'Égypte. Je partis en avant avec les chars, et avant que l'ombre n'eût envahi les rues je parvins en vue de l'armée ennemie. J'observai son camp et parcourus ensuite le terrain où je voulais qu'eût lieu la bataille. Je fis alors venir les officiers devant moi, et je leur dis :

— Voici le plan que j'ai conçu dans mon cœur. Avant que le soleil ne se lève sur l'horizon occidental, nos hommes se disposeront en ligne de combat, et ce sera ainsi : nous étendrons notre front dans la plaine, entre le Nil et le désert.

Mais nous resterons loin du fleuve, car le camp ennemi est tout au bord de la rive. Nous placerons nos chars sur chaque aile, et les fantassins seront au centre, les Égyptiens vers le Nil, les Peuples de la Mer vers le désert. Nous marcherons ainsi vers l'ennemi, sans défaire nos rangs. Il faudra contraindre Ouser-khopesh à attaquer l'aile du côté du Nil, et il agira ainsi en voyant la faiblesse de cette aile. Alors, nous ferons tourner le front afin que l'ennemi ait le dos au fleuve; et, selon le cas des chars de l'aile droite iront s'emparer du camp, ou encore ils porteront au cœur de l'armée ennemie le poids de leur attaque, afin de la couper en deux. Et nous aurons un grand avantage, car nos adversaires auront alors le soleil dans l'œil et le Nil sera derrière eux.

Les officiers admirèrent le plan que Thot avait jeté dans mon cœur, et ils poussèrent des cris d'allégresse. Je déclarai encore qu'on ne dresserait pas de camp, que chacun dormirait sur le sol, près de ses armes. Sans doute cela déplut-il à bien des officiers et aux princes, dont les corps étaient habitués à la douceur des coussins. Ramsès avait amené ses lions, et il vint avec eux s'étendre près de moi, lorsque fut venu le moment du repos. Et son cœur était empli de colère contre son père Sethnakht. Mais son âme vivante était déchirée par un bronze acéré : parfois, je le voyais disposé à marcher contre Sethnakt pour le percer lui-même de sa lance, et sa colère tombait comme un oiseau blessé par une flèche habile, car il songeait que c'était aussi son père. Et un père serait-il criminel, pour un fils c'est une abomination au regard de tous les dieux que de vouloir porter sa main contre lui.

Et, suivant mon plan, nos bonnes troupes ont renversé l'armée des impies; et moi, de ma propre main, j'ai tué celui dont le nom est en abomination à Amon, ce traître d'Ouser-khopesh.

Dès que je sus la victoire acquise, j'ordonnai à mes officiers de poursuivre les vaincus et ensuite de marcher sur Thèbes. Mais moi-même je fis tourner mon char et je pris la direction de la ville du sceptre, et seul me suivit Nékhet sur son char. La barque du soleil était parvenue au milieu de sa navigation, et mon cœur voulait qu'avant que le ciel n'eût enfanté la nuit

Iarsou eût cessé de vivre. J'arrivai à Thèbes, et je vis que personne ne savait ce qui s'était passé. Dans les faubourgs et dans les campagnes, les gens allaient à leurs occupations, et ils regardèrent passer nos chars sans que leur âme s'étonnât, car ils ne savaient de quel parti nous étions. Je contournai la ville, et je parvins à mon palais. Amenakht avait établi ses hommes près du palais; et, le soir, il les logeait dans les anciennes casernes bâties par Baenrê. En voyant mon char, Amenakht courba la tête en levant les bras. J'arrêtai mes chevaux et dis :

— Amenakht, tes troupes sont-elles prêtes ?

— Que Ta Majesté ordonne, et elles se mettent en route à l'instant même.

— L'armée d'Ouserkhopesh est détruite. Nous marchons contre le grand palais. Je vais en avant avec les chars; toi, entraîne les fantassins aussi rapidement que leurs jambes le leur permettront.

Je fis claquer mon fouet, et je poussai mes chevaux en avant, suivi par les chars d'Amenakht. Nous sommes passés par les rues de Thèbes; et les gens fuyaient en criant car ils croyaient que c'étaient Seth et Baal en courroux qui envoyaient leur tonnerre sur la ville. J'étais en tête de la troupe, et lorsque j'arrivai sur l'immense esplanade qui est devant le grand palais je vis que Iarsou avait placé un grand nombre de chars, sans doute tous ceux dont il disposait encore. Et il y avait aussi une troupe de fantassins.

Sans retenir mes chevaux, je saisis mes javelots et les lançai contre nos adversaires. Et, derrière moi, la rue déversait nos chars comme les gueules des lions qui sont en haut des temples crachent l'eau lors des grandes pluies. Mon bras frappait sans lassitude. Lorsque je n'eus plus de javelot, lorsque j'eus rompu mes lances, je saisis mon épée. Mais les chars s'opposaient à mon passage, et je trouvais sans cesse devant moi de nouveaux adversaires, car par les portes du palais sortaient encore des gardes par milliers. Et si Amenakht n'était pas arrivé avec son armée, sans doute nos chars auraient-ils été emportés par le flot des ennemis. L'esplanade du palais fut un nouveau champ de bataille. Les chars de Iarsou furent renversés, et je sautai hors de mon char pour aller en avant. Les soldats se repliaient vers l'intérieur du palais, et mon épée les poussait et la massue de Nekhet les pressait et les broyait. Nos guerriers assaillaient le palais de toutes parts. Je pénétrai dans la grande cour, à la suite des ennemis, et mon bras ne se fatiguait pas de frapper.

Les soldats reculaient vers les autres cours : lorsque la crue est trop grande, les digues résistent d'abord quelque temps à la montée des flots, mais bientôt la violence du courant fait éclater la pierre, et la boue et l'eau se précipitent en tourbillons dans la plaine plus basse. Ainsi résistaient les gardes du vil Syrien, mais la poussée de nos lances était comme le flot qui va les déborder. Et, au milieu des cris et des bruits du combat, j'entendis des grognements formidables, et je vis sur ma droite Ramsès qui nous avait rejoints, et il lançait dans la mêlée ses deux puissants lions.

La crainte passa sur la tête des gardes comme le souffle du vent du désert, et leurs genoux se brisèrent. De tous côtés nos guerriers les renversaient, et je m'élançai vers la salle du trône. Là encore, une troupe de Syriens tentait de défendre Iarsou. Et je vis le vaincu de Kharou assis sur ce trône qu'il n'avait pas voulu quitter. Il ne cherchait pas à fuir : sans doute savait-il qu'il ne pourrait aller loin. Mon épée s'était rompue, et j'avais saisi ma hache. Et Ramsès était près de moi, et sa lance faisait merveille ! Et son lion bondit, suivi de la lionne, et les fauves portaient la terreur dans les âmes des combattants. Mais voici qu'une lance frappa Kehet, la lionne, et un autre trait l'atteignit, et elle tua encore un homme d'un dernier coup de ses griffes aiguës.

Iarsou se leva de son trône, car la peur était maîtresse de son âme. Je ne pouvais le frapper car je n'avait pas de javelot, et il était loin de moi. Mais Sotpou, le lion de Ramsès, furieux comme Sekhmet au milieu de la bataille, avait bondi derrière les combattants. Iarsou le vit et courut vers la porte par où le roi faisait son apparition dans la salle du trône. Or le lion s'élança et il retomba sur les épaules de l'impie alors que celui-ci atteignait l'embrasure de la porte. Il cria longtemps, et le lion déchirait sa chair avec ses griffes de bronze, et il se releva, la gueule rouge du sang de Iarsou, qui ne bougeait plus.

Les derniers Syriens tombèrent sous nos coups, et nous nous

sommes trouvés devant les degrés du trône vide. J'étais monté sur les marches avec Ramsès; et nous vîmes que la salle était remplie de nos guerriers, ceux d'Amenakht, mais aussi ceux qui étaient venus depuis le champ de bataille à la suite de Ramsès.

Je regardai Ramsès et il me regarda. Et les dieux inspirèrent son âme. Il bondit vers le sceptre et vers le fouet que Iarsou avait abandonnés sur le sol; il les plaça dans mes mains et s'écria :

— Le vaincu de Kharou est tombé sur la colère des dieux ! Et le bras d'Amon-Rê, le roi des dieux, c'est Merirê Miamon, le Taureau victorieux, Horus d'or, qui se lève dans Thèbes. Je te salue et t'adore, ô roi de la Haute et de la Basse-Égypte.

Et il se jeta sur le ventre devant moi, et tous les assistants l'imitèrent. Je m'assis sur le trône d'Horus.

## XXV

# POUR LE TRÔNE D'HORUS

J'avais dormi dans la chambre royale sans que des serviteurs fussent près de moi; seuls mes écuyers Nekhet et Zateri furent là pour m'aider à retirer ma parure de guerre. Ils me réveillèrent avant que le soleil ne s'élançât au-dessus de l'horizon du levant. Un messager venait d'arriver au palais pour annoncer que Sethnakht était à Thèbes. Il avait débarqué au port de la ville, et des centaines de barques portaient son armée, et les chars suivaient sur la rive du fleuve. J'ordonnai à Zateri de rassembler nos guerriers; Nekhet m'aida à revêtir ma cotte de mailles et me suivit avec mes armes dans la salle d'audience.

Je m'assis sur le trône et attendis pour voir ce qu'allait faire Sethnakht. Or il était plus habile que mon cœur ne le pensait. Il avait appris que j'étais maître du palais, et il vint jusque sur l'esplanade accompagné par le peuple de Thèbes, que ses soldats contenaient avec leurs lances. Parvenu là, il s'était arrêté, et voici : Rouï était sorti du temple d'Amon avec tous les serviteurs du dieu; et ceux-ci portaient la barque divine sur leurs épaules. Les prêtres s'avancèrent en procession vers le palais en chantant des hymnes et suivis par une grande foule qui se réjouissait de la mort du Syrien. Or la barque s'arrêta devant Sethnakht et les porteurs s'agenouillèrent. Alors Rouï déclara qu'Amon-Rê, le roi des dieux, avait désigné Sethnakht pour monter sur le trône d'Horus. Et tous les soldats du fourbe, et tout le peuple de Thèbes se prosternèrent devant lui.

Lorsqu'on me rapporta ce qui s'était passé, une immense

colère saisit mon cœur. Je me levai, et Nekhet me tendit mon javelot et mon bouclier. Je sortis sur l'esplanade du palais, suivi par les princes, par Amenakht, par mes écuyers et par de nombreux soldats et officiers. Je m'arrêtai devant Sethnakht, et je m'écriai :

— Quelle pensée a germé dans ton cœur comme une herbe mauvaise ?

Il me regarda et répliqua :

— Merirê, tu parles maintenant devant le roi d'Égypte.

— Tiens ta langue de traître ! m'écriai-je.

Et ma voix tonnait, et elle parvenait jusqu'au bout de la place.

— Je parle devant Sethnakht, ce vil Sethnakht qui a osé se dresser contre la reine Taousret et qui a fui comme une hyène devant les guerriers d'Antanour. Ce Sethnakht qui s'est terré comme un lièvre jusqu'au fond des marais de la Terre du nord, car son âme tremblait devant Iarsou. Ce Sethnakht qui a attendu que Merirê vienne seul lancer le défi d'Amon dans le palais où cet impie humiliait les dieux et le peuple d'Égypte, pour oser enfin montrer sa face de chien et pour s'allier avec ce Iarsou qui lui cédait ce trône à la condition que vous vous unissiez pour détruire mon armée. Ce Sethnakht qui a pactisé avec un scorpion en abomination aux dieux et qui s'est ainsi fait le complice du meurtre de la reine Taousret, ma sœur

— C'est toi qui le prétends... osa dire Rouï.

Je tournai vers lui mon regard; et sans doute ceux qui étaient près pouvaient-ils voir ma main qui serrait ma lance avec une force prodigieuse afin de la maîtriser. Et je lui dis :

— Toi, vil rat, n'ouvre pas une deuxième fois la bouche devant moi. Si je ne t'ai pas encore percé de ma lance, sache que seule m'a retenu l'image d'Amon, qui regarde ton crime.

— Amon m'a désigné, répondit Sethnakht.

— Mensonge ! Langue de vipère ! m'écriai-je. Amon t'a désigné, toi Sethnakht, et c'est à moi que tu viens oser parler ainsi ? Mais qui a-t-il donné comme fils au Dieu Grand Baenrê ? C'est Merirê. Qui a-t-il sauvé des mains meurtrières d'Amenmès ? C'est Merirê. Qui a-t-il sauvé des soldats envoyés par l'impie de Séthi, lorsqu'il vivait caché chez Nebkahor ? C'est Merirê. A qui a-t-il permis de lever la lance de la vengeance contre le vaincu de Syrie ? A qui a-t-il donné chaque fois la victoire contre ses ennemis ? A Merirê. A Merirê et non à Sethnakht.

Ramsès vint près de moi alors que je parlais ainsi. Et Rouï osa encore élever la voix :

— Ramsès, incline-toi devant ton père, que les dieux ont désigné pour régner sur l'Égypte. C'est toi le prince héritier.

Ramsès le regarda et dit :

— Je me suis prosterné devant le seul roi des Deux Terres que mon cœur connaisse : Merirê Miamon.

Sethnakht s'écria :

— Quand donc a-t-il reçu de Seth et d'Horus la double couronne ? Mon fils, quelle divinité égare ton esprit ?

— Mon père, c'est toi qui es comme un homme pris de boisson. Moi, j'aime un frère dont j'ai vu la valeur comme toi-même tu la vis, un jour dans le désert. Et je vénère l'homme qui est seul capable d'armer l'Égypte et de la défendre contre le terrible orage qui gronde dans les Pays de la Mer. Amon-Rê, non pas celui que ce prêtre dirige à son gré, mais le roi des dieux qui est le maître de l'univers, Amon-Rê est dans le cœur de Merirê, et nous ne sommes rien à côté de lui quand la divine colère possède son bras. Mon père, crains de te faire un ennemi face à qui tu es comme un chien sauvage devant un lion du désert.

Sethnakt dit alors .

— Qu'il commande donc les armées de l'Égypte, mais qu'il me regarde comme son souverain.

Alors, sous les regards étonnés de tout le peuple et de l'armée, je lançai mon javelot vers le balcon des apparitions avec une force prodigieuse. La fenêtre était haute et à plus de cent cinquante coudées. Le bronze pénétra dans le chambranle supérieur, en plein centre, et je m'écriai :

— Sethnakht, vois ce javelot : nul homme en Égypte n'est capable de l'envoyer là où tu le vois. Or j'ai préféré qu'il soit là-haut, car ma main ne pouvait plus le retenir; et il voulait traverser ta faible poitrine; et seule l'amitié que j'ai pour Ramsès vient de te sauver de la sombre couleur. Mais écoute : ce javelot tombera tout seul de ce balcon le jour où j'accepterai de te reconnaître pour mon souverain.

Sethnakht me regarda et dit :

— Ton cœur est trop impétueux. Je me passerai de ton hommage car toute l'Égypte, depuis la mer jusqu'à Thèbes, m'a salué comme son maître.

Je lui répliquai :

— Tu te vantes d'une victoire facile. Tente donc de pénétrer dans le grand palais qui est celui du roi d'Égypte.

Son regard se tourna vers le grand palais. Les chars d'Amenakht et ceux qui étaient venus depuis le champ de bataille étaient rangés devant la façade, qu'ils occupaient entièrement. Derrière et dans la cour étaient massés les soldats d'Amenakht. Il dit alors :

— Tu as eu le bonheur d'arriver avant moi à Thèbes.

— Le bonheur, dis-tu ? répliquai-je. Sans doute l'armée que m'opposait le vaincu de Syrie ne compte pas, et tu en connais l'importance. Certes, Sethnakht c'était peu de chose devant moi, aussi peu de chose que Sethnaskt et ses misérables soldats.

Sethnakht ne répondit pas. Il monta sur son char et s'éloigna en direction du port, suivi de ses troupes.

Or sans doute Amon ne voulait-il pas que je montasse sur le trône d'Horus. Il m'inspira le désir de m'installer dans mon palais. Le grand palais déplaisait à mon âme; et, si j'y avais reposé une nuit, je ne pouvais supporter le sentiment que je dormais dans la chambre qui avait été celle de tous ces rois impies qui depuis mon père Baenrê avaient régné sur l'Égypte. Je me rendis donc dans mon palais avec Amenakht et sa troupe. Ramsès et les princes restèrent dans le grand palais.

Mon armée victorieuse arriva dans la journée, et je voulus la faire passer par les rues de Thèbes afin que chacun pût voir ma puissance. J'ordonnai ce jour qu'on entreprît la construction d'un vaste cantonnement en utilisant les bâtiments érigés par mon père Baenrê. Et j'y fis ranger les chars, les nôtres et ceux des princes, et ceux que nous avions récupérés sur le champ de bataille et ceux de l'armée d'Ouserkhopesh qui s'étaient rendus à nous. Le grand camp d'Ouserkhopesh servit à abriter mon armée.

Des éclaireurs m'apprirent que Sethnakht avait fait dresser son camp au nord de Thèbes. Il disposait aussi d'une vaste armée, et Reshoutamon, dont il avait fait son vizir, était en route pour Thèbes avec une autre armée.

Alors je fis porter à Sethnakht une lettre dans laquelle je lui disais que si le lendemain il n'était pas venu reconnaître Ma Majesté, j'attaquerais son camp, à moins qu'il ne préférât que nous vidions cette querelle en combat singulier. Il me répondit qu'il me ferait savoir le lendemain ce que lui aurait conseillé son cœur. Or ce fut une perfidie en abomination à Amon que lui conseilla son cœur. Il avait envoyé des messagers secrets auprès des princes, et il avait su rallier Sensebek et Ptahemheb. Ces traîtres avaient livré pendant la nuit le grand palais à Sethnakht; et Ramsès ignorait tout de ce complot. Il dormait entre les bras des femmes du harem lorsque, sur l'ordre de son père, il fut saisi et lié avec des cordes et enfermé dans une prison du palais, qu'on rendit confortable mais qui était solide. Et, par dérision, chaque soir son père lui envoya une des femmes du harem.

Ce fut Sethmès qui vint m'annoncer cette nouvelle. Il avait été retenu par des gardes que Sethnakht avait placés près de lui; mais il avait pu sortir du palais le matin pour assister au couronnement de Sethnakht. Car, avant que le soleil ne fût apparu sur l'horizon occidental, on annonçait que Sethnakht, qui s'était rendu maître du palais, allait être couronné dans le grand temple d'Amon-Rê. Et son cortège s'y trouvait déjà lorsque la barque du soleil monta dans la voûte du ciel.

Sethmès parvint à s'éloigner pendant la cérémonie, qui fut exécutée avec une grande rapidité. Lorsqu'il eut parlé, la colère saisit mon cœur comme la griffe du lion. Je fis sonner le rassemblement. Les attelages furent préparés en hâte, et ce fut une redoutable armée de chars qui me suivit en direction de Thèbes.

Or, lorsque je parvins avec mes chars sur l'esplanade du palais, Sethnakht venait d'y pénétrer, suivi par tout le peuple de Thèbes, qui resta sur la place tandis que le traître faisait fermer les portes du palais. La foule gênait mes chars, et je vis Sethnakht qui sortit sur le balcon des apparitions. Le peuple tomba le front contre terre. Mais j'ordonnai qu'on chassât tous ceux qui se prosternaient ainsi, et je criai :

— Sethnakht, traître et impie ! Tu t'es emparé de ce palais par la perfidie. Et ton âme est plus vile que celle du vaincu de Kharou. Viens devant moi, et ose soutenir l'assaut de ma lance !

— Merirê, répondit-il, c'est toi l'impie, qui oses te lever contre Ma Majesté.

— Sethnakht, répliquai-je, cette couronne, qui est celle de mes pères et que tu as eu l'impudence de placer sur ton front, te protège contre la colère qu'Amon a jetée dans mon cœur. J'ai avec moi trois mille chars avec leurs bons combattants et leurs écuyers, et plus de vingt mille fantassins, les meilleurs de l'Égypte et tous les gardes étrangers, ces Peuples de la Mer devant qui vous tremblez tous. Or vois, je vais les lancer contre ce palais, et déjà tous ceux que tu as placés dans les rues de la ville sont mes prisonniers. Combien de temps ton cœur pense-t-il tenir dans ce palais contre mes assauts ? Le vil Iarsou a résisté quelques heures. et je n'avais que peu de guerriers.

Mais Rouï vint près de Sethnakht et il dit :

— Nous avons ici des milliers de soldats et de bons chars; et Reshoutamon approche de Thèbes avec une puissante armée. Qu'espères-tu contre de telles forces ? Soumets-toi plutôt à ton roi. Viens demander le pardon de Sa Majesté pour tes actes et pour tes paroles impies. Et, dans son conseil, Sa Majesté parlera, et ce sera la voix de son père Amon qui te condamnera ou te pardonnera.

Sans doute Amon avait-il aveuglé cet insensé pour qu'il osât me parler avec de tels mots. Je ne fus plus maître de mon bras : mon javelot jaillit de ma main comme la foudre bondit du bras du dieu de l'orage; et Rouï s'écroula, percé de part en part. Le peuple prenait la fuite en criant. J'avais saisi mon grand arc, et le traître de Sensebek, qui se tenait derrière Sethnakht, n'eut pas le temps d'éviter ma flèche meurtrière. Sethnakht s'était jeté sur le ventre, et sa couronne roula sur le sol. Des flèches tombèrent vers moi de toutes les fenêtres du palais et mes guerriers répondirent avec leurs bons arcs. Cependant j'ordonnai la retraite, car les flèches frappaient les gens du peuple qui n'avaient encore pu fuir : ils s'y trouvaient en si grand nombre !

Je rentrai en mon palais avec mes grands officiers afin de tenir conseil. Mais on disait dans Thèbes que j'étais un impie, car j'avais tué le grand prêtre d'Amon. Or la mort de Rouï avait fait tomber ma colère car il était l'artisan de toutes ces perfidies. Je déclarai alors devant mon conseil :

— Vous avez vu par quelles ruses Sethnakht a reçu la double couronne. Mais aux yeux des Égyptiens, c'est lui qui est maintenant le roi légitime des Deux Terres. Or voici : j'ai tué de ma main ce Rouï, et parce qu'il était le grand prêtre d'Amon on dit que je suis un impie. Je ne veux pas vous entraîner dans une guerre terrible : placez Maât sur votre langue et dites ce qui est dans votre cœur. Vous savez que vous n'avez pas à craindre ma colère.

Sethmès parla le premier :

— Certes, seigneur, une nouvelle guerre entre les grands de l'Égypte serait une calamité. Ici, Sethnakht dispose encore de nombreux soldats et il est le roi aux regards des gens de Thèbes et de tous les Égyptiens, et par ailleurs Reshoutamon vient vers lui avec une forte armée. Mais peut-on laisser triompher la perfidie ? Car ce n'est que par un habile tissu de perfidies que Sethnakht est parvenu à s'asseoir sur le trône d'Horus. Et il apparaît à mes yeux comme un ursurpateur aussi détestable que le vaincu de Kharou. Mon cœur est déchiré. Mais, si Ta Majesté daigne me demander conseil, puis-je sans honte dans l'âme te dire : va au-devant de Sethnakht et fais avec lui une bonne paix ?

Sethmès se tut et je regardai Antanour, qui parla ainsi :

— Seigneur, il n'est pas besoin de m'interroger. Antanour et les gardes des Peuples de la Mer n'ont jamais servi que les rois légitimes de l'Égypte depuis le Dieu Grand Ousirmarê. Nous ne servirons jamais que Merirê Miamon, le fils du Dieu Grand Baenrê, ce Taureau puissant qui a fait de moi le commandant de sa garde, comme déjà son père divin m'avait accordé cet honneur. Nous sommes autour de toi six mille guerriers qui mourront pour toi, mais qui ne serviront que toi.

Alors Amenakht vint près de moi et déclara avec véhémence :

— Dois-je te dire Seigneur ou Majesté ? Pour moi, et mes hommes me suivront en tout, je ne connais qu'un homme divin digne de régner sur l'Égypte et de lui rendre la puissance que lui avaient donnée ses ancêtres; c'est Merirê, fils du Dieu Grand Baenrê. Je me suis prosterné devant toi, mais je ne le ferai pas devant ce Sethnakht, même si tu me l'ordonnais. Tu m'as donné le commandement de tes chars, et maintenant tu veux savoir ce que désire mon cœur ? Alors, voici ce que désire mon cœur : lancer mes chars sur le palais et écraser cet usurpateur, dût-on pour cela détruire Thèbes. Et, certes, Nedjty ne me contredira pas !

Nedjty le regarda et dit à son tour :

— Comme Amenakht, je suis un homme de guerre, et tu m'as donné le commandement de ton infanterie. Or voici ce qui est dans mon âme. En vérité, seigneur, la puissance de Sethnakht est illusoire et Reshoutamon est encore loin. Or que pèse-t-il dans ta main ? Ta Majesté une fois maîtresse de Thèbes et du grand palais, Reshoutamon s'inclinera devant toi, sinon tu le balaieras comme le souffle de Seth. Ainsi, ordonne et je ne reviens pas devant toi que je n'aie d'abord détruit le grand palais avec l'usurpateur. Et vois : je veux bien être pendu par toi devant ton palais si demain matin je ne te ramène pas ce Sethnakht captif.

Or Nedjty terminait de parler lorsqu'entra Reshot. Dès que la victoire s'était déclarée de notre côté, j'avais envoyé une troupe de chars la chercher avec Tiy, et ils venaient de la ramener. Mes officiers inclinèrent leurs têtes et levèrent leurs mains sur son passage. Elle vint devant moi et dit à voix haute :

— Merirê, j'ai entendu tout ce qui s'est dit, car j'étais près de la porte, mais je ne voulais pas apporter le désordre dans ce conseil. Mais mon cœur faiblit quand j'entends de telles paroles. Ah ! L'Égypte va-t-elle encore être déchirée par une guerre entre ses enfants ? Vais-je te voir te dresser contre le père de ton frère Ramsès, contre cet homme qui, sans doute, te doit la vie, mais qui t'a aussi aimé comme un fils ? Et Ramsès se dressera-t-il contre le père d'Iset, puisqu'il faut que Ptahemheb se soit rallié à Sethnakht ? Et mon père qui vient avec une armée, vas-tu le percer de ta lance comme tu as frappé Ouserkhopesh et Rouï et Sensebek ? Vos cœurs sont violents et vous préférez la guerre à la paix, et la puissance vous est plus douce que la prospérité des vergers d'Osiris. Ce n'est pas la belle Terre Noire que vous aimez, c'est le pouvoir et la gloire, c'est d'être le premier parmi les hommes et de vous égaler aux dieux !

Elle cessa de parler et porta les mains à son visage pour cacher ses larmes; et elle s'éloigna en courant. Mais les paroles de Reshot avaient pénétré dans mon cœur comme le souffle d'Amon. Je regardai mes officiers et je dis :

— Mes fidèles amis, ce sont les dieux qui ont parlé par la bouche de cette jeune femme. Il faut que mon cœur se tourne vers lui-même. Restez sous les armes afin de ne pas être surpris. Nous n'irons pas attaquer le grand palais.

Je montai dans la chambre haute, où s'était retirée Reshot. Je la trouvai assise dans les coussins et elle avait chassé les servantes que Thouthenek avait choisies pour elle. Je vins près d'elle et je la pris dans mes bras. Elle était toute chaude du soleil du voyage et la poussière de la route s'était déposée sur sa robe car elle avait voulu que mon écuyer l'emmenât sur son char afin d'être plus promptement auprès de moi lorsqu'elle avait appris ce qui s'était passé à Thèbes. Je lui ôtai cette robe et elle resta avec ses bijoux, qui étaient sur son corps comme des choses précieuses sur un écrin d'or.

— Tu es belle, ma bien-aimée, lui dis-je. Tes seins sont comme le fruit du grenadier, mais ils sont plus doux encore sous mes lèvres.

Elle se laissait faire avec un air boudeur, et lorsque je voulus l'embrasser elle détourna la tête. Je m'en étonnai :

— Commence par ôter, me dit-elle, cette tenue de guerre qui est une chose détestable à mes yeux.

Je lui obéis d'un cœur joyeux. Alors elle m'attira contre elle et me caressa le visage de sa main tendre en me regardant de ses grands yeux, un regard qui me faisait fondre le cœur comme le métal dans le creuset.

— Sans doute, Merirê, soupira-t-elle, tu aimes le pouvoir plus que moi. Et, plus que tout, ce que tu désires s'est la parure de la puissance, l'apparence du pouvoir et en cela tu es comme un enfant. Vois ! Tes officiers qui sont des guerriers et n'aiment que la guerre te proposent d'écraser tes ennemis, qui sont tes parents et tes anciens amis, mais est-il certain qu'Amon et Seth leur donneront la victoire ? Songe au désastre que serait pour toi une défaite, car tu peux être vaincu, Merirê; il suffit que les dieux en aient décidé ainsi ! Et, si tu es vainqueur, vas-tu mettre à mort le père de ton meilleur ami et celui de sa fiancée, et aussi celui de ton épouse ? Car il ne peut en être autrement.

— Le roi des Deux Terres ne peut-il accorder sa grâce à des ennemis vaincus ? ai-je demandé, surpris par son affirmation.

— Le roi le pourrait, mais toi tu ne le peux. Mon père ne t'a jamais aimé, car il avait décidé dans son cœur de m'unir à Ramsès et de prendre pour lui la double couronne; or ta sœur Taousret et toi-même vous êtes mis en travers de ses ambitions, et il s'est même vu contraint de te donner à moi. Et de plus toi et Ramsès l'avez humilié comme jamais vous n'auriez dû le faire, lors de la chasse qui a vu s'accomplir notre amour. Or ceci il ne te l'a pas pardonné, et Sethnakht non plus; Sethnakht qui, lui, avait pour toi de l'affection et de l'admiration. Aussi, si tu les vaincs, leurs haine ne pourra qu'être ravivée et ils n'auront de cesse qu'ils se soient vengés, soit en fomentant sans cesse des révoltes contre toi, soit en cherchant à te faire périr de toutes les manières.

— Et crois-tu que si je leur abandonne le pouvoir ils seront mieux disposés envers moi ? Et aussi quelle humiliation ce serait pour moi que de venir me prosterner devant ce Sethnakht...

Je commençais à m'emporter, mais Reshot posa ses doigts unis sur mes lèvres.

— Tu ne leur abandonneras pas le pouvoir, mais seulement la couronne. N'es-tu pas maître d'une puissante armée contre laquelle Sethnakht n'osera pas se porter si tu ne l'attaques pas ? Et les plus grandes richesses de l'Égypte, l'or de Nubie, les mines qui sont au levant, les carrières de pierre du sud elles-mêmes, ne sont-elles pas entre tes mains, et aussi tous les trésors de Nubie puisque tu contrôles le Nil et qu'il te suffit de faire nommer Sethmès, qui t'est fidèle, vice-roi de Nubie pour que tu sois le véritable souverain de l'Égypte ? Et encore : ce palais n'est-il pas la demeure où tu aimes vivre, tout proche du désert vers où il te plaît d'aller chasser ? Moi, il me serait en abomination de devoir aller vivre dans le palais royal, où je n'ai connu que les pleurs et la tristesse. Or c'est bien là que le pharaon doit résider. Là, il passe le plus clair de son temps à administrer ses États, à rendre la justice, à recevoir ambassadeurs et tributaires, toutes tâches de peu d'agrément et qui font que le maître des Deux Terres est l'esclave de l'étiquette, de ses fonctionnaires, de ses serviteurs. Il n'a pour lui que le faste de sa cour, qui n'est qu'une brillante apparence, et seule sa vanité est flattée. Abandonne tout cela à Sethnakht et conserve pour toi la réalité du pouvoir. Car tu disposeras des principales richesses de l'Égypte et de la puissance militaire, et le roi devra ainsi se plier à tes volontés.

Longtemps encore Reshot parla ainsi, apaisant la colère de mon cœur, et je me rappelais ce que déjà m'avait dit Myrina : qu'avec Mashashor, c'est elle qui serait la véritable souveraine des royaumes qu'elle pensait le voir conquérir. Et moi-même je sentais devant Reshot mon cœur si faible, mon cœur qui pourtant s'emportait si violemment, mais qu'elle maîtrisait sans le moindre effort entre ses fines mains.

Lorsqu'elle se tut, elle savait qu'elle avait remporté sur moi une grande victoire, et elle sourit et je ne songeai plus qu'à couvrir son visage et son corps de mes baisers et de mes caresses; et, lorsqu'elle s'ouvrit sous moi, j'oubliai Sethnakht et la double couronne, la Terre Chérie et le reste du monde.

## XXVI

# COMME UN TROUPEAU DE GAZELLES

Trois jours se passèrent, pendant lesquels je ne vécus plus que pour Reshot. Le matin, mes officiers venaient devant moi et je leur disais de tenir les chars attelés; mais nous ne devions pas nous lever contre le nouveau roi des Deux Terres. Sharkan venait ensuite me raser et je passais le reste du jour dans les jardins, auprès de l'aimée. Thouthenek faisait apporter des boissons exquises et de la nourriture dans un kiosque et, lorsque nous avions faim, nous y venions manger. Je lui prenais la main et l'emmenais alors dans l'ombre d'un sycomore, et nous nous étendions; et j'étais heureux, ma bien-aimée entre mes bras. Nos yeux regardaient les beaux oiseaux qui chantaient dans les feuillages, et mon aimée faisait ce que mon cœur voulait qu'elle fît. Et encore nous allions dans le kiosque qui est au milieu de l'étang, avec une barque légère. Là, la maîtresse de mon cœur prenait son luth et elle chantait pour moi seul. Sa voix était pour moi meilleure qu'un vin doux sur la langue, et la musique que faisaient ses doigts était plus exquise qu'un parfum du Pount qui monte dans les narines. Mon regard était alors sur elle et mes yeux étaient ivres de sa beauté, car ils voyaient dans le vent son corps très beau à travers sa robe tissée et son visage, qui était semblable à celui de la Dorée. Ainsi, en ces moments bienheureux, je remerciai Amon dans mon cœur de ne m'avoir pas donné la royauté.

Mais un matin on amena devant moi Reshoutamon. Il leva les

bras en me saluant; et je le saluai pareillement, car il était le père de mon épouse Reshot. Il me dit alors :

— Merirê, je viens d'arriver à Thèbes avec une armée.

— Mon cœur souhaite que mon père ait fait un agréable voyage, lui répondis-je. Je vais faire appeler Reshot, dont le cœur aura grande joie de te revoir, depuis tant d'années que tu as fui devant ses yeux.

— Certes, Merirê, c'est avec une grande joie que je verrai ma fille Reshot, mais je désire tout d'abord te parler, répondit-il sans relever mon allusion à sa défaite.

Je le regardai et souris et lui disant :

— Je vois que tu portes le vêtement du vizir, et mon cœur est heureux et plein de fierté en découvrant que j'ai devant moi le second personnage de l'Égypte.

— Et c'est en tant que vizir que je viens devant toi.

— Mon cœur en est encore plus honoré, et il est tout prêt à entendre les belles paroles qui vont tomber de tes lèvres.

Sans doute Reshoutamon sentait-il la raillerie dans mes paroles, mais il restait grave comme un grand scribe. Il demanda :

— Merirê, Sa Majesté te demande quelles sont tes intentions ?

— Mes intentions, ô Reshoutamon ? Elles ne sont autres que de continuer de faire ce que j'ai entrepris depuis plusieurs jours, au grand agrément de mon âme : aimer Reshot, mon épouse très aimée et la maîtresse de mes biens.

— Alors viens te prosterner devant Sethnakht et il te pardonnera ton crime.

Lorsqu'il eut prononcé ces paroles, je vis la colère envahir les visages de mes officiers; mais je restais le maître de mon cœur, et je demandai d'une voix douce :

— Dis-moi, Reshoutamon, quel est le crime dont m'accuse ce roi puissant ?

— Le meurtre de Rouï.

— C'est un acte équitable, Reshoutamon. Non, je ne me prosternerai devant personne; va le dire à ton maître Sethnakht.

— Sa Majesté ordonne aussi que les hommes qui sont auprès de toi viennent déposer leurs armes devant son trône. Elle veut aussi que tu rendes à Amon les domaines dont tu t'es rendu maître, ainsi que ceux du roi. Tu dois aussi renvoyer tous les prisonniers que tu as osé faire dans son armée et aussi tous les chars, et encore le camp des soldats du vaincu de Kharou.

Il avait parlé rapidement, et il ajouta en soupirant, déchargé d'une pesante mission :

— Voilà tout ce que j'avais à te dire, et je ne fais que rapporter les ordres de Sa Majesté.

Je me mis à rire et je dis :

— Voilà ton cœur soulagé, mon père, et je comprends tes craintes. Certes ce vil Sethnakht sait choisir ses messagers; et tout autre que toi, qui serait venu tenir devant moi un tel discours, sans doute serait-il allé goûter la saveur de l'eau du Nil.

Je regardai mes officiers et leur demandai :

— L'un d'entre vous veut-il aller déposer ses armes devant Sethnakht ?

Ils se mirent à rire et Nedjty s'écria :

— Qu'il vienne donc les prendre !

Amenakht vint se placer devant Reshoutamon :

— Dis à ton maître ceci : nous avons juré fidélité à Merirê, fils du Dieu Grand Baenrê. S'il n'avait pas retenu nos bras, nous aurions broyé comme le grain dans une meule ce Sethnakht et ses sauterelles. Or, tant que notre maître ne nous ordonnera pas de nous éloigner de lui, nous resterons près de lui pour le servir. Nous avons donné notre sang pour renverser un usurpateur en abomination aux dieux, et c'est un autre usurpateur qui a ramassé les figues que nous, misérables singes, avons cueillies. Mais Sethnakht, qu'autrefois je respectais, a montré que son cœur est aussi perfide que celui du vaincu de Kharou. Si nous venions déposer nos armes à ses pieds, il nous jetterait dans les geôles et il saurait peut-être réussir ce que tous les usurpateurs ont tenté : faire périr le seul héritier légitime du trône d'Horus. Amenakht a parlé.

Reshoutamon se tourna vers moi et demanda :

— Que dois-je répondre à Sa Majesté ?

— Dis-lui ceci, déclarai-je. Mes chars et mes soldats, je les garde. Je reste aussi le maître des domaines royaux et de ceux d'Amon, qui sont à l'orient de Thèbes et que mes soldats occupent, car j'en ai besoin pour l'entretien de mon armée et de mon palais. Je veux aussi tous les revenus des mines et des carrières des déserts qui sont à l'orient du Nil pour pouvoir faire des cadeaux à mes serviteurs. Il est vrai que j'en suis déjà le maître et que cela ne coûtera rien à Sethnakht. Je veux encore que Sethmès soit nommé vice-roi de Nubie. Je veux que Ramsès soit libéré et nommé directeur de toute l'Égypte, et ce ne sera que par lui ou par toi que j'aurai des rapports avec le gouvernement de ce pays. Quant aux prisonniers, je les garde afin de les former et les donner à Sethmès pour occuper la Nubie; et je garde aussi le camp où ils étaient établis. Ce sont de bonnes prises de guerre, que j'ai acquises avec la lance et non avec la perfidie comme ton maître en possède le secret. A cette condition, j'ignorerai Sethnakht. Mais qu'il évite de me rencontrer et qu'il ne me cherche pas querelle. Et, lorsque les Peuples de la Mer descendront vers l'Égypte, qu'il ne vienne pas me supplier de me lever contre eux. Rapporte mes paroles à ton maître, et qu'il siège sur le trône qu'il n'honore pas plus que le vil Iarsou. Mais qu'il déclare accepter mes conditions devant toute l'Égypte, et qu'il jure devant Amon de respecter sa propre parole. Et voici encore : je veux que demain Sethnakht envoie auprès de moi Ramsès afin de me porter sa réponse.

Je conduisis ensuite Reshoutamon auprès de Reshot. Mon épouse aimée montra la grande joie de son âme à la vue de son père. Mais elle s'aperçut qu'il était vizir de Sethnakht; elle s'en attrista et elle dit :

— Mon père, l'habit que tu portes est sans agrément pour mes yeux. Il me rapelle que tu t'es levé avec un traître contre la reine Taousret et contre ta fille, que l'Égypte regardait comme sa souveraine. Et maintenant, tu es le vizir sans gloire d'un roi au cœur honteux.

— Ma fille, tu n'es pas le juge de ton père, répliqua Reshoutamon.

— Mon père, Osiris et le grand tribunal verront le poids de nos cœurs, et je crois que celui de ton maître sera bien lourd dans la balance de Maât. Car pourra-t-il aussi tromper les dieux comme il a trompé le peuple de l'Égypte ? Et croit-il qu'Osiris reconnaîtra le cœur d'un fils dans ce cœur lourd de perfidies et d'ambitions ?

— Ma fille, de mauvaises paroles sortent de ta bouche. Tu parles de ton roi.

Je dis alors :

— Il n'est pas son roi, comme il n'est pas mon roi. Et qu'il rende grâce à Reshot, car c'est sa bouche qui a détourné mon cœur de lancer mes bons chars contre le palais. Crois que Sethnakht n'aurait pas résisté à nos assauts plus longtemps que ne l'a fait Iarsou : car ce Iarsou, n'avait-il pas reçu aussi la double couronne ? Et cela a-t-il empêché Sethnakht de songer à se lever contre lui lorsqu'il a vu que je soulevais l'Égypte contre le vil Syrien ? Et il s'est dit dans son cœur de lièvre : « Voici, Merirê se lève contre Iarsou. Je vais lui laisser les dangers de cette guerre et il sera le paysan qui coupe les épis, et moi je serai le scribe qui fait les comptes. » Comment veux-tu que je puisse craindre ou respecter un tel homme ? Mais lui, que j'ai sauvé dans le désert contre une bande de Bédouins, lui qui sait ce que peut mon bras, que son cœur me craigne et me respecte !

Je parlai ainsi, et Reshoutamon s'éloigna de nos yeux. Mais, avant qu'il ne retournât auprès de Sethnakht, je voulus qu'il visitât le camp de mes soldats en compagnie de Kashta, afin qu'il pût mesurer l'étendue de ma puissance.

Or, le lendemain, Ramsès vint devant moi, et ce fut alors qu'il me fit savoir comment il avait été capturé et comme il avait été traité dans sa cellule. Et il dit encore :

— Mon père m'a fait venir devant lui et je n'ai pas voulu le saluer. Mais nous étions seuls avec son vizir, le petit Reshoutamon, et mon père ne m'a pas contraint à l'adorer. Il m'a alors dit comment il était devenu roi; mais sans doute ne m'a-t-il pas parlé avec une langue sincère. J'ai compris qu'il a peur de toi, et je lui ai dit que son cœur pouvait avoir des raisons de te craindre. Ainsi accepte-t-il les conditions que tu as dictées à Reshoutamon, et je ne pense pas qu'il cherche à trahir sa parole. Il sait ce que peut ton bras et il est trop heureux de monter sur le trône d'Horus sans que tu t'y opposes. En vérité, les forces vives de l'Égypte sont autour de toi. Et Sethnakht dit qu'il est le maître de la Terre Noire, depuis la mer jusqu'à

Thèbes et même jusqu'en Nubie. Mais c'est là une vaine parole; car, si tu le détruis dans Thèbes, toute l'Égypte te saluera comme son maître. De plus tu es le seul dans ce pays à connaître la puissance immense de ceux qui viendront de la mer. Ce sont des hommes dont l'âme n'est que carnage, et dont la chair n'est que combats. Ils sont nés dans la guerre et ne vivent que pour la guerre : lorsqu'ils sont venus contre le Dieu Grand Baenrê, ton père, l'Égypte était puissante, et ses rois avaient su la tenir sous les armes. Or ils vont maintenant déferler sur l'Égypte comme le Nil lorsqu'il se répand sur la Terre Noire, comme les pluies de sauterelles qui viennent de Nubie, comme le terrible vent du désert qui est le souffle enflammé de Seth : que seront, face à eux, ces hommes que j'ai vus dans le camp de Reshoutamon ? Ils seront comme un troupeau de gazelles qui fuient l'attaque des grands lions. Certes, lorsque tu étais exilé parmi eux, selon la volonté d'un dieu qui voulait te découvrir leur puissance, ton cœur pleurait, car il était loin de ton aimée et de la terre chérie. Mais ne m'as-tu pas parlé de ces guerriers pendant des soirées entières, quand nous étions dans le désert ? N'est-ce pas parce que j'ai entendu les paroles qui tombaient de ta bouche comme des flèches aiguës que je puis te parler ainsi et mesurer combien leur puissance est redoutable ? Et ne m'as-tu pas alors déclaré que tu avais affronté tant de dangers pour revenir dans la terre d'Égypte afin de l'armer et de la préparer à se défendre contre ces envahisseurs ? Et voici : maintenant, tu ne veux plus du trône des Deux Terres, et ton cœur se détourne des choses de la guerre. Mais alors, quel bras défendra la terre sacrée ? Ah ! entends mes paroles ! Prends ta parure de guerre et ta lance terrible, fais marcher tes soldats, fais lever tes attelages; chasse l'usurpateur, ceins la double couronne et rends à l'Égypte sa gloire et sa puissance afin que l'Asie s'incline devant ton nom et que les barbares de la mer tremblent devant ton regard.

Un soupir souleva ma poitrine et je répondis à Ramsès :

— Ramsès, mon frère, l'Égypte a été trop déchirée par la guerre. Dans toute la Terre Noire règne la misère, et la famine à la bouche pâle est sur nous. Sethnakht ne serait pas aussi aisément vaincu que tes paroles le laissent croire, et mes adversaires seraient alors ton père et le père de mon épouse : je ne suis pas venu apporter la guerre intérieure, et j'aime plus l'Égypte que la puissance. Toi, Ramsès, tu vas être le directeur de tout le pays. Travaille à rendre la prospérité à l'Égypte. Moi, je suis le maître d'une grande source de richesses, car je me suis réservé le contrôle de tout ce qui vient du désert : la pierre, l'or, le cuivre, la malachite, la turquoise et l'émeraude, qui sont un luxe mais aussi une nécessité pour l'Égypte. Cela me servira à récompenser mes soldats. Tout ce qui viendra en superflu, et il y en aura beaucoup car je vais envoyer des ouvriers dans toutes les mines, je te le donnerai pour que tu puisses en jouir, et cela te servira pour rendre la prospérité au peuple d'Égypte. Et ne vois-tu pas que Sethnakht n'aura que l'illusion du pouvoir ? Il régnera dans Thèbes, mais moi je serai le maître des meilleures richesses et de l'armée, et toi tu dirigeras réellement l'Égypte, par-dessus la tête de Reshoutamon. Et, si les Akhaouasha et les Danaouna viennent en Égypte, laisse le roi et son vizir marcher contre eux, et ils verront quelle est leur puissance réelle. Voilà ce qui est dans mon cœur, et je rends grâce à Amon de ne pas m'avoir fait monter sur le trône d'Horus.

Alors Ramsès me regarda et dit :

— Et si les barbares de la mer envahissent l'Égypte ? S'ils renversent l'armée que Sethnakht enverra contre eux, car c'est sans doute ce qui se passera — resteras-tu dans ce palais ?

— Ramsès, le roi saura alors ce qu'il doit faire, car c'est lui qui est le dieu et le père de ses sujets. Moi, je ne suis que le fermier des mines royales qui sont à l'orient du Nil. Cependant, les Akhaouasha ne sont pas encore devant nous, et ce sera peut-être toi qui seras sur le trône d'Horus. Je te donnerai alors la bonne armée que je forge ici, comme un bon artisan qui cisèle le bronze sur l'enclume. Tu sauras bien la conduire à la victoire, et mon cœur s'en réjouira.

Ramsès ne dit pas ce qui était alors dans son cœur, et il me demanda de prendre avec lui Tiy, qui était restée dans mon palais depuis qu'elle était venue de Syène. Et Tiy avait l'âme remplie de morgue car elle savait maintenant que son époux monterait un jour sur le trône des Deux Terres, et cette vanité était pour moi un sujet d'amusement. Elle était arrogante comme une oie familière, et elle jetait des regards de mépris vers les domestiques et même sur les nobles; et elle ne cessait de répéter qu'elle portait dans son sein l'héritier du trône d'Horus. Et certes, elle avait complètement oublié qu'elle n'était qu'une baladine, et que la boue des champs de sa naissance collait encore à ses pieds.

## XXVII

# LA VIE DÉLICIEUSE

Je fis ce que j'avais dit. J'envoyai mes officiers et mes soldats avec des chars et de nombreux ouvriers dans le désert oriental afin que les mines fussent remises en exploitation. J'utilisai les ouvriers que j'avais laissés au fort de Beki, qui commandait le Nil, et dont je restais maître. Et, au sud, Sethmès, qui m'était fidèle, alla s'installer en Nubie, et par lui je contrôlai les richesses de ces contrées.

Et Sethnakht affectait d'ignorer ce que je préparais, et il considérait que j'étais toujours le directeur des terres royales dans le désert oriental, comme je l'avais été sous le règne de Ramsès Siptah. Antanour devait surveiller les scribes auxquels j'avais remis l'administration des domaines, afin que les soldats eussent toujours ce qui leur était nécessaire. Kashta avait sa maison près du camp des soldats, qui était en construction, et c'était lui qui veillait à ce que les officiers dirigeassent soigneusement leurs exercices afin de former des guerriers excellents. Pour la tribu d'Abaïkour, j'avais ordonné la construction d'un village à la lisière du désert, où se trouvaient de bons pâturages; et une belle demeure avait été bâtie pour Tékour, qui était chargé des relations avec les Bédouins qui nomadisaient dans tous ces déserts, et dont il faisait la police.

Ainsi mon seul souci était de mener une vie délicieuse. Thoutenek avait rempli mon palais de domestiques, et pour distraire ma bien-aimée il avait attaché à sa maison des musiciens et des musiciennes, des chanteurs et des danseuses, des jongleurs, et Sethmès avait envoyé deux nains de Nubie. Reshot avait des servantes, autant que si elle était reine. Une troupe de jardiniers très habiles entretenait le jardin, que j'étendis encore vers l'est, de manière qu'il était si vaste qu'un char était nécessaire pour en parcourir les allées profondes. Je fis aussi agrandir le lac et creuser des canaux, et l'ensemble formait une merveille d'eaux, de bassins, de fleurs, d'arbres fruitiers, de kiosques cachés et de belles bêtes sauvages qui vivaient là en liberté. Mais ces travaux se firent peu à peu, et surtout pendant le long voyage qui m'emmena vers le nord avec Reshot, et dont je parlerai plus loin.

Dans mes domaines, une armée d'artisans travaillait pour l'embellissement du palais et pour rendre notre vie plus délicieuse encore. Et leur travail était pour eux une joie, car il leur permettait de vivre à l'aise et de se faire construire une tombe; et il me donnait la possibilité d'embellir les palais de mes officiers, de faire des cadeaux à mes amis et à ceux que je voulais récompenser; et ce qui restait encore, je l'accumulai dans mon trésor, qui occupait plusieurs salles basses du palais.

Aussi dit-on bientôt dans Thèbes et par toute l'Égypte que j'étais plus riche et plus puissant que le roi lui-même, qui portait sur sa tête la couronne, mais n'avait que l'apparence de la puissance. Et il ne se passait pas un jour sans qu'on donnât une fête dans mon palais ; j'avais les meilleurs musiciens et baladins, des cuisiniers excellents, des serviteurs et des servantes qu'on m'enviait. Et lorsque je me rappelais les fêtes données chez le directeur des troupeaux d'Amon, elles paraissaient à mes yeux bien mesquines en comparaison de celles que Thouthenek préparait avec l'aide de Sharkan. Et ce Sharkan n'avait pas voulu de palais ! Quand je voulus tenir ma promesse, il s'était roulé sur le sol en pleurant et avait dit :

— Mon maître me méprise-t-il donc tant, pour désirer m'éloigner de son cœur ? Suis-je un si détestable barbier ?

— Sharkan, lui avais-je répondu, je ne te méprise pas, et tu es un excellent barbier.

— Alors, avait-il repris en se relevant, pourquoi mon maître veut-il me chasser ? Quel plus beau palais pourrais-je avoir que celui où vit mon maître et dans lequel il m'a donné plusieurs pièces, et où je suis servi comme un roi et où mes yeux peuvent se fondre à la vue des plus belles danseuses qui soient dans Thèbes ? Et mon maître n'a-t-il pas apprécié dans son cœur comment Sharkan sait courir les rues de Thèbes pour lui trouver de nouveaux baladins, les meilleurs qui soient en Égypte, pour rendre ses fêtes plus belles encore ? Et si mon maître était de nouveau pris de boisson et qu'il veuille aller montrer sa force à quelque ennemi, trouverait-il un barbier aussi excellent pour le suivre parmi les dangers des combats ?

Sharkan fit encore briller à mes yeux ses qualités comme de l'or du désert de Coptos, parmi les meilleurs. Ainsi je le gardai près de moi, et j'en fus sans doute aussi satisfait que lui.

Reshoutamon venait souvent nous visiter, et aussi Senimout, qui aimait voir sa fille briller dans le palais. Et moi, je faisais des cadeaux aux parents de Reshot, et on admirait que le vizir reçût de son gendre plus de cadeaux qu'il n'en avait du roi.

Ramsès était chez nous presque chaque soir. Il avait d'abord amené Tiy afin qu'elle dansât, mais ensuite elle ne voulut plus danser à cause de l'enfant qui devait naître d'elle. Enfin il vint seul, et je préférai qu'il en fût ainsi. Un jour il me dit :

— Ta sœur Nekhserket est venue me voir dans la demeure que mon père m'a donnée et qui est celle qu'occupait Ouserkhopesh, car tu dois savoir que Reshoutamon est installé dans le palais des vizirs, qui était celui d'Horemsaf.

— Sans doute, ai-je remarqué avec un sourire, elle sait que tu es l'héritier du trône des Deux Terres, et elle est venue te dire que tu avais besoin de quelqu'un pour être la maîtresse de ta maison.

— C'était la raison de sa visite, reconnut Ramsès. Mais je lui ai répondu que j'avais déjà Tiy, qui allait me donner un enfant, et que j'allais épouser Iset, avec l'accord de mon père, afin d'en faire ma grande épouse. Alors elle m'a dit : « Pourtant, Ramsès, tu m'aimais, il n'y a pas si longtemps encore. — Certes, ai-je avoué; mais toi tu m'as méprisé. » Elle a soupiré et elle a répondu : « Je ne t'ai pas méprisé, Ramsès, mais j'avais un époux. Qu'aurais-tu pensé en ton cœur si je l'avais trahi ? Tu n'aurais pu que me mépriser et du devrais trouver là une nouvelle raison de m'aimer. » Tu vois, Merirê, combien est habile la perfide.

— Mon esprit en est tout émerveillé, ai-je déclaré en riant. Mais qu'a répondu ta langue ingénieuse ?

— Je lui ai dit que la grande flamme d'amour qu'Hathor avait allumée dans ma poitrine était éteinte, comme une lampe qui meurt lorsque l'huile est épuisée. Elle répliqua : « Ramsès, un si grand désir ne meurt pas aussi aisément. Regarde, je suis belle ! » Et la rusée a retiré sa robe, qui ne cachait que peu de chose de son corps; et elle s'est agenouillée tout près de moi. Et certes, je sentais dans ma poitrine la grande flamme se rallumer et réchauffer mon cœur et mon sang. Elle me dit encore : « Ta Tiy, que sait-elle faire ? — Elle danse et elle chante », ai-je répondu. « Chante-t-elle aussi bien que moi ? » demanda-t-elle en glissant un long regard sous ses cils; et, par Hathor, ce regard me perça comme une flèche acérée. J'avouai que non; elle se leva; elle alla chercher un luth qu'elle déposa entre mes mains, et elle me dit de jouer telle musique qui plairait à mon cœur. Elle se mit à danser, et je dis qu'elle dansait bellement et que la vue de ses gestes gracieux et de son corps a rallumé vivement la flamme d'amour. Or voici : je m'apprêtais à sacrifier cette gazelle à Hathor lorsque Tiy, sans doute attirée par la musique que j'avais faite, entra dans la pièce. Et Tiy a une âme jalouse, car elle croit que je suis l'esclave de son cœur. Je lui ai déjà dit que, si je monte sur le trône d'Horus, j'aurais comme tous les rois un harem pour distraire mon cœur. Elle a répondu qu'elle veut bien que j'aie un harem avec des musiciennes ou des danseuses, pour réjouir mon esprit, mais que si l'une d'entre elles me regarde avec les yeux de l'amour, elle lui arrachera les yeux. En vérité, cette Tiy n'est pas une génisse douce d'amour, mais une vraie lionne, et je la donnerai un jour pour épouse à mon cher Sotpou. Ainsi, Tiy s'est jetée sur nous comme une panthère du midi sur une antilope. De ses ongles pareils à des griffes, elle a déchiré les joues de Nekhserket, qui criait comme une oie familière lorsque la poursuit le singe de la maison. Elle lui a arraché sa belle perruque et ses bijoux, et je ne parvenais pas à la maîtriser. Certes, quand on est devant un homme, on peut le frapper avec les poings, mais je craignais de la blesser ou de trop serrer ses poignets, et ainsi j'ai eu bien du mal à la saisir. Elle a alors crié aussi fort que les porchers qui rassemblent leur troupeau, et elle pleurait et elle disait : « Ah ! tu méprises ton épouse, la mère de ton enfant, celle qui porte dans son sein l'héritier du trône d'Horus, et tu regardes cette truie, cette femme méprisable qui est sous ton toit comme une prostituée ! » Nekhserket s'était relevée, et ses yeux étaient noirs comme un ciel d'orage, et elle me dit : « Comment, Ramsès, peux-tu me laisser insulter par cette fille de porcher, moi, la fille de Nebkahor, vizir et flabellifère à la droite du roi, sous le Dieu Grand Baenrê ! Tu as un cœur de lièvre et tu es digne de celle que ton cœur a choisie ! » Et ces femmes, dont le corps était possédé par Sekhmet, par Ouadjet et par Serket, elles s'unirent pour m'injurier; et elles se sont encore jetées l'une contre l'autre comme des femmes prises de boisson. Comme j'ai voulu les séparer, elles se sont alors précipitées sur moi, et j'ai bien cru que c'était mon dernier combat sous le soleil. Mais elles faisaient tant de bruit que mes serviteurs sont arrivés, et ils m'ont délivré de ces deux panthères. Ah ! Merirê, crois en ma parole, dix guerriers des Peuples de la Mer sont moins redoutables que deux femmes dont le cœur est saisi par Sekhmet. Comme tu es heureux avec ta Reshot, si douce d'amour !

— Mon Ramsès, ai-je répliqué en riant, il est beau que la guerre d'amour que tu mènes avec tant de hardiesse ait aussi ses dangers. Mais qu'est devenue Nekhserket ?

— Elle est repartie, et je suis allé la voir chez elle. La malheureuse ! Elle vit dans son palais avec seulement deux femmes pour la servir. Depuis que Iarsou est mort, elle n'a plus de revenus, et elle a dû se séparer de tous ses serviteurs, et elle vit en vendant lentement ce qu'elle possède. Elle avait découvert dans son cœur et dans son corps combien il est dangereux de m'approcher, et je lui ai dit que seule Iset serait mon épouse royale, car je l'aime, et telle est la volonté de mon père, qui a fait de Ptahemheb son vizir du nord. Or Ptahemheb est revenu à Éléphantine chercher ses biens et sa famille, afin de se rendre à Memphis. Quand il passera par Thèbes, il y laissera

Iset pour qu'elle soit mon épouse et la maîtresse de ma maison.

Je me mis à rire et je m'écriai :

— Mais que va dire ta tendre Tiy ?

— Ce sera mon père, le roi, qui lui parlera et qui lui dira que, si je n'ai qu'un seul fils d'elle, il pourra être mon successeur sur le trône d'Horus; mais que, si Iset me donne un fils, ce sera lui l'héritier légitime du trône. Mais Merirê, si je dis ceci devant toi, c'est parce que tu as déclaré ne plus vouloir monter sur le trône des Deux Terres.

— Je ne reprends pas ma parole, Ramsès. Mais dis-moi encore ce qu'il en est de Nekhserket ?

— Elle s'est mise à pleurer et elle m'a dit : « Ramsès, vois combien je suis misérable ! Que doit penser l'âme vivante de mon père quand elle revient dans la barque de Rê et qu'elle voit la pauvreté de sa fille ! Bientôt, je devrai vendre ce palais et aller vivre seule dans une maison populaire, et faudra-t-il que je me fasse chanteuse et danseuse professionnelle, ou pis encore ? » Je l'ai regardée en soupirant, et je lui ai demandé ce que je pouvais faire pour elle. Elle s'est alors écriée : « Le roi, ton père, ne peut-il me faire servir une pension ? Et toi-même, n'es-tu pas le directeur de toute l'Égypte ? » Je lui ai alors répondu ce qui est la vérité : « Nekhserket, ton cœur croira mensongères mes paroles, et pourtant, j'ai placé Mâat sur ma langue pour te dire ceci : l'Égypte est pauvre, car elle a été pillée par les usurpateurs et par les princes, oppressée par ce Iarsou, déchirée par la guerre intérieure. Le roi a des domaines et des revenus, mais il a des centaines de milliers de fonctionnaires à entretenir, et il n'est souvent pas en mesure d'envoyer le grain, la bière et les huiles parfumées aux ouvriers de la nécropole. Et c'est là un grand souci pour Reshoutamon. Et moi, tu as vu que mon palais n'est pas celui d'un prince et que j'ai peu de serviteurs. Sais-tu à qui je vais demander ce qu'il faut pour l'entretien de ma maison ? Je vais voir Merirê, car il s'est réservé la plus forte source de revenus de l'Égypte : les mines d'or et de pierres précieuses de Nubie et des déserts du levant. Ainsi, va lui rendre visite et montre-lui la misère de ta condition; car, s'il ne porte pas la double couronne, c'est lui le véritable maître de l'Égypte, car il a l'or et la force de l'armée. » Elle a alors laissé sortir de sa poitrine un long soupir, et elle a dit : « Je crains d'être devant Merirê. Il m'est apparu si terrible la dernière fois que mes yeux l'ont vu ! » J'ai pourtant pensé que tu ne me ferais pas de reproches si je lui assurais qu'elle avait retrouvé sa faveur dans ton cœur pour t'avoir fait connaître l'alliance que Iarsou avait proposée à Sethnakht. Ainsi va-t-elle sans doute venir dans ce palais très bientôt.

— Certes, Ramsès, je ne puis abandonner Nekhserket, répondis-je. Je songe parfois à elle, mais j'attendais, car ce n'est pas à moi d'aller vers elle. Mais ceci me rappelle que je m'intéresse aux terres que Nebkahor possédait dans le Pays du nord. Sans doute furent-elles saisies par ce vil Séthi, qui les intégra au domaine royal. Je désire que tu envoies sur place des fonctionnaires qui fassent le recensement de ces terres, et qu'ils regardent si la maison a été entretenue. Je la veux pour moi, et c'est légitime. Ce sera le don de Sa Majesté pour l'or et les revenus du désert que je vais lui faire livrer dans quelques jours.

— Je vais envoyer là-bas quelque habile scribe qui donnera satisfaction à tous tes désirs, assura Ramsès.

Nekhserket vint me voir le lendemain. Sharkan venait de me raser et mes valets passèrent mes bijoux autour de mon cou et de mes membres.

Thouthenek introduisit Nekhserket devant moi et elle me salua. Je la fis asseoir et lui dis :

— Ramsès m'a parlé de toi, Nekhserket.

— Il est venu près de moi pour me dire que tu accepterais de me recevoir, Merirê; et me voici devant toi. Vois, moi qui n'allais qu'en chaise, je suis venue à pied, et mes pieds sont las et pleins de poussière, car ton beau palais est loin de ma misérable demeure.

— Nekhserket, ta modestie est grande. Sans doute le petit Sethnakht peut envier mon palais dans son popre palais; mais ta demeure est l'une des plus belles de Thèbes.

Elle soupira et répondit :

— Si tu la voyais, tes yeux ne la reconnaîtraient pas. Les salles en sont vides et tristes, car j'ai dû tout vendre pour vivre, et si j'ai encore une servante qui me suit dans la rue avec mon miroir, c'est pour qu'on ne puisse pas dire que la chanteuse Shemaït est aussi pauvre qu'une ouvrière.

— Il fut un temps, Nekhserket, où tu allais toujours à pied et sans servante derrière toi, lui fis-je remarquer.

— Ce temps va être de retour pour moi, si tu ne veux pas venir en aide à ta malheureuse sœur ! gémit-elle.

— Nekhserket, lui dis-je, tu as voulu me trahir comme mon âme n'aurait jamais pu le croire, mais par deux fois tu m'as rendu des services qui m'ont fait oublier ton crime. Je ne pourrais reposer avec une âme sereine si je savais que la fille de Nebkahor est dans le besoin. C'est une dette que je ne paierai jamais assez à nos parents. Dis-moi quel est ton désir. Il sera exaucé.

— Mon désir est simple, Merirê. C'est de pouvoir vivre comme je le faisais par le passé dans la demeure de Minhotep, qui est maintenant la mienne.

— Thouthenek, mon chambellan, t'accompagnera dans ta demeure avec une chaise, et tu lui diras tout ce qu'il te faut comme serviteurs et comme servantes; et il fera avec ses scribes le calcul des domaines qui te seront nécessaires pour l'entretien de ta maison; et je veillerai à ce que la sœur de Merirê ne soit pas méprisable aux yeux des Égyptiens.

Or, en ce temps-là, Amon-Rê, le roi des dieux, me rendit un bon serviteur. Je m'étais éveillé sur ma couche par une nuit profonde, et Reshot dormait entre mes bras. Amon m'avait envoyé un rêve dans lequel il m'avait montré que les prisons d'Égypte étaient remplies d'hommes qui y avaient été mis par Iarsou, car ils devaient être jugés et envoyés dans les mines. Lorsque Ramsès vint devant moi, le jour suivant, je lui dis quel avait été mon rêve, et je lui demandai qu'il fît donner l'ordre aux vizirs d'envoyer des juges dans toutes les prisons afin de savoir pourquoi ces hommes étaient là; et ceux qui s'y trouveraient parce qu'ils auraient déplu à Iarsou, il faudrait les libérer et leur rendre leurs biens et les indemniser; et, de ceci, je me chargerais, car ils avaient été les ennemis du vaincu de Kharou. Ramsès fit selon ma volonté; et avec les juges nommés par le roi j'envoyai mes scribes, qui dressaient des procès des déclarations des prisonniers. Et parmi leurs noms, je trouvai celui d'Ebimoutef, capitaine de bateaux. J'ordonnai aussitôt qu'on le conduisît devant moi. Et je reconnus le commandant des vaisseaux qui m'avait été un si fidèle serviteur. Il se jeta sur le ventre devant moi, et je lui dis de se relever. Je lui fis donner de beaux habits, des bijoux et une canne. Il m'apprit ensuite que le vil Syrien l'avait fait enfermer parce qu'il avait refusé d'adorer l'usurpateur et qu'il avait déclaré que son âme était en abomination à Amon et à tous les dieux. Alors je nommai Ebimoutef chef de tous mes bateaux et il fut installé dans une grande demeure, un palais près du port de Thèbes, qui fut comme mon amirauté. Et, comme mon cœur ne savait oublier, je dis à Ebimoutef :

— Vois, Ebimoutef, j'ai un jour promis à nos marins que, lorsque nous rentrerions dans la Terre Noire, ils ne regretteraient pas le lointain pays des grenades d'or. Or je te charge de retrouver ces marins et de les établir dignement. Ceux qui voudront encore me servir, tu leur donneras des commandements sur les vaisseaux, ou bien tu les enverras à Kashta, le directeur de mes troupes, afin qu'il leur donne des grades dans l'armée.

Encore en ce temps-là, Ptahemheb fut à Thèbes avec sa fille Iset. Et elle fut donnée comme grande épouse à Ramsès. Il la prit devant son père, et moi je ne vins pas, car mes yeux ne voulaient pas voir ce Sethnakht. Mais je donnai pour Ramsès une grand fête dans mon palais, une fête de trois jours. Le roi avait ordonné pour les gens de Thèbes une fête d'un jour; et moi, je déclarai que pendant les trois jours suivants ce serait moi qui régalerais le peuple de Thèbes; et je voulais qu'à mes frais la bière coulât par les rues de la ville et que des tables de festin fussent dressées sur les places publiques afin que chacun pût manger selon son appétit. Et je distribuai des cadeaux à tous les gens de la cour, aux soldats et au peuple de Thèbes, au nom de Ramsès. Mais on savait que c'était Merirê qui distribuait tant de choses. Et chacun s'émerveillait dans la grande cité. A Ramsès et à son épouse, chaque matin des trois jours de la fête, nous fîmes des cadeaux très beaux; et Reshot donna à Iset ce qu'elle avait choisi, et moi j'offris à Ramsès ce qui me semblait lui convenir.

## XXVIII

## LE RETOUR AU PAYS DES MARAIS

Ramsès lui-même vint me dire qu'on avait retiré les terres de Nebkahor du domaine royal, et que je pouvais en prendre possession. La maison avait été occupée par le directeur de ces terres, qu'on avait nommé en un autre lieu. Je décidai de m'y rendre avec Reshot. Pour transporter ma suite, je n'avais besoin que de deux bateaux, car la demeure de Nebkahor était vaste, mais elle était comme la maison d'un paysan comparée à mon palais. Ainsi, je n'emmenai que peu de serviteurs, quelques soldats avec leurs chars pour porter mes missives, des scribes et des servantes pour Reshot. Pendant le même temps je voulais qu'on remît en service le canal construit par nos rois, qui permettait de passer de la mer de Qodi[1] vers la grande mer, par ce canal et par les bras du Nil. Ainsi les autres bateaux portaient-ils les ouvriers nécessaires pour ce travail, et les soldats pour les protéger contre les attaques des Bédouins. Ils déposeraient tous ces gens près des magasins de Ramsès, dans la ville d'Atoum, et ils navigueraient ensuite vers Byblos et Simyra, pour chercher le bois qui me manquait pour mes chantiers; et leur nombre les ferait respecter des pirates Thekker.

J'avais laissé à Kashta le commandement de ma maison, et j'amenais Antanour avec nous afin qu'il revît la demeure de

1. La mer Rouge.

Nebkahor. Je partis en avant, afin d'inspecter les vaisseaux, et Antanour suivit avec ses soldats, qui escortaient la chaise de Reshot. Depuis que Sethnakht était monté sur le trône des Deux Terres, c'était la première fois que je me montrais dans Thèbes. J'allais en tête des chars, et tout le peuple de Thèbes se massa sur mon passage. Et moi qui jusqu'à ce jour n'avais revêtu que des chemises tissées dans le lin le plus fin, et dont les amples pagnes étaient une merveille de travail, j'avais repris ma parure de guerre, ma cotte en écailles brillantes d'or et mon long pagne avec son devant en cuir épais; et j'avais ceint ma poitrine d'une belle peau de léopard. Mon écuyer, Zateri, se tenait près de moi avec mon bouclier et ma lance, et dans les étuis du char il y avait l'un de mes arcs puissants, les belles flèches et les javelots rapides. Et, derrière moi, suivaient Nekhet, dans son char, et toute ma troupe de chars.

J'avais voulu me montrer ainsi parce que je n'avais pas confiance en Sethnakht, et je craignais en mon cœur qu'il ne profitât de ce que je n'eusse avec moi qu'une centaine de chars pour tenter de m'abattre. Or Ramsès m'avait mis en garde :

— Merirê, on me sait ton ami, et on me cache bien des choses au palais. Mais j'ai aussi ma police et mes espions, et tu dois savoir que le roi n'est pas satisfait de te voir le maître d'une puissante armée et des meilleures ressources de l'Égypte, car tu es un État dans l'État, et il ne peut rien contre toi lorsque tu es dans ton palais, entouré de tes gardes. Cependant Sethnakht n'est pas ton plus dangereux ennemi, car il te craint et il sait qu'un combat contre toi serait funeste à son trône. Tes pires ennemis, ce sont des courtisans, qui envient tes biens et ta puissance; et ce sont surtout les fils de ce Rouï, qui ne te pardonneront jamais la mort de leur père.

Je ne craignais pas un criminel caché parmi la foule, car avant que sa dague eût pu m'atteindre, il serait tombé percé par la lance de Zateri, qui était près de moi comme une panthère, l'œil aux aguets. Mais si j'étais venu sur une haute chaise avec mes beaux habits, j'eus offert un cible merveilleuse pour un médiocre archer, tandis que sur mon char de guerre, avec mon bouclier et ma cotte de bronze et d'or, je devenais comme le dieu des armées. Et, bien que je ne fusse pas le roi, le peuple s'inclinait sur mon passage, et on prononçait mon nom avec respect.

Je parvins au port. Mes bateaux rangés près des berges étaient prêts à lever l'ancre. Ebimoutef vint au-devant de moi avec les chefs des navires. Je vis que tout était en ordre, et je fis embarquer les chars. Je montai sur ma galère, qui était la plus belle et la plus vaste, et on y avait aménagé des appartements royaux. Ramsès vint alors me rendre visite, car je devais rester plusieurs mois loin de lui.

Il m'apprit que Sethnakht était très malade, mais sa vie n'était pas en danger, selon l'avis des médecins, qui n'étaient cependant pas des oracles en cette matière. Sethnakht était d'ailleurs encore jeune, et les médecins déclaraient que sa vigueur chasserait les démons de la maladie. Cela ne me mettait pourtant pas à l'abri d'une tentative de meurtre. Je l'avais appris à mes dépens sur le vaisseau qui me ramenait de Byblos.

Reshot arriva avec son escorte, et je vins au-devant d'elle pour la conduire dans le bateau; et Antanour prit place dans le second des vaisseaux qui resterait avec nous. J'avais amené Sharkan, dont les bavardages m'étaient une grande distraction, et il monta sur son bateau. Les soldats furent répartis dans les autres vaisseaux, et je laissai à Ebimoutef le soin de donner l'ordre du départ et de diriger les manœuvres.

Ce fut à Memphis que je me séparai du reste de la flotte. Ebimoutef partit à la tête de ses trente-deux vaisseaux. A Bubastis, il devait prendre la bouche du Nil, qui le conduirait dans la ville d'Atoum, où il déposerait des soldats et les ouvriers chargés du creusement du canal. J'avais nommé un directeur des travaux, et Ptahemheb avait fourni des fonctionnaires chargés de lever des corvées pour aider les ouvriers. Ebimoutef devait alors, avec la flotte, se diriger vers la mer, afin de faire voile vers les ports de Syrie.

Avec les deux bateaux, nous sommes allés nous amarrer près des rives du fleuve qui bordent les domaines de Nebkahor. Les domestiques de la maison, dont quelques-uns avaient servi Nebkahor, vinrent au-devant de nous et se jetèrent sur le ventre dans la poussière, en poussant des cris d'allégresse. Nous allâmes à pieds vers la maison, qui n'était pas extrêmement éloignée de la berge. A la vue des champs et de la demeure, mon cœur devint comme de la cire chaude dans ma poitrine. Je m'installai avec Reshot dans ce qui avait été la chambre de Nebkahor. Les corps de ceux qui furent comme mes parents avaient été inhumés dans les environs, et j'allai avec Reshot y porter des offrandes et faire des libations d'eau et de vin en prononçant leurs noms, afin que leur âmes vivantes fussent rafraîchies.

C'était l'époque des moissons, et je voulus faire ce que Nebkahor avait fait avec moi. Je passai tous les jours qui suivirent à visiter les terres, qui étaient étendues. Je prenais mon char, et Reshot montait avec moi. Lorsque j'arrivais, les paysans cessaient leur travail, et ils venaient se prosterner devant Reshot et devant moi-même, et je leur faisais distribuer du vin, afin qu'ils aient de la joie au cœur et de l'ardeur au travail. Je m'asseyais alors avec ma bien-aimée dans l'ombre d'un grand sycomore. Les servantes avaient déployé sur l'herbe d'épais tapis et des coussins, et elles se plaçaient derrière Reshot avec son miroir, les onguents et les huiles parfumées, les parfums et les vins, et de grands éventails car la chaleur était épaisse et nul souffle n'agitait les feuilles des arbres. Je revenais ainsi aux jours insouciants de mon enfance, et une tristesse joyeuse me venait au cœur, car je songeais à tous ceux que j'avais aimés et qui n'étaient plus.

Parmi les paysans, beaucoup avaient partagé mes jeux d'enfance, et ils venaient se faire reconnaître; et ils conduisaient devant nous leurs enfants, qui avaient maintenant l'âge que nous avions alors. Reshot leur souriait et les caressait, et elle leur faisait de petits cadeaux. Ceux qui étaient tout petits, elle les prenait dans ses bras et les berçait, et je voyais qu'elle était triste de n'avoir pas d'enfant sorti de son sein, et ceci était aussi pour moi un sujet d'amertume, mais nous ne nous en faisions mutuellement aucun reproche, car c'est par la volonté des dieux que nous avons une belle postérité.

Ainsi passa l'époque des moissons, et on engrangea le blé après qu'on m'en eut fait admirer la beauté. J'ordonnai alors une belle fête pour cette nouvelle année qui débutait. On réunit tous les gens du domaine devant la maison, afin qu'ils eussent largement à boire et à manger, et ils dansèrent au son de la musique que firent les musiciennes de Reshot; et leurs femmes vinrent déposer devant nous des cadeaux, produits de leurs femmes : gâteaux, volailles, légumes et beaux fruits.

Lorsque l'eau du Nil commença à monter, je voulus emmener Reshot dans les marais pour tirer les poissons et chasser les oiseaux, comme j'avais tant aimé le faire du temps que j'étais enfant. Je laissai mes beaux habits et je ne ceignis mes reins que d'un pagne court. Reshot avait mis une robe légère et quelques bijoux. Je pris une lance fine, mais solide, et des bâtons de lancer, et nous sommes partis seuls; Reshot s'agenouilla sur la barque en papyrus que je poussai dans l'eau tiède qui tourbillonnait doucement. Je m'agenouillai derrière Reshot, et dirigeai l'embarcation avec la pagaie vers les hautes touffes de papyrus et de roseaux. Nos oreilles percevaient le bruit léger de l'eau contre les tiges des plantes, et les poissons qui sautaient faisaient bouillonner l'eau. Je dirigeai l'embarcation vers un épais fourré d'où s'élevaient des cris d'oiseaux comme d'une grande volière. Je laissai aller le bateau, et je posai la rame près de Reshot, qui ne bougeait pas. J'avais saisi mon bâton, et visai un grand oiseau au plumage bleu. Mon bras se détendit. Le bâton fendit l'air en sifflant comme un serpent, et frappa l'oiseau qui prenait son vol. Je poussai sur la pagaie, et l'esquif passa près de l'oiseau qui flottait près du bâton qui l'avait tué. Je les saisis, et je donnai l'oiseau à garder à Reshot. Je pris ainsi plusieurs oiseaux, et je conduisis ensuite l'embarcation plus loin pour tirer des poissons. Et je vis que ma main n'avait pas perdu de sa promptitude ni de sa précision. Et Reshot riait, et elle frappait dans ses mains en admirant mon adresse.

Le courant était rapide, et il nous entraînait vers le fleuve. Je poussais sur la pagaie pour aller contre le flot débordant. Soudain Reshot poussa un cri, et je vis qu'elle désignait un crocodile qui nageait vers nous. Je n'avais jamais vu de crocodile dans ces marais, mais il s'était sans doute égaré, entraîné par le flot montant. Je saisis le javelot, mais je ne savais comment frapper l'animal, car l'arme se serait brisée sur son dos, sans même qu'il sente le coup. Or la bête glissa le long de la barque, et il la renversa d'un puissant coup de queue. Je tentai de saisir l'esquif, mais les tiges de papyrus mouillées glissèrent entre mes doigts. Je vis que Reshot, qui avait appris à nager dans son enfance, se maintenait sur l'eau. Mais le crocodile était devant nous, et Reshot criait. Je serrai le javelot dans ma main et plongeai dans un vif coup de reins, comme les grands dauphins qu'on voit dans la mer pareille à la malachite. Le flot était opaque, et je craignis de ne pas distinguer l'animal. Je savais que j'étais entre lui et Reshot. Et j'allais remonter à la surface, lorsque je vis juste au-dessus de moi la gorge blanche de la bête, et je frappai un grand coup, de la pointe de bronze qui déchira la chair épaisse. Je ne lâchai pas l'arme, et remontai à la surface. Le crocodile, blessé, avait plongé sous l'eau dans un grand éclaboussement. Reshot criait toujours, car elle avait vu l'immense gueule de la bête ouverte devant elle pour la happer, et mon coup de lance l'avait sauvée.

Mais le crocodile revint, et il nagea vers moi : il avait reconnu celui qui l'avait blessé, et le dieu Sobek avait jeté dans son cœur une grande fureur. Il ouvrit encore la gueule. Je levai le javelot et le lançai de toute ma force; la gueule se referma avec le bruit d'une porte de bronze qui claque sur l'embrasure. Le crocodile bondit hors de l'eau, et il disparut dans un tourbillon, laissant un voile de sang.

Je nageai vers Reshot, qui luttait contre le courant; et elle resta dans mes bras sans plus bouger, comme si un grand sommeil l'avait saisie. Je la tins hors de l'eau et nageai vers un îlot couvert d'une épaisse végétation. Je pris pied dans la boue de la berge, et enlevai Reshot dans mes bras pour l'emporter vers l'intérieur de l'îlot. Je déposais ma bien-aimée sur de l'herbe, lorsque son âme vivante revint dans son corps, et elle ouvrit les yeux. Ele me vit et elle sourit et elle noua ses mains autour de ma nuque pour me presser contre son sein. Je lui ôtai sa robe et la déployai sur des têtes de papyrus, pour qu'elle fût exposée au soleil. Jamais ma bien-aimée ne m'avait paru si belle, sans doute parce que j'avais cru la perdre et que je l'avais reconquise par la force de mon bras. Son corps au milieu de la verdure était comme la flamme d'or, et elle brûlait mon cœur d'un désir pareil à celui qui possède Horus lorsqu'il voit la déesse aux belles boucles, a l'apparence radieuse. Je la serrai dans mes bras comme un délicieux adversaire, et ce fut un merveilleux combat que nos corps menèrent, et chacun fut un glorieux vainqueur. Et mon cœur aurait voulu rester ainsi entre les bras de mon aimée pour l'éternité.

Or voici. Reshot se souleva et dit :

— Merirê, j'ai entendu un bruit dans les fourrés.

— Quelque oiseau, sans doute, ai-je répondu.

Et je voulus la coucher de nouveau sur le lit d'herbe et humer le parfum de son corps. Mais elle me repoussa et reprit avec véhémence :

— Non, il y a quelqu'un... Je l'aperçois !

Je me relevai. Je vis les tiges de papyrus bouger, et quelque chose brilla. Je me couchai sur Reshot, que je jetai au sol brutalement; et une flèche vint se planter dans la terre, tout près de moi. Aussitôt, je bondis sur mes pieds et je courus vers le buisson, mais un nouveau trait vint se planter dans ma poitrine, près de mon épaule droite. J'éprouvai une douleur terrible et je sentis que je ne pouvais plus bouger mon bras. Un homme sortit des fourrés, et il dirigeait sa lance vers moi. Ses yeux étaient sur moi, pareils à ceux de Seth lorsqu'il vit Horus avant le grand combat. Alors je reconnus que c'était Paser, le petit-fils du grand prêtre d'Amon, Rouï. Je restai immobile. J'étais sans arme, avec un bras inutile, et la douleur était insupportable. Je portai ma main contre mon épaule, et je vis que le sang coulait lentement.

— Merirê, dit ce Paser, enfin je tiens ma vengeance. Voici : mon cœur n'a pas oublié les violences d'Ikerhor. Ta fuite t'a sauvé de ma haine, et maintenant, tu as tué mon grand-père Rouï. Sache que son âme vivante est venue chaque nuit me visiter pour crier vengeance et réclamer ton sang. Et le prêtre Paser a appris pendant des mois à tirer à l'arc et à manier le javelot, et il a suivi Merirê jusqu'au fond des marais du nord, guettant le moment favorable à l'exécution de son dessein. Or Amon qui me protège a permis que je te trouve ici, avec ton épouse chérie. J'ai promis au roi des dieux une belle bête du désert, mais il en aura deux, une pour toi et une pour ton aimée. Ah ! que n'ai-je la force de te lier afin que tes yeux voient l'humiliation et la souffrance de celle que ton cœur aime ! Avant d'aller rejoindre ton âme vivante, sache qu'il en sera ainsi.

Je ne daignai pas lui répondre, car mon cœur le méprisait extrêmement. Mon immobilité et mon silence faisaient gonfler son cœur de colère, et c'était ce que je voulais. Il prenait plaisir à me dire tout le mal qu'il ferait à Reshot avant de jeter nos corps dans le Nil. Et je souriais comme si j'écoutais un homme pris de vin. Je voulus alors lui donner l'occasion qu'il attendait de me frapper. Je tournai la tête vers Reshot, qui restait sur l'herbe sans oser bouger, et son visage était très pâle. Mais je voyais Paser. Il leva son bras et frappa avec sa lance. Reshot poussa un cri. J'avais sauté de côté, et ma main gauche saisit le javelot, qui glissa près de ma hanche. En même temps, j'avais porté mon pied en avant. Entraîné par l'arme, que je tirai d'un coup violent, Paser trébucha sur mon pied et tomba sur le ventre. L'insensé ! Il avait lâché le javelot, qui était resté dans ma main; et je le poussai de tout le poids de mon corps, sans le retourner, et le bronze pénétra profondément dans les reins de Paser. Il poussa un hurlement, comme une hyène blessée, et un long frisson traversa son corps, qui se cambra violemment avant de retomber sans mouvement dans l'herbe. Certes, j'avais peu de gloire à tuer ainsi ce prêtre, qui se croyait devenu un guerrier en quelques mois, mais je ne pouvais agir différemment; et ses paroles impies avaient allumé une telle colère dans mon cœur que je n'en eus aucun regret.

Reshot s'était levée, et elle se jeta dans mes bras. Elle se mit à pleurer abondamment, comme les deux déesses devant le corps d'Osiris. Puis elle frotta ses yeux avec sa main et courut chercher sa robe. Elle en déchira le bas tandis que j'arrachais la flèche, lentement, pour ne pas en briser le bois. Je laissai couler le sang, et Reshot me fit un pansement avec l'étoffe de sa robe. Elle revêtit ce qui en restait, et je déclarai :

— Ce serpent a dû venir avec une barque. Allons la chercher.

Je trouvai son esquif tiré sur la berge, et je le poussai à l'eau, tandis que Reshot s'installait au milieu. Je lavai ensuite mon bras et mon corps tachés par mon propre sang, et je vis que le sang continuait de couler de la plaie, qui me faisait terriblement souffrir. Je ne pouvais pagayer avec un seul bras, mais la rame me servit à gouverner la barque vers la rive du fleuve. Cependant le courant nous entraînait toujours plus loin, et nous parvînmes à aborder à une très grande distance du domaine.

Lorsque je mis le pied sur la terre, je chancelai; et Reshot dut me soutenir. « Jamais je ne trouverai la force de rentrer jusqu'à notre demeure. Et pourtant il le faut ! » dis-je en mon cœur en serrant les dents. Mais je sentais le souffle de vie quitter lentement mon corps avec le sang qui ruisselait de ma blessure. Je songeai qu'il faudrait peut-être chercher une maison de paysans ou de pêcheurs. Mais nous étions isolés et le soleil était bas sur l'horizon occidental. Je sentais mon corps peser plus lourdement à chaque pas sur l'épaule de Reshot, et nous n'avancions que très lentement. Je lui dis :

— Laisse-moi là et va chercher du secours, et cours avant que je ne me sois vidé de tout mon sang.

Elle hésita, mais je me laissai glisser sur le sol, et je lui dis encore :

— Va vite, mais donne-moi un baiser avant de me quitter.

Elle pencha sur moi son visage ruisselant de larmes et s'éloigna en courant, et je sentis mon âme descendre sur ma main et tomber dans un profond trou noir, comme si je plongeais dans un grand sommeil.

Je sus plus tard qu'à peu de distance Reshot rencontra des guerriers en char, qui étaient partis à notre recherche, car on s'inquiétait de notre absence prolongée. J'avais perdu énormément de sang et, les démons de la fièvre s'étant emparés de mon corps, je prononçai des paroles insensées, et l'on crut un moment que les démons emporteraient mon âme vivante. Mais je triomphai aussi de ces démons avec l'aide d'Amon, et recouvrai ma lucidité. Je vis près de moi Reshot qui était assise, son visage pâli. Elle sourit en voyant que j'ouvrais les yeux. Cependant une telle faiblesse était entrée en moi que j'étais comme un petit enfant, et que je ne trouvais la force d'ouvrir la bouche que pour prononcer le nom de ma bien-aimée.

Avec les jours, mes forces reprenaient lentement possession

de mes membres. Et ce fut sans doute la présence de Reshot et la vue de ses beaux yeux clairs qui me rendirent à la vie. Elle voulait que personne ne vînt auprès de moi, car elle craignait que quelque chose pût attrister mon âme et retarder ma guérison. Elle ne laissait approcher que Sharkan, afin qu'il me rasât, et les musiciennes et les danseuses pour distraire mon cœur; mais je lui disais que la plus merveilleuse distraction pour mon cœur était la vue de sa beauté.

Je restai plus de deux mois couché, et ensuite assis dans la chambre. Et ce ne fut que lorsque je pus sortir, ayant retrouvé toute ma force, qu'elle laissa venir près de moi mes officiers et mes scribes. La première nouvelle qui vint à mes oreilles fut celle de la mort de Sethnakht. Il était allé vers la montagne occidentale, et un messager en avait averti mes officiers quelques jours après que j'eus reçu ma blessure. Reshot n'avait pas voulu qu'on me le fît savoir, car je venais à peine de me réveiller de mon long somme, et elle craignait que je voulusse rentrer à Thèbes et que ce retour ne me fût fatal. Ramsès était monté à la place de son père sur le trône d'Horus. Or il n'avait envoyé personne auprès de moi pour m'avertir. Et personne n'était venu s'informer de ma santé. J'en ressentis une vive blessure dans la poitrine.

Le déblaiement du canal avait été accompli, et Ebimoutef, qui était rentré de Syrie avec sa flotte, avait pu l'utiliser pour passer dans la mer de Qodi. Toutefois, les gros bateaux ne pouvaient y naviguer que lors de la crue du Nil, l'eau étant insuffisante lorsque le fleuve avait retrouvé son niveau normal. Je décidai qu'on creuserait plus profondément le canal lors de la plus basse descente des eaux. Le bois était sans doute arrivé au port de Sâou avec la flotte, mais on n'en avait aucune nouvelle. Toutefois, Ebimoutef avait établi un rapport qui fut dans mon cœur comme le fiel sur la langue. Il m'y faisait savoir que les rois syriens l'avaient reçu avec insolence. Ils avaient raillé la puissance du roi, et ils avaient voulu vendre le bois au plus haut prix. Et, pour l'obtenir, Ebimoutef avait dû se défaire de tout l'or et de tous les objets précieux dont il disposait, jusqu'à un beau collier d'or et de pierres fines que je lui avais donné. Et il ajoutait que les bandes des Peuples de la Mer étaient de plus en plus nombreuses en Syrie, et insolentes. En rentrant, il avait été attaqué par les pirates Thekker, malgré la force de sa flotte, et ceux-ci lui avaient détruit deux vaisseaux.

— Voici de l'ouvrage pour le nouveau roi ! déclarai-je avec un sourire de satisfaction.

Je donnai ensuite l'ordre du retour à Thèbes.

Quant à Paser, Reshot avait raconté à Antanour ce qui s'était passé. Elle avait ordonné qu'on le recherchât. Mais on ne trouva pas son corps, car le flot avait monté et avait complètement recouvert l'îlot.

Lorsque je fus à Thèbes, je revins m'installer dans mon palais, mais je ne voulus pas aller, le premier, rendre visite à Ramsès. Et, de son côté, il songeait qu'il n'appartenait pas au roi d'aller voir un sujet, aussi haut placé pût-il être, lorsque celui-ci revenait de voyage.

Pendant dix jours, je fus occupé à recevoir les rapports de mes officiers et celui d'Ebimoutef, qui me fit un récit détaillé de son voyage et des événements de Syrie. Dans la mer de Qodi, il avait ausi dû repousser à plusieurs reprises des attaques de pirates des côtes du To Noutir et du pays de Seïr.

Reshot me dit au bout de ce temps :

— N'iras-tu donc jamais, ô Merirê, l'aimé de mon cœur, devant ton frère Ramsès ?

— Reshot, ma bien-aimée, lui répondis-je, mon âme se refuse à aller dans le palais où je devrais m'incliner devant le roi, aux yeux de tous les courtisans. Ils sont tous à attendre ce que je vais faire. Or mon cœur est blessé. Ramsès a profité de mon absence pour se faire donner la double couronne sans m'en aviser.

— Peux-tu trouver à redire à cela ? Lorsque son père s'est emparé du trône des Deux Terres, il est venu te voir, et, par ses paroles, il a poussé ton cœur à le jeter à bas du trône, et tu n'as pas voulu. Il est ensuite apparu comme le prince héritier, et tu n'y as fait aucune objection. Regrettes-tu maintenant ton attitude ?

— Certes pas, répliquai-je. Mais il ne doit pas oublier que c'est de moi qu'il tient la double couronne.

— Sans doute ne l'a-t-il pas oublié.

— Alors qu'il vienne ici, devant moi.

— Merirê, tu sais qu'il ne peut le faire, sinon tous les courtisans riraient en secret de lui. Tu lui as permis d'être le roi; considère-le comme tel.

— Reshot, soupirai-je, tes paroles sont justes et dictées par Thot. Mais que diront aussi les courtisans s'ils me voient venir adorer le roi ?

Reshot ne répondit pas, et elle fit préparer son palanquin pour aller chez son père, qui était toujours le vizir du sud. Elle resta absente pendant tout le reste du jour, car elle était allée au grand palais avec son père. Elle y avait rencontré Iset, et elles avaient parlé ensemble de leurs époux très aimés. Lorsqu'elle revint vers moi, elle me dit :

— Vois, mon aimé, Ramsès va sans doute aller après-demain à la chasse dans le désert oriental. Il y a bien longtemps que tu n'as pas chassé. Ne crois-tu pas en ton cœur qu'il serait beau d'éprouver la valeur de ton bras ? Ce serait un grand malheur si ta blessure l'avait affaibli !

Je souris de la ruse de Reshot, et appelai Zateri pour lui ordonner de préparer une chasse pour le surlendemain.

Je partis pour cette chasse avec mes officiers et une trentaine de chars. Reshot voulut venir sur un char léger, et je la confiai à Nekhet et à une escorte de dix chars, dont trois portaient chacun une de ses suivantes. Les chariots venaient loin derrière, avec les cages et les hommes de pied.

J'abattis un grand nombre de pièces de gibier; la barque du soleil glissait vers l'occident, et nous n'avions pas aperçu la chasse royale. Je vins vers Reshot et je lui dis :

— Vois, ma grande aimée, mon cœur obéit à la voix de celle qu'il aime, contrairement à celui de Ramsès. Sans doute Iset n'a-t-elle su le convaincre d'aller à la chasse.

Reshot soupira et répondit :

— La journée n'est pas terminée, et peut-être Ramsès a-t-il eu quelque empêchement. C'est une lourde tâche que celle du roi !

Je lui donnai un baiser et je souris. Elle avait baissé la tête, car elle craignait d'avoir agi en vain. Et je vis sa tristesse. Je soulevai son visage par le menton. Elle sourit et dit encore :

— Je vois que ton bras n'a rien perdu de sa vigueur ni de sa rapidité.

Je fouettai mes chevaux et m'éloignai d'elle. Or j'avais vu au loin de grands troupeaux de bubales et je poussai mon char dans leur direction, lorsque mes yeux aperçurent un groupe de chars qui arrivait en sens inverse; et l'un d'eux se détacha, car ils chargeaient vers le troupeau. Les bêtes prirent la fuite vers le désert, mais le char de Ramsès, car je pensais que ce ne pouvait être que lui, arriva le premier sur eux.

Je vis soudain qu'abandonnant la poursuite Ramsès avait poussé son char vers des hauteurs rocheuses toutes voisines. Et, lorsque je m'approchai, je compris pourquoi Ramsès avait abandonné une poursuite peu digne de lui. Il y avait là des tanières de lions qui s'étaient établis dans des creux de rochers. Ramsès avait frappé les premières bêtes avec ses flèches, et il descendit de son char, car les chevaux ne pouvaient plus avancer dans un terrain trop accidenté. Mais il n'avait pas vu qu'il y avait là plusieurs familles de lions, et il ne disposait que de deux javelots pour lutter contre plusieurs bêtes; les chevaux, effrayés, s'était éloignés. Ramsès lança un javelot et il blessa un lion, qui chercha encore à bondir sur lui, et il le reçut sur la pointe de l'autre javelot. La bête tomba, mais l'arme se brisa, et Ramsès n'avait plus en main qu'un tronçon de bois. Il tira son épée courbe, l'arme royale que je lui avait offerte. J'avais saisi mon arc, et je frappai une lionne au moment où elle bondissait. J'eus à peine le temps de reposer mon arc, et je saisis trois javelots. J'étais derrière Ramsès, et je lançai le dard contre un autre fauve; et il tomba, car la pointe de bronze avait glissé sous la nuque et avait pénétré jusqu'au cœur. Je sautai du char en pleine course, et je n'étais pas tombé sur mes pieds qu'un nouveau javelot jaillissait de ma main contre un lion qui bondissait vers moi. Et, pendant ce temps, Ramsès avait repoussé avec son morceau de lance l'attaque d'un lion, le dernier de la troupe. Mais il était revenu à l'attaque, et il renversa Ramsès. Je plantai ma dernière lance dans le flanc de la bête, avec une telle force que le cœur fut percé et que le bois se rompit. Le lion poussa un rugissement et tomba mort sur Ramsès, sans un soubresaut. Tout ceci avait été si rapide que le lion n'avait même pas eu le temps de blesser Ramsès. Je saisis la bête par deux pattes et la retournai pour libérer le roi. Il se releva et sourit.

— Merirê, dit-il alors, Amon te placera toujours sur le chemin des autres pour leur conserver le souffle de vie.

Les chars de sa suite venaient de s'arrêter près de nous, et mes chars étaient derrière eux.

Ramsès ouvrit les bras, et il s'écria avec un sourire :

— Embrassons-nous, mon frère aimé !

Iset avait suivi son époux, mais elle était venue sur une chaise, car elle portait un enfant dans son sein depuis plusieurs mois déjà. Reshot nous rejoignit sur son char. Elle en descendit pour venir vers Ramsès, qui sauta au bas de son char, et il lui prit les mains pour l'empêcher de s'incliner devant lui. Il ne l'avait pas vue lorsqu'elle était allée au palais pour s'entretenir avec Iset, et il se tourna vers moi et il dit :

— Merirê, tu es sous la protection d'Amon et sous celle d'Hathor. Sans doute, à mes yeux Iset est la plus belle femme d'Égypte, mais en vérité notre sœur Reshot c'est Hathor elle-même; et sa beauté est le plus beau spectacle qu'il nous soit donné de voir sous le soleil.

Reshot rougit en entendant ces paroles, et Iset déclara :

— Ramsès, mon seigneur très aimé, si tu avais dit cela à propos d'une autre femme, je l'aurais haïe; mais tu as parlé de Reshot, et tes paroles expriment une vérité que nous voyons tous, et dont nulle femme ne peut être jalouse. Et je suis heureuse en mon cœur qu'elle soit mon amie, la seule que je puisse considérer comme telle.

Ces paroles remplirent mon cœur de fierté, et je vis que Reshot baissait les yeux sans répondre. Et sa confusion la rendait plus belle encore à mes yeux. Nous sommes remontés sur nos chars, et nous sommes rentrés tous à mon palais, pour célébrer notre réunion dans une belle fête. C'est ce soir-là que Ramsès me fit savoir que, durant mon absence, Tiy lui avait donné un fils appelé Pentaour.

Ramsès et Iset passèrent la nuit dans notre palais, et ils ne rentrèrent que dans la journée du lendemain, car je voulais que le roi entendît le rapport d'Ebimoutef pour ce qui était de son voyage. J'allai pendant plusieurs jours de suite au grand palais, et j'eus de longs entretiens avec Ramsès, afin que nous missions nos cœurs en accord en ce qui concernait le gouvernement de l'Égypte.

Et je disais à Ramsès :

— Il nous faut des vaisseaux, toujours plus de vaisseaux, afin que nulle flotte ne puisse être comparée de celle de Sa Majesté. Or, pour cela, on doit aller chercher du bois au pays de Kharou. Ainsi, je donnerai un conseil à mon frère. Certes, pour les soldats que j'ai formés, si ton père Sethnakht était venu devant moi et m'avait dit : « Merirê, donne-moi ces soldats, car j'en ai besoin pour combattre mes ennemis », je ne les lui aurais pas donnés. Mais toi, prends un grand nombre de ces soldats, et donnes-en d'autres à mes officiers, afin qu'on modèle leur cœur à la discipline militaire et qu'on affirme leurs bras dans les exercices de la guerre. Et, avec ces bons soldats, va vers la Syrie et fais-y craindre le nom de Ta Majesté. Alors, ce bois dont nous avons besoin, il nous sera donné comme tribut, avec bien d'autres trésors.

Un long soupir souleva la poitrine de Ramsès, et il répondit :

— Merirê, ton cœur est sans mémoire ! As-tu déjà oublié ce temps où tu voulais alors t'asseoir sur ce trône des Deux Terres, où par la volonté d'Amon et par ta propre volonté c'est moi qui suis installé ? Or tu me disais alors : « Ramsès, mon frère, quand j'aurai reçu la double couronne, moi je serai à la tête de mes armées pour soumettre l'univers à mon bras, et toi tu régneras sur l'Égypte; tu l'embelliras de nouveaux monuments, plus encore que n'en a construit mon ancêtre Ousirmarê; et tu rendras la joie au cœur du peuple de la Terre Noire. » Or qu'y a-t-il de changé ? N'es-tu pas le roi autant que moi, bien que ce soit moi qui porte la double couronne ? Pourquoi ne vas-tu pas porter la gloire de ton nom chez le vil Asiatique ?

— Cela ne serait pas bon. C'est le roi lui-même qui doit apparaître aux yeux des ennemis. Car on méprise les rois qui craignent la bataille et envoient leurs généraux. Or, toi, tu n'es certes pas un roi méprisable. Il est mauvais encore de laisser une telle gloire à un général, serait-il le frère par le cœur et le plus grand ami du roi, comme on le voit entre nous. Car les armées s'attachent au général victorieux, et elles ne respectent plus le vrai roi; et souvent, même contre sa volonté, le général est contraint de renverser le roi et de prendre sa place. Ramsès, crois en ma parole inspirée par Thot. La guerre est l'une des lourdes charges d'un roi. Car, pour moi, je te demande ceci : fais de moi le premier prophète d'Amon.

Ramsès me regarda avec surprise et dit :

— Mais c'est le fils aîné de Rouï qui est le premier prophète d'Amon !

— C'est pourquoi je veux sa place. Tu as vu que son neveu Paser a tenté de m'assassiner, et son père et son oncle ne rêvent qu'à leur vengeance. Or Rouï et sa famille ont été mes ennemis, et ils ne sont pas tes amis. Et voici que le grand prêtre d'Amon est plus puissant que le vizir ! Sa puissance menace le roi, car les domaines du dieu sont immenses, et les serviteurs du dieu sont innombrables. Et le premier prophète d'Amon étend sa juridiction sur le clergé de Ptah, à Memphis, et sur celui de Rê, à Héliopolis. C'est Rouï qui a fait de Sethnakht un souverain des Deux Terres. Et un jour ce sera un autre premier prophète d'Amon qui placera sur le trône d'Horus un prince de son choix, à moins qu'il ne s'y installe lui-même. J'ai vécu pendant trois années dans le temple d'Amon, et j'y ai appris bien des choses. Déclare donc que c'est moi qui vais être le premier prophète d'Amon.

— Mais que vais-je faire de celui qui occupe cette fonction ?

Je le regardai, car j'avais préparé un projet dans mon cœur depuis déjà longtemps — alors que Sethnakht régnait encore. Je lui dis alors :

— Voici : tu sais qu'un homme, nommé Hézès, a tenté de m'assassiner, alors que je revenais de Byblos, pour monter sur le trône d'Horus. Or cet Hézès, Amon a voulu qu'il fût recueilli sur notre vaisseau et qu'il rentrât dans la Terre Chérie avec Ebimoutef. Or mon directeur des navires a retrouvé Hézès, et il l'a emmené parmi la foule vers le temple d'Amon. Et Hézès a affirmé que le prêtre qui l'avait conduit dans le temple est bien le fils de Rouï, qui est maintenant le premier prophète. J'étais alors comme le souverain des Deux Terres : quel est le châtiment d'un tel crime ?

Ramsès me regarda et demanda :

— Veux-tu qu'il passe en jugement ?

— Ramsès, vois le mal que m'ont fait les gens de cette famille. En d'autres temps, pour un seul de leurs crimes, c'eût été la destruction de tous ses membres par ma main qu'ils auraient encourue. Mais Reshot m'a appris à pardonner et à aimer davantage la paix que la guerre, les chants d'amour que les cris des combattants, la douceur que la violence. Je veux seulement qu'il soit envoyé comme prêtre d'Amon en Nubie, où il sera loin de Thèbes, et où Sethmès saura le surveiller. Son frère sera placé dans un temple du nord. Cependant, je veux auparavant leur parler et les confondre. Donc, décrète que je serai le premier prophète d'Amon; et crois que je saurai m'imposer aux prêtres.

— Pour cela, je n'en doute point, répondit Ramsès. Je vais tout de suite faire préparer le décret de ta nomination, qui prendra vigueur dès qu'il te plaira.

Je me levai, et je répondis :

— Dès demain, Ramsès. Je n'aime pas attendre.

## XXIX

## LA GRANDE PRÊTRISE D'AMON

Ramsès fit venir dans son palais les deux fils de Rouï, qui étaient le premier et le second prophète d'Amon. Ils s'inclinèrent devant le roi et il les amena dans une pièce où je me trouvais, assis sur un siège. Ils restèrent debout devant moi, et leurs lèvres ne laissèrent passer aucune parole. Je dis alors :

— Votre père Rouï s'est dressé contre moi à plusieurs reprises, et mon bras lui a infligé une juste punition de son crime. Mais il reste encore une dette entre nous : vous avez armé la main d'un homme pour qu'il m'assassine, alors que j'étais considéré comme le roi; et ceci est un crime très grand. Et, encore tout récemment, Paser, votre fils et neveu, a tenté de m'assassiner. Certes, ce sont toujours des actes de lâches au cœur de hyène. On arme un soldat, et Paser m'assaille par surprise, alors que j'étais désarmé. Mais vous avez trop sous-estimé la puissance de Merirê. Qu'avez-vous à répondre à ces accusations ?

Le père de Paser répondit :

— Je ne sais ce que tu veux dire à propos de mon fils.

— Je ne crois pas à ton ignorance, ni à celle de ton frère. Paser s'est vanté de s'être exercé pendant des mois au tir à l'arc et au maniement du javelot. Cela serait-il passé inaperçu aux yeux de ses parents ? Où s'exerçait-il ? Dans le temple d'Amon ? Chez l'un de vous deux ? Peu importe ! Sans doute vas-tu oser répondre que Paser est toujours au temple d'Amon ?

— Non, il a disparu depuis près de quatre mois, avoua son père.

— Et ton âme n'en trouve aucune inquiétude ? demandai-je. Et tu n'en as rien dit à sa Majesté ?

Il baissa les yeux sans répondre. Je me tournai vers son frère.

— Et toi, connais-tu cet homme ?

J'avais frappé mes mains l'une contre l'autre, et un garde introduisit Hézès. Le grand prêtre le regarda et nia l'avoir jamais vu. Je me tournai vers Hézès.

— Toi, connais-tu cet homme ?

— Je le connais, seigneur, déclara-t-il.

— Raconte devant Sa Majesté à quelle occasion tu l'as rencontré.

Hézès répéta ce qu'il m'avait avoué sur le bateau, lorsque je l'avais interrogé après sa tentative d'assassinat. Le grand prêtre ne disait rien, mais son visage était très pâle.

— Cet homme est commis par toi pour forger ce mensonge ! s'écria-t-il lorsque Hézès eut cessé de parler.

Ramsès, qui s'était assis à côté de moi, dit alors :

— Sache que Merirê n'a pas besoin de t'accuser de crimes que tu n'aurais pas commis. La seule attitude de Rouï envers lui justifiait une vengeance envers vous, que nul n'aurait pu l'empêcher d'exercer. Vois, tous vos crimes mériteraient le plus terrible des châtiments. J'ai laissé à Merirê le soin de décider de votre sort. Et son cœur a été magnanime. Toi, tu ne peux plus être le premier prophète d'Amon, car je ne veux pas à de tels postes des ennemis de Merirê et de Ma Majesté. Merirê a décidé que tu serais prêtre d'Amon dans un sanctuaire du dieu en Nubie; et ton frère sera envoyé comme prêtre dans un sanctuaire du nord. Ma Majesté vous désignera vos postes lorsque vous arriverez là-bas. Et il est décidé que vous vous mettrez en route dès demain. Et sachez que, si quelqu'un tentait d'assassiner encore une fois mon frère Merirê, je vous tiendrais pour coupables, et mon cœur ignorerait le pardon. Ma Majesté a parlé.

Les deux prêtres se retirèrent, et nulle parole ne sortit de leur bouche.

Le lendemain, je me rendis au grand cortège au temple

d'Amon, et Ramsès m'intronisa dans ma nouvelle fonction. Tous les prêtres du clergé supérieur vinrent me rendre hommage, et je reconnus parmi eux plusieurs des jeunes garçons qui avaient été mes compagnons d'étude, et qui étaient devenus des hommes. Tous les grands fonctionnaires du temple, directeur des troupeaux, directeur des greniers, directeurs des champs cultivés, directeur du trésor, premier architecte, scribe en chef, scribe de l'autel, tous vinrent devant moi, et aussi les fonctionnaires de moindre rang. Et Hemamon, le directeur des scribes, vint se prosterner devant moi. Mais je ne voyais pas Ramsèsnakht, celui qui avait été mon ami, et qui m'avait permis de fuir de ma prison. Or j'étais assis auprès de Ramsès, dans la grande cour du temple, sous un large dais, Chacun se demandait en son cœur qui allait prendre la place du deuxième prophète d'Amon, car on savait que les deux frères avaient été destitués pour m'avoir déplu, disait-on. Or ce fut Hemamon lui-même qui vint devant Ramsès pour lui rappeler qu'il fallait désigner un deuxième prophète. Ramsès se tourna alors vers moi et dit :

— Merirê, premier prophète d'Amon, qui désignes-tu pour occuper ce haut poste ?

Je regardai Hemamon, et je lui dis :

— Je veux qu'on mène devant moi Ramsèsnakht, qui fut prêtre pur.

— Seigneur, dit Hemamon en s'inclinant, ce Ramsèsnakht est toujours prêtre pur, et le troisième prophète d'Amon l'a désigné avec ceux qui sont restés au temple de Mout. J'ordonnai qu'on allât le quérir, et je demandai à Hemamon :

— Comment se fait-il que Ramsèsnakht, qui avait reçu d'Amon-Rê et de Thot les dons de l'esprit et du savoir, puisse être encore prêtre pur ?

Hemamon baissa les yeux et dit :

— Sans doute le bon père Rouï et son successeur ne l'ont-ils pas jugé digne de devenir père divin.

— Sans doute, répliquai-je, Rouï et son fils ont-ils puni Ramsèsnakht d'avoir été l'ami d'Ikerhor.

J'avais dit cela d'une voix forte, et on voyait la colère de mon cœur. Je me levai et m'écriai :

— Je crois n'être un inconnu pour aucun de vous. Vous savez ce qu'il en a coûté à ce Rouï d'avoir encouru ma colère, et ma patience fut longue, car je ne veux pas que vous puissiez ignorer que ce Rouï et ses fils ont par deux fois tenté de faire assassiner Merirê, fils du Dieu Grand Baenrê. Sa Majesté voulait en son cœur punir les fils de Rouï pour leurs crimes, mais Amon a parlé à mon âme, et j'ai prié Sa Majesté de leur pardonner, et je n'ai voulu que les éloigner pour les empêcher de nuire. Que ceci soit un exemple pour ceux qui songeraient à me déplaire. Vous avez méprisé Ramsèsnakht parce qu'il vous dominait par l'intelligence qu'Amon a déposée dans son âme, et il a été persécuté pour avoir été l'ami d'Ikerhor. Mais Amon-Rê, le roi des dieux, n'est pas aveugle, comme veulent le croire les impies; et il sait reconnaître ceux qu'il a éprouvés. Et voici : ce sera Ramsèsnakht le deuxième prophète d'Amon, désigné par ma langue.

Ramsèsnakht parut devant moi, et il s'agenouilla et frappa son front contre le sol. Mais je me levai de mon siège, je le relevai et lui demandai :

— Ramsèsnakht, me reconnais-tu ?

— Seigneur, mon père, n'es-tu pas Merirê, le fils du Dieu Grand Baenrê, celui qui a délivré la terre d'Osiris de l'impie qui était en abomination à tous les dieux ? Celui qui a permis à Sethnakht de monter sur le trône d'Horus qui te revenait, afin que les enfants de Terre Noire ne se déchirassent pas comme se sont déchirés ceux de Seth et ceux d'Horus ? N'es-tu pas encore celui que Sa Majesté Ousirmarê a désigné pour être le premier prophète d'Amon et pour diriger le clergé de tous les dieux de l'Égypte ?

Il cessa de parler, et je lui demandai à nouveau :

— Mais pour Ramsèsnakht, ne suis-je pas encore autre chose, mieux que tout cela ?

Il me regarda et dit :

— Depuis que je suis dans le temple d'Amon-Rê, le roi des dieux, j'ai eu un ami que mon cœur a aimé. Il s'est battu pour moi, et on l'a mis en prison. Et je l'ai délivré de sa prison et je lui ai donné tout mon bien, deux poignards de bronze, inutiles entre les mains d'un prêtre.

Je lui dis alors :

— L'un de ces poignards, je l'ai placé précieusement dans ma demeure, et l'autre m'a servi à châtier le soldat infâme qui a assassiné celui qui était comme mon père, Nebkahor le justifié. Mais Ramsèsnakht m'aime-t-il toujours dans son cœur ?

Il me regarda encore et dit :

— Quand on n'a eu qu'un seul ami et qu'on l'a tant estimé dans son âme, est-il possible de l'oublier ? Peut-être est-ce lui qui m'a oublié ?

— Ramsèsnakht, serais-tu ici maintenant devant moi si mon âme avait pu oublier son ami ? Amon a parlé dans mon cœur; et c'est toi qui vas prendre la charge de deuxième prophète d'Amon. Ce sera une lourde charge, car ce sera lui qui aura devant moi toute la responsabilité du clergé de l'Égypte, et mon désir est qu'il fasse régner l'équité de Rê dans le cœur des prêtres et parmi les sujets. Acceptes-tu de prendre cette charge sur tes épaules ?

— Si mon bon père Merirê m'en juge digne, son serviteur et son ami Ramsèsnakht appliquera tout ce qu'il a de meilleur dans son cœur pour ne pas démériter, avec la faveur d'Amon-Rê, le roi des dieux.

Ainsi retrouvai-je Ramsèsnakht et en fis-je le second prophète d'Amon.

Tous les mois qui suivirent, je les consacrai à ma nouvelle fonction. En compagnie de Ramsèsnakht, je voulus voir tous les comptes de la gestion des biens du temple, et j'inspectai le trésor et les terres qui sont dans les environs de Thèbes. Je disais à Ramsèsnakht que je connaissais la probité de son cœur et que je voulais que les paysans et les artisans travaillant pour les temples pussent venir devant lui et recevoir ce qu'il était juste qu'il leur revînt... Je voulais que les exactions, les injustices, fussent sévèrement punies. J'avais saisi les biens de Rouï et de ses fils, et je donnai à Ramsèsnakht leur belle demeure, qui était situé près du temple.

J'emmenai mon épouse aimée avec moi, et je descendis le Nil une nouvelle fois jusqu'à Heliopolis. Ramsèsnakht m'accompagnait avec des scribes du temple et quelques-uns de mes officiers. Et j'inspectai tous les domaines des temples, et les temples eux-mêmes qui étaient sur notre route. Je m'arrêtai plus longtemps à Memphis, où le grand prêtre du temple Ptah vint me rendre hommage.

Or j'étais à Héliopolis lorsqu'on m'annonça l'arrivée de Ramsès à la tête d'une armée. Il était venu par le Nil, suivi d'une flotte qui portait les fantassins. Il fut devant moi et me dit :

— Vois, Merirê : je suis contraint de partir en guerre, on m'annonce que deux bandes de ces vaincus de la Mer descendent de Syrie, et qu'ils approchent de Gaza. Cette place forte est toujours indépendante, avec un gouverneur égyptien. Il convient que j'aille remettre de l'ordre dans tout ce désordre. Kashta m'a donné la moitié de tes chars et de tes hommes de pied, et j'ai doublé leur nombre avec les forces dont je disposais à Thèbes. Ptahemheb, que j'ai rencontré à Memphis, a envoyé en outre quinze mille soldats vers le pont de Zel, où ils attendent mon arrivée. Ainsi disposé-je d'une bonne troupe. J'ai laissé mon aimée Iset à Thèbes. Et sache qu'Amon m'a dans sa faveur, car ma grande épouse m'a donné un fils que j'ai appelé Ramsès Merirê. Tu vas rentrer sans doute dans la grande ville du sud; et je laisse entre tes mains mon épouse et mon fils. Je sais que Reshot viendra souvent auprès d'elle, ou encore elle la recevra dans votre belle demeure, car elles s'aiment toutes deux, et je ne veux pas que le cœur d'Iset ressente l'ennui.

Je serrai Ramsès contre ma poitrine, et je lui dis :

— Mon frère aimé, que ton âme n'ait pas souci d'Iset. Elle est pour nous comme une sœur aimée, et elle aura toujours la compagnie de Reshot.

Ramsès parla ensuite ainsi :

— Le grand palais est peu agréable à mon âme, et je désire faire bâtir un beau palais où sera mon temple. J'ai choisi pour cela la hauteur de Djémé[1], où s'est manifesté Amon. J'ai demandé à Reshoutamon de désigner des architectes pour qu'il en trace les plans, et je voudrais qu'on commençât d'aller chercher les pierres dans les carrières. Je te laisse aussi le soin de veiller à ce que ces projets reçoivent une forme.

1. C'est là qu'a été construit le temple de Ramsès III, à l'emplacement de l'actuel Medimet Habou.

Je promis à Ramsès de ne pas négliger cette tâche. Nous avons passé ensemble encore un jour, et Ramsès est parti pour l'Asie, et nous sommes revenus vers Thèbes. Je laissai à Ramsèsnakht le soin de la gestion du clergé d'Amon, et j'utilisai une partie de ses richesses à de nombreux travaux. J'ordonnai qu'on construisît un temple de Ramsès dans l'enceinte du grand temple d'Amon; et j'envoyai chercher les pierres nécessaires à la construction du temple et du palais que Ramsès voulait se faire bâtir sur la colline de Djémé. Ainsi, mon activité fut grande en ce temps-là. Dès que je sortais des mains de Sharkan et de mes valets, je recevais mes officiers et mes scribes, et ensuite, je prenais mon char pour aller où je voulais porter mes yeux : au temple d'Amon, à Djémé, en d'autres lieux encore, et aussi au grand palais, où je retrouvais Reshot qui chaque jour allait visiter Iset et son enfant. On ne voyait pas Tiy, qui se tenait au fond du palais comme une araignée, car son cœur était possédé par la rage de la hyène parce qu'Iset avait donné un fils à Ramsès : ainsi, son fils Pentaour ne pourrait être roi.

Mais à la vue de l'enfant de Ramsès mon cœur s'attristait, car Amon continuait de ne pas vouloir me donner une postérité. Je voyais que le même sentiment occupait l'âme de Reshot. Mais nous n'en disions rien entre nous. Elle se plaisait à prendre l'enfant des mains de la nourrice ou de la berceuse, et elle le soignait et le lavait comme une bonne servante, et une grande joie illuminait alors ses yeux. Et c'était avec regret qu'elle le rendait à sa mère, qui souriait doucement. Le visage de Reshot devenait grave et triste lorsque je la ramenais avec moi vers notre palais, dans mon char.

Presque chaque soir nous avions des invités autour de nous, mais ce soir-là nous étions restés seuls. Les musiciennes avaient joué et chanté pour nous, et pour nous seuls avaient dansé les danseuses. Or celles-ci venaient de se retirer, et Reshot soupira et me demanda :

— Le cœur de mon seigneur est-il satisfait de la nouvelle danseuse ?

Je la regardai avec étonnement, car je n'avais pas remarqué qu'il y eût une nouvelle danseuse parmi les autres. En vérité, je ne regardais leurs danses qu'avec un esprit distrait.

— Aimée de mon cœur, répliquai-je, pardonne-moi, mais je n'ai pas remarqué de danseuse.

Elle sourit et reprit :

— C'est pourtant moi qui l'ai trouvée. Elle est de bonne race, mais le destin s'est acharné sur sa famille et elle est pauvre. L'épouse du premier prophète d'Amon officie dans le temple, et c'est là que je l'ai vue, pami les chanteuses du dieu. Comment a-t-elle pu passer inaperçue à tes regards, alors que dans le temple elle a la réputation d'être une des plus belles adolescentes de Thèbes, et que sa danse est si gracieuse qu'elle ne peut que réjouir le dieu dans son cœur ?

— Il est mal, répondis-je, de prendre au dieu une de ses danseuses.

— Il ne s'en offensera pas, répondit Reshot en riant, puisque tu es son prêtre aimé et qu'elle continue de danser dans le temple, bien que je l'aie attachée à ta maison.

Elle soupira et reprit avec une moue d'enfant :

— Il est dommage que tu ne l'aies pas remarquée, car elle est vraiment très belle.

— Si je ne l'ai pas remarquée, répondis-je, c'est que ta beauté est telle que même les plus belles passent inaperçues auprès de toi.

Elle sourit et me donna des caresses de sa main douce. Elle dit enfin dans un long soupir :

— Je l'ai conduite ici, car si tu veux la prendre comme seconde épouse je ne m'en plaindrai pas.

Je me mis à rire et m'écriai :

— Par Hathor ! Pourquoi prendrais-je une seconde épouse ? Je ne veux qu'une épouse, qui remplisse complètement la largeur de ma poitrine ! Quel plaisir trouverais-je auprès d'une autre femme après avoir connu ton amour ? Ton amour faiblirait-il, pour que tu acceptes de me partager avec une autre ?

— Oh non ! s'écria-t-elle avec véhémence, en portant sa main sur son sein.

Elle baissa ses paupières, et elle reprit à voix basse :

— Peut-être te donnera-t-elle un enfant.

Je vis des larmes tomber sur le coussin, car elle tentait de me cacher son trouble. Je la saisis dans mes bras et je dis :

— Mon aimée, que m'importe d'avoir des enfants s'ils ne me viennent pas de toi ? Chasse la tristesse de ton cœur ! Sans doute Hathor et Horus ne veulent-ils pas nous donner pour l'instant de postérité. Mais nous avons été si longtemps séparés ! N'avons-nous pas encore une longue vie devant nous pour remplir notre maison de beaux enfants qui te ressembleront ? Et sache dans ton cœur que tu es ma grande aimée et que mon cœur ne pourrait ni désirer ni aimer une autre femme que toi. Vois, mes yeux sont tellement pleins de toi que je n'ai même pas remarqué cette danseuse qu'on dit si belle, et qui a dansé devant moi. Comment as-tu pu penser que je pourrais vouloir avoir des enfants d'elle ? Mon aimée, chasse tous ces soucis de ton cœur; et je crois qu'un jour tu me donneras une belle postérité.

Mes paroles apportèrent une grande joie dans l'âme de Reshot, et moi je lui cachai ma tristesse. Car Myrina, que je m'étais efforcé de chasser loin de mon cœur, fut à nouveau près de moi; et je songeais que la colère de sa déesse me poursuivait jusque sur la Terre Chérie, car je ne pouvais douter que, pour me punir de mon sacrilège, non seulement elle avait refusé à Myrina que je lui donne un enfant, mais elle rendait pareillement Reshot stérile : depuis maintenant tant d'années que je l'avais retrouvée et que je lui prodiguais mon amour, comment aurait-il été possible que je n'engendre pas un enfant dans son sein si une divinité ennemie ne s'y était pas opposée ? Et aussi, lorsque je lui déclarai d'un cœur sincère qu'elle était ma grande aimée, aussitôt après le souvenir de Myrina m'assaillit avec autant de force que si elle se fût trouvée devant moi; or jamais encore, depuis le jour où j'avais quitté la cité des Iliouna, je ne l'avais sentie si proche de moi et jamais non plus son absence ne m'avait paru aussi douloureuse. Pourtant, je sentais que j'aimais Reshot, et même alors je pouvais encore répéter sans mentir qu'elle était ma grande aimée.

Jamais je n'avais parlé de Myrina à Reshot, ni à elle ni à personne autour de moi. Je voulais que cet amour reste mon secret et je ne désirais pas non plus qu'à cause d'elle Reshot puisse douter de moi et risque de croire que l'image d'une autre pût s'interposer entre elle et moi. Et en cet instant, j'étais tout disposé à lui avouer ce que je lui avais jusqu'alors celé. Mais, en découvrant la joie qui éclairait son visage à la suite de mes paroles, je m'en abstins, de crainte d'assombrir à nouveau son cœur. Dans les jours qui suivirent, j'offris des sacrifices à Amon et à Hathor, et même à Artémis, bien que ce ne fût pas sur la terre qui était la sienne, en priant pour que me fût accordé un enfant. Mais les dieux refusèrent mes oblations.

Peu après, Ramsès rentra de Syrie avec une armée affaiblie. Il s'était heurté aux bandes de ces Peuples de la Mer qui descendaient vers l'Égypte. La bataille avait été dure, mais les barbares s'étaient enfuis, sans que les nôtres pussent cependant les détruire. Ramsès avait alors songé à soumettre les villes de la côte syrienne. Il avait entrepris le siège de Dor, où la flotte des Thekker trouvait un refuge. Il était parvenu à incendier plusieurs de leurs vaisseaux en s'introduisant par surprise dans le port, mais ses soldats avaient été repoussés. Les vaincus de la Mer avaient trouvé le temps de se regrouper, et ils avaient attaqué l'armée égyptienne, occupée au siège de la ville.

Ce fut à la suite de ce terrible combat que la rumeur était venue en Égypte de la mort du roi. Et nulle nouvelle ne parvenait à Memphis ni à Thèbes, car les bandes de barbares occupaient l'arrière-pays et coupaient toute communication avec l'Égypte. Ramsès avait alors décidé l'abandon du siège, et il donna l'ordre de la retraite. Il voyait que ces échecs avaient atteint l'âme de ses soldats, que nul feu n'entraînait vers la victoire, et il redoutait d'être enveloppé de toutes parts par de si nombreux ennemis. Et, en vérité, le retour fut long et pénible car il fallut à son armée s'ouvrir un chemin au milieu des hordes barbares. Tout d'abord, ces vaincus de la Mer voulurent se dresser en nombre contre l'armée égyptienne en retraite. Mais il furent dispersés. Alors leurs bandes, maîtresses de la contrée, harcelèrent les nôtres, qui n'avançaient que lentement, devant sans cesse se défendre des attaques des ennemis, et chaque soir dresser des palissades autour de leur campement afin de ne pas être surpris la nuit.

Or, bien des années plus tard, lorsque Ramsès fit graver sur les murs de son temple et de son palais de Djémé le souvenir de ses guerres, il montra celle-ci comme une grande victoire, bien qu'il ne le fît qu'en termes vagues, comme il s'attribua la gloire des autres batailles. Mais mon cœur s'était alors lassé des combats, et il riait de la vanité des enfants des hommes.

Cette campagne de Ramsès nous révélait la faiblesse de l'Égypte, malgré la prospérité que lui avaient apportée à l'intérieur le nouveau règne et ces années de paix. De nouvelles bandes de Peuples de la Mer descendaient depuis le nord de la Syrie, et Ramsès avait entendu dire qu'une flotte qui suivait les côtes s'avançait vers Dor. Bien que cela n'aurait pas dû être mon affaire, j'envoyai à plusieurs reprises des messagers vers le pays de Kharou, mais voici : aucun ne revint ! En revanche, des gens qui fuyaient Canaan vinrent rapporter aux officiers qui gardaient le pont de Zel que la plus grande confusion régnait au pays de Kharou et partout on voyait des gens de la Mer qui pillaient les campagnes.

Et moi, bien que je ne fusse que le premier prophète d'Amon, j'ordonnai qu'on recrute de nouvelles troupes et qu'on pousse l'entraînement de nos guerriers, car je savais que le moment approchait où les barbares de la Mer allaient marcher sur l'Égypte. Or, quelques mois plus tard, on conduisit devant moi l'un des messagers qui était parti depuis longtemps; il n'était pas Égyptien d'origine et on pouvait le prendre pour un Cananéen : c'est ce qui l'avait sauvé. Car, lorsqu'il fut tombé à genoux devant moi, il me dit que les Égyptiens qui étaient aperçus dans les pays asiatiques étaient massacrés ou réduits en esclavage; s'ils échappaient aux brigands Khabirous et aux gens de la Mer dans les campagnes, lorsqu'ils parvenaient dans les villes c'étaient les princes qui les faisaient saisir pour en faire des esclaves. Puis il déclara :

— Seigneur, les barbares de la Mer déferlent sur le Kharou et ils viennent de Kheta, qu'ils ont détruit; ils sont maîtres des côtes de la Syrie avec leurs bateaux et leur camp est quelque part dans les montagnes de Kharou. Et leurs guerriers et leurs chars sont nombreux comme les grains de sable qui sont sur les rivages de la mer. Ils sont comme le Nil lorsqu'il déborde, et rien ne peut arrêter le flot de leurs armées.

Lorsque j'eus entendu ces paroles, je me rendis auprès de Ramsès. Et voici ce dont nous convînmes : tandis que j'allais partir vers le nord avec une petite troupe de chars. Ramsès se chargeait de réunir une grande flotte avec l'aide d'Ebimoutef, et une puissante armée afin de se rendre vers le frontière à la tête de ces forces. Notre quartier général avait été fixé à Pi-Ramsès, où il y a de nombreux entrepôts et de vastes casernements. Et moi je me mis bientôt en route avec Reshot, Kashta, mon barbier et mes écuyers. Notre première étape devait être le domaine de Nebkahor.

## XXX

## RETOUR CHEZ LES PEUPLES DE LA MER

Je restai quatre jours dans le domaine de Nebkahor. J'y avais laissé Reshot, qui me rejoindrait à Pi-Ramsès lorsque Ramsès y arriverait avec la flotte et l'armée. Car en mon cœur j'avais conçu un plan audacieux dont personne n'avait pu me détourner. Je voulais savoir quels étaient ces envahisseurs de la Mer, quelle était leur puissance, qui étaient leurs chefs et quelles étaient leurs intentions; or moi seul pouvais obtenir ces renseignements et je décidai d'aller en Syrie pour voir de mes yeux ce que d'autres ne pouvaient pas voir pour moi. Ainsi, j'avais laissé pousser ma barbe et je me fis apporter une armure de bronze, un casque, des jambières, un manteau, une épée, la lance et l'arc, tels que les avaient ces barbares, et aussi un char. A Sharkan, je donnai une robe syrienne, un poignard et je lui dis :

— Sharkan, mon ami et aussi mon barbier, de ce jour, je suis à nouveau Nashatour, qui a commandé une bande de Shardanes, et toi, tu es mon serviteur syrien. Tu vas te couper la barbe à la mode des vaincus de Kharou, et moi tu me la tailleras comme ces barbares du nord.

Sharkan poussa un grand soupir et il dit :

— Mon maître, tes paroles n'ont pas dans mon cœur l'odeur de la myrrhe dont j'oins chaque jour mes cheveux. Je sens que nous allons sentir le bouc et le sable du désert, et j'ai déjà mon âme dans ma main car je crois que tu as de mauvaises intentions.

— Tu as un bon odorat, Sharkan, lui dis-je.

— Certes, je renifle l'odeur du cuir et du cheval qu'on respire dans les camps de ces barbares du nord et j'en ai mal au foie, quoique nous soyons encore ici enveloppés de ces odeurs du Pount, qui baignent les vergers et les demeures de l'Égypte.

— Tu regrettes le palais que tu n'as pas voulu, Sharkan ?

— Non, mon maître, mais je regretterai Nofrit Nehet, qui est la plus gracieuse des danseuses de la maison de ma maîtresse Reshot. Comment ce beau sycomore si jeune et si tendre a pu donner son cœur à ce vieux figuier tordu qu'est Sharkan, ne me le demande pas, mon maître, car seule Hathor connaît le cœur des femmes; cependant c'est Sharkan que ce bel oiseau a choisi pour être pris dans son filet. Et certes je donnerais même le nouveau palais du roi et celui de mon maître pour un pas gracieux de cette enfant. Mais je songe que mon maître va aussi devoir s'éloigner des beaux yeux de son aimée, qui est ma maîtresse et je ne veux pas me montrer indigne de lui. Donc, je vais devenir un vil vaincu de Kharou, je vais tailler ma barbe en pointe et nous irons manger chez les barbares du nord leur viande mal cuite et saignante qui me soulevait le cœur, et nous boirons leur mauvaise bière aigre et nous verrons leurs grosses têtes barbues. Cela me fera ensuite mieux apprécier nos bonnes oies du Nil bien rôties, nos bons vins des vignes d'Amon et les belles enfants de l'Égypte, car tout cela nous est si familier que nous oublions que nous vivons dans les plus beaux vergers que les dieux aient jamais créés.

— Sharkan ! m'écriai-je, ton discours me plaît et tu es devenu aussi égyptien que moi dans ton cœur. Je te donnerai cette Nofrit Nehet pour épouse et Reshot se chargera de la doter comme il convient.

J'avais tout d'abord pensé laisser à Kashta le commandement de la petite armée que je laissais à Pi-Ramsès. Mais il vint devant moi et me dit :

— Merirê, mon seigneur et mon frère, tu te réserves toujours les promenades agréables et tu me laisses comme une oie grasse au milieu de tes troupes. Or que ferais-je à Pi-Ramsès ? Emmène-moi avec toi et sans doute mon bras ne te sera pas inutile, et comme je suis de race shardane on ne pourra s'étonner de me voir avec toi. Vois : mon cœur s'ennuie et il n'a ni les plaisirs que peuvent lui donner une épouse aimée ni même ceux que procurent les dangers d'une promenade chez des ennemis qu'on dit pareil à des loups. Accorde-moi de t'accompagner, et nous serons comme lorsque nous étions enfants quand nous courions ensemble dans les marais, et cela sera agréable à mon âme.

Je le regardai et je lui dis

— Kashta, s'il te plaît de venir avec moi, accompagne-moi : ce sera certainement une promenade dangereuse et ton bras ne me sera pas inutile. Je vais te faire donner un char et des armes comme ceux que j'ai, et nous nous mettrons en route dès demain. Et, entre nous, nous ne parlerons plus que la langue des Shardanes.

Quant à Sharkan, je l'emmenai avec nous, car sa présence m'était agréable, mais encore parce qu'il parlait la langue des gens de Kharou, que j'ignorais, et par là il nous serait plus utile que comme barbier.

Le lendemain, nous nous mîmes en route vers la forteresse de Zel. J'avais établi pour nous un ordre de mission afin qu'au poste frontière les soldats ne nous interdisent pas la sortie de l'Égypte, car j'avais ordonné de fermer les frontières du côté de l'Asie. Lorsque nous fûmes parvenus au poste, l'officier enregistra nos noms et dit :

— Mes amis, qu'Amon et Seth vous aient en leur protection ! Prenez garde, car le désert est devenu un nid de serpents. Voyez : j'ai recueilli quelques soldats du prochain poste; Sa Majesté les y avait établis en rentrant de sa guerre chez le vil Asiatique. Ils ont été attaqués par les Bédouins et la peur a brisé leurs genoux; ainsi sont-ils venus ici chercher un refuge afin de ne pas être massacrés.

Je remerciai l'officier pour sa recommandation et je lui dis :

— Si Amon permet que nous vivions, nous rentrerons dans la Terre Noire d'ici un à deux mois. Sans doute ce sera encore toi qui seras à la tête de ce poste. Nous te laissons cet ordre de mission et tu devras alors nous reconnaître et nous laisser passer afin que nous fassions notre rapport au seigneur Merirê.

— Je te souhaite qu'Amon vous donne vie et que vous reveniez en santé.

— Voilà de quoi réjouir mon cœur ! soupira Sharkan tandis que nous poussions nos chars sur la route du désert.

Nous sommes arrivés au premier poste dans le désert d'Ayan et il était abandonné. La porte percée dans l'enceinte était ouverte; un vent du désert s'était levé et il faisait balancer la porte, qui semblait mue par des hommes cachés. Nous nous sommes arrêtés devant le poste et Sharkan dit :

— Ce lieu est sans beauté. Si nous allions dormir ailleurs ?

Je descendis du char et je lui dis :

— Nous serons très bien ici.

Je tins la porte pour laisser entrer les chars dans la cour. Dans leur crainte, les soldats égyptiens étaient partis si rapidement qu'ils avaient laissé les cadavres des leurs épars dans la cour. Des hyènes étaient près d'eux et elles s'éloignèrent en nous voyant. Kashta avait sauté de son char et nous avions pris nos lances. Les hyènes s'enfuirent par la porte et Sharkan proposa de la fermer.

— Certainement pas, déclarai-je. Si ces vils Bédouins passent par là et voient la porte close, ils penseront que quelqu'un est ici et ils nous suprendront en passant par-dessus le mur; si la porte reste ouverte, ils seront sans méfiance.

Dans le poste avaient été construites des demeures pour recevoir les caravanes, voyageurs et animaux, et il devait s'y trouver des chars et des chevaux servant de relais pour les messagers. Mais tout était à l'abandon. Les toits s'écroulaient et les Bédouins avaient pillé tout ce que les soldats avaient abandonné dans leur fuite.

Nous avons dormi près de nos chevaux et Sharkan a gémi toute la nuit, car l'odeur des chevaux et des cadavres remplaçait désagréablement l'odeur des essences du Pount qui flottait dans nos palais; et nos manteaux étaient des couches sans douceur. Nous sommes partis dès les premières lueurs de l'aube sans avoir vu les Bédouins.

Les villes de la côte avaient fermé leurs portes, mais nous ne cherchions pas à y pénétrer car je voulais atteindre rapidemment le camp des barbares des Pays de la Mer. Malgré les pillards, les campagnes continuaient de vivre, car la culture des champs était l'unique subsistance des paysans. Ils nous regardaient passer et on voyait que la crainte était dans leur cœur, car ils croyaient que nous étions des barbares shardanes. Les auberges des villages n'étaient pas toutes abandonnées et nous y venions le soir, et comme nous payions avec de l'or, nous étions bien traités.

Ces gens ne parlaient que la langue du Kharou, et Sharkan était notre bouche auprès d'eux. Il interrogeait les voyageurs et les taverniers avec habileté, dans le cours de la conversation. Ainsi j'appris que les armées des gens de la Mer étaient allées vers le sud et que leur camp était établi sous les murs de Kadesh : quant au nombre de leurs guerriers, c'était comme un grand vent car chacun avançait les chiffres les plus divers et les plus insensés. Je sus aussi que la cité de Dor était aux mains des Thekker et qu'il arrivait chaque jour des vaisseaux venus des îles qui sont au milieu de la Mer. Ils y amenaient des guerriers qui allaient encore grossir l'armée des barbares; et dans ce port était concentrée une flotte immense, comme jamais on n'en avait vu sur les côtes du Zahi. Nous avons traversé la montagne pour aller à Mageddo. Sans nous arrêter dans cette ville, nous sommes allés vers Yenoam, qui est située à l'intérieur des terres, en arrière de Tyr.

Or, vers Yenoam, dans un mauvais chemin pierreux, une roue de mon char se brisa. Nous avons cherché un forgeron et nous en avons trouvé un à peu de distance. Nous avons tiré le char jusqu'à son atelier mais le soir était là et il nous dit qu'il ne pourrait réparer la roue que le lendemain, car il fallait aussi demander l'aide du menuisier; celui-ci refit la jante de bois et le forgeron la cercla de bronze, aidé de ses aides, et renforça le bois avec du métal. Et, tout en travaillant, il parlait avec Sharkan et il nous avait fait servir du vin du pays, car je lui avais donné de l'or pour qu'il travaillât rapidement et qu'il fît une roue solide.

Je m'étais assis avec Kashta devant la porte du forgeron; nous restions au soleil, et nous polissions nos armes et aiguisions les lames de nos épées et les pointes de nos flèches. Or nous vîmes arriver une troupe de soldats, des Syriens, une centaine peut-être; ils n'avaient pas de chars et ils conduisaient une trentaine de prisonniers, hommes et femmes : nous vîmes que c'étaient des gens de la Mer et je reconnus des Akhaousha; ils avaient dépouillé les hommes de leurs armures et de leurs vêtements et avaient laissé un pagne aux femmes; mais tous les captifs avaient les mains attachées derrière le dos avec de fines cordes et une corde nouée autour de leur cou les liait les uns aux autres.

Le chef de la troupe nous lança un regard et entra dans la forge. Il parla avec le forgeron mais je ne comprenais pas leurs paroles; Sharkan était dans la forge et il ne pouvait nous expliquer ce qu'ils disaient. Kashta me dit à voix basse :

— Ces captifs sont bien malheureux, et je vois parmi eux des femmes toutes jeunes.

— Kashta, lui dis-je, ne laisse pas ton cœur s'émouvoir. Il y a bien d'autres êtres jeunes qui sont réduits en servage. D'ailleurs, ce sont des Akhaouasha, de ceux qui envahissent ce pays et qui vont marcher sur l'Égypte, et ces Syriens qui les ont capturés, en vérité, ce sont pour nous des alliés, puisqu'ils sont les ennemis de ces barbares.

— Merirê, me répondit-il, tes paroles sont justes, mais ce sont des gens de ma race.

— Eh, Kashta ! dis-je en réponse, peut-on s'arrêter à de semblables considérations. Vois : combien ma main a-t-elle tué d'Égyptiens vendus au vaincu de Kharou ? Et ceux-là, ce sont des Akhaouasha des guerriers qui sont aussi bien amis qu'ennemis des Shardanes, et moi, j'ai parmi les Akhaouasha des guerriers qui me sont comme des frères. Or j'aurais vu l'un d'eux parmi ces captifs, certes j'aurai tenté de le délivrer. Mais vois, Kashta, si nous entreprenons de libérer tous les esclaves que nous rencontrons sur notre route, nous ne reverrons jamais la Terre Chérie, et il faudrait commencer par libérer tous ceux qui sont en Égypte.

Kashta soupira, mais il me dit encore :

— Je veux alors fermer les yeux, car parmi ces captifs j'ai vu une femme très jeune, sans doute une enfant encore, qui est apparue à mon cœur comme le soleil.

— Kashta, lui dis-je, ferme donc tes yeux, car tu ne sais si cette femme n'aura pas l'âme de Nekhesket. Et nous vois-tu nous dresser contre tous ces soldats ? Certes, peut-être parviendrions-nous à la délivrer, mais pouvons-nous courir le danger d'un tel combat alors que l'Égypte est menacée par leurs frères barbares et que c'est de nos mains qu'elle attend le salut ?

Or je venais de parler ainsi lorsque Sharkan vint s'asseoir près de nous et il me dit :

— Mon maître, tu vas devoir attendre ta roue.

— Et pourquoi, mon fidèle Sharkan ? lui demandai-je.

— Parce que le vil Syrien qui commande ces soldats a demandé au forgeron de préparer des chaînes pour ses captifs et de leur en mettre aux poignets et aux chevilles; or ils sont trente-deux, ce qui fait soixante-quatre chaînes. Vois : ce soldat est compatissant; il craint que les cordes ne brisent les bras de ses captifs qu'il doit traîner jusqu'à Damas car il est au service du roi de cette cité.

— Cela m'importe peu, répliquai-je. Mais pourquoi n'aurai-je pas ma roue ?

— Pour ceci, mon maître. Le forgeron a dit au Syrien : « Je termine de réparer la roue de ces soldats et je vais préparer les chaînes. » Le Syrien a alors répondu : « Laisse cette roue et fais-moi ces chaînes, car je ne peux pas attendre. » Or ce forgeron est honnête car il a répliqué ceci : « Seigneur, que vont dire ces soldats barbares qui attendent leur roue ? » Et le vil Syrien l'a regardé et il a dit : « Laisse-moi faire. Tu es Syrien comme nous, et tu vois que ce sont des barbares. S'ils osent te réprimander, ce sera un bon prétexe pour les dépouiller et pour les enchaîner avec les autres prisonniers. » Or il a dit cela sans savoir que j'étais avec vous, car il m'a pris pour un Syrien. Ainsi, mon maître, je crois que la prudence conseille d'attendre notre roue avec patience et modestie, car je ne désire guère me voir nu avec des chaînes à mes mains et à mes pieds. Vois, mon maître, Sharkan a compté les vils Syrien et ils sont cent dix-sept, pas un de plus mais pas un de moins. Une roue ne vaut pas que Ta Seigneurie fasse un tel massacre.

Je souris et je luis dis

— Ta langue est inspirée par le Rê de ton pays, Sharkan. Nous prendrons patience et nous attendrons notre roue autant de temps qu'il faudra, car je ne suis pas d'une humeur belliqueuse.

Les Syriens détachèrent le premier captif et le firent entrer dans la forge. Je dis à Sharkan :

— Va parler avec ces Syriens afin de savoir où ils ont fait ces captifs et pourquoi ils les enchaînent de cette manière.

Sharkan se leva et revint dans la forge. Kashta s'était éloigné, sans doute pour ne plus voir ce qui déplaisait à son cœur. La captive qui avait attiré son regard était devant la porte, tout près de moi. Je vis qu'elle était jeune et elle avait la peau claire et les cheveux de la couleur de l'or. Alors j'ai pensé à Myrina et mon cœur s'est ému. Je me suis avoué la raison pour laquelle j'avais pris la décision de m'engager dans une entreprise aussi aventureuse alors que je savais que ma présence était bien nécessaire en Égypte; cette raison, j'avais voulu l'ignorer, et je m'étais convaincu — comme j'en avais persuadé tout le monde — que c'était pour reconnaître les forces des ennemis et pénétrer leurs desseins. Mais en vérité, au fond de moi-même, j'avais la conviction que parmi les chefs de cette armée de barbares qui venait du nord se trouvait Mashashor, car s'ils avaient détruit le Khéta, c'est parce qu'ils avaient réussi à prendre la cité des Iliouna. Et près de Mashashor devait se trouver Myrina, car c'était elle qui à nouveau depuis quelque temps occupait mon cœur, bien que je ne voulusse pas en convenir. Mais en cet instant, en voyant cette jeune femme si semblable à Myrina par la teinte des cheveux et des yeux, et très belle aussi, je ne pouvais plus me dissimuler le désir profond que j'avais de la revoir, et c'était lui qui m'avait conduit jusqu'en ce lieu.

La captive tenait la tête basse, évitant de regarder ce qui se passait autour d'elle. Je me demandais comment ces Syriens avaient pu enlever ces gens, qui étaient des Akhaousha, et je me dis que Myrina pouvait tout aussi bien être capturée comme eux et être emmenée en esclavage. Je me sentis alors pris de pitié pour cette inconnue et regrettai presque les paroles que je venais d'adresser à Kashta; mais je me repris, car cette fille nous était inconnue alors que Myrina avait tenu la plus grande place dans mon cœur, et elle en occupait encore une qui n'était pas négligeable. Un soldat dénoua les liens de la captive et l'entraîna dans la forge. Sharkan vint près de moi et dit :

— Mon maître, je n'aime pas les coups de bâton. Or c'est ce dont m'a menacé ce vil Syrien quand j'ai voulu parler avec lui. Il n'aime pas qu'on lui pose des questions sur ses captifs et il est préférable que nous tournions nos regards vers une bonne coupe de vin que je vais demander au forgeron.

Les captifs enchaînés allaient s'asseoir sur le bord du chemin, et les soldats leur donnèrent de l'eau. Sharkan apporta du vin et il m'offrit une coupe pleine. Kashta revint près de moi et au même moment la captive sortit de la forge avec ses mains et ses chevilles enchaînées. Il la regarda et elle leva les yeux vers lui. Il marcha derrière les deux Syriens qui l'entraînaient.

— Kashta, lui dis-je, viens t'asseoir auprès de moi.

Il s'arrêta et revint vers moi. Il vida la coupe de vin que lui offrait Sharkan. Alors je vis venir, de la route qui conduisait à Yenoam, une troupe d'hommes armés qui escortaient une chaise portée par huit esclaves nubiens. Lorsqu'ils furent parvenus près de la forge, l'homme qui était assis dans la chaise fit arrêter sa troupe et il demanda à un soldat syrien :

— Qui sont ces esclaves ?

Il parlait dans le language de Kharou, mais Sharkan me rapportait à l'oreille ce qui se disait :

— Ce n'est pas à moi de te répondre, dit le soldat.

— Appelle ton chef, ordonna l'autre.

L'officier sortit de la forge, et l'homme lui posa la question qu'il avait faite au soldat. L'officier courba la tête et dit:

— Ce sont des Akhaouasha que j'amène à mon maître le roi de Damas.

— Je veux t'acheter cette femme, et je sais que ton maître ne te fera pas de reproche de l'avoir vendue au prince de Yenoam; Je te la paierai très cher.

Il avait désigné la jeune fille que Kashta avait remarquée pour sa beauté. L'officier répondit :

— Seigneur, si parmi les captives l'une convient à ton âme, prends-la, et je sais que mon maître te la cédera gracieusement. Mais celle-ci, je ne te la donnerai pas, même contre ta ville, car c'est uniquement elle que veut mon maître.

— Qui est-elle donc ?

— Il ne m'est pas permis de le révéler.

— Pourquoi la traites-tu comme une simple esclave !

— Je la traite comme les autres captifs, car ne crois pas que mon maître la veuille pour épouse.

— Alors il me la cédera.

— Je l'ignore, seigneur. Va la lui demander, mais moi je dois la conduire devant lui.

— J'irai à Damas, assura le prince.

Sur son ordre, ses esclaves se remirent en route, et la troupe s'éloigna. Mon âme s'étonna des paroles de l'officier syrien, mais je ne cherchai pas à savoir pourquoi le roi de Damas tenait à posséder cette captive. Ce n'est qu'à la fin de la journée que le forgeron termina son travail pour les Syriens; ceux-ci s'éloignèrent avec leurs prisonniers et moi je vis que cela nous avait fait perdre une journée. Notre char ne fut prêt que le lendemain matin. Kashta montrait une grande impatience et je compris qu'il espérait en son cœur que nous rattraperions les Syriens avec leurs captifs. Mais que pouvait-il espérer ? Je lui dis :

— Kashta, mes yeux ne me trompent pas. En vérité, cette captive a des yeux de la couleur du lapis-lazuli et ils ont enchaîné ton cœur.

Il soupira et il dit :

— Merirê, Hathor ne s'est pas penchée sur mon berceau au jour de ma naissance. J'ai aimé Nekhserket et son cœur est resté comme le grès du Rohannou que nulle flamme ne peut amollir. Et voici : je rencontre une nouvelle fois la déesse unique, mais elle est destinée à un autre.

— Que ton cœur se console, mon frère. Sans doute nous reviendrons chez ces vils Syriens, et alors que sera le roi de Damas dans notre main ?

Par cette parole, je rendis l'espoir au cœur de Kashta et son visage fut moins sombre. Or les desseins d'Amon-Rê, le roi des dieux, sont impénétrables et sans doute voulut-il qu'une pierre divine rompît la roue du char afin que nous rencontrions ces captifs et que notre entrée dans le camp des barbares en fût facilitée.

Sharkan était notre guide, dans ces contrées qu'il avait longtemps parcourues. Il nous dit que nous allions nous engager dans des vallées qui, le long des fleuves, nous conduiraient jusqu'à Kadesh.

— Est-ce aussi la route de Damas ? demanda Kashta.

— On doit la prendre pour aller à Damas, mais ensuite Damas est vers le levant et nous, nous continuons notre marche vers le nord, répondit Sharkan.

— Mettons-nous donc tout de suite en route, dit Kashta.

Kashta aurait voulu que nous poussions nos chevaux au galop, mais nous nous sommes engagés dans une route pierreuse et difficile et il a fallu que nous descendions des chars et que nous avancions lentement, dans un chemin à flanc de colline, en tenant les chevaux par la bride. Sharkan allait en tête et je venais derrière lui avec mon char et Kashta nous suivait.

Or voici : nous avons entendu des cris, et c'était des hommes qui s'appelaient en langue syrienne. Nous vîmes peu après surgir, de la forêt qui couvrait la colline au-dessus de nous, la captive qui avait apporté un si grand trouble dans le cœur de Kashta; je songeai alors en moi qu'il y avait là une intention des dieux, mais je ne voulais pas cependant entrer en querelle avec les Syriens. Les chaînes liaient toujours les chevilles de la jeune femme, mais elles ne l'empêchaient pas de marcher ni de bondir comme une gazelle que forcent les chiens. Derrière elle apparurent des soldats syriens, et je vis que la gazelle était près d'être capturée. Elle nous avait vus et courut vers nous; elle tomba à genoux tout près de moi. Sa poitrine se soulevait aussi rapidement que le flanc d'une bête épuisée et elle ne pouvait trouver la force de parler. Elle appuya les mains à terre pour ne pas tomber. Kashta courut auprès d'elle et il la releva. Les soldats syriens venaient vers nous. Sharkan leva les bras vers le soleil et il s'écria :

— Je prie mon dieu, car je sens que nos ennuis vont déjà commencer.

Les Syriens s'arrêtèrent devant nous; ils étaient une vingtaine de soldats. Leur chef marcha vers Kashta pour saisir la captive, mais Kashta s'était placé devant elle. Le Syrien parla, mais nous ne le comprenions pas. Je dis à Sharkan :

— Dis à ce vaincu de Kharou que je suis le roi d'Égypte et qu'il s'exprime dans ma langue.

Sharkan rapporta mes paroles au Syrien, qui me regarda en fronçant les sourcils. Sans doute pensait-il que je me moquais de lui. Néanmoins il dit en égyptien :

— Je vous connais; vous étiez devant la forge.

— Tu as une mémoire merveilleuse, lui répondis-je.

— Cette captive s'est enfuie cette nuit. Vous savez qu'elle est à nous. Laissez-moi la prendre.

Je lui répondis :

— Demande au général de mes armées s'il veut te la rendre, car c'est lui qui est entre elle et toi, et non moi.

Le Syrien dit alors à Kashta :

— Pousse-toi de mon chemin et laisse-moi reprendre cette esclave.

Kashta se tourna vers la captive, qui s'appuya contre mon char en haletant. Il lui demanda dans sa langue natale si elle voulait rester avec nous ou revenir avec le Syrien. Elle le regarda et répondit :

— Si je pouvais choisir, comment peux-tu penser que je voudrais rester la prisonnière de ces misérables ? Mais ils vont me reprendre par la force et je ne peux plus fuir, car mon cœur est près d'éclater.

— Alors je pense que tu veux rester auprès de nous. Je vais le dire à cet homme.

Elle regarda Kashta et répliqua :

— Ne lui dis rien. Quand je vous ai aperçus, j'ai eu un instant d'espoir, car j'ai reconnu que vous apparteniez à ma nation. Mais vous êtes trois hommes contre tous ces Syriens. Ils vous enchaîneront aussi.

— En vérité, précisa Kashta, nous ne sommes que deux, car l'un de nous ne manie habilement que le rasoir du barbier. Mais je vois que ces vils Syriens ne sont que vingt.

La jeune femme porta vers lui un regard où je vis son étonnement, et elle voulut parler. Mais le Syrien montrait son impatience, car il ne comprenait pas ce que disaient entre eux Kashta et la fugitive. Il s'écria en montrant la colère de son cœur :

— Vas-tu faire taire ta langue de singe et t'éloigner de mon chemin ?

Kashta tourna vers lui son regard et dit :

— Cette jeune femme déclare qu'elle ne veut pas aller avec toi. Retourne donc auprès de ton maître et rapporte-lui cette parole. Cependant, nous voulons bien te la payer.

— Elle n'est pas à vendre ! s'écria le Syrien. Laisse-moi la reprendre, si tu ne veux pas te retrouver toi-même enchaîné avec les autres captifs.

— Vil Syrien, répliqua Kashta, passe ton chemin et ne m'importune plus !

Sans doute ces dernières paroles déplurent à l'officier, car il leva son bâton sur Kashta et il abattit son bras. Mais Kashta avait saisi son poignet et il souriait sans paraître faire un effort; le Syrien lâcha le bâton et s'agenouilla en poussant un cri de douleur devant Kashta. Celui-ci repoussa l'officier, qui tomba sur le sol, et je dis :

— Vois, vaincu de Kharou, mon général est peu patient et il n'a pas compris pourquoi un vil Syrien ne s'est pas agenouillé devant son maître égyptien.

Mais le Syrien cria dans sa langue, et ses soldats vinrent vers nous, leurs lances en avant.

— Kashta, dis-je alors, débarrasse-nous de ce chacal qui est à tes pieds.

Kashta saisit le Syrien et le leva au-dessus de sa tête; il le lança sur les trois soldats qui étaient les plus proches de nous et il me demanda :

— Les chargeons-nous à la lance ou à l'épée ?

— A l'épée, Kashta, mais va chercher ton bouclier. Et toi, Sharkan, monte dans notre char et tiens prêts mes javelots.

Comme je parlais, je reçus sur mon bouclier l'assaut des Syriens. J'avais tiré mon épée et chargeai les Syriens avec tant de violence que je les repoussai et je commençai à les abattre comme le paysan tranche avec son couteau les tiges des papyrus pour en faire une barque. Kashta vint se placer près de moi et les Syriens ont reculé devant notre attaque. Le chemin était étroit, et s'ils étaient quatre de front ils se gênaient, et celui qui était du côté de la rivière risquait à tout moment d'y tomber; c'est là que plusieurs de nos assaillants furent précipités par mon bouclier, mais j'avais peu de gloire à leur faire perdre pied, car la pente qui tombait vers le fleuve était forte et il était ainsi en contrebas, sufisamment pour qu'ils eussent des difficulté à remonter : ainsi leur nombre leur était inutile car ils ne pouvaient nous assaillir que de front. Soudain ils abandonnèrent la lutte et prirent la fuite; je replaçai mon épée dans sa gaine et je dis :

— Il ne faut pas les laisser fuir, sinon ils vont revenir en nombre.

J'avais pris mon arc et je tirai posément mes flèches. Kashta avait saisi deux javelots et il partit en courant derrière eux. Je ramassai alors les lances que les Syriens avaient abandonnées et je tirai sur ceux qui étaient tombés dans la rivière. Certes, ce fut un massacre sans gloire, mais il était nécessaire que nous ayons le temps de quitter cette gorge avant que les autres Syriens ne se missent à notre poursuite. Ensuite je saisis aussi deux javelots et j'allai rejoindre Kashta.

Lorsque nous revînmes, Sharkan nous demanda :

— Combien d'hommes avez-vous abattus ?

— Onze, me semble-t-il, ai-je répondu.

— Alors vous en avez laissé échapper deux, car j'ai tenu un bon compte, et ces deux vont appeler les autres à leur secours.

Kashta fit monter la captive dans son char. Elle lui sourit et lui dit :

— De la guerre, je ne savais que ce que mon père en disait et je ne pouvais penser qu'il existât des guerriers comme toi et ton compagnon.

Il la regarda et répondit modestement :

— Nos adversaires n'étaient que de vils Syriens.

Je vins devant elle et je lui demadai :

— Où sont les autres Syriens ?

— En avant, sur ce même chemin, répondit-elle

Je regardai Sharkan et je lui demandai :

— Existe-t-il une autre route ?

— Non, mon maître, assura-t-il. Ou alors il faut revenir en arrière et rejoindre la côte pour traverser les montagnes par une route qui est plus au nord.

Je décidai que nous continuerions d'aller de l'avant. Kashta avait jeté son manteau sur les épaules de la jeune femme, qui s'accroupit au fond du char. Sharkan dirigeait mes chevaux et j'interrogeai la captive pour savoir comment elle s'était enfuie et ce que faisaient les autres Syriens. Elle me dit que pour la nuit on avait lié leurs chaînes avec une corde autour d'un gros arbre; mais l'un des captifs avait passé la nuit à frotter la corde contre l'écorce et il l'avait usée jusqu'à pouvoir la rompre; ainsi furent-ils tous libérés sans que les soldats de garde, qui somnolaient, les aient surpris. Mais alors le jour se levait et les autres Syriens s'éveillaient. Les captifs se sont jetés sur eux et ce fut une grande lutte où tous les prisonniers mâles ont trouvé la mort. Les femmes ont profité du désordre pour s'enfuir; ainsi la jeune femme s'est échappée de son côté sous le couvert de la forêt. Mais elle ne pouvait que progresser lentement, et lorsqu'elle voulait courir trop vite elle tombait à cause des chaînes qui entravaient ses chevilles. C'est ainsi que les soldats qui battaient la forêt l'ont entendue et ils ont appelé leurs compagnons pour fouiller les buissons; ils l'ont enfin aperçue et se sont lancés à sa poursuite; de cette manière, elle était arrivée devant nous au moment où elle allait être rattrapée.

Je revins près de mes chevaux. Le chemin s'élargit et je vis qu'on pouvait monter sur nos chars, car il n'était plus parsemé de pierres qui roulaient sous les roues. Je dis à Kashta de passer devant mon char et de pousser ses chevaux au galop, et je le suivis pour couvrir sa retraite. Or les Syriens étaient sans doute encore dispersés, car nous sommes passés devant ce qui avait été leur camp; il y avait de nombreux cadavres, ceux des captifs. Mais plusieurs Syriens avaient été tués, d'autres étaient debout et gardaient quelques femmes. Nous ne nous sommes pas arrêtés et nous avons roulé longtemps à vive allure afin de laisser une grande distance entre nous et les Syriens.

Nous sommes parvenus à un village où nous avons trouvé un forgeron qui a ôté les chaînes de la captive. Nous nous sommes arrêtés à la sortie du village, au bord de la rivière, mais j'avais veillé à ce que nous fussions près d'une route droite et large d'où nous pouvions voir arriver de loin tout poursuivant et où nous pouvions pousser nos attelages à plus grande allure. Sharkan sortit des sacs de cuir la viande séchée, le pain et les dattes, et nous avons mangé tout en buvant de la bière. Alors je regardai la jeune femme qui était assise près de Kashta et je luis dis :

— Maintenant, si ton cœur est rassasié, dis-nous qui tu es et pourquoi ces vils Syriens t'ont capturée ?

Elle entrouvrit le manteau de Kashta, car il faisait chaud, et elle dit :

— Mon cœur veut payer sa dette envers vous et je dois rendre grâce aux dieux d'avoir trouvé sur mon chemin des guerriers de mon pays aussi valeureux que vous. Sachez donc que mon père est roi d'Erkhamen, qui est une cité puissante du pays des Akhaouasha. Beaucoup des nôtres qui avaient beaucoup de biens, des troupeaux en grand nombre, un palais, des terres et des serfs ont préféré rester dans leur patrie, mais ceux qui avaient peu de biens, ceux-là ont choisi de marcher vers les riches terres du levant et du sud afin d'y conquérir des troupeaux, des palais et des terres et afin d'être les maîtres des gens de ces contrées.

Mais parmi ces guerriers, certains sont des princes puissants, comme ce Ménirou qui est à Dor avec la flotte, et c'est lui qui commande nos vaisseaux; d'autres sont de grands guerriers qui ont peu de gens mais qui par la valeur de leurs bras se sont imposés comme les chefs de nos armées. Or voici : le père du plus valeureux de ces guerriers et qui était resté dans notre pays, ce prince a parlé avec mon père; il est venu voir mon père dans son palais et lui a dit : « Vois, mon fils est le plus grand et le plus fort parmi les Akhaousha et les Danaouna; il a enlevé avec les autres la ville des Iliouna, mais beaucoup de ces guerriers sont maintenant rentrés dans leurs demeures où les attendaient leurs épouses, à moins qu'ils n'errent encore sur les mers inféconds pour voir le jour du retour. Mais mon fils aspire en son cœur à une plus grande gloire et il a réuni ses guerriers et aussi de nombreux guerriers parmi les Akhaouasha, les Danaouna et les Pilistou; et les guerriers qui luttaient contre nous et qui ont été vaincus, ceux-là il les a forcés à suivre son armée, car nous appartenons tous à la même nation. Avec tous ces soldats, il marche vers le sud, vers le pays des Syriens mais aussi vers l'Égypte, et des hommes partis de toutes nos contrées sont venus avec leurs bateaux en grand nombre dans les ports des Syriens et ils vont appuyer les armées que mon fils commande, car il y a du butin à ramasser comme jamais on n'en a vu dans nos contrées. Or nulle puissance ne résistera à mon fils. Et ainsi il deviendra le maître de l'Égypte et dans le Grand Cercle aucun prince ne pourra s'égaler à lui pour la puissance et l'opulence. Or tu as déjà de grandes richesses qui te sont acquises et une cité remplie d'or, et tu as aussi une fille dont la beauté est la parure de ton palais; et la renommée de sa beauté a passé les murs, car ta fille était une enfant toute petite qui marchait à peine lorsque mon fils est parti pour cette grande guerre, le cœur plein d'ardeur et de jeunesse, à la tête de mes guerriers, les meilleurs parmi les Danaouna. Et voici : mon fils veut épouser ta fille et il fera d'elle la reine des vils Syriens et des Égyptiens, et tous les rois qui vivent dans le Grand Cercle viendront se prosterner devant elle. » Et mon père a accepté de me donner à ce prince, et il a chargé des vaisseaux nombreux avec de l'or et des guerriers et je me suis embarquée avec le père de mon époux, qui devait me conduire devant son fils. Ainsi nous sommes arrivés dans ce port de Syrie qui s'appelle Dor et j'ai vu la puissance des nôtres et du roi Ménirou, car il y avait là des bateaux par centaines et des soldats par dizaines de milliers. Nous sommes restés là plusieurs mois, car nous attendions que mon fiancé arrivât des montagnes du nord avec sa grande armée. Or de nombreux Syriens venaient se soumettre à nos rois et ils leur apportaient de riches tributs. Ces tributs, ils les déposaient devant Mérinou et devant mon beau-père, qui sont les rois les plus puissants de nos nations; et moi je me tenais parfois près d'eux et je voyais ces vils Syriens se prosterner devant nos princes. Et parmi eux il y avait le prince de Damas. Il me vit et il osa demander à Mérinou de me donner à lui comme épouse : il lui fut répondu qu'il n'était qu'un vil chien et que j'étais la plus belle parmi les princesses des Akhaouasha; et tout son or ne pourrait lui servir à m'acheter, et on lui dit encore que j'étais destinée à l'un des princes qui commandait l'armée des Danaouna, celle qui descendait victorieuse des montagnes du nord. Or le roi de Damas rentre dans sa capitale, et son cœur était sans doute rempli de colère, mais il a laissé une forte troupe de soldats aux environs de Dor, sans que nul d'entre nos princes ne le sût. Et mon fiancé, qui a appris mon arrivée en Syrie, a demandé à son père qu'il me conduise auprès de lui; car il n'allait que lentement avec son armée, ayant bien des villes à piller et bien des régions à soumettre. Nous nous sommes mis en route avec une petite troupe; cependant nous ne pensions ne rien avoir à redouter dans des contrées où tout le monde tremblait au seul nom des Akhaouasha. Mais les gens de ce vil roi de Damas étaient cachés dans la campagne et ils ont profité d'une nuit sombre pour attaquer notre camp; ils m'ont enlevée avec mes suivantes et quelques guerriers et se sont enfuis, cachés sous le manteau de la nuit. Sans doute les nôtres ont pu se regrouper et s'élancer à notre recherche, mais ils connaissent mal le pays, tandis que ces cerfs de Syrie sont chez eux et ils nous ont fait marcher pendant toute la nuit. Et les nôtres ne pouvaient savoir vers où nous étions entraînés car ils ignorent que c'est le roi de Damas qui nous a fait enlever; cela je l'ai appris par l'un de nos guerriers, qui a aussi été capturé et qui comprend la langue des Syriens. Et vous voyez combien ces gens sont misérables : ils m'ont traitée comme la plus vile esclave et ils ont mis des chaînes à mes membres. Les dieux ne vous auraient pas placés sur notre route, la malheureuse fille d'un des plus puissants rois des Akhaouasha aurait misérablement péri dans une geôle d'un vil prince syrien.

— Certes, dit alors Sharkan, les Akhaouasha considèrent les Syriens comme de vils esclaves, mais c'était une belle vengeance que le roi de Damas avait préparée là, et sans doute il ne serait pas allé se vanter auprès des barbares de la Mer d'avoir été l'auteur de cet enlèvement.

Je songeai que les paroles de Sharkan étaient filles de la vérité, et Amon avait inspiré le roi de Damas afin de favoriser notre projet. Nous pouvions maintenant nous présenter devant le camp des Akhaouasha sans que nul n'y trouve à redire, et nous pouvions prétendre n'être là que pour y conduire la fille du roi d'Erkhamen; et son nom était Kheriset[1], qui serait en égyptien Noubet. Alors je dis à cette jeune fille :

— Vois, nous ne sommes au service de personne et nous

1. C'est la forme égyptianisée de *Chrysis*, qui signifie « Dorée ».

vivons de la chasse dans ces régions. Mais nous ne pouvons te laisser seule par ici. Nous allons donc te conduire au camp des Akhaouasha afin de t'y laisser en sécurité.

Elle me remercia et je me levai afin que nous nous mettions en route. Kashta monta sur son char avec Kheriset, et moi j'allai sur le mien avec Sharkan. Je décidai que nous éviterions de dormir dans les auberges s'il s'en trouvait sur notre route, car je voulais que personne ne pût soupçonner que nous avions avec nous cette princesse, car les soldats du roi de Damas allaient s'élancer à notre poursuite. Dans ces forêts riches en gibier, il nous était aussi aisé de chasser afin d'assurer notre subsistance.

Nous nous arrêtâmes dans une petite clairière pour passer la nuit. Nous avons allumé un feu pour faire cuire la viande et Kashta a ramassé des feuillages afin de préparer une couche pour Kheriset; elle était assise devant le feu, toute enveloppée dans le grand manteau de Kashta, et je vis que lorsque son regard quittait la grande flamme c'était pour se tourner vers Kashta. Alors je dis à la jeune femme, car son récit avait vivement éveillé ma curiosité :

— J'ai vécu quelque temps dans ton pays, à Assana, dont le roi est mon ami, et je connais la grande cité des Danaouna. J'ai aussi rencontré Mérinou sous les murs de la cité des Iliouna. Dis-moi donc le nom de celui qui doit être ton époux, car peut-être est-il de mes amis ?

— Certainement tu dois avoir entendu parler de lui, car c'est le plus grand et le plus vaillant des Akhaouasha, à ce qu'on rapporte. Son nom est Mashashor.

Ces mots remplirent mon cœur de surprise et d'inquiétude. Si Mashashor avait demandé la main d'une princesse de son pays, c'est que Myrina n'était pas avec lui ! Ne l'avait-il donc pas épousée ? Ou encore l'avait-il répudiée ? Ou alors ? Non, je ne pouvais croire qu'elle fût morte ! J'enfermai en mon cœur mon trouble, et après un silence je répondis :

— Je connais en effet ce Mashashor et aussi son père Kaper, que j'ai vu dans son palais de Tiroun. J'ai aussi entraîné à la guerre son jeune frère Malanoupa.

Kheriset sourit, car elle voyait que je les connaissais, mais elle ne soupçonnait pas quels sentiments étaient dans mon âme.

— C'est bien Kaper qui m'a conduite jusqu'en Syrie et il voulait me mener vers son fils pour que je sois à lui.

Alors je posai la question qui me brûlait la langue :

— Je croyais pourtant que Mashashor avait déjà une épouse, car je suis allé à Ilion avec les jeunes gens de Tiroun et il y avait avec eux la fille du roi de la cité que nous conduisions auprès de Mashashor pour qu'elle soit son épouse.

Elle me lança un regard surpris :

— Je n'ai pas entendu parler de ce mariage et sans doute ne s'est-il pas réalisé, à moins que cette femme n'ait été tuée : je vois que ces pays sont remplis d'ennemis, et peut-être moi-même ne parviendrai-je jamais devant mon fiancé.

— C'est une chose toujours possible, ai-je reconnu.

Et je craignis en mon cœur que là fût l'affreuse vérité. Je laissai passer un silence, tandis que Kashta se levait pour couper un morceau de viande et le lui porter. Elle le prit et je je vis qu'elle lui souriait en le remerciant. J'allai prendre une part et je repris à l'adresse de la jeune fille :

— Cependant tu ne connais pas ce Mashashor; comment ton cœur peut-il être heureux alors que tu es conduite devant un homme que tu n'as jamais vu, afin qu'il soit ton époux ?

— Ai-je déclaré que mon cœur était heureux ? demanda-t-elle. J'obéis à mon père, et telle est la part des filles des grands, qui sont destinées par leurs pères à ceux qu'ils ont désigné en leur cœur. Mais j'aime les guerriers dont le cœur est celui d'un lion dans la bataille. N'appartient-il pas à notre peuple de mépriser la faiblesse et la lâcheté ?

— Certes, ai-je répliqué, Mashashor méprise la faiblesse et il sait aussi user de sa force contre elle.

Elle me regarda et je vis l'étonnement de ses yeux, et elle dit :

— Je ne comprends pas le sens de tes paroles.

— Ah ! moi je ne les comprends que trop bien ! s'écria Sharkan. Mon maître, sans doute est-il mieux d'aller chez le roi de Damas que dans le camp de ces barbares, maintenant que je sais qu'il y a ce Mashashor.

— Que veut dire cet esclave syrien ? demanda Kheriset.

— Sans doute, lui répondis-je, Mashashor ne te dira pas que nous étions sous les murs de la cité des Iliouna et qu'il a frappé

Sharkan sans que la pitié entre dans son cœur, et il l'aurait tué si je n'étais pas venu.

Elle me regarda et dit :

— Sûrement cet esclave a mérité son châtiment. Mais toi, tu es un prince des Akhaouasha ?

— Je ne suis rien; je n'étais alors qu'un exilé, l'hôte du roi d'Assana.

— Et qu'as-tu dis à Mashashor ?

— Peu de paroles, mais je crois dans mon cœur que personne parmi les Akhaouasha n'a oublié que ce jour là mes poings ont abattu la morgue de Mashashor.

Elle me regarda et demanda encore :

— Mais qu'a fait ensuite Mashashor ?

— Je l'ignore car j'ai aussitôt quitté le camp des Akhaouasha.

— Et tu vas y revenir avec moi ?

— Certainement, car seule tu n'y parviendrais peut-être jamais.

— Ne crains-tu pas la vengeance de Mashashor ?

— Craint-on un homme qu'on a abattu ?

Elle soupira et dit :

— Pourquoi n'es-tu pas un chef parmi les Akhaouasha ? Avec des guerriers tels que toi et ton ami devant eux, que pourraient faire les vils Syriens et les esclaves d'Égypte ?

Je souris mais ne répondis pas. Nous avons éteint le feu avant de nous étendre pour goûter au repos. Mais, lorsque tout le monde parut endormi, Kashta se glissa près de moi et il me dit :

— Merirê, l'intention de ton cœur est-elle toujours d'aller dans le camp des barbares de la Mer ?

— Pourquoi ne voudrais-je plus y aller, Kashta ?

— Ne sais-tu pas maintenant tout ce que tu désirais savoir ?

— Je sais que Mashashor commande les Akhaouasha, mais cela je le pensais déjà. Combien a-t-il de chars et de guerriers ? Où se dirige-t-il maintenant ? Comment va-t-il attaquer l'Égypte et quand ? Ai-je une réponse à toutes ces questions ? Puis-je me contenter de connaître les noms des chefs barbares et d'avoir entendu dire qu'ils étaient aussi nombreux que les grains de sable au bord de la mer ? Il était alors inutile que je vienne jusqu'ici. Certes, Kashta, je n'ignore pas pourquoi tu voudrais que nous retournions en Egypte, mais quel est le dessein de ton cœur ? L'emmener en Égypte contre sa volonté ? Je ne sais si tu y parviendrais, car elle chercherait à t'échapper comme elle s'est enfuie du camp des Syriens; à mes yeux tu ne seras plus qu'un vil Égyptien et elle se considérera comme ta captive, et elle te haïra ou elle te méprisera dans son cœur. Kashta, moi aussi, j'ai pensé à tout cela et vois : si Kheriset disait « Je t'aime Kashta et je veux aller en Égypte avec vous », alors nous retournerions sur nos pas et par amitié pour toi je négligerais la mission dont je me suis chargé. Or cela, elle ne le dira pas, car je ne sais si elle t'aime, mais je sais qu'elle a une fierté qui serait plus forte que son amour. Conduisons-la à Mashashor, et alors voici : celui-ci marchera sur l'Égypte et il est si sûr de lui qu'il y emmènera Kheriset. Alors, ou il sera vainqueur — et, si tu avais enlevé Kheriset il te la reprendrait — ou il sera vaincu et Kheriset sera ta captive; et il t'appartiendra de te faire aimer, car tu apparaîtras à ses yeux non plus comme un voleur de femmes mais comme un prince victorieux.

Kashta ne trouva pas d'objection à mes paroles et il alla s'étendre aussi près de Kheriset que la bienséance le lui permettait. Nous avons suivi le cours de cette rivière pendant toute la journée suivante et ensuite nous avons laissé cette vallée pour descendre dans la vallée de l'Oronte en direction de Kadesh. Or voici : c'était le troisième jour depuis que nous avions combattu les Syriens, lorsque nous vîmes venir vers nous les chars en grand nombre. Ils étaient montés par des Akhaouasha et ils s'arrêtèrent devant nous, car ils pensaient que nous étions des leurs, et leur chef me demanda :

— Venez-vous du sud ?

— Nous venons du pays de Canaan, lui répondis-je

— N'avez-vous pas rencontré des esclaves de Syrie qu'emmenaient des gens de notre peuple ?

— Nous les avons vus, ai-je déclaré.

— Dis vite où ils allaient, car ces brigands ont enlevé la fiancée de l'un de nos rois et sa colère est pareille à celle d'un taureau sauvage. Certes, il récompensera celui qui l'aidera à la retrouver, mais moi je ne veux pas me présenter devant lui si elle n'est pas auprès de moi.

— Alors tu peux retourner auprès de Mashashor, car nous lui ramenons sa fiancée.

Il me regarda avec un grand étonnement. Kheriset rejeta le manteau qui cachait ses cheveux et son visage et un guerrier qui la connaissait, car il appartenait à sa suite, s'écria en courant vers elle :

— Maîtresse, je rend grâce aux dieux, car te voilà de nouveau parmi nous. Mais qui sont ces hommes qui t'accompagnent ?

Elle le regarda et elle dit à voix haute :

— Ce sont les plus courageux des guerriers parmi les Peuples de la Mer, car je les ai vus détruire à eux deux les vils Syriens qui m'emmenaient captive, comme si ç'eût été une troupe de chèvres.

Le guerrier lui dit :

— Princesse, monte sur mon char car je te ramène devant notre maître Kaper, qui remplit de camp de ses lamentations.

— Non, répliquai-je, ce n'est pas toi mais nous qui nous sommes battus pour elle et qui sommes venus à travers bien des dangers jusqu'à ce camp où nous n'avons rien à faire; c'est mon ami Kashta qui la conduira jusqu'à Mashashor.

— C'est chose juste, déclara Kheriset, et je resterai sur le char de ce guerrier.

Le soldat s'inclina et retourna vers son char. Ainsi les attelages des Akhaouasha formèrent notre escorte pour entrer dans le camp des Peuples de la Mer. Je vis alors qu'il était vaste comme une grande ville dont les maisons seraient en toile ou en bois.

Le chef des chars nous a conduits vers les tentes des princes, qui étaient les plus belles au centre du camp. Sur le devant s'étendait une vaste place vide, comme une esplanade où les chefs se réunissaient pour tenir conseil et aussi pour manger. Sur cette place je vis Mashashor et Kaper, et ce jeune insolent de Malanoupa, qui était devenu aussi grand que son frère. Nous sommes descendus de nos chars et Kheriset a marché vers Kaper, suivis par Kashta. Kaper est venu vers elle en l'appelant « ma fille » et il l'a serree contre sa poitrine. Il l'a ensuite conduite devant Mashasnor et lui a dit :

— Mon fils, voici l'épouse que je te destinais.

Mashashor la regarda un instant et ses lèvres sourirent.

— Mon père, répondit-il, je la prends. Certes, ceux qui m'ont vanté sa beauté avaient une langue bien faible, car ils sont restés bien en dessous de la vérité.

Et moi je cherchai du regard tout alentour celle pour qui mon cœur s'était remis à battre, mais je ne l'aperçus nulle part.

Mashashor se tourna vers nous et il dit :

— Sans doute, ce sont là ces hommes qui l'ont ramenée devant moi.

— Ce sont eux qui ont détruit une troupe de Syriens pour m'arracher à leurs mains et pour m'amener jusqu'ici, répondit Kheriset.

Mashashor sourit et il dit :

— Merirê l'Égyptien, je vois que ton bras n'a pas faibli avec les ans.

— Bien au contraire, Mashashor, ai-je répondu.

Il passa sa main sur sa bouche et désigna Sharkan.

— Et voici ce vermisseau qui te suit comme un chien. Mais celui-là je ne le connais pas.

Il avait tourné son regard vers Kashta et je dis :

— C'est un Shardane qui commandait une troupe au service d'un prince égyptien. Il est devenu mon ami et nous avons dû quitter l'Égypte, car nous nous sommes levés contre celui qui est maintenant le roi.

Mashashor plissa les paupières en me regardant. Croyait-il ce que je disais ? Que m'importait ? Il ne pouvait savoir cependant qui j'étais en vérité. Il répondit :

— Égyptien, je suis sans rancune. Nous marchons vers l'Égypte : combats donc dans nos rangs. Quand je serai roi de ce pays, tu pourras y revenir en toute sécurité. Et ceci, c'est la récompense de Mashashor envers ceux qui lui ramènent sa fiancée.

Je le regardai et je lui dis :

— Mashashor, ta générosité est merveilleuse. Mais nous ne sommes pas venus ici pour nous mettre à ton service; nous sommes venus pour ramener ta fiancée et nous ne voulons pas de récompense. Pourtant, je veux te dire ceci : toi et tes compagnons vous êtes maîtres des terres des vils Khéta et d'une partie du Kharou. C'est déjà un bel empire, et je te déconseille d'aller attaquer les Égyptiens. Ils aiment la paix mais savent se défendre lorsqu'on les attaque.

J'avais parlé ainsi pour l'éprouver. Il se mit à rire et il dit :

— Ce n'est pas toi qui détourneras mon cœur. Vois : mon père Kaper est venu de Tiroun avec tous nos vaisseaux et sans doute nous ne retournerons plus dans le palais que nous y avons laissé; mon regard est tourné vers l'Égypte et j'en serai le maître, et la belle Kheriset montera avec moi sur le trône de ce pays. Tu m'as donné un conseil et moi je vais t'en donner un autre : parcours notre camp et tu verras la puissance de nos armées; ensuite va à Dor et tu verras la force de notre flotte. Alors retourne auprès de ton roi et conseille lui de fuir chez les vils Éthiopiens et de se terrer dans un trou comme un rat, car je n'arrêterai ma course que lorsque j'aurai soumis toute les nations qui sont à l'intérieur du Grand Cercle. Chacun de nos princes sera alors le maître de terres immenses et il aura des esclaves par centaines de milliers, mais moi je serai le plus puissant et je régnerai dans la ville de Thèbes.

Je ne répondis pas à Mashashor, et je lui laissai croire ce qui plaisait à son cœur. Il me convenait qu'il crût les Égyptiens aussi faibles que les Syriens et les Khéta, car il est utile de laisser penser qu'on est moins fort qu'on ne l'est en vérité.

Or nous parlions ainsi lorsqu'un char vint s'arrêter près de nous et je reconnus Palameta. Il sauta de son char et il vint vers moi en s'écriant :

— Mes yeux ne me trompent pas : c'est bien notre hôte Merirê qui est devant moi !

— Palameta, lui répondis-je en descendant de mon char, tes yeux ne te trompent pas et je suis ici pour ramener à Mashashor sa fiancée, que de vils Syriens avaient enlevée.

Il posa ses mains sur mes bras et il dit :

— Combien mon frère Meshetour va avoir de joie dans le cœur en te revoyant ! Son âme a été assaillie par tant de craintes en songeant à tous les dangers que tu allais courir en traversant seul tant de contrées hostiles !

Je le regardai et lui dis :

— Mon cœur a aussi hâte de revoir Meshetour; il doit être devenu un grand guerrier ! Mais votre père Ouroulapa doit être seul et triste dans sa vieillesse, car il ne voit auprès de lui aucun de ses fils.

— Certes, notre hôte, répondit Palameta. Mais nous allons en terminer avec ces guerres et nous aurons dans notre main plusieurs cités : notre père viendra alors parmi nous, et ce n'est pas sur une ville qu'il régnera mais sur plus de cités que n'en ont les plus puissants rois des Akhaouasha, qui sont rentrés chez eux pour jouir de leurs biens.

Je le regardai et je lui dis :

— Palameta, il est bon pour l'homme de ne pas être insatiable de richesses et de gloire, car cette conquête peut le conduire dans la tombe où l'on n'emporte ni la richesse ni la gloire.

— Merirê, notre hôte, c'est bien le choix devant lequel se trouve notre âme : soit vivre obscurément jusqu'à ce que notre temps s'accomplisse, soit vivre dangereusement, et c'est peut-être la voie dans laquelle marchent les cœurs généreux Elle peut nous mener rapidement à la tombe, mais elle est aussi la seule qui puisse conduire à la gloire et à la puissance. Telle est la route sur laquelle nous nous sommes engagés, nous tous qui sommes réunis en ce lieu.

Palameta parla encore ainsi, mais je ne l'écoutais plus que d'une oreille distraite : je n'étais occupé que de Myrina et mon inquiétude ne faisait que croître, car je ne la voyais toujours pas. Et devant Mashashor je ne voulais pas demander à Paladéta des nouvelles de sa sœur. Mon inquiétude était d'autant plus justifiée qu'il avait évoqué la joie qu'allait éprouver Meshetour en me revoyant, mais il n'avait rien dit de Myrina.

— Viens, dit enfin Palameta, tu es toujours l'hôte de mon frère et ton ami sera mon hôte. Nos tentes sont voisines et certainement souhaitez-vous vous reposer et faire boire vos chevaux.

## XXXI

## LA PART QU'AMON DONNE À CHACUN

Dans le camp des guerriers d'Assana, la première personne que je vis était Meshetour. Il se tenait avec plusieurs compagnons, de ceux que j'avais bien connus lors de mon séjour parmi eux, et ils dessanglaient des chevaux à la bouche pleine d'écume. Visiblement les bêtes venaient de fournir un grand effort.

— Les voici de retour de la chasse, me dit Palameta.

A nouveau mon cœur fut sur ma main car je ne voyais nulle part Myrina. J'allais interroger son frère à son sujet, mais il interpellait Meshetour, qui en me reconnaissant courut vers moi et me serra entre ses bras :

— Merirê, mon frère ! s'exclama-t-il. Un dieu favorable t'a conduit parmi nous ! Quelle joie est la mienne de te revoir, après tant d'année !

— Sans doute est-ce un dieu qui a dirigé mes pas vers vous, ai-je assuré. Ainsi vous avez enlevé la cité des Iliouna et vous élancez à la conquête du monde ?

— La cité d'Ilion est enfin tombée et bientôt nous serons aux frontières de l'Égypte, répondit-il avec fierté.

Palameta lui expliqua ensuite que nous ramenions à Mashashor sa fiancée après l'avoir délivrée des vils syriens qui l'avaient capturée. Cela me permit alors de faire allusion à celle à qui allaient toutes mes pensées :

— Je m'étonne que ce Mashashor ait une fiancée, car je

croyais qu'il avait épousé Myrina. Je ne l'ai pas vue dans ce camp.

Meshetour me regarda et sourit :

— Mashahor n'a pas épousé notre sœur... Justement, la voici.

Il portait son regard par-delà mon épaule et je sentis mon âme défaillir. Je me retournai brusquement : Myrina s'approchait sur son cheval frémissant; elle portait la tunique courte, qui est le vêtement masculin chez les Akhaouasha lorsqu'ils ne se contentent pas de l'étroit pagne qu'ils ont emprunté aux Keftiou. Près d'elle chevauchait un jeune homme avec qui elle parlait en riant, et dans ma joie de la voir je ressentis en même temps l'aiguillon de la jalousie. Ces quelques années avaient affirmé sa beauté et sa seule vue suffit à rallumer en moi la grande flamme qui avait brûlé mon cœur pour elle.

— Myrina, vois donc qui est là ! s'écria Meshetour.

Elle porta vers moi son regard; sans doute hésitait-elle à me reconnaître, puis elle pâlit légèrement et soudain son visage s'éclaira :

— Merirê ! Est-possible ?

Elle avait sauté à bas de son cheval, que Palameta était venu prendre par la bride, et donnant à son frère son javelot elle vint devant moi, et son regard me pénétra comme le dard dans le flanc du chevreuil. Je pris ses mains dans les miennes :

— Myrina, lui-dis-je d'une voix couverte — car j'aurais préféré qu'il n'y eût pas de témoins à notre rencontre — jamais je n'aurais espéré de retrouver ainsi ! En vérité je te croyais l'épouse de Mashashor.

— Sans doute Artémis n'a pas voulu que je m'unisse à Mashashor, car il ne m'était pas destiné, contrairement à ce que j'avais cru. Je suis heureuse de te revoir. Tu es toujours resté si près de moi pendant ces années !

Elle soupira et rougit, puis brusquement elle se détourna, troublée d'avoir ainsi dévoilé son âme.

— Palameta, demanda-t-elle à son frère, veux-tu t'occuper de faire étriller mon cheval ?

Puis, me regardant, elle reprit d'un ton vif :

— Nous avons chassé tout ce jour et je n'aime pas sentir mon corps couvert de poussière et mon vêtement humide adhérer à ma peau. Vas-tu rester longtemps parmi nous ?

Elle avait retrouvé son assurance et parlait avec un air détaché, comme si ma réponse avait peu d'importance. Palameta lui expliqua la raison qui nous amenait dans leur camp, et elle adressa un sourire à Kashta et un regard à Sharkan.

— Je ne sais encore combien de temps nous resterons ici, ai-je enfin déclaré sur un ton tout aussi neutre.

Elle m'a lancé un regard dans lequel j'ai cru lire des interrogations secrètes. Elle hésita un bref instant avant de déclarer :

— Je vais me baigner dans le fleuve.

Je la suivis du regard jusqu'à ce qu'elle eût disparu parmi les tentes du camp.

— Venez, nous dit alors Meshetour, je vais faire dresser une tente pour vous.

Nous le suivîmes, mais je n'avais plus qu'un désir, me trouver seul avec Myrina. Il s'arrêta devant sa tente et donna des ordres à des valets, puis il nous invita à venir boire du vin de Syrie sous sa tente. Nous nous sommes assis sur des tapis autour des coupes et Meshetour interrogea Kashta, étonné de voir un homme de son peuple qui était né en Égypte et y avait passé sa vie. Mais mon impatience devint telle que bientôt je me levai et je dis :

— Moi aussi il me plairait de me baigner, car j'ai bien chaud.

Meshetour avait compris ma pensée; il me regarda et dit :

— Il n'est pas nécessaire que je t'accompagne. En sortant, passe derrière la tente et marche tout droit. Le fleuve n'est pas très éloigné, au bout du camp. A cette heure de l'après-midi il n'y a plus personne, car les femmes vont y laver le linge au début de la journée et les hommes y vont se baigner seulement à la fin de la matinée, après avoir terminé leurs exercices.

C'est presque au pas de course que je gagnai les rives du fleuve. En avançant insi, je bousculais les gens car la plus grande animation régnait dans le camp des Akhaouasha, qui traînaient avec eux leurs captives, leurs concubines, leurs serviteurs, esclaves enlevés au cours de leurs raids, et les enfants qu'ils avaient eus de toutes ces femmes; et je trébuchais sur les enfants et les chiens qui couraient en tous sens, criaient, aboyaient, se battaient.

Le fleuve est ici bordé de roseaux qui s'étendent en fourrés jusque dans les eaux, si bien qu'il ressemble au Nil avec ses touffes de papyrus, mais il est beaucoup moins large et profond. Je vis au loin sur la droite, sur la rive opposée, la ville de Kadesh, près de laquelle le Dieu Grand mon aïeul avait vaincu les hordes des Hittites unies aux princes syriens. Mais mon cœur n'était plus occupé que d'une chose. Or je vis dans l'herbe la tunique que portait Myrina lorsque je l'avais aperçue, avec sa ceinture, son poignard et ses sandales. Je me hâtai de me dépouiller de mon vêtement et entrai dans l'eau fraîche. J'avançai un moment puis me mis à nager et, au-delà d'un rideau de joncs, Myrina m'apparut. Elle était assise à l'abri de la végétation, sur un banc de sable, car lorsqu'elle se redressa l'eau ne lui arrivait qu'à mi-cuisse. Un sourire éclaira son visage lorsqu'elle me vit, et dans un geste plein de grâce elle serra dans ses mains sa chevelure ruisselante. Sans doute pensait-elle que j'allais la rejoindre, car elle ne marqua pas la moindre surprise et fit quelques pas vers moi. J'avais repris pied et je courus vers elle. Elle prononça mon nom et le sien me vint sur les lèvres, plein de douceur. Nous nous sommes enlaçés sans autre parole et nos bouches se sont unies; et, sans qu'elles se séparent, nous avons glissé dans l'eau et nous sommes remontés tout près d'un fourré de joncs et de roseaux où l'eau n'arrivait plus qu'aux genoux de manière que nous pouvions nous coucher, nos corps enlacés cachés par le voile du fleuve. J'ai alors vu que son amour pour moi ne s'était pas refroidi avec le passage du temps, et celui que je ressentais pour elle n'avait cessé de couver en moi pour se rallumer avec une flamme plus haute encore. Elle s'ouvrit toute à moi et je fus en elle sans même que nous y ayons pensé, comme si la Dorée conduisait nos corps et nos âmes, dont nous n'étions plus les maîtres.

— Oh ! Merirê, soupira-t-elle entre deux étreintes, ainsi tu m'aimes toujours ?

— Myrina, je crois que je t'aime plus encore que je ne t'ai aimée, et c'est une déesse qui nous possède car je ne devrais pas.

— Pourquoi dis-tu cela ? Moi, je t'aime aussi plus qu'il n'est possible, mais j'en suis heureuse et je m'y abandonne. Vois ! A peine venons-nous de nous retrouver après tant d'années que déjà nous voici si étroitement enlacés que nous n'avons plus la force de nous désunir. Et tout à l'heure, il n'y aurait pas eu tous ces témoins et je n'aurais pas craint d'être repoussée par toi, je me serais jetée dans tes bras tant mon bonheur était grand de te retrouver !

Et moi, dans cet instant, j'oubliai l'Égypte et mon épouse, afin de ne pas troubler de si précieux moments de joie profonde.

Lorsque nous eûmes un peu apaisé les feux de nos sens, sans cependant que s'éteigne le désir, nous nous couchâmes sur un lit d'herbe hors de l'eau, à l'abri de buissons afin de cacher notre amour à quelque promeneur importun. Alors je posai à Myrina la question qui depuis un long moment me brûlait les lèvres :

Elle soupira, se serra plus fort encore contre moi et parla ainsi :

— Lorsque nous nous fûmes quittés, par cette triste journée qui reste marquée en mon cœur par une pierre noire, je me suis rendue au camp de Mashashor, mais je n'ai pas voulu devenir son épouse avant que tu ne sois parti. Comment aurai-je pu t'imposer de me voir au bras de cet homme ? Et moi-même je ne pouvais supporter l'idée de paraître devant toi en sa compagnie. Il voulait cependant que les noces aient lieu sans tarder et mon refus l'a irrité. Et moi-même je me sentais de moins en moins disposée à unir mon destin à lui.

— Pourtant, l'ai-je interrompue, tu m'avais parue bien décidé à agir ainsi, et tu savais ce qu'il en était de lui, pour l'avoir longtemps connu avant qu'il ne quitte notre pays.

— Sans doute l'avais-je mal jugé; mais aussi, après avoir connu ton amour, il m'est apparu sous un jour bien différent. Et aussi je voyais qu'il avait auprès de lui plusieurs concubines, des captives, mais aussi une femme libre, qui exerçaient un fort pouvoir sur son esprit tout autant que sur ses sens. J'ai commencé par lui déclarer que, lorsque nous serions mariés, il devrait chasser la femme libre et que les captives ne seraient auprès de nous qu'en tant que servantes. Alors qu'en toute autre circonstance je me serais gardée de le prendre de front et j'aurais usé de caresses et même de pleurs pour le persuader de se séparer de ces femmes, je le heurtai volontairement, mue par une haine secrète née du désespoir que je ressentais de devoir me séparer de toi. Et lui-même, que mon attitude agressive inclinait peu à me complaire, répliqua qu'il était le maître chez lui et que le fait que je sois son épouse ne pourrait rien changer à son comportement vis-à-vis de ses concubines. Et il a déclaré avec hauteur qu'il daignait m'épouser pour que je sois la mère de ses enfants et qu'il ferait de moi une reine, mais que cela ne l'empêcherait pas d'aimer où il lui plairait et que tous les rois puissants se devaient d'avoir un harem rempli de femmes.

Les paroles de Myrina ne pouvaient que me réjouir le cœur, et j'étais également satisfait de voir qu'elle avait été déçue dans ses certitudes de pouvoir pétrir ce Mashashor comme une argile molle.

— Tout cela, poursuivit-elle, avait déjà bien refroidi mon désir d'obéir à ma déesse, et je me mis même à douter qu'il eût réellement été dans sa volonté que j'épouse cet homme. Mais enfin, cela n'aurait pas suffi à changer ma décision s'il ne s'était produit un incident. Sans doute n'as-tu pas oublié le jour où Mashashor a battu cet homme qui est maintenant auprès de toi. Je pense que tu ne m'as pas vue, mais j'ai assisté, dissimulée derrière une tente, à ton combat avec Mashashor et si un instant j'ai eu peur pour toi, je suis ensuite réjouie de la manière dont tu l'as humilié. J'ai même alors regretté que tu ne l'aies pas tué.

— C'est aussi le reproche que m'a fait ton frère, et crois que je l'aurais peut-être fait si je n'avais pas pensé à ce que tu m'avais dit à ce propos, bien qu'en vérité je répugne à tuer un homme qui gît vaincu et désarmé devant moi, serait-il mon pire ennemi.

— Toujours est-il que Mashashor a été atrocement humilié et il s'est retiré dans sa tente pendant tout le reste de la journée pour ronger son frein. Pour moi, je le surveillais car je craignais qu'il ne méditât de te porter un mauvais coup par traîtrise : je ne savais pas que tu étais parti peu après l'altercation. C'est ainsi que, lorsque je l'ai vu prendre ses armes et se précipiter vers le camp de mes frères, j'ai moi-même saisi mes javelots et je l'ai suivi. Il est arrivé dans le camp en criant comme un homme pris de boisson et te défiait, mais tu n'étais plus là. Alors il s'en est pris à Meshetour, qui était seul car Palameta se trouvait auprès du roi Menirou. Meshetour était ton hôte et il le rendit responsable de ton intervention, et il lui demanda des comptes de l'affront que tu lui avais infligé. Mon frère tenta de se défendre, d'abord en paroles, ensuite avec ses mains, car Mashashor l'avait assailli. Mais Meshetour était trop faible pour Mashashor ! Celui-ci le menaçait de son long poignard et lui serrant la gorge, et il l'aurait frappé si je n'étais intervenue. Je lui criai de s'arrêter, car je me trouvais encore à distance, mais Mashashor s'est tourné vers moi et il m'a répondu : « Femme, ceci n'est pas ton affaire. Éloigne-toi de ma vue si tu ne veux pas subir ma colère, car tu n'es qu'une fille de joie et tu es la cause de tout. » Et comme sur ces mots il abattait son arme sur mon frère, mon javelot a jailli de ma main et l'a saisi à l'épaule. Alors il s'est retourné vers moi, ayant relâché Meshetour. Il me regardait avec étonnement, car sans doute mon geste lui semblait inouï. Je lui ai dit en venant vers lui et le menaçant de mon autre javelot que je l'avais volontairement épargné, mais que s'il persistait j'étais disposée à lui percer le foie. Dans sa colère il a projeté vers moi le javelot qu'il avait arraché de son épaule; mais je l'ai évité et sans doute l'aurais-je frappé si Menirou n'était intervenu avec ses guerriers. Il a déclaré à Mashashor que, s'il continuait à se montrer hostile, il le renverrait vers son père, et il a ajouté que si l'un d'entre nous s'avisait de frapper son compagnon de combat avec le bronze aigu, l'assemblée des princes se réunirait pour le mettre à mort. Les menaces de Menirou ont porté : Mashashor s'est éloigné, et depuis il a évité toute querelle. Mais je le soupçonne d'attendre une occasion favorable, même s'il fait comme s'il avait tout oublié. Mais, pour moi, il n'était plus question que j'épouse cet homme, et je suis revenue dans le camp de mes frères.

Rien ne pouvait me réjouir davantage. Myrina soupira et ajouta :

— Oh ! comme je regrettai de t'avoir laissé partir ! Un moment, j'ai failli me lancer sur tes traces afin de te demander de m'emmener avec toi; mais j'ai bientôt réalisé la folie d'une telle action. Il y avait évidemment les dangers auxquels j'allais m'exposer en m'aventurant seule dans ce pays inconnu ravagé par la guerre, mais encore je me dis que tu as dans ton pays une épouse et que tu ne pourrais me garder auprès de toi.

Ces paroles m'ont rappelé cette réalité, et mon âme s'en est attristée, je songeais que je pouvais m'attarder dans le camp des Akhaouasha, car dans la Terre Chérie m'attendait Reshot, mais aussi les armées dont je devais prendre la tête pour défendre notre sol de l'invasion étrangère.

Myrina m'a regardé avec une sorte de tristesse :

— Car elle t'était sans doute toujours fidèle, ton épouse dans ta demeure.

Elle avait baissé la voix pour parler ainsi.

— Il est vrai qu'elle s'y trouvait et elle avait bien besoin de moi, ai-je avoué.

— Ne serait-elle plus avec toi, pour que tu l'aies de nouveau quitté ? m'a-t-elle alors demandé.

— Elle est toujours auprès de moi et je crois lui porter encore un grand amour. Et pourtant c'est toi que j'aime plus que tout au monde; et ne me demande pas comment c'est possible, car je ne saurais te répondre.

Elle s'est assise et a demandé d'un ton qui se voulait enjoué, mais sous lequel perçait son amertume :

— Avant de repartir, peut-être viendras-tu chasser avec moi ?

Sans répondre à sa question, je lui ai pris le bras :

— Myrina, as-tu l'intention de suivre Mashashor et les autres princes dans leur marche vers l'Égypte ?

— Que pourrais-je faire d'autre, les ayant suivis jusqu'ici ?

— A quoi cela te servira-t-il ? Car ce n'est pas ainsi que tu pourras rencontrer l'homme qui te donnera un royaume ?

— Je laisse faire les dieux, car ils ne peuvent m'avoir trompée.

Elle me regarda de ses yeux clairs, et après un silence elle reprit :

— Je sais qu'avec toi j'ai rencontré le seul homme que je pourrai aimer.

Et elle ajouta avec un léger rire :

— Peut-être me conquerras-tu un royaume.

Dans le même temps que je pensais que j'avais presque un

royaume à lui offrir, je songeai à Reshot et je poussai un grand soupir. Pourquoi Amon et Hathor m'avaient-ils donc conduit jusqu'aux rives lointaines des Iles de la Mer pour me faire rencontrer Myrina et remplir mon cœur de sa beauté après m'avoir donné Reshot, de manière à rendre impossible un tel amour ? Cela je ne pouvais le comprendre. Ah ! si j'avais été un simple homme parmi les autres, peut-être aurais-je pu rester auprès de Myrina, car Reshot était maintenant respectée et je n'avais plus de soucis à me faire quant à son avenir. Mais je devais rentrer en Égypte pour y conduire une dure guerre et je ne pouvais emmener Myrina avec moi. Et elle-même savait bien que mon épouse était placée là entre nous par les dieux pour que jamais nous ne puissions véritablement être réunis.

Nous avons remis nos vêtements en silence et nous nous sommes séparés pour retourner au camp. Je sentais qu'elle partageait le sentiment qui m'étreignait, de la folie de notre amour. Et moi, j'agitais dans mon cœur toutes sortes de pensées sans parvenir à trouver une issue à cette véritable prison dans laquelle je me trouvais enfermé, entre Reshot et Myrina.

Je retrouvai Kashta devant la tente que Meshetour avait fait dresser pour nous. Il avait la tête basse et je vis comme moi il avait le cœur lourd de tristesse. Je m'assis auprès de lui et lui demandai s'il avait révélé à Kheriset ce qui était dans son esprit.

Il me répondit ainsi :

— Ce jour où tu es allé avec Sarkan pour chasser dans la forêt et où tu m'as laissé seul avec elle pour préparer le feu, je lui ai parlé et je lui ai dit : « Kheriset, connais-tu l'histoire de cette princesse et de ce pauvre guerrier ? » Elle m'a regardé et elle a dit : « Je ne sais de quelle histoire tu veux m'entretenir et je ne connais ni cette princesse ni ce pauvre guerrier. — Alors, lui ai-je déclaré, je vais te la raconter afin de distraire ton âme pendant que je prépare le feu. Voici : c'était la fille d'un roi puissant que son père voulut marier à un prince, sans que la princesse ait jamais vu son époux ! » Elle me regarda et dit en souriant : « Je vois que cette princesse était comme moi. Mais je crois connaître ton histoire. Elle est très jolie, mais ce n'est qu'un conte, et ta princesse n'est pas une vraie princesse. » Je lui demandai : « Pourquoi dis-tu cela ? Une princesse n'est-elle pas une femme qui est sensible à l'amour ? » Alors elle m'a regardé et elle a dit : « Certes, Kashta, une princesse a un cœur qui est sensible à la flamme d'amour, mais elle est princesse avant d'être femme, comme un roi est roi avant d'être un homme. C'est pourquoi elle rejettera loin de son cœur tout sentiment d'amour qui chercherait à naître en sa poitrine pour tout autre homme que celui auquel son père l'a destinée ! Je la regardai et ses yeux étaient dans les miens, et elle baissa la tête et je lui dis : « Mais, toi, Kheriset, agirais-tu comme la princesse de ton conte ou celle du mien ? » Elle releva son regard vers moi et elle dit : « J'agirais comme la princesse de mon conte. » Ah ! ses paroles ont pénétré dans mon cœur comme une épine, mais je lui ai demandé : « Même si ce Mashashor déplaît à ton cœur ? » Elle m'a regardé et elle a répondu : « S'il déplaît à mon cœur, je ferai autant qu'il est mon pouvoir qu'il lui plaise et je lui serai une épouse fidèle et aimante. » Ces dernières paroles ont cette fois brisé mon cœur comme si elle l'avait jeté sous le meule du grenier, mais je n'en ai rien montré et je lui ai dit : « Kheriset, c'est la princesse de ton conte qui n'est pas une vraie princesse et il est heureux pour les hommes qu'il y ait fort peu de princesses comme toi. » Alors elle m'a regardé un instant et elle a dit : « Peut-être, Kashta. Je suis encore bien jeune et je n'ai pas l'expérience des choses. Pourtant, il me semble que le monde serait plus beau si toutes les femmes pensaient comme la princesse de mon conte. »

Kashta poussa un grand soupir et il dit encore :

— Voilà ce qui a été dit entre Kheriset et moi : vois, Merirê, combien Kashta est malheureux, car même si elle m'aimait elle ne me l'avouerait jamais, et même si ce Mashashor lui déplaît elle l'aimera comme l'époux qui lui est destiné.

Je songeai alors qu'Amon nous avait donné à chacun une part bien amère dans le pain de la vie, car voici que tous les deux nous aimions chacun une femme du peuple des Akhaouasha, mais les dieux ne semblaient pas vouloir que se réalisent nos amours.

Quand le soir eut étendu ses ailes sombres sur la terre, nous nous sommes réunis sur la place où j'avais vu Mashashor. De grands feux avaient été allumés et les valets y faisaient rôtir les bêtes entières. Je m'assis auprès de Meshetour et le Palameta, sur d'étroites couvertures jetées à même la terre. De nombreux chefs de guerre se tenaient déjà là, et j'en reconnus quelques-uns. Kaper avait pris place sur un siège en bois. A leur demande, je dus rapporter notre combat contre les Syriens qui tenaient captive Kheriset. Tandis que je parlais, Myrina était venue dans notre cercle et elle s'assit en tailleur sur un tapis en face de moi, de manière que je pouvais la regarder tout à loisir. Et sa vision ne faisait qu'activer le feu qui me brûlait pour elle.

Je terminais mon récit lorsqu'apparut Malanoupa, qui déclara :

— Mon frère Mashashor vient derrière moi, car il a attendu sa fiancée.

Nous vîmes approcher Mashashor, qui marchait aux côtés de Kheriset. Mais Malanoupa avait porté son regard sur moi et il frotta son épaule avec sa main gauche, là où avait pénétré la lame de bronze du poignard que je lui avais lancé. Il me dit :

— Te revoilà parmi nous, l'Égyptien. Moi, je n'ai rien oublié et tu ne m'as pas rendu une épouse enlevée.

Je le regardai et répondis :

— Sans doute l'occasion ne s'en est pas présentée.

Mais il suivait mon idée.

— J'étais alors jeune, et sans grande force, dit-il encore.

— Peut-être as-tu appris à mieux lancer le javelot, ai-je repondu avec un sourire où je laissais voir mon mépris.

— Certes, et tu seras un des premiers à l'éprouver.

— Me cherches-tu querelle ? lui ai-je demandé.

— Sans doute, car il déplairait à mon cœur de manger assis auprès de toi.

— Il paraît à mes yeux que personne ne t'oblige à manger assis auprès de moi.

Je répondais sans violence, car il m'aurait déplu d'avoir encore à corriger cette oie querelleuse. Mais il me répondit avec la hargne d'un mauvais chien :

- Alors éloigne-toi, si tu ne veux pas éprouver la force de mon bras.

Je le regardai :

— Certes, mon siège est sans confort, mais je m'y plais.

— Alors, restes-y à jamais ! s'écria-t-il.

Il lança contre moi son javelot avec toute sa force. J'avais roulé de côté, et le bronze se planta profondément dans le sol. Kheriset, qui était derrière Malanoupa avec Mashashor, avait poussé un cri. Sans me lever, je dis :

— En vérité, Malanoupa, tu manies toujours aussi mal le javelot.

Il avait tiré son épée, mais son frère posa sa main sur son épaule et lui dit :

— Il suffit, Malanoupa. Nous sommes ici pour nous réjouir et non pour nous quereller.

J'avais saisi le javelot. Je le tins sur mon bras gauche et, sans me lever, je le poussai de l'autre main, et l'arme alla se planter au centre d'une cible située de l'autre côté de la place et qui servait au tir à l'arc. Mashashor regarda le javelot et il dit à son frère :

— Malanoupa, Merirê n'est pas un adversaire pour toi. Il te briserait comme un roseau. Nul parmi nous n'est capable de lancer le javelot comme il vient de le faire. Ici, Merirê est notre hôte; cependant nous nous reverrons peut-être en Égypte, car il ne veut pas combattre avec nous. Alors nous viderons cette querelle, mais cela, je me le réserve.

Je lui répondis :

— Mashashor, tu as acquis une belle sagesse depuis que je t'ai cassé une dent. Certes nous nous retrouverons en Égypte ou ailleurs, et nous viderons notre querelle.

Il me regarda un moment et ses yeux brillaient comme ceux d'un loup, puis il sourit et il dit :

— Merirê, je te hais, mais j'aime le courage, et certes je n'ai jamais encore vu un homme dont le cœur soit aussi large que le tien. Sans doute tu es le seul adversaire qui soit digne de moi.

Je le regardai et lui dis sans mentir :

— Mashashor, tes paroles sont véridiques et sans doute tu es peut-être le seul adversaire qui soit digne de moi.

J'entendis Sharkan qui poussait un long soupir, et il vint m'apporter une coupe de vin.

— Porte aussi une coupe à Mashashor, lui ordonnai-je.

Il m'obéit. Mashashor prit la coupe et il la leva.

— A ta santé ! dit-il. Que les dieux te conservent le souffle de vie pour que j'aie le plaisir de te l'ôter.

Je levai ma coupe et je dis :

— A ta santé ! Que les dieux te donnent la force de te mesurer à moi !

Kaper prit la parole et déclara :

— Mes fils, asseyez-vous. Tous ces discours ne plaisent pas à mon cœur, et toi, Malanoupa, tu as eu tort; et je ne veux pas que du sang coule dans ce camp. Merirê est venu parmi nous pour ramener Kheriset, et il doit être notre hôte dans ce camp, comme il est déjà l'hôte de Meshetour et de Palameta. Et ceux-ci devraient le venger s'il lui arrivait quelque malheur sous leur toit. Allons, asseyez-vous et qu'on serve le vin et le pain et que les valets distribuent la viande !

Une femme suivait Kheriset, et elle posa à terre un tapis sur lequel la princesse prit place, et Mashashor s'assit auprès d'elle. Les valets distribuèrent la viande; le sang coulait sur les doigts et Sharkan prit sa part en fermant les yeux et il murmura près de moi :

— Ah ! Bonnes oies du Nil bien rôties ! Parfums du Pount chers à mon cœur ! Tapis moelleux et jardins fleuris ! Chants et danses des jeunes femmes d'Égypte ! Rires et paroles d'amour ! Que vous êtes loin de mon cœur et combien vous semblez précieux à mon âme au milieu de ces barbares, qui ne savent que traîner leurs derrières dans la terre et dont les bouches ne sont que querelles et exploits guerriers !

Et sans doute Mashashor cherchait-il à briller aux yeux de sa fiancée, car il ne cessa de se vanter et de chanter ses propres exploits sous les murs de la ville des Iliouna et dans le pays de Kheta. Ce n'étaient que combats et carnages, et il dit comment la ville des Iliouna avait été enlevée par la ruse et incendiée, et il énumérait les captives qui avaient rempli ses tentes et qui attendaient chaque soir qu'il vînt devant elles, chacune ayant au cœur l'espoir d'être choisie pour le divertir après les fatigues de la guerre.

— Voici un ennuyeux fat ! disait Sharkan. Je plains la belle Kheriset, qui devra supporter les propos stupides de ce grand héron.

Je regardai Kashta et je vis que ses yeux ne pouvaient s'éloigner de Kheriset. La jeune femme était assise sur le tapis : elle avait revêtu une robe comme en portait Myrina dans le palais de son père, alors qu'ici elle se contentait de la simple tunique.

Kheriset tenait les yeux baissés; elle les levait parfois sur son fiancé et souriait, mais on ne savait ce qui était dans son cœur. Son regard se tournait par moments vers Kashta et s'en éloignait sans que ses lèvres eussent souri; je disais alors en moi-même : « Je doute que cette jeune femme éprouve en son cœur quelque sentiment pour Kashta. Elle semble avoir quelque inclination pour son époux, et mon pauvre Kashta va être malheureux encore cette fois. »

Or la vanité de Mashashor me servit encore. Le lendemain, il vint me chercher devant ma tente et me dit :

— Mon hôte du moment et mon ennemi, viens avec moi, car je veux te montrer notre puissance.

Je le suivis volontiers et nous avons parcouru le camp avec nos chars. Et je vis qu'il y avait des guerriers par dizaines de milliers et des chars en grand nombre, deux mille, déclara-t-il, et je crois qu'il ne se vantait pas.

— Et à Dor, poursuivit-il, Menirou nous attend avec près de mille barques et vaisseaux et un millier de chars, et encore des guerriers par dizaines de milliers. Et voici : nous allons lever le camp et reprendre notre route et, dans un mois ou deux, nous serons aux portes de l'Égypte et nos guerriers renverseront tout sur leur passage; nous briserons toutes les armées des Égyptiens et nos vaisseaux remonteront votre grand fleuve jusqu'à Thèbes, où j'entrerai en vainqueur.

Et le soir, alors que nous étions réunis autour des feux, il me donna avec complaisance le détail de la puissance dont il disposait et il me dit comment il capturerait l'Égypte comme un cerf, comme il avait capturé Kheta et Qodi et comme il était maître du Kharou.

Enfin il me regarda et dit :

— Et maintenant, dis-moi comment les Égyptiens pensent résister à une telle puissance ?

Je le regardai et je dis :

— Ceci, je ne puis te le dire, car je ne suis pas le roi d'Égypte. Cependant, ne sois pas trop confiant en ton bras et en la faiblesse des Égyptiens.

— Alors, va en Égypte et dis à ton roi qu'il réunisse toutes ses forces et qu'il se présente devant moi : tu me rendras un grand service, car ainsi je détruirai d'un seul coup la puissance de l'Égypte, et peut-être capturai-je son roi. On dit qu'il a des beaux palais où vivent les plus belles femmes de son royaume. Voilà qui est doux à mon cœur et j'ai hâte d'être le maître de tous ces trésors.

Je le regardai et je lui dis :

— Les paroles qui sortent de ta bouche sont aussi douces à mon cœur. Je me rendrai en Égypte et je ferai ce que tu m'as demandé.

— Je te donnerai un sceau pour que tu puisses passer par Dor pour voir notre flotte. Et tu diras au roi d'Égypte que je lui donne un mois pour rassembler ses forces; juste le temps qu'il faut pour lever un grand nombre de soldats qui seront mal armés et qui viendront se faire trancher la gorge comme un troupeau de chèvres; car, à ton sens, Merirê, combien de temps faut-il pour faire un guerrier capable de manier la lance et l'épée ?

— Au moins deux années d'entraînement continu, ai-je déclaré.

Il rit et répliqua :

— Merirê, tu pourrais faire un bon chef. Vois, il y a bien plus de deux années que nos guerriers mènent une dure guerre. Que vaudront devant eux les soldats égyptiens ?

Je le regardai et je répondis :

— Seule l'issue du combat découvrira les desseins de la divinité.

Le jour suivant j'allai chasser à cheval avec Myrina, Meshetour, Palameta et quelques guerriers. Kashta ne nous avait pas accompagnés, car il ne savait pas se tenir sur un cheval. Sans doute, j'avais le plus grand plaisir à me trouver auprès de Myrina, mais il était gâté par l'idée de la menace qui pesait sur l'Égypte. Et je me disais que chaque jour passé loin de la Terre Chérie appesantissait la menace qui s'élevait dans son ciel, car c'était un jour de perdu que j'aurais dû consacrer à la préparation de nos bons soldats.

Ainsi un matin je fis mes adieux à Myrina. J'avais dormi auprès d'elle dans sa tente et elle savait que nous allions nous séparer. Elle ne chercha pas à me retenir et je ne lui proposai pas de l'emmener. Mais elle me dit :

— Nous allons peut-être nous retrouver, mais tu seras dans le camp ennemi.

— Crois-tu que nous nous affronterons à la lance ? lui ai-je demandé en essayant de plaisanter.

— Tu es bien trop fort pour moi, répondit-elle avec un rire forcé. Et puis je ne participe pas aux combats. Cependant je ne me laisserai pas capturer facilement par qui que ce soit. Mais toi, vas-tu vraiment combattre dans les rangs ennemis ?

— Serais-je digne de toi si je me cachais comme un lièvre et si je laissais ce Mashashor ravager la Terre Chérie ?

Elle baissa les yeux :

— Certainement non. Tu agis comme tu le dois. Mais c'est une chose bien terrible. Peut-être nous reverrons-nous, si telle est la volonté des dieux.

Je m'éloignai rapidement pour ne pas laisser mon cœur s'amollir. Je trouvai au dehors nos chevaux attelés, et Kashta m'attendait avec Sharkan, qui était le seul de nous trois à manifester sa joie de quitter le camp des Peuple de la Mer. Je fis mes adieux à nos hôtes mais je jugeai inutile d'aller voir Mashashor pour appeler sur sa tête nos vœux de santé. Nous nous mettions en route lorsque Kheriset apparut. Elle s'arrêta devant nous, et elle dit :

— Ainsi, vous partez loin de nos regards ? Est-il vrai que vous rentrez en Égypte ? Pourquoi ne restez-vous pas parmi nous ? Agissez-vous ainsi pour relever le défi de Mashashor ?

— Nous rentrons en Égypte pour défendre notre pays, lui ai-je répondu.

Elle me regarda et dit :

— Je ne pensais pas en mon cœur que tu pus vraiment être un Égyptien.

— Pourtant, je suis égyptien, lui ai-je répondu. Mais pourquoi ne le croyais-tu pas ?

Elle hésita avant de répondre :

— On m'avait tant répété que seuls les gens de notre peuple étaient des guerriers, tandis que les autres n'étaient que des esclaves sans force !

— On t'a donc trompée.

Elle regarda alors Kashta et lui dit :

— Mais toi, tu es de notre race. Pourquoi ne restes-tu pas parmi nous ?

Il répondit :

— Mon sang est shardane mais je suis né en Égypte. La Terre Noire est la patrie où j'ai vécu et où j'ai été heureux, et je suis égyptien par le cœur.

Elle baissa la tête et parut réfléchir; elle leva les yeux vers lui et demanda :

— Quel est donc ce pays auquel un homme de ma race peut porter autant d'amour ?

Il posa sur elle son regard et parla ainsi :

— Sache que la Terre Noire est le pays où règnent la joie et la beauté, la terre y est généreuse avec celui qui sait lui donner ses soins, et on y trouve les plus doux produits qu'aient créés les dieux pour le plaisir des hommes. Tout ce qu'on peut aimer, les beaux arbres et les belles fleurs, les beaux paysages et les parfums qui troublent le cœur, les choses agréables au goût, tout cela se trouve en Égypte. Les demeures des dieux sont les plus belles et les plus splendides que les hommes leur aient construites, et les demeures des hommes sont les plus somptueuses que l'industrie ait élevées. L'Égypte est toute un beau verger aux fruits suaves, un grand jardin fleuri plein d'oiseaux de fleurs et de parfums, et celui qui a goûté aux délices des vergers d'Osiris, celui-là sait quel est le bonheur dont jouissent éternellement ceux qui sont partis vers le pays d'où l'on ne revient jamais.

Elle le regarda avec de grands yeux étonnés et dit :

— Est-ce de ce pays merveilleux que Mashashor veut me faire la reine ?

Kashta sourit et dit :

— Ce Mashashor est un petit enfant. Il a vaincu quelques

misérables avec ses hordes barbares, mais il ignore ce que sont une grande nation et une grande armée.

Elle le regarda longuement; ses lèvres tremblèrent et elle dit enfin :

— Que la protection des dieux soit sur vous et parvenez heureusement dans votre pays si beau, l'Égypte.

Son dernier regard fut pour Kashta, et elle s'éloigna en courant. Je poussai mes chevaux et je dis en moi-même : « Je ne crois pas que mon sentiment est faux : cette jeune femme est amoureuse de mon bon Kastha. » Mais ceci, je ne lui dis pas car je ne voulais pas faire naître en son cœur un espoir qui pourrait le tromper.

Nous sommes revenus par la côte et je m'arrêtai deux jours à Dor. Je portai le sceau de Mashashor et je pus voir toute la flotte des barbares de la Mer, et certes leurs vaisseaux étaient plus petits que les nôtres mais leur nombre était immense. Mashashor m'avait chargé d'une lettre pour Menirou, par laquelle il lui annonçait qu'il se mettait en marche et il demandait que les vaisseaux fussent prêts à appareiller. Et voici : moi qui étais le chef des armées égyptiennes, j'apportai à Menirou la lettre de Mashashor. Menirou m'accueillit avec aménité et me fit voir sa flotte, car ni lui ni Mashashor, non aucun de ces barbares ne pouvait songer en son cœur que j'étais le général de leurs ennemis et que j'avais fait lever à travers l'Égypte une formidable armée que j'avais fait entraîner à la guerre depuis plusieurs années.

J'avais hâte d'arriver en Égypte et nous avons poussé nos chevaux, aussi rapidement qu'il convenait pour ne pas cependant les épuiser. Sharkan ne se plaignait pas : son cœur était tout joyeux parce que nous rentrions dans la Terre Chérie.

## XXXII

## LA BATAILLE DE MIGDOL

Quand nous arrivâmes à Pi-Ramsès, mon cœur fut satisfait car je vis que la plaine était couverte par les camps des soldats et, dans la bouche du Nil, on ne voyait plus l'eau, qui était cachée par les vaisseaux. J'avais établi ma demeure et mon quartier général dans le palais immense que mon aïeul Ousirmarê avait construit pour en faire sa demeure lorsqu'il était dans cette capitale, élevée sur son ordre. Ramsès en occupait une partie, et il vint au devant de moi car on avait dit que je rentrais de Syrie. Il rit en me voyant, car jamais je n'étais apparu à ses yeux dans cet équipement, et il me dit:

— Si je ne savais pas que j'ai devant moi mon frère Merirê, je croirais que c'est un des barbares de la Mer; certes, eux-mêmes ont dû être dupés.

— Cependant, lui dis-je, ils ne s'y sont pas trompés car leurs chefs sont bien ceux que j'ai connus : mais la vanité et l'assurance de ce Mashashor sont telles qu'il m'a montré lui-même l'étendue de sa puissance et il m'a dit d'aller en avertir le roi d'Égypte. Dans un mois, leurs hordes seront devant nous et nous allons leur préparer une réception digne de leur puissance afin qu'ils aient une très belle fête.

Reshot était descendue dans la cour où je me trouvais, car elle avait appris mon arrivée au palais et elle avait dans le cœur trop d'impatience de me revoir. Je la pressai contre ma poitrine et je remplis mes narines de ses parfums qui donnaient l'ivresse. Et je lui dis :

— Ma bien-aimée, quand tu apparais, tu es comme le soleil qui surgit sur l'horizon oriental et tu laisses derrière toi tous les parfums du Pount.

Elle sourit et soupira :

— Toi, l'aimé de mon cœur, tu sens le cuir et la terre du chemin. Viens, car j'ai ordonné qu'on te prépare un bain et j'ai aussi fait donner le même ordre aux gens des appartements destinés à Kashta et à Sharkan.

En entendant ces paroles, Sharkan s'écria :

— Oh ! la merveilleuse maîtresse que nous avons là et qui sait ce dont ont besoin même ses plus obscurs serviteurs ! Certes, avec la vue de la belle Nofrit Nehet, c'est ce qui a le plus manqué à mon âme.

Ramsès dit alors :

— Merirê, mon cœur a hâte d'entendre le récit de ton voyage, mais remettons à plus tard ces affaires et sans doute pour demain soir notre belle Reshot va nous préparer une belle fête en l'honneur de ton retour, car notre cœur était rempli d'inquiétude de te savoir parmi ces barbares.

— Certes, Majesté, dit Reshot, j'organiserai une fête très belle et tous les grands qui sont ici viendront se réjouir avec nous.

Nous sommes allés dans nos appartements et je dis à Reshot :

— J'ai promis à Sharkan de lui donner une de tes suivantes, qui s'appelle Nofrit Nehet, et tu lui feras de très beaux cadeaux, afin que Sharkan ne pense pas qu'on la lui donne toute nue.

— Eh ! soupira Sharkan, c'est pourtant ainsi que je la préfère.

J'ai souri et j'ai dit à Sharkan :

— Tu vas me raser avant d'aller prendre ton bain, car nous sommes rentrés dans la Terre Chérie et je ne veux pas plus longtemps garder cette barbe.

Puis je me tournai vers Reshot, qui s'était assise à mes pieds :

— Mon aimée, depuis de longs jours mes oreilles n'ont entendu que le hennissement des chevaux, les cris des barbares dans leurs camps ou le sifflement du vent dans le désert. J'aimerais maintenant réjouir mon cœur en écoutant ta douce voix chanter pour moi un beau chant d'amour, comme ceux que chantent les jeunes filles qui s'en vont le soir vers les berges du Nil.

Reshot sourit. Elle n'avait pas voulu à nos côtés de servante, afin que nul ne fût entre nous. Elle se leva et alla chercher son luth. Elle revint s'asseoir à mes pieds et se mit à chanter les chants joyeux de la Bien-Aimée. Un bonheur plein de douceur descendit dans mon cœur tandis que la musique et la tendre poésie pénétraient mon ouïe, et mes yeux trouvaient le plaisir le plus grand à regarder le visage de la bien-aimée, penché sur son instrument qu'elle serrait sur sa belle poitrine. Sharkan était bavard mais il savait être discret. Il me rasa avec célérité et il s'éloigna sans que j'y prêtasse attention. Reshot cessa son chant et elle leva vers moi ses yeux brillants; ses lèvres sourirent et elle posa sa jolie tête sur mes genoux. Je caressai sa nuque tendre et je voulais encore longtemps jouir de ce plaisir. Mais elle se leva et me prit la main pour m'emmener dans la salle de bains, et c'est elle qui retira mes vêtements et qui me lava; et c'était une servante charmante qui me donnait des baisers tout en faisant son travail.

Et dans l'amour de Reshot je voulais oublier celui de Myrina, et mon cœur était joyeux et triste ! Comme j'aurais aimé avoir deux corps comme j'avais deux âmes, afin de pouvoir aimer sans souffrir dans le même temps d'une séparation ! Et aussi je soupirais en songeant que les dieux se plaisent à séparer les hommes de ce qui leur est cher, sans doute pour mieux leur en faire apprécier la valeur et pour qu'ils aient plus de désir que de crainte en songeant au bel Occident, où chacun vit dans ce qu'il aime pour l'éternité sans jamais y trouver de lassitude.

Ainsi je voulus que ce jour fût tout entier consacré à mon amour, et je ne vis personne d'autre que Reshot et quelques serviteurs et j'oubliai que tant de hordes barbares étaient en marche vers l'Égypte.

Le lendemain, tous les grands et tous les officiers se réunirent dans la salle du trône devant Ramsès. Je fis alors le récit de tout ce que nous avions vu dans les camps des Peuples de la Mer. Les officiers vinrent ensuite chacun devant moi afin de me faire savoir les forces qu'ils commandaient et les scribes marquaient les chiffres donnés sur leurs registres.

Lorsque chacun eut fait son rapport, je parlai ainsi :

— Nous disposons d'un mois pour nous préparer au combat. Or, sachez-le, nous ne pouvons pas perdre cette bataille, car ces barbares ravageraient la Terre du Nord et ce serait un grand malheur pour l'Égypte. Je ne veux donc pas qu'il se passe un jour sans que les soldats s'exercent à conduire les attelages et à tenir la rame, à tirer à l'arc ou au javelot, à manier la hache, le poignard ou l'épée. Il faut aussi que nos forges travaillent jour et nuit, car il nous faut des flèches et des javelots par centaines de milliers. Demain je donnerai des ordres nouveaux.

Je me tournai vers Ramsès et je lui dis :

— Il faut aussi dès cet instant que tu ordonnes que nos frontières soient fermées. Nul ne pourra quitter l'Égypte ni par terre ni par mer : seuls pourront aller vers l'Asie les vaisseaux et les troupes de chars que j'enverrai en reconnaissance pour observer les mouvements de nos ennemis.

Pendant le reste de la journée, j'étudiai les rapports des officiers et j'établis mes plans de défense. Le lendemain je les soumis à Ramsès, qui m'écouta et dit :

— Merirê, ordonne et on t'obéit. Tes plans me semblent tissés avec les conseils d'Amon, de Seth, de Rê et de Thot, et je te donne mon sceau pour que tes ordres soient exécutés selon ton bon plaisir.

Dans les forteresses qui, depuis la mer jusqu'à la ville d'Atoum, défendent les routes de l'Égypte, je renforçai les garnisons et je fis accumuler des vivres et des armes : les barbares ne savaient pas assiéger les villes et les places fortes pouvaient tenir pendant des mois contre leurs attaques : ils devraient alors les laisser sur leurs arrières et cela permettrait des sorties meurtrières; néanmoins, ceci je l'ordonnais dans le cas où nous serions vaincus au cours de la première bataille.

La flotte, sous le commandement d'Ebimoutef, se porta vers la bouche du Nil la plus orientale. La région qui borde la mer est remplie d'étangs et de marais et le Nil y devient large comme une baie. Ebimoutef devait disposer là ses vaisseaux côte à côte et sur plusieurs rangs de profondeur pour interdire l'entrée du fleuve aux bateaux des envahisseurs. Et près de la forteresse de

Migdol, où fut établi le quartier général, je fis installer le camp d'une armée de gens de pied avec des archers excellents par dizaines de milliers.

Grâce à des éclaireurs, je connaissais la progression de ces gens de la Mer et, lorsqu'ils s'engagèrent dans le désert d'Ayan, je quittai avec Ramsès notre palais de Pi-Ramsès, où je laissais Reshot. Nous amenions tous les chars, et c'était le tonnerre de Seth qui passait sur la route d'Égypte. Nous sommes parvenus à Migdol et Ramsès devait se diriger vers son camp du côté de la Mer. Je l'ai serré conte ma poitrine et lui ai dit :

— Que Seth victorieux soit sur la tête du roi des Deux Terres.

Il me regarda de dit :

— Qu'Amon, maître des combats, soit dans le bras du glaive de l'Égypte.

Nous nous sommes séparés, et la victoire était dans nos cœurs. Alors je disposai mes forces, car les envahisseurs approchaient de la frontière; et la flotte suivait le rivage tandis que les chariots de l'armée progressaient à peu de distance de la mer, mais leur nombre les obligeait à s'étirer vers le désert.

Et moi j'avais disposé mes fantassins sur plusieurs rangs de profondeur; leur aile gauche s'appuyait au rivage et ils faisaient front vers la mer, où ils rejoignaient l'aile droite de Ramsès, et leur aile droite se déployait en direction du désert. En arrière, je laissai un millier de chars se porter rapidement aux points faibles et empêcher la rupture de notre front.

Sans doute, lorsqu'ils virent notre immense armée ainsi disposée pour la bataille, les barbares éprouvèrent-ils un grand étonnement dans leur cœur. Mais leur assurance était telle qu'ils ne refusèrent pas le combat. Ils laissèrent leurs chariots en arrière et se rassemblèrent; ils surgissaient de partout, depuis les chariots près desquels ils marchaient. Leurs chars vinrent vers nous au trot, suivis par les gens de pied et je vis qu'ils allaient combattre comme sous les murs de la cité des Iliouna. Les chefs descendirent des chars, qu'ils laissèrent aux mains de leurs cochers et ils marchèrent vers nos soldats qui restaient sans bouger, cachés derrière leurs boucliers, la lance en avant. Et sans doute les barbares s'étonnaient en leur âme de voir que leurs adversaires ne brisaient pas leurs rangs et ne couraient pas contre eux, comme ils le faisaient quand ils combattaient entre eux.

Je ne voulus cependant pas laisser aux barbares l'initiative du combat, et je lançai mes chars sur leur flanc; et nos flèches volèrent et nos javelots jaillirent de nos mains; alors de toutes parts les lances et les boucliers se heurtèrent et les deux armées se confondirent. Et moi, j'avais revêtu la plus belle de mes parures de guerre et le bronze rivalisait avec l'or pour rendre ma cotte, mon bouclier et mes armes aussi éclatants que le poudroiement de la lumière du soleil. Et le bronze, l'o- et l'argent paraient aussi mes écuyers et leurs chars et le mien, mais nul ne pouvait douter qu'au milieu de ces guerriers d'élite c'était moi leur prince, et j'étais comme Amon au milieu de la bataille, et ses enseignes brillantes étaient l'ornement de mon char.

Et la charge formidable de nos chars renversa une multitude d'ennemis, mais leur nombre était pareil aux vagues de la mer et nos chars furent arrêtés par leur masse : mais ceci, je l'avais prévu et, suivant l'ordre que j'avais donné, un guerrier descendit de chaque char tandis que le cocher le dégageait et ils se placèrent sur les arrières afin de charger les fugitifs.

Et moi j'avançai dans les rangs des barbares, derrière mon fort bouclier, et je tenais ma lourde hache qui fracassait les boucliers, brisait les bois des lances et le bronze des épées, fendait les armures et les casques, broyait les membres, les crânes et les poitrines. Et mes cent écuyers avançaient en ligne à mes côtés et rien ne résistait à notre marche : ainsi les paysans progressent dans les marais et de leurs couteaux ils tranchent les tiges de papyrus sans en laisser une debout; ainsi avancions-nous parmi les rangs des barbares.

Et ceux qu'Amon avait jetés devant nous pour qu'ils soient la proie du bronze, ceux-là eurent leurs genoux brisés par la crainte et ils nous montrèrent leurs épaules pour fuir nos coups. Je saisis une hache dans ma main gauche et pris une lance qui était sur le sol, et je poussai la pointe de bronze dans les reins qui s'offraient à mes coups. A mes côtés, mes écuyers semaient la mort et la panique dans les rangs ennemis. Mais parmi ces adversaires je cherchais Mashashor, car je voulais enfin lui faire voir la mauvaise couleur : mais comment trouver un homme parmi tant de combattants ? Or Amon ne voulut pas me livrer Mashashor. Je vis soudain devant moi Meshetour, mon cher hôte; son courage était grand car il ralliait les fuyards et il les contraignait à revenir au combat en les poussant de sa lance; mais sa force n'était pas suffisante pour contenir le flot de nos guerriers, et c'est Nekhet qui se trouva face à lui. Or Nekhet était comme une tour et sa masse brisa la lance de Meshetour et rompit son bouclier. Meshetour bondissait de côté pour éviter ses coups terribles et il avait tiré son épée, mais elle fut brisée dans sa main par la masse de Nekhet. Alors je bondis et je retins le bras de mon écuyer. Meshetour était tombé à genoux et il me regarda. Il ne pouvait me reconnaître car il ne m'avait jamais vu qu'avec ma barbe et vêtu comme un guerrier des peuples de la Mer et il n'aurait pu penser que celui qu'il croyait être un exilé égyptien était le guerrier brillant d'or qui se tenait devant lui. Il songeait en son cœur que je voulais me réserver la gloire de le percer de ma lance, mais je lui tendis la main et je lui dis :

— Sans doute, Meshetour, tu ne peux reconnaître dans le général des armées égyptiennes ton hôte Merirê. Mais moi, j'ai la tessère d'amitié que tu m'as donnée un jour et c'est toi qui deviens mon hôte sur la terre d'Égypte.

Il me regarda et dit :

— Merirê ! Maintenant je te reconnais et je comprends pourquoi tu ne pouvais combattre à nos côtés.

Je lui dis alors :

— Meshetour, choisis selon ton cœur : va t'asseoir vers nos arrières sous la protection d'un de mes écuyers afin qu'à l'issue de la bataille je t'honore comme un hôte cher à mon cœur, ou bien prends mon bouclier et mon épée, qui sont solides, et continue de combattre parmi les tiens, mais restons loin des yeux l'un de l'autre.

— Je te rends grâce, Merirê, et je reconnais ton grand cœur, répondit-il. Je voudrais être ton hôte, mais ce serait le fait d'un cœur de cerf que d'aller s'asseoir hors de la mêlée tandis que le bronze des glaives bat les boucliers. Donne-moi ton épée et ton bouclier et allons combattre chacun de notre côté.

J'avais pris la main de Meshetour pour l'aider à se relever et je lui remis mes armes et il s'éloigna. Et moi je m'élançai contre les rangs ennemis, car j'avais conservé ma hache et une lance.

Or les barbares prenaient la fuite sur l'ensemble de notre front. Ils avaient réussi à percer le centre des rangs de nos fantassins, mais la charrerie qui se tenait en réserve était intervenue et ceux qui se croyaient victorieux furent assaillis par les chars et accablés de flèches et de javelots; et ils prirent la fuite comme une nuée de flamands lorsque la barque du chasseur parvient au milieu des marais où ils se reposent sur leurs longues jambes.

Je me retirai du combat avec mes écuyers et remontai sur mon char, car je voulais voir comment se présentait la bataille sur les autres points. J'envoyai des messagers auprès de Ramsès et ils vinrent m'avertir que les troupes de Sa Majesté ployaient devant les lourds fantassins pilistou qui avaient réussi à débarquer. Les chars intervinrent sur le front de mer et les Pilistou furent refoulés et s'enfuirent sur leurs vaisseaux; les chars étaient utiles pour forcer les fugitifs et, comme nous les traquions avec nos hommes de pied, de nombreux ennemis purent nous échapper; ils fuirent soit à pied soit en char vers Canaan, vers le désert d'Ayan, mais beaucoup parvinrent à rejoindre les vaisseaux qui étaient près de la côte. De ces bateaux, un grand nombre fut renversé, éventré ou capturé par les croiseurs d'Ebimoutef et les autres s'échappèrent, tous du côté du couchant. Les nefs de guerre égyptiennes qui croisaient au large en détruisirent plusieurs, et elles les prirent en chasse et les poursuivirent au-delà de la dernière bouche occidentale du Nil; et elles ne rentrèrent que plusieurs jours plus tard, lorsque les rapides barques des fugitifs eurent disparu sous l'horizon, vers les rives qui baignent les déserts où vivent les Libyens.

Or la nuit tombait, et l'obscurité permit à un grand nombre de barbares de trouver le salut. Cependant nos guerriers s'étaient rendus maîtres des troupeaux et des bagages, et des familles des vaincus des Pays de la Mer. Mais sans doute ce jour s'est livrée la plus grande bataille que les Égyptiens aient soutenue contre des barbares, et ce fut la plus éclatante des victoires, car jamais l'Égypte n'avait connu une pareille menace et jamais elle ne mit en déroute un si grand nombre d'aversaires et ne fit un si important butin.

Pour la nuit j'avais fait enfermer les bagages et les captives dans un cercle de soldats, et les guerriers capturés avaient été désarmés et répartis en plusieurs groupes; j'avais voulu qu'on leur liât les poignets et les chevilles afin qu'il ne profitent pas de la nuit pour s'enfuir ou pour se révolter en tuant les gardes.

Je désirais en mon cœur chercher qui étaient mes amis ou qui avaient mon estime parmi les Akhaouasha, mais je ne savais s'ils étaient morts, captifs ou fugitifs, et je dus me résigner à attendre le jour. Je ne savais non plus ce qu'il en était du destin que les dieux avaient réservé à Mashashor, à son frère et à son père. Ramsès retourna à Pi-Ramsès dès la fin de la bataille, car il avait reçu une blessure à l'épaule, et il me dit :

— Merirê, mon frère, j'ai eu ma part de coups et de gloire, en cette journée qui reste ton œuvre. Moi, j'ai hâte de rentrer à Thèbes, où j'ai laissé depuis si longtemps mon palais et mes belles servantes. Les captifs sont à toi; dispose de tout ce que nous avons conquis selon ton bon plaisir. Moi je suis las de la guerre.

Je le regardai et je lui dis :

— Ramsès, rentre dans la grande ville du sud. J'y viendrai avec les prisonniers et le butin afin que le peuple d'Égypte voie quelle est ta puissance, et mes scribes te diront ceux qui peuvent être distribués dans nos forteresses pour nous servir, ceux des dieux pour y garder les troupeaux et y cultiver la terre, ou dans les jardins pour les entretenir, et, enfin ceux qui seront envoyés dans les mines pour seconder nos ouvriers. Pour moi, je ne m'attarderai pas à Thèbes : j'ai vu la Syrie; le désordre y règne et les bandes barbares y sont les maîtres. Avec nos armées je veux apporter l'ordre dans ces régions et y rétablir l'autorité de Sa Majesté; la maîtrise du Kharou est nécessaire à la paix et à la prospérité de l'Égypte.

Ramsès soupira et il répondit :

— Merirê, fais selon ta volonté, et que la faveur d'Amon reste sur ta tête !

J'allai passer la nuit dans la demeure où je m'étais établi à Migdol avec mes officiers. Je voyais que Kashta avait l'âme enflammé d'impatience car il songeait que Kheriset se trouvait peut-être parmi les captives. Mais elles étaient plusieurs dizaines de milliers et il n'était pas aisé de trouver une personne parmi tant d'autres.

Voici ce que j'avais ordonné : dès que le soleil monterait dans sa barque sur l'horizon oriental, on ferait mettre en marche les prisonniers vers le pont de Zel afin de les emmener à Pi-Ramsès avec les bagages et les troupeaux. Ebimoutef devait y conduire par la voie du fleuve la flotte et les vaisseaux capturés, mais les gens qu'on avait pris, je voulais qu'ils allassent à pied. Je déclarai aussi que les mains des captifs seraient déliées pour qu'on leur permettre de manger, mais leurs liens ne leur seraient retirés qu'après que les scribes auraient noté leurs noms sur les registres, et après qu'ils auraient subi un interrogatoire afin qu'on décidât de leur destin.

Alors je dis à Kashta, qui n'avait pas dormi de la nuit :

— Kashta, tu vas parcourir les champs de bataille afin de faire relever nos morts et inhumer les morts des barbares. Tu sais ceux qui sont chers à mon cœur : si tu en vois parmi les morts, qu'on les porte devant moi car je veux les honorer. Veille aussi à ce que les blessés des deux camps soient ramenés dans des chariots afin d'être soignés.

Je montai sur mon char et me dirigeai avec mes écuyers vers le champ de bataille. Déjà les captifs étaient en marche vers le pont de Zel, poussés par les soldats, et les chars battaient le désert à la poursuite des fugitifs. Les prisonniers, les bagages, les troupeaux et nos propres soldats formaient une ligne qui s'étirait à perte de vue : ainsi les fourmis qui vont de la fourmilière à une lointaine réserve de grains développent sur le sol un long serpent mouvant. Sur mon char, je remontai la longue file des prisonniers et j'allai au pas de mes chevaux, car je scrutais tous les visages; cependant, j'avais placé Sharkan au pont de Zel afin qu'il reconnût les captifs et gardât auprès de lui ceux que je connaissais.

Or mon cœur fut en joie, car je reconnus Palameta parmi les premiers captifs. J'ordonnai qu'on fît arrêter la troupe et je descendis de mon char, et moi-même je coupai les liens avec mon poignard. Lui non plus ne me reconnaissait pas, et il me regardait avec étonnement. Alors je lui dis :

— Palameta, sans doute tu ne peux songer en ton cœur que tu as devant toi ton hôte Merirê.

Il me regarda et répondit :

— Depuis hier ou le malheur s'est abattu sur ma tête, je ne m'étonne plus de rien. Certes je te reconnais maintenant sous cette armure dorée et ces parures qui sont celles d'un prince, et je ne sais plus que penser en mon cœur.

— Palameta, répliquai-je, réjouis-toi car tu deviens mon hôte, et c'est pourquoi je ne veux pas que tu entres dans la terre d'Égypte comme un captif.

Il me regarda et dit :

— Merirê, certes il est doux à mon cœur d'être ton hôte, mais comment pourrais-je me réjouir quand je vois nos guerriers captifs et tous nos espoirs détruits ?

Je lui répondis :

— Tu te réjouiras car tes guerriers te seront rendus et aussi tes armes et les leurs, et vois : dans ton âme tu espérais que ce fat de Mashahor te donnerait quelques villes pour l'avoir aidé à conquérir l'Égypte. Or tu ne peux savoir quelle est la puissance de l'Égypte, car ce n'est qu'une partie de nos forces qui été opposée à vos troupes, et vois quelle a été l'étendue de votre défaite. Or moi, je donnerai à toi, à ton frère et à ton père plus de cités que Mashashor t'en aurait jamais donné. Et maintenant voici : tu vas recevoir un char, et avec l'un de mes écuyers tu te rendras au pont de Zel, par où vont passer les captifs pour entrer en Égypte. Là tu désigneras tes guerriers parmi leur prisonniers et tous ceux que tu montreras seront libérés, et on leur rendra leurs armes et leurs biens.

J'ordonnai qu'on amenât un char pour Palameta et je désignai un de mes écuyers pour l'accompagner afin qu'il fît exécuter ce que j'avais décidé en mon cœur.

Je poursuivis alors ma route et je parvins à la hauteur des chariots. Les femmes et les enfants des vaincus suivaient, soit à pied soit sur les chariots, et j'avais donné l'ordre qu'on n'usât pas de violence envers eux. Or une grande colère envahit mon cœur, car je vis que des soldats levaient leurs bâtons sur ceux qui marchaient trop lentement. Je frappai ces soldats avec mon fouet de charrier et ils se jetèrent sur le ventre, le front dans la poussière, en me voyant. Je réprimandai les officiers et je déclarai que ceux qui useraient de violence seraient châtiés. Alors je vis ce que cherchaient mes yeux. Kheriset avançait parmi les captives, et elle me regardait car tous les yeux s'étaient tournés vers moi lorsque j'étais intervenu contre mes soldats. Je dis à l'un de mes écuyers :

— Cette femme, tu vas la prendre sur ton char et la conduire à mon palais de Pi-Ramsès, et tu la remettras entre les mains de mon épouse Reshot, et tu lui diras ceci : maîtresse, mon seigneur Merirê demande que tu prennes cette femme sous ta protection; il veut que tu la pares comme les Égyptiennes et qu'elle reçoive des femmes pour la servir; c'est une princesse des Peuples de la Mer et elle est aimée de Kashta; mon seigneur Merirê veut la lui donner, mais il désire que Kashta ne sache rien de la grande joie qu'on lui prépare.

L'écuyer s'inclina et il vint vers Kheriset. J'ajoutai alors :

— Cependant, veille à ce qu'elle ne cherche pas à s'enfuir, ni de ton char ni du palais. Et fais-toi suivre de dix chars pour t'escorter.

Kheriset ne me reconnut pas. Elle laissa l'écuyer la prendre par le bras et l'emmener vers son char, où il la fit monter. Il s'éloigna avec elle et l'escorte.

Je parcourus le champ de bataille et j'y rencontrai Kashta. Il n'avait trouvé parmi les corps aucun de ceux qui nous étaient connus, mais il y avait tant de cadavres ! Et beaucoup d'entre eux étaient défigurés.

Je revins au pont de Zel et vis que Palameta avait reconnu un grand nombre de ses guerriers, et Sharkan qui se tenait auprès d'eux s'écria :

— Mon maître, c'est une bien difficile tâche que tu m'as confiée, car j'ai vu tellement de visages que je ne reconnais plus personne, et si je me voyais dans un miroir je ne me reconnaitrais pas moi-même et je dirais : « Conduisez vers les mines cet horrible singe qui m'est étranger. » Cependant je songe que, si tous ces gens adoptent les modes égyptiennes, cela fera pendant quelques jours la fortune des barbiers mes confrères, car je n'ai jamais vu défiler devant moi autant de barbes hirsutes.

Ses paroles me firent sourire.

Or, tandis que nous parlions ainsi, je reconnus Malanoupa parmi les captifs et j'ordonnai qu'on le conduisît devant moi. Il n'avait pas rejeté son insolence et on l'obligea à s'agenouiller. Je lui dis alors :

— Malanoupa, tu vois maintenant à quoi t'a réduit ton aveuglement, et sans doute ton âme s'étonne de voir en Merirê le maître de l'Égypte alors que tu m'as injurié dans le camp des Akhaouasha parce que tu te savais en sécurité au milieu des guerriers de ta nation.

— Certes, répliqua-t-il, j'aurais alors mieux fait de t'envoyer dans les terres d'où l'on ne revient pas.

Je ris et je répondis :

— Malanoupa, ta fatuité amuse mon cœur. Veux-tu que nous nous mesurions à la lance ?

Il ne répondit pas et baissa la tête. Je dis encore .

— Je n'ai pas encore vu ton grand frère parmi les captifs. Sans doute a-t-il pris la fuite, abandonnant les siens.

Il leva son regard vers moi et déclara :

— Mashashor et mon père sont parvenus à s'embarquer sur nos vaisseaux et ils sont maintenant dans les terres de l'occident, où ils vont lever une nouvelle armée pour écraser les esclaves égyptiens.

— Malanoupa, repris-je alors, tu es un incorrigible fat. Tu m'as appris ce qu'allait faire ton frère et j'en suis satisfait et certainement il nous écrasera comme il vient de le faire avec sa belle armée, cette belle armée qui défile maintenant devant mes yeux pour le plus grand plaisir de mon cœur. Pour toi, je pourrais t'envoyer travailler dans nos mines du désert, où tu perdrais vite cette morgue qui sied si mal à la faiblesse de ton bras. Cependant Merirê veut être généreux, bien qu'il n'ait pas de raison de l'être comme ton frère Mashashor vis-à-vis de moi. Dis-moi donc ce que tu veux que je fasse de toi ?

Je vis l'étonnement de son regard, et après une hésitation il répondit :

— Fais-moi ôter mes liens et laisse-moi aller rejoindre

mon frère afin que je revienne avec lui pour te combattre.

— Je vois, Malanoupa, que tu veux perdre le souffle de vie sous ma lance; sans doute un dieu contraire le veut-il ainsi. On te donnera un char et tes armes et je t'autorise à choisir cinquante de tes guerriers, et ils recevront vingt-cinq chars pour t'escorter chez les Libyens, où peut-être tu retrouveras ton frère. Cependant, si ta vanité avait été moins grande, tu m'aurais demandé de te renvoyer dans ton palais de Tiroun, où tu serais parvenu jusqu'à une heureuse vieillesse.

Je donnai des ordres à l'un de mes écuyers afin qu'on remît à Malanoupa ce que je lui avais accordé et qu'on le conduisît jusqu'au Mont des Cornes de la Terre, qui est à l'extrémité occidentale du Delta, à l'orée du pays des vils Libyens.

Cependant la joie de la victoire était en mon cœur troublée par une vive inquiétude. Myrina ne se trouvait pas parmi les femmes capturées, et on n'avait vu de femmes ni parmi les combattants ni parmi les corps qui avaient été relevés. Ainsi je pensai qu'elle avait pu fuir, mas elle pouvait aussi bien avoir été noyée. Et nul ne put me donner de ses nouvelles.

Pour ce qui est de Menirou, j'appris par des captifs qu'avait fait Ebimoutef qu'il s'était enfui avec ses vaisseaux, et sans doute il était rentré dans sa cité, qui est l'une des plus puissantes du pays des Akhaouasha.

Je dis alors à Palameta de laisser à leurs guerriers le soin de reconnaître les leurs lorsqu'ils passeraient. Les deux frères montèrent sur un char et je pris Sharkan sur le mien, et nous suivîmes la route de Pi-Ramsès avec mon escorte après que j'eus donné mes ordres.

Reshot vint au-devant de moi dans la cour du palais et la joie éclairait son visage. Elle souhaita la bienvenue à mes hôtes mais ils ne se comprenaient pas car elle ne savait que l'égyptien. Je dis à Reshot :

— Je veux honorer nos hôtes et tu organiseras une belle fête en l'honneur de notre victoire; qu'on leur donne aussi des serviteurs et des servantes qui parlent leur langue.

Reshot vint avec moi pour m'aider à prendre mon bain et à me parfumer, à me parer et à m'habiller, au milieu des serviteurs. Je lui demandai où était la captive que j'avais fait conduire auprès d'elle et elle me dit :

— Comme mon seigneur et mon aimé l'a demandé, je lui ai donné des servantes et parmi ma grande-robe je lui ai fait porter de beaux vêtements et de nombreux bijoux. Elle est dans sa chambre, et j'ai envoyé auprès d'elle des musiciennes afin de distraire son cœur; car nous ne pouvons parler ensemble, ne comprenant pas nos paroles.

Lorsque je fus paré, je vins avec Reshot dans la salle des fêtes et il y avait déjà tous les invités de Reshot, car notre chambellan avait su tout organiser en grande hâte. Les invités se levèrent et s'inclinèrent pour nous saluer, et je pris place sur un siège et Reshot s'assit près de moi sur des coussins. Meshetour et son frère se tenaient debout dans le fond de la salle, et je les invitai à venir s'asseoir auprès de moi sur de beaux sièges, et Palameta me dit :

— Certes, Merirê, lorsque je regarde cette belle assemblée, quand mes yeux voient ces vêtements fins et ces bijoux d'or, les peintures des murs et des sols, les hauts lambris d'or et les plafonds en bois de cèdre sculpté; quand mon nez se remplit des parfums qui font de cette salle un beau jardin; quand j'entends ces musiques et ces chants, enfin quand je découvre tout ce qui est autour de mon cœur étonné, alors je vois combien nous sommes des barbares et je reconnais la supériorité des Égyptiens dans tous les domaines.

Je souris et je lui dis :

— Palameta, nos richesses sont immenses, et il est doux de vivre en Égypte. C'est sans doute pour cela qu'un si grand nombre de gens de votre nation viennent mettre leur épée au service du roi et c'est aussi pour cela que Mashashor voulait s'emparer de ce pays. Mais tu viendras avec moi dans la grande cité du sud et tu verras combien est étendu notre empire et tu verras quelle est l'opulence et la grandeur de nos villes, car ici nous sommes dans une petite cité et ce palais est misérable, car il n'est qu'un lieu d'étape lorsque les rois du pays marchent vers les terres des vils asiatiques.

Je parlais ainsi lorsqu'entra Kashta, dans ses habits de fête. Il vint vers moi le regard soucieux, mais je savais quel souci était dans son cœur. Il s'assit près de moi sur un siège qui lui était destiné et il dit :

— Ah ! Merirê, n'a-t-on pas retrouvé parmi les captives celle qu'aime mon cœur ?

Je souris et frappai dans mes mains, et je dis à Kashta :

— Ton cœur n'aura plus à patienter longtemps.

On introduisit Kheriset, qui fut conduite devant moi. Elle reconnut Kashta et aussi mes hôtes Akhaouasha et l'étonnement saisit son âme. Mais elle ne dit rien et s'arrêta devant moi. Je lui dis alors :

— Kheriset, ton père t'a donné à Mashashor et tu lui as obéi. Or ce Mashashor prétendait faire de toi la reine de l'Égypte; désir merveilleux, mais l'Égypte restait à conquérir. Certes, c'était une chose faite pour cet homme qui n'est qu'orgueil, mais vois : il a pris la fuite et c'est lui qui se terre comme un rat dans le désert des Libyens, et il t'a abandonnée avec ses autres épouses, lui qui se vantait de s'installer dans le palais du souverain des Deux Terres. Or voici : tu es maintenant la captive de Merirê, qui est en vérité le maître de l'Égypte. Tu m'appartiens comme m'appartiennent tous les biens des vaincus de la Mer et tous ces guerriers captifs que Mashashor a entraînés jusqu'ici pour ensuite les abandonner, et c'est une chose juste et voulue par les dieux que les vaincus soient les choses du vainqueur. Comme ton père était ton maître et tu lui a obéi, c'est maintenant moi ton maître et tu m'obéiras. Or voici ce que j'ai décidé en mon cœur : je te donne à Kashta pour qu'il fasse de toi son épouse et, contrairement à Mashashor, qui ne te considérait pas plus que ses autres captives, tu seras la maîtresse des biens de Kashta, qui n'aura en sa demeure d'autre épouse que toi, car pour toi son cœur brûle d'une grande flamme d'amour. Et certes ce n'est pas là un destin misérable car Kashta est mon ami et celui du souverain des Deux Terres, qui m'est un frère; toute la puissance militaire de l'Égypte est sous son commandement et il possède dans Thèbes un palais très beau. Mais je te donnerai un domaine très vaste avec des serviteurs et des servantes en grand nombre, et tu apporteras à Kashta ton époux autant de revenus qu'il en possède déjà, afin que vous viviez dans l'opulence et que vos enfants et les enfants de vos enfants connaissent toujours la richesse. Et certes, comme tu as obéi au roi ton père parce qu'il était ton maître, tu obéiras au directeur de toute l'Égypte, et telle est ma volonté.

Kheriset me regarda, puis elle tourna les yeux vers Kashta, qui montrait sur son visage la grande joie de son cœur. Elle sourit alors, mais elle redevint grave aussitôt et dit :

— Seigneur, je t'obéirai comme j'ai obéi à mon père.

Reshot se leva et vint la faire asseoir auprès d'elle et j'ordonnai que la fête commençât. Sans doute ce fut pour nos hôtes une chose bien nouvelle et très agréable, et Meshetour et Palameta me disaient l'émerveillement de leur âme car leur bouche n'avait jamais goûté nourriture et boissons aussi délicieuses, leur nez n'avait jamais senti parfums aussi exquis, leurs oreilles n'avaient jamais entendu musique si douce et leurs yeux n'avaient jamais vu une si belle assemblée ni des spectacles aussi charmants pour l'âme.

Je rentrai à Thèbes avec mes hôtes et ma suite et j'y fus reçu en triomphe. Mais je ne cessais de songer à Mashashor, qui préparait une nouvelle guerre dans le pays des Libyens, et surtout à Myrina dont j'ignorais le sort. Avait-elle regagné Dor avec les fuyards thekkers, était-elle retourné dans les Iles avec Menirou ou avait-elle suivi Mashashor ? Et, un jour que je rentrais de la chasse en compagnie de Kashta et de mes hôtes, je trouvai dans mon palais Reshoutamon, qui m'attendait avec des Syriens, des messagers du roi de Byblos. Ils étaient venus devant Ramsès, qui avait ordonné à Reshoutamon de les conduire devant moi. Ils se jetèrent le ventre sur le sol et ils parlèrent ainsi :

— Seigneur, nous baisons la poussière que foule tes sandales et notre maître le roi de Byblos est l'escabeau de tes pieds, et il souhaite à Ta Seigneurie des millions d'années de vie heureuse et la victoire de ton bras sur tous les ennemis de ton cœur. Or le roi de Byblos notre maître nous envoie auprès de Ta Seigneurie, car notre maître sait que les vaincus de la Mer, ton bras les a dispersés comme le vent du sud balaye la poussière sur les routes du nord. Et notre maître, qui est ton chien en Syrie, a appris que Ta Seigneurie a rassemblé dans le Bas Pays une vaste armée afin de marcher vers le pays de Kharou. Et voici : notre maître le roi de Byblos ose lever son regard vers Ta Seigneurie et il dit ceci : « Si le seigneur des combats, le glaive de Baal, veut venir en Syrie, qu'il ne tarde pas, car la Syrie est la proie des bandes de barbares. Ils ont là-bas encore de grandes forces et la défaite des leurs aux portes de l'Égypte les a rendus comme des hyènes enragées; ils pillent les campagnes et ils ont pris plusieurs villes, dont ils n'ont laissé que des ruines. Leur désir est que Ta Seigneurie ne trouve sous ses pas que les cendres froides de nos cités, afin que vaine soit ta venue dans le pays de Kharou. Et ils vont bientôt attaquer notre ville de Byblos chère à la déesse Hathor, et la flotte de Ta Seigneurie ne trouvera même plus un port pour s'abriter si tu ne te hâtes pas de venir rétablir l'ordre de dompter ces barbares, qui sont la ruine de nos maisons, qui sont comme des sauterelles sur les blés mûrs, comme des rats dans les jarres des caves, comme des fourmis dans les greniers.

Ces paroles pénétrèrent dans mes oreilles comme des cris de hyène et une puissante colère gonfla mon cœur. Je regardai les messagers et je leur dis :

— Allez dire à votre maître, le roi de Byblos, que vos paroles ont allumé dans mon cœur la colère de Seth et de Baal. Mes armées sont aux frontières du Zahi, et avant qu'un mois ne se soit écoulé je pénétrai à leur tête en Canaan et je détruirai ces barbares.

Je me rendis à Pi-Ramsès avec la flotte commandée par Ebimoutef. J'emmenais avec moi Sharkan, Palameta et Meshetour et j'avais laissé Kashta en Égypte afin de s'y tenir avec une armée pour la défendre d'une attaque venue de la mer ou du pays des vils Libyens.

Le jour où j'avais quitté Thèbes, le ciel était couvert et on y avait vu un signe néfaste. Reshot avait caché son chagrin pendant la nuit qui avait précédé mon départ, car j'avais voulu que seule la déesse de l'amour et de la joie fût dans nos cœurs. Elle avait passé à mon cou un collier en or ciselé qu'elle avait commandé en secret au directeur des orfèvres, et qui portait les signes de vie et de puissance; je voulus toujours les conserver contre mon cœur afin qu'il me fussent une efficace protection. Elle m'avait accompagné au temple d'Amon où j'avais voulu accomplir moi-même le culte divin afin que le roi des dieux accordât sa faveur à mon expédition. Ramsèsnakht avait ensuite conduit la barque des trois divinités en procession jusqu'à nos vaisseaux amarrés aux quais du grand port de Thèbes, et Ramsès était venu saluer le départ de l'armée. Tout le peuple de Thèbes était présent, et lorsque les vaisseaux glissèrent dans le courant du fleuve ils furent accueillis par des acclamations qui s'élevèrent vers le ciel, où le soleil restait caché. Mes yeux ne quittaient pas Reshot, que je voyais dans sa robe blanche, assise dans son palanquin porté par nos esclaves nubiens; je savais qu'elle pleurerait lorsqu'elle se retrouverait seule dans la belle chambre de notre palais où nous avions passé cette dernière nuit.

Avertis de mon arrivée à Pi-Ramsès, mes officiers y avaient rassemblé toutes nos forces pour les remettre entre mes mains. A la tête de cette immense armée, appuyée par une flotte de plusieurs centaines de vaisseaux, je me mis en marche vers le pays de Kharou. J'avais parmi mes troupes de nombreux mercenaires, car je voulais les placer en garnison dans les cités de Syrie avec des officiers égyptiens. Amenakht avait établi notre domination dans tout le désert d'Ayan, et il avait fait creuser un très grand puits pour alimenter plusieurs postes; il avait détruit les bandes de nomades, et les pistes qui menaient vers les mines du pays d'Atika étaient sûres; et on pouvait embarquer les produits des mines sans plus risquer d'être assailli par les pillards.

Je parvins sous les murs de Gaza, et le gouverneur, qui connaissait ma réputation, vint devant moi faire sa soumission; il eut l'habileté de faire ressortir qu'il était resté fidèle au souverain qui lui semblait seul légitime, mon père Baenrê, et c'est la raison pour laquelle il n'acceptait de se soumettre qu'à moi, son fils et héritier légitime; je le confirmai dans ses fonctions et j'étendis sa puissance en lui donnant de nouvelles troupes, et des villes et des territoires. Alors je parcourus tout le pays de Kharou pendant près de vingt mois. Je détruisis les bandes des Peuples de la Mer et celles des Khabirou, ou encore je les intégrai dans mes armées après les avoir domptées. Les villes de la côte de Canaan, de Gaza à Joppé, je les soumis à la domination de Meshetour, qui s'établit là comme roi vassal de l'Égypte, et il y régnait avec ses guerriers et les Pilistou, qui étaient nombreux dans ces cités Son frère Palameta s'installa à Dor, et il régna sur les cités de la côte et de l'intérieur jusqu'à Tyr, dont je relevai les murs abattus par les Peuples de la Mer; et Palameta et ses guerriers régnaient sur les Thekker, qui s'étaient soumis à lui, et leurs vaisseaux furent placés au service du roi d'Égypte afin d'assurer la police dans ses mers. Je réduisis tout Canaan, qui était aux mains des Khabirou; et leurs tribus, Josephel, Jacobel et Leviel, vinrent m'apporter leur soumission; et dans la capitale où j'avais placé un gouverneur égyptien avec une forte troupe, à Pa-Kanana, j'établis un culte du roi Ousirmarê car j'y fis bâtir un temple pour Ramsès.

Je vins à Tyr, à Sidon et à Byblos, et les rois de ces cités accoururent devant moi et se prosternèrent devant mon char en m'apportant des tributs. Je quittai alors le Zahi pour me rendre maître de tout le Retenou, tandis qu'Ebimoutef, avec une grande partie de sa flotte, pourchassait les pirates jusqu'à Alasya, dont les rois et la reine adorèrent le nom de pharaon. Je soumis les cinq cités du pays d'Amor, qui étaient défendues par des Syriens et de vils Kheta; et j'établis une garnison à Kadesh, que mon ancêtre Ousirmarê n'avait pu soumettre. Je reçus aussi le tribut du roi de Damas; or toutes ces régions je les avais parcourues comme un misérable et j'y revenais en maître que tout le monde venait honorer. Et partout j'établis des forteresses et je rendis la sécurité au pays et on célébra mon nom. Le culte d'Amon-Rê, le roi des dieux, je l'établis partout en Syrie; j'ordonnai la construction de sanctuaires et je procédai moi-même aux rites de fondation, et j'organisai un clergé qui reçut des terres et des biens et j'agis ainsi en tant que premier prophète du dieu.

C'est là que je reçus un messager envoyé par Kashta : et il m'apportait les ailes de l'oiseau, car voici : il me dit que Mashashor et son père avaient soumis les Libyens et ils les avaient unis sous leur autorité. Et ces vaincus de Libye s'étaient joints aux vaincus de la Mer et leurs armées marchaient vers l'Égypte. La défaite que je lui avais infligée n'avait pas détruit l'assurance du cœur de Mashashor : Ramsès était allé vers les Terres du Nord et il avait envoyé en avant Kashta avec la plus grande partie des forces dont il disposait. Mashashor avait alors détaché un émissaire vers Kashta, et il avait dit :

— Vois, j'ai été vaincu par la surprise et la perfidie mais je reviens pour infliger la mort et l'esclavage aux vils Égyptiens. Je ne crains pas vos troupes d'esclaves de Syrie ? Qu'on aille donc dire à ce Merirê que, s'il n'a pas un cœur de cerf, il vienne devant moi à la tête de son armée. Et cette fois il ne pourra pas se cacher parmi ses guerriers et il ne pourra fuir ma colère. Or sans doute est-il meilleur pour lui de se cacher chez les vaincus de Kharou ou chez les vils Nubiens, que son bras n'a eu aucune gloire à soumettre.

C'est pour me rapporter ces paroles que Kashta avait envoyé le messager. Et, certes, ce discours alluma dans mon cœur le feu d'une colère comme jamais je ne l'avais ressenti. Le messager n'avait pas terminé de parler que j'appelais Amenakht et Zateri. Au premier je laissai le commandement des chars avec l'ordre de les ramener en Égypte et de marcher à ma suite vers les vaincus de Libye; au second je commandai de faire atteler mon char et ceux de mes écuyers afin que nous partions pour l'Égypte dans l'heure qui suivrait. Et je déclarai qu'on n'emporterait pas de tentes pour aller plus rapidement et nous dormirions dans le désert ou dans les gîtes d'étape construits dans les postes militaires établis sur la route de l'Égypte. J'ordonnai ensuite que l'infanterie se porte aussi vers l'occident du Delta

En quelques jours je parvins au pont de Zel avec mes écuyers, et toute la Terre du Nord je la traversai aussi promptement que le vent de l'est. Or voici : les peuples qu'avait levés Mashashor étaient les Peuples de la Mer qui s'étaient enfuis avec lui après la défaite que mon bras leur avait infligée. Mais il y avait aussi des Rebou, des Seped et surtout des Mashaouash, et ceux-là étaient en plus grand nombre. Ils étaient arrivés du pays des Libyens, devant la forteresse que Ramsès avait fait bâtir vers le Mont des Cornes de la Terre, après la première victoire que nous avions remportée sur les vils Libyens; cette forteresse s'appelait Per Ousirmarê, car Ramsès lui avait donné son nom. Or ils avaient assiégé la forteresse sans pouvoir la prendre. Car, en vérité, ils ne savaient pas enlever une place forte et les villes qu'ils avaient prises en Syrie et mises au pillage, ils y étaient parvenus parcequ'elles étaient déjà aux mains des bandes des barbares de la Mer, qui avaient ouvert les portes aux envahisseurs. Seules la ruse et la perfidie leur avait livré les villes, et c'est ainsi qu'ils étaient parvenus à prendre la cité des Iliouna après de nombreuses années de siège. C'est alors que Kashta est arrivé avec son armée, et il a établi son camp dans une forteresse plus puissante encore, celle d'Hatsho, qui est bâtie près de ce beau canal appelé « l'Eau de Rê ». Cette cité forte est à une demi-journée de marche de Per Ousirmarê, mais un char parcourt cette distance en quelques heures. Ramsès était venu rejoindre Kashta et à plusieurs reprises les Égyptiens s'étaient heurtés aux barbares qui tenaient la plaine et avaient dressé leur camp entre les deux forteresses. Mais jamais ils ne s'étaient combattus avec la volonté de se détruire : Ramsès et Kashta hésitaient à s'engager dans une bataille décisive, car les envahisseurs étaient beaucoup plus nombreux que les Égyptiens et la menace que ces barbares faisaient peser sur l'Égypte était trop terrible pour que Ramsès risquât une défaite. De leur côté Mashashor et ses guerriers ne cherchaient pas à s'engager dans une bataille dont l'issue était entre les main des dieux; ils dominaient leurs adversaires mais ils ne savaient pas profiter de leur force, et ils se trouvaient impuissants lorsque les nôtres se réfugiaient derrière les remparts des forteresses; ainsi combattaient-ils comme ils avaient aimé le faire sous les murs de la cité des Iliouna; cependant, chacun espérait que l'adversaire aurait une faiblesse dont l'autre pourrait profiter pour prendre un avantage.

Mashashor venait tous les jours avec ses guerriers sous les murs d'Hatsho et, s'il amenait toutes ses forces, les Égyptiens ne sortaient pas et lançaient du haut des remparts leurs flèches et leurs javelots. Mashashor les injuriait, et il raillait Ramsès en le traitant de roi des rats. Il repartait le soir pour aller se reposer dans son camp. S'il venait avec peu de guerriers, Ramsès et

Kashta sortaient au-devant d'eux, mais les combattants se séparaient sans remporter de grands avantages.

Cependant Mashashor s'était rendu redoutable, car il avait tué un grand nombre d'Égyptiens, et il s'était trouvé face à Kashta, qui avait aussi tué un grand nombre de Mashaouash. Or ils s'étaient heurtés dans la mêlée, et Kashta avait été blessé par la lance de Mashashor, et c'est Ramsès qui l'avait sauvé en s'interposant avec son bouclier. Des écuyers avaient ramené Kashta et les barbares avaient poussé les nôtres sous les remparts, et c'est le courage de Ramsès qui permit aux Égyptiéns de rentrer dans la forteresse car Ramsès tint tête à Mashsashor et il fut le dernier à pénétrer par les portes de la cité, qui furent refermées devant les Akhaouasha — qui n'avaient pas réussi à suivre les Égyptiens dans la ville. Or, tout ceci, je l'appris plus tard, et depuis ce jour les Égyptiens n'osaient plus sortir. Mashashor était revenu sous les murs de la forteresse, puis on ne le vit plus, car il s'occupait à attaquer Per Ousirmarê, d'où les Égyptiens faisaient des sorties contre le camp des barbares lorsqu'ils allaient devant Hatsho; et c'est parce qu'ils redoutaient de laisser derrière eux tant d'Égyptiens en armes que les envahisseurs barbares usaient leurs forces sous les murs de la cité pour tenter de fuir. Mashashor envoyait chaque jour vers la place forte son frère Malanoupa, à la tête d'une forte troupe de guerriers.

## XXXIII

## VERS LE BEL OCCIDENT

Je parvins sous les murs d'Hatsho avec mes chars et je vis que les barbares étaient dispersés dans la plaine, devant la forteresse. Depuis que j'avais quitté le Kharou la colère n'avait fait que croître en mon cœur, et je croyais que Mashashor se tenait parmi ses guerriers. Ainsi avons-nous chargé les ennemis et tout en lançant mes traits je criais :

— Vils barbares, venez goûter la saveur de la mort ! Vous avez vu Merirê combattant parmi nos rangs sous les murs de la cité des Iliouna, vous avez été vaincus par sa puissance en voulant vous attaquer à l'Égypte; maintenant, venez mesurer la vigueur de son bras ! Et où se trouve-t-il, ce singe vantard de Mashashor ? Car il semble avoir oublié comment je lui ai cassé les dents et rompu les reins au milieu des siens.

Mes écuyers venaient à ma suite et ils jetaient derrière moi la panique au regard sombre. Et les guerriers de la Mer, surpris par une attaque si vigoureuse et si peu attendue, prenaient la fuite car sans doute pensaient-ils que toutes les armées de l'Égypte se portaient à leur rencontre. Et je vis même Malanoupa s'éloigner sur son char, et il n'était pas le dernier. Mais si en cet instant je me rejouissais de cette mince victoire, les dieux m'on puni pour mon orgueil, et sans doute aurais-je mieux fait de me taire et de laisser ignorer à Mashashor mon arrivée parmi les assiégés.

Ramsès avait fait ouvrir les portes de la forteresse, et il me reçut dans ses bras. Et je vis qu'auprès de Kashta — qui ne pouvait plus se battre à cause de la blessure — se tenait Kheriset, et elle montrait sa joie d'être auprès de celui qu'en vérité elle avait élu au fond de son cœur.

Or le jour suivant nous tenions conseil, Ramsès, nos officiers et moi, lorsqu'un de mes écuyers vint m'avertir que l'un des chefs des barbares se tenait devant la porte de la forteresse et demandait à me parler. Je pensai un instant que c'était Mashashor qui venait me défier. Je me trouvai devant Malanoupa.

— Merirê, me dit-il sans descendre de son cheval, mon frère Mashashor se réjouit que tu te sois enfin montré.

— Il me semble pourtant qu'il aurait plus de raisons de s'en affliger, ai-je répondu.

Mais Malanoupa eut un sourire mauvais et poursuivit :

— Merirê, il faut que tu saches que Myrina se trouve dans notre camp. Elle se tenait sur l'une des galères, et lorsque nous avons dû battre en retraite, les dieux ont voulu que le bateau sur lequel elle était fît voile avec ceux dans lesquels mon frère et mon père avaient pris place.

Cette révélation aurait dût m'être agréable, mais le ton de Malanoupa et le plaisir évident qu'il prenait pour me donner cette nouvelle me remplit d'inquiétude, ce que vit sans doute Malanoupa dans l'expression de mon visage :

— Oh ! n'aie aucune crainte, a-t-il poursuivi, elle a toujours été respectée malgré la manière dont elle a osé humilier mon frère sous les murs d'Ilion. Mais Mashashor est généreux, tu as pu le voir lorsque tu es venu dans notre camp, chez les Syriens. Contrairement à moi, qui ne puis dissimuler ma haine et ma rancune.

— Malanoupa, abrège tes discours car je soupçonne que tu ne viens pas devant moi pour le plaisir seul de m'annoncer une nouvelle qui devrait en effet me réjouir le cœur.

— Je savais que tu ne pourrais que te sentir le cœur plein d'allégresse en apprenant où se trouve celle que tu as volé à Mashashor, comme tu lui as ensuite volé Kheriset.

— Malanoupa, sûrement tu ignores la valeur des mots ! Kheriset est devenue notre captive à la suite d'une bataille et parce que son cher époux a pris honteusement la fuite en l'abandonnant. Quand à Myrina, ce sont les dieux qui ont jeté en son cœur un amour pour moi, et c'est elle qui a fait son choix. Et sans doute, si ton frère ne s'était pas comporté comme un porc vis-à-vis d'elle lorsqu'elle est venue dans son camp, elle serait devenue son épouse. Maintenant viens-en à la raison réelle qui t'amène devant moi.

Il me regarda et parla ainsi :

— Que pouvions-nous faire de cette femme parmi nous ? Elle ne peut nous servir de concubine, bien que je l'eus volontiers gardée pour moi, mais notre père se serait opposé à ce que je la prisse de force. Elle ne peut non plus combattre, bien qu'elle sache manier les armes. Mais voici, ta présence ici la rend soudain si précieuse que, dès qu'il l'a apprise, mon frère a fait enfermer Myrina dans une tente et il l'a confiée à ma garde.

— Quel est donc son dessein ? Craint-il qu'elle tente de venir auprès de moi ? C'est alors une vaine crainte car, si elle l'avait voulu, il lui aurait été facile de me suivre lorsque nous nous sommes retrouvés dans votre camp sous les murs de Kadesh.

— Mon frère m'envoie te dire ceci : d'abord il veut que tu libères Kheriset et que tu la renvoies auprès de lui.

— Comment pourrais-je ainsi disposer de Kheriset ! m'exclamai-je en l'interrompant. Et sais-tu où elle se trouve en ce moment ?

— Dans cette forteresse; nous l'avons vue sur le haut des remparts.

J'avais espéré qu'il l'eût ignoré, mais je repris :

— Elle appartient à l'un de mes officiers, et volontairement elle s'est donnée à lui. Je ne puis disposer d'elle.

— Tu le peux puisque, tu l'as dit toi-même, tu es le véritable maître de l'Égypte. Mais écoute encore. Il faudra que tu nous livres les deux forteresses que nous assiégeons en ce moment, celle-ci et l'autre devant laquelle campe mon frère.

— Comment vois-tu la chose ?

— Très simplement : toi et tous les hommes qui les occupent, vous les quitterez en emportant vos armes et vos bagages. Pendant ce temps nous resterons près de notre camp sans vous attaquer. Tu peux voir combien mon frère est généreux.

— Et si je refuse ?

Il plissa les yeux et se mit à rire.

— Tu pourras alors voir, malgré ce que tu penses, que j'ai un peu appris à manier le javelot. De ces mêmes remparts tu assisteras à mes performances, car Mashashor m'a accordé ce plaisir.

— Sois plus clair, lui ai-je demandé d'un ton sec.

— Myrina attachée à un poteau me sera une excellente cible. Et, comme je suis encore bien maladroit, il lui faudra du temps pour mourir, les membres percés de mes traits.

Bien que je m'attendisse à une infamie de cette nature, je sentis mon âme descendre dans ma main. Ils savaient bien où était ma faiblesse ! Sans doute, s'ils étaient venu tenir un tel discours devant Ramsès, qui ne savait pas qui était Myrina. Le roi n'aurait pu qu'en rire. Et moi, j'aurais mieux fait de me tenir loin d'ici, ou tout au moins m'introduire dans la forteresse sans m'annoncer avec tant de tumulte ! Mais avais-je le droit de disposer de Kheriset ? Je savais qu'elle n'hésiterait pas à retourner auprès de Mashashor pour nous sauver et cela porterait à conséquence, car tôt ou tard nous devions avoir la victoire, et elle serait rendue à Kastha. Mais plus grave encore était l'abandon de la forteresse. Dans ces murs, nous pouvions sans crainte attendre l'arrivée d'Asie, qui ne devait plus être loin. Mais je me doutais qu'à peine aurions-nous quitté l'abri des remparts, il se jetterait sur nous avec toutes ses forces. Et ainsi espérait-il se rendre maître de Ramsès et de moi-même, et dès lors l'Égypte tomberait entre ses mains.

J'aurais pu m'abaisser à discuter avec Malanoupa, lui faire ressortir combien était ignoble un tel procédé; lui rappeler qu'il avait appris le maniement des armes sous les murs d'Assana et que Myrina avait été pour lui une amie : comment pouvoir accumuler tant de haine, comment avoir une âme si vile et se comporter d'une manière aussi abjecte ? Je gardai en moi ces réflexions inutiles.

— Il me faut un certain temps pour réfléchir, répondis-je.

— La décision doit être vite prise.

— Je ne peux la prendre tout seul. C'est le roi qui décide, et non moi.

— C'est toi qui décides en réalité; ceci m'a été dit par les hommes que tu m'as donnés en escorte.

— Sans doute, Malanoupa, tu me fais amèrement regretter ma générosité envers toi. J'aurais bien dû t'envoyer travailler dans les mines et j'aurais encore été trop bon pour une hyène telle que toi.

— Il est trop tard pour avoir de pareils regrets, et même en ce moment tu ne peux rien contre moi, car tu sais que ton aimée répond de moi. Il faut que demain, avant que le soleil atteigne le zénith, nous ayons ta réponse.

Je découvrais qu'il était plus habile et subtil que je ne l'avais pensé, car il avait compris ma pensée. Et je m'étais en effet demandé si je n'allais pas tenter de le capturer; mais j'étais à pied, et lui-même se tenait sur son cheval à une distance suffisante pour pouvoir m'échapper, et avec nos chars nous n'avions aucune chance de parvenir à le rattraper. C'est cette considération qui m'avait retenu, mais je vis aussi qu'il pensait en son cœur que pour son frère il représentait une moindre valeur que Myrina; car sans nul doute, si je l'avais capturé, Mashashor ne me l'aurait pas échangé contre elle.

— Tu nous laisses bien peu de temps, ai-je commencé.

Mais il m'a aussitôt interrompu :

— C'en est déjà trop. Nous nous doutons bien que tu es venu en avant avec de faibles troupes mais qu'une vaste armée te suit : ne compte par que tu pourras atermoyer jusqu'à ce moment-là.

Sans attendre une autre réponse, il talonna son cheval et s'éloigna au galop.

Je vins devant Ramsès et je lui rapportai les exigences de Mashashor, et pour qu'il en comprenne la portée je dus lui dire qui était Myrina et ce qu'elle était en réalité pour moi. Après un moment de silence, il soupira et me dit :

— Merirê, ces hommes ne sont pas des guerriers. Ce ne sont que des hyènes, car il faut être bien lâche pour se cacher derrière un otage. Il faut accepter cet infâme marché ou voir cette femme mise à mort sous tes yeux, car sans doute ce Mashashor viendra-t-il avec toute son armée et nous ne pourrons intervenir. Et sans doute, comme tu l'as dit, ces vils barbares tenteront de nous capturer lorsque nous aurons quitté l'abri de nos citadelles. Vois : je te laisse le soin de décider et, si tu veux que nous rendions les forts, il en sera fait ainsi et je me garderai de te reprocher d'avoir agi de cette manière, car si ces chacals tenaient entre leurs mains mon Iset, je ne ferais pas autrement. Nous saurons bien nous défendre, et je te suggère d'envoyer dès cet instant un messager vers notre armée afin qu'Amenakht vienne aussi vite que possible avec toute la charrerie.

Ainsi ai-je fait, mais je savais que cela ne changerait rien au sort de Myrina captive de ces chiens. Or je pris une décision dans mon cœur. Je décidai de tenter de capturer Malanoupa lorsqu'il viendrait chercher la réponse le lendemain et pour cela je pensais qu'il suffisait que j'aie près de moi mon cheval afin de traquer Malanoupa et le prendre à la corde comme on le fait pour les taureaux sauvages. Ensuite, m'étant assuré de lui, je me rendrais au camp des Libyens, je dénoncerais à Kaper l'ignominie de ses fils et je provoquerais Mashashor au combat à la lance et à l'épée. Ma décision étant ainsi prise, je m'endormis le cœur lourd.

Le soleil était haut sur l'horizon et je songeais à me préparer pour recevoir Malanoupa, lorsqu'un guetteur vint m'annoncer qu'un cavalier s'approchait de la forteresse. Je vins sur le rempart où se tenaient Ramsès et Kashta et je vis au loin un cheval s'approcher au galop, soulevant un épais nuage de poussière. Je commençai par m'en réjouir en me disant que, si c'était Malanoupa qui venait chercher ma réponse, sa monture serait si épuisée en arrivant devant moi et que je n'aurai aucun mal à me saisir de lui. Mais bientôt je distinguai derrière le cavalier d'autres chevaux, et comme ils n'étaient pas très éloignés du premier, je crus qu'il s'agissait d'une escorte. Mais lorsque le cavalier fut suffisamment proche de nous, à sa silhouette et aux cheveux d'or qui flottaient dans le vent, je reconnus Myrina et mon âme déborda de joie. Aussitôt je dévalai les escaliers qui conduisaient au chemin de ronde et ordonnai qu'on ouvrît la porte de la forteresse. Les autres cavaliers ne pouvaient être que des guerriers lancés à la poursuite de Myrina, mais ils étaient trop loin pour pouvoir la rattraper.

Elle s'arrêta devant moi, et en me reconnaissant un sourire éclaira son visage pâle et tendu, couvert de sueur :

— Merirê, soupira-t-elle, que les dieux de ton pays soient bénis !

Je levai les bras pour l'aider à descendre, car elle me parut étrangement faible. Elle ne portait que le pagne étroit avec lequel je l'avais toujours vue lors de mon séjour chez les Akhaouasha et son corps tout luisant était saisi de tremblements. Elle glissa entre mes bras et je la serra fortement contre ma poitrine.

— Entrons vite, ai-je dit, car sans doute ces hommes veulent te reprendre.

Elle hocha la tête et fit un effort pour se tenir droite. Or je sentis ma main gauche toute mouillée et je vis qu'elle était pleine de sang. Elle leva vers moi son regard :

— Mashashor lance aussi le javelot très loin, murmura-t-elle.

Je l'enlevai dans mes bras et on ferma les portes derrière moi. Ramsès et Kashta m'avaient rejoint, et en voyant comme je la tenais serrée contre moi, Ramsès n'eut pas besoin de me demander qui elle était. Je l'emportai dans ma chambre et la déposai prudemment sur ma couche. Je lui rafraîchis le visage et le corps avec des linges imbibés d'eau et lui fis boire une coupe de vin. Ces soins lui rendirent des forces et j'éloignai tous ceux qui se tenaient auprès de moi afin de rester seul avec elle.

Elle avança une main faible vers mon visage, qu'elle caressa; puis, laissant retomber son bras avec un gémissement, elle soupira :

— Je crains que ma déesse ne m'ait trompée ! Pourquoi n'a-t-elle pas voulu que je devienne ton épouse lorsque tu étais auprès de moi, lors de cette heureuse année passée dans les forêts de mon pays ? Peut-être n'acceptait-elle pas que nous fassions le malheur de la femme que tu avais laissée ici ?

— Oublions tout cela, ai-je dit en effleurant de mes lèvres ses joues et ses yeux. Maintenant, tu es auprès de moi et nulle puissance au monde ne pourra t'arracher à moi. Et je suis assuré que mon épouse Reshot ne te sera pas hostile; sans doute, elle t'aimera comme une sœur.

Elle secoua la tête et poussa un soupir sans dire le fond de sa pensée, mais je vis bien qu'elle ne croyait pas possible que je me partage entre deux amours.

— Ainsi, reprit-elle, ce Malanoupa n'a pas menti en déclarant à son frère qu'en vérité tu es le maître de l'Égypte ?

— J'ai été fou de lui révéler cela, et si j'avais pu penser que tu te trouvais auprès de Mashashor jamais je n'aurais rendu sa liberté à cette hyène. Car dès ce moment tu étais menacée.

— C'est alors réellement une divinité ennemie qui a voulu que lors de cette grande bataille je me trouve sur un vaisseau qui a pris la fuite vers le couchant avec les bateaux de Mashashor ! Même privée de la protection de mes frères et des guerriers d'Assana, Mashashor n'osait me toucher. Mais lorsque Malanoupa l'eut rejoint et lui eut fait part de la nouvelle inouïe, j'ai senti qu'on me surveillait, car déjà je devenais dans leur esprit un otage possible. Dès ce moment j'aurais dû fuir, mais je m'imaginais pas qu'ils pussent ainsi m'utiliser.

Jusque-là, Myrina avait parlé d'une voix claire mais avec lenteur. Son récit devint ensuite haché et haletant. Elle me fit ainsi savoir que l'avant-veille, alors qu'elle s'était retirée dans sa tente, elle entendit des bruits d'armes, et lorsqu'elle voulut en sortir elle vit devant elle Mashashor. Elle était désormais sa prisonnière. Un bref entretien avec Malanoupa lui permit de savoir que j'étais arrivé avec quelques guerriers et qu'on me contraindrait à révéler l'amour que lui portais. Elle pensa fuir à la faveur de la nuit, mais Mashashor avait fait allumer de grands feux autour de la tente et il y maintint une double rangée de gardes.

Le lendemain, Malanoupa vint devant elle et lui rapporta son entrevue avec moi; et il triomphait, car il affirmait que sans doute je rendrais la forteresse et dès lors il leur serait facile de nous mettre en pièces à un contre dix. « Et s'il refuse ? » lui avait-elle demandé. Il n'avait alors pas hésité à lui révéler ce dont elle était menacée. Dans un premier mouvement elle avait été tentée de lui cracher au visage et lui dire le mépris dans lequel elle le tenait. Mais elle ne s'abandonna pas à cette première impulsion. Elle se mit à rire et lui demanda si j'avais été dupe et si j'avais pu croire qu'il parlait sérieusement. « Ne crois pas que ce soit une bravade, lui a-t-il alors assuré. C'est bien l'intention de Mashashor, car tu l'as humilié comme tu n'avais pas le droit de la faire. » Alors elle a utilisé avec ce chacal la ruse de la panthère. « Malanoupa, lui dit-elle avec un ton qui se voulait plein de regrets, j'avoue avoir humilié ton frère et je le regrette car en tout cela je crois avoir été aveuglée par quelque divinité. Mais toi, tu es mon ami depuis notre enfance. Te rappeles-tu quand nous luttions ensemble ? C'est toujours avec toi que je voulais m'exercer, car je t'admirais et même — je peux te l'avouer maintenant — je crois que je t'aimais. »

Ainsi par de douces paroles commença-t-elle par l'enfermer dans ses rets, car elle n'ignorait pas le désir qu'il avait d'elle. Et elle savait Malanoupa suffisamment imbu de lui-même pour qu'il lui prêtât une oreille complaisante. « Vois, lui dit-elle enfin, c'est toi que je devrais épouser, car ton frère est sans doute fort, mais ton esprit est tellement plus vaste que le sien ! » Et comme il lui rappelait l'amour qu'elle avait montré pour moi, elle le persuada qu'à ses yeux c'était un simple désir, ou en tout cas un amour impossible puisque j'étais déjà marié et que ne voulais pas répudier mon épouse pour en faire ma femme. Et, pour montrer sa bonne foi, elle lui fit ressortir qu'à aucun moment elle n'avait cherché à me suivre et qu'à la suite de leur première défaite ce n'est pas vers moi qu'elle était allée, mais qu'elle avait pris la fuite avec les guerriers de Mashashor. Lorsque Malanoupa se retira, elle avait la conviction d'avoir jeté dans son âme le poison du doute.

Dès qu'il fut sorti, elle alla dissimuler son poignard sous les coussins de sa couche, puis elle attendit que ses paroles eussent fait leur effet dans l'esprit de Malanoupa. Elle ne savait pas très bien de quelle manière il allait réagir, mais elle avait la certitude qu'il ne se comporterait pas comme par le passé. Et, le matin de ce jour où je devais donner ma réponse, il est venu devant elle et il lui a dit : « Je ne sais ce qui est exactement dans ton cœur et je crains que ta bouche soit mensongère. Alors, si tu parles sincèrement, accepte d'être à moi tout de suite. » Elle sut cacher le trouble que ces paroles avaient jeté en elle, car elle espérait avant tout gagner du temps, rendre Malanoupa hostile à l'idée de la mettre à mort du fait qu'il aurait caressé de douces espérances, enfin le dresser contre son frère. Elle ne s'attendait pas à ce qu'il lui demande aussi rapidement une telle preuve de sa sincérité. D'autre part elle savait que, si elle tergiversait, il aurait tôt fait de comprendre qu'elle n'avait parlé ainsi pour le suborner. Alors elle prit une rapide décision. Elle jeta un coup d'œil hors de la tente : « Vois, lui dit-elle, il y a plein d'hommes autour de nous qui vont entendre tout ce qui se passera ici. Je veux bien être à toi à condition que tu les éloignes, car je ne pourrais supporter de les regarder s'ils ont entendu mes cris et mes soupirs. » Malanoupa répondit qu'il en serait fait comme elle le désirait et il ordonna aux gardes de s'éloigner. Il était cependant encore méfiant et il réunit les armes qu'il trouva dans la tente et les confia à un soldat. Mais il avait négligé de chercher sous les coussins. Elle subit alors ses baisers et alla jusqu'à simuler du plaisir, alors que seul le dégoût était en elle. Elle le laisa la porter sur la couche et lui retirer sa tunique. Et, lorsqu'il parvint à cet état d'extase où la violence du plaisir fait oublier tout ce qui nous entoure, elle saisit le poignard sous les coussins et le frappa à plusieurs reprises tout en poussant des gémissements pour couvrir ses râles d'agonie. Ayant rejeté le corps au bas de la couche, elle se hâta de laver le sang qui la souillait et mit son pagne, qui lui conservait toute sa liberté de mouvements.

Elle bondit alors hors de la tente avec tant de rapidité que les gardes restèrent sans réaction, et courut vers les chevaux qui paissaient à peu de distance. Cependant, les gardes alarmés se mirent à crier; un soldat se jeta devant elle pour l'arrêter et la saisit à bras-le-corps; elle abandonna son poignard dans ses côtes, arriva près des chevaux et, sautant sur le premier qu'elle vit, elle le poussa au galop. C'est alors que Mashsahor, qui se trouvait dans les parages, a lancé contre elle son javelot; elle était assez éloignée et, la vitesse de sa monture aidant, l'arme — qui aurait pu lui traverser le corps de part en part — pénétra sous l'omoplate et retomba sous le poids de la hampe. Mais par la plaie s'était écoulé le sang, source de vie.

Ramsès avait envoyé son médecin, qui vint examiner la blessure. Il déclara :

— La blessure n'est pas béante mais elle va jusqu'à l'os. Le poumon est touché. La plaie a des lèvres. Il faut faire un pansement avec de l'onguent et du miel. C'est un mal que je traiterai.

Il semblait sûr de lui et il me rendait la vie. Il alla preparer l'onguent avec de la cire, du miel, du vin de datte, du blé cuit et de la graisse, puis il vint panser la plaie avec des bandes de lin. La respiration de Myrina se faisait courte et haletante et elle avait fermé les yeux. J'ai renvoyé le médecin et me suis couché près d'elle; alors elle a ouvert les yeux et a murmuré :

— Je suis heureuse.

Et moi j'étais aussi heureux et triste, car elle était près de moi mais je craignais de la perdre. Je songeai à aller faire un sacrifice à Amon pour le prier de préserver la vie de Myrina et je ne pensais pas qu'il pût repousser la prière de son premier prophète, qui était aussi son fils.

Mais Zateri vint se présenter à moi et il me dit :

— Seigneur, Sa Majesté demande que tu te rendes auprès d'elle sur les remparts, car le vil vaincu de la Mer est venu nous provoquer et il a la bouche remplie d'injures.

Myrina semblait reposer en paix. Je baisai ses lèvres pâlies et m'éloignai sans bruit.

Je sortis dans le soleil et me dirigeai vers les remparts. Nos soldats y éaient réunis et j'y vis Ramsès et Kashta. Je m'approchai. La plaine était couverte de barbares venus du pays des Libyens; mais il n'étaient pas sous les murs de la forteresse; ils se tenaient à une grande distance et seul s'était avancé Mashashor. Il était debout sur son char et il laissait aller ses chevaux à un pas vif. Il tournait autour des remparts de la cité et il criait mon nom en disant :

— Merirê, vil Égyptien, ose montrer devant moi ta face de chien. Mais non, tu te caches comme un rat dans son trou, tu es comme une grenouille qui crie fort lorsqu'elle est parmi les autres, mais elle se jette au fond du marécage dès qu'un bruit émeut son cœur. Voyez, esclaves égyptiens, mes guerriers sont bien loin, et moi, Mashashor, je suis seul devant vous : mais vous êtes comme des cerfs craintifs, et même tous unis vous n'osez sortir devant moi. Ouvrez donc la porte de votre citadelle, si vous l'osez, et moi seul j'y pénétrerai, et je serai dans vos murs comme un taureau sauvage et je vous détruirai comme le chasseur au grand cœur qui décime une troupe de loups.

Et tout en criant il brandissait son javelot. Il arrêta ses chevaux et il dit encore :

— Allons, Merirê, pourceau d'Égypte ! Ose sortir de ta tanière, où tu t'es réfugié avec ta putain, cette fille de chienne qui a assassiné mon malheureux frère. Ah ! lâche au cœur de cerf, moi Mashashor, je briserai tes dents et tes membres ! Et l'Égypte tremblera devant la colère qui étouffe mon cœur ! Et toi, roi stupide comme une oie, envoie tes esclaves contre moi afin que je les écrase comme des blattes !

Je me tournai vers Zateri :

— Zateri, mes armes et mon char.

Les paroles de ce barbare avaient fait renaître en moi toute ma colère, et je brûlais de lui faire avaler ses injures. Mon écuyer descendit l'escalier en courant. Ramsès vint alors près de moi et il me prit le bras.

— Merirê, tu ne vas pas aller devant cet enragé ?

Je le regardai et lui dis :

— Ramsès, mon frère, peux-tu penser un instant que je vais laisser ainsi injurier par cet impie mon nom et le nom sacré de l'Égypte ? Mon cœur ne peut plus contenir la colère qui en jaillit comme un flamme terrible.

— Merirê, qu'importent ces paroles, qui sont comme les injures d'un homme pris de boisson ? Qui parmi nous oserait penser en son cœur que tu es un lâche ? Ne va pas éprouver la balance devant lui. Sa force est immense et il est comme un lion furieux. Pourquoi hasarder ton souffle de vie dans un combat aussi terrible ? Laissons-le épuiser sa poitrine et nous effectuerons une sortie contre lui et faire taire sa langue, qui est dans sa bouche comme un serpent.

Je regardais Ramsès et lui répondis :

— Ramsès, ne cherche pas à détourner mon âme de son dessein. C'est une vieille querelle que je dois vider avec ce

Mashashor, et ce n'est pas moi qui me déroberai à mon destin. L'un de nous deux doit rejoindre son âme, et les dieux en décideront; les dieux et la valeur de nos bras.

Ramsès répliqua :

— Merirê, ta vie nous est plus précieuse que l'or de l'Égypte. Je veux pour une fois user de ma puissance royale et je t'ordonne de ne pas aller combattre cet insensé.

Je soupirai et je dis :

— Majesté, je ne puis t'obéir, car sache que je ne pourrais vivre et regarder mon âme en disant : je n'ai pas osé me présenter devant Mashashor qui a un cœur plus grand que le mien. Non Ramsès, je ne dirai jamais cela.

Ramsès hocha la tête sans prononcer de vaines paroles. Au bas de l'escalier, les écuyers avaient conduit mon char, et ils étaient deux pour tenir les chevaux qui secouaient les nasaux en reniflant, et ils agitaient les plumes qui leurs étaient de belles parures; leurs sabots frappaient le sol et tout le char vibrait de leur impatience. Ramsès avait ôté le bandeau d'or de ses cheveux qui portait l'uraeus royal. Il le plaça sur mon front et il dit :

— Défenseur de l'Égypte, pour toi, la déesse Oudjet qui protège les rois; elle te sera un charme puissant contre le bronze de l'adversaire.

Il me serra contre sa poitrine et se détourna pour cacher les larmes qui brillaient dans ses yeux. Et Kashta vint me serrer entre ses bras et je lui dis :

— Va auprès de Myrina et veille à ce qu'elle n'ait besoin de rien.

Kheriset appela sur ma tête la bénédiction d'Amon et aussi d'Artémis et d'Athéna. Je descendis l'escalier en courant. Zateri attacha à mon épaule ma forte épée shardane et ma lourde hache et Nekhet me tendit mon large bouclier. Je saisis les rênes et je criai pour qu'on lâchât les chevaux. Je sortis à grande allure et on referma les portes de la forteresse derrière moi. Alors je me trouvai seul dans la plaine, face aux barbares rangés au loin des remparts. Et je vis le char de Mashashor.

— Allons, c'est le moment de montrer la valeur de ton bras, et que la protection d'Amon soit sur la tête.

Amon, seigneur du Persea, sans doute as-tu entendu m prière, car une grande vigueur a saisi mon cœur ! J'ai poussé mon cri de guerre et mes chevaux sont partis au grand galop, entraînant mon attelage vers celui de Mashashor. Et ce vil Akhaouasha criait et il continuait sans doute de m'injurier, mais je n'entendais pas ces paroles car les bruits des roues du char et de la course des chevaux montaient à mes oreilles, ces bruits chers à mon âme, qui étaient ceux de l'exaltation de la bataille.

J'avais saisi un javelot au bois solide, Mashashor levait le sien au bout de son bras replié. J'appuyai mon arme sur mon épaule, et la hampe vibrait et tout mon corps était secoué par les chocs du chemin, mon javelot jaillit de ma main et Mashashor lança son arme dans le même temps : les traits se croisèrent par-devant les chars; ils passèrent au-dessus des têtes des chevaux avec le sifflement aigu d'un serpent en colère. Mes armes étaient meilleures que celles de mon adversaire : le bronze perça les épaisseurs de cuir et de métal mais la pointe ne parvint pas à sortir de l'intérieur de mon bouclier; mais mon javelot avait déchiré la peau du bouclier de Mashashor et avait frappé son armure de bronze. Nos chars se croisèrent, et nous sommes passés l'un devant l'autre comme le grand vent du sud souffle sur le flot montant de la mer. Je retins mon attelage et je rompis le bois du javelot planté dans mon bouclier en le frappant avec ma hache. Je fis tourner mes chevaux et je saisis un autre javelot.

Je vis que Mashashor avait aussi fait virer son attelage et il brandissait une massue longue et puissante : sans doute songeait-il qu'il serait vain d'espérer m'atteindre avec une lance. Je poussai mon char de toute la vitesse des chevaux en les excitant de la voix, car j'avais laissé les rênes flotter sur leur croupe. Je lançai mon javelot avec une telle force qu'il traversa le bouclier et Mashashor fit un saut en arrière pour éviter que le bronze ne morde la chair de son ventre. Alors il dirigea son char sur le mien, et je ne sais comment les roues ne se heurtèrent pas. Je levai mon bouclier et en protégeai ma tête nue, car il avait levé sa masse et il l'abattit de toutes ses forces. Le bouclier résista au coup mais le choc fut si violent qu'il me sembla que mon bras se brisait et je fus emporté comme par une grande vague qui fouette le pont du vaisseau par un iour de tempête. Je fus projeté hors du char et je roulai dans la poussière. La nuit passa sur mes yeux et je secouai la tête pour chasser les étoiles qui éclataient devant mon regard. J'entendis un roulement sourd; je me soulevai sur un genou et je revis le soleil. Mais le char de Mashashor était sur moi et celui-ci levait sa masse pour me frapper à nouveau; je tombai sur le ventre, la roue du char passa sur mon bouclier et, certes, j'évitai cette fois la sombre mort de l'épaisseur de la lame d'un poignard.

Je tirai ma solide épée de bronze et jetai mon bouclier, qui m'était une gêne. Je restai debout, prêt à bondir et j'attendis, Mashashor poussa vers moi son attelage et je vis qu'il cherchait à me renverser avec ses chevaux. Je sautai de côté, et encore une fois je tombai sur le ventre pour éviter le coup de sa masse, et en tombant je poussai mon épée dans la roue du char. La roue se brisa et le char arrêté brutalement dans sa course culbuta dans la poussière. Mashashor fut jeté hors du char, mais il bondit aussitôt sur ses pieds. Je m'étais relevé et avais saisi ma hache, toute de bronze pesant. Mashashor avait tiré sa longue épée et il marcha vers moi. Il me regarda et dit :

— Enfin, l'Égyptien, nous voilà face à face.

— A part égale, Mashashor, lui répondis-je.

Un fort rire secoua sa poitrine :

— Non, j'ai avancé mon pion ! Certes mon bouclier est moins solide que le tien, mais je t'ai donné un bon coup qui a réjoui mon âme et il n'a pas fallu plus d'une lame d'épée que je ne te brise la crâne, malgré le serpent qui est sur ton front.

— Certainement est-ce une protection plus efficace que ton lourd casque de bronze, ai-je répondu. Mais en vérité, tu frappes fort.

Il rit encore et dit :

— En vérité, il n'y a que toi qui aies pu te relever d'un pareil coup. Tu es un adversaire digne de moi. Mais finissons-en, car je suis las de te voir.

— Finissons-en, Mashashor, car je partage ta lassitude et ton rire m'ennuie.

Il bondit vers moi et son épée fendit l'air. J'avais sauté de côté et je saisis son poignet dans ma main, et je maintins levé son bras qui brandissait son épée. Ma hache s'abattit sur le bord de son bouclier, car j'avais tenté de frapper son flanc, et il put parer mon coup. Nous étions l'un contre l'autre et nous nous poussions avec toutes nos forces, et nous étions si proches que nous ne pouvions nous frapper.

Sa jambe glissa derrière la mienne, et dans un effort terrible il me repoussa loin de lui et sauta en arrière; je fus renversé et tombai sur le dos. Alors je vis Mashashor au-dessus de moi et son épée levée me menaçait; le bronze tomba sur moi comme la foudre se précipite sur un grand arbre qu'elle jette à bas. Je tournai sur moi-même et l'arme s'enfonça dans la terre avec tant de violence que les pierres et la poussière jaillirent tout autour. Mais aussitôt ma hache s'abattit sur l'épée et la lame fut brisée. Mahsahsor jura et jeta le tronçon de son arme. D'un coup de reins je m'étais remis sur mes pieds; je tenais ma hache à deux mains et je frappai comme le bûcheron lance sa cognée sur le tronc de l'arbre : il frappe un coup de droite, un coup de gauche, et chaque éclat de bois jaillit de l'arbre, qui chancelle et finalement s'abat. Ainsi je frappai Mashashor sans lui donner un instant de répit : il parait mes coups avec son bouclier et reculait, mais le bouclier se déchirait à chaque nouveau coup. Soudain il jeta le bouclier entre mes jambes et il prit la fuite. Il courait aussi vite qu'une gazelle et je le poursuivis et nous fîmes trois fois le tour des murs de la cité. Je cherchais à le frapper dans sa course mais il évitait mes coups. Il revint près de son char, où il put s'emparer d'un javelot. Nous nous étions arrêtés pour retrouver notre souffle; nous étions l'un en face de l'autre et tournions lentement comme deux panthères de Nubie qui s'apprêtent à se précipiter l'une sur l'autre. Mashashor ne riait plus et il ne disait plus une parole vaine.

Il poussa son javelot en avant à plusieurs reprises, par coups rapides, afin de m'éprouver; mais je sautais pour éviter le bronze acéré qui aurait déchiré ma brillante cotte d'or et de bronze. Et voici : soudain il bondit en avant en poussant un cri de lion; il espérait me surprendre, mais j'avais encore sauté de côté. Ma hache s'abattit et coupa la hampe de la lance comme un vil arbrisseau; entraîné par son élan, Mashashor vint devant moi et je frappai encore avec le tranchant de ma hache; le bronze épais de son casque reçut le choc et le casque fut jeté à terre. Mashashor courut encore en titubant comme un homme ivre et il tomba sur le ventre. J'hésitai : allais-je sauter sur lui et le fraper au sol ? Mais mon âme répugnait à frapper un ennemi à terre. Je saisis un javelot dans le char et laissai Mashashor se relever. Il secouait la tête comme un cheval prêt au galop. Il me regarda et saisit sa hache. Je vis dans son regard qu'il avait perdu sa grande assurance, et la crainte de la mort passa dans ses yeux. Mais son cœur était large et il vint vers moi sans que nulle parole ne franchît le seuil de ses dents. Je serrai ma hache dans la main gauche et ma main droite étreignis le javelot que je maintenais à la hauteur de ma taille.

J'avançai vers mon adversaire et cherchai où le frapper. Son armure de bronze formait de larges cercles qui protégeaient sa gorge et son buste, jusqu'à la hauteur des hanches : je devais frapper au-dessus ou au-dessous. Il resta devant moi, les genoux ployés, le buste penché; il haletait et je vis du sang couler de sa bouche et de son nez, sans doute à la suite du choc de ma hache contre sa tête. Je compris qu'il se ramassait comme un chat sauvage pour bondir et me frapper, en un effort suprême. Je tendis tous mes muscles et mes yeux surveillaient le moindre tressaillement de ses membres et de son visage; dans ma poitrine j'entendais battre mon cœur avec violence. Mashashor était devant moi comme le sanglier aux abois; il réunit ses dernières forces afin d'éventrer son ennemi en un ultime assaut. Et soudain il bondit en poussant un hurlement pareil à ceui du loup que la faim tenaille au flanc. Je sautai vers lui et poussai ma lance avec toute la force de mon bras : le bronze terrible pénétra dans l'aine, au haut de la cuisse, juste à l'endroit où s'arrête l'armure. Dans le même instant j'avais reculé pour éviter la hache, qui s'abattit dans l'air. Mashashor leva ses bras et poussa un nouveau cri. Il lâcha la hache, qui tomba sur le sol, et porta les mains sur son ventre. Il s'était courbé et ses doigts s'unissaient sur le manche de la lance pour tenter de l'arracher; mais le bronze l'avait mordu profondément et le sang coulait de la blessure en longs filets noirs qui ruisselaient sur sa cuisse. Il fit quelques pas et son regard se leva vers moi; il ouvrit la bouche pour parler, mais un jet de sang en sortit et ses yeux s'éteignirent comme une lampe. Son âme vivante s'échappa et sa bouche resta ouverte, et il tomba de tout son long; le front claqua le premier dans la poussière et le bronze de son armure résonna lorsqu'il choqua les pierres qui étaient sur le sol.

Je m'approchai de lui. Je retirai le dard, où le sang se figeait. Je le dépouillai de son armure et j'enlevai son corps sur mes épaules pour aller le déposer sous un sycomore. Je revins alors vers mon char, car je vis les barbares courir contre moi. Les portes de la forteresse furent ouvertes et nos chars en sortirent. J'avais sauté sur mon char et je saisis mon arc. Je poussai les chevaux au pas et je lâchai mes flèches vers les barbares, dont les premiers étaient parvenus à portée de mes traits. Ils hésitèrent lorsqu'ils virent nos chars qui continuaient de sortir de la place forte comme le flot du fleuve se précipite par les rigoles qui servent à irriguer les champs assoiffés. Ramsès était à la tête de nos guerriers, et ses flèches s'envolèrent vers les barbares; mais j'étais plus proche encore et je posai mon arc pour saisir les javelots.

Et certes ma victoire sur Mashashor me rendait plus terrible encore à leurs yeux car soudain ces barbares montrèrent leurs reins et ils coururent dans la plaine comme des gazelles que pourchasse un lion en fureur. Derrière nos chars se déployaient nos fantassins, qui vinrent en courant contre l'ennemi. J'arrêtai mon char, car je n'avais plus de javelots et le combat n'était plus qu'une chasse car les vaincus de Libye fuyaient sans chercher à se défendre; la victoire était déjà entre nos mains.

Je revins vers Hatsho et je sentis une grande lassitude qui tombait sur mon âme, et je songeai que c'était moi qui aurais pu être étendu au pied du sycomore, le souffle de vie ayant quitté mon corps. Je vis près de l'arbre trois hommes qui soulevaient le corps de Mashashor. Je m'approchai et à ma vue ils se redressèrent et je reconnus Kaper, le père de Mashashor, qui soutenait la tête de son fils mort. Il tomba à genoux devant moi et il dit :

— Merirê, tu peux nous ôter le souffle de vie, mais permets-nous de donner une sépulture au corps de mon fils. Certes, il est venu devant toi te provoquer, et cela malgré mes prières, car il croyait que nul bras ne pourrait vaincre le sien, et en toi il a trouvé son maître.

Je le regardai et je répondis :

— Kaper, tu ne peux m'accuser de perfidie. Tes fils m'ont injurié chaque fois qu'ils m'ont vu et ils sont venus dans la terre d'Égypte apporter la destruction.

Kaper soupira et dit encore :

— Tu vois, Merirê, mon cœur n'est pas à la dispute. Laisse-moi emporter mon fils afin qu'il ait sa sépulture et les sacrifices qui conviennent à son âme.

Je lui répondis :

— Va, Kaper. Emporte le corps de ton fils et rentre chez toi au pays des Akhaouasha, dans ce palais d'où tu n'aurais jamais dû sortir. Nous sommes peu de chose entre les mains de la divinité, et il n'est pas bon qu'on refuse le corps d'un fils lorsqu'un père incline ses cheveux blancs pour le demander.

Kaper sanglota et répondit :

— Merirê, mon cœur te rend grâce et ce qu'il peut te souhaiter c'est, lorsque tu seras au seuil de la vieillesse, de ne pas connaître le malheur qui est le mien.

Je poussai mes chevaux vers les murs de la cité. Je me retournai et je vis que les deux hommes qui étaient avec Kaper creusaient dans l'ombre du sycomore une fosse avec leurs épées. Le vieillard était assis et il tenait la tête de son fils sur ses genoux. Et il avait conduit près de lui les chevaux de Mashashor afin de les sacrifier sur la tombe du guerrier. Et ils formaient des ombres, tout près des Eaux de Rê, dans la lumière rouge du soleil qui descendait sur l'horizon occidental. Alors je poussai mon attelage et m'engageai sous la voûte sonore de la porte de la forteresse.

Mon esprit était maintenant tout occupé de Myrina. Je courus vers la chambre où elle reposait. Je trouvai Kashta sur le seuil.

— Comment va-t-elle ? lui demandai-je.

Alors il a baissé la tête et s'est détourné. Je me suis précipité dans la pièce envahie par la pénombre. Myrina était toujours couchée sur le dos, mais ses membres avaient été saisis par la rigidité de la mort et déjà son âme était en route pour le Bel

Occident. Un immense chagrin a étreint mon cœur, écrasé ma poitrine, et je suis tombé secoué de sanglots sur son corps encore tiède de la vie à peine enfuie. Je tins mes lèvres attachées à sa bouche que ne traversait plus aucun souffle, et dans cet instant je regrettai de n'avoir pas été tué par Mashashor, car mon âme aurait pris son vol avec la sienne vers les champs des guérets où nous aurions su nous aimer comme nous n'avions pu le faire en ce monde.

Et sans doute étais-je tout disposé à m'élancer à sa suite. Mais une main se posa sur mon épaule. Ramsès me serra dans ses bras comme mon frère aimé :

— Merirê, me dit-il, je comprends ton chagrin, car sans doute l'aimais-tu autant qu'elle t'aimait. Mais les dieux l'ont voulu ainsi, car tu n'aurais pu la garder près de toi, à moins que tu ne te sois mis à haïr Reshot. Or je sais que Reshot est la grande aimée de ton cœur, et il est mieux pour Myrina d'avoir pris la route de l'Amentit, car tu n'aurais pu l'aimer comme elle l'aurait souhaité, et cet amour aurait fait son malheur. Pense à Reshot, qui t'attend dans ton palais de Thèbes. Et sans doute, lorsque tu rejoindras le Bel Occident en compagnie de Reshot, tu y retrouveras Myrina, qui vit toujours dans ton cœur, et tu auras là-bas assez de poitrine pour les aimer toutes les deux selon leur désir et le tien.

J'ai alors tourné mon regard vers mon épouse aimée, mais je savais bien que, ainsi que le disait Ramsès, Myrina vivrait toujours dans mon cœur.

Le lendemain, nous nous mettions en route pour Thèbes.

# TABLE DES MATIÈRES

normandie
roto
impression
s.a.
*61250 Lonrai*

Reproduit et achevé d'imprimer en février 2002
N° d'édition 02020 / N° d'impression 013278
Dépôt légal mars 2002
*Imprimé en France*

ISBN 2-7382-1578-5